W0077119

William Makepeace Thackeray

Gesammelte Werke in Einzelbänden

Herausgegeben von
Günther und Sigrid Klotz

WILLIAM MAKEPEACE
THACKERAY

Die Abenteuer des

PHILIP

auf seinem Wege durch die Welt,
die zeigen, wer ihn beraubte,
wer ihm half
und wer an ihm vorüberging

Zweiter Band

Rütten & Loening
Berlin

23. KAPITEL

In dem wir noch die Elysäischen Felder umschweben

reu hat sich der Beschreiber und Biograph unseres Freundes Mr. Philip Firmin bemüht, nichts zu beschönigen; und hat, so hoffe ich, nichts Böswilliges zu Papier gebracht. Wenn Philips Stiefel Löcher hatten, so habe ich geschrieben, daß er Löcher in den Stiefeln hatte. Wenn er einen roten Bart hatte, so ist der auch in dieser Geschichte rot. Ich hätte ihn mit einem braunen Ton salben und ihn in satter Kastanienfarbe malen können. Einfachen Menschen gegenüber gab er sich sehr freundlich und zartfühlend; doch ich muß gestehen, im allgemeinen war er in der Gesellschaft nicht immer ein angenehmer Umgang. Er war oft hochmütig und arrogant. Altbekannte Geschichten machten ihn ungeduldig, abgedroschene Redensarten waren ihm unerträglich. Mrs. Baynes' Anekdoten aus ihrem Garnisonsleben in Indien und Europa fanden bei Mr. Philip kein sehr langmütiges Gehör. Und obgleich ihm die kleine Charlotte sanfte Vorhaltungen machte und sagte: „Laß doch bitte Mama ihre Geschichte zu Ende erzählen; und dreh ihr nicht mitten darin den Rücken zu

5

und fang von etwas anderem an; und sag ihr nicht, daß du die Geschichte schon gehört hast, du unhöflicher Mensch! Wenn sie nicht mit dir zufrieden ist, ist sie böse auf mich, und ich muß es ausstehen, wenn du fort bist." Miss Charlotte sagte ihm nicht, wieviel sie auszustehen hatte, wenn Philip abwesend war; wie beständig ihre Mutter etwas an ihm auszusetzen hatte; welch bedrückendes Leben das junge Mädchen infolge ihrer Zuneigung zu ihm führen mußte; und ich fürchte, der ungeschickte Philip machte sich nicht hinreichend klar, welche Leiden sein Verhalten über das Mädchen brachte.

Wie Sie sehen, erkenne ich an, daß es auf seiner Seite zahlreiche Fehler gab, die vielleicht in gewissem Maße jene entschuldigen oder erklären, die Mrs. General Baynes ihm gegenüber unstreitig beging. Sie liebte Philip nicht von Natur aus − und meinen Sie, sie liebte ihn, weil sie ihm außerordentlich verpflichtet war? Lieben Sie denn Ihren Gläubiger, weil Sie ihm mehr schulden, als Sie jemals bezahlen können? Würde ich meinen Schneider niemals bezahlen, stünde ich dann etwa mit ihm auf gutem Fuße? Ich könnte von jetzt an bis zum Jahr neunzehnhundert immer weiter Anzüge bestellen; aber ich würde ihn von Jahr zu Jahr mehr verabscheuen. Ich würde an seinem Zuschnitt und seinem Stoff mäkeln; vermutlich würde ich seine Rechnungen schließlich überhöht finden, obwohl ich sie nie bezahlte. Die Güte ist recht schwer verdaulich. Sehr stolzen Mägen bekommt sie nicht. Ich frage mich, war jener Reisende, der unter die Räuber fiel, dem Samariter, der ihn rettete, hinterher dankbar? Freilich, er gab Geld − aber daran fehlte es ihm nicht. Die religiösen Meinungen über Samariter sind beklagenswert heterodox. O Bruder! Mögen wir den Gefallenen immer noch helfen, auch wenn sie uns nie bezahlen, und mögen wir leihen, ohne den Wucherzins der Dankbarkeit abzufordern!

Eines habe ich mir vorgenommen, wann immer ich wieder auf Freiersfüßen gehe, werde ich meine Huldigungen nicht an mein geliebtes Wesen richten − Tag für Tag und von einem Jahr zum anderen, höchstwahrscheinlich mit Mutter, Vater und einem halben Dutzend kleiner Brüder und Schwestern des lieben Mädchens mit im Zimmer. Ich werde selbstverständlich damit anfangen, der alten Dame Artigkeiten zu erweisen. Zunächst fühlt sie sich geschmeichelt, daß ein junger Mann ihrer Tochter den Hof macht. Sie nennt mich „lieber Edward", stickt mir ein Paar Hosenträger, schreibt an Mama und Schwestern und so fort. Der alte Herr sagt: „Brown, mein Junge" (ich male mir hier liebevoll aus, ich wäre ein junger Mensch namens Edward Brown, der, sagen wir, Miss Kate Thompson verehrt), Thompson also sagt: „Brown, mein Junge, kommen Sie um sieben zum Dinner. Wir haben immer ein Gedeck für Sie"; und natürlich, himmlischer Gedanke!, ist dieses Gedeck an der Seite der liebsten Kate aufgelegt. Aber das Dinner ist manchmal schlecht. Manchmal verspäte ich mich. Manchmal gehen die Geschäfte in der City schlecht. Manchmal ist Mrs. Thompson nicht gut aufgelegt: sie hatte immer gedacht, Kate hätte etwas Besseres finden können. Und angenommen, inmitten dieser Zweifel und Verzögerungen erscheint JONES, der älter ist, jedoch von besserer Gemütsart, besserer Familie und – die Pest über ihn! – doppelt so reich? Was sind Verlobungen? Was sind Zusagen? Manchmal ist es die PFLICHT einer liebenden Mutter, ihre Zusage zu brechen. und diese Pflicht wird die entschlußkräftige Matrone auch tun.

Dann ist Edward nicht mehr Edward, sondern Mr. Brown; oder, noch schlimmer, im Haus ganz ohne Namen. Dann werden Messer und Gabel an der Seite der armen Kate entfernt, und sie selbst verzehrt ihr trübseliges Mahl unter Tränen. Wenn dann einer der kleinen Thompsons arglos sagt: „Papa, in der Regent Street habe ich Teddy Brown getroffen; er sah so . . .", ruft Mama: „Halt den Mund, gefühlloser Bengel! Seht doch das liebe Kind!" Kate sinkt in Ohnmacht. Sie bekommt Riechsalz. Man läßt den Arzt kommen. Und nach einiger Zeit – führt Charles Jones Kate Thompson zu Tisch. Lange Seereisen sind gefährlich, lange Werbungen desgleichen. Auf langen Seereisen streiten sich die Passagiere dauernd (dafür könnte sich Mrs. General verbürgen); bei langen Werbungen besteht dieselbe Gefahr. Um wieviel mehr, wenn Sie in letzterem Schiff eine Mutter mithaben, die sich immerzu unberufen einmischt! Und dann an die Plage jener Liebesreise zu denken, wenn Sie und das geliebte Wesen und Papa, Mama, ein halbes Dutzend Brüder und Schwestern des geliebten Wesens sich alle in einer einzigen Kabine aufhalten! Der Sparsamkeit halber hatten die Bayneses bei Madame kein Wohnzimmer – denn man konnte den Raum im zweiten Stock, in dem zwei Betten standen und die Kleinen, unterwiesen von Charlotte,

Klavier übten, nicht Wohnzimmer nennen. Philips Werbung mußte sich zum größten Teil vor der ganzen Familie abspielen; und unter solchen Schwierigkeiten seine Liebe zu offenbaren wäre entsetzlich und zum Tollwerden und fast unmöglich gewesen, nur haben wir ja eingestanden, daß unsere jungen Freunde kleine Spaziergänge auf den Champs-Elysées unternahmen. Und dann müssen Sie zugeben, daß es für sie sicher herrlich gewesen ist, einander immerfort Briefchen zu schreiben, die sie sich direkt vor Papas und Mamas Nase verstohlen zusteckten und sogar in Gegenwart der anderen Pensionsgäste bei Madame, die natürlich nie bemerkte, was vorging. Ja, diese schlauen Schelme richteten wahrhaftig überall im Zimmer kleine Postämter ein. Da war zum Beispiel im Salon die Uhr auf dem Kaminsims, auf der die alte französische Allegorie „Le temps fait passer l'amour" dargestellt war. Einer dieser gewitzten jungen Leute schob geschwind einen Zettel in den Nachen der Zeit, wo ihn niemand sah, dessen dürfen Sie sicher sein. Das Tricktrackbrett war auch so ein Postamt. Ebenso die Schublade des Notenständers. Ebenso der Blumentopf aus Sèvresporzellan usw. usw.; jedem dieser Verstecke reihum vertraute das Pärchen die wonnigen Geheimnisse ihrer jungen Liebe an.

Hast du dir jemals deine Liebesbriefe an Darby aus der Zeit eurer Werbung angesehen, liebe Joan? Es sind geweihte Blätter, wenn man sie liest. Die seinen hast du irgendwo, mit einem ausgeblichenen Band verschnürt. Du brauchst kaum die Brille, wenn du sie dir ansiehst. Das Haar wird schwarz, die Augen werden feucht und glänzen, die Wangen runden sich wieder und erröten. Ich versichere feierlich, es gibt auf der Welt nichts Schöneres als Darby und Joan. Ich hoffe, Philip und seine Frau werden bis ans Ende Darby und Joan bleiben. Ich sage Ihnen, sie sind verheiratet, und will gar keine Geheimnisse um die Sache machen. Ich verachte einen Kunstgriff dieser Art. Zur Zeit der alten dreibändigen Romane, haben Sie da nicht immer am Schluß nachgesehen, um festzustellen, ob Louisa und der Graf (oder der junge Geistliche, wie der Fall eben liegen mochte) glücklich geworden waren? Wenn sie starben oder ihnen sonst ein Ungemach zustieß, habe ich für mein Teil das Buch weggelegt. Diesen beiden also geht es gut. Sie sind verheiratet; sind hoffentlich glücklich: doch bevor sie heirateten und auch danach, hatten sie viel Kummer und Sorgen; wie zweifellos auch Sie, werter Sir oder verehrte Madam, seit Sie sich dieser Zeremonie unterzogen haben. Verheiratet? Freilich sind sie das. Meinen Sie etwa, ich hätte der kleinen Charlotte gestattet, Philip auf den Champs-Elysées zu treffen, nur einen leichtfertigen kleinen Bruder als Begleiter, der sich immerzu umdrehte, um Punch, Guignol, die vorbeimarschierenden Soldaten, den Pfefferkuchen- und Bonbonstand des alten Weibleins und so weiter anzustarren? Ich sage, nehmen Sie etwa an, ich hätte diesen beiden erlaubt, miteinander auszugehen, wenn sie nicht hinterher heiraten würden? Sie gingen also miteinander spazieren; und einmal, als sie Arm in Arm die Champs-Elysées entlangschritten, wen sahen sie da in einer schönen offenen Kalesche? Den jungen Twysden und Hauptmann und Mrs. Woolcomb, vor denen Philip, als sie vorüberfuhren, mit einer tiefen Verbeugung den Hut zog und die er noch dazu mit einer ungeheuren Lachsalve grüßte. Woolcomb muß es in den Ohren geklungen haben. Wahrscheinlich ließ die Begegnung Mrs. Woolcombs Wange leicht erröten und – und mehrte damit zweifellos die vielen Reize dieser eleganten Dame. Ich habe hinsichtlich meiner Personen keine Geheimnisse und sage meine Meinung über sie ganz ungeschminkt. Es hieß, Woolcomb sei das eifersüchtigste, knickerigste, protzigste, grausamste kleine Biest; er mache seiner Frau das Leben sauer. Nun? und wenn es so war? Mir ist es gewiß gleichgültig. „Da ist dieser prahlerische bankrotte Bettler Firmin!" ruft der bräunlichgelbe junge Ehemann und beißt sich auf den Schnurrbart. „Unverschämter zerlumpter Strolch", sagt Twysden junior, „ich hab ihn gesehen."

„Solltest du nicht besser den Wagen halten lassen und ihn ins Gesicht hinein beschimpfen statt mir gegenüber?" sagt Mrs. Woolcomb matt und läßt sich in ihre Kissen zurücksinken.

„Los doch! Zum Henker! Ally! Vite!" rufen die Gentlemen in der Kalesche dem laquais de place auf dem Kutschbock zu.

„Ich kann mir vorstellen, daß du keinen Wert darauf legst, mit ihm zusammenzutreffen", fährt Mrs. Woolcomb fort. „Er hat einen hitzigen Charakter, und ich möchte um alles in der Welt nicht, daß ihr Streit bekommt." Ich nehme also an, Woolcomb wettert wieder auf den laquais de place ein; und das glückliche Paar, wie man so sagt, rollt zum Bois de Boulogne davon.

„Warum lachst du denn so?" fragt die kleine Charlotte zärtlich, während sie neben ihrem Liebsten dahintrippelt.

„Weil ich so glücklich bin, liebster Schatz!" sagt ihr Partner
und drückt das Händchen, das auf seinem Arm liegt, fest an sein
Herz. Als er an jene Frau denkt und dann in das reine, hinge-
bungsvolle Gesicht des lieblichen Mädchens an seiner Seite
blickt, bricht das verächtliche Lachen ab, das die soeben erfolgte
unerwartete Begegnung ausgelöst hat, und ein ungeheures Gefühl der Dankbarkeit erfüllt die Brust des jungen Mannes –
Dankbarkeit dafür, welcher Gefahr er entronnen ist, und für den
Preis und Segen, der ihm zugefallen ist.

Doch Mr. Philips Wege sollten nicht so angenehm verlaufen
wie dieser Spaziergang; und wir kommen jetzt zur Schilderung
nasser, rutschiger Straßen, schlimmer Zeiten und rauhen Winter-
wetters. Alles, was ich für diesen trüben Abschnitt verspreche
kann, ist, daß es keine lange Geschichte werden soll. Sie werden
anerkennen, daß wir das Liebeswerben recht kurz abgehandelt
haben, das ich, auf mein Wort, für den allerleichtesten Teil der
Arbeit des Romanautors halte. Während diese leidenschaftlichen
Szenen zwischen dem Hauptmann und der Heldin ablaufen,
denkt ein Schriftsteller, der sich in seinem Metier auskennt, womöglich an etwas ganz anderes – an das nächste Kapitel, oder
was er wohl zum Dinner vorgesetzt bekommt oder was Sie wollen; deshalb müssen Sie mir, da wir über die Verzückungen und
Freuden der jungen Liebe so kurz und knapp hinweggehuscht
sind, bitte den Gefallen tun, auch den Kummer kurz und bündig
hinzunehmen.

Wenn unsere jungen Leute leiden sollen, laßt den Schmerz
rasch vergehen. „Setzen Sie sich bitte in den Sessel, Miss Baynes,
und Sie, Mr. Firmin, in diesen. Erlauben Sie mir, Sie zu untersuchen. Bitte öffnen Sie den Mund; und – oh, oh, meine liebe Miss
– da ist er heraus! Ein wenig Eau de Cologne und Wasser, meine
Liebe. Und jetzt, Mr. Firmin, wenn es recht ist, wollen wir . . .
Was für Fangzähne! Welch ein Riesending! Zwei Guineas. Ich
danke Ihnen. Guten Morgen. Kommen Sie einmal jährlich zu
mir. John, schicken Sie den nächsten Patienten herein." Mit der
nun folgenden schmerzhaften Angelegenheit gedenke ich mich
also nicht länger aufzuhalten, ich beteuere es, genauso wie der
humane und geschickte Operateur, mit dem zu vergleichen ich

mich erkühnt habe. Wenn meiner hübschen Charlotte ein Zahn gezogen werden soll, dem armen lieben Kind, soll er so sanft wie möglich entfernt werden. Was Philip und seine gewaltige rotbärtige Kinnlade angeht, macht es mir nicht soviel aus, wenn der Ruck *ihn* kurz aufbrüllen läßt. Und doch bleiben sie, sie bleiben und pochen noch im späteren Leben, diese Wunden der Jugendjahre. Habe ich nicht erzählt, wie Mr. Firmin, als es sich viele Jahre nach der hier aufgezeichneten familiären Situation so ergab, mit mir in Paris spazierenging und vor dem Fenster jenes Hauses an den Champs-Elysées stehenblieb, wo Madame Smolensk einst ihre Pension führte, vor einer Jalousie des jetzt verschmutzten und unansehnlich gewordenen Wohnsitzes die Faust schüttelte und mir andeutete, er habe in der von jenem Fenster erhellten Kammer schwere Leiden durchgemacht? So haben wir alle gelitten; so werden Sie, meine liebe junge Miss oder auch mein lieber junger Master, die Sie in diese bescheidene Seite vertieft sind, sicherlich zu Ihrer Zeit leiden. Vermutlich werden Sie an der Operation nicht sterben; doch sie ist schmerzhaft, sie hinterläßt eine Lücke im Mund, voyez-vous? Und vielleicht viele Jahre später, wenn Sie daran denken, lebt der Schmerz wieder auf, und die schreckliche Tragödie läuft noch einmal ab.

Philip gefiel es, wenn sein kleines Mädchen ausging, tanzte, lachte, bewundert wurde, glücklich war. In ihrer offenen Art erzählte sie ihm von ihren Bällen, ihren Teegesellschaften, ihren Vergnügen, ihren Partnern. In der ersten bescheidenen Saison eines Mädchens entgeht ihr nichts. Haben Sie nicht gestaunt, wenn Sie sie über die Ereignisse des Abends berichten hörten, über die Kleider der Matronen, über die Komplimente der jungen Männer, über das Benehmen der anderen Mädchen und was nicht noch alles?

Die kleine Charlotte gab Philip stets die Komödie des Vorabends wieder, und indes ihre Füßchen neben ihm herhüpften, schüttete sie mit ihrem Geplapper ihr junges Herz aus. Und Philips schallendes Gelächter zu hören! Es hätte Ihnen gutgetan. Sie hätten ihn vom Obelisk bis zur Etoile hören können. Die Leute drehten sich zu ihm um und zuckten verwundert die Achseln, wie es die gutmütigen Franzosen so an sich haben. Wie konnte nur ein Mann, so kürzlich ruiniert, ein Mann, soeben in seinen Hoffnungen auf ein großes Vermächtnis seines Großonkels, des Grafen, enttäuscht, ein Mann mit Stiefeln in so beklagenswertem Zustand, so lachen und so ausgelassen sein? Allein der Gedanke, daß so ein frecher, zerlumpter Strolch (wie Ringwood Twysden seinen Vetter nannte) sich glücklich zu sein erdreistete! Tatsache ist, diese Lachsalve traf die drei Twysdens wie drei Ohrfeigen und brachte aller Wangen gleichzeitig zum Prickeln und Erröten. Philips Fröhlichkeit verjagte jedesmal die Wolken, die sich über Charlottes liebliches Gesicht ausgebreitet hatten. Wenn das Mädchen an seiner Seite hing, schwanden die Zweifel, die an ihrem Herzen nagten. Wenn sie die Szenen des Festes vom Vorabend nachspielte, war sie nicht immer heiter. Doch während sie plauderte und plapperte, hob sich auch ihre Stimmung; und die Hoffnung und eine natürliche Freude brachen wieder in ihrem Herzen auf und stiegen in ihre errötenden Wangen. Charlotte war damals eine Heuchlerin, wie es, dem Himmel sei Dank, alle guten Frauen manchmal sind. Sie hatte Kummer; sie verbarg ihn vor ihm. Sie hegte Zweifel und Befürchtungen: sie flohen, wenn er erschien und sie sich an seinen starken Arm klammerte und in seine ehrlichen blauen Augen blickte. Sie erzählte ihm nicht von jenen schlimmen Nächten, wenn ihre Augen schlaflos blieben und tränennaß waren. Eine gelbhäutige alte Frau in einer weißen Jacke kam mit einer Nachthaube und einem Nachtlicht Abend für Abend an ihr Bettchen; und da stand sie und keifte mit ihrer strengen Stimme gegen Philip. Der dürre Finger dieser alten Frau deutete dann auf alle Risse in des armen Philips fadenscheinigem Paletot von Charakter — wies auf die Löcher und riß sie weiter auf. Sie stampfte auf seine schmutzbespritzten Stiefel. Sie rümpfte ihre gekrümmte Nase beim Gedanken an die Pfeife des armen Kerls — seine Pfeife, seine beste Gefährtin und Trösterin, wenn seine liebe kleine Gebieterin nicht in der Nähe war. Sie ließ sich über die Partner des Abends aus; die unverkennbaren Aufmerksamkeiten des einen Herrn, die Höflichkeit und feine Lebensart des anderen.

Und wenn diese schreckliche abendliche Folter vorüber war und Charlottes Mama das arme Kind sich selbst überlassen hatte, schlich sich manchmal Madame Smolensk, die noch über ihren Kontobüchern und Rechnungen saß und infolge ihrer eigenen Sorgen schlaflos blieb, zur armen Charlotte herauf und tröstete sie; und brachte ihr Kräutertee, vorzüglich für die Nerven;

12

und sprach mit ihr über – über das Thema, von dem Charlotte am liebsten hörte. Und obwohl die gute Smolensk am Morgen Mrs. Baynes höflich begegnete, wozu sie von Berufs wegen verpflichtet war, so hat sie doch eingestandenermaßen oft das Verlangen gespürt, Madame la Générale wegen der Behandlung ihres kleinen Engels von Tochter zu erwürgen; und alles, weil Monsieur Philippe nach Pfeife riecht, parbleu! „Was? Eine Familie, die Ihnen das Brot verdankt, das sie essen; und sie wenden sich wegen einer Pfeife ab! Diese Feiglinge, diese Feiglinge! Eine Soldatentochter hat keine Angst davor. Merci! Tenez, M. Philippe", erklärte sie unserem Freund, als die Dinge sich zum Äußersten zuspitzten. „Wissen Sie, was ich an Ihrer Stelle täte? Einem Franzosen würde ich das nicht sagen; das versteht sich von selbst. Aber diese Sachen machen sich in England anders. Ich habe kein Geld, aber ich habe einen cachemire. Nehmen Sie ihn. Und wenn ich Sie wäre, würde ich eine kleine Reise nach Gretna Grin machen."

Und nun wollen wir, wenn es Ihnen recht ist, die Champs-Elysées verlassen. Wir wollen von Madames Pension aus die Straße überqueren. Wir wollen uns in den Faubourg St-Honoré begeben und wahrhaftig ein Tor durchschreiten, über dem der L-w-, das Einh-rn und die K-n-gskr-n- und das W-pp-n der Drei K-n-g-r--ch- eingemeißelt sind, und uns unter der porte cochère nach rechts wenden, mehrere Stufen hinaufsteigen und uns beim Bedienten auf dem Treppenabsatz erkundigen, wer sich in der chancellerie befinde. Der Bediente sagt, mehrere der messieurs y sont. Wirklich treffen Sie, wenn Sie den Raum betreten, sagen wir, Mr. Motcomb, Mr. Lowndes, Mr. Halkin und unseren jungen Freund Mr. Walsingham Hely an, die in einer gewaltigen Rauchwolke an ihren jeweiligen Tischen sitzen. Inmitten dieser Gentlemen, rauchend und rittlings auf einem Stuhl sitzend, als wäre es sein Pferd, sehen wir jenen schneidigen jungen irischen Häuptling, den O'Rourke. Einige Gentlemen kopieren in großer Schrift Depeschen auf Kanzleipapier. Eher würde ich mich von O'Rourkes wildesten Pferden in Stücke reißen lassen, als den Eindruck zu vermitteln, ich wolle andeuten, was diese Depeschen, was diese Depeschentaschen enthalten. Vielleicht enthalten sie Nachrichten vom spanischen Hof, wo gewisse Intrigen gespielt werden, bei deren Kenntnis sich Ihnen das Haar sträuben würde; vielleicht verschließt jene Tasche, auf die nebenan ein Bote wartet, vierundzwanzig Meter Chantillyspitze für Lady Belweather und sechs neue französische Possen für Tom Tiddler vom Außenministerium, der verrückt auf das Theater ist. Es ist viele Jahre her – woher soll ich wissen, was sich in diesen Depeschentaschen befindet?

Doch die Arbeit, worin sie auch immer bestehen mag, ist nicht besonders dringlich, denn nur Mr. Chesham – habe ich übrigens schon Chesham erwähnt? Sie können ihn Mr. Sloanestreet nennen, wenn Sie wollen. Nur Chesham (und er nimmt alles immer furchtbar ernst) scheint stark mit Schreiben beschäftigt zu sein; und das Gespräch nimmt seinen Fortgang.

„Wer hat es spendiert?" fragt Motcomb.

„Der schwarze Mann natürlich. Wir würden uns nicht anmaßen, es mit einer so prallvollen Börse wie der seinen aufzunehmen. Sie hätten sehen sollen, was für Grimassen er beim Anblick der Rechnung geschnitten hat! Dreißig Francs die Flasche für Rheinwein. Er hat unter gräßlichsten Qualen gegrinst, als er die Endsumme las. Er wurde beinahe gelb. Er hat seine Frau früh weggeschickt. Wie lange dieses Mädchen in London herumhing; und zu denken, daß sie sich zuletzt einen Millionär geangelt hat! Othello ist ein furchtbarer Knicker und höllisch eifersüchtig auf seine Frau."

„Wie heißt der kleine Mann, der sich so vollaufen ließ und wegen dem alten Ringwood das heulende Elend kriegte?"

„Twysden – der Bruder der Frau. Kennen Sie Humbug Twysden nicht, den Vater? Der Junge ist noch widerwärtiger als der Vater."

„Ein ganz ekelhafter kleiner Wüstling. Wollte unbedingt mit zum Varieté, weil wir sagten, wir gingen hin, wollte unbedingt zu Lamaignon, wo die Russen einen Tanzabend und ein lansquenet gaben. Warum sind Sie nicht gekommen, Hely?"

MR. HELY: Ich sage Ihnen, die ganze Sache widert mich an. Mir graust vor diesen angemalten alten Schauspielerinnen. Wozu soll ich Motcomb Geld abgewinnen, der gar keins hat? Glauben Sie etwa, es macht mir Freude, mit der alten Carodol zu tanzen? Sie erinnert mich an meine Großmutter – nur ist sie noch älter. Meinen Sie, ich will sehen, wie dieser blöde alte Boutzoff Corinne und Palmyrine lüstern angrinst und mit ihnen eine

14

Dreiergruppe von alten Weibern bildet? Ich staune nur, wie ihr Burschen immerfort Spaß daran haben könnt. Habt ihr truffles und écrevisses à la Bordelaise noch nicht über und diese alten Opernmenschen, deren vertrocknete Greisenkörper damit vollgestopft sind?

DER O'R.: Nehmen Sie nur mal Cérisette, auf Ehre. So was haben Sie noch nicht erlebt. Sie ist in ihrem Stohl eingeschlafen ...

MR. LOWNDES: In ihrem *was*, O'R.?

DER O'R.: Na, dann eben in ihrem *Stuhl*! Und Figaroff hat ihr das ganze Gesicht mit der Creme aus einer Charlotte Russe vollgeschmiert. Ein richtiges munteres Vögelchen ist die Cérisette, und einen Schnurrbart hat sie auch.

MR. HELY: Charlotte, Charlotte! Oh! (Er packt wie toll mit seinen Händen die Schläfenhaare. Die Ellbogen hat er auf den Tisch gestützt.)

MR. LOWNDES: Das ist das Mädchen, das er bei den Teegesellschaften trifft, wo er hingeht, um sich bewundern zu lassen.

MR. HELY: Besser Tee trinken, als sich, wie ihr Kerls, mit schlechtem Champagner um das bißchen Verstand zu bringen, das ihr habt. Besser sehen und hören und beobachten und mit einem sittsamen Mädchen tanzen, als, wie ihr Kerls, mit angemalten alten Vetteln in Schenken herumzuhüpfen, wie diese alte Cérisette, die ein Gesicht wie pomme cuite hat und schon beim Frieden von Amiens vor Lord Malmesbury tanzte. Hat sie, ich versichere es Ihnen; und vor Napoleon auch.

MR. CHESHAM (blickt von seiner Schreibarbeit auf): Damals gab es keinen Napoleon. Es ist nicht weiter wichtig, aber ...

MR. LOWNDES: Besten Dank, Sie haben etwas bei mir gut. Sie sind ein wirklich wertvoller Mann, Chesham, und machen Ihrem Vater und Ihrer Mutter Ehre.

MR. CHESHAM: Nun ja, der Erste Konsul war Bonaparte.

MR. LOWNDES: Ich bin Ihnen verpflichtet. Ich sage, ich bin Ihnen verpflichtet, Chesham, und wenn Sie eine Erfrischung brauchen, bestellen Sie sie meis sumptibis, alter Junge – auf meine Kosten.

MR. CHESHAM: Diese Kerls können einfach nicht ernst sein. (Er schreibt weiter.)

MR. HELY (Iterum, aber ganz leise): Oh, Charlotte, Char. . .

MR. LOWNDES: Hely schwärmt rasend für dieses Mädchen – dieses Mädchen mit der gräßlichen alten Mutter in Gelb, wissen Sie noch?, und dem alten Vater – ein guter alter Militär in einem schäbigen alten Rock –, das auf dem letzten Ball war. Wie war der Name? O'Rourke, was reimt sich auf Baynes?

DER O'R.: Pays, und zum Henker mit Ihnen. Dauernd machen Sie sich über mich lustig, Sie kleiner Cockney!

MR. MOTCOMB: Von dem dänischen Mädchen war Hely genauso schwer getroffen. Sie wissen doch, Walse, Sie haben furchtbar viele Verse an sie verfaßt und haben Ihrer Mutter geschrieben und um Erlaubnis gebeten, sie zu heiraten.

DER O'R.: Ich hätte gedacht, er ist groß genug, um ohne Erlaubnis zu heiraten – nur würde ihn keine haben wollen, weil er so häßlich ist.

MR. HELY: Sehr gut, O'Rourke. Sehr gut und witzig. Sie haben gerade die Versammelten mit einer Anekdote unterhalten. Wollen Sie nicht fortfahren?

DER O'R.: Also gut, die Cérisette hatte auf der Bühne und unten getanzt, bis sie todmüde war, nehme ich an, und so schlief sie plumps ein, und Figaroff nahm die Dingsda aus der Charlotte Russe, schmierte ihr das Gesicht ganz . . .

STIMME DRAUSSEN: Diht Mosho Ringwood Twysden, sivopleh, puhr l'honorable Mosho Lownds!

BEDIENTER: Monsieur Twysden!

MR. TWYSDEN: Mr. Lowndes, wie geht es Ihnen?

MR. LOWNDES: Sehr gut, danke, und Ihnen?

MR. HELY: Lowndes ist heute ungewöhnlich geistreich.

MR. TWYSDEN: Keinen Kater von gestern abend? Einige von uns waren ein bißchen angeheitert, glaube ich.

MR. LOWNDES: Einige von uns ganz das Gegenteil. (Der kleine Lump, was will er bloß? Angeheitert! Er konnte sich nicht mehr auf den Beinchen halten!)

MR. TWYSDEN: Hm! Sie rauchen, wie ich sehe. Danke sehr. Ich rauche sehr selten – aber da Sie so freundlich sind – paff. Hm! Ungewöhnlich gutaussehende Person, diese, hm – Madame Cérisette.

DER O'R.: Danke, daß Sie es uns mitteilen.

MR. LOWNDES: Wenn sie *Ihren* Beifall findet, Mr. Twysden, meine ich, Mademoiselle Cérisette ist in Ordnung.

DER O'R.: Vielleicht kriegt sie mehr Gage, wenn Sie es ihr sagen.

MR. TWYSDEN: Hehe − ich merke schon, Sie ziehen mich auf. Solche Sachen machen wir ziemlich viel bei uns in Somerset, in unserem − in − hm! Dieser Tabak ist ein bißchen stark. Ich fühle mich heute vormittag wirklich ein bißchen angeschlagen. Übrigens, wer ist dieser Fürst Boutzoff, der mit uns lansquenet gespielt hat? Gehört er zu den livländischen Boutzoffs oder zu den hessischen Boutzoffs? Ich erinnere mich, bei meinem armen Onkel, Lord Ringwood, einen Fürst Blucher de Boutzoff kennengelernt zu haben, ähnelt diesem Mann übrigens etwas. Sie kannten meinen armen Onkel?

MR. LOWNDES: Vor drei Monaten habe ich mit ihm hier im berühmten „Trois Frères" diniert.

MR. TWYSDEN: Womöglich auch in Whipham gewesen? Ich bin dort aufgewachsen. Es hieß einmal, ich hätte sein Erbe werden sollen. Er hatte mich sehr gern. Er war mein Pate.

DER O'R.: Dann hat er Ihnen einen Becher geschenkt, und der war sowenig ein Prachtstück wie Sie. (Sotto voce.)

MR. TWYSDEN: Wie meinen? Ich sprach gerade von Whipham, Mr. Lowndes − einer der schönsten Landsitze in England, möchte ich sagen, außer Chatsworth, wissen Sie, und *solcher* Häusern. Mein Großvater hat es gebaut − ich meine, mein *Ur*großvater, denn ich gehöre zur Familie Ringwood.

MR. LOWNDES: Dann war Lord Ringwood Ihr *Groß*vater oder Ihr *Groß*pate.

MR. TWYSDEN: Hehe! Meine Mutter war seine direkte Nichte. Mein Großvater war sein direkter Bruder, und ich bin . . .

MR. LOWNDES: Danke sehr. Jetzt verstehe ich.

MR. HALKIN: *Das ist sehr interessant. Ich versichere Ihnen, das ist sehr interessant.*

MR. TWYSDEN: Wie meinen? (Diese Zigarre ist wirklich − ich werfe sie fort, wenn es recht ist.) Ich sagte gerade, daß wir in Whipham, wo ich groß geworden bin, oft vierzig zu Tisch waren, und ebenso viele im Eßzimmer der höheren Dienerschaft.

MR. LOWNDES: Und Sie speisten im . . . Sie hatten recht gute Dinners?

MR. TWYSDEN: Ein französischer Chefkoch! Zwei Gehilfen, dazu Schildkröte aus London. Zwei oder drei reguläre Köchinnen im Haushalt, außerdem Küchenmädchen, Küchenjungen und all so etwas, Sie verstehen. Wie viele haben Sie hier wohl? In Lord Estridges Küche kommen Sie nicht aus, ich würde sagen, ohne mindestens – mal sehen – also, bei *unserem* bescheidenen Stil – und wenn Sie nach London kommen, wird sich mein Vater höllisch freuen, Sie zu begrüßen – wir . . .

MR. LOWNDES: Wie geht es Mr. Woolcomb heute morgen? Ein sehr ordentliches Dinner, das Woolcomb uns gestern gab.

MR. TWYSDEN: Er hat massenhaft Geld, *massen*haft. Ich hoffe, Lowndes, wenn Sie nach London kommen – sobald Sie das nächste Mal kommen, denken Sie daran –, werden Ihnen einen äußerst herzlichen Empfang bereiten, und meines Vaters alter Port. . .

MR. HELY: Gibt denn keiner diesem kleinen Biest einen Tritt, daß er zur Tür hinausfliegt?

BEDIENTER: Monsieur Chesham peut-il voir M. Firmin?

MR. CHESHAM: Gewiß doch. Komm rein, Firmin!

MR. TWYSDEN: Mr. Fiermäng? Mr. Fir. . . Mr. *wer*? Sie wollen doch wohl nicht sagen, Sie empfangen *den* Kerl, Mr. Chesham?

MR. CHESHAM: Welchen Kerl? Und was wollen Sie damit sagen, Mr. Dingsda?

MR. TWYSDEN: *Den* Halun. . . – Oh, will sagen, ich – ich bitte um . . .

MR. FIRMIN (tritt ein und geht auf Mr. Chesham zu): Hör mal, ich brauche heute unbedingt eine kleine Information. Was du da gesagt hast, über – hm und hm und ha – kann ich das nicht bekommen? (Er unterhält sich vertraulich mit Mr. Chesham, als er Mr. Twysden gewahrt.) *Was! Die* kleine Kanaille habt ihr hier?

MR. LOWNDES: Sie kennen Mr. Twysden, Mr. Firmin? Er sprach gerade von Ihnen.

MR. FIRMIN: Wirklich? Mein Pech.

MR. TWYSDEN: Sir! Wir sprechen nicht miteinander. Sie haben kein Recht, so mit mir umzugehen! Reden Sie mich nicht an, und ich rede nicht mit Ihnen, Sir – also bitte! Guten Morgen, Mr. Lowndes! Denken Sie an Ihr Versprechen, bei uns zu dinieren, wenn Sie nach London kommen. Und – auf ein Wort (er hält Mr. Lowndes am Knopf fest. Nebenbei, er weist ganz kuriose Ähnlichkeiten mit Twysden senior auf) – wir bleiben sicher noch zehn Tage hier. Ich glaube, Lady Estridge veranstaltet nächste Woche etwas. Ich habe unsere Karten abgegeben, und . . .

MR. LOWNDES: Vorsicht. *Er* ist auch dort. (Weist auf Mr. Firmin.)

MR. TWYSDEN: Was! *Der* Strolch? Sie wollen doch wohl nicht sagen, Lord Estridge empfängt einen Kerl wie . . . Auf Wiedersehen, auf Wiedersehen! (Mr. Twysden ab.)

MR. FIRMIN: Ich habe gemerkt, wie dieser Wicht mich angesehen hat. Er ist nämlich mein Vetter. Wir hatten einen Streit. Ich bin sicher, er hat über mich gesprochen.

MR. LOWNDES: Nun, da Sie davon angefangen haben, er *hat* über Sie gesprochen.

MR. FIRMIN: Tatsächlich? Dann *glauben Sie ihm nicht*, Mr. Lowndes. Das ist mein Rat.

MR. HELY (an seinem Schreibtisch dichtend): „Mädchenwange hold errötend, Mädchen mit" – Oh, Charlotte, Char. . . (Er kaut auf seiner Feder herum und wirft rasche Reime auf Behördenpapier.)

MR. FIRMIN: Was sagt er da? Er hat Charlotte gesagt.

MR. LOWNDES: Er ist ständig verliebt, es bricht ihm das Herz, und das setzt er in Verse um; er verpackt es in Papier und verliebt sich in die nächste. Wollen Sie sich nicht setzen und eine Zigarre rauchen?

MR. FIRMIN: Kann mich nicht aufhalten. Muß meinen Brief fertig machen. Morgen gehen wir in Druck.

MR. LOWNDES: Wer hat diesen Artikel geschrieben, in dem es Mr. Peel ans Leder geht?

MR. FIRMIN: Geschäftsgeheimnis – darf ich nicht sagen. – Auf Wiedersehen. (Mr. Firmin ab.)

MR. CHESHAM: Meiner Meinung nach ein äußerst unangebrachter und ausfallender Artikel. Dieses Journal, die „Pall Mall Gazette", nimmt sich eine ganz unnötige Gehässigkeit heraus, finde ich.

MR. LOWNDES: Chesham nennt einen Spaten nicht gern einen Spaten. Er nennt ihn Gartenwirtschaftsgerät. Ihnen steht eine große Karriere bevor, Chesham. Sie besitzen Weisheit und Würde über Ihre Jahre hinaus. Sie langweilen uns ein wenig, aber wir alle achten Sie – wirklich. Wie lautete der Predigttext am vorigen Sonntag? Ach, übrigens, Hely, Sie kleiner Heide, *Sie* waren in der Kirche!

MR. CHESHAM: Sie brauchen nicht rot zu werden, Hely. Ich selbst neige nicht zu Scherzen, aber solche Witze scheinen mir nicht so besonders amüsant zu sein, Lowndes.

MR. LOWNDES: Sie gehen in die Kirche, weil Sie tugendhaft sind, weil Ihre Tante Bischof oder so etwas war. Aber Hely geht, weil er ein kleiner Schuft ist. Sie heuchlerischer Wicht hatten sich aufgetakelt, als gingen Sie zu einem déjeuner, und Sie hatten sich das Haar gekräuselt, und man hat Sie mit dieser hübschen Miss Baynes aus einem Gesangbuch singen sehen, Sie kleiner scharwenzelnder Sünder; und Sie haben die Familie heimbegleitet – meine Schwestern haben Sie gesehen – zu der Pension, wo sie wohnen – beim Zeus, das haben Sie! Und ich sag's Ihrer Mutter!

MR. CHESHAM: Ich wünschte, Sie würden nicht solchen Lärm machen und mich meine Arbeit tun lassen, Lowndes. Sie . . .

Hier reißt Asmodeus uns mit sich aus dem Zimmer, und uns entgeht der Rest des Gesprächs der jungen Leute. Doch ich denke, wir haben genug mit angehört, um die Richtung erkennen zu lassen, in die Mr. Helys Gedanken schweiften. Seit er siebzehn Jahre alt war (zu der Zeit, da wir ihn vor uns sehen, ist er etwa dreiundzwanzig), ist dieser romantische Jüngling wiederholt verliebt gewesen: in die Tochter seines ältlichen Hauslehrers natürlich; in eine junge Kurzwarenverkäuferin während der Universitätszeit; in die beste Freundin seiner Schwester; voriges Jahr in die blühende junge dänische Schönheit; und jetzt hat, fürchte ich sehr, eine junge Bekannte von uns die Aufmerksamkeit dieses schwärmerischen Don Juan auf sich gelenkt. Wann immer Hely verliebt ist, bildet er sich ein, seine Leidenschaft werde ewig währen, vertraut sich jeder nächstbesten Person an, weint ergiebig und schreibt viele Ries Papier voll Verse. Erinnern Sie sich, daß wir Ihnen in einem früheren Kapitel mitgeteilt hatten, Mrs. Tuffin sei entschlossen gewesen, Philip *nicht* zu ihren Soiréen einzuladen, und habe ihn als unangenehmen, vorlauten jungen Mann bezeichnet? Den jungen Walsingham Hely in seiner schlaffen Art, mit seinem hängenden Kopf, den blonden Locken und der Blume im Knopfloch empfing sie mit Freuden; und Hely, der zu jener Zeit gerade hitzig einer der hochgewachsenen Misses

Blacklock nachstellte, besuchte Mrs. Tuffin, wurde dort mit allen Ehren willkommen geheißen, und dort flatterte unser Schmetterling Miss Blacklock davon und umspielte Miss Baynes. Nun hätte Miss Baynes auch mit einem Besenstiel getanzt, so versessen war sie aufs Tanzen: und Hely, der aus tausend Chaumières, Mabilles (oder wie das Tanzlokal nun heißen mochte, das damals in Mode war) praktische Erfahrung mitbrachte, war ein ungemein liebenswürdiger, leichtfüßiger und ganz vorzüglicher Partner. Und sie erzählte Philip am nächsten Tag, was für einen netten kleinen Partner sie gefunden habe – dem armen Philip, der nicht zu jenem Paradies von Gesellschaft geladen war. Und Philip bemerkte, er kenne den kleinen Mann; er glaube, er sei reich; er schreibe hübsche Verse: mit einem Wort, Philip auf seine löwenhafte Art betrachtete den kleinen Hely wie ein Leu ein Schoßhündchen.

Nun verfügte dieser kleine Pfiffikus über tausend kleine Listen. Er besaß ein besonders feines Empfindungsvermögen und einen erlesenen Geschmack, die auf Unschuld und Schönheit ganz unvermittelt ansprachen. Er vergoß Tränen, ich will nicht sagen auf Abruf; denn sie entzogen sich jeder Kontrolle und entströmten wider Willen seinen schönen Augen. Charlottes Unschuld und Frische entflammten ihn zu höchstem Entzücken. Bon Dieu! Was war jene stattliche, hochgewachsene Miss Blacklock, die durch tausend Ballsäle gestampft war, verglichen mit diesem ungekünstelten, fröhlichen Geschöpf? Kaum erblickte er unsere junge Freundin, tanzte er Miss Blacklock davon und Charlotte nach; und die Blacklocks, die völlig über ihn im Bilde waren und über sein Geld und seine Mutter und seine Erwartungen Bescheid wußten – die seine Verse in ihrem bescheidenen Album hatten – neben deren Kutsche er Tag für Tag im Bois de Boulogne Kapriolen geritten hatte –, standen finster und verlassen da, indes dieser junge Mensch mit der Miss Baynes davontanzte, die in einer Pension wohnte und mit ihrer gräßlichen alten Mutter in einer Droschke zu den Gesellschaften kam! Von nun an waren die Blacklocks für Mr. Hely nicht mehr vorhanden. Sie baten ihn zum Dinner. Meine Güte, er vergaß es aber auch ganz und gar! An ihrem Abend in der Oper kam er nie mehr in ihre Loge. Es bereitete ihm nicht einen Gewissensbiß. Nicht einen Stich schmerzlicher Erinnerung. *Wenn* er sich an sie

21

erinnerte, dann nur, wenn sie ihm auf die Nerven fielen, wie jene großen tragischen Frauen in Schwarz, die sich ständig mit ihren mächtigen langen Schleppen zu Don Juan drängen, um ihm eine Predigt zu singen. Meine Damen, Ihr Name ist im Katalog Seiner Lordschaft festgehalten; sein Bedienter führt ihn; und Sie, Miss Anna, sind Nummer tausendunddrei.

Doch was Miss Charlotte angeht, das ist etwas ganz anderes. Welche Unschuld! Welch fraîcheur! Welch heiteres Temperament! Don Pfiffikus ist angerührt, er empfindet zartes Interesse; ihre unverstellte Stimme durchschauert ihn von Kopf bis Fuß; er bebt, wenn er mit ihr Walzer tanzt; wenn seine schönen Augen sie ansehen, ha! was ist das für ein Schleier, der sich über sie legt? O Pfiffikus, Pfiffikus! Und da sie nichts zu verbergen hat, hat sie ihm binnen kurzem alles erzählt, was er wissen will. Es sei ihr erster Winter in Paris; ihre erste Saison in der Gesellschaft. Bisher habe sie erst zwei Bälle besucht und zwei Schauspiele und eine Oper. Und ihr Vater habe Mr. Hely bei Lord Trim getroffen. Das sei ihr Vater, der dort Whist gespielt habe. Und sie wohnten in Madame Smolensks Pension auf den Champs-Elysées. Und sie seien bei Mr. Dash gewesen und bei Mrs. Blank, und sie glaube, am Freitag würden sie zu Mrs. Star gehen. Und gingen sie wohl auch in die Kirche? Gewiß gingen sie in die Kirche, in die Rue d'Aguesseau, oder wo es eben sein mochte. Und Pfiffikus ging am nächsten Sonntag in die Kirche. Sie erraten vielleicht, in welche Kirche. Und am Sonntag darauf ging er auch. Und in seiner Wohnung sang er seine eigenen Lieder und begleitete sich auf der Gitarre. Und er sang auch anderswo. Und er hatte ein wirklich hübsches Stimmchen, der Pfiffikus. Ich glaube, die Gedichte unter dem gemeinsamen Titel „Gretchen" in unseres Walsinghams reizendem Bändchen waren alle von Miss Baynes inspiriert. Am allerersten Abend, nachdem er ihr begegnet war, begann er über sie und sich selbst zu schreiben. Er rauchte Zigaretten und trank grünen Tee. Er sah so bleich aus – so bleich und traurig, daß er sich im Spiegel seiner Wohnung in der Rue Miroménil richtig leid tat. Und er verglich sich mit einem schiffbrüchigen Seemann und mit einem Grab und mit einem in Verzückung versetzten und dem Leben wiedergeschenkten Mann. Und er weinte ganz ungehemmt und wohltuend für sich allein. Und am nächsten Tag besuchte er seine Mutter und

Schwester im „Hôtel de la Terrasse" und weinte vor ihnen und erklärte, diesmal liebe er für immer und ewig. Und seine Schwester nannte ihn einen albernen Tropf. Und als er sich ausgeweint hatte, aß er eine ausnehmend umfangreiche Mahlzeit. Und er zog jedermann ins Vertrauen, wie immer, wenn er verliebt war: allezeit davon sprechend, allezeit verseschmiedend und allezeit weinend. Was Miss Blacklock betraf, versenkte er die Leiche jener Liebe tief im Ozean seiner Seele. Die Wogen verschlangen Miss B. Das Schiff stampfte weiter. Der Sturm legte sich. Und die Sterne kamen hervor, und die Morgenröte erfüllte seine Seele usw. Soso! Die Mutter war eine gewöhnliche Person, und ich bin froh, daß du da heraus bist. Und was für Leute sind General Baynes und Mrs. Baynes?

„Ach, reizende Leute! Ganz hervorragender Offizier, der Vater, bescheiden – sagt kein Wort. Die Mutter eine äußerst lebhafte, energische, angenehme Frau. Du mußt sie unbedingt besuchen, Ma'am. Ich möchte, daß ihr sofort hingeht."

„Und bei den Miss Blacklocks Besuchskarten mit p. p. c. abgeben!" ergänzt Miss Hely, die eine reizlose, aber muntere Person war. Und Mutter und Schwester verwöhnten beide diesen jungen Hely; wie die Frauen stets einen Sohn, einen Bruder, einen Vater, Gatten, Großvater verwöhnen sollten – mit einem Wort, jeden männlichen Verwandten.

Diesen verwöhnten Sohn verheiratet zu sehen war das innige Gebet der gutmütigen Mutter. Ein ältester Sohn war als Wüstling gestorben; ein Opfer zu vielen Geldes, Vergnügens, Müßiggangs. Die verwitwete Mutter hätte alles gegeben, um diesen vor der Entwicklung zu bewahren, die der älteste genommen hatte. Der junge Mann würde eines Tages so reich sein, daß ihr klar war, wie viele, viele Intrigantinnen versuchen würden, ihn in die Falle zu locken. Vielleicht hatte man sie veranlaßt, seinen Vater zu heiraten, weil er reich war, und sie erinnerte sich an den Trübsinn und Jammer ihrer eigenen Verbindung. O könnte sie ihren Sohn doch außer Reichweite der Versuchung bringen und als Gatten eines ehrlichen Mädchens sehen! Es war die erste Saison der jungen Dame? Um so wahrscheinlicher, daß sie nicht berechnend war. „Der General – erinnerst du dich nicht an einen netten alten Herrn in einer – nun ja, in einer Perücke –, als wir bei Lord Trim dinierten und dieser gräßliche alte Lord Ringwood da

war? Das war General Baynes; und er setzte sich so begeistert zur
Verteidigung eines armen jungen Mannes ein – Doktor Firmins
Sohn –, der wohl ein schlechter Mensch war; und ich werde nie
wieder für einen anderen Arzt Vertrauen aufbringen, bestimmt
nicht. Und wir wollen bei diesen Leuten Besuch machen, Fanny.
Ja, in einer braunen Perücke – der General, ich erinnere mich
ganz genau an ihn, und Lord Trim sagte, er sei ein wirklich ganz
vortrefflicher Offizier. Und ich zweifle nicht daran, daß seine
Frau sich als äußerst angenehme Person herausstellt. Diese Ge-
neralsfrauen, die durch die Welt gereist sind, müssen eine Menge
gesehen und gehört und allerlei Kenntnisse gesammelt haben. In
einer Pension wohnen sie? Bestimmt sehr angenehm und amüsant. Und wir wollen sofort hinfahren und bei ihnen vorsprechen."

An diesem Tag, als MacGrigor und Moira Baynes sich in dem
kleinen Vorgarten von Madame Smolensks Pension tummelten,
war Moira, glaube ich, gerade im Begriff, MacGrigor zu verprü-
geln, als seine brudermörderische Hand beim Anblick einer großen gelben Kutsche stockte – der geräumigen Kutsche einer
Londoner Witwe von Stand –, von der ein stattlicher Londoner
Familienlakai abstieg, mit puderbemehlten Seitenlocken, mit
Waden, wie sie nur stattlichen Londoner Familienlakaien eigen
sind, und mit Karten in der Hand.

„Ceci Madame Smolensk?" fragt der stattliche Dienstbote.
„Oui", gibt der Junge kopfnickend zurück; woraufhin der Lakai
verunsichert war, denn wegen seines prompten Gebrauchs der
französischen Sprache hielt er den Jungen für einen Franzosen.

„Ici demeure General Bang?" fuhr der Mann fort.

„Gib uns ruhig die Karten, John. Nicht zu Hause", sagte
Moira.

„*Wer* is nich zu 'ause?" erkundigte sich der Bediente.

„General Baynes, mein Vater, ist nicht zu Hause. Er soll die
Pappe kriegen, wenn er kommt. Mrs. Hely? Ach, Mac, das ist
derselbe Name wie der junge Geck, der neulich zu Besuch war!
Ist nicht zu Hause, John. Ausgegangen, Besuche machen. Hat extra einen Einspänner kommen lassen. Ist mit meiner Schwester
fort. Auf mein Wort, sie sind weg, John." Und angesichts dieser
genauen Schilderung des Benehmens des Jungen befürchte ich,
daß der junge Baynes wohl in einer klassisch und kaufmännisch

orientierten Akademie erzogen worden ist, wo man die Ökono-
mie intensiver studierte als den guten Ton.

Philip kommt zum Dinner anmarschiert und trifft, da es nicht
sein Posttag ist, zeitig ein. Er hofft vielleicht auf einen Spaziergang mit Miss Charlotte oder ein trauliches Stündchen in Madame Smolensks kleinem Privatzimmer. Auf dem Vorplatz trifft
er die zwei Jungen, und sie haben Mrs. Helys Karte in der Hand;
und sie schildern ihm die Ankunft und Abfahrt der Dame in der
eleganten Kutsche, der Mutter des jungen Gecken mit der
Blume im Knopfloch, der neulich auf einem so famosen Pferd
kam. Ja. Und vorigen Sonntag war er in der Kirche, Philip, und
er hat Charlotte ein Gesangbuch gegeben. Und gesungen hat er:
er hat gepiepst wie der Mann, der vor Moses Flöte spielte, hat Pa
gesagt. Und Ma hat gesagt, das wäre gottlos, aber das war es
nicht: bloß Papas Späßchen, weißt du. Und Ma hat gesagt, *du*
kämst nie in die Kirche. Warum eigentlich nicht?

Bei seiner edelmütigen Wesensart besaß Philip keine Spur von
Eifersucht und hätte Charlotte ebensowenig beschuldigt, mit an-
deren Männern zu flirten, wie Madames Silberlöffel zu stehlen.
„Ihr habt also ganz vornehmen Besuch gehabt", sagt er, als der
Einspänner vorfährt. „Ich erinnere mich an die reiche Mrs. Hely,
eine Patientin meines Vaters. Meine arme Mutter war oft bei ihr."

„Oh, wir bekommen Mr. Hely sehr oft zu sehen, Philip!" ruft
Miss Charlotte und übersieht das Stirnrunzeln der Mutter, die
dem Mädchen erbost mit Kopf und Hand Zeichen macht.

„Ihr habt ihn bisher überhaupt nicht erwähnt. Er ist einer der
größten Dandies in Paris: ein richtiger Gesellschaftslöwe", bemerkt Philip.

„Ist er das? Was für ein drolliger kleiner Löwe! Ich hatte gar
nicht an ihn gedacht", sagt Miss Charlotte ganz schlicht. O Undankbarkeit! Undankbarkeit! Und wir haben berichtet, wie
Mr. Walsingham sich die Augen nach ihr ausweinte.

„Sie hat gar nicht an ihn gedacht", ruft Mrs. Baynes beflissen.

„Ihr redet wohl über den Piepser, wie?" fragt Papa. „Ich habe
ihn nämlich Piepser genannt, weil er in der Kirche so lieblich ge-
pie. . . Ja, liebe Frau?"

Mrs. Baynes hatte soeben ihren General in die Seite gestupst.
Sie wünschte nicht, daß der Piepser das Gesprächsthema bildete,
vermute ich.

„Die Mutter des Piepsers ist steinreich, und der Piepser wird sie beerben. Sie hat ein schönes Haus in London. Sie gibt ganz erstklassige Gesellschaften. Sie fährt in einer prächtigen Kutsche, und ich nehme an, sie ist gekommen, um bei euch Besuch zu machen und euch zu ihren Bällen einzuladen."

Mrs. Baynes war über diesen Besuch begeistert. Und als sie sagte: „*Ich* lege gewiß keinen Wert auf feine Leute oder ihre feinen Gesellschaften oder ihre feinen Kutschen, aber ich möchte, daß mein Kind die Welt zu sehen bekommt", glaubte ich keinem der Worte, die Mrs. Baynes sprach. Sie freute sich viel mehr als Charlotte an dem Gedanken, diese vornehme Dame zu besuchen. Warum sonst hätte sie dem General den ganzen Abend schöngetan und nach dem Munde geredet und ihn so besonders freundlich behandelt? Sie wollte eine neue Robe. Die Wahrheit ist, ihr Gelbes *war* sehr schäbig; wohingegen Charlotte in schlichtem weißem Musselin hübsch genug aussah, um die Hilfe jeder französischen Putzmacherin entbehren zu können. Ich male mir eine Beratung mit Madame und Mrs. Bunch aus. Ich male mir am nächsten Tag die Bestellung eines Einspänners und einen Besuch bei der Schneiderin aus. Und wenn das Modell der Robe mit der Schneiderin abgesprochen ist, male ich mir das Entsetzen auf Mrs. Baynes' runzeligem Gesicht aus, wenn sie die Höhe der Rechnung erfährt. Der Gerechtigkeit halber sei es gesagt, die Frau des Generals hatte stets wenig an ihre eigene unansehnliche Person gewendet. Sie wählte ihre Roben häßlich, aber billig. In jener Familie waren so viele Personen zu kleiden, daß die sparsame Mutter nicht darauf achtete, sich selbst herauszuputzen.

24. KAPITEL

Nec dulces amores sperne, puer,
neque tu choreas

ein liebes Kind", sprach Mrs. Baynes zu ihrer Tochter, „du bewegst dich jetzt viel in der Welt. Du wirst eine Menge Häuser besuchen, wo Philip nicht hoffen kann, Zutritt zu erhalten."

„Philip keinen Zutritt erhalten, Mama! Dann gehe ich bestimmt nicht hin", ruft das Mädchen.

„Zeit genug, den Besuch von Gesellschaften aufzugeben, wenn du ihn heiratest und es dir nicht mehr erlauben kannst. Als ich die Frau eines Leutnants war, habe ich keine Gesellschaften außerhalb des Regiments besucht, mein Kind!"

„Ach, dann will ich bestimmt *nie* ausgehen!" erklärt Charlotte mit Nachdruck.

„Du bildest dir wahrscheinlich ein, er wird immer zu Hause bleiben. Die Männer sind nicht alle so häuslich wie dein Papa. Sehr wenige bleiben so gern zu Hause wie er. Wirklich, ich darf sagen, ich habe ihm sein Heim behaglich gemacht. Aber eines ist klar, mein Kind, Philip kann nicht immer erwarten, da hinzugehen, wo wir hingehen. Seine gesellschaftliche Stellung läßt es nicht zu. Denke daran, dein Vater ist General, C. B. und vielleicht bald K. C. B., und deine Mutter ist die Gattin eines Generals. *Wir* dürfen überall hin. Ich hätte daheim zur Gala bei Hofe gehen können, wenn ich gewollt hätte. Lady Biggs hätte mich mit Freuden vorgestellt. Deine Tante war zur Galacour, und sie ist bloß Mrs. Major MacWhirter; und es war einfach unvernünftig von Mac, sie hingehen zu lassen. Aber sie regiert ihn in allem, und sie haben keine Kinder. Ich habe welche, weiß Gott! Ich opfere mich für meine Kinder auf. Du ahnst ja nicht, was ich mir meiner Kinder wegen versage. Ich habe Lady Biggs gesagt: ‚Nein, Lady Biggs; mein Mann kann hin. Er soll sogar hin. Er hat seine Uniform, und es kostet ihn weiter nichts als einen Einspänner und den Blumenschmuck für den Kutscher; aber *ich* werde kein Geld an mich wenden, um mir Brillanten und Federn auszuleihen, und wenn ich auch an Königstreue *keinem* Menschen nachstehe, wird mich meine Herrscherin sicherlich *nicht vermissen.*' Und ich glaube nicht, daß Ihre Majestät mich vermißt hat. Sie hat noch an andere Sachen zu denken als an Mrs. General Baynes, nehme ich an. Sie ist Mutter und kann die Opfer einer Mutter für ihre Kinder würdigen." − Wenn ich Ihnen bisher noch keine nähere Wiedergabe von Mrs. Baynes' Gesprächston geboten habe, geschätzter Leser, so glaube ich nicht, daß Sie es mir sehr übelnehmen.

„Nun, Kind", fuhr die Gattin des Generals fort, „laß dich mahnen, Philip nicht so viel über die Häuser zu erzählen, die du ohne ihn besuchst und die zu besuchen seine Situation im Leben ihm nicht erlaubt. Etwas vor ihm verbergen? O Gott, nein! Nur zu seinem eigenen Besten, du verstehst. Ich erzähle deinem Papa auch nicht alles. Ich würde ihn nur beunruhigen und verärgern. Wenn ihn etwas freut und glücklich macht, *das* sage ich ihm. Und zu Philip. Philip, ich muß es sagen, liebes Kind − ich muß es als Mutter sagen −, hat seine Fehler. Er ist ein *neidischer* Mensch. Guck nicht so empört. Er hat eine hohe Meinung von sich. Und weil er seinerzeit von seinem unglücklichen Vater furchtbar verwöhnt worden ist und man zu viel von ihm hergemacht hat, ist er so stolz und hochmütig, daß er *seine Stellung vergißt* und meint, er müßte mit der höchsten Gesellschaft verkehren. Hätte Lord Ringwood ihm ein Vermögen vermacht, und Philip hat in uns *diese Erwartung geweckt*, als wir unsere Einwilligung zu dieser höchst unglücklichen Partie gaben − denn daß mein liebes Kind einen Bettler heiraten soll, *ist* höchst unglücklich und höchst bedauerlich; ich kann nicht anders, ich muß es aussprechen, Charlotte −, läge ich auf meinem Totenbett, könnte ich nicht anders, ich müßte es aussprechen; und ich wünschte von ganzem Herzen, wir hätten nie etwas von ihm gesehen oder gehört. – Na, na! Mach mir jetzt nur nicht eine deiner Szenen! Bitte, was sagte ich gerade? Ich sage, Philip ist in keiner angemessenen Position, oder eher in einer sehr bescheidenen – ein bloßer Zeitungsschreiber, und noch dazu ein subalterner –, was jeder zugibt. Und wenn er uns über unsere Gesellschaften sprechen hört, die wir mit vollem Recht besuchen dürfen – die du mit deiner Mutter, der Gattin eines Generals, mit vollem Recht besuchen darfst –, nun ja, wird ihn das ärgern. Es wird ihm nicht gefallen, davon zu hören und zugleich zu wissen, daß er dazu keine Einladung bekommt. Und es ist besser, du sprichst überhaupt nicht darüber oder über die Leute, die du dort triffst und mit denen du tanzt. Bei Mrs. Hely tanzt du womöglich mit Lord Headbury, dem Sohn des Botschafters. Und wenn du es Philip erzählst, wird er sich ärgern. Er wird sagen, daß du damit prahlst. Als ich nur die Frau eines Leutnants in Barrackpore war, besuchte Mrs. Hauptmann Capers immer die Bälle im Government House in Kalkutta. Ich ging nicht hin. Aber ich habe mich geärgert, und ich sagte immer, Flora Capers gebe an und prahle dauernd mit ihrer dicken Freundschaft mit der Marquise von Hastings. Wir mögen es nicht, wenn unseresgleichen besser dran sind als wir selbst. Merke dir meine Worte. Und wenn du Philip von den Leuten erzählst, die du in der Gesellschaft kennenlernst und die er in seiner unglücklichen Lebenslage nicht kennenzulernen hoffen kann, ärgerst du ihn. Deshalb habe ich dich heute angestupst, als du pausenlos über Mr. Hely geredet hast. So etwas Albernes! Ich habe gesehen, wie Philip sofort wütend wurde und auf seinen Schnurrbart biß, wie immer, wenn er wütend ist – und schimpft auch laut los – so ordinär! Da! Gleich wirst du wieder böse, Liebes; so etwas wie dich habe ich noch nicht erlebt! Ist das meine Charly, die nie böse war? Ich kenne die Welt, liebes Kind, und du nicht. Sieh mich an, wie ich deinen Papa lenke, und ich sage dir, sprich nicht mit Philip über Sachen, die ihn ärgern! Jetzt, liebstes Kind, gib deiner armen alten Mutter, die dich liebhat, einen Kuß. Geh hinauf, und kühle dir die Augen, und komm fröhlich zum Dinner herunter." Und beim Dinner gab sich Mrs. General Baynes Philip gegenüber ungewöhnlich huldvoll. Und huldvoll fand Philip sie besonders unsympathisch, denn sein edelmütiges Wesen war schlecht mit der schmeichelnden Falschheit einer alten Frau ohne Lebensart in Einklang zu bringen.

Dem Rat dieser nichtswürdigen Mutter folgend, sprach meine arme Charlotte mit Philip fast gar nicht über die Gesellschaften, die sie besuchte, und die Vergnügungen, die sie ohne ihn genoß. Ich vermute, Mrs. Baynes gab sich durchaus zufrieden dem Gedanken hin, sie „lenke" ihr Kind richtig. Als hätte eine Frau von gewöhnlichem Charakter, weil sie gemein und habgierig und heuchlerisch und fünfzig Jahre alt ist, das Recht, eine arglose Natur ins Unrecht zu lenken! Ach! wenn manche unter uns alten Leuten bei unseren Kindern in die Schule gingen, ich bin überzeugt, Madam, das täte uns sehr gut. In meinem Urenkel Tommy steckt ein Schatz an gesundem Menschenverstand und Ehrgefühl, der wertvoller ist als alle Erfahrung und Weltkenntnis seines Großpapas. Weltkenntnis, fürwahr! Nichts als Kompromisse, angepaßte Selbstsucht und Doppelzüngigkeit. Tom verachtet die Lüge: wenn er einen Pfirsich haben will, brüllt er danach. Wenn hingegen seine Mutter zu einer Gesellschaft gehen möchte, schmeichelt sie und überredet und arrangiert und lächelt geziert und knickst monatelang, um ihr Ziel zu erreichen; steckt zwanzig Zurückweisungen ein und geht lächelnd in die nächste Runde; und diese Frau gibt ihren Töchtern immerzu gute Lehren und predigt ihren Söhnen Tugend, Aufrichtigkeit und sittlichen Anstand!

Mrs. Helys kleine Gesellschaft im „Hôtel de la Terrasse" war sehr hübsch und freundlich. Und Miss Charlotte genoß sie, obwohl ihr Liebster nicht dabei war. Doch Philip freute sich, daß seine kleine Charlotte glücklich war. Sie betrachtete staunend Pariser Herzoginnen, amerikanische Millionäre, Dandies aus den Botschaften, Abgeordnete und Pairs von Frankreich mit großen Sternen und Perücken wie Papa. Sie schilderte Philip heiter die Gesellschaft; vielmehr schilderte sie ihm alles außer ihrem eigenen Erfolg, der unzweifelhaft war. Bei Mrs. Hely waren viele Schönheiten anwesend, aber keine frischer oder hübscher. Die Misses Blacklock zogen sich sehr zeitig und in allerschlechtester Laune zurück. Prinz Pfiffikus kümmerte sich überhaupt nicht um ihren Abgang. All seine Gedanken waren auf die kleine Charlotte gerichtet. Charlottes Mama sah, welchen Eindruck das Mädchen auf ihn machte, und eine gierige Freude erfüllte sie.

Die gutmütige Mrs. Hely beglückwünschte sie zu ihrer Tochter. „Gott sei Dank ist sie so gut, wie sie hübsch ist", sagte die Mutter, die diesmal bestimmt im Ernst sprach, was ihre Tochter betraf. Prinz Pfiffikus tanzte kaum mit einer anderen. Er ließ geradezu einen Wirbelsturm von Komplimenten um Charlotte herum aufsteigen. Sie war eine ganz schlichte Person und verstand nicht den zehnten Teil dessen, was er ihr sagte. Er bestreute ihren Pfad mit poetischen Rosen: er warf ihr den ganzen Weg vom Vorzimmer und die Treppe hinab bis zum Einspänner, der sie und ihre Eltern in die Pension heimbringen sollte, gefühlvolle Blumengewinde zu Füßen. „Beim heiligen George, Charlotte, ich glaube, du hast diesen Burschen erobert", ruft der General, den der junge Hely unendlich belustigte – seine Verzükkungen, seine Affektiertheiten, sein langes Haar, und was Baynes sein „Dekolleté" nannte. Ein schmales weißes Band mit einem Knopf aus Rubin schlang sich um Helys Hals. Das Haar wallte ihm lockig bis auf die Schultern. Baynes hatte noch nie ein solches Exemplar vor Augen gehabt. In der Messe der wackeren Hundertzwanziger sprachen die Jungs von ihren Hunden, ihren Pferden und vom Sport. Ein junger Zivilist, in der Poesie herumstümpernd, ein Dutzend Sprachen schnatternd, parfümiert, lächelnd, vollkommen einig mit sich und der Welt, war für den alten Offizier etwas ganz Neues.

Und nun kam der Geburtstag der Königin heran – und daß er noch manch Dutzend Jahre kommen möge, ist, dessen bin ich sicher, unser aller Gebet – und mit dem Geburtstag die große jährliche fête Seiner Exzellenz Lord Estridges zu Ehren seiner Herrscherin. Eine Karte für den Ball wurde bei Madame Smolensk abgegeben, für General, Mrs. und Miss Baynes; und ohne Zweifel war Monsieur Pfiffikus Walsingham Hely der listige Mittler, der die Einladung befördert hatte. Wieder einmal kam die altgediente Uniform des Generals aus der Blechkiste, mit ihren angeschmutzten Epauletten und dem kleinen Kreuz und Ordensband. Seine Frau hielt ihm dringlich die Notwendigkeit vor, eine neue Perücke anzuschaffen, denn in Paris seien die Perücken wirklich preiswert und gut – doch Baynes meinte, mit einer neuen Perücke würde sein alter Waffenrock allzu schäbig wirken; und eine neue Uniform würde mehr Geld kosten, als er gern ausgäbe. So schäbig ging er de cap à pied, mit einer Feder,

die in der Mauser war, einem fadenscheinigen Rock, einer glanz-
losen Perücke und einer erschlafften Spitzenkrause, sibi constans. Stiefel, Hosen, Schärpe, Mantel waren alle alt und abgetra-
gen, und „auf Ehre", sagte er, „mein Gesicht paßt dazu". Ein tapferer, schweigsamer Mann war Baynes, mit einem humorvollen
Blinzeln im mageren, faltigen Gesicht.

Und wenn General Baynes beim Ball in der Botschaft schäbig
gekleidet war, glaube ich einen Freund von mir zu kennen, der
auch schäbig auftrat. In den Tagen seines Wohlstands war
Mr. Philip parcus cultor et infrequens von Bällen, großen
Abendempfängen und Damengesellschaft. Vielleicht weil Philip mit der Vernachlässigung seiner gesellschaftlichen Vorteile
und mit der Gleichgültigkeit gegenüber dem Erfolg in der Welt
seinen Vater aufbrachte, verhielt er sich nur noch nachlässiger
und gleichgültiger. Das falsche Lächeln und die gemessene
heuchlerische Höflichkeit des Älteren erregten in dem jungen
Mann Aufruhr und Verachtung. Philip verachtete den falschen
Schein und die Welt, der so ein falscher Schein willkommen sein
konnte. Er hielt sich also von Teenachmittagen fern: seine
Abendkleidung diente ihm geraume Zeit. Ich kann nicht sagen,
wie alt sein Frack zu der Zeit war, von der wir schreiben. Er war
es aber damals bereits seit vielen Jahren gewohnt, dieses Kleidungsstück mit Respekt zu betrachten und es für neu und gutaussehend zu halten. Inzwischen war der Frack eingelaufen, oder
sein Träger hatte zugenommen; und seine großartige bestickte,
bossierte, kolorierte, ziselierte und vergoldete samtene Galaweste
hatte sich auch zusammengezogen, war lächerlich eng und kurz
geworden und diente sicherlich vielen seiner Bekannten als Ziel-
scheibe des Spotts, während er selbst, der arme schlichte Kerl,
sich einbildete, es sei ein rundum prachtvolles Kleidungsstück.
Sie wissen, im Palais-Royal hängen die prächtigsten Morgen-
röcke, Westen und so weiter von der Stange. – Nein, dachte Philip, als er aus seinem billigen Speiselokal kam und, die Hände in
den Taschen, die Arkaden entlangstolzierte und sich die Ausla-
gen der Schneider ansah. Meine braunsamtene Galaweste mit
der Goldstickerei, die ich im College habe machen lassen, ist ein
viel geschmackvolleres Stück als diese auffällige Konfektions-
ware. Und mein Frack ist freilich alt, aber die Messingknöpfe
sind immer noch ganz blank und schön, und er ist wirklich ein

schmuckes und einem Gentleman anstehendes Stück. Und unter diesem Wahn kleidete sich der ehrliche Kerl in seine alten Sachen, steckte zwei Kerzen an und betrachtete sich befriedigt im Spiegel, streifte ein Paar frisch gekaufte billige Handschuhe über, ging zu Fuß die Quais entlang und über die Deputierten-brücke, überquerte die Place Louis-XV und stolzierte die Faubourg St-Honoré entlang zum Hôtel der britischen Botschaft. Eine eine halbe Meile lange queue von Kutschen hatte sich die Straße entlang gebildet, und natürlich war der Eingang zum Hôtel glänzend illuminiert.

Die Pest über diese billigen Handschuhe! Warum hatte Philip nicht drei Francs für ein Paar Handschuhe ausgegeben anstatt neunundzwanzig Sous? Mrs. Baynes hatte einen fabelhaften billigen Handschuhladen aufgestöbert, und der arme Phil war in der Einfalt seines Herzens da hingegangen; und als er nun unter die großartig illuminierte porte cochère trat, sah Philip, daß die Handschuhe am Daumen aufgeplatzt waren und daß seine Hände durch die Risse guckten, so rot wie rohe Beefsteaks. Es ist sagenhaft, wie auffällig rote Hände durch Löcher in weißen Handschuhen sichtbar sind. Und da ist auch noch das Loch in meinem Schuh, dachte Phil; aber er hatte ein bißchen Tinte über die Naht geschmiert, und so war der Riß nicht wahrzunehmen. Der Frack und die Weste waren eng und aus vergangener Zeit. Ist egal. Die Brust war breit, die Arme waren muskulös und lang, und Phils Gesicht, inmitten eines Strahlenkranzes aus hellem Haar und flammendem Backenbart, sah tapfer, ehrlich und ansehnlich aus. Eine Zeitlang streiften seine Augen ungestüm und rastlos durch den ganzen Ballsaal von Gruppe zu Gruppe; aber jetzt – ah! jetzt – blieben sie haften. Sie waren einem anderen Augenpaar begegnet, das in frohem Willkommen aufleuchtete, als es ihn erblickte. Ein holdes Erröten übergoß zwei junge Wangen. Das waren Charlottes Wangen: und direkt neben ihnen sah man Mamas, von ganz anderer Farbe. Aber Mrs. General Baynes hatte einen überaus schicken Turban auf und einen Granatschmuck um den alten Hals wie in Gold gefaßte Stachelbeeren.

Sie bestaunten die Säle. Sie hörten die Namen der eintreffenden Großen und bekamen viele berühmte Persönlichkeiten zu sehen. Sie machten ihren Knicks vor der Botschafterin. Wie peinlich! Mit einem lauten Reißen trennt sich der Daumen eines dieser billigen Handschuhe Philips vom Rest des Handschuhs, und er muß ihn zerknüllt in der Hand halten: ein schreckliches Mißgeschick, denn gleich soll er mit Charlotte tanzen, und er wird dem vis-à-vis die Hand reichen müssen.

Wer tritt lächelnd näher, mit einem flachen Kragen, mit gekräuselten Locken und Backenbart, hübschen kleinen, erlesen behandschuhten Händen und winzigen Füßen? Walsingham Hely ist es, der Leichtfüßigste beim Tanz. Ungemein herzlich begrüßt Mrs. General Baynes den jungen Mann. Ganz strahlend und glücklich blicken Charlottes Augen zu ihrem Lieblingspartner hin. Es steht fest, daß der arme Philip ganz und gar nicht hoffen kann, wie Hely zu tanzen. „Und sieh nur, was er für nette zierliche Hände und Füße hat", bemerkt Mrs. Baynes. „Comme il est bien ganté! Ein Gentleman muß immer gut behandschuht sein."

„Warum haben Sie mich in den Neunundzwanzig-Sous-Laden geschickt?" fragt der arme Philip und mustert dabei seine zerfetzten Handschuhe und den aufdringlichen roten Daumen.

„Ach, Sie!" (Hier zuckt Mrs. Baynes mit den gelben alten Schultern.) „*Ihre* Finger würden wohl jeden Handschuh platzen lassen! – Wie geht es Ihnen, Mr. Hely! Ist Ihre Mama da? Aber natürlich! Was hat sie uns doch für einen entzückenden Abend geboten! Die liebe Botschafterin sieht recht angegriffen aus – ganz reizende Manieren, wirklich! Lord Estridge, was für ein untadeliger Gentleman!"

Die Bayneses waren gerade eingetroffen. Welchen Tanz habe Miss Charlotte noch frei? „So viele Sie nur wollen!" ruft Charlotte, die in der Tat Hely ihren kleinen Tanzmeister nannte und außer als Partner keinen Gedanken für ihn übrig hatte. „Oh, zuviel des Glücks! Oh, könnte das ewig dauern!" seufzte Hely nach einem Walzer, einer Polka, Mazurka, was weiß ich, und richtete den vollen Flammenstrahl seiner schönen blauen Augen auf Charlotte. „Ewig?" ruft Charlotte lachend. „Ich tanze wirklich sehr gern. Und Sie tanzen wunderbar; aber ich glaube nicht, daß ich ewig tanzen möchte." Bevor die Worte ausgesprochen sind, wirbelt er sie schon wieder durch den Saal. Seine Füßchen fliegen mit überraschender Behendigkeit. Sein Haar flattert hinter ihm her. Beim raschen Drehen verströmt er Wohlgeruch. Das

Taschentuch, mit dem er seine bleiche Stirn fächelt, gleicht einem wolkigen Gespinst aus Musselin – und der arme alte Philip entdeckt mit Entsetzen, daß *sein* Taschentuch drei große Löcher hat. Während Philip sich die Stirn wischte, schauten seine Nase und ein Auge durch eines der Löcher. Es war furchtbar heiß. Ihm war furchtbar heiß. Ihm war, obwohl er stillstand, heißer als dem kleinen Hely, der tanzte. „Hehe! Ich gratuliere Ihnen zu Ihren Handschuhen und Ihrem Taschentuch, wahrhaftig", kichert Mrs. Baynes und wirft stolz den Turban in den Nacken. Wurde nicht schon gesagt, daß ein Stier ein starkes, mutiges und edles Tier ist, aber ein Stier in einem Porzellanladen sei fehl am Platze? „Da haben wir's. Danke bestens! Ich wünschte, Sie würden woanders hingehen", ruft Mrs. Baynes voller Wut. Der arme Philip ist eben mit dem Fuß durch den Volant ihrer Schleppe getreten. Wie rot er wird! Wieviel heißer denn je ihm ist! Da kommen Hely und Charlotte vorbei, im Kreis wirbelnd wie zwei Ballettänzer! Philip knirscht mit den Zähnen, er knöpft sich den Frack über der Brust zu. Wie entsetzlich er spannt! Wie wild Philips Augen starren! Schauen junge Männer auf Bällen immer noch so wild und ernst drein? Ein ritterlicher junger Engländer hat natürlich diese Pflicht zum Tanzen zu erfüllen. Die Gesellschaft verlangt es von ihm. Doch ich wüßte nicht, daß er beim Vollzug fröhlich dreinblicken müßte oder sich leichtfertig auf eine so schwerwiegende Sache einlassen sollte.

Als Charlottes liebes rundes Gesicht über Helys Schultern hinweg Philip lächelnd anstrahlte, sah es so glücklich aus, daß er gar nicht daran dachte, ihr die Freude zu mißgönnen: und er hätte zufrieden bei dieser Betrachtung bleiben können – versunken achtete er nicht auf den Kreis der Tänzer, die in ihrem üblichen raschen Tempo dahingaloppierten und -wirbelten, sondern auf sie, die für ihn der Mittelpunkt allen Glücks und aller Freude war –, wenn sich nicht plötzlich hinter ihm eine schrille Stimme bemerkbar gemacht hätte: „Aus dem Weg, zum Henker!", und unversehens prallte Ringwood Twysden gegen ihn, der Miss Flora Trotter, eine der mächtigsten und kühnsten Tänzerinnen jener Saison in Paris, rund um den Saal zerrte. Sie rempelten an Philip vorbei; sie schleuderten ihn gegen eine Säule. Er hörte ein Aufkreischen, einen Fluch und noch ein lautes Auflachen Twysdens und nahm Miss Trotters böse Blicke wahr, als dieses geschwind sich drehende Geschöpf nach einigen Zusammenstößen endlich einen sicheren Ort erreichte.

Ich habe Ihnen von Philips Frack berichtet. Er saß sehr knapp. Das Tageslicht rang schon lange darum, an den Nähten einzudringen. Als er gegen die Wand taumelte, krach! fetzte ein großes Loch in seinem Rücken auf; und krach! sprang einer seiner Goldknöpfe ab und hinterließ an der Brust einen Riß. Das war zu jener Zeit, als an der Brust einiger tapferer Männer noch Goldknöpfe saßen, und wir haben ja gesagt, der schlichte Philip hielt seinen Frack immer noch für ein gutes Stück.

Nicht nur die Naht war aufgerissen, nicht nur ein Knopf war abgeplatzt, sondern auch in Philips kostbarer Samtweste mit den goldenen Blümchen, die er so schön fand, war ein Schlitz entstanden – ein großer, herzzerreißender Schlitz. Was tun? Ein Rückzug war unumgänglich. Er teilte Miss Charlotte mit, welchen Schaden er erlitten hatte, und ihre Miene zeigte einen ganz drolligen Ausdruck des Mitgefühls für sein Mißgeschick – er bedeckte einen Teil seiner Wunden mit seinem Klappzylinder –, dann wollte er versuchen, durch den Garten des Hôtels zu verschwinden, der selbstverständlich hell illuminiert und belebt war, aber doch nicht ganz so hell und belebt wie die Salons, Galerien, Speiseräume und Säle mit ihrem strahlend-goldenen Licht, in denen sich die Gesellschaft zum größten Teil versammelt hatte.

So irrte unser armer verwundeter Freund in den Garten hinaus, auf den der Mond mit der äußersten Gleichgültigkeit für das Fiedeln und Feiern und die kunterbunten Lampen herabschien. Er sagt, der Anblick jenes milden Mondes und der zwinkernden Sterne habe sein Gemüt besänftigt und er hätte seinen elenden kleinen Unfall mit dem zerrissenen Frack und der Weste vollkommen vergessen: aber ich zweifle, ob das die gänzliche Wahrheit war, denn es hat mehrere Anlässe gegeben, wo er, Mr. Philip, auf das Thema zu sprechen gekommen ist und zugegeben hat, er habe sich geärgert und sei wütend gewesen.

Also. Er ging in den Garten hinaus und beruhigte sich bei der Betrachtung der Sterne, als er genau neben dem Springbrunnen, wo Pradiers kleines Standbild des – sagen wir, Moses im Schilf – steht, um den sich eine schöne Reihe strahlender Lampen zog, ein großes Blumenarrangement beleuchtend, das meine lieben Leser nach ihrem eigenen erlesenen Geschmack auswählen und zusammenstellen dürfen – als er also in der Nähe dieses kleinen Springbrunnens auf drei Gentlemen stieß, die miteinander plauderten.

Die hohe Stimme des einen vernahm Philip und kannte sie aus früheren Tagen. Ringwood Twysden, Esquire, liebte es allezeit, sich reden zu hören und sich mit anderer Leute Spirituosen anzuregen. Er hatte mit großem Fleiß auf die Gesundheit der Monarchin getrunken, nehme ich an, und war außerordentlich laut und fröhlich. Bei Ringwood stand Mr. Woolcomb, dessen Antlitz die Lampen schön geisterhaft beleuchteten und dessen Augäpfel im Zwielicht schimmerten; und der dritte der Gruppe war unser junger Freund Mr. Lowndes.

„Das war einfach fällig, verstehen Sie, Lowndes", sagte Mr. Ringwood Twysden. „Ich hasse den Kerl! Zum Henker mit ihm, hab ihn noch nie leiden können! Ich sah den großen plumpen Tölpel dastehen. Konnte einfach nicht widerstehen. Auf Ehre, konnte nicht widerstehen. Ich hab einfach Miss Trotter auf ihn zugelenkt – hab ihn ordentlich mit dem Ellbogen gerammt, daß es ihn gegen die Wand gewirbelt hat. Der Kanaille sind die Knöpfe vom Frack gesprungen, bei Gott! Was hatte er überhaupt da zu suchen, verdammt noch mal? Bei Gott, Sir, er karambolierte mit einer alten Frau in Blau und flog in . . ."

Hier brach Mr. Ringwoods Rede ab; denn sein Vetter stand vor ihm, grimmig und sich auf den Schnurrbart beißend.

„Hallo!" piepste der andere. „Was soll das heißen, meine Unterhaltung zu belauschen? Verdammt noch mal! Ich . . ."

Philip streckte die bewußte Hand mit dem zerrissenen Handschuh aus. Der Handschuh befand sich jetzt in einem schlimmen Zustand der Auflösung. Er schob seinem Verwandten die Hand tief in den Kragen, und nachdem er sich Ringwood in die passende Stellung zurechtgedreht hatte, pflanzte er den armen alten kaputten Stiefel mit solchem Nachdruck auf die geeignete Fläche, daß es Ringwood in den kleinen Brunnen katapultierte und er mitten zwischen Blumen und Wasser und Öllampen landete und ein heilloses Durcheinander und Gezische anrichtete. Und Philips Frack, der riß noch ein Stückchen weiter.

Ich weiß nicht, wie viele der Messingknöpfe sich aufgelehnt und von dem armen alten Tuch getrennt hatten, das unter der Erregung jener pochenden, zornigen Brust krachte und barst und riß. Ich erröte, wenn ich mir Mr. Firmin in diesem zerfetzten Zustand vorstelle, einen großen Riß quer über den ganzen Rücken, und sein zu Boden gestreckter Gegner liegt heulend im Wasser inmitten der zischenden und berstenden Öllampen zu seinen Füßen. Wir wissen alle, wie zerlumpt Aschenbrödel aussah, als sie, kaum hatte die Uhr zwölf geschlagen, ihren ersten Ball verließ. Philip bot eine noch weniger reputierliche Erscheinung, als er sich davonschlich. Ich weiß nicht, durch welche Seitentür ihn Mr. Lowndes verschwinden ließ. Dieser kümmerte sich auch gutwillig um Philips Verwandten und Gegner, Mr. Ringwood Twysden. Mr. Twysdens Hände, Frackschöße usw. waren von den Öllampen arg verbrüht und versengt und von den Glasscherben zerschnitten, die man ihm sämtlich im Beaujon Hospital entfernte, wenn auch nicht ohne starke Schmerzen des Patienten. Doch obwohl der junge Lowndes sich für Philip einsetzte, als er die Szene schilderte (ich fürchte, nicht ohne Gelächter), ließ Seine Exzellenz Mr. Firmins Namen aus seinen Einladungslisten streichen: und ich bin sicher, kein vernünftiger Mensch wird Philips Betragen auch nur andeutungsweise verteidigen.

Dieser beklagenswerte Zwischenfall, der sich im Garten des Hôtels abspielte, blieb Miss Baynes und ihren Eltern eine Zeitlang verborgen. Charlotte war viel zu sehr vom Tanzen in Anspruch genommen, dem sie sich mit aller Energie hingab. Papa saß mit einigen gesetzten männlichen und weiblichen Veteranen bei den Karten, und Mama beobachtete hocherfreut ihre Tochter, die sich die jungen Gentlemen aus einer ganzen Reihe von Botschaften begeistert zur Partnerin kürten. Als Lord Headbury, Lord Estridges Sohn, Miss Baynes vorgestellt wurde, geriet ihre Mutter in solche Hochstimmung, daß sie am liebsten auch getanzt hätte. Ich beneide Mrs. Major MacWhirter in Tours nicht um die Lektüre des endlosen schriftlichen Ergusses, in dem ihre Schwester die Ereignisse des Balls niederlegte. Da sei Charlotte, schön, elegant, gebildet, *überall bewundert*, und junge Männer, junge *Edelmänner* von ungeheurem Vermögen und mit besten Zukunftsaussichten, *verrückt nach ihr*; und versprochen sei sie einem groben, zerlumpten, *eingebildeten*, schlecht erzogenen jungen Mann *ohne einen Penny auf der Welt* – sei das nicht niederschmetternd? Ach, armer Philip! Wie böse ihn die kleine, saure, gelbe zukünftige Schwiegermutter anblickte, als er am Tag nach dem

Ball mit ziemlich beschämter Miene kam, um seiner Liebsten aufzuwarten! Mrs. Baynes hatte ihre Tochter ermahnt, sich ganz besonders schick anzuziehen, hatte dem armen Kind auszugehen verboten und ihr gut zugeredet und ihr geschmeichelt und sie mit ich weiß nicht welchen eigenen Schmuckstücken herausgeputzt, in der innigen Hoffnung, daß Lord Headbury, daß der junge gelbe spanische Attaché, daß der flotte preußische Sekretär und Walsingham Hely, alles Charlottes Partner beim Ball, bestimmt vorsprechen würden; und die einzige Equipage, die an Madame Smolensks Tor erschien, war eine billige Mietdroschke, die am Abend vorfuhr und aus der des armen Philips wohlbekannte löcherige Stiefel heraussteigen. Eine so zärtliche Mutter wie Mrs. Baynes konnte mit gutem Grund verstimmt sein.

Philip jedenfalls war ungewöhnlich schüchtern und bescheiden. Er wußte nicht, in welchem Licht seine Freunde seinen Streich vom Vorabend betrachten würden. Er hatte den ganzen Vormittag in vollem Staat zu Hause gesessen, in Gesellschaft eines polnischen Obersts, der in seinem Hotel wohnte und den Philip als Sekundanten gewählt hatte, falls das Treffen vom Abend vorher Folgen haben sollte. Diesen Oberst hatte er in Gesellschaft eines Beutels Tabak und einer unbeschränkten Bestellung für Bier zurückgelassen, während er selbst hinübereilte, um einen Blick auf seine Liebste zu erhaschen. Die Bayneses hatten nichts vom Gefecht des vergangenen Abends gehört. Sie waren ganz erfüllt von dem Ball, von Lord Estridges Leutseligkeit, von den Brillanten des Botschafters von Golkonda, vom Auftreten der königlichen Prinzen, die das Fest beehrt hatten, mit einem Wort, vom vornehmsten Gesprächsthema von Paris.

Philip wurde von Mama gescholten, geduckt und kühl abgefertigt; doch er war an diese Behandlung gewöhnt und fühlte sich gewaltig erleichtert, als er feststellte, daß ihr seine gewalttätige Aufführung nicht bekannt geworden war. Er berichtete Charlotte nichts von dem Streit; die Nachricht hätte das Mädchen beunruhigen können. Und so verhielt sich unser Freund ausnahmsweise besonnen und hielt den Mund.

Doch wenn er auch nur den geringsten Einfluß auf den Herausgeber von „Galignani's Messenger" hatte, weshalb flehte er die Leitung dieses vorzüglichen Journals nicht an, jede Erwähnung des Zwischenfalls beim Botschaftsball zu unterlassen? Zwei

Tage nach dem Fest, muß ich mit Bedauern sagen, erschien in der Zeitschrift ein kurzer Artikel, der die Umstände der Prügelei wiedergab. Und der schuldige Philip fand ein Exemplar dieses Blattes auf dem Tisch vor Mrs. Baynes und dem General, als er nach seiner Gewohnheit an den Champs-Elysées eintraf. Hinter diesem Blatt saß Generalmajor Baynes, C. B., mit verlegener Miene, und neben ihm seine Gattin, stirnrunzelnd wie Rhadamanthys. Doch keine Charlotte befand sich im Zimmer.

25. KAPITEL

Infandi dolores

Philips Herz klopfte rascher, als er dieses finstere Paar erblickte und vor ihnen das schuldige Blatt, auf dem Mrs. Baynes' magere Rechte lag. „Also, Sir", rief sie, „beehren Sie uns immer noch mit Ihrer Gesellschaft, nachdem Sie sich vorgestern abend auf solche Weise hervorgetan haben. Auf dem Ball Seiner Exzellenz zu raufen und zu boxen wie ein Dienstmann. Es ist widerlich! Ich habe kein anderes Wort dafür: widerlich!" Und hier gab sie dem General vermutlich einen Rippenstoß oder einen Blick oder ein Zeichen, woran er merkte, daß er in Aktion zu treten hatte, denn Baynes rückte stracks vor und gab Feuer.

„Wahrhaftig, Sir, mein Lebtag habe ich von keinem schu... sch... schuftigeren Betragen gehört! Das ist das einzige Wort dafür! Das einzige Wort dafür", ruft Baynes.

„Der General weiß, was schuftiges Betragen ist, und Ihr Betragen ist genau das, Mr. Firmin! Es ist in der ganzen Stadt herum; überall spricht man davon; es wird in allen Zeitungen stehen. Als Seine Lordschaft davon hörte, war er empört. Nie, nie wieder bekommen Sie Zutritt zur Botschaft, nachdem Sie solche Schande über sich gebracht haben", ruft die Dame.

„Schande über sich gebracht haben, das ist das richtige Wort. Und schändlich war Ihr Betragen, bei Gott!" ruft der Zweite im Kommando.

„Sie wissen nicht, wie ich provoziert wurde", verteidigte sich der arme Philip. „Als ich Twysden traf, tat er sich gerade damit dicke, daß er mich mutwillig angerempelt hätte, und – und er lachte über mich."

„Na, eine nette Erscheinung gaben Sie ja auch ab! So auf einen Ball zu gehen! Wer konnte sich da das Lachen verbeißen, Sir?"

„Er prahlte, er hätte mich herausgefordert, und ich verlor die Beherrschung und schlug zurück. Die Sache ist geschehen und läßt sich nicht mehr ändern", knurrte Philip.

„Einen körperlich unterlegenen Mann vor Damen zu schlagen! Sehr tapfer, wahrhaftig!" ruft die Dame.

„Mrs. Baynes!"

„Ich nenne das feige. Bei uns in der Armee gilt es als feige, vor Damen zu streiten", fährt Mrs. General B. fort.

„Ich habe zwei Tage lang zu Hause gewartet, ob er mich fordert", ächzte Philip.

„O ja! Nachdem Sie einen kleinen Mann beleidigt und niedergeschlagen haben, wollen Sie ihn auch noch ermorden! Und das nennen Sie das Benehmen eines Christenmenschen – das Benehmen eines Gentlemans!"

„Das Benehmen eines Raufbolds, verdammt!" sagt General Baynes.

„Es war besonders taktvoll von Ihnen, sich ausgerechnet einen kleinen Menschen auszusuchen und die Damen in Hörweite zu haben!" fährt Mrs. Baynes fort. „Also ich wundere mich, daß Sie als nächstes noch nicht meine lieben Kinder verprügelt haben. Wunderst du dich nicht, General, daß er unsere armen Jungen noch nicht zu Boden geschlagen hat? Sie sind ganz klein und wehrlos. Und offensichtlich bedeutet die Anwesenheit von Damen keinen Hinderungsgrund für Mr. Firmins *Boxkämpfe*."

„So ein Benehmen ist roh und eines Gentlemans unwürdig", wiederholt der General.

„Hören Sie, was dieser Mann sagt – dieser alte Mann, über dessen Lippen nie ein unfreundliches Wort kommt? Dieser Veteran, der in zwanzig Schlachten gekämpft und noch nie einen Mann im Angesicht von Frauen geschlagen hat? Hast du das etwa, Charles? *Er* hat Ihnen seine Meinung dazu gesagt. Er hat Sie mit einem Wort belegt, durch dessen Wiederholung ich meine Lippen nicht beschmutzen will, das Sie aber verdienen. Und glauben Sie etwa, Sir, ich werde mein geliebtes Kind einem Mann geben, der sich so benommen hat wie *Sie*, der den Namen eines . . .? Charles! General! Eher will ich ins Grab sinken, als meine Tochter einem solchen Mann auszuliefern!"

„Gütiger Himmel!" sagt Philip mit zitternden Knien. „Sie wollen doch nicht sagen, Sie hätten vor, Ihr Wort zurückzunehmen und . . ."

„Oh! Sie drohen uns mit einer Geldsache, ja? Weil Ihr Vater ein Betrüger war, wollen Sie uns dafür leiden lassen, ja?" kreischt die Dame. „Ein Mann, der einen wehrlosen Menschen vor Damen schlägt, bringt jede feige Handlung fertig. Und wenn Sie meine Familie an den Bettelstab bringen wollen, weil Ihr Vater ein Lump war . . ."

„Liebe Frau!" wirft der General ein.

„War er etwa kein Lump, Baynes? Läßt sich das abstreiten? Hast du das nicht hundert- und aber hundertmal gesagt? Eine nette Familie, in die man da einheiraten soll! Nein, Mr. Firmin! Sie können mich beleidigen, wie es Ihnen beliebt. Sie können Leute vor den Augen von Damen niederschlagen. Sie können Ihre große ruchlose Hand in einem Ihrer Räusche gegen diesen armen alten Mann erheben: aber ich kenne die Liebe einer Mutter, die Pflicht einer Mutter – und ich wünsche, daß Sie uns nie wieder vor die Augen kommen."

„Ihr himmlischen Mächte!" ruft Philip entsetzt. „Sie wollen mich doch wohl nicht – nicht von Charlotte trennen, General? Ich habe Ihr Wort. Sie haben mich ermutigt. Das bricht mir das Herz. Ich will vor dem Kerl niederknien. Ich will – oh! – Sie meinen nicht, was Sie sagen!" Und angstvoll und schluchzend krampfte der arme Junge die starken Hände zusammen und wandte sich flehend an den General.

Baynes befand sich unter den Augen seiner Frau. „Ich meine", sagte er, „Ihr Benehmen ist verdammt schlecht, gewalttätig und eines Gentlemans unwürdig gewesen. Sie können mein Kind nicht ernähren, wenn Sie sie heiraten. Und wenn Sie den geringsten Funken Ehre in sich haben, wie Sie es behaupten, werden Sie, Mr. Firmin, das Verlöbnis abbrechen und das arme Kind damit vor dem sicheren Unglück bewahren. Beim heiligen George, Sir, wie soll ein Mann, der sich im Ballsaal eines Edelmanns prügelt und Streit sucht, in der Welt vorankommen? Wie soll ein Mann, der sich keinen anständigen Mantel leisten kann, eine Frau ernähren? Je genauer ich Sie kennengelernt habe, desto mehr hatte ich das Gefühl, die Verlobung würde mein Kind ins Unglück stürzen! Wollen Sie das? Ein Mann von Ehre..." („*Ehre*" als Einwurf quasi in Kursivschrift von Mrs. Baynes!) „Still, meine Liebe! – Ein Mann von Charakter würde sie aufgeben, Sir. Was haben Sie außer Bettelarmut zu bieten, beim heiligen George? Wollen Sie, daß mein Mädchen in Ihr möbliertes Zimmer zieht und Ihre Kleider flickt?"

„Ich glaube, den Punkt habe ich ganz gut vorgebracht, Bunch, mein Junge", sagte der General, als er hinterher über die Sache sprach. „Da hab ich ihn getroffen, Sir."

Der alte Soldat traf seinen Gegner an dieser Stelle in der Tat mit einem tödlichen Stich. Philips Rock war zweifellos zerschlissen, und seine Börse wog nur leicht. Er hatte aus seinem kleinen Bestand seinem Vater Geld geschickt. In dem alten Haus in der Parr Street waren ein, zwei Dienstboten ohne Lohn geblieben, und einen Teil dieser Schulden hatte Philip bezahlt. Er kannte sein aufbrausendes Naturell und sein störrisches Unabhängigkeitsstreben. Er schätzte seine Talente sehr bescheiden ein und zweifelte oft an seiner Fähigkeit, in der Welt voranzukommen. In seinen weniger hoffnungsvollen Stimmungsphasen zitterte er bei der Vorstellung, er bringe womöglich Armut und Unglück über sein liebstes Mädchen, für das er freudig sein Blut, sein Leben hingeopfert hätte. Den armen Philip schwindelte bei Baynes' Worten, und er sank fast ohnmächtig zurück.

„Sie erlauben mir – Sie erlauben mir, sie zu sehen?" keuchte er hervor.

„Sie ist unpäßlich. Sie liegt zu Bett. Sie kann heute nicht erscheinen!" rief die Mutter.

„Ach, Mrs. Baynes, ich muß – ich muß sie sehen", sagte Philip und schluchzte vor Schmerz beinahe auf.

„Das ist der Mann, der Männer im Angesicht von Frauen schlägt!" sagte Mrs. Baynes. „Sehr tapfer, wahrlich!"

„Beim heiligen George, Eliza!" rief der General aufspringend, „das geht zu weit..."

„O schwache Willenskraft! Gib mir die Dolche!" schmetterte Philip, als er diese Szene in späteren Tagen seinem Biographen schilderte. „Macbeth hätte die Morde nie begangen, wäre nicht die kleine stille Frau an seiner Seite gewesen. Wenn die Gefangenen der Indianer umgebracht werden, erfinden immer die Squaws die schlimmsten Martern. Du hättest diese Teufelin und ihr bleiches Lächeln sehen sollen, während sie mir ihre Bohrer ins Herz drehte! Ich weiß nicht, womit ich ihr mißfallen habe. Ich versuchte, sie gern zu haben, Sir. Ich hatte mich vor ihr gedemütigt. Ich machte ihr den Laufburschen. Ich spielte mit ihr Karten. Ich saß da und hörte mir ihre fürchterlichen Geschichten über Barrackpore und den Generalgouverneur an. Ich wälzte mich vor ihr im Staub, und sie haßte mich. Ich sehe heute noch ihr Gesicht vor mir: ihr grausames, gelbes Gesicht und ihre scharfen Zähne und ihre grauen Augen. Es war Ende August, und an dem Tag kam ein Wolkenbruch herunter. Ich nehme an, mein armes Kind fror und litt oben, denn ich hörte, wie in ihrer Kammer ein Feuer geschürt wurde. Wenn ich jetzt – zwanzig Jahre später – höre, wie über mir ein Feuer geschürt wird, fällt mir die ganze Geschichte wieder ein; und ich mache noch einmal diese höllische Qual durch. Würde ich tausend Jahre alt, ich könnte ihr nicht verzeihen. Ich habe ihr nie etwas angetan, aber verzeihen kann ich ihr nicht. Ach, guter Gott, wie diese Frau mich gemartert hat!"

„Ich glaube, ich kenne ein oder zwei ähnliche Beispiele", bemerkte Mr. Firmins Biograph.

„Du redest den Frauen immer Schlechtes nach!" bemerkte die Frau von Mr. Firmins Biograph.

„Nein, dem Himmel sei Dank!" sagte der Gentleman. „Ich glaube, ich kenne einige, über die ich nie ein böses Wort gesprochen oder gedacht habe. Liebste, gibst du Philip noch etwas Tee?" Und damit nehmen wir die Erzählung des Gentlemans wieder auf.

Der Regen prasselte auf die Avenue herab, als Philip auf die Straße kam. Er blickte zu Charlottes Fenster auf: aber von da gab es kein Zeichen. Der schwache Widerschein eines Feuers war zu sehen. Das arme Mädchen hatte Fieber und wurde in ihrem Kämmerchen vom Frost geschüttelt, an Madame Smolensks Schulter weinend und schluchzend, „que c'était pitié à voir", sagte Madame. Ihre Mutter hatte ihr befohlen, mit Phil zu brechen; hatte hundert Verleumdungen gegen ihn erfunden und vorgebracht; hatte erklärt, er habe sich nie etwas aus ihr gemacht; er habe liederliche Grundsätze und verkehre ständig in Theatern und in schlechter Gesellschaft. „Das ist nicht wahr, Mutter, das ist nicht wahr!" hatte das Mädchen gerufen, vorübergehend in Empörung aufflammend: doch bald versank sie wieder in Tränen und Jammer, vom Gedanken an ihr Unglück ganz gebrochen. Dann führte man ihren Vater zu ihr, dem man einige der Geschichten gegen den armen Philip eingeredet hatte und den seine Frau abkommandierte, sie dem Mädchen nachdrücklich vorzuhalten.

Und Baynes versuchte den Befehl zu befolgen; aber der Anblick des Kummers und Leids seines kleinen Mädchens machte ihm Angst und tat ihm grausam weh. Er setzte zu einer schwachen Ermahnung an und versuchte ein- oder zweimal, eine Rede zu beginnen. Doch der Mut verließ ihn. Er zog sich hinter seine Frau zurück. *Sie* zögerte nie mit ihren Vorhaltungen oder wankte in einem einmal gefaßten Entschluß, und ihre Worte wurden noch bitterer, als ihr Bundesgenosse ins Stocken geriet. Philip sei ein Trunkenbold; Philip sei ein Verschwender; Philip verkehre ständig in schlechten Lokalen und mit liederlichen Kumpanen. Sie habe ihre Behauptungen aus bester Quelle. Sei eine Mutter nicht um das Wohl ihres eigenen Kindes besorgt? („Bei Gott, du glaubst doch wohl nicht, deine eigene Mutter würde etwas tun, das nicht zu deinem Wohl wäre, was?" fiel der General schwach ein.) „Meinst du, wenn er nicht betrunken gewesen wäre, er hätte eine so empörende Gewalttat wie in der Botschaft gewagt? Und glaubst du, ich will, daß ein Trunkenbold und Bettler meine Tochter heiratet? Deine Undankbarkeit, Charlotte, ist entsetzlich!" ruft Mama.

Und der arme Philip, den man der Trunksucht bezichtigte, hatte für siebzehn Sous diniert, mit einem carafon Bier, und hatte mit einem Abendessen an der Seite der kleinen Charlotte gerechnet: so stand, während das Kind schluchzend auf ihrem Bett lag, die Mutter über ihr und geißelte sie mit Worten. Für General Baynes – einen tapferen Mann, einen gütigen Mann – muß es eine schwere Pflicht gewesen sein, bei dieser Folterung zuzusehen. Er konnte das Pensionsdinner nicht essen, wenn er auch beim Klang der trübseligen Glocke seinen Platz am Tisch einnahm. Madame selbst war bei der Mahlzeit nicht zugegen; und Sie wissen, daß der Platz der armen Charlotte leer war. Ihr Vater ging hinauf, blieb vor ihrer Kammertür stehen und horchte. Er hörte drin Gemurmel, und als er vor der Tür stolperte, rief Madames Stimme scharf: „Qui est là?" Er trat ein. Madame saß auf dem Bett, und Charlottes Kopf lag auf ihrem Schoß. Die dicken braunen Flechten fielen über das weiße Nachthemd des Kindes, und sie lag fast bewegungslos da und schluchzte matt. „Ah, Sie sind es, General!" sagte Madame. „Sie haben etwas Schönes angerichtet, Sir!" – „Mama läßt fragen, ob du nicht etwas zu dir nehmen möchtest, Charlotte, Liebes?" stammelte der alte Mann. „Wollen Sie sie nicht in Ruhe lassen?" sagte Madame mit ihrer tiefen Stimme. Der Vater trat den Rückzug an.

Als Madame später hinausging, um für ihre arme kleine Freundin jenes Universalmittel, une tasse de thé, zu holen, fand sie den alten Herrn auf einem Koffer vor seiner Tür sitzend. „Geht es – geht es ihr jetzt ein bißchen besser?" schluchzte er heraus. Madame zuckte die Achseln und sah mit erhabener Verachtung auf den Veteranen herab. „Vous n'êtes qu'un poltron, général!" sagte sie und rauschte die Treppe hinunter. Baynes war wirklich besiegt. Er litt furchtbar. Er war gänzlich demoralisiert, und Tränen rannen über seine alten Wangen, während er niedergeschlagen da im Dunkeln saß. Seine Frau rührte sich nicht vom Tisch, solange Dinner und Dessert dauerten. Danach las sie standhaft den „Galignani". Sie ermahnte die Kinder, keinen Lärm zu machen, denn ihre Schwester liege oben mit schlimmen Kopfschmerzen. Doch sie nahm diese Aussage gewissermaßen zurück (wie sie auch später beim Kartenspiel nicht bediente), indem sie die Misses Boldero bat, eines ihrer Duette zu spielen.

Ich wüßte gern, ob Philip an diesem Abend vor dem Haus auf und ab ging. Ach! es war für sie alle eine schlimme Nacht: ein quälender Schmerz, ein grausames Schamgefühl pochte unter Baynes' Baumwolltroddel; und was Mrs. Baynes angeht, hoffe ich, daß sich unter *ihrer* alten Nachtmütze nicht viel Ruhe oder Behaglichkeit ausbreitete. Madame verbrachte den größten Teil der Nacht in einem großen Sessel in Charlottes Schlafkammer, wo das arme Kind eine Stunde nach der anderen schlagen hörte und auch im trübseligen Licht der Morgendämmerung keinen Trost fand.

Was veranlaßte die arme kleine Charlotte zu einer sehr frühen Stunde des dunklen, regnerischen Morgens die Arme um Madame zu schlingen und zu rufen: „Ah, que je vous aime! Ah, que vous êtes bonne, Madame!" und nahezu glücklich durch ihre Tränen zu lächeln? Zunächst ging Madame zu Charlottes Kommode, woher sie eine Schere holte. Dann setzte sich das Mädchen mit dem über die Schultern wallenden braunen Haar im Bett auf, und Madame ergriff eine Flechte und schnitt eine dicke Locke ab; und küßte der armen Charlotte die roten Augen; und legte ihr die bleiche Wange auf das Kissen und deckte sie sorgfältig zu; und hieß sie mit vielen liebevollen Worten einschlafen. „Wenn Sie ganz brav sind und schlafen, soll er es in einer halben Stunde haben", sagte Madame. „Und wenn ich hinuntergehe, sage ich Françoise, sie soll Tee für Sie bereithalten, wenn Sie läuten." Und dieses Versprechen sowie der Gedanke daran, was Madame vorhatte, trösteten Charlotte in ihrer Not. Und mit vielen lieben, innigen Gebeten für Philip und beschwichtigt von dem Gedanken: Jetzt muß sie den größten Teil des Weges hinter sich haben; jetzt muß sie bei ihm sein; jetzt weiß er, daß ich nie, niemals einen anderen lieben werde, schlief sie endlich auf ihrem feuchten Kissen ein. Und sie lächelte im Schlaf und träumte sicher von Philip, als sie beim Poltern eines umfallenden Möbels auffuhr, und sie erwachte aus ihrem Traum und sah die grausame alte Mutter in ihrer weißen Nachtmütze und dem weißen Morgenrock an ihrem Bett stehen.

Macht nichts. Jetzt hat sie mit ihm gesprochen. Jetzt hat sie es ihm gesagt, war der allererste Gedanke des Kindes, als sie die Augen aufschlug. Er weiß, daß ich nie, niemals an einen anderen denken werde. Ihr war, als wäre sie tatsächlich dort in Philips Zimmer und spräche selbst mit ihm, hauche die Schwüre, die ihre zärtlichen Lippen oft und oft ihrem Liebsten zugeflüstert hatten. Und jetzt, da er wußte, sie werde sie nie brechen, fühlte sie sich aufgerichtet und mutiger.

„Du hast etwas Schlaf gehabt, Charlotte?" fragt Mrs. Baynes.

„Ja, ich habe geschlafen, Mama." Beim Sprechen tastet sie unter dem Kissen nach einem kleinen Medaillon, das – was wohl? – vermutlich eine Strähne von Mr. Philips glattem Haar enthält.

„Ich hoffe, du bist weniger niederträchtig gesinnt als gestern abend, als ich zu Bett ging", fährt die Matrone fort.

„War ich niederträchtig, weil ich Philip liebte? Dann bin ich immer noch niederträchtig, Mama!" ruft das Kind und setzt sich im Bett auf. Und sie umklammert die kleine Haarlocke, die unter ihrem Kissen ruht.

„Was für ein Unsinn, Kind! So etwas hast du aus deinen albernen Romanen. Ich sage dir, er denkt gar nicht an dich. Er ist ein ganz rücksichtsloser, unbekümmerter Wüstling."

„Ja, so rücksichtslos und unbekümmert, daß wir ihm das Brot verdanken, das wir essen. Er denkt nicht an mich! Wirklich nicht? Ach . . ." Hier unterbrach sie sich, als im Nebenzimmer eine Uhr zu schlagen anfing. Jetzt, dachte sie, hat er meine Nachricht bekommen! Ein Lächeln schimmerte in ihrem Gesicht auf. Den Kopf von ihrer Mutter abwendend, sank sie auf ihr Kissen zurück, küßte das Medaillon und murmelte: „Denkt nicht an mich! Und wie, und wie, Liebster!" Sie beachtete die Frau an ihrer Seite gar nicht, hörte weder ihre Stimme, noch schien sie ihre Gegenwart überhaupt wahrzunehmen. Charlotte weilte fern in Philips Zimmer, sie sah ihn mit ihrer Botin sprechen, hörte seine Stimme, so tief und freundlich, wußte, er werde die Gelöbnisse, die er gesprochen hatte, niemals brechen. Mit funkelnden Augen und roten Wangen sah sie ihre Mutter an, ihre Feindin. Sie hielt ihren Talisman, ihr Medaillon, fest und preßte es ans Herz. Nein, niemals würde sie ihm untreu! Nein, er würde sie nie, nie verlassen! Und als Mrs. Baynes die ehrliche Empörung gewahrte, die aus dem Gesicht des Mädchens strahlte, las sie Charlottes Auflehnung, Herausforderung, vielleicht gar Sieg davon ab. Das sanfte Kind, das bisher noch nie einen Befehl in Frage gestellt oder einen Wunsch ausgesprochen hatte, den sie nicht auf Weisung ihrer Mutter geopfert hätte, stand jetzt unter Waffen und beanspruchte ihre Unabhängigkeit. Doch ich sollte meinen, Mama gedenkt nicht nach einem einzigen aufrührerischen Akt das Kommando niederzulegen; und sie wird mehr als einen Versuch machen, ihre Rebellin zu beschwatzen oder unter ihren Willen zu zwingen.

Mag inzwischen die Phantasie das kleine Medaillon, an Charlottes Herzchen geschmiegt, zurücklassen (an welch weichem Plätzchen gewiß ein angenehmes Verweilen wäre). Mag sie sich in einen Schal hüllen und ein Paar feste Galoschen über die Füße streifen; mag sie die schlammigen Champs-Elysées durch-

eilen, wo bei diesem rauhen Wetter nur ein paar Polizisten und
Handwerker unterwegs sind. Mag sie am Pont des Invalides
einen halben Penny zahlen und dann standhaft die Quais ent-
langmarschieren, an der Deputiertenkammer vorbei, wo sich
noch Deputierte versammeln; und am Flußufer entlangtraben,
bis sie die Seinestraße erreicht, in die, wie Sie alle wissen, die
Rue Poussin mündet. Das war der Weg, den die tapfere Madame
Smolensk an einem böigen, regnerischen Herbstmorgen einschlug, und zwar zu Fuß, denn Fünffrancsstücke waren bei der
guten Frau knapp. Vor dem „Hôtel Poussin" (ah, qu'on y était
bien à vingt ans!) befindet sich eine kleine gestrichene Holz-
pforte, die sich unter Geläut öffnet; und dann kommt der Flur,
wissen Sie, von dem die Treppe in die oberen Regionen führt, zu
Monsieur Philippes Zimmer, das im ersten Stock liegt, wie das
Bouchards, des Malers, der sein Atelier gegenüber hat. Ein
schlechter Maler ist Bouchard, aber ein edler Freund, ein fröhlicher Gefährte, ein bescheidener, liebenswürdiger Gentleman. Und
ein einmalig guter Geselle ist Laberge vom zweiten Stock, der
Dichter aus Carcassonne, der vorgibt, die Rechte zu studieren,
dessen Herz jedoch den Musen gehört und der nur von Victor
Hugo und Alfred de Musset spricht, deren Verse er jedem, der
ihm in den Weg läuft, deklamiert. In Laberges Nähe (habe ich
Philip, glaube ich, sagen hören) wohnte Escasse, auch ein Mann
aus dem Süden – ein Kapitalist – Buchhalter in einer Bank,
quoi! –, dessen Zimmer mit eigenen Möbeln luxuriös ausgestattet war, der in seinen Schränken spanischen Wein und Würste
hatte und einen Beutel voll Dollars für einen bedürftigen Freund.
Ist Escasse noch am Leben, wüßte Philip gern, und jener alte
Oberst, der im selben Stockwerk wohnte und als Kriegsgefangener in England gewesen war? Welche erstaunlichen Beschreibun-
gen dieser Oberst Dujarret von les Mihs anglaises und deren Eigenheiten hinsichtlich Kleidung und Betragen zu bieten hatte!
Obzwar besiegt und Kriegsgefangener, welch ein Eroberer und
Unterjocher war er einst in unserem Lande! Philip pflegte nämlich auf seine ungehobelte Art vor seinen Freunden diese Leute
zu imitieren, und wir bildeten uns beinahe ein, wir sähen das Hotel vor uns. Es war sehr sauber; es war sehr billig; es war sehr
dunkel; es war sehr fröhlich; zum Frühstück famoser Kaffee und
Butterbrot für fünfzehn Sous; famoses Schlafzimmer au premier

für dreißig Francs im Monat; Dinner, wenn man wollte, für ich weiß nicht mehr wie wenig; und anschließend ein lustiges Gespräch im Kreise um den Mittelpunkt der Pfeifen und des Grogs – des Grogs, oder des bescheidenen eau sucrée. Hier gab Oberst Dujarret seine Siege über beide Geschlechter zu Protokoll. Hier seufzte Oberst Tymowski über seine versklavten Polen. Tymowski hätte als Philips Sekundant auftreten sollen, falls die Affäre Ringwood Twysden einen gewalttätigen Abschluß gefunden hätte. Hier schmetterte Laberge seine Verse Philip vor, der zweifellos dem jungen Franzosen wiederum die eigenen Hoffnungen und Leidenschaften anvertraute. Bis tief in die Nacht hinein saß er und sprach von seiner Liebsten, von ihrer Güte, ihrer Schönheit, ihrer Unschuld, ihrer schrecklichen Mutter, ihrem guten alten Vater – que sais-je? Haben wir nicht gesagt, wenn diesem Mann irgend etwas auf der Seele brannte, röhrte er stracks seine Ansichten durch das Universum? Philip, von seiner Liebsten getrennt, dröhnte Laberge Stunde um Stunde ihr Lob in die Ohren, bis die Kerzen herunterbrannten, bis die Schlafenszeit gekommen war und sich nicht länger hinauszögern ließ. Dann legte er sich mit einem Gebet für sie zu Bett; und im selben Moment, da er erwachte, begann er wieder an sie zu denken und sie zu segnen und Gott für ihre Liebe zu danken. So arm Mr. Philip auch war, als Eigner von Gesundheit, Zufriedenheit, Ehre und jenes unbezahlbaren reinen Juwels, der Liebe des Mädchens, brauchen wir ihn, meine ich, nicht allzusehr zu bemitleiden; obwohl er in der Nacht, als Mrs. Baynes ihm den Abschied gab, bestimmt Furchtbares durchgemacht haben muß. Wälze dich, Philip, auf deinem Lager voller Schmerz und Zweifel und Furcht. Schlagt, schleppende Stunden, vom Abend bis zum Morgengrauen. Ach! es war eine schwere Nacht, in der zwei bedrückte junge Herzen euch schlagen hörten.

Zu recht früher Stunde pflegten die verschiedenen Bewohner der Krippe in der Rue Poussin in der finsteren kleinen salle à manger zu erscheinen und das dort angebotene Frühstück einzunehmen. Monsieur Menou in Hemdsärmeln tat auf und verteilte die Portionen. Madame Menou, ein halbseidenes Madrastuch um den ergrauenden Kopf geschlungen, stellte den dampfenden Kaffee auf dem glänzenden Wachstuch ab, während sich jeder Gast aus einem kleinen Serviettenmuseum sein eigenes Mundtuch heraussuchte. Der Raum war klein, das Frühstück war nicht erlesen; die Gäste, die daran teilnahmen, zeichneten sich gewiß nicht durch den Luxus reiner Leibwäsche aus. Aber Philip – der jetzt viele Jahre älter ist als zu jener Zeit, als er in diesem Quartier wohnte, und ganz und gar nicht in Geldverlegenheit, was zu hören Sie sicher freut (und der, unter uns, ein rechter Gourmand geworden ist) –, Philip beteuert, in diesem bescheidenen „Hôtel Poussin" sei er einst sehr glücklich gewesen und seufzt der Zeit nach, als er um Miss Charlotte seufzte.

Nun, er hat eine schreckliche Nacht voll Trübsinn und Angst verbracht. Ich habe den Verdacht, daß er Laberge mit seinen Tränen und seiner Niedergeschlagenheit ungemein gelangweilt hat. Und jetzt ist der Morgen gekommen, und während er mit einem oder mehreren der vorerwähnten Biedermänner frühstückt, kommt grinsend der kleine Bursche für alles herein, sein plumet unter dem Arm, und ruft: „Une dame pour Monsieur Philippe!"

„Une dame", sagt der französische Oberst, von seiner Zeitung aufblickend, „allez, mauvais sujet!"

„Grand Dieu! was ist passiert?" ruft Philip, als er Madames hohe Gestalt im Gang erkennt, und stürzt zu ihr. Sie gehen wahrscheinlich in sein Zimmer hinauf, ohne Rücksicht auf das Feixen und die höhnischen Blicke des Bürschchens mit dem plumet, der dem Dienstmädchen beim Bettenmachen hilft und der meint, Monsieur Philippe habe eine ziemlich ältliche Freundin.

Philip schließt die Tür hinter seiner Besucherin, die ihn mit so viel Hoffnung, Güte und Zuversicht in den Augen anblickt, daß der arme Kerl Mut faßt, noch ehe sie zu sprechen anfängt. „Ja, Sie haben recht; ich komme von der kleinen Person", sagte Madame Smolensk, „kann man diesem armen lieben Engel widerstehen? Sie hat eine schlimme Nacht verbracht. Was? Sie sind auch nicht zu Bett gewesen, armer junger Mann!" In der Tat hatte sich Philip nur auf sein Bett fallen lassen und dort unruhig mit den Beinen gezuckt und gestöhnt und sich herumgeworfen; und hatte zu lesen versucht und wird sich später wohl mit ungewöhnlichem Interesse an das Buch erinnert haben, das er las, und an jenen anderen Gedanken, der fortwährend in seinem Gehirn pochte, während er las und die schlaflosen Stunden sich quälend langsam dahinschleppten.

„Nein, ganz ehrlich", sagt der arme Philip und dreht sich eine
trübselige Zigarette, „die Nacht war nicht allzu gut. Und sie hat
auch gelitten? Der Himmel segne sie!" Und dann berichtete Madame Smolensk, wie der kleine liebe Engel die ganze Nacht lang
geweint habe und wie es der Smolensk nicht gelungen sei, sie zu
trösten, bis sie versprach, zu Philip zu gehen und ihm zu versichern, seine Charlotte sei für immer und ewig sein; sie könne nie
an einen anderen Mann denken; er sei der beste und liebste und
tapferste und treueste Philip, und sie glaube kein Wort von den
ruchlosen Geschichten gegen ihn, die ihr ... „Halt, Monsieur
Philippe, ich nehme an, Madame la Générale hat über Sie ge-
klatscht und mag Sie nicht mehr", rief Madame Smolensk. „Fast
alle Frauen sind Meuchelmörderinnen – hinterrücks, wissen Sie!
Aber bei dem kleinen Mädchen ist Madame la Générale zu weit
gegangen. Sie ist ein gehorsames Mädchen, die liebe Miss! – zittert vor ihrer Mutter, und immer zum Nachgeben bereit – nur
jetzt ist ihre Seele aus dem Gleichgewicht! Und sie ist die Ihre
und nur die Ihre. Die liebe, sanfte Kleine! Ah, wie hübsch sie
war, an meine Schulter gelehnt. Da habe ich sie an mich ge-
drückt – ja, da, mein armer garçon, und das hier habe ich ihr am
Nacken abgeschnitten und es dir gebracht. Komm in meine
Arme. Weine, das tut gut, Philip. Ich habe dich sehr lieb. Geh –
und deine kleine – sie ist ein Engel!" Und so haben in der
Stunde ihres Schmerzes Myriaden mannhafte Herzen erlebt, wie
die Liebe einer Frau ihre Not zu lindern bereit war.

Philip jene dicke braune Haarlocke überlassend (von einem
Kopf, der jetzt womöglich ein, zwei Strähnen matronenhaften
Silbers zeigt), stapft diese Samariterin zu ihrem Haus zurück, wo
ihre eigenen Sorgen sie erwarten. Doch obwohl der Weg sich hin-
zieht, ist Madames Schritt jetzt leichter, wenn sie daran denkt,
daß am Ziel der Wanderung Charlotte auf Nachricht von Philip
wartet. Und ich vermute, es folgen weitere Küsse und Umarmungen, wenn die gute Seele mit dem leidenden Mädchen zusam-
menkommt und ihr berichtet, daß Philip für immer redlich und
treu bleiben wird; und daß sie, Madame Smolensk, alles tun will,
was in ihrer Macht steht, um ihren jungen Freunden zu helfen,
sie zu unterstützen und zu trösten. Was den Schreiber der Memoiren Mr. Philips angeht, so sehen Sie, daß ich gar nicht versuche, etwas zu verhehlen. Ich habe Ihnen schon die ganze Zeit ge-

sagt, daß Charlotte und Philip verheiratet sind, und ich glaube, sie sind glücklich. Aber es steht fest, daß sie in jenem Abschnitt ihres Lebens schrecklich gelitten haben; und meine Frau behauptet, wenn Charlotte auf die schwere Prüfung damals zu sprechen komme, drücke sie sich aus, als hätten beide irgendeine gräßliche Operation durchgemacht, und selbst die Erinnerung daran versetze dem Gedächtnis immer einen Stich.

So, meine liebe junge Dame, steht auch Ihnen eines Tages eine Prüfung bevor, die Sie, will's der Himmel, in demütigem Geiste durchhalten. Ach, wie unausweichlich wir alle einmal an die Reihe kommen! Sehen Sie Madame Smolensk an ihrem Mittagstisch an, am selben Tag nach ihrem Besuch in Philips Wohnung, nachdem sie die kleine Charlotte in ihrem Schmerz getröstet hat. Wie energisch sie ist! wie gut aufgelegt! wie sie lächelt! wie sie mit allen am Tisch plaudert, während sie ihren Gästen vorschneidet! Sie glauben doch wohl nicht, sie hätte keine eigenen Kümmernisse und Sorgen? Sie wissen es besser. Ich möchte annehmen, sie denkt gerade an ihre Gläubiger; an ihre Armut; an jenen akzeptierten Wechsel, der nächste Woche fällig wird, und so fort. Der Samariter, der Ihnen zu Hilfe kommt, ist mit Sicherheit selbst einmal ausgeraubt worden und hat Blut verloren, und es ist ein verwundeter Arm, der den Ihren verbindet, wenn er blutet.

Falls Anatole, der Junge, der, das plumet in der Jackentasche und die Pantoffeln mit Bohnerbürsten besohlt, im „Hôtel Poussin" die Fußböden reinemachte, die Umarmung zwischen Philip und seiner guten Freundin sah, hat er, glaube ich, bei all seiner Erfahrung in diesem Hotel nie einen ehrenhafteren, edelmütigeren und unschuldigeren Vorgang beobachtet. Lege die Sache aus, wie du willst, Anatole, du kleiner boshafter Kobold! Nie gab dir deine Mutter einen so liebevollen Kuß wie den, den Madame Smolensk Philip gab – wie den, den sie Philip gab? – wie den, den sie von ihm zurückbrachte und getreulich auf der blassen runden Wange der armen kleinen Charlotte absetzte. Die Welt ist voller Liebe und Mitgefühl, sage ich. Gäbe es weniger Leid, gäbe es auch weniger Güte. Ich jedenfalls wünschte mir fast, wieder krank zu sein, damit die Freunde, die mir beisprangen, mir noch einmal zu Hilfe kommen könnten.

Der armen kleinen verwundeten Charlotte in ihrem Bett

brachte unsere Freundin, die Hausfrau der Pension, unaussprechlichen Trost. Was immer geschehen mochte, Philip würde sie nie verlassen! „Meinen Sie, ich hätte jemals für ein französisches Mädchen einen solchen Botengang gemacht oder hätte mich zwischen sie und ihre Eltern eingemischt?" fragte Madame. „Niemals, niemals! Aber Sie und Monsieur Philippe sind schon vor dem Himmel verlobt, und ich würde Sie verachten, Charlotte, ich würde ihn verachten, würde einer von Ihnen beiden abtrünnig werden."

Nachdem diese kleine Nebensächlichkeit in Miss Charlottes Gemüt klargestellt ist, kann ich mir denken, daß sie ungeheuer beruhigt und getröstet ist; daß Hoffnung und Mut in ihrem Herzen einziehen; daß die Farbe in ihre jungen Wangen zurückkehrt; daß sie wie gestern zu ihrer Familie herunterkommen kann. „Ich habe dir doch gesagt, sie hat sich nie etwas aus ihm gemacht", verkündet Mrs. Baynes ihrem Mann. „Wahrhaftig nicht. Sie kann sich nicht viel aus ihm gemacht haben", gibt Baynes zurück, etwas betrübt, daß sein Mädchen so flatterhaft sein soll. Aber Sie und ich, die hinter den Kulissen gestanden haben, die in Philips Schlafzimmer und hinter die keuschen Vorhänge der armen Charlotte gelugt haben, wir wissen, daß das Mädchen sich gegen ihre Eltern aufgelehnt hat; und das tun Kinder mit Sicherheit, wenn die über sie ausgeübte Autorität allzu tyrannisch oder ungerecht ist. Die sanfte Charlotte, die kaum je Widerstand leistete, war aufgerüttelt und in Aufruhr; die ehrliche Charlotte, die immer alle Gedanken aussprach, verbarg sie jetzt und täuschte tatsächlich Vater und Mutter; ja, täuschte – welch ein Geständnis hinsichtlich einer jungen Dame, der prima donna unserer Oper!

Mrs. Baynes krakelt gerade wie gewohnt ihr weitschweifiges Geschreibsel an Schwester MacWhirter in Tours und teilt der Gattin des Majors mit, zu ihrer größten Befriedigung könne sie endlich verkünden, „daß diese so sehr unkluge und in keiner Hinsicht wünschenswerte Verlobung zwischen meiner Charlotte und *einem gewissen jungen Mann*, dem Sohn eines bankrotten Londoner Arztes, zu Ende gegangen ist. Mr. F. hat sich so wild, so *roh*, so *gewalttätig* und des Namens eines Gentlemans *unwürdig* aufgeführt, daß der General (und Du weißt, Maria, was für ein nachgiebiger und *gutmütiger* Mann Baynes ist) Mr. Firmin in unmißverständlichen Worten die Meinung gesagt und ihm verboten hat, seine Besuche fortzusetzen. Nachdem sie ihn sechs Monate lang tagtäglich gesehen und sich in dieser Zeit an seine Eigenarten und seine oft grobe und abstoßende Ausdrucks- und Verhaltensweise gewöhnt hatte, ist es kein Wunder, daß die Trennung der lieben Char einen Schock versetzt hat, dabei glaube ich, daß der junge Mann, der die *Ursache dieses ganzen Kummers* gewesen ist, nichts empfindet. Daß ihm an *ihr* wenig liegt, war schon *die ganze Zeit* meine Meinung, obwohl sie, das arglose Kind, ihm ihre ganze Zuneigung geschenkt hat. Für ihn ist es nichts Neues, Frauen sitzenzulassen; und der Bruder einer jungen Dame, der Mr. F. *den Hof gemacht* und die er dann *verlassen* hatte (und die seither eine ganz hervorragende Partie gemacht hat), ließ neulich abend auf dem Botschaftsball seine Empörung über Mr. F.s Betragen erkennen, worauf der junge Mann seine weit überlegene Größe und Kraft ausnutzte, um einen *vulgären Boxkampf* anzufangen, bei dem beide Parteien ernste Verletzungen davontrugen. Selbstverständlich hast Du im ‚Galignani' den Artikel über die ganze Sache gelesen. Ich habe unsere Kleider eingeschickt, aber sie haben sie nicht abgedruckt, wenn auch unsere Namen unter den Anwesenden erschienen. Etwas Ausgefalleneres als Mr. F.s Erscheinung kannst Du Dir kaum vorstellen. Ich trug meinen Granatschmuck; Charlotte (die allgemein Aufmerksamkeit erregt hat) war in . . .“ usw. usw. „Natürlich hat ihr die Trennung sehr weh getan; denn Mr. F. hat bei einer früheren Gelegenheit zweifellos große Güte und Nachsicht an den Tag gelegt. Aber der General will von der Fortsetzung der Beziehung *nichts hören.* Er sagt, der junge Mann hätte sich zu roh und schändlich aufgeführt; und Du weißt, wenn Baynes erst einmal aufgebracht ist, kann ich genausogut versuchen, einen Tiger an die Kette zu legen. Unsere arme Char wird durch das Betragen dieses brutalen Kerls ganz sicher leiden, aber sie ist immer ein gehorsames Kind gewesen, das Vater und Mutter zu ehren weiß. *Sie trägt es mit wunderbarer Fassung,* obwohl das arme Kind natürlich unter dem Bruch leidet. Ich glaube, wenn sie für *ein, zwei Monate* zu *Dir und MacWhirter* nach *Tours könnte,* würde ihr auch die Luftveränderung guttun, lieber Mac. Komm und hole sie ab, und wir bezahlen das dawk. Sie würde in die sichere Armut und ins Unglück rennen, wenn sie diesen äußerst gewalttätigen und verrufenen jungen Mann heiraten würde. Der General läßt Mac grüßen, und ich verbleibe . . .." usw. usw.

Daß dies der genaue Wortlaut von Mrs. Baynes' Brief war, kann ich als wahrheitsliebender Biograph nicht zu behaupten wagen. Ich habe das Dokument nie gesehen, jedoch hatte ich das Glück, andere von derselben Hand zu studieren. Charlotte bekam den Brief etwas später zu Gesicht, bei einer der nicht seltenen Gelegenheiten, wo zwischen den beiden Schwestern – Mrs. Major und Mrs. General – Streit ausbrach, und Charlotte teilte den Inhalt des Briefes einem Freund von mir mit, der mir viele, viele Stunden lang von seinen Angelegenheiten und besonders seinen Liebesangelegenheiten erzählt hat. Und mag Mrs. Baynes auch eine schlaue alte Frau sein, so können Sie feststellen, wie sehr sie sich in der Vorstellung irrte, sie könne des Gehorsams ihrer Tochter immer noch sicher sein. Das Mädchen hatte Vater und Mutter verlassen, anfangs mit deren beflissener Billigung. Sie hatte ihre Liebe Firmin geschenkt, und als Bewohnerin – als Gefangene, wenn Sie so wollen – unter dem Dach ihres Vaters blieb ihr Herz bei Philip, wie weit Zeit oder Entfernung sie auch trennen mochten.

Und jetzt, da wir über Philips Schreibpult verfügen und es uns freisteht, die Privatbriefe, die sich auf seine Geschichte beziehen, zu öffnen und zu lesen, erlaube ich mir, ein Dokument einzufügen, das sein würdiger Vater am Ort seines Exils verfaßt hat, nachdem ihm die Kunde von der im vorigen Kapitel dieser Memoiren geschilderten Auseinandersetzung zugegangen war:

Astor House, New York
den 27. September

Lieber Philip! Ich habe die Neuigkeiten in Deinem letzten freundlichen und herzlichen Brief mit nicht ungemischter Freude empfangen; aber ach, welche Freude im Leben trägt nicht ihr amari aliquid in sich! Daß Du gesund, fröhlich und fleißig bist und Dir ein hinlängliches Auskommen verdienst, dieser Gedanke freut mich wirklich; daß Du davon sprichst, Dich mit einem mittellosen Mädchen zu verheiraten, macht mir nicht gerade aufrichtige Freude, muß ich sagen. Mit Deinem guten Aussehen, Deinen guten Manieren und Talenten hättest Du auf eine bessere Partie hoffen können als die Tochter eines Offiziers auf Halbsold. Aber es ist sinnlos, darüber nachzudenken, was hätte sein *können*. Wir sind fast alle Marionetten in der Hand des Schicksals. Uns reißt eine Kraft dahin, die stärker ist als wir. Mich hat sie, im Alter von sechzig Jahren, aus einer hohen gesellschaftlichen Stellung mit allgemeiner Achtung und gutem Einkommen in die Armut und ins Exil getrieben. So sei es denn! laudo manentem, wie mein herrlicher alter Freund und Philosoph mich lehrt – si celeres quatit pennas . . . Du weißt, wie es weitergeht. Was immer uns das Schicksal beschert, ich hoffe, daß mein Philip und sein Vater es mit dem Mut von Gentlemen tragen werden.

Unsere Zeitungen haben den Tod des Onkels Deiner armen Mutter, Lord Ringwoods, gemeldet, und ich hatte noch immer der liebgewordenen Hoffnung angehangen, daß er dem Enkel seines teuren Bruders eine Erinnerungsgabe vermachen würde. Das hat er nicht. Du hast probam pauperiem sine dote. Du hast Mut, Gesundheit, Kraft und Talent. Ich war in Deinem Alter in größerer Not als Du. *Mein* Vater war nicht so nachsichtig, wie es Deiner, so hoffe und glaube ich, gewesen ist. Aus Schulden und Abhängigkeit heraus habe ich mich mit eigener Kraft zu einer stolzen Position emporgearbeitet. Daß mich der Sturm eingeholt hat und die Wellen mich dann verschlungen haben, ist wahr. Aber ich bin wie der Kaufmann meines Lieblingsdichters: ich hoffe immer noch – jawohl, mit dreiundsechzig! –, meine zerschellten Schiffe wiederaufzubauen, indocilis pauperiem pati. Ich hoffe immer noch, meinem lieben Jungen das Vermögen zurückzuzahlen, das ihm hätte gehören sollen und das bei meinem Schiffbruch untergegangen ist. Etwas sagt mir, das muß ich – das werde ich!

Ich stimme Dir zu, daß es *für Dich ein Glücksfall* gewesen ist, Agnes Twysden entronnen zu sein, und Dein Bericht über ihren *schwärzlichen innamorato* belustigt mich sehr! Unter uns, die Liebe der Twysdens zum Geld lief auf Gemeinheit hinaus. Und obwohl ich Twysden in der lieben alten Old Parr Street immer empfing, wie ein Gentleman es meiner Überzeugung nach sollte, war mir seine Gesellschaft unerträglich langweilig und seine vulgäre Redseligkeit widerwärtig. Auch sein Sohn war wenig nach meinem Geschmack. Wirklich, ich war *von Herzen erleichtert*, als ich erfuhr, daß Deine Verbindung mit dieser Familie vorbei ist, denn ich kenne ihre Gier nach Geld und weiß, daß es Dein Vermögen war, nicht Du, was sie für Agnes zu sichern erpicht waren.

Du wirst Dich freuen zu erfahren, daß ich schon jetzt eine nicht unbeträchtliche Praxis habe. Mein Ruf als Arzt ist mir in dieses Land vorausgeeilt. Die wissenschaftlichen Zeitschriften hier und in Philadelphia und Boston haben meine Arbeit über die Gicht lobend vermerkt. Die Leute hier verhalten sich dem Unglück gegenüber großmütiger und mitfühlender als auf unserer kaltherzigen Insel. Ich könnte mehrere Gentlemen in New York nennen, die wie ich Schiffbruch erlitten haben und jetzt wohlhabend und angesehen sind. Ich hatte das Glück, auf der Überfahrt Oberst J. B. Fogle aus New York beruflich große Dienste leisten zu können; und der Oberst, der hier eine prominente Persönlichkeit ist, hat sich keineswegs undankbar erwiesen. Jene, die sich einbilden, in New York könnten die Menschen die Manieren eines Gentlemans nicht würdigen und verstehen, *irren sich nicht wenig*; und ein Mann, der wie ich in London mit der besten Gesellschaft Umgang hatte, hat, so schmeichle ich mir, nicht *ganz vergebens* in dieser Gesellschaft verkehrt. Der Oberst ist Besitzer und Chefredakteur einer der glänzendsten und einflußreichsten Zeitschriften der Stadt. Du weißt, daß hier Waffen und Toga oft von ein und derselben Person getragen werden, und . . .

Ich hatte gerade so weit geschrieben, als ich in der Zeitung des Obersts – dem „New York Emerald" – einen Bericht von Deinem Kampf mit Deinem Vetter beim Botschaftsball las. O Du streitsüchtiger Philip! Nun, der junge Twysden war sehr rüde, sehr grob und überheblich und hat, daran zweifle ich nicht, die Züchtigung verdient, die Du ihm verpaßt hast. Übrigens, der Korrespondent des „Emerald" macht, Dich betreffend, in seinem Brief ein paar drollige Schnitzer. Wir sind alle Freiwild für die Öffentlichkeit in diesem Land, wo die Presse so frei ist, daß es schon *nicht mehr schön* ist; und Deine Privatangelegenheiten oder die meinen oder die des Präsidenten oder übrigens auch die unserer huldreichen Königin werden mit einer Zwanglosigkeit erörtert, die gewiß auf *Zügellosigkeit hinausläuft*. Die Gattin des Obersts verbringt den Winter in Paris, und es wäre mir lieb, wenn Du ihr Deine Aufwartung machtest. Ihr Mann hat sich überaus freundlich mir gegenüber gezeigt. Ich höre, Mrs. F. verkehrt in den erlesensten französischen Kreisen, und die Freundschaft dieser Familie könnte Dir ebenso nützlich werden wie

Deinem Dich liebenden Vater
G. B. F.

PS – Schreibe wie üblich, bis Du Weiteres von mir hörst, an Dr. Brandon, New York. Ob Lord Estridge Dich wohl nach seinem alten Freund aus dem College gefragt hat? Als er in Headbury und im Trinity war, galten er und ein gewisser Pensionsgast, den die Leute mit dem Spitznamen Brummell Firmin zu belegen pflegten, als die bestgekleideten Leute an der Universität. Estridge ist zu Rang und Ehren gekommen! Du kannst Dich darauf verlassen, daß er eines der *allernächsten* frei werdenden Hosenbänder bekommt. Welch eine ganz andere, welch eine unglückliche Laufbahn die seines quondam Freundes! – ein Mann im Exil, Bewohner eines kleinen Zimmers in einem riesigen Hotel, wo ich an einer ungepflegten öffentlichen Tafel mit allen möglichen primitiven Leuten zusammensitze! Wie sie ihr Dinner herunterschlingen, oft *mit dem Messer*, schockiert mich. Deine Überweisung war hochwillkommen, so bescheiden sie auch war. Es beweist, daß mein Philip ein *gutes Herz* hat. Ach! warum nur, warum denkst Du ans Heiraten, wo Du so arm bist? Übrigens, Dein ermutigender Bericht über Deine Verhältnisse hat mich bewogen, 100 Dollar auf Dich zu ziehen. Der Wechsel geht mit dem Postschiff, das diesen Brief befördert, nach Europa und ist mir gefälligerweise von meinen Freunden, der Firma Plaster & Shinman, Wall Street, angesehenen Bankiers in dieser Stadt, diskontiert worden. Gib Deine Karte bei Mrs. Fogle ab. Ihr Mann kann Dir vielleicht noch nützen,

sowie Deinem Dich allezeit liebenden
Vater

Bei Bays's halten wir den „New York Emerald", und darin hatte ich in einer geistreichen („Briefe eines Attachés" betitelten) Korrespondenz, die in dieser Zeitschrift erschien, einen sehr amüsanten Bericht über unseren Freund Philip gelesen. Ich schrieb den Artikel sogar ab, um ihn meiner Frau zu zeigen und vielleicht unserem Freund zu übersenden.

„Ich kann Ihnen versichern", schrieb der Attaché, „das neue Land hat beim Ball in der britischen Botschaft zu Königin Vics Geburtstag dem alten keine Schande gemacht. Oberst Z. B. Hoggins' Gattin aus Albany und die unvergleichliche Braut Elijah J. Dibbs' aus der Neunundzwanzigsten Straße in Ihrer Stadt standen im Brennpunkt der Blicke aller Beobachter, die auf Pracht, auf Eleganz, auf kultivierte natürliche Schönheit aus waren. Die Herzöge von königlichem Geblüt tanzten mit niemand sonst; und bei der Aufmerksamkeit, die einer der Prinzen der schönen Miss Dibbs widmete, bemerkte ich bei seiner königlichen Herzogin eine gewitterschwarze Miene. Souper sehr ordentlich. Delmonico schlägt es mit Längen. Champagner so lala. Übrigens, der junge Mensch, der hier für die ‚Pall Mall Gazette' schreibt, hatte zuviel Champagner geladen – wie üblich, sagt man mir. Der Ehrenwerte R. Twysden aus London war zur Partnerin meines jungen Kerls ruppig oder blinzelte ihn beleidigend an oder trat ihm auf die Zehen oder was weiß ich – jedenfalls folgte ihm der junge F. in den Garten, versetzte ihm einen Schlag, daß er wie ein Adler mit ausgebreiteten Flügeln mitten in eine Illumination flog, und ließ ihn da zappelnd liegen. Wüster, zügelloser Bursche, dieser junge F. Hat schon sein eigenes Vermögen verschwendet und seinen armen alten Vater ruiniert, der gezwungen war, nach Übersee zu gehen. Der alte Louis-Philippe ging zeitig fort. Er unterhielt sich mit unserem Gesandten lange über seine Reisen in unserem Land. Ich stand dabei, weiß aber selbstverständlich, was sich gehört, und verrate nicht, was zwischen ihnen gesprochen wurde."

So wird Geschichte geschrieben. Wahrscheinlich sind auch über andere außer Philip, in englischen Zeitungen wie in amerikanischen, Fabeln verbreitet worden.

26. KAPITEL

Enthält heiße Kämpfe

er war der erste, der das Gerücht verbreitete, Philip sei ein Verschwender und habe seinen armen gutgläubigen Vater ruiniert? Ich meinte eine Person zu kennen, der daran liegen könnte, unter ein schützendes Dach zu schlüpfen und zum eigenen Vorteil sogar den eigenen Sohn zu opfern. Ich meinte einen Mann zu kennen, der das bereits getan hatte und gewiß auch wieder tun könnte; doch meine Frau geriet in einen ihrer Entrüstungsstürme, als ich etwas in diesem Sinne andeutete, preßte ihre eigenen Kinder ans Herz, wie es ihre mütterliche Gewohnheit ist, fragte mich, ob irgendeine Macht mich veranlassen könnte, *diese* zu verleumden, und tadelte mich streng, daß ich so schlecht, herzlos und zynisch zu sein wagte. Mein liebes Kind, Zorn ist keine Antwort. Du nennst mich herzlos und zynisch, weil ich behaupte, die Menschen seien falsch und schlecht. Hast du nie gehört, daß manche Bankrotteure bis zum Äußersten gehen? Hast du nicht gelesen, daß manche Reisenden, um die Wölfe abzulenken, die ihnen im Winterwald nachsetzen, sämtliche Vorräte aus dem Schlitten werfen? Und wenn alle Vorräte fort sind, weißt du nicht, daß sie womöglich die Schwester, womöglich die Mutter, womöglich das Baby, das kleine, liebe, zarte, unschuldige Geschöpf, hinauswerfen? Siehst du es nicht in das heulende Rudel purzeln, und knirschend, fletschend, krachend verschlingen es die Wölfe im Schnee? O Graus – o Graus! Meine Frau zieht alle ihre Kleinen an die Brust, als ich diese teuflischen Bemerkungen von mir gebe. Sie umschlingt sie fest mit den Armen und sagt: „Pfui!", und ich sei ein Ungeheuer und so weiter. Geh mir doch! Auf die Knie, Weib, und gestehe die Sündhaftigkeit unseres Menschengeschlechts ein. Wie lange hatte unser Geschlecht existiert, ehe Mord und Gewalt begannen? Und wie alt war die Welt, als der Bruder den Bruder erschlug?

Nun, meine Frau und ich gelangten zu einem Kompromiß. Ich mochte bei meiner Meinung bleiben, aber bestand die Notwendigkeit, sie dem armen Philip mitzuteilen? Bestimmt nicht. Deshalb schickte ich ihm den Auszug aus dem „New York Emerald" nicht zu; obwohl es irgendein anderer wohlmeinender Freund selbstverständlich doch tat, und ich glaube nicht, daß der hochherzige Philip sich viel daraus machte. Und die Vermutung, der Vater könnte, um seinen eigenen Ruf zu wahren, den seines Sohnes durch Lügen zerstören – solche Schliche überstiegen Philips Begriffsvermögen gänzlich, der sich sein ganzes Leben lang schwergetan hat, Schurkereien wahrzunehmen oder auch nur einzusehen, daß es in der Welt Gemeinheit und Falschheit gibt. Wenn es einmal so weit kommt, daß er die Tatsache erkennt; wenn er einmal begreift, daß Tartuffe ein Betrüger ist und der aufgeblasene Bufo eine schmarotzende Kröte; dann wird mein Freund so unsinnig empört und mißtrauisch, wie er vorher begeistert und gutgläubig war. Ach, Philip! Tartuffe hat eine Reihe guter, ehrenwerter Eigenschaften; und Bufo, obzwar ein ekelhaftes, unterirdisch lebendes Tier, trägt womöglich einen kostbaren Edelstein im Kopf. Du bist es, der zynisch ist. *Ich* erkenne die guten Eigenschaften in diesen Buben, die du verachtest. Ich nehme sie wahr. Ich zucke die Achseln. Ich lächle, und du nennst mich einen Zyniker.

Es dauerte lange, bis Philip begriff, weshalb Charlottes Mutter sich gegen ihn wandte und ihre Tochter zu zwingen suchte, ihn aufzugeben. „Ich habe die alte Frau auf hunderterlei Art geärgert", sagte er wohl. „Mein Tabak belästigt sie, meine alten Kleider bringen sie auf, sogar das Englisch, das ich spreche, kommt ihr oft spanisch vor, und sie kann sich meine Sätze nicht besser deuten als ich den hindustanischen Jargon, in dem sie beim Dinner auf ihren Mann einredet."

„Mein lieber Junge, wenn du zehntausend im Jahr hättest, würde sie deine Sätze zu deuten versuchen oder sie hinnehmen, auch wenn sie sie nicht verstünde", antwortete ich dann. Und manche Menschen, von denen Sie und ich wissen, daß sie gemein und falsch und Schmeichler und Schmarotzer und in ihrem eigenen Kreis unerbittlich hart und grausam sind, ziehen morgen bestimmt ein langes Gesicht und sagen: „Ach! Der Mann ist so zynisch!"

Ich spreche Baynes von dem, was folgte, frei. Meiner Meinung nach ist Mrs. B. die Übeltäterin gewesen – die borniert Übeltäterin. Der Ehemann, wie viele andere Männer, die im tätigen Leben außergewöhnlich tapfer sind, war daheim zaghaft und unentschlossen. Von zwei Köpfen, die dreißig Jahre lang Seite an Seite auf demselben Kissen liegen, muß einer die stärkere Autorität, die festere Entschlossenheit besitzen. Baynes in Abwesenheit seiner Frau war verschmitzt, beherzt, gelegentlich lustig; in ihrer Gegenwart war er wie gebannt und betäubt von der Gewalt dieses bösartigen, überlegenen Wesens. „Ach, als wir 1803 als Subalternoffiziere im Feldlager zusammen waren, was war Charley Baynes da für ein munterer Kerl!" sagte oft sein Kamerad, Oberst Bunch. „Das war, bevor er das gelbe Gesicht seiner Frau überhaupt gesehen hatte; und was für einen Sklaven hat sie aus ihm gemacht!"

Nach jenem verhängnisvollen Gespräch, das auf den Ball folgte, kam Philip nicht, wie es seine Gewohnheit war, in Madames Haus zum Dinner. Mrs. Baynes plauderte keine Familienangelegenheiten aus, und Oberst Bunch, der den jungen Mann nicht übermäßig mochte, machte sich weiter keine Mühe, sich nach ihm zu erkundigen. Ein, zwei, drei Tage vergingen, und kein Philip. Schließlich fragt der Oberst den General mit einem verschmitzten Blick auf Charlotte: „Baynes, wo steckt denn unser junger Freund mit dem Schnurrbart? Wir haben ihn seit drei Tagen nicht mehr gesehen." Und er schaut schelmisch zur armen Charlotte hin. Ein glühendes Rot flammte in Charlottes blassem Gesichtchen auf, als sie ihre Eltern und dann deren alten Freund ansah. „Mr. Firmin kommt nicht, weil Papa und Mama es ihm verboten haben", sagt Charlotte. „Ich nehme an, er geht nur da hin, wo er willkommen ist." Und nach dieser kecken kleinen Rede warf das Mädchen wahrscheinlich das Köpfchen zurück –

und fragte sich in dem darauf folgenden Schweigen, ob alle Anwesenden hören konnten, wie ihr Herz hämmerte.

Madame sieht von ihrem zentralen Platz aus, wo sie vorschneidet, den Mienen ihrer Gäste, dem empörten Erröten auf Charlottes Gesicht, der Verwirrung auf dem ihres Vaters, der Wut auf Mrs. Baynes', an, daß böse Worte fallen, und bemüht sich vergeblich, den aufgebrachten Lauf des Gesprächs zu wenden. „Un petit canard délicieux, goûtez-en, madame!" ruft sie. Der ehrliche Oberst Bunch bemerkt, daß das junge Mädchen mit zornsprühenden Augen am ganzen Leibe zittert. Nachdem eine Ablenkung mittels der angebotenen Ente nicht gelungen ist, versucht auch er es mit einem kraftlosen Allgemeinplatz. „Eine kleine Meinungsverschiedenheit, liebes Kind", bringt er mit gedämpfter Stimme vor. „So etwas kommt in den bestgeordneten Familien vor. Canard sauvage tres bong, madame, avec . . .", doch er wird am Weitersprechen gehindert, denn . . .

„Was würden Sie tun, Oberst Bunch", platzt die kleine Charlotte mit ihrem armen klingenden, bebenden Stimmchen heraus, „ich meine, wenn Sie ein junger Mann wären und ein anderer junger Mann Sie anrempelte und beleidigte?" Ich sage, sie bringt das mit so vernehmlicher Stimme hervor, daß Françoise, die femme-de-chambre, daß Auguste, der Diener, daß alle Gäste es hören, daß alle Messer und Gabeln auf einmal ihr Geklapper unterbrechen.

„Bei Gott, liebes Kind, ich würde ihn zu Boden schlagen, wenn ich könnte", erklärt Bunch; und er packt das Mädchen am Ärmel und würde sie gern am Sprechen hindern.

„Und genau das hat Philip getan", ruft Charlotte laut; „und Mama hat ihn aus dem Haus gewiesen — jawohl, aus dem Haus, weil er gehandelt hat wie ein Mann von Ehre!"

„Sofort gehst du auf dein Zimmer, Miss!" kreischt Mama. Und der alte Baynes, ja, dessen fleckige alte Uniform zeigt kein dunkleres Braunrot als sein zerknittertes Gesicht und seine klopfenden Schläfen. Er wird zweifellos rot bis unter die Perücke, könnten wir unter dieses altehrwürdige Kunstgebilde blicken.

„Was ist das? Madame Ihre Mutter schickt Sie von meinem Tisch fort? Ich komme mit Ihnen, meine liebe Miss Charlotte!" erklärt Madame mit großer Würde. „Tragen Sie den süßen Gang auf, Auguste! Meine Damen, Sie entschuldigen mich! Ich kümmere mich um die liebe Miss, die mir krank zu sein scheint." Und sie steht auf, und sie folgt der armen kleinen errötenden, glühenden, weinenden Charlotte und nimmt sie sicherlich wieder in die Arme und küßt und beschwichtigt und streichelt sie – an der Schwelle der Tür – dort an der Treppe, zwischen den kalten Platten des Dinners, wo Moira und MacGrigor eben noch marodiert hatten.

„Courage, ma fille, courage, mon enfant! Tenez! Sieh, hier ist etwas, das dich trösten soll!", und Madame holt ein Briefchen aus der Tasche und gibt es dem Mädchen, das bei seinem Anblick die Adresse küßt und dann in einem überwältigenden Andrang der Liebe und der Freundschaft und des Kummers der gütigen Frau um den Hals fällt, die sie in ihrem Jammer tröstet. Wessen Schrift ist es, die Charlotte küßt? Können Sie es überhaupt erraten? Auf mein Wort, Madame Smolensk, ich rate Damen nie, Töchter in *Ihre* Pension zu bringen. Und ich mag Sie so sehr, ich würde Sie nicht verpetzen, aber das Haus ist ja schon seit langer, langer Zeit geschlossen. Ach! die Jahre gleiten flüchtig dahin; Gras ist über Gräber gewachsen; viele, viele Freuden und Leiden sind seither für Charlotte und Philip geboren und gestorben; doch jenes Leid brennt ihnen zuweilen immer noch im Busen, und jene Qual pocht wieder in Charlottes Herz, wann immer sie in ihrem Kramkästchen ein gelbes Briefchen erblickt. Und sie erzählt ihren Kindern: „Papa hat mir das geschrieben, bevor wir heirateten, liebe Kinder." Ich glaube, in dem Briefchen stehen kaum ein halbes Dutzend Worte; und zwei davon lauten „für immer".

Ich könnte einen Grundriß von Madames Haus auf den Champs-Elysées zeichnen, wenn ich Lust dazu hätte, denn hat Philip mir das Gebäude nicht gezeigt und oftmals beschrieben? Nach vorn, zur Straße und zum Vorgarten hinaus, lag Madames Zimmer und der Salon; hinten hinaus lag die salle à manger; und eine Treppe (wo man zur Dinnerzeit die Platten abzustellen pflegte und wo Moira und MacGrigor an den Fleischgängen und den Puddings herumfingerten) führte nach oben. Mrs. General Baynes' Zimmer befanden sich im ersten Stock, mit Blick auf die Champs-Elysées und auf den rückwärtigen Garten des Hauses darunter. Und an diesem Tag, als das Dinner notgedrungen kurz war (auf Grund unglücklicher Umstände) und die Gentlemen,

allein zurückgeblieben, verdrießlich ihren Wein oder Grog tranken und Mrs. Baynes in ihre eigenen Zimmer hinaufgegangen war, ihren Jungen mehrere Klapse versetzt hatte und nun aus dem Fenster sah – war es nicht ärgerlich, daß ausgerechnet an diesem Tag der junge Hely auf seiner feurig tänzelnden Stute vor das Haus geritten kam, eine Blume im Knopfloch, die kleinen lackglänzenden Stiefelspitzen knapp bis zu den Steigbügeln reichend, und, nachdem er im Garten verschiedene halbe Wendungen und Luftsprünge ausgeführt hatte, mit der in gelbes Glacéleder gehüllten Hand Mrs. Baynes am Fenster einen Kuß zusandte, der Hoffnung Ausdruck gab, Miss Baynes sei wohlauf, und fragte, ob er auf eine Tasse Tee hereinkommen dürfe? Charlotte, auf Madames Bett im Parterrezimmer liegend, vernahm Mr. Helys liebliche Stimme, die sich nach ihrem Befinden erkundigte, das Knirschen der Hufe seines Pferdes auf dem Kies und erblickte sogar mehrmals flüchtig seine kleine Gestalt, als das Pferd auf dem Vorplatz umhertänzelte, obwohl er sie natürlich nicht sehen konnte und nicht ahnte, wo sie, ihren Brief in der Hand, auf dem Bett lag. Mrs. Baynes mußte vom offenen Fensterflügel aus den welken Kopf schütteln und hervorseufzen: „Meine Tochter liegt mit schlimmen Kopfschmerzen zu Bett, leider", und dann hatte sie wohl mit Verdruß zusehen müssen, wie Hely davontänzelte, nachdem er ihr ein wohlerzogenes Adieu zugewinkt hatte. Die Damen im vorderen Salon, die sich nach dem Dinner dort versammelt hatten, beobachteten die Unterhandlung, und Mrs. Bunch dürfte ihre grimmige Freude daran gehabt haben, daß Eliza Baynes' junger Sproß der eleganten Welt, mit dem Eliza ständig prahlte, endlich gekommen war und wieder davonreiten mußte, zwar ohne sich den Staub von den Schuhen zu schütteln, denn wo gab es blanker beschuhte Füße?, aber nach einem vergeblichen Weg.

Inzwischen blieben die Herren eine Weile im Speisezimmer sitzen, nach dem alten bewährten britischen Brauch, der diesen Veteranen so behagte, daß sie ihn nie aufgegeben hätten. Zwei andere männliche Pensionsgäste gingen, ziemlich bestürzt von dem stürmischen Ausbruch, unter dem Charlotte den Mittagstisch verlassen hatte, und ließen die alten Soldaten miteinander allein, die ihrer Gewohnheit gemäß nach dem Dinner bedächtig ein Glas mit „etwas Heißem" genießen wollten, wie die Redensart lautet. In Wahrheit war Madames Wein nämlich von der mäßigsten Qualität; aber was konnte man für das Geld Besseres erwarten?

Baynes war nicht eben darauf erpicht, mit Bunch allein zu bleiben, und bestimmt wurde er wieder rot, als er sich tête-à-tête mit seinem alten Freund fand. Aber was blieb ihm übrig? Der General traute sich nicht, in seine eigenen Zimmer hinaufzugehen, wo die arme Charlotte wahrscheinlich weinte und ihre Mutter einen ihrer Wutanfälle hatte. Und im Salon hielten sich die Damen der Pension auf, und dort würde mit Sicherheit Mrs. Bunch auf ihn losgehen. Wirklich hatte sich Mrs. Bunch, seit die Bayneses sich in der großen Welt bewegten, unermüdlich sarkastisch über Lords, Ladies, Attachés, Botschafter und ganz allgemein vornehme Leute ausgelassen. So saß Baynes im sinkenden Abend schweigsam mit seinem Freund zusammen und tauchte die alte Nase in das Glas Brandy mit Wasser.

Der kleine breitgesichtige, rotgesichtige, schnurrbartgefärbte Oberst Bunch saß seinem alten Kameraden gegenüber und musterte ihn nicht ohne Verachtung. Bunch hatte eine Frau. Bunch besaß Gefühle. Glauben Sie, diese Frau habe auf diese Gefühle nicht immer wieder in privaten Gesprächen eingewirkt? Glauben Sie, wenn zwei alte Frauen auf ziemlich derselben Rangstufe ihr Leben zusammen verbracht haben – wenn die eine plötzlich befördert und in höhere Sphären emporgetragen wird und von ihren neuen Freundinnen, den Gräfinnen, Herzoginnen, Botschafterinnen spricht, wie es unweigerlich geschieht –, glauben Sie, sage ich, daß die erfolglose Frau sich über den Erfolg der erfolgreichen Frau freut? Die Kenntnis des eigenen Herzens, liebe verehrte Dame, muß Ihnen die Wahrheit in dieser Angelegenheit enthüllen. Ich verlange nicht, daß Sie zugeben, Sie seien erbost, weil Ihre Schwester bei der Herzogin von Fitzbattleaxe zu Gast war, aber Sie sind es doch. Sie haben sich Ihrem Mann gegenüber abfällig über das Thema ausgelassen, und solche Bemerkungen, davon bin ich überzeugt, machte Mrs. Oberst Bunch *ihrem* Mann gegenüber, ihre arme Freundin Mrs. General Baynes betreffend.

Während dieser Einschaltung haben wir den General mit der Nase in seinem Glas Brandy mit Wasser sitzenlassen. Er kann nicht ewig so sitzenbleiben. Bald muß er auftauchen, um Luft zu holen. Sein Gesicht muß sich aus dem Glas heben und über den Tisch seufzen.

„Was ist das für eine Geschichte, Baynes?" fragte der Oberst. „Was ist mit der armen Charley los?"

„Familienangelegenheiten – es gibt immer mal Meinungsverschiedenheiten", gibt der General zurück.

„Ich will doch hoffen, zwischen ihr und dem jungen Firmin ist nichts schiefgegangen, Baynes?"

Dem General behagt es nicht, wie diese festen Augen ihn unter diesen buschigen Brauen hervor anstarren, von diesem buschigen, geschwärzten Backenbart eingefaßt.

„Na, also ja, Bunch, es *ist* etwas schiefgelaufen; und es hat mir und – und Mrs. Baynes – auch verfluchten Kummer gemacht. Der junge Kerl hat sich wie ein Strolch aufgeführt, bei einem Botschaftsball krakeelt und sich geprügelt und uns alle lächerlich gemacht. Er ist kein Gentleman ... darauf läuft es hinaus, Bunch. Und jetzt wollen wir das Thema wechseln."

„Aber überlege doch mal, wie man ihn herausgefordert hat!" ruft der andere, die Bitte seines Freundes gänzlich mißachtend. „Gerade heute habe ich bei Galignani über die Sache reden hören. Ein Kerl stänkert Firmin an, rennt ihn über den Haufen, tut sich dicke, daß er ihn umgeschmissen hat – und wird dafür niedergeschlagen. Beim heiligen George! Ich finde, Firmin war ganz im Recht. Würde irgendein Mann mit mir oder dir dasselbe machen, was täten wir wohl, sogar in unserem Alter?"

„Wir sind Militärpersonen. Ich habe gesagt, ich möchte nicht über das Thema sprechen, Bunch", gibt der General ziemlich von oben herab zurück.

„Du meinst, Tom Bunch hat keinen Anlaß, sich einzumischen?"

„Genau das", erklärt der andere barsch.

„Gut, kein Wort weiter! Sprechen wir lieber von den Herzögen und Herzoginnen beim Ball. *Das* liegt dir jetzt wohl mehr", äußert der Oberst ziemlich verächtlich.

„Was meinst du mit Herzoginnen und Herzögen? Was weißt du von ihnen, oder was zum Teufel geht mich das an?" fragt der General.

„Ach so, die sind auch tabu! Verdammt! Dir kann man es aber auch nicht recht machen", knurrt der Oberst.

„Also gut, Bunch", stieß der General hervor, „ich muß reden, wenn du mich schon nicht in Ruhe läßt. Mir ist ganz elend. Das merkst du ganz genau. Seit zwei oder drei Nächten tue ich kein Auge mehr zu. Diese Verlobung zwischen meinem Kind und Mr. Firmin kann zu nichts Gutem führen. Du siehst ja, wie er ist – ein überheblicher, boshafter, streitsüchtiger Kerl. Welche Aussicht hat Charley, mit so einem Burschen glücklich zu werden?"

„Ich halte den Mund, Baynes. Du hast gesagt, ich soll mich nicht einmischen", knurrt der Oberst.

„Ach, wenn du es so aufnimmst, Bunch, brauche ich freilich nicht weiterzusprechen", ruft General Baynes. „Will ein alter Freund einem alten Freund keinen Rat geben, zum Henker, oder ihm beistehen, wenn er in der Klemme ist, oder ein gutes Wort sagen, wenn ihm elend ist, dann habe ich nichts mehr hinzuzufügen. Ich kenne dich seit vierzig Jahren, und ich habe mich in dir geirrt – das ist alles."

„Dir kann man es aber auch nicht recht machen. Du sagst: Halt den Mund, und ich sage kein Wort mehr. Ich halte den Mund, und du sagst: Warum redest du nicht? Warum ich nicht rede? Weil dir nicht gefallen würde, was ich sage, mein lieber Charles Baynes. Was nützt es dann, weiterzureden?"

„Verdammt noch mal!" ruft Baynes und kracht sein Glas auf den Tisch, „aber was *sagst* du denn?"

„Ich sage also, weil du es hören willst", ruft der andere und ballt die Fäuste in den Taschen, „ich sage, du brauchst einen *Vorwand*, um diese Partie abzubrechen, Baynes. Ich sage nicht, es ist eine *gute* Partie, wohlgemerkt. Aber dein Wort ist gegeben, und deine Ehre ist einem jungen Menschen verpfändet, dem gegenüber du eine große Verpflichtung hast."

„Was für eine Verpflichtung? Wer hat mit dir über *meine* Privatangelegenheiten gesprochen?" ruft der General, rot anlaufend. „Hat Philip Firmin damit herumgeprahlt, daß er . . ."

„*Du* selbst, Baynes. Als du hier angekommen bist, hast du immer und immer wieder erzählt, was der junge Mann getan hat. Und *damals* hast du allerdings gemeint, er habe wie ein Gentleman gehandelt. Wenn es dir jetzt in den Kram paßt, dein gegebenes Wort zu brechen . . ."

„Mein Wort zu brechen! Heiliger Strohsack, weißt du überhaupt, was du da sagst, Bunch?"

74

„Ja, und auch, was du da tust, Baynes."

„Was ich tue? Und was soll das sein?"

„Etwas verdammt Gemeines: das tust du, wenn du es wissen willst. Sag *mir* doch nichts. Ja, glaubst du denn, Fanny – glaubst du denn, irgend jemand merkt nicht, was du vorhast? Du und Eliza, ihr glaubt, ihr könnt für das Mädchen eine *bessere* Partie kriegen, und wollt den jungen Mann fallenlassen: den Mann, der auf sein Recht verzichtet hat und euch hätte ruinieren können, wenn er gewollt hätte. Ich sage, das ist ein durch und durch feiges Verhalten!"

„Oberst Bunch, Sie wagen es, mir so ein Wort ins Gesicht zu sagen?" ruft der General aufspringend.

„Was heißt wagen! Ich sage, es ist ein gemeines Verhalten!" brüllt der andere und springt ebenfalls auf.

„Pst! Sie wollen doch nicht die Damen aufschrecken. Natürlich wissen Sie, was das bedeutet, Oberst Bunch?" fragt der General mit gedämpfter Stimme und läßt sich auf seinen Stuhl zurückfallen.

„Ich weiß, was meine Worte bedeuten, und ich stehe zu ihnen, Baynes", knurrt der andere, „und das ist mehr, als du von den deinen behaupten kannst."

„Verdammt will ich sein, wenn irgendein lebender Mensch mir mit solchen Ausdrücken kommen kann", gibt der General ganz leise flüsternd zurück, „ohne mir dafür einzustehen."

„Hast du mich denn in solchen Sachen jemals zögern sehen, Baynes?" knurrt der Oberst mit einem Gesicht wie ein Hummer und aus dem Kopf quellenden Augen.

„Also gut, Sir. Morgen, so früh Sie es einrichten können. Ich bin von elf bis ein Uhr bei Galignani zu finden. Mit einem Freund, wenn möglich. – Was ist, meine Liebe? Eine Partie Whist gefällig? Nein, danke. Ich glaube, heute abend spiele ich nicht Karten."

Es war Mrs. Baynes, die ins Zimmer kam, als die zwei Gentlemen ihren Wortwechsel hatten – und die blutdürstigen Heuchler glätteten im Nu ihre aufgewühlten Mienen und lächelten sie mit tadelloser Höflichkeit an.

„Whist – nein! Ich habe überlegt, ob wir ihn abholen lassen sollen. Er war noch nie in Paris."

„War noch nie in Paris?" fragte der General verwirrt.

75

„Er kommt doch heute abend an. Madame hat ein Zimmer vorbereitet."

„Genau das Richtige, wahrlich genau das Richtige!" ruft General Baynes hocherfreut. Und Mrs. Baynes, die nichts von dem Streit zwischen den alten Freunden ahnte, teilt Oberst Bunch nun mit, daß man diesen Abend Major MacWhirter erwarte. Und da war diesem zähen alten Oberst Bunch der Grund für Baynes' Begeisterung klar. Ein Sekundant für den General hatte sich gefunden – genau das, was Baynes brauchte.

Wir haben gesehen, daß Mrs. Baynes, nachdem sie sich mit ihrem General beraten hatte, insgeheim MacWhirter aufgefordert hatte zu kommen. Nach ihrem Plan sollte der Onkel Charlotte auf eine Weile nach Tours mitnehmen und sie zur Vernunft bringen. Dann würde Charleys törichte Leidenschaft für Philip vergehen. Dann würden, falls er ihr so weit zu folgen wagte, Onkel und Tante, zwei Drachen an Tugend und Umsicht, sie bewachen und beschützen. Dann könnte Mrs. Hely, falls sie bei ihrer Absicht bliebe, mit ihrem Sohn ohne weiteres die Postkutsche nach Tours nehmen, wo in Philips Abwesenheit der junge Walsingham seine Liebe erklären könnte. Vielleicht war die Trennung des jungen Paares der beste Teil des Plans. Charlotte würde sich fangen. Mrs. Baynes war davon überzeugt. Das Mädchen hatte bis zu jenem unerwarteten Aufruhr beim Dinner, den wir mit angesehen haben, nie aufbegehrt; und ihre Mutter, die das Kind sein Leben lang despotisch beherrscht hatte, meinte noch immer, Macht über es zu haben. Sie wußte nicht, daß sie die Grenzen der Autorität überschritten hatte und daß angesichts ihres Verhaltens gegenüber Philip ihr Kind seinen Gehorsam abgelegt hatte.

Bunch erkannte also aus Baynes' Miene und Ausdruck vollkommen, was sein Gegner meinte und daß der General seinen Sekundanten gefunden hatte. Für sich hatte er schon einen im Auge – einen zähen kleinen alten Heereswundarzt aus spanischen und indischen Zeiten, der ganz in der Nähe wohnte und als Sekundant und auch, falls nötig, als Arzt Beistand leisten würde – um so zwei Fliegen mit einer Klappe zu schlagen, wie man so sagt. Der Oberst wollte auf der Stelle losgehen und Doktor Martin suchen, und zum Henker mit Baynes und die Pest über die ganze Geschichte und die Verrücktheit zweier alter

Freunde, in so einem Streit Pulver zu verbrennen. Doch er wußte, was für ein blutdürstiger Kerl dieser kleine, unter dem Pantoffel stehende, stille Baynes war, wenn er gereizt wurde; und was ihn selbst betraf – darf ein Kerl *mich* mit derartigen Ausdrücken belegen? Beim heiligen George, Tom Bunch würde nicht vor ihm kneifen!

Wer war die hochgewachsene Gestalt, die Madames Haus auf den Champs-Elysées umschlich, als Oberst Bunch es auf der Suche nach seinem Freund verließ; den die Polizei beobachtet und für eine verdächtige Person gehalten hatte; der jetzt, da die Schatten des Abends sich herabgesenkt hatten, zu Madames Fenstern hinaufsah? O du Schwachkopf von einem Philip! (denn natürlich erraten Sie, meine Lieben, daß der Spion P. F., Esq., war) schaust zum premier hinauf, und die Liebste befindet sich in Madames Zimmer im Erdgeschoß – in dem Zimmer dort, wo eine Lampe brennt und einen schwachen Schimmer gegen die Brettchen der Jalousie wirft. Wüßte Philip, daß sie dort ist, würde er sich in eine Klematis verwandeln und die Fenstergitter emporklettern und sich die ganze Nacht darum herumranken. Aber er glaubt ja, sie sei im ersten Stock; und die Blicke seiner leidenschaftlichen Augen zielen auf die falschen Fenster. Und jetzt tritt Oberst Bunch in seinem kleinen militärischen Umhang mit seinem kräftigen, straffen Schritt heraus – im Geschwindschritt –, und Philip schreckt auf wie ein ertappter Bösewicht und duckt sich hinter einen Baum in der Allee.

Der Oberst brach zu seinem mörderischen Gang auf. Philip himmelt weiter das Fenster seines Herzens an (das falsche Fenster), dem Polizisten trotzend, der ihm befiehlt zu circuler. Er hat hier nicht viele Minuten länger auf der Lauer gelegen, als eine Droschke vorfährt, mit Koffern auf dem Dach, und drin sitzen eine Dame und ein Herr.

Mrs. MacWhirter fand nämlich, sie könnte sich genauso wie ihr Mann einmal Paris ansehen. Da Macs Fahrgeld bezahlt wurde, konnte Mrs. Mac sich eine kleine Geldausgabe leisten. Und wenn sie Charlotte mitnehmen sollten – Charlotte in Kummer und Aufregung, das arme Kind –, wäre eine Matrone, eine Tante, eine viel passendere Begleiterin für sie als ein Major, wie zartfühlend er auch immer sein mochte. So reisten die zwei MacWhirters von Tours an – eine lange Reise war das vor der

Erfindung der Eisenbahn – und stellten sich, nach vierundzwanzig Stunden drangvoller Enge im Postwagen, bei Einbruch der Nacht in Madame Smolensks Pension ein.

Beim Geräusch der Räder stürmten die Baynesjungen in den Garten. „Mama – Mama! Es ist Onkel Mac!" riefen diese Arglosen, als sie zum Gartenzaun rannten. – Onkel Mac! Was kann ihn herführen? Oh! Sie wollen mich zu ihm schicken! sie wollen mich zu ihm schicken! dachte Charlotte, von ihrem Bett auffahrend. Und daraufhin wurde ein gewisses Medaillon vermutlich noch leidenschaftlicher denn je geküßt.

„Hör doch, Ma!" ruft der aufgeweckte Moira und springt wieder ins Haus, „es ist Onkel Mac, und Tante Mac auch!"

„*Was?*" ruft Mama, alles andere als Freude in der Stimme. Und dann rief sie ins Speisezimmer, wo ihr Mann noch saß: „General! MacWhirter und Emily sind da!"

Mrs. Baynes gab ihrer Schwester einen sehr mißmutigen Kuß.

„Liebste Eliza, ich dachte, es wäre eine so gute Gelegenheit, mitzukommen, und meinte, ich könnte mich nützlich machen, weißt du!" macht Emily geltend.

„Danke. Wie geht es dir, MacWhirter?" sagt die finstere générale.

„Freut mich, dich zu sehen, Baynes, mein Junge!"

„Wie geht's, Emily? Jungs, holt das Gepäck eures Onkels. Wußte nicht, daß Emily mitkommt, Mac. Hoffentlich haben wir Platz für sie!" seufzt der General, als er aus dem Zimmer kommt.

Der Major war von der bedrückten Miene und der Blässe seines Schwagers betroffen. „Potztausend! Baynes, du siehst so gelb wie eine Guinea aus. Wie geht's Tom Bunch?"

„Komm mit hier herein. Trink einen Brandy mit Wasser, Mac. – Auguste! Ohdevieh, oschoh!" ruft der General, und Auguste, der sich von den sechs Gepäckstücken der Neuankömmlinge ein ganz kleines wasserdichtes Kissen zum Tragen herausgepickt hat, sagt: „Comment? encore du grog, général?" und verschwindet achselzuckend, um in aller Ruhe die Erfrischung zu holen.

Die Schwestern ziehen sich zurück, um sich ungestört in die Arme zu fallen; die Schwäger verziehen sich in die salle à manger, wo General Baynes, bedrückt und einsam, die vergangene halbe Stunde gesessen und über seinen Streit mit seinem alten Kameraden Bunch nachgedacht hat. Er und Bunch sind seit über vierzig Jahren gute Freunde. Sie waren gemeinsam im Gefecht und wurden im selben Bericht ehrenvoll erwähnt. Sie haben einander hoch geschätzt; und jeder weiß, daß der andere ein störrisches altes Maultier ist und bei einem Streit eher stirbt als nachgibt. Sie haben ein Zerwürfnis gehabt, bei dem es nur einen einzigen Ausweg gibt. Worte sind gefallen, die kein Mann, wie alt er auch sei, beim George!, von irgendeinem Freund, wie sehr er ihm auch ans Herz gewachsen sei, hinnehmen kann, beim Zeus! Kein Wunder, daß Baynes ernst ist. Seine Familie ist groß, seine Mittel sind gering. Morgen steht er vielleicht unter dem Feuer der Pistole eines alten Freundes. Er weiß, wie beide sich in einer solchen extremen Situation verhalten werden. Kein Wunder, sage ich, daß der General ernst gestimmt ist.

„Wie stehen denn jetzt die Dinge, Baynes?" fragt der Major nach einem kleinen Schluck und einem langen Schweigen. „Wie geht es der armen kleinen Char?"

„Höllisch schlecht – ich meine, hat sich höllisch schlecht benommen", sagt der General und beißt sich auf die Lippen.

„Schlimm! Schlimm! Die arme Kleine!" ruft der Major.

„Widerspenstiges kleines Biest!" stößt der bleiche General zähneknirschend hervor. „Wir werden ja sehen, wer hier der Herr ist!"

„Was! Ihr habt eine unangenehme Auseinandersetzung gehabt?"

„An diesem Tisch, gerade heute. Sie saß hier und hat ihrer Mutter und mir getrotzt, beim George! und ist aus dem Zimmer gestürzt wie eine Königin im Trauerspiel. Wir müssen sie bändigen, Mac, oder ich will nicht Baynes heißen."

MacWhirter kannte seinen Verwandten schon lange und wußte, daß dieser stille, demütige Mann sich im Zorn sozusagen zur Weißglut erhitzte. „Traurige Geschichte. Hoffe, ihr besinnt euch alle beide, Baynes", seufzt der Major, der es mit nutzlosen Gemeinplätzen versucht; und als er sah, daß diese Bemerkung keine Wirkung zeigte, fiel ihm ein, sich an ihren gemeinsamen Freund zu halten. „Wie geht's Tom Bunch?" fragte der Major munter.

Bei dieser Frage grinste Baynes so gräßlich, daß MacWhirter ihn verwundert musterte. „Oberst Bunch geht es sehr gut", sagte der General mit kläglicher Stimme, „wenigstens ging es ihm vor einer halben Stunde noch gut. Da hat er gesessen", und er deutete auf einen leeren Löffel, der in einem leeren Glas steckte, aus dem Branntwein und Wasser verschwunden waren.

„Was war denn los, Baynes?" fragte der Major. „Ist zwischen dir und Tom etwas vorgefallen?"

„Ich will sagen, daß vor einer halben Stunde Oberst Bunch Worte an mich gerichtet hat, die ich von keinem lebenden Menschen hinnehme. Und du bist gerade zur rechten Zeit angekommen, MacWhirter, um ihm meine Forderung zu überbringen. Pst! Hier kommt etwas zu trinken."

„Voici, messieurs!" Auguste hat endlich eine zweite Lieferung Brandy und Wasser gebracht. Die Veteranen mischten sich ihr Getränk; und während sein Schwager sprach, nippte der bestürzte MacWhirter hin und wieder, intentusque ora tenebat.

27. KAPITEL

Ich mahne euch, laßt eure Dolche fallen!

General Baynes begann die Geschichte, die Sie und ich ausführlich gehört haben. Er berichtete sie auf seine Weise. Er wurde sehr zornig auf sich selbst, während er sich verteidigte. Er mußte Philip ganz gewaltig schlechtmachen, um sein eigenes Werk des Verrats zu entschuldigen. Er mußte beweisen, daß sein Werk nicht sein Werk sei; daß er immerhin nie ein Versprechen gegeben habe; und falls er doch etwas versprochen habe, Philips abscheuliches Benehmen ihn von jeder früheren Zusage entbinden müßte. Ich wundere mich nicht, daß der General so aufgebracht war und so abfällig sprach. Ein Verbrechen, wie er es gerade beging, kann ein Mann, der gewöhnlich freundlich, großmütig und ehrlich ist, nicht wohlgemut verüben. Ich behaupte nicht, daß Menschen nicht betrügen, nicht lügen, nicht foltern, keine niederträchtigen Taten begehen könnten, ohne im geringsten ihre Seelenruhe einzubüßen; aber das sind gewohnheitsmäßige Schufte, falsche und grausame Menschen. Sie sind es gewöhnt, ihre Zusagen zu brechen, ihre Nächsten bei Geschäften zu betrügen und was nicht noch alles. Ein schurkisches Wort oder Werk mehr oder weniger macht ihnen nichts weiter aus: ihre Reue erwacht erst, wenn sie ertappt sind, und sie fangen nicht eher an zu bereuen, als bis sie verurteilt die Anklagebank verlassen. Aber hier entzog sich ein normalerweise rechtschaffener Mann seiner Zusage, wandte seinem Wohltäter den Rücken und rechtfertigte sich vor sich selbst, indem er den Mann verleumdete, dem er Unrecht tat. Das ist kein gewöhnlicher Vorgang, meine geliebten Mitsünder und hochgeachteten erbärmlichen Mitsünderinnen; doch ihr behauptet gern, ein Prediger sei „zynisch", der diese traurige Wahrheit zugibt – und legt vielleicht keinen Wert darauf, an mehr als einem Tag in der Woche von dem Thema zu hören.

Um sich also gewissermaßen eine Rechtfertigung zurechtzuzimmern, beliebte unser armer guter alter General Baynes zu glauben und zu verkünden, Philip sei ein so bösartiger, schlechter und verruchter Kerl, daß man ihm gegenüber nicht zu seinem Wort stehen *dürfe*; und Oberst Bunch habe eine so brutale Unverschämtheit an den Tag gelegt, daß Baynes ihn zur Rechenschaft ziehen *müsse*. Was die Tatsache anging, daß es einen anderen, reicheren und weitaus mehr erstrebenswerten Bewerber gab, der wahrscheinlich um seine Tochter anhalten würde, so berührte Baynes diesen Punkt überhaupt nicht; er zog es vor, von Philips hoffnungsloser Armut, seiner schimpflichen Aufführung und seinem groben und rücksichtslosen Benehmen zu sprechen.

Nun hatte MacWhirter, der in Tours wahrscheinlich nicht viel zu tun hatte, Mrs. Baynes' Briefe an ihre Schwester Emily gelesen und erinnerte sich daran. Wirklich war es erst ganz wenige Monate her, seit Eliza Baynes' Briefe von Philips Lob erfüllt gewesen waren, von seiner Liebe zu Charlotte und der edlen Großmut, mit der er auf seine erheblichen Ansprüche gegenüber dem General, dem sorglosen Treuhänder seiner Mutter, verzichtet hatte. Philip war der erste Bewerber, den Charlotte gehabt hatte: in der ersten Glut ihrer Freude hatte Charlottes Mutter viele Bogen Papier mit Komplimenten, Ausrufen und jenen *Strichen* und *Hervorhebungen* bedeckt, mit denen manche Damen ihre Ironie anzudeuten oder ihr Entzücken zu betonen pflegen. Er sei ein trefflicher junger Mann – unbändig, aber großherzig, gutaussehend, edel! Er habe seinem Vater verziehen, daß er ihm Tausende und aber Tausende Pfund schulde – das gesamte Vermögen seiner Mutter; und er habe sich ihren Treuhändern gegenüber *ungemein edelmütig* verhalten – das müsse sie sagen, obwohl der arme liebe schwache Baynes dazu gehöre, Baynes, der so einfältig wie ein Kind sei!

Major Mac und seine Frau waren sich darin einig gewesen, Philips Nachsicht sei sehr großmütig und gütig, aber schließlich liege kein besonderer Grund zur Verzückung in dem Gedanken, daß ihre Nichte einen um seine Existenz ringenden jungen Menschen ohne einen Penny in der Tasche heirate; und die Veränderung des Tons in Elizas neueren Briefen hatte sie nicht wenig belustigt, als sie nämlich anfing, in der großen Welt zu verkehren und auf den armen, mittellosen Firmin, ihren Helden von vor wenigen Monaten, kühl herabzublicken. Da fiel Emily wieder ein, daß Eliza schon immer eine Vorliebe für die Großen hatte; wie es ihr den Kopf verdreht habe, als sie ein paar Gesellschaften im Government House besuchte; wie albern sie sich in Dumdum mit jenem kleinen Wicht Fitzrickets gehabt habe (weil er ein Ehrenwerter war, meine Güte!). Eliza sei Baynes eine gute Frau; den Kindern eine gute Mutter; und komme mit überraschendem Geschick mit einem schmalen Einkommen aus; doch Emily müsse von ihrer Schwester Eliza sagen, eine schlimmere usw. usw. usw. Und als schließlich die Nachricht kam, Philip solle den Abschied bekommen, schlug Emily die Hände zusammen und erklärte ihrem Mann: „Also, Mac, habe ich es dir nicht immer gesagt? Ich *wußte* es, wenn sie für Charlotte einen vornehmen Mann kriegen könnte, dann würde meine Schwester den Arztsohn vor die Tür setzen!" Daß das arme Kind schlimm leiden würde, dessen war sich ihre Tante sicher. Wirklich hatte Emily selbst vor ihrer Ehe mit Mac ihren eigenen Herzenskummer und Trennungsschmerz erlebt. Das arme Kind würde Trost und Gesellschaft brauchen. *Sie* würde ihre Nichte abholen. Und obwohl der Major behauptete: „Meine Liebe, du willst doch nur nach Paris, um dir einen neuen Kapotthut zu kaufen", strafte Mrs. MacWhirter die Unterstellung mit Verachtung und kam aus reinem Pflichtgefühl mit nach Paris.

So breitete Baynes seine Geschichte über das ihm zugefügte Unrecht vor seinem Schwager aus, der staunend diesen sonst wortkargen und kühl-gelassenen Mann so zornig und redselig erlebte. Wenn Baynes etwas Unrechtes getan hatte, so besaß er hinterher zumindest soviel Anstand, äußerst mißgestimmt zu sein. Ich jedenfalls, wenn ich jemals innerhalb meiner Familie oder ihr gegenüber etwas Unrechtes tue, begleite diese Handlungsweise mit wildem Zorn und polteriger Wut. Ich dulde nicht, daß Frau oder Kinder sie kritisieren. Kein nörgelnder Nathan von einem Freund der Familie (oder vielleicht auch ein unbequemes Gewissen) soll kommen und *mir* mein Fehlverhalten unter die Nase reiben. Nein, nein. Aus dem Haus mit ihm! Fort, du predigender Popanz, versuche nicht, *mich* zu schrecken! Ich habe den Argwohn, Baynes wird, um den in seinem Herzen flehenden Nathan einzuschüchtern, zu drangsalieren und zu übertönen – Baynes wird diesen geschwätzigen Mahner überschreien und diesen unbequemen Prediger aus dem Blickfeld, außer Hörweite stoßen, ihn mit zornigen Worten von unserem Tor vertreiben. Ach! vergeblich werfen wir ihn hinaus und befehlen John mit strenger Stimme, „nicht zu Hause" zu sagen! Da ist er wieder, wenn wir aufwachen, am Fußende unseres Bettes. Wir werfen ihn über Bord, weil er es wagt, auf unserem Kahn mitzurudern. Wessen grausiger Kopf blickt da aus dem Wasser und schwimmt neben uns her, und wenn wir noch so rasch rudern? Feuert auf ihn! Schlagt mit einem Riemen darauf ein und rudert weiter! Die Pistole blitzt auf. Bestimmt hat doch dieser Riemen den alten Schädel eingeschlagen? Seht! da taucht der furchtbare Begleiter wieder aus dem Wasser auf und ruft: „Vergiß nicht, vergiß nicht, ich bin hier, ich bin hier!"

Baynes hatte vermeint, den einen Mahner durch eine Drohung mit der Pistole einschüchtern zu können, und hier schwamm ein anderer neben seinem Boot her. Und möchten Sie es denn anders, mein lieber Leser, für Sie, für mich? Daß Sie und ich Sünden begehen werden, in diesem Jahr, in den folgenden, ist gewiß: doch ich hoffe – ich hoffe, sie sind nicht so schlimm, daß Gebete nichts mehr fruchten. Hier ist Baynes, der soeben etwas Schlechtes getan hat, in einer schrecklich bösen, grausamen und unzufriedenen Gemütsverfassung. Seine wunde, gereizte Stimmung ist eine einzige Fläche rohen Fleisches; seine ganze Seele ein einziges Toben und Zürnen und Fiebern. Charles Baynes, du alter Sünder, ich bete darum, daß der Himmel dich in eine bessere Gemütslage versetzt. Ich will an deiner Seite niederknien, mir Asche auf den eigenen Kahlkopf streuen, und gemeinsam wollen wir mit zitternder Stimme Peccavimus sprechen.

„Mit einem Wort, der junge Mann hat sich so empörend und schändlich benommen, Mac, daß ich als Familienvater nicht zulassen kann, Mac, daß mein Mädchen ihn heiratet. Aus Sorge um ihr Glück ist es meine Pflicht, die Verlobung rückgängig zu machen", ruft der General am Schluß seiner Geschichte.

„Hat er dich in aller Form von dieser Treuhandgeschichte entlastet?" erkundigte sich der Major.

„Meine Güte, Mac!" ruft der General und wird ganz rot. „Du weißt, ich habe mir ihm gegenüber so wenig etwas zuschulden kommen lassen wie du!"

„Nichts zuschulden kommen lassen – nur hast du dich nicht um deine Pflicht gekümmert."

„Ich habe eine schlechte Meinung von ihm, Sir. Ich bin der Ansicht, er ist ein zügelloser, rücksichtsloser, überheblicher junger Mensch", ruft der General ganz rasch, „der mein Kind unglücklich machen würde; aber ich glaube nicht, daß er ein solcher Schuft ist, über einen pensionierten angejahrten Mann mit einer armen Familie – mit einer zahlreichen Familie – herzufallen: einen Mann, der in Spanien und in Indien für seine Herrscherin gekämpft und geblutet hat, wie du in der ‚Heeresliste‘ nachlesen kannst, beim George. Ich glaube nicht, daß Firmin ein solcher Lump ist, über mich herzufallen, wirklich, und ich muß sagen, MacWhirter, ich finde es in der Tat unanständig von dir, davon zu sprechen – wirklich unanständig, beim heiligen George!"

„Aber *du* willst doch gerade *deinen* Handel mit ihm rückgängig machen. Warum sollte er *seine* Abmachung mit dir einhalten?" fragt der knurrige Major.

„Weil es", schrie der General, „eine Sünde und Schande wäre, daß ein alter Mann mit sieben Kindern und zerrütteter Gesundheit, der sonstwo gedient hat – jawohl, in Westindien und Ostindien, beim heiligen George! – in Kanada – auf der Iberischen Halbinsel und in New Orleans –, zugrunde gerichtet werden soll, weil ihn ein verfluchter Schuft von einem Arzt durch Betrug und Täuschung dazu gebracht hat, ein falsches Dokument zu unterschreiben, und daß seine armen Kinder und seine Frau an den Bettelstab getrieben werden sollen, beim Zeus!, wie du es dem jungen Firmin anscheinend empfiehlst, Jack MacWhirter. Und ich will dir was sagen, Major MacWhirter, ich nehme dir das verflucht übel. Und tu mir den Gefallen und halte dein Ruder aus *meinem* Boot raus und mische dich nicht in *meine* Angelegenheiten, punktum, und ich weiß schon, wer dahintersteckt, beim

Zeus! Es ist die Frau, die bei euch die Hosen anhat, Mac – es ist deine *bessere Hälfte*, MacWhirter – es ist diese verdammte, intrigante, niederträchtige, verleumderische, herrschsüchtige . . .“

„Was denn noch?“ brüllt der Major. „Ha, ha, ha! Meinst du, Baynes, ich weiß nicht, wer dich dazu gebracht hat, was ich ohne Umschweife eine äußerst gemeine und schuftige Handlungsweise nenne – jawohl, eine schuftige Handlungsweise, beim George! Ich nehme kein Blatt vor den Mund! Komm du mir nicht mit deinem Generalmajor oder deiner Mrs. Generalmajor! Eliza ist es, die dich aufgehetzt hat. Und wenn Tom Bunch dir gesagt hat, du hättest dein Wort gebrochen und benimmst dich gemein, dann hat Tom recht; und du kannst dir jemand anders suchen, dir zu sekundieren, General Baynes, denn beim George, ich tu's nicht!“

„Bist du den ganzen Weg von Tours gekommen, Mac, um mich zu beleidigen?“ fragt der General.

„Ich bin gekommen, um dir eine Gefälligkeit zu erweisen. Um mich deines armen Mädchens anzunehmen, mit der du wirklich hart umspringst, Baynes. Und das ist mein Lohn! Danke bestens. Keinen Grog mehr! Was ich hatte, ist mir schon *zu stark*.“ Und der Major blickt mit verächtlicher Miene auf sein geleertes Glas mit dem beschäftigungslosen Löffel herab.

Während die Krieger über ihrem Trunk in Streit gerieten, drang von außen ein Lärm wie vom Gezänk weiblicher Stimmen zu ihnen. „Mais, madame“, bringt Madame Smolensk auf ihre gesetzte Art vor. „Taisez-vous, madame, laissez-moi tranquille, s'il vous plaît!“ ruft Mrs. General Baynes' wohlbekannte Stimme, die mir, ich gebe es zu, nie besonders sympathisch war, weder im Zorn noch in guter Laune. „Und Ihre Kleine – die in meinem Zimmer zu schlafen versucht“, hält ihr die Dame des Hauses weiter vor. „Vous n'avez pas droit d'appeler Mademoiselle Baynes petite!“ ruft die Gattin des Generals. Und Baynes, der selbst gerade stritt und zankte, erbebte, als er sie hörte. Sein zorniges Gesicht nahm einen erschrockenen Ausdruck an. Er sah sich nach einer Fluchtmöglichkeit um. Schutzsuchend wandte er sich an MacWhirter, dem er eben noch die Nase langziehen wollte. Simson war ein gewaltiger Mann, doch in den Händen einer Frau war er ein Schaf. Herkules war ein tapferer Mann und stark, doch Omphale wickelte ihn um ihre Spindel. Ebenso erzitterte

Baynes, der in Indien, Spanien, Amerika gekämpft hatte, vor der Partnerin seines Bettes und Namens.

Es war ein unheilvoller Nachmittag. Während die Ehemänner sich im Speisezimmer über ihrem Brandy mit Wasser gestritten hatten, waren sich die Ehefrauen, die Schwestern, im Salon über ihrem Tee in die Haare geraten. Ich weiß nicht, was die übrigen Pensionsgäste trieben. Philip hat mir nichts davon erzählt. Vielleicht hatten sie das Zimmer verlassen, um den Schwestern unbehindert Gelegenheit zu Umarmungen und vertraulichem Gespräch zu geben. Vielleicht waren keine weiblichen Pensionsgäste mehr da. Wie auch immer, Emily und Eliza nahmen den Tee ein; und bevor diese erfrischende Mahlzeit vorüber war, stritten sich diese lieben Frauen so heftig wie ihre Männer im Nebenzimmer.

Eliza war zunächst sehr böse, daß Emily uneingeladen gekommen war. Emily ihrerseits war böse auf Eliza, weil diese böse war. „Eliza", sagte die temperamentvolle MacWhirter gekränkt, „du spielst, seit wir da sind, bestimmt schon zum drittenmal darauf an. Wärst du mit deiner ganzen Familie nach Tours gekommen, hätten Mac und ich euch freundlich aufgenommen – Kinder und alles; und deine machen in einem Haus wahrhaftig Mühe genug."

„Ein Privathaus ist nicht dasselbe wie eine Pension, Emily. Hier verlangt Madame für die Extras furchtbar viel", bemerkt Mrs. Baynes.

„Es tut mir leid, daß ich gekommen bin, Eliza. Sprechen wir nicht mehr davon. Ich kann heute abend nicht mehr weg", gibt die andere zurück.

„Und das sind sehr unfreundliche Worte, Emily. Noch Tee?"

„Sehr unangenehm ist es, diese Worte sagen zu müssen, Eliza. Einen ganzen Tag und eine Nacht lang reisen – wo ich in einer Postkutsche nie schlafen kann –, um zu meiner Schwester zu eilen, weil ich dachte, sie hätte Kummer, weil ich dachte, ich als Schwester könnte sie trösten . . . und empfangen zu werden, wie du mich emp. . . wie du . . . Oh, oh, huhuhuuu! Wie dumm ich bin!" Ein Taschentuch trocknet die Tränen; ein Riechfläschchen bringt ein wenig Fassung zurück. „Als du zu uns nach Dumdum kamst, mit zwei-i-i-i Kindern mit Keuchhusten, haben MacWhirter und ich dich bestimmt ganz anders aufgenommen."

Die andere fühlte sich von Reue bewegt. Sie erinnerte sich an die Güte ihrer Schwester in früheren Tagen. „Schwester, ich wollte dir nicht weh tun", sagte sie. „Aber ich bin selbst sehr unglücklich, Emily. Das Betragen meines Kindes macht mich tief unglücklich."

„Und du hast allen Grund, unglücklich zu sein, Eliza, wenn je eine Frau welchen hatte!" erklärt die andere.

„Ach, weiß Gott, ja!" keucht die Gattin des Generals.

„Wenn je eine Frau Gewissensbisse spüren müßte, Eliza Baynes, dann bestimmt du. Schlaflose Nächte! Was war die meine in der Postkutsche, verglichen mit den Nächten, die du sicher durchmachst? Das habe ich mir gesagt. Mir ist elend, habe ich mir gesagt, aber wie elend muß *ihr* sein?"

„Als fühlende Mutter empfinde ich natürlich, daß die arme Charlotte unglücklich ist, liebste Schwester."

„Aber was macht sie denn unglücklich, liebste Schwester?" ruft Mrs. MacWhirter, die gleich darauf bewies, daß sie den ganzen Wortwechsel im Griff hatte. „Kein Wunder, daß Charlotte unglücklich ist, liebes Herz! Kann ein Mädchen mit einem jungen Mann verlobt sein, einem äußerst interessanten jungen Mann, einem intelligenten, wohlerzogenen, hochgebildeten jungen Mann..."

„*Was?*" ruft Mrs. Baynes.

„Habe ich nicht deine Briefe? Ich habe sie alle in meinem Schreibpult. Sie sind jetzt hier im Hausflur beim Gepäck. Hast du mir das nicht immer und immer wieder geschrieben; und von ihm geschwärmt, bis ich fast dachte, du wärst selbst in ihn verliebt?" ruft Mrs. Mac.

„Eine unglaublich geschmacklose Bemerkung!" ruft laut Eliza Baynes mit ihrer tiefen, furchterregenden Stimme. „Keine Frau, keine Schwester darf mir so etwas sagen!"

„Soll ich hingehen und die Briefe holen? Damals hieß es: ‚Der liebe Philip hat uns eben verlassen. Der liebe Philip ist mir mehr als ein Sohn. Er ist unser Retter!' Hast du mir das alles nicht immer und immer wieder geschrieben? Und weil du für Charlotte einen reicheren Mann gefunden hast, willst du euren Retter vor die Tür setzen!"

„Emily MacWhirter, muß ich hier sitzen und mir von meiner Schwester – *uneingeladen*, wohlgemerkt – *uneingeladen*, wohlgemerkt, Schandtaten vorwerfen lassen? Muß sich die Gattin eines

Generals von der Frau eines Titularmajors derart behandeln lassen? Obwohl du mir im Alter voraus bist, Emily, bin ich dir im Rang voraus. In jedem Zimmer in England, außer diesem, habe ich vor dir den Vortritt! Und wenn du *uneingeladen* den ganzen Weg von Tours gekommen bist, um mich in meinem eigenen Haus zu beleidigen . . ."

„Haus, daß ich nicht lache! Schönes Haus! Jedermanns Haus genauso wie deines!"

„Wie dem auch sei, ich habe dich nie aufgefordert, es zu betreten, Emily!"

„O ja! Du willst, daß ich in die Nacht hinausgehe. Mac! Hör mal!"

„Emily!" schreit die Generalin.

„Mac, so hör doch!" kreischt die Majorin und reißt die Tür des Salons auf. „Meine Schwester möchte, daß ich gehe. Hörst du mich?"

„Au nom de Dieu, madame, pensez à cette pauvre petite, qui souffre à côté", ruft die Frau des Hauses und weist auf ihr eigenes, daneben liegendes Gemach, in dem, wie gesagt, unsere arme kleine Charlotte lag.

„Nappleh pas Madamaselle Baynes petite, sivopleh!" dröhnt Mrs. Baynes' Altstimme.

„MacWhirter, hör doch, MacWhirter!" ruft Emily und reißt die Tür des Speisezimmers auf, wo die zwei Gentlemen ebenfalls einander in den Haaren lagen. „MacWhirter! Meiner Schwester beliebt es, mich zu beleidigen und zu behaupten, die Frau eines Titularmajors . . ."

„Beim George! Streitet ihr euch auch?" fragt der General.

„Baynes, Emily MacWhirter hat mich beleidigt!" ruft Mrs. Baynes.

„Anscheinend war das abgekartete Sache", schmettert der General. „Major MacWhirter hat mit mir dasselbe gemacht! Er hat vergessen, daß er ein Gentleman ist und ich auch."

„Er beleidigt dich bloß, weil er denkt, du bist sein Verwandter und mußt alles von ihm hinnehmen", erklärt die Frau des Generals.

„Beim heiligen George! Ich nehme NICHT alles von ihm hin!" schreit der General.

Die beiden Gentlemen und ihre Frauen zanken sich in der

Halle. Madame und die Dienstboten spähen von den Küchenregionen her nach oben. Die Jungen am obersten Treppengeländer tuscheln sich wahrscheinlich zu: „Dicke Luft zwischen Ma und Tante Mac!" Ich vermute, die geängstigte kleine Charlotte in ihrem zeitweiligen Quartier vergißt für eine Weile beinahe ihren eigenen Kummer und fragt sich, welche Meinungsverschiedenheit ihre Tante und Mutter, ihren Vater und Onkel so erregt. Verteilen Sie die übrigen männlichen und weiblichen Pensionsgäste überall in den Gängen und auf den Treppenabsätzen, in verschiedenen Stellungen, wie sie ihr Interesse, ihren ironischen Kommentar und ihren Zorn über die Störung durch unangebrachten häuslichen Streit ausdrücken – in welcher Positur Sie wollen. Was Mrs. Oberst Bunch angeht, das arme Ding weiß nicht, daß der General und ihr eigener Oberst in tödlichen Streit geraten sind. Sie bildet sich ein, der Zwist herrschte bisher nur zwischen Mrs. Baynes und ihrer Schwester: und die beiden kennt sie seit zwanzig Jahren in solchem Streit. „Toujours comme ça, streiten vous savez, et puis versöhnen sie sich wieder. Oui", erklärt sie einer französischen Freundin auf dem Treppenabsatz.

Mitten in diesen Sturm hinein kommt Oberst Bunch zurück, seinen Freund und Sekundanten, Doktor Martin, am Arm. Er weiß nicht, daß seit seinem eigenen Gefecht zwei Schlachten ausgetragen worden sind. Das eine, sagen wir, war Ligny. Dann kam Quatre-Bras, das Baynes und MacWhirter ausfochten. Dann kam die allgemeine Schlacht von Waterloo. Und hier tritt Oberst Bunch ein, nichts von den gewaltigen Kämpfen ahnend, die sich seit seinem vorübergehenden Rückzug auf der Suche nach Verstärkung abgespielt haben.

„Wie geht es Ihnen, MacWhirter?" ruft der Oberst mit dem ins Purpurne spielenden Backenbart. „Mein Freund, Doktor Martin!" Und als er das Wort an den General richtet, quellen ihm fast die Augen aus dem Kopf, als wollten sie sich in die Brust dieses Offiziers bohren.

„Still, liebe Frau! Emily MacWhirter, wollen wir diese höchst peinliche Auseinandersetzung nicht lieber aufschieben? Das ganze Haus hört uns zu!" flüstert der General rasch mit gedämpfter Stimme. „Doktor – Oberst Bunch – Major MacWhirter, wollen wir nicht lieber ins Speisezimmer gehen?"

Der General und der Arzt gehen voran, Major MacWhirter

und Oberst Bunch bleiben in der Tür stehen. Sagt Bunch zu MacWhirter: „Major, Sie treten in dieser Affäre als Freund des Generals auf? Es ist zu unangenehm, aber beim George! Baynes hat mir Sachen gesagt, die ich nicht hinnehmen kann, und wäre er mein eigen Fleisch und Blut, beim George! Und ich kenne ihn verdammt zu gut, als daß ich meinte, er werde sich jemals entschuldigen."

„Er hat MIR Sachen gesagt, Bunch, die ich nicht von fünfzig Schwägern hinnehmen kann, verflixt und zugenäht!" knurrt MacWhirter.

„Was? Bringen Sie mir denn keine Forderung von ihm?"

„Ich sage Ihnen, Tom Bunch, ich will *ihm* eine Forderung schicken. Lädt mich in sein Haus ein und beleidigt mich und Emily, sobald wir da sind. Beim George, mir kocht das Blut! Beleidigt uns, nachdem wir vierundzwanzig Stunden in einer verflixten Postkutsche gefahren sind, und sagt, wir wären nicht eingeladen! Er und dieser schreckliche Zankteufel."

„Pst!" warf Bunch ein.

„Ich sage Zankteufel, Sir! *Mir* brauchen Sie nichts zu erzählen! In Dumdum sind sie gekommen und vier Monate bei uns geblieben – die Kinder hatten den Pips oder so eine verflixte Sache –, reisten nach Europa ab und überließen es mir, die Arztrechnung zu zahlen! Und jetzt, beim . . ."

Wollte der Major den heiligen George, den kappadokischen Kämpen, oder den olympischen Zeus anrufen? In diesem Moment öffnete sich eine Tür, neben der sie standen. Sie erinnern sich vielleicht, es waren drei Türen, alle auf dieser Etage: wenn Sie das anzweifeln, gehen Sie hin und sehen sich das Haus an (Avenue de Valmy, Champs-Elysées, Paris). Eine dritte Tür öffnet sich, und eine junge Dame kommt heraus, die sehr blaß und traurig aussieht und der das Haar auf die Schultern herabhängt – das Haar, das gewöhnlich in dicken Locken niederfiel, aber ich nehme an, Tränen haben ihm die ganze Kräuselung genommen.

„Bist du es, Onkel Mac? Ich dachte, ich hätte deine Stimme erkannt, und Tante Emily habe ich auch gehört", sagt das Persönchen.

„Ja, ich bin es, Charley", sagt Onkel Mac. Und er blickt in das runde Gesicht, das so verstört aussieht und so voller unsagbaren Leids ist, daß Onkel Mac gänzlich schmilzt und das Kind in die

Arme nimmt und sagt: „Was ist denn, liebes Kind?" Und er vergißt ganz, daß er vorhat, ihrem Vater am nächsten Morgen eine Kugel durch den Kopf zu jagen. „Wie heiß deine Händchen sind!"

„Onkel, Onkel!" stößt sie rasch und fiebrig flüsternd hervor. „Du bist gekommen, um mich wegzubringen, ich weiß es. Ich habe dich und Papa, ich habe Mama und Tante Emily ganz laut reden hören! Aber wenn ich gehe – ich werde – ich werde niemals einen anderen lieben!"

„Als wen, Liebes?"

„Als Philip, Onkel."

„Beim heiligen George! Char, das sollst du auch nicht!" sagt der Major. Und daraufhin stieß das arme Kind, das sich im Bett aufgesetzt hatte, während dieser Zank der Schwestern – während dieser laute Streit der Majore, Generale, Obersten – während dieses Vorfahren von Droschken – während dieses Kommen und Gehen von Besuchern zu Pferde – sich abgespielt hatten, einen schrillen hysterischen Schrei aus und fiel wild lachend und weinend ihrem Onkel in die Arme.

Dieser Aufschrei brachte natürlich die Herren aus ihrem daneben liegenden Zimmer und die Damen aus dem ihren herbei.

„Wieso führst du dich hier wie eine Närrin auf?" faucht Mrs. Baynes in ihren tiefsten Tönen.

„Beim heiligen George, Eliza, du bist unmöglich", sagt der General kreidebleich.

„Eliza, du bist brutal!" ruft Mrs. MacWhirter.

„Das ist sie!" kreischt Mrs. Bunch vom Treppenabsatz darüber, wo noch mehr weibliche Pensionsgäste versammelt waren und auf diese fürchterliche Familienschlacht herabsahen.

Eliza Baynes wußte, daß sie zu weit gegangen war. Die arme Charley war mittlerweile kaum noch bei Bewußtsein und schrillte außer sich: „Niemals, niemals!", als, so wahr ich lebe, ausgerechnet in dem Augenblick ein junger Mann mit blondem Haar, mit flammendem Backenbart, mit flammenden Augen ins Haus platzt und ausruft: „Was ist los? Ich bin hier, Charlotte, Charlotte!"

Wer ist dieser junge Mann? Wir haben ihn flüchtig zu sehen bekommen, wie er eben noch auf den Champs-Elysées umherstrich und hinter einem Baum in Deckung ging, als Oberst Bunch sich auf die Suche nach seinem Sekundanten begab. Dann sah der junge Mann die Droschke der MacWhirters am Haus vorfahren. Dann wartete er und wartete und blickte zu jenem Fenster im ersten Stock hinauf, hinter dem, wie wir wissen, seine Liebste *nicht* ruhte. Dann sah er Bunch und Doktor Martin eintreffen. Dann trat er durch die Zaunpforte in den Garten und hörte das Gezänk zwischen Mrs. Mac und Mrs. Baynes. Dann kam von der Vorhalle her – wo sich dieses Gefecht ja abspielte – das weithallende, schreckliche Lachen und der schrille Schrei der armen Charlotte. Und Philip Firmin platzte wie eine Granate in die Halle, wo die Schlacht tobte, und in den Kreis der Familie hinein, die sich unter Geschrei in den Haaren lag.

Das *ist* ein Bild, kann ich Ihnen versichern. Wir haben erstens die Pensionsgäste auf dem Treppenabsatz im ersten Stock, wohin auch die Bayneskinder in ihren Nachthemden geschlichen sind. Zweitens haben wir Auguste, Françoise, die Köchin und den Küchenjungen, die vom Souterrain heraufkommen. Und drittens haben wir Oberst Bunch, Doktor Martin, Major MacWhirter mit Charlotte in den Armen; Madame, General B., Mrs. Mac, Mrs. General B., alle in der Halle, als unser Freund, die Granate, zwischen sie hineinplatzt.

„Was ist los? Charlotte, ich bin hier!" ruft Philip mit seiner mächtigen Stimme. Als Charlotte diese vernimmt, kreischt sie abschließend noch einmal auf und ist im nächsten Moment gänzlich ohnmächtig geworden – aber diesmal liegt sie an Philips Schulter.

„Sie brutaler Mensch, wie können Sie es wagen?" fragt Mrs. Baynes, den jungen Mann anfunkelnd.

„*Du* hast das angerichtet, Eliza!" sagt Tante Emily.

„Jawohl, das hat sie, Mrs. MacWhirter!" ruft Mrs. Oberst Bunch von oben herunter.

Und Charles Baynes hatte das Gefühl, in der Tat wie ein Verräter gehandelt zu haben, und ließ den Kopf hängen. Er hatte seine Tochter ermutigt, ihr Herz zu verschenken, und sie hatte ihm gehorcht. Ich glaube, er war froh, als er Philip Firmin sah; der Major desgleichen, obwohl ihn Firmin recht grob gegen die Wand gerempelt hatte.

„Soll dieser vulgäre Skandal vor dem ganzen Haus hier im Durchgang weitergehen?" keucht Mrs. Baynes.

„Bunch hat mich hergebracht, damit ich dieser jungen Dame

etwas verschreibe", erklärt der kleine Doktor Martin sehr höflich. „Madame, wollen Sie bitte von Anjubeau im Faubourg etwas Riechsalz kommen lassen; und sorgen Sie dafür, daß sie völlige Ruhe hat."

„Kommen Sie, Monsieur Philippe. Das genügt", ruft Madame, die ein Lächeln nicht unterdrücken kann. „Kommen Sie in Ihr Zimmer, liebe Kleine!"

„Madame!" ruft Mrs. Baynes. „Une mère . . ."

Madame zuckt die Achseln. „Une mère, une belle mère, ma foi!" sagt sie. „Kommen Sie, Mademoiselle!"

In der Pension hielten sich nur ganz wenige Leute auf: wenn sie erfuhren, wenn sie sahen, was geschah, wie können wir das ändern? Aber daß sie alle auf einem Pulvermagazin gesessen hatten, das in die Luft gehen und ein, zwei, drei, fünf Menschen hätte vernichten können, wußte nicht einmal Philip, bis Major MacWhirter ihm hinterher lachend erzählte, wie dieser sanftmütige, doch äußerst grimmige Baynes erst Bunch, dann seinen Schwager gefordert hatte, und daß Kampf, Mord und jäher Tod aller Art hätten die Folge sein können, wenn der Zwist nicht sein Ende gefunden hätte.

Wäre Ihr ergebener Diener darauf erpicht, die Gefühle seiner Leser aufzuwühlen oder seine eigenen schriftstellerischen Fähigkeiten zur Schau zu stellen, sehen Sie wohl ein, daß ich diesen zwei tapferen Offizieren nie gestattet hätte, in Streit zu geraten und einander geradezu an den Kragen zu gehen, ohne sie die Beleidigung mit Blut abwaschen zu lassen. Der Bois de Boulogne liegt dicht bei der Avenue de Valmy und bietet reichlich kühle Plätzchen zum Kampf. Die octroi-Beamten halten die Gentlemen, die an der benachbarten Schranke in Duellangelegenheiten hinausfahren, nie an und verhindern auch nie die Rückkehr des gefallenen Opfers in der Droschke, wenn der schreckliche Kampf vorbei ist. Nach meiner Kenntnis von Mrs. Baynes' Charakter hege ich nicht den geringsten Zweifel, daß sie ihrem Mann zum Kampf zugeredet hätte: und wäre der General gefallen, hätte sie ihren Jungen Pistolen in die Hand gegeben und sie geheißen, die vendetta weiterzuführen; doch da zumindest ich es ungern sehe, wenn Brüder miteinander in Fehde liegen oder Moses und Aaron sich gegenseitig weiße Büschel aus den Bärten reißen, bin ich froh, daß zwischen den Veteranen kein Duell statt-

finden wird und daß beider wackere alte Brust vor der bruder-
mörderischen Kugel sicher ist.

Major MacWhirter vergaß Kugeln und Kämpfe völlig, als die
arme kleine Charlotte ihm einen Kuß gab, und war überhaupt
nicht eifersüchtig, als er das junge Mädchen an Philips Arm geklammert sah. Er schmolz beim Anblick dieses Kummers und
dieser Unschuld dahin, während Mrs. Baynes immer noch ihre
persönliche Wut herausbellte und erklärte: „Wenn der General
mich nicht vor Beleidigungen schützen will, gehe ich wohl besser."

„Beim Zeus, das finde ich auch!" rief MacWhirter, zu dessen
Bemerkung die Augen des Arztes und Oberst Bunchs zustim-
mend blitzten.

„Allons, Monsieur Philippe. Genug davon – ich will sie wieder
zu Bett bringen", fuhr Madame fort. „Kommen Sie, liebe Miss."

Wie schade, daß das Schlafzimmer nur ein paar Schritte von
ihnen entfernt war! Philip fühlte sich stark genug, seine kleine
Charlotte bis zu den Tuilerien zu tragen. Die dicken braunen
Locken, die über seine Schultern gefallen waren, werden hinweg-
gehoben. Das kleine wunde Herz, das an dem seinen gelegen
hatte, trennt sich mit einem belebenden Pochen von ihm. Madame und die Mutter führen die kleine Charlotte fort. Die Tür
des Nebenzimmers schließt sich hinter ihr. Die traurige kleine
Erscheinung ist verschwunden. Die Männer, die sich vorhin im
Gang stritten, stehen schweigend da.

„Ich habe draußen ihre Stimme gehört", sagte Philip nach einer
kleinen Pause (ich nehme an, ihm wirbelte der Kopf vor Liebe,
vor Kummer, vor Erregung). „Ich habe draußen ihre Stimme gehört, und ich konnte nicht anders, ich mußte hereinkommen."

„Donnerwetter, das will ich meinen, junger Mann!" sagt Major
MacWhirter und schüttelt dem jungen Mann kräftig die Hand.

„Pst, pst!" flüstert der Arzt. „Sie braucht völlige Ruhe. Sie hat
für heute abend vollauf genug Aufregung gehabt. Es darf keine
Szenen mehr geben, mein junger Freund."

Und Philip sagt, als sich ihm in dieser seiner Qual von Kummer und Zweifel eine freundliche Hand entgegenstreckte, habe
ihn das so tief erschüttert, daß er der Gesellschaft der alten Männer schleunigst zu entfliehen genötigt war, in die Nacht hinaus,
wo der Regen herabströmte – ein sanfter Regen.

Während Philip draußen vor Madame Smolensks Haus der kleinen Charlotte seine innigsten Gebete, seine Tränen, sein Herzklopfen und seine leidenschaftlichsten Liebesschwüre weiht, ziehen sich die drin versammelten Krieger erneut zu einer Aussprache in die salle à manger zurück; und angesichts der regnerischen Witterung des Abends muß der verblüffte Auguste ein drittes Mal heißes Wasser für die vier Gentlemen bringen, die dem Kongreß beiwohnen. Der Oberst, der Major, der Arzt bauten sich an einer Seite des Tisches auf, sozusagen im Schutz einer Reihe bestückter Gläser, flankiert von einer starken Brandyflasche hinter einer Brustwehr, durch deren Schießscharte man kochendheißes Wasser schütten konnte. Hinter diesen Befestigungen erwarteten die Veteranen ihren Gegner, der, nachdem er eine Weile im Zimmer auf- und abgegangen ist, schließlich ihnen gegenüber Aufstellung nimmt und sich zum Angriff bereitmacht. Der General besteigt wieder sein cheval de bataille, kann das Tier jedoch nicht zu einer so heftigen Attacke anspornen wie zuvor. Charlottes weiße Erscheinung ist zu ihnen getreten und hat die schönen Arme zwischen den Kriegsmännern ausgebreitet. Vergeblich bemüht sich Baynes, gewaltig in Fahrt zu kommen und seinen Zorn mit vehementen Anrufungen von George und Zeus und anderen schlimmeren Ausdrücken aufzuheizen. Dieser schwache, sanfte, ruhige, unter dem Pantoffel stehende, aber ungemein blutdürstige alte General fand sich allein in der Minderheit, und gegen sich hatte er seinen alten Kameraden Bunch, den er beleidigt und gefordert hatte; seinen Schwager MacWhirter, den er gefordert und beleidigt hatte; und den Arzt, der als Freund des ersteren zugezogen worden war. Als sie ihm Schulter an Schulter Trotz boten, fühlte sich jeder dieser drei von seinem Nachbarn beflügelt. Jeder nahm, bedächtig zielend, Baynes unter Feuer. Solcher Übermacht nachzugeben war dem Veteranen andererseits nicht so unangenehm, wie wenn er seinen Degen vor einem einzelnen Gegner hätte senken müssen. Ehe er irgendeinem einzelnen Menschen gegenüber zugäbe, im Unrecht zu sein, würde er dieser Person Ohren und Nase abreißen; doch von drei Gegnern umgeben zu sein und vor solcher Übermacht die Flagge zu streichen war keine Schande; und Baynes konnte den weiten Umweg einschlagen, den manche stolzen Gemüter für ihre Entschuldigungen auf sich nehmen. So konnte er dem Doktor sagen: „Na ja, Doktor, vielleicht war es überstürzt von mir, als ich Bunch beschuldigte, mich mit Schimpfworten zu belegen. Ein Augenzeuge kann diese Dinge manchmal besser erkennen, wenn der unmittelbar Beteiligte zu wütend ist; und da Sie gegen mich aussagen – na ja, also gut, ich bitte Bunch um Entschuldigung."

Als diese Geschichte überstanden war, kam die Versöhnung mit MacWhirter ganz rasch zustande. Tatsache war: bin in verflucht übler Verfassung gewesen – ziemlich aufgebracht von den Ereignissen des Tages – nichts weiter gemeint als dies und das und so weiter. Wenn dieser alte Häuptling schon die bittere Pille der Demütigung schlucken mußte, so wünschten sich seine tapferen Gegner nichts sehnlicher, als daß er seine Portion so rasch wie möglich verputzte, und wandten die ehrlichen alten Köpfe ab, während er sie herunterwürgte. Einer aus der Gruppe erzählte seiner Frau von dem Streit, der sich ereignet hatte, aber Baynes nicht. „Ich bin sicher, Sir", pflegte Philip zu sagen, „hätte Mrs. Baynes an dem Abend etwas von dem Streit erfahren, hätte sie ihren Mann aus dem Bett gescheucht und ihn gezwungen, seine alten Freunde nochmals zu fordern!" Aber zwischen Philip und Mrs. Baynes bestand ja keine Zuneigung, und an denen, die er nicht mag, sieht er gewöhnlich wenig Gutes.

So wird jeder freundliche Leser, der erwartet hatte, mit der Schilderung eines Bruchs des sechsten Gebots unterhalten zu werden, dieses Kapitel enttäuscht beenden. Die wackeren alten rostigen Degen, die die Kriegsmänner, ihre Besitzer, vom Haken heruntergeholt hatten, kehrten in ihre Flanellfutterale zurück, ohne daß man sie entblößt hatte. Irgendwie gab man sich die Hand – wenigstens wurde kein Blut vergossen. Doch obwohl die zwischen den alten Knaben gewechselten Worte soweit ganz verbindlich waren, konnten Bunch, MacWhirter und der Arzt ihre Meinung nicht ändern, man habe Philip übel mitgespielt und General Baynes sei dem Wohltäter seiner Familie eine bessere Behandlung schuldig.

Mittlerweile schritt dieser Wohltäter in einem Zustand vollkommener Verzückung durch den Regen nach Hause. Der Regen erfrischte ihn, ebenso seine eigenen Tränen. Das liebste Mädchen war ihm für einen Augenblick ans Herz gesunken, und als sie dort lag, hatte ein Schauer der Hoffnung ihn von Kopf bis

Fuß durchbebt. Die alten Freunde ihres Vaters hatten ihm die Hand entgegengestreckt und ihn geheißen, nicht zu verzweifeln. Tose doch, Wind, falle, Herbstregen! Mitten in der Nacht, unter den windzerzausten Bäumen, zwischen denen die Lampen der réverbères hin- und herschaukeln, kehrt der junge Mann mit langen Schritten in sein Zimmer zurück. Er ist arm und unglücklich, doch die Hoffnung schwebt neben ihm her. Er betrachtet einen bestimmten Knopf an der Brust seines alten Rocks, ehe er ihn zum Schlafen auszieht. Da hat ihre Wange gelegen, denkt er, genau da. Meine arme kleine Charlotte! Was hatte sie wohl mit dem Knopf des alten Rocks angestellt?

28. KAPITEL

*In dem Mrs. MacWhirter
einen neuen Kapotthut bekommt*

un, wenn auch der unglückliche Philip tief und
fest schlief, so daß seine Stiefel, diese abge-
laufenen Wächter, bis zu einer recht späten
Stunde des nächsten Morgens en faction vor
seiner Tür standen; und wenn auch die kleine
Charlotte nach ein, zwei Gebeten in den sü-
ßesten und erfrischendsten Mädchenschlum-
mer sank, verbrachten Charlottes Vater und
Mutter eine schlechte Nacht; und ich jedenfalls meine, sie hatten keine gute verdient.
Mrs. Baynes konnte leicht behaupten, was
beide wach halte, sei MacWhirters Schnarchen (Mr. und
Mrs. Mac waren in dem Schlafzimmer über ihren Verwandten
untergebracht) – ich sage nicht, ein schnarchender Nachbar sei
angenehm – aber welch ein Bettgenosse ist ein schlechtes Gewissen! Unter Mrs. Baynes' Nachtmütze bleiben die strengen Augen
die ganze Nacht über offen; auf Baynes' Kissen liegt ein stiller,
schlafloser Kopf, der die Stunden schlagen hört. Die Pest über
den jungen Mann! (denkt die weibliche bonnet de nuit); wie
konnte er es wagen, einfach hereinzuspazieren und alles durch-
einanderzubringen? Wie blaß Charlotte morgen aussehen wird,
wenn Mrs. Hely mit ihrem Sohn vorspricht! Wenn sie geweint
hat, sieht sie furchtbar aus, und die Augenlider und die Nase
sind ganz rot. Womöglich vergißt sie sich und sagt schlimme und
unvernünftige Dinge, wie heute. Ich wünschte, ich hätte diesen
unverschämten jungen Mann mit seinem karottenfarbenen Bart
und den ordinären Blücherstiefeln nie gesehen! Wenn meine

Jungen erwachsen wären, dürfte er nicht so großspurig ins Haus gepoltert kommen; *die* würden bald einen Weg finden, ihm seine Frechheit heimzuzahlen! Ich glaube, vereitelte Rache und eine hungrige Enttäuschung halten die alte Frau wach; und wenn sie die Stunden schlagen hört, dann nur, weil böse Gedanken ihr den Schlaf rauben.

Was Baynes angeht, so glaube ich, dieser alte Mann liegt wach, weil er sein schäbiges Verhalten mit wachen Augen sieht. Sein Gewissen, das er hatte aus dem Haus jagen wollen, hat ihn niedergerungen. Er kann tun, was er will, dieser Gedanke drängt sich ihm auf. Mac, Bunch und der Arzt haben das alle sofort erkannt und sich gegen ihn gestellt. Er wollte einem jungen Menschen gegenüber wortbrüchig werden, der sich Familie Baynes gegenüber äußerst edel und großmütig verhalten hatte, was immer er für Fehler haben mochte. Ohne Philips Nachsicht wäre er zugrunde gerichtet; und er erwies seine Dankbarkeit, indem er seine Zusage an den jungen Mann brach. Er war ein Mann, der unter dem Pantoffel stand – das war die Tatsache. Er ließ es zu, daß seine Frau ihn regierte: dieses kleine, alte, unansehnliche, rechthaberische Weib, das da drüben schlief. Schlief sie? Nein. Er wußte, daß sie nicht schlief. Beide lagen ganz still, hellwach und spannen ihre trüben Gedanken aus. Nur Charles gestand sich ein, daß er sich versündigt hatte, während Eliza, seine Frau, wutentbrannt über ihre jüngste Niederlage und darüber nachdachte, wie sie weitermachen und ihre Schlacht doch noch gewinnen könnte.

Dann überlegt Baynes, wie hartnäckig seine Frau ist; wie sie ihr Leben lang immer wieder und wieder auf ihrer Meinung herumgeritten ist, bis er in fast restloser Unterwerfung geendet hat. Er sträubt sich einen Tag lang: sie kämpft ein Jahr, ein Leben lang. Wenn sie jemanden erst einmal hassen gelernt hat, bleibt dieses Gefühl bei ihr stets frisch und lebendig. Ihre Eifersucht stirbt nie; genausowenig ihre Herrschsucht. Wie wird sie der armen Charlotte das Leben sauer machen, jetzt, wo sie sich gegen Philip erklärt hat! Sie wird das arme Kind einer furchtbaren Tyrannei unterwerfen: der Vater weiß es. Kaum verläßt er das Haus zu seinen täglichen Ausgängen, beginnt die Folterung des armen Mädchens. Baynes weiß, wie seine Frau ein weibliches Wesen zu foltern vermag. Als sie mitten in der Nacht in ihrem Bett mit ihrem hohlen Husten losbellt, bleibt der schuldbeladene Mann unter seiner Decke mäuschenstill. Wenn sie ihn wach glaubt, ist *er* an der Reihe, die Folter hinzunehmen. Ach, Othello, mon ami! Wenn du dich im Eheleben der Leute umsiehst und weißt, was du weißt, wunderst du dich da nicht, daß man vom Kissen auf beiden Seiten nicht viel ungehemmter Gebrauch macht? Entsetzlicher Zynismus! Ja – ich weiß. Diese Behauptungen, roh serviert, sind barbarisch und verletzen Ihr Zartgefühl; mit ein wenig pikanter Soße zubereitet, sind sie auch an feinen Tafeln durchaus willkommen.

Das arme Kind! Lieber Himmel! Was wird ihre Mutter ihr für ein Leben bereiten! denkt der General und wälzt sich unruhig auf seinem mitternächtlichen Kissen. Keine Ruhe hat sie, bei Tag oder Nacht, bis sie den Mann heiratet, den ihre Mutter ausgesucht hat. Und sie ist schwach auf der Brust – Martin behauptet das, und man muß ihr gut zureden und sie beschwichtigen, und eine schöne Beschwichtigung blüht ihr von Mama! – Dann steigt vermutlich in der drückenden Erinnerung dieses schlaflosen alten Mannes die Vergangenheit wieder auf. Seine kleine Charlotte ist wieder ein Kind, lacht auf seinen Knien und spielt mit seiner Ausrüstung, wenn er von der Parade heimkommt. Er denkt daran, wie sie einmal Fieber hatte und von keiner anderen Hand Medizin annehmen wollte; und wie sie, obwohl schweigsam gegenüber ihrer Mutter, mit ihm zusammen nie müde wurde, in einem fort zu plappern. Schuldbeladener alter Mann! Rinnen dir diese Tränen an der alten Nase hinab? Es ist Mitternacht. Wir können es nicht sehen. Als du sie zum Fluß gebracht und dich von ihr getrennt hast, um sie nach Europa zu schicken, wie hat sich das kleine Mädchen an dich geklammert und gerufen: „Papa, Papa!" Wie hast du selbst geweint, die Landungstreppe hinaufwankend – ja, Tränen leidenschaftlichen, innigen Kummers hast du geweint, dich vom Liebling deiner Seele trennen zu müssen. Und jetzt durchbohrst du ihr das Herz, bewußt und um des Geldes willen, und brichst die deinem Kind verpfändete Ehre. – Und es ist das grausame, verschrumpelte, gallige, häßliche alte Weib da drüben, das mich dazu bringt, all das zu tun und meinen Liebling mit Füßen zu treten und sie zu quälen! denkt er. Auf Zoffanys berühmtem Gemälde von Garrick und Mrs. Pritchard als Macbeth und Lady Macbeth zeigt

Macbeth eine scheußlich verkrümmte und gezwungene Pose, während Lady Mac fest und natürlich dasteht. War das die Kunst des Schauspielers oder der Einfall des Dichters? Baynes ist also tief unglücklich. Ihn martern Reue und Scham und Mitleid. Nun, ich freue mich darüber. Alter Mann, alter Mann! Wie wagst du es, den zarten kleinen Busen dieses Kindes bluten zu lassen? Wie gallig er am nächsten Morgen aussieht! Wahrhaftig so gelb wie seine grimmige alte Frau. Wie wird Mrs. General B. die Kinder schelten, wenn sie ihnen die Lektionen abhört! Ich bin überzeugt, sie wird das ganze Vormittagspensum hindurch blaffen und kaum ein Wort seines Inhalts verstehen. Als dagegen Charlotte mit roten Augen und kaum einem Anflug von Farbe auf ihrer runden Wange auftaucht, zeichnet sich in ihrem Aussehen und Verhalten etwas ab, das ihre Mutter vor allzu ungenierter Schmähung und Schelte warnt. Das Mädchen ist in Aufruhr. Den ganzen Tag befand sich Char in fiebriger Verfassung, blitzten ihre Augen kriegerisch. Es gab ein Lied, das Philip in jenen Tagen liebte: das Lied Ruth. Char setzte sich ans Klavier und sang es mit sonderbarem Nachdruck. „Dein Volk ist mein Volk", sang sie aus vollem Herzen, „und dein Gott ist mein Gott!" Die Sklavin hatte sich empört. Das kleine Herz stand unter Waffen und meuterte. Die Mutter bekam Angst vor ihrem Trotz.

Was den schuldbeladenen alten Vater betraf: vom Teufel Reue verfolgt, flüchtete er früh aus dem Haus und las bei Galignani alle Zeitungen durch, ohne sie zu erfassen. Unter tollkühner Mißachtung der Kosten stürzte er sich dann in eines der luxuriösen Restaurants im Palais-Royal, wo man Suppe, drei Gänge, eine Süßspeise und eine Pinte köstlichen Wein für zwei „Frongs" bekommt, beim George! Doch alle dort gebotenen Köstlichkeiten vermochten seinen Kummer nicht zu vertreiben und seinen Appetit nicht anzuregen. Dann ging der arme Kerl weiter und sah sich in der Grand Opera ein Ballett an. Vergebens. Die rosigen Nymphen besaßen für ihn nicht den geringsten Reiz. Ihre lockenden Blicke, Sprünge und Kapriolen nahm er kaum wahr. Er sah ein kleines Mädchen mit runden, traurigen Augen – seine Iphigenie, die er durchbohrte. In mehreren Cafés auf dem Heimweg trank er noch mehr Branntwein mit Wasser. Vergebens, vergebens, sage ich Ihnen! Die alte Frau war noch auf und wartete auf ihn, geängstigt von der ungewöhnlichen Abwesenheit ihres

Gebieters. Sie wagte ihm keine Vorhaltungen zu machen, als er heimkam. Sein Gesicht war bleich. Seine Augen waren wild und blutunterlaufen. Wenn der General einen bestimmten Gesichtsausdruck hatte, duckte sich Eliza Baynes schweigend. Mac, die zwei Schwestern und, ich glaube, Oberst Bunch (doch in diesem Punkt ist sich mein Informant, Philip, nicht sicher) spielten einen trübseligen Robber Whist, als der General nach Hause kam. Mrs. B. sah es dem General am Gesicht an, daß er zu alkoholischer Anregung Zuflucht genommen hatte. Doch sie wagte nichts zu sagen. Ein Tiger im Dschungel war nicht so wild wie manchmal Baynes.

„Wo ist Char?" fragte er in seinem furchterregenden, seinem Blaubartton. „Char ist schon zu Bett", sagte Mama, ihre Trümpfe sortierend. „Hm! Ohguhst, ohdevieh, oschoh!" Griff Eliza Baynes ein, da sie doch wußte, daß er genug hatte? Genausogut hätte sie bei einem Tiger eingreifen und ihm erklären können, er habe nun genug Sepoy gefressen. Nachdem Lady Macbeth Mac überredet hatte, diese Sache mit Duncan auszuführen, gab sie sich ihrem General gegenüber ganz ehrerbietig und respektvoll, verlassen Sie sich darauf. Keine Seufzer, Gebete, Gewissensbisse konnten weiland Seine Majestät ins Leben zurückbefördern. Bei dir dagegen, alter Mann, ist die Tat, obzwar begangen, noch rückgängig zu machen. Zwar hast du dein Wort unter einem schmutzigen materiellen Vorwand zurückgenommen; zwei Herzen unglücklich gemacht; das eine, das du am meisten auf der Welt liebst, grausam verletzt; mit arger Undankbarkeit gegen einen jungen Mann gehandelt, der dir und den Deinen edle Nachsicht erwiesen hat; und leidest unter Wut und Reue, da du dir dein Verbrechen selbst eingestehst − doch ist es noch nicht zu spät, deine Tat zu widerrufen. Du darfst diese Herzensqual beschwichtigen und diese Tränen trocknen. Es bedarf von dir aus nur einer entschlossenen Handlung und einer standhaften Wiederherstellung deiner ehelichen Autorität. Mrs. Baynes ist nach ihrer Untat ganz sanft und fügsam. Sie hat ihr Kind halb umgebracht und Philip auf ein höllisches Folterbett gespannt; aber sie geht mit allen in Madames Haus durchaus höflich um. Kein Wort äußert sie über Mrs. Oberst Bunchs Ausbruch vom Vorabend. Sie spricht mit Schwester Emily über Paris, die Mode und Emilys Spaziergänge auf dem Boulevard und im Palais-Royal mit ihrem Major. Sie schenkt verschiedenen Pensionsgästen am Tisch ein furchterregendes Lächeln. Sie dankt Oguhst, als er ihr beim Dinner vorlegt, und erklärt: „Ah, madame, que le buhf est bong aujourdhui, rien que j'aime comme le potofou." O du alte Heuchlerin! Aber ich jedenfalls habe die Frau ja nie gemocht und immer behauptet, ihre Leutseligkeit sei noch widerwärtiger als ihr Zorn. Die Heuchlerin! sage ich noch einmal; ja, und behaupte, es saßen noch mehr Heuchler am Tisch, wie Sie bald hören werden.

Als Baynes eine Gelegenheit fand, unbeobachtet, wie er meinte, mit Madame zu sprechen, können Sie sicher sein, daß der schuldbeladene Bösewicht sie fragte, wie es seiner kleinen Charlotte gehe. Mrs. Baynes übertrumpfte in diesem Moment die beste Herzkarte ihres Partners, tat aber so, als sehe und höre sie nichts. „Ihr geht es jetzt besser – sie schläft", sagte Madame. „Mister Doktor Martin hat ihr einen beruhigenden Trank verordnet." Und was, wenn ich Ihnen verriete, es habe jemand von Charlotte ein Briefchen mitgenommen und wahrhaftig einem savoyardischen Jüngling fünfzehn Sous dafür gezahlt, daß er es zu jemand anderem bringe? Was, wenn ich Ihnen verriete, die Person, an die der Brief adressiert war, habe stracks eine Antwort geschrieben – selbstverständlich an Madame de Smolensk gerichtet? Ich weiß, es war sehr unrecht; aber ich habe den Verdacht, Philips Arznei wirkte ganz genau so gut wie Doktor Martins, und gedenke nicht besonders böse auf Madame zu sein, weil sie den nicht approbierten Arzt konsultiert hat. Halten Sie mir keine Moralpredigt, Madam, und erteilen Sie mir keine Lehren über gefährliche Beispiele für junge Leute. Selbst in Ihrem gegenwärtigen reifen Alter und im Kreise Ihrer lieben Töchter: wenn Sie, Mylady, sich den „Barbier von Sevilla" anhören, welcher Seite gehört Ihre Sympathie – Doktor Bartolo oder Miss Rosina?

Obwohl also Mrs. Baynes ihren Mann sehr respektvoll behandelte und ihn mittels vieler dürrer Zärtlichkeiten, unterwürfiger Gesten und gezwungener Selbstdemütigungen zu versöhnen und zu besänftigen trachtete, zeigte der General der Gefährtin seines Daseins eine finstere, drohende Miene. Ihr klägliches Lächeln konnte ihm nicht mehr gefallen, er beantwortete ihre Bemerkungen mit kurzen „Ohs" und „Ahas". Als Mrs. Hely mit Sohn und Tochter in der Familienkutsche vorfuhr, um bei der

Familie Baynes noch ein zweites Mal Besuch zu machen, geriet der General in Wut und schrie: „Verdammt noch mal, Eliza, du kannst doch nicht daran denken, Besucher zu empfangen, wenn unser armes Kind krank im Zimmer nebenan liegt? Das ist unmenschlich!" Die verängstigte Frau wagte keine Einwände. Sie war so verschreckt, daß sie nicht einmal die jüngeren Kinder zu schelten versuchte. Sie griff zu einer Handarbeit und setzte sich verstohlen weinend zu ihnen. Ihre arglosen Fragen und unangebrachten Heiterkeitsausbrüche versetzten der Matrone manchen Stich und waren eine Strafe für sie. Man sieht Menschen Unrecht tun, auch wenn sie weit über fünfzig Jahre alt sind. Nicht nur die Schüler, auch die Hilfslehrer und sogar der Rektor verdienen manchmal eine Züchtigung. Ich jedenfalls hoffe, mir diese schöne Wahrheit zu merken, und wenn ich das Jahr 1900 erleben sollte.

Zu den übrigen Damen in Madames Pension, zu Mrs. Mac und Mrs. Oberst Bunch, verhielt sich der General aufreizend zuvorkommend und freundlich, obwohl sie sich gegen ihn erklärt und in der Nacht der großen Auseinandersetzung ihre Meinung in offenherzigster Weise kundgetan hatten. Erst vierundzwanzig Stunden vorher hatten sie erklärt, der General sei ein brutaler Mensch – und Lord Chesterfield hätte einer lieblichen jungen Herzogin nicht höflicher begegnen können als Baynes am nächsten Tag diesen Matronen. Man hat gehört, daß Mrs. Mac den brennenden Wunsch nährte, einen neuen Pariser Kapotthut zu besitzen, damit sie unter den Damen auf der Promenade in Tours in gebührendem Glanz auftreten könnte? Major und Mrs. Mac und Mrs. Bunch sprachen davon, zum Palais-Royal zu gehen (wo MacWhirter nach seinen Worten ein paar ungewöhnlich nette Dinger, beim heiligen George! im Eckladen unter der Glasgalerie gesehen hatte). Daraufhin sprang Baynes auf, erklärte, er wolle seine Freunde begleiten, und fuhr fort: „Du weißt, Emily, ich habe dir schon vor ewigen Zeiten einen Kapotthut versprochen!"

Und diese vier gingen miteinander aus, und mit keinem Wort bot Baynes seiner Frau an, sich der Gruppe anzuschließen; dabei war der beste Kapotthut der Ärmsten ein schrecklich altes Gebilde mit ruppigen Federn, zerknitterten Bändern, verblichenen Blumen und Spitze, die sie vor vielen Monaten in St. Martin's

Alley gekauft hatte. Emily freilich fragte ihre Schwester: „Eliza, willst *du* nicht mitkommen? Wir können den Omnibus an der Ecke nehmen, der uns direkt bis vor die Tür bringt." Doch als Emily diese unangebrachte Einladung aussprach, zeigte das Gesicht des Generals einen so wilden und entsetzlichen Ausdruck der Feindseligkeit, daß Eliza Baynes sagte: „Nein, danke, Emily. Charlotte ist noch unpäßlich, und ich – ich werde vielleicht zu Hause gebraucht." Und die Gesellschaft brach ohne Mrs. Baynes auf. Und sie blieben aus, ich weiß nicht wie lange; und Emily MacWhirter kehrte mit einem Kapotthut in die Pension zurück – das entzückendste Ding, das man je sah! – grüner Piquésamt, mit einer ruche voller Rosenknospen, und obenauf prangte ein Paradiesvogel, der an einer herrlichen Weintraube zwischen Mohnblüten, Kornähren, Haferrispen usw. pickte, was alles den verschwenderischen Herbst symbolisierte. Mrs. General Baynes mußte ihre Schwester in diesem eleganten Hut heimkehren sehen; sie willkommen heißen; Emilys Bemerkung zustimmen, der General habe sich wirklich nobel gezeigt; vernehmen, daß die Gesellschaft dann noch bei „Tortoni" eingekehrt war und Eis gegessen hatte; und dann in ihr eigenes Zimmer hinaufgehen und ihren eigenen arg mitgenommenen, geschundenen alten chapeau mit seinen schlaffen Bändern betrachten, der an seinem Haken hing. Diese Demütigung, sage ich, mußte Eliza Baynes schweigend hinnehmen, ohne mit der Wimper zu zucken, wenn möglich sogar mit lächelndem Gesicht.

Infolge vorhin angedeuteter Umstände lautete die Auskunft über Miss Charlottes Befinden sehr viel besser, als ihr Papa von seinem Abstecher zum Palais-Royal zurückkehrte. Er fand sie auf Madames Sofa sitzend, blaß, aber mit dem gewohnten lieben Lächeln. Er küßte und streichelte sie mit vielen zärtlichen Worten. Wahrscheinlich versicherte er ihr, nichts auf der Welt liebe er so sehr wie seine Charlotte. Er werde nie freiwillig etwas tun, das ihr weh täte, niemals! Sie sei sein Leben lang sein braves Mädchen und sein Segen gewesen! Ach! diese Vorstellung – der reumütige Mann und sein an ihn geklammertes Kind – gibt ein hübscheres Bildchen ab als die Szene über ihnen, nämlich Mrs. Baynes, die ihren alten Hut betrachtet. In dem Gespräch zwischen Baynes und seiner Tochter fiel kein Wort über Philip, aber diese liebreichen väterlichen Blicke und Küsse weckten Hoffnung in Charlottes Herz; und als ihr Papa ging (erzählte sie hinterher einer Freundin), „bin ich aufgestanden und ihm nachgegangen, denn ich wollte ihm Philips Brief zeigen. Aber an der Tür sah ich Mama die Treppe herunterkommen. Und sie sah so furchtbar aus und hat mir solche Angst gemacht, daß ich umgekehrt bin." Ich habe erfahren, daß manche Mütter ihren Töchtern nicht erlauben, die Werke Ihres bescheidenen Bußpredigers zu lesen, damit sie nicht auf „gefährliche" Ideen kommen usw. usw. Verehrte Damen, geben Sie ihnen Ammenmärchen wie „Goody Two-Shoes" zu lesen, wenn Sie wollen, oder welches andere Belehrung und Unterhaltung verbindende Werk Sie ihrem jugendlichen Verständnis für angemessen halten! Doch ich flehe Sie an, freundlich mit ihnen umzugehen. Ich habe nie Menschen mit einem besseren Verhältnis zueinander erlebt, offener, liebevoller und herzlicher, als die Eltern und die erwachsene Jugend in den Vereinigten Staaten. Und warum? Weil man die Kinder verwöhnt hatte, keine Frage! Ich sage Ihnen, gewinnen Sie das Vertrauen der Ihren – bevor der Tag des Aufruhrs und der Unabhängigkeit kommt, auf den die Liebe nie wiederkehrt.

Nun, als Mrs. Baynes zu ihrer Tochter hineinging, die bisher ganz behaglich auf dem Sofa in Madames Zimmer gesessen und ihren Vater abgeküßt hatte, wichen das sanfte zitternde Lächeln und die blinkenden Tautropfen des Mitgefühls und der Vergebung, die sich vorhin zur Besänftigung des Mädchens eingestellt hatten, von Wangen und Augen. Sie nahmen wieder ihren fiebrigen Glanz an, und ihr Herz klopfte mit gefährlicher Schnelligkeit. „Wie geht es dir jetzt?" fragt Mama mit ihrer tiefen Stimme. „Mir geht es ziemlich gleich", sagt das Mädchen und beginnt zu beben. „Lassen Sie das Kind, Sie regen sie auf, Madame", ruft die Dame des Hauses, die hinter Mrs. Baynes eintritt. Diese bedrückte, gedemütigte, verlassene Mutter verläßt hängenden Kopfes ihre Tochter. Sie setzte sich den armseligen alten Kapotthut auf und ging am Abend mit ihren Kleinen auf den Champs-Elysées spazieren und zeigte ihnen Guignol; dem Puppentheatermann gab sie einen Penny. Ich bin davon überzeugt, daß sie genausowenig von der Vorstellung sah wie ihr Mann am Abend vorher vom Ballett, als die Taglioni und die Noblet und Duvernay vor seinen brennenden Augen tanzten. Aber immerhin waren die brennenden Augen inzwischen mit einem belebenden

Wasser gewaschen, so daß sie die Welt wieder sehr viel heiterer und munterer zu betrachten vermochten. Ach, gütiger Himmel, gib uns Augen, unser eigenes Unrecht zu sehen, wie sehr das Alter sie auch trübt; und gib uns Knie, nicht zu steif, um niederzuknien, trotz der Jahre, der Wadenkrämpfe und des Rheumatismus! Diese schwergeprüfte alte Frau führte ihre Kinder also in die volkstümliche Komödie des Guignol. Sie machte keine Einwände, als die Jungen auf die Bäume der Elysäischen Felder kletterten, obwohl die Wächter ihnen herunterzukommen befahlen. Sie kaufte den Kleinen rosa Zuckerstangen. Die glitzernden Süßigkeiten aus dem Mund nehmend, wiesen sie auf Mrs. Helys prachtvolle Barutsche, die vom Bois de Boulogne stadteinwärts rollte. Die grauen Schatten senkten sich herab, und in Madame Smolensks Pension gab Auguste gerade das erste Glockenzeichen zum Dinner, als Mrs. General Baynes in ihr Logis zurückkehrte.

Inzwischen hatte Tante MacWhirter die kleine Miss Charlotte besucht, mit dem neuen Hut, den der General, Charlottes Papa, ihr gekauft hatte. Dieser elegante Gegenstand hatte ein angenehmes Thema für das Gespräch zwischen Tante und Nichte geliefert, die einander sehr gern hatten, und sie untersuchten und bewunderten ausführlich alle Einzelheiten des Hutes, die blauen Blüten, die scharlachroten Blüten, die Weintrauben, Korngarben, Spitzen usw. Erinnerte sich Charlotte an das vorsintflutliche englische Ding, das Tante Mac getragen hatte, wenn sie ausgegangen war? Charlotte erinnerte sich an den Hut und lachte bei Mrs. Macs Schilderung, wie Papa auf der Heimfahrt in der Droschke darauf bestand, den abgewrackten Hut aus dem Kutschenfenster auf die Straße zu werfen, wo ein vorüberkommender alter chiffonier ihn mit seinem eisernen Haken aufspießte, ihn sich selbst aufsetzte und grinsend davonging. Wirklich, bei diesem Bericht lachte Charlotte so heiter und fröhlich wie früher; und bestimmt wechselten das arme Mädchen und ihre Tante noch mehr Küsse.

Nun, Sie werden bemerkt haben, daß der General und seine Begleiter zwar in einer Droschke vom Palais-Royal zurückkehrten, jedoch zu Fuß hingegangen waren, je zu zweien – Major MacWhirter voraus mit Mrs. Bunch am Arm (die die Geschäfte im Palais-Royal gut kannte, das dürfen Sie mir glauben), der General in einigem Abstand hinterher mit seiner Schwägerin als Partnerin.

Auf diesem Weg fand ein für Charlottes Interessen sehr wichtiges Gespräch zwischen ihrer Tante und ihrem Vater statt.

„Ach, Baynes! Das ist eine traurige Geschichte mit der liebsten Char", stieß Mrs. Mac seufzend hervor.

„Das ist es wirklich, Emily", gab der General seinerseits mit einem tief unglücklichen Ächzen zurück.

„Es greift mir ans Herz, dich so zu sehen, Baynes – es greift Mac ans Herz. Gestern abend haben wir noch bis spät in die Nacht davon gesprochen. Du warst so schrecklich unglücklich; und aller Branntweinpawnee in der Welt hilft dir nicht, Charles."

„Nein, weiß Gott", sagt der General und verzieht kummervoll den Mund. „Weißt du, Emily, dieses Kind leiden zu sehen, zerreißt mir das Herz im Leib – weiß Gott, wirklich! Sie ist ein so gutes Kind gewesen und so sanft und so fröhlich und so gehorsam, und ich habe nie etwas an ihr zu tadeln gehabt und – huuhuu!" Hier lassen die Augen des Generals, die schon ungewöhnlich rasch gezwinkert hatten, ihn ganz im Stich. Und auf das Signal „Huu" brechen aus ihnen zwei Ströme jenes Augenwassers hervor, das, wie schon gesagt, manchmal so gut für die Sehkraft ist.

„Mein lieber gutmütiger Charles, du warst immer ein guter Kerl", sagt Emily und tätschelt den Arm, auf dem der ihre ruht. Inzwischen klemmt sich Generalmajor Baynes, C. B., den Bambusstock unter den freien Arm, zieht ein schönes großes gelbes Taschentuch aus der hinteren Tasche und stößt ein sagenhaft lautes Obbligato aus – genau unter dem Sprühregen des Springbrunnens am Rond-Point, gegenüber der Invalidenbrücke, über die der arme Philip unendlich oft bei Tag und Nacht gestapft ist, um sein Mädchen zu besuchen.

„Vorsicht mit dem Stock, alter Trottel!" ruft ein näher kommender Fußgänger, den der General mit seiner eisernen Zwinge bedroht und angreift.

„Mille pardong, Mosuh, je vous demande mille pardong", sagt der alte Mann ganz sanftmütig.

„Du bist eine gute Seele, Charles", fährt die Dame fort, „und meine kleine Char ist ein Schatz. Aus eigenem Antrieb hättest du das nie gemacht. Meine Güte! Und sieh nur, wohin es führte:

Mac hat es mir erst heute nacht erzählt. Du gräßlicher, blutdürstiger Mensch! Zwei Forderungen − und der liebe Mac so aufgebracht und ungestüm! Oh, Charles Baynes, ich zittere, wenn ich bedenke, vor welcher Gefahr ihr alle bewahrt worden seid! Angenommen, man hätte dich Eliza ins Haus gebracht − angenommen, man hätte mir den lieben Mac ins Haus gebracht, von dem Arm getötet, auf den ich mich gerade stütze. O es ist furchtbar, furchtbar! Wir sind allzumal Sünder, das sind wir, Baynes!"

„Ich bitte demütig um Verzeihung, daß ich an ein so schweres Verbrechen gedacht habe. Ich bitte um Verzeihung", sagt der General sehr bleich und ernst.

„Wenn du den lieben Mac umgebracht hättest, hättest du da jemals wieder Ruhe gefunden, Charles?"

„Nein. Ich glaube nicht. Ich hätte sie auch nicht verdient", antwortet der zerknirschte Baynes.

„*Du* hast ein gutes Herz. *Du* warst es nicht, der das alles angerichtet hat. Ich weiß, wer es war. Sie hatte schon immer einen schrecklichen Charakter. Wie sie früher unsere arme liebe Louisa gepeinigt hat, die inzwischen tot ist, das kann ich ihr jetzt noch kaum verzeihen, Baynes. Armer gequälter Engel! Eliza war an ihrem Bett, hat ihr zugesetzt und sie gemartert bis zu ihrem allerletzten Tag. Hast du sie jemals mit ihren Kindermädchen und Dienstboten in Indien erlebt? Wie sie die behandelt hat, war . . ."

„Sprich nicht weiter. Die Gemütsart meiner Frau ist mir bekannt. Der Himmel weiß, ich habe genug darunter gelitten!" sagt der General und läßt den Kopf hängen.

„Aber Mensch − willst du ihr denn in allem und jedem nachgeben? Gestern abend habe ich zu Mac gesagt: ,Mac, will er ihr denn in allem und jedem nachgeben? In der Heeresliste steht kein Mann, der tapferer wäre als Charles Baynes, und soll meine Schwester Eliza ihn ganz und gar beherrschen, Mac?' habe ich gesagt. Nein; wenn du Eliza die Stirn bietest, weiß ich aus Erfahrung, daß sie nachgibt. Wie du weißt, Baynes, haben wir uns dutzendmal, hundertmal gestritten."

„Wahrhaftig, das weiß ich", gibt der General mit einem melancholischen Lächeln zu.

„Und manchmal hat sie gewonnen, und manchmal habe ich gewonnen, Baynes! Aber ich habe nie, wie du, nachgegeben, ohne mich meiner Haut zu wehren. Nein, nie, Baynes! Und das sage ich dir, ich und Mac sind geradezu entsetzt, wenn wir sehen, wie du vor ihr klein beigibst!"

„Komm, komm! Ich meine, du hast mir oft genug gesagt, daß ich unter dem Pantoffel stehe", sagt der General.

„Und du gibst nicht nur dich selbst auf, Charles, sondern dein liebes, liebes Kind – der arme kleine gequälte Schatz!"

„Der junge Mann ist ein Bettler!" ruft der General, sich auf die Lippen beißend.

„Was warst du, was waren Mac und ich, als wir heirateten? Wir hatten außer unserem Sold nicht viel, oder? Wir haben uns in guten wie in schlechten Tagen durchgeschlagen, haben uns beholfen, so gut wir konnten, und einander geliebt, Gott sei gelobt! Und hier stehen wir nun, schulden keinem Menschen etwas, und ich soll einen neuen Hut bekommen!" Und sie warf stolz den Kopf zurück und richtete aus zwinkernden Augen einen gutmütigen Blick auf ihren Begleiter.

„Emily, du hast ein gutes Herz! Das ist die Wahrheit", verkündet der General.

„Und *du* hast auch ein gutes Herz, Charles, so gewiß mein Name MacWhirter ist; und ich möchte, daß du auch danach handelst, und ich schlage vor . . ."

„Was denn?"

„Nun, ich schlage vor, daß . . ." Aber jetzt haben sie das Tor der Tuileriengärten erreicht und gehen hinein und setzen ihr Gespräch inmitten eines solchen Tumults fort, daß wir sie nicht mehr belauschen können. Sie durchqueren den Garten und gelangen so zum Palais-Royal, und der Kauf des Kapotthutes wickelt sich ab; und inmitten der Aufregung, die *dieses* Ereignis auslöst, gerät selbstverständlich jede Erörterung familiärer Angelegenheiten ins Hintertreffen.

Doch der Kern des Gespräches zwischen Baynes und seiner Schwägerin läßt sich aus der Unterhaltung erraten, die später zwischen Charlotte und ihrer Tante stattfand. Charlotte nahm nicht am gemeinsamen Dinner teil. Dazu war sie noch zu schwach, und man brachte ihr „un bon bouillon" und einen Hühnerflügel in das Privatgemach, wo sie den ganzen Tag über geruht hatte. Beim Dessert jedoch nahm Mrs. MacWhirter eine schöne Weintraube und einen runden rosigen Pfirsich vom Tisch

111

und brachte sie dem Mädchen, und ihre Unterredung läßt sich einigermaßen wiedergeben, obwohl sie ohne Zeugen ablief.

Seit dem Ausbruch der Konflikte am Abend zuvor wußte Charlotte, daß die Tante ihre Freundin war. Die Blicke Mrs. MacWhirters und der Ausdruck ihres lieben, munteren Gesichts verrieten ihre Anteilnahme mit dem Mädchen. Jetzt ging es ohne Erbleichen, ohne zornige Blicke, ohne Herzklopfen ab. Miss Char konnte sogar ein Scherzchen machen, als ihre Tante erschien, und rief: „Was für schöne Trauben! Aber Tante, die hast du bestimmt von dem neuen Hut genommen!"

„Du hättest auch den Paradiesvogel bekommen, liebes Kind, nur sehe ich, daß du das Huhn nicht gegessen hast! Sie ist eine gutherzige Frau, die Madame Smolensk. Ich mag sie. Sie gibt ein sehr ordentliches Dinner. Ich kann mir nicht denken, wie sie es für das Geld schafft, weiß Gott!"

„Sie war sehr, sehr gut zu mir! Und ich habe sie von ganzem Herzen lieb!" ruft Charlotte.

„Armer Liebling! Wir machen alle unsere Prüfungen durch, und deine haben gerade angefangen, mein Herz!"

„Ja, wahrhaftig, Tante", wimmert die junge Person, woraufhin möglicherweise eine Küsserei stattfindet.

„Liebes Kind! Als dein Papa mit mir den Hut kaufen ging, hatten wir ein langes Gespräch, und es drehte sich um dich."

„Um mich, Tante!" zwitschert Miss Charlotte.

„Er wollte Mama nicht mitnehmen, er wollte nur mit mir gehen, allein. Ich wußte, daß er mir etwas sagen wollte, was dich betrifft. Und was meinst du, was es war? Liebes Kind, du hast hier viel zuviel Aufregungen gehabt. Du und deine arme Mama, ihr werdet sicherlich eine Zeitlang nicht einer Meinung sein. Sie wird dich weiter auf diese Bälle und feinen Gesellschaften schleppen wollen und dir diese *feinen Partner* anbringen."

„Oh, ich hasse die!" ruft Charlotte. Armer kleiner Walsingham Hely, was hatte er getan, daß man ihn haßte?

„Nun ja. Es kommt mir nicht zu, eine Mutter vor ihrer eigenen Tochter zu kritisieren. Aber du weißt, Mama hat so *eine Art* an sich. Sie erwartet, daß man ihr gehorcht. Sie wird dir keine Ruhe lassen. Sie wird immer und immer wieder in dich dringen. Du weißt, wie sie über jemanden – einen bestimmten Gentleman – herzieht? Wenn sie ihn wiedersieht, wird sie ihm grob kommen.

Mama kann manchmal ganz schön grob werden – das muß ich von meiner eigenen Schwester sagen. Solange du hierbleibst . . ."

„O Tante, Tante! Bring mich nicht fort, bring mich nicht fort!" ruft Charlotte.

„Liebes, hast du Angst vor deiner alten Tante und vor deinem Onkel Mac, der so gut ist und dich immer lieb gehabt hat? Major MacWhirter hat auch seinen eigenen Kopf, auch wenn ich natürlich keine Anspielungen mache. *Wir* wissen, wie bewundernswert jemand sich zu deiner Familie verhalten hat. Jemand, den man äußerst *undankbar* behandelt hat, auch wenn ich natürlich keine Anspielungen mache. Wenn du dein Herz dem *größten Wohltäter* deines Vaters geschenkt hast, glaubst du, ich und Onkel Mac nehmen dir das übel? Als Eliza Baynes geheiratet hat (dein Vater war damals ein mittelloser Subalternoffizier, liebes Kind – und meine Schwester verfügte bestimmt weder über Vermögen noch Schönheit), hat sie nicht direkt gegen die Wünsche *unseres* Vaters gehandelt? Gewiß hat sie das! Aber sie sagte, sie sei volljährig – das war sie und noch eine ganze Menge mehr – und sie mache, was sie wolle, und sie hat dafür gesorgt, daß Baynes sie heiratete. Wieso hast du Angst, zu uns zu kommen, liebes Kind? Hier bist du jemandem näher, aber kannst du ihn sehen? Deine Mama läßt dich ganz gewiß nur ausgehen, wenn sie dir wie ein Schatten folgen kann. Du darfst ihm schreiben. *Mir* brauchst du doch nichts vorzumachen, Kind, bin ich denn nicht selbst jung gewesen? Als sich damals eine Schwierigkeit zwischen Mac und dem armen Papa ergab, hat mir Mac da nicht geschrieben, obwohl er Briefe haßt, der arme Schatz, und darin wirklich *unbeholfen* ist? Und wenn es uns auch verboten war, hatten wir nicht zwanzig Arten, uns zu telegraphieren? Herrje! Mein liebes Kind, als dein armer lieber Großvater einmal einen fand, war er so wütend, daß er mich mit seiner großen Peitsche traktiert hat, ein erwachsenes Mädchen!"

Charlotte, die viel Sinn für Humor hat, hätte zu anderer Zeit über dieses Geständnis gelacht, aber jetzt regte diese Einladung, Paris zu verlassen, die ihre Tante soeben ausgesprochen hatte, sie zu sehr auf. Paris verlassen? Die Chance aufgeben, ihren liebsten Freund, ihren Beschützer zu sehen? Wenn er auch nicht bei ihr war, war er nicht in ihrer Nähe? Ja, stets in ihrer Nähe! In jener entsetzlichen Nacht, als alles so verzweifelt aussah, kam nicht ihr

113

Held herbeigestürzt, um ihr zu helfen? Oh, der Liebste und Tapferste! Oh, der Zärtliche und Treue!

„Du hörst ja gar nicht zu, du armes Kind!" sagte Tante Mac und musterte ihre Nichte mit gütigen Blicken. „Nun hör mir noch einmal zu. Laß dir was sagen!" Und Tante Emily setzte sich zu Charlotte auf das Plaudersofa, gab dem Mädchen erst einen Kuß auf die runde Wange und tuschelte ihr dann etwas ins Ohr.

Wahrhaftig, nie war Medizin so wirksam und rasch wirkend wie jenes erstaunliche Destillat, das Tante Emily ihrer Nichte ins Ohr träufelte! „Ach, du dumme Gans!" begann sie, und den Rest des Zauberspruchs flüsterte sie in jene kleine rosa Perlmuttmuschel, um die Miss Charlottes weiche braune Ringellocken wallten. Welch liebliches Rot breitete sich sogleich über die Wangen aus! Welch süße Lippen riefen: „O du liebe, liebe Tante!" und küßten dann der Tante das gütige Gesicht ab, daß ich den Zauberspruch, wüßte ich ihn, wahrlich spornstreichs aussprechen möchte, wenn ich ihn an solch einer süßen jungen Patientin ausprobieren könnte.

„Wann fahren wir? Morgen, Tante, n'est-ce pas? Oh, ich bin ganz kräftig! Habe mich in meinem ganzen Leben nicht so wohl gefühlt! *Auf der Stelle* gehe ich packen", ruft die junge Person.

„Doucement! Papa weiß von dem Plan. Er war es sogar, der ihn vorgeschlagen hat."

„Liebster, bester Vater!" stößt Miss Charlotte hervor.

„Aber Mama weiß nichts. Und wenn du dich sehr erpicht zeigst, Charlotte, macht sie vielleicht Einwände, weißt du. Gott behüte, daß *ich* einem Kind zur Verstellung rate, aber unter diesen Umständen, liebes Kind . . . Wenigstens gebe ich zu, was zwischen Mac und mir vorgefallen ist. Herrje! *Mir* war Papas große Peitsche egal! Ich wußte, es würde nicht weh tun; und Baynes, da bin ich sicher, würde keiner Fliege etwas zuleide tun. Nie hat ein Mann mehr bedauert, was er getan hat. Das hat er mir gesagt, als wir aus dem Hutgeschäft kamen und er meinen alten Gelben in der Hand hatte. In der Nähe der Bourse haben wir jemand getroffen. Wie bedrückt er aussah und auch wie stattlich! *Ich* habe ihm zugenickt und ihm mit der Hand einen Kuß zugeworfen, das heißt, mit dem Sonnenschirmgriff. Papa konnte ihm nicht die Hand geben, wegen meines Hutes, weißt du, in der braunen Papiertüte. Er hat einen schneidigen Bart, wirklich. Er sah aus wie

ein verwundeter Löwe. Das habe ich Papa gesagt. Und ich habe gesagt: ‚Du bist es, der ihn verwundet, Charles Baynes!‘ – ‚Das weiß ich‘, hat Papa gesagt. ‚Ich habe darüber nachgedacht. Ich kann nachts nicht schlafen, weil ich daran denke: und es macht mich verd... unglücklich.‘ Du weißt, was Papa manchmal sagt? Lieber Himmel! Du hättest die Männer und ihre Ausdrücke hören sollen, als Eliza und ich zur Armee kamen, vor vielen, vielen Jahren!"

Ausnahmsweise war Charlotte Baynes darüber glücklich, daß ihr Vater unglücklich war. Der Gedanke, ihr Vater könnte seiner Charlotte ein Unrecht zufügen, hatte das junge Mädchen ins Herz getroffen. Ach! laßt euch von seinem Beispiel warnen, ihr Graubärte! Und wie alt und zahnlos auch immer, wenn ihr Unrecht getan habt, gebt es zu; und setzt euch hin und sprecht ein Tischgebet und mümmelt eure Abbitte.

Der General gab also Philip nicht die Hand. Aber Major MacWhirter ging ganz auffällig forsch auf ihn zu, gab dem verwundeten Löwen die eigene Pranke und sagte: „Mr. Firmin. Freue mich, Sie zu sehen! Wenn Sie einmal nach Tours kommen, denken Sie daran, vergessen Sie meine Frau und mich nicht. Schöner Tag. Kleine Patientin schon viel wohler! Bon courage, wie man sagt!"

Ich frage mich, welchen Wirrwarr Philip an jenem Abend für seine Korrespondenz mit der „Pall Mall Gazette" herunterstümperte. Jeder, der von seiner Feder lebt, weilt, wenn er zufällig seine Schriften aus früheren Jahren durchsieht, wieder in der Vergangenheit. Unsere Kümmernisse, unsere Freuden, unsere Jugend, unsere Sorgen, unsere lieben, lieben Freunde erwachen wieder zum Leben. Wie schamrot uns manche dieser vortrefflichen Texte machen! Wie öde diese wieder ausgegrabenen Witze sind! Es war Mittwoch abend, Philip schrieb zu Hause in seinem Gasthof eine seiner großartigen Tiraden herunter, „*Paris, am Donnerstag*" datiert – Sie verstehen, um sie für die Sonnabendpost fertig zu haben, da kommt der kleine Kellner und meldet, ein Auge zukneifend: „Wieder diese Dame, Monsieur Philippe!"

„Was für eine Dame?" fragt unser eigener intelligenter Korrespondent.

„Die alte Dame, die neulich schon da war, Sie wissen."

„C'est moi, mon ami!" ruft Madame Smolensks wohlbekannte

ernste Stimme. „Hier ist ein Brief, d'abord. Aber der sagt nichts. Er wurde vor der grande nouvelle geschrieben – der großen Neuigkeit – der guten Neuigkeit!"

„Was für eine gute Neuigkeit?" fragt der Herr.

„In zwei Tagen reist Miss mit Tante und Onkel nach Tours – dieser gute Macvirterre. Sie haben Plätze in der Postkutsche von Laffitte & Caillard bestellt. Sie sind Ihre Freunde. Papa ist dafür, daß sie fährt. Hier ist ihre Visitenkarte. Fahren Sie auch; sie werden Sie mit offenen Armen empfangen. Was haben Sie, mein Sohn?"

Philip sah entsetzlich niedergeschlagen aus. Ein verleumdeter und vom Unglück verfolgter Gentleman in New York hatte auf ihn gezogen, und er hatte alles, was er besaß, bis auf vier Francs ausgezahlt und lebte auf Kredit, bis seine nächste Überweisung eintraf.

„Sie haben kein Geld! Ich habe daran gedacht. Sehen Sie hier! Soll er doch warten – der Hausbesitzer!" Und sie holt eine Banknote heraus, die sie dem jungen Mann in die Hand gibt.

„Tiens, il l'embrasse encor c'te vieille!" sagt der kleine Besteck-putzer. „J'aimerai pas ça, moi, par exemp'!"

29. KAPITEL

In den Departements Seine, Loire und Styx
(Inférieur)

hne Zweifel litt unsere liebe gute Freundin Mrs. Baynes gerade unter einer Panik, wie sie sie manchmal überfiel und während der sie die gehorsamste Eliza und Vasallin ihres Gatten blieb. Wir haben gesagt, wenn Baynes einen bestimmten Gesichtsausdruck zeigte, wußte seine Frau, daß Widerstand zwecklos war. Diesen Ausdruck nahm er vermutlich an, als er Charlottes Mutter ihre Abreise ankündigte und Mrs. General Baynes anwies, die notwendigen Vorbereitungen für das Mädchen zu treffen. „Vielleicht bleibt sie eine Zeitlang bei ihrer Tante", gab Baynes bekannt. „Eine Luftveränderung würde dem Kind sehr guttun. Laß alles Nötige an Hüten, Kapotten, Wintersachen und so weiter herrichten." – „Soll Charlotte denn so lange fortbleiben?" fragte Mrs. B. „Sie ist hier so glücklich gewesen, daß du sie bei dir behalten willst und dir einbildest, sie könnte ohne dich nicht glücklich sein!" höre ich in Gedanken den General finster der Gefährtin seines Daseins antworten.

Ich sehe die alte Frau, den welken Kopf senkend, vielleicht auch mit einer die Wange herabrinnenden Träne, stumm davongehen, um dem Befehl ihres Gebieters zu gehorchen. Sie wählt einen Koffer aus dem Baynes'schen Gepäcklager. Der Koffer einer jungen Dame war damals noch eine Reisekiste. Jetzt ist es ein zwei- oder dreistöckiges Bauwerk aus Holz, in das man zwei,

drei voll ausgewachsene junge Damen (ohne Krinolinen) packen
könnte. Voriges Jahr habe ich auf dem Bahnhof von Folkestone
eine kleine alte Landfrau gesehen, der das Reisegepäck in einer
Pappschachtel, in ein altes Baumwolltuch geknüpft, am Arm
hing; und sie betrachtete Lady Knightsbridges dreiundzwanzig
schwarze Reisekoffer, jeder beinahe so groß wie Myladys Opernloge. Vor diesen beeindruckenden Bauwerken stand die alte Frau
stumm staunend. Diese alte Dame und ich hatten in einer Zeit
gelebt, als es die Krinoline nicht gab. Und doch, meine ich, sahen die Frauen damals sogar noch hübscher aus als heutzutage.
Also, man zog einen Koffer und eine Hutschachtel für die kleine
Charlotte aus dem Gepäckstapel, und ich nehme an, ihre kleinen
Brüder sprangen und tanzten mit großem Eifer auf der Kiste
herum, um den Deckel zu schließen, und der General holte
Hammer und Nägel hervor und nagelte eine Karte auf den Reisekoffer, auf der mit Druckbuchstaben „Mademoiselle Baynes"
stand. Und Mama mußte zuschauen und diese Vorbereitungen
mitansehen. Und Walsingham Hely hatte vorgesprochen; und er
würde nicht wiederkommen, das wußte sie; und diese schöne Gelegenheit zur Versorgung ihres Kindes war durch die Starrköp-
figkeit ihres eigensinnigen, rücksichtslosen Mannes vertan. Diese
Frau mußte ihre Suppe mit ihren heimlichen Tränen verwässern,
abends hinter Herzen und Treffs sitzen und über ihren vernich-
teten Hoffnungen brüten. Wenn ich diese elende Niobe noch
einige Zeit länger betrachte, fange ich womöglich an, sie zu bemitleiden. Fort mit dir, Weichherzigkeit! Hole deine Pfeile hervor, die vergifteten, die mit den Widerhaken, die schmerzhaften,
und pieke das alte Wesen tüchtig, du Gott des silbernen Bogens!
Eliza Baynes mußte also zusehen, wie die Koffer gepackt wurden;
mußte zusehen, wie ihr die eigene Autorität über die eigene
Tochter entrissen wurde; mußte zusehen, wie das pflichtverges-
sene Mädchen sich mit großer Begeisterung und Bereitwilligkeit
zur Abreise rüstete und keinen Stich bei dem Gedanken ver-
spürte, eine Mutter zu verlassen, die sie durch Krankheiten gepflegt, die sie siebzehn Jahre lang gescholten hatte.

Der General begleitete die Gesellschaft zum Postkutschenkon-
tor. Die kleine Char war doch recht blaß und bedrückt, als sie
ihren Platz im Coupé einnahm. „Sie muß einen Eckplatz bekommen. Sie war krank und braucht einen Platz in der Ecke", meinte

Onkel Mac und erklärte sich gern bereit, sich in die Mitte zu quetschen. Unsere drei speziellen Freunde sitzen nun. Die übrigen Passagiere klettern auf ihre Plätze. Ab geht das trappelnde Gespann, während der General seinen Freunden ein Lebewohl zuwinkt. „Mächtig feine Pferde, diese grauen Normannen, famose Rasse, wirklich", bemerkt er nach der Rückkehr zu seiner Frau.

„Wirklich", wiederholt sie. „Bitte, in welchem Teil der Kutsche saß Mr. Firmin?" fragt sie dann.

„Nirgendwo in der Kutsche!" antwortet Baynes wütend und läuft an wie eine rote Bete. Und so bewies die Frau, daß sie, obzwar stumm, gehorsam, mit hängendem Kopf, über die Ränke ihres Gebieters Bescheid wußte und auch, warum man ihre Tochter fortgebracht hatte. Sie wußte es, doch sie war geschlagen. Ihr blieb nur übrig, zu schweigen und den Kopf zu senken. Ich vermute, sie tat in dieser Nacht kein Auge zu. Sie folgte der Postkutsche auf ihrer Reise. Char ist fort, dachte sie. Ja; mit der Zeit wird er mir den Gehorsam meiner übrigen Kinder rauben und sie mir vom Schoß reißen. *Er* – das heißt, der General – schlief inzwischen. Er hatte in den letzten Tagen vier schlimme Treffen durchgestanden – mit seinem Kind, mit seinen Freunden, mit seiner Frau – in letzterem Gefecht war er Sieger geblieben. Kein Wunder, daß Baynes müde war und Ruhe brauchte. Jeder dieser Kämpfe hätte ausgereicht, den Veteranen zu erschöpfen.

Wenn wir uns die Freiheit herausnehmen, in Zweibettzimmer zu schauen und die Gedanken auszuspähen, die unter den intimen Nachtmützen arbeiten, dürfen wir dann nicht das Coupé einer rasselnden Postkutsche mit einem offenen Fenster untersuchen, in dem eine junge Dame hellwach an der Seite ihres Onkels und ihrer Tante sitzt? Diese schlafen vielleicht; sie aber nicht. Ach! sie denkt an eine andere Reise! an jene glückselige von Boulogne her, als *er* da oben auf dem Verdeck saß, neben dem Schaffner. Als die MacWhirters mit ihr zum Kontor der Postkutsche gelangt waren, wie hatte ihr Herzchen geklopft! Wie hatte sie unter den Laternen alle Leute gemustert, die dort auf dem Hof herumstanden! Wie hatte sie aufgepaßt, als der Sekretär die Namen der Passagiere aufrief. Und, lieber Himmel, welche Angst sie gehabt hatte, daß er womöglich doch da wäre, während sie noch auf den Arm ihres Vaters gestützt dastand! Aber da war kein – nun, ich meine, wir brauchen wohl kaum Namen zu nennen. Da fand sich kein Zeichen von der bewußten Person. Papa gab ihr einen Kuß und sagte traurig Lebewohl. Die gute Madame Smolensk kam mit einem Adieu und einer Umarmung für ihre liebe Miss und wisperte: „Courage, mon enfant", und sagte dann: „Halt, ich habe Ihnen ein paar Bonbons mitgebracht." Da waren sie in einem Päckchen. Die kleine Charlotte legte das Päckchen in ihren Korb. Ab geht die Post, doch die Person hat kein Zeichen gegeben.

Ab geht die Postkutsche. Und Charlotte tastet immer wieder nach dem Päckchen in ihrem kleinen Korb. Was ist darin – oh, was? Könnte Charlotte doch nur mit dem Herzen lesen, sähe sie in diesem Päckchen – mag sein, das süßeste Bonbon von allen oder, o weh! die bitterste Mandel! Durch die Nacht fährt die Postkutsche, passiert einen Pferdewechsel nach dem anderen. Onkel Mac schläft tief. Ich glaube, ich habe schon gesagt, daß er schnarchte. Tante Mac ist ganz still, und Char sitzt kläglich mit ihren einsamen Gedanken und ihren Bonbons da, während Meilen, Stunden, Wechselstationen vorüberziehen.

„Die Damen hier, wollen Sie aussteigen und eine Tasse Kaffee oder eine Tasse Bouillon trinken?" ruft schließlich ein Kellner an der Coupétür, als die Kutsche in Orleans hält.

„Auf jeden Fall eine Tasse Kaffee", sagt Tante Mac.

„Das Weinchen von Orleans ist gut", ruft Onkel Mac. „Descendons!"

„Hier entlang, Madame", weist der Kellner.

„Charlotte, mein Herz, etwas Kaffee?"

„Ich – ich bleibe in der Kutsche. Ich möchte gar nichts, danke", sagt Miss Charlotte. Und kaum sind ihre Verwandten fort, haben sie das Tor des „Lion Noir" durchschritten, wo sich nämlich die Bureaux des Messageries Laffitte, Caillard et Cie. befinden – ich sage, kaum sind ihre Verwandten verschwunden, was glauben Sie, was tut Miss Charlotte?

Sie öffnet das Päckchen Bonbons mit bebenden Fingern – so bebend, daß ich mich frage, wie sie den Knoten des Bindfadens aufbekam (oder meinen Sie, sie hatte diesen Knoten im Dunkeln unter ihrem Schal aufgeknüpft? Ich kann es nicht sagen. Wir werden es nie erfahren). Nun – sie öffnet das Päckchen. Sie schert sich nicht um das Zuckerwerk, die Mandeln und so weiter. Sie stürzt sich auf ein Stückchen Papier und will es gerade beim Licht der qualmenden Stallaterne lesen, als – oh, was hat sie so zusammenfahren lassen?

In jener alten Zeit gab es zwei Postkutschen, die nachts nach Tours fuhren, zur gleichen Stunde aufbrachen und an fast denselben Wechselstationen hielten. Die Postkutsche von Laffitte & Caillard nahm ihr Nachtmahl im „Lion Noir" in Orleans ein – die Postkutsche der Messageries Royales hielt am „Ecu de France", gleich daneben.

Nun, während die Messageries Royales im „Ecu de France" speisen, kommt ein Passagier von dieser Kutsche herübergeschlendert und schlendert immer weiter, bis er an die Kutsche von Laffitte, Caillard & Compagnie gelangt und an das Coupéfenster, wo Miss Baynes gerade versucht, ihr Bonbon zu entziffern.

Er tritt heran – und als die Nachtlampen ihm auf Gesicht und Bart scheinen – das rosige Gesicht, den gelben Bart – oh! – Was bedeutet dieser Aufschrei der jungen Dame im Coupé von Laffitte, Caillard & Compagnie? Ihr ist sogar der Brief entglitten, den sie gerade lesen wollte. Er ist in eine Schlammpfütze unter dem rechten Vorderrad der Postkutsche gefallen. Und der mit dem Bart und einem lieben, glücklichen Lachen und einem Beben in der tiefen Stimme sagt: „Du brauchst es nicht zu lesen. Es sollte dir nur mitteilen, was du jetzt weißt."

Da sagt das Coupéfenster: „O Philip! O mein ..."

Mein was? Man kann die Worte nicht vernehmen, weil die grauen normannischen Pferde unter Wiehern und Hufgeklapper an ihre Kutschendeichsel geführt werden, unter solchem Geschrei und Gefluche der Fuhrknechte und Postillione, daß das leise Zwitschern darin untergehen muß. Es war nicht für Ihre und meine Ohren bestimmt; aber Sie können vielleicht den Sinn der Worte erraten. Vielleicht erinnern Sie sich, in ganz, ganz alter Zeit solche gehauchten Worte gehört zu haben, zu einer Zeit, als die Singvögel in Ihrem Hain ganz vergnügt und freiheraus ein Lied dieser Art trillerten. Aber das hier, meine werte Madam, wird im Februar geschrieben. Die Vögel sind fort; die Zweige sind kahl; der Gärtner hat sogar die Blätter von den Wegen gefegt; und das Ganze ist eine Sache eines längst vergangenen Jahres, Sie verstehen. Nun! carpe diem, fugit hora etc. etc. Eine Minute, zwei Minuten lang steht Philip über das rechte Vorderrad der Kutsche gebeugt, spricht mit Charlotte am Fenster, und sie stecken die Köpfe ganz dicht zusammen – ganz dicht. Was zwitschern, was flüstern diese zwei Paar Lippen? „Hi! Gare! Ohé!" Die Pferdeknechte, wie gesagt, verhindern völlig, daß man etwas hört. Und hier kommen die Fahrgäste aus dem „Lion Noir", Tante Mac noch an einem gewaltigen Stück Butterbrot kauend. Charlotte fühlt sich ganz behaglich und braucht gar nichts, liebe Tante, danke. Ich hoffe, sie kuschelt sich in ihre Ecke und schlummert süß. Unterwegs überholen die Zwillingskutschen einander immer wieder. Vielleicht blickt Charlotte manchmal aus ihrem Fenster und zu der anderen Kutsche hin. Ich weiß es nicht. Es ist lange her. Was pflegten Sie in alten Zeiten zu tun, bevor es Eisenbahnen gab und als Postkutschen verkehrten? Sie waren wirklich langsam: aber irgendwie gelangten sie an das Ziel ihrer Reise. Sie waren eng, heiß, staubig, teuer, stickig und unbequem; aber trotz alledem war das Reisen manchmal ein großes Vergnügen. Und wenn die Welt die Freundlichkeit hätte, fünfundzwanzig oder dreißig Jahre zurückzuschreiten, würden manche von uns, die sehr bequem in der Tours–Orleans-Eisenbahn gefahren sind, jetzt gern die Postkutschenreise unternehmen.

Da ich selbst die Stadt Tours erst im vorigen Jahr kennengelernt habe, weiß ich natürlich nicht mehr viel davon. Ein Mann erinnert sich an seine Kindheit und den ersten Anblick von Calais und so weiter. Doch nach vielen Reisen und reichlichem Umgang mit der Welt bedeutet, eine neue Stadt kennenzulernen, nichts als Jones vorgestellt zu werden. Er gleicht Brown; er ist Smith nicht unähnlich; nach kurzer Zeit bringen Sie ihn mit Thompson durcheinander. Ich wage deshalb bezüglich Mr. Firmins Aufenthalt in Tours nicht ins einzelne zu gehen, um nicht topographische Fehler zu machen, derentwegen der kritische Schulmeister mich mit Recht züchtigen würde. Im letzten Roman, den ich über Tours gelesen habe, kamen Schnitzer vor, von deren Folgen sich der unglückliche Autor nie erholt hat. Er stammt von einem gewissen Scott und hat den jungen Quentin Durward als Helden und Isabel de Croye als Heldin. Und sie saß in ihrem Gasthof und sang: „Ah, County Guy, die Stund ist nah." Eine ganz hübsche Ballade; aber welche Unkenntnis, werter Sir! Welche Schilderungen von Tours und Lüttich stehen in dieser irreführenden Geschichte! Ja, so falsch und irreführend, daß ich meiner Erinnerung nach bedauerte, nicht, daß die Schilderung nicht Tours glich, sondern daß Tours nicht der Schilderung glich.

So stieg Quentin Firmin in dem schmucken kleinen Gasthof „Faisan" ab; und Isabel de Baynes nahm Wohnung bei ihrem Onkel, dem Sire de MacWhirter; und ich glaube, Master Firmin hatte nicht mehr Geld in der Tasche als Master Durward, dessen Geschichte der schottische Autor vor rund vierzig Jahren erzählt hat. Und ich kann Ihnen nicht versprechen, daß unser junger englischer Abenteurer eine edle Erbin von ungeheurem Vermögen heiraten und mit dem Eber der Ardennen ins Handgemenge geraten werde; diese Art Eber, Madam, erscheint nicht in unseren modernen Salongeschichten. Andere, nicht wilde, gibt es genug. Sie zerfleischen Sie in den Clubs. Sie packen Sie beim Wams und nageln Sie auf öffentlichen Straßen am Prellstein fest. Sie rennen in Parks gegen Sie an. Ich habe erlebt, wie sie sich nach dem Dinner stellten, eine ganze Gesellschaft aufschlitzten, zerfleischten, aufspießten. Diesen mußte sich unser junger Abenteurer freilich stellen, wie es bei den meisten Rittern der Fall ist. Wer entrinnt ihnen? Ich weiß noch, wie mir eine hochgestellte Persönlichkeit einmal zwei Stunden lang von langweiligen Schwätzern erzählt hat. O Sie beschränkte hochgestellte Persönlichkeit! Ihnen war gar nicht bewußt, daß Sie selbst Hauer und kleine Augen in Ihrem hure hatten; eine borstige Mähne, die man zu Zahnbürsten verarbeiten konnte, und einen geringelten Schwanz! Ich ahne, daß die Menge der langweiligen Schwätzer auf der Welt unermeßlich ist. Ist ein Mann selbst ein langweiliger Schwätzer, wenn er sich langweilt – und diese Tatsache können Sie nicht leugnen –, was bin dann ich, was sind Sie, was ist Ihr Vater, Großvater, Sohn – mit einem Wort, Ihr ganzer liebenswürdiger Kreis?

Eines weiß ich ziemlich genau, Major und Mrs. MacWhirter waren keine glänzenden Plauderer. Was würden Sie oder ich tun und sagen, wenn wir dem Klatsch von Tours zuhörten? Daß der Pfarrer zweifellos zu sehr den Karten und den Cafés zugeneigt war; daß die Dinners, die diese Popjoys gaben, allzu geschmacklos protzig waren; und Popjoy war doch, wie wir wissen, erst letz-

tes Jahr vor dem Zivilgericht; Mrs. Flights, die ein Techtelmech-
tel mit diesem Major der französischen Carabiniers hatte, war
wirklich zu . . . usw. usw. „Wie konnte ich diese Leute ertragen?"
fragte Philip sich oft, wenn er in späteren Tagen von diesen Personen sprach, wie er es gern tat und noch heute tut. „Wie konnte
ich sie ertragen, frage ich? Mac war ein guter Mann. Aber insgeheim wußte ich, Sir, daß er ein langweiliger Schwätzer war. Nun
ja, ich war ihm zugetan. Ich mochte seine alten Geschichten. Ich
mochte seine minderwertigen alten Dinners; da gibt es übrigens
einen sehr angenehmen Wein aus der Touraine – ein mächtig
wärmendes Weinchen, Sir. Mrs. Mac haben Sie nie kennengelernt, meine gute Mrs. Pendennis. Seien Sie überzeugt, Sie hätten sie nicht gemocht. Na, ich mochte sie. Mir gefiel ihr Haus,
wenn es auch feucht war, in einem feuchten Garten lag und fade
Leute ein- und ausgingen. Ich würde das alte Haus jetzt gern einmal wiedersehen. Ich bin mit meiner Frau restlos glücklich, aber
manchmal lasse ich sie allein und gönne mir die Freude, unsere
früheren Tage noch einmal zu durchleben. Mit nichts in der
Welt als einem recht unsicheren Gehalt, das immer schon im
voraus ausgegeben war; ohne feste Pläne für die Zukunft und mit
einigen wenigen Fünffrancsstücken für die Gegenwart – lieber
Himmel, Sir, wie konnte ich es wagen, so glücklich zu sein? Was
waren wir für Idioten, Liebste, überhaupt glücklich zu sein! Wir
waren verrückt, daß wir geheiratet haben. Keine Widerrede!
Würden wir mit einer Börse, die nicht den Verzehr von drei Monaten enthielt, heute zu heiraten wagen? Man würde uns in die
Irrenabteilung des Arbeitshauses stecken: das wäre der einzige
richtige Platz für uns. Was heißt dem Himmel vertrauen. Blanker
Unsinn, Madam! Genausogut hätte ich das Recht, mir ein Haus
am Belgrave Square zu kaufen und hinsichtlich der Bezahlung
dem Himmel zu vertrauen, wie ich damals ein Recht gehabt
hätte zu heiraten. Wir waren Bettler, Mrs. Char, und das weißt
du ganz genau!"

„O ja. Wir haben es sehr falsch gemacht – sehr!" sagt
Mrs. Charlotte und blickt zu ihrem Kronleuchter auf (der übrigens aus schönem altem venezianischem Glas ist). „Wir haben es
sehr falsch gemacht, nicht wahr, lieber Schatz?" Und mit diesen
Worten beginnt sie zwei oder mehr kleine Kinder, die sich in
ihrem Zimmer tummeln, abzuküssen und zu liebkosen – als hät-

ten zwei oder mehr kleine Kinder irgend etwas mit Philips Behauptung zu tun, ein Mann dürfe nicht heiraten, wenn er keine einigermaßen gesicherten Mittel besitze, um eine Frau ernähren zu können.

Hier also, am Ufer der Loire, verlebte Philip, obgleich er nur ganz wenige Francs in der Tasche hatte und seine Ausgaben im Hotel zum „Goldenen Fasan" scharf im Auge behalten mußte, vierzehn Tage so voller Glück, wie ich es jedenfalls allen jungen Leuten wünsche, die diese wahre Geschichte lesen. Obwohl er so arm war und im Haus so bescheiden aß und trank, behandelten ihn die Dienstmädchen, Kellner, die Wirtin des „Fasan" so aufmerksam – ja, so aufmerksam wie die gichtige alte Marquise von Carabas, die auf ihrer Reise nach dem Süden hier abgestiegen war, in den Fürstenzimmern wohnte, über ihre Unterkunft, das Dinner, das Frühstück, die Verpflegung im allgemeinen murrte, die Wirtin in schlechtem Französisch beleidigte und ihre Rechnung nur unter Druck bezahlte. Philips Rechnung war bescheiden, aber er bezahlte sie bereitwillig. Er gab den Dienstboten nur ein kleines Trinkgeld, aber er war freundlich und herzlich, und sie wußten, daß er arm war. Ich nehme an, er war freundlich und herzlich, weil er so glücklich war. Ich habe den Gentleman auch alles andere als höflich erlebt; und habe ihn toben und sich aufspielen und Wirt und Kellner einschüchtern sehen, so heftig wie der Marquis de Carabas selbst. Aber Philip der Bär war jetzt der sanfteste aller Bären, weil seine kleine Charlotte ihn an der Leine führte.

Fort mit Kummer und Zweifel, mit heiklem Stolz und trüber Sorge! Philip hatte genug Geld für zwei Wochen, während derer Tom Glazier vom „Monitor" Philips Briefe für die „Pall Mall Gazette" zu liefern versprach. Alle Ränke Frankreichs, Spaniens, Rußlands verursachten diesem müßigen „eigenen Korrespondenten" nicht die geringste Beunruhigung. Am Vormittag hieß es Miss Baynes; am Nachmittag hieß es Miss Baynes. Um sechs hieß es Dinner und Charlotte; um neun hieß es Charlotte und Tee. „Jedenfalls verdirbt ihm der Minnedienst nicht den Appetit", bemerkte Major MacWhirter sehr richtig. In der Tat hatte Philip prächtigen Appetit, und die Gesundheit blühte auf Miss Charlottes Wangen und strahlte in ihrem glücklichen kleinen Herzen. Doktor Firmin auf dem Höhepunkt seiner Heilkunst bewirkte nie eine kunstreichere Heilung als die Kur, die Doktor Firmin junior zuwege brachte.

„Ich hatte so knapp kalkuliert, Sir", höre ich noch Philip auf seine übliche nachdrückliche Art dröhnen, während er seinem Biographen diesen Abschnitt des größten Glücks seines Lebens schildert, „daß ich außen auf der Postkutsche nach Paris zurückkam und nicht genug Geld hatte, um unterwegs einzukehren. Aber ich hatte mir eine Wurst gekauft, Sir, und ein Stück Brot – und eine verheerende Wurst war das, Sir – und kam mit genau zwei Sous in der Tasche in meinem Logis an." Roger Bontemps selbst war nicht zufriedener als unser unbesorgter Philosoph.

So ratifizierten und besiegelten Philip und Charlotte einen Vertrag von Tours, den, so beschlossen sie, keiner der Vertragspartner jemals brechen durfte. Ohne Papas Einwilligung heiraten? Oh, niemals! Einen anderen als Philip heiraten? Oh, niemals – niemals! Und würde sie hundert Jahre alt, wenn Philip demnach in seinem hundertneunten oder -zehnten Jahr wäre, wollte diese junge Joan keinen anderen als ihren jetzigen Darby haben. Tante Mac, wenn auch vielleicht nicht die gebildetste und kultivierteste aller Damen, war eine warmherzige und wohlwollende Tante Mac. Sie steckte sich in milder Form am Fieber dieser jungen Leute an. Sie habe nicht viel zu vermachen, und wenn Mac nicht mehr wäre, würden seine Verwandten alles haben wollen, was *er* erübrigen könne. Aber Charlotte solle ihren Granatschmuck und ihre Teekanne und ihren indischen Schal bekommen – unbedingt.* Und mit vielen Segenswünschen verabschiedete sich diese schwärmerische Dame von ihrem zukünftigen Schwiegerneffen, als er nach Paris zu seiner Pflicht zurückkehrte. Knalle mit der Peitsche und schrille dein „Hi!" und fahrt rasch ab, Postillion und Postkutsche! Ich bin froh, daß wir Mr. Firmin von jenem gefährlichen, müßiggängerischen, liebestrunkenen Ort weggeholt haben. Nichts ist mir so süß wie über gefühlvolle Dinge zu schreiben. Viele hundert Seiten lang hätte ich Philip und Charlotte, Charlotte und Philip schildern können. Doch ein unerbittliches Pflichtbewußtsein drängt sich dazwischen. Meine bescheidene Muse legt einen Finger an die Lippen und sagt:

* Leider muß ich sagen, daß sich später, nach Mrs. MacWhirters Ableben, herausstellte, daß sie diese Schätze *schriftlich* mehreren Mitgliedern der Familie ihres Mannes versprochen hatte, woraus viel Unzufriedenheit erwuchs. Doch unsere Geschichte hat mit diesen peinlichen Auseinandersetzungen nichts zu tun.

„Schweig über diese Sache!" Ach, meine wackeren Freunde, ihr ahnt ja nicht, was für weichherzige Leute diese Zyniker sind! Hättet ihr überraschend bei Diogenes auftauchen können, hättet ihr ihn vermutlich in seiner Tonne, sentimentale Romane lesend und vor sich hin winselnd, vorgefunden. Philip soll seine Liebste verlassen und an seine Arbeit zurückkehren, und wir wollen kein einziges Wort über Tränen, Schwüre, Verzückungen, Trennung mehr dulden. Lassen wir diese Gefühlsduseleien, halten Sie sich vielmehr vor Augen, wie arm unser junger Mann war, so daß er, als die Kutsche in Orleans zum Essen hält, sich nur ein kleines Brot und eine Wurst für seine hungrigen Zähne leisten kann. Als er mit seiner dürftigen Reisetasche im „Hôtel Poussin" eintraf, setzte man ihm ein Abendessen vor, das er zur Verwunderung aller Beobachter in der kleinen Kaffeestube verputzte. Er war gewaltig aufgeräumt und heiter. Er dachte nicht daran, seine Armut zu verheimlichen oder daß er sich kein Dinner hatte leisten können. Die meisten Gäste im „Hôtel Poussin" wußten, was es hieß, arm zu sein. Oft genug hatten sie auf Kredit gegessen, wenn sie ihre Serviette in das jeweilige Fach zurücksteckten. Doch mein Wirt kannte seine Gäste. Es waren arme Männer – ehrliche Männer. Sie bezahlten ihn am Ende, und jeder konnte seinem Nachbarn in einer Klemme aushelfen.

Nach der Rückkehr nach Paris hatte Mr. Firmin eine Weile keine Lust, die Elysäischen Felder aufzusuchen. Für ihn waren sie nicht elysäisch, außer in Miss Charlottes Gesellschaft. Er nahm seine Zeitungskorrespondenz wieder auf, die nur einen Tag in der Woche beanspruchte, und die übrigen sechs hatte er – nein, auch am siebenten Tag kritzelte er und bedeckte riesige Bogen Briefpapier mit Äußerungen zu allen möglichen Themen, an eine gewisse Mademoiselle adressiert, Mademoiselle Baynes, chez M. le major Mac usw.

Auf diesen Papierbogen konnte Mr. Firmin so lange, so laut, so glühend, so wortreich zu Miss Baynes sprechen, daß sie es nie müde wurde zuzuhören und er, sich zu äußern. Noch vor dem Frühstück begann er der Liebsten seine Träume und frühesten Eindrücke mitzuteilen. Am Mittag gab er ihr seine Meinung zum Inhalt der Morgenzeitungen bekannt. Zur Postzeit war sein Päckchen im allgemeinen voll und floß über, so daß seine Worte der Liebe und Treue aus dem Umschlag heraussprangen oder in die ausgefallensten Ecken gequetscht wurden, wodurch Miss Baynes die zweifellos erfreuliche Aufgabe zufiel, dort jene kleinen Liebesgötter aufzuspüren und zu entdecken, die ein treuer Liebhaber ihr zusandte. Es hieß etwa: „Ich habe dieses unbeschriebene Eckchen gefunden. Weißt du, was ich hier zu sagen habe? O Charlotte, ich" usw. usw.

Meine reizende junge Dame, den Rest können Sie erraten oder werden ihn eines Tages erraten; und Sie werden so liebe, entzückende, alberne Doppelbriefe bekommen und sie mit jenem feinen Anstand beantworten, den Miss Baynes ganz gewiß in ihren Antworten an den Tag legte. Ach! wenn alle, die jetzt solche Briefe schreiben und empfangen oder die solche geschrieben und empfangen haben oder die sich erinnern, solche geschrieben und empfangen zu haben, beim Verlag ein Exemplar dieses Romans bestellen würden, wie viele Ries, welche Türme und Pyramiden Papier müßte unsere Tinte wohl schwärzen! Seit Charlotte und Philip verlobt waren, hatte er, außer in jenen furchtbaren, schauderhaften Tagen des Zerwürfnisses, kaum die Labsal der Trennung von seinem Herzensschatz genossen – die köstliche Freude, ihr schreiben zu können. Er konnte wenige Dinge mit Maßen tun, dieser Mann – und dieses herrliche Vorrecht, an Charlotte zu schreiben, genoß er jetzt nach Herzenslust.

Nach der kurz währenden Freude in den Wochen dieser Begeisterung, als inzwischen der Winter in Paris eingezogen war und Eiszapfen an den Zweigen hingen, wie kam es, daß ein Tag, zwei Tage, drei Tage verstrichen und der Postbote kein Briefchen in der wohlbekannten lieben Handschrift für Monsieur brachte, Monsieur Philip Firmin à Paris? Drei Tage, vier Tage, und noch kein Brief. O Qual, war sie etwa krank? Hatten sich etwa ihre Tante und ihr Onkel gegen sie gewandt und ihr zu schreiben verboten wie vorher ihr Vater und ihre Mutter? O Kummer, Sorge und Wut! Was die Eifersucht angeht, so kannte unser löwenhafter Freund eine solche Leidenschaft überhaupt nicht. Ihm kam gar nicht in den stolzen Sinn, an der Liebe seines Mädchens zu zweifeln. Aber trotzdem sind vier, fünf Tage vergangen, und nicht ein Wort ist aus Tours eingetroffen. Das kleine „Hôtel Poussin" war in Aufruhr. Wie gesagt, wenn unseren Freund eine heftige Gemütsbewegung packte, ließ er sich unfehlbar darüber aus. Hat Don Quichotte irgendeine Gelegenheit versäumt, der

Welt zu verkünden, Dulcinea del Toboso sei einzig unter den Frauen? Hat nicht Antar im Kampf geschmettert: „Ich bin Iblas Geliebter"? Irgendwie hatte unser Ritter alle Leute im Hotel ins Vertrauen gezogen. Sie kannten alle seine Verfassung – alle, der Maler, der Dichter, der polnische Offizier auf Halbsold, der Wirt, die Wirtin, bis hinab zum kleinen Besteckputzer, der mit: „Eben ist der Briefträger vorbei – kein Brief heute morgen" hereinzukommen pflegte.

Zweifellos wurden Philips politische Briefe unter dieser äußeren Belastung äußerst pessimistisch und trübsinnig. Eines Tages, als er, auf seinem Schnurrbart kauend, am Schreibpult saß, kommt der kleine Anatole in sein Zimmer und ruft: „Tenez, M. Philippe. Wieder diese Dame!" Und wieder erschien die treue, die wachsame, die rührige Madame Smolensk in seiner Kammer.

Philip errötete und ließ beschämt den Kopf hängen. Ein undankbarer Kerl bin ich, dachte er, seit über einer Woche bin ich zurück und habe überhaupt nicht an diese gute, freundliche Seele gedacht, die mir beigestanden hat. Ich bin ein furchtbarer Egoist. Die Liebe ist immer so.

Als er aufstand, um seine Freundin zu begrüßen, wirkte sie so ernst, so bleich und traurig, daß ihm ihr Ausdruck nicht entgehen konnte. „Bon Dieu! ist etwas passiert?"

„Ce pauvre général ist krank, sehr krank, Philip", sagte die Smolensk mit ihrer ernsten Stimme.

Er sei so schwer krank, sagte Madame, daß man nach seiner Tochter geschickt habe.

„Ist sie schon da?" fragte Philip auffahrend.

„Sie denken nur an sie – der arme alte Mann ist Ihnen egal. Ihr seid alle gleich, ihr Männer. Alle Egoisten – alle. Gehen Sie! Ich habe nie einen kennengelernt, der keiner war", sagte Madame.

Philip hat seine kleinen Fehler: der Egoismus *ist* vielleicht eine seiner Charakterschwächen. Vielleicht ist er auch die Ihre, oder gar die meine.

„Letzten Donnerstag waren Sie schon eine Woche hier und haben einer Frau, die Sie herzlich lieb hat, kein Wort geschrieben oder Grüße ausrichten lassen. Gehen Sie! Das war nicht recht, Monsieur Philippe."

Sobald Philip sie sah, erkannte er, daß er sich gleichgültig und undankbar verhalten hatte. Wir haben schon so vieles eingestanden. Aber wie konnte Madame wissen, daß er Donnerstag vor einer Woche zurückgekommen war? Als er nach ihrem Tadel die Augen wieder hob, schienen sie gespannt diese Frage zu stellen.

„Hat sie mir nicht schreiben können, daß Sie zurückgekommen sind? Vielleicht hat sie gewußt, daß Sie selbst es nicht tun würden. Das Herz einer Frau lehrt sie frühzeitig diese Erfahrungen", fuhr die Dame schwermütig fort, dann fügte sie hinzu: „Ich sage Ihnen, ihr seid Taugenichtse, ihr alle! Und ich bereue, sehen Sie, daß ich die bêtise hatte, Sie zu bemitleiden."

„Am Sonnabend bekomme ich meinen Vierteljahreslohn, dann wollte ich Sie aufsuchen", erklärte Philip.

„Habe ich vielleicht davon gesprochen? Was! Ihr seid alle Feiglinge, ihr Männer, alle! Oh, bin ich eine Närrin gewesen, zu glauben, ich hätte endlich einen Mann mit Herz gefunden!"

Wie weit oder wie oft diese arme Ariadne vertraut hatte und verlassen worden war, kann ich nicht wissen und möchte ich nicht untersuchen. Vielleicht ist es für die feinsinnige Leserin, die ich voll ins Vertrauen ziehe, ohnehin gut, wenn wir Madame de Smolensks Geschichte nicht von der ersten bis zur letzten Seite kennen. Zugegeben, daß Ariadne von Theseus hintergangen worden war: doch dann tröstete sie sich, wie wir alle in Smith' „Lexikon" nachlesen können; und dann muß sie ihren Vater hintergangen haben, um mit Theseus durchzubrennen. Ich habe den Verdacht – den Verdacht, sage ich –, daß diese Frauen, die so *sehr* hintergangen werden, selbst . . . Doch wir stellen Betrachtungen über die Vorgeschichte dieser französischen Dame an, dabei sind Charlotte, ihr Liebster und ihre Familie die Personen, mit denen wir es vor allem zu tun haben.

Wahrscheinlich vergaßen diese beiden das Ich, mit dem jeder einen Augenblick lang beschäftigt gewesen war, und Madame fuhr fort: „Ja, Sie haben recht. Miss ist hier. Es war Zeit. Halt! Hier ist ein Brief von ihr." Und Philips gütige Botin gab ihm erneut ein Papier in die Hände.

„Mein liebster Vater ist sehr, sehr krank. O Philip! Ich bin so unglücklich; und er ist so gut und sanft und freundlich und liebt mich so sehr!"

„Es ist wahr", fing Madame wieder an. „Bevor Charlotte kam,

hat er nur an sie gedacht. Wenn seine Frau zu ihm tritt, wendet er sich von ihr ab. Ich habe sie nicht sehr gemocht, diese Dame, das ist wahr. Aber sie jetzt zu sehen ist navrant. Er nimmt keine Medizin von ihr an. Er stößt sie weg. Bevor Charlotte kam, hat er nach mir geschickt und sprach, so gut sein armer Hals es ihm erlaubte, dieser arme General! Die Ankunft seiner Tochter schien ihm gutzutun. Aber er sagt: ‚Nicht meine Frau! Nicht meine Frau!‘ Und das arme Geschöpf muß hinausgehen und im Zimmer nebenan weinen. Er sagt – in seinem Französisch, wissen Sie –, es sei ihm nicht mehr gut gegangen, seit Charlotte abgereist ist. Er war oft außer Haus. Er hat nur selten an unserem Tisch diniert, und es war immer ein Schweigen zwischen ihm und Madame la Générale. Vorige Woche bekam er eine schwere Lungenentzündung. Dann wurde er bettlägerig, und monsieur der docteur kam – der kleine Arzt, den Sie kennen. Dann hat sich eine Halsbräune ergeben, und jetzt kann er kaum noch sprechen. Sein Zustand ist äußerst ernst. Er leidet starke Schmerzen, liegt vielleicht im Sterben – ja, im Sterben, hören Sie? Und Sie denken an Ihr kleines Schulmädchen! Die Männer sind alle gleich! Lauter Ungeheuer! Gehen Sie!‘

Philip, der, wie gesagt, sehr gern über Philip redet, betrachtet seine eigenen Fehler mit erheblicher Großmut und Gutmütigkeit und erkennt sie an, aber ohne die geringste Absicht zur Besserung. „Wie selbstsüchtig wir sind!“ kann ich ihn sagen hören, während er sich im Spiegel betrachtet. „Du lieber Himmel, Sir, als ich in einem Atemzug die Nachricht von der Krankheit dieses armen alten Mannes und von Charlottes Rückkehr hörte, hatte ich das Gefühl, ich möchte *sie* auf der Stelle sehen. Ich müsse zu ihr und mit ihr sprechen. Der alte Mann und seine Leiden schienen mich kaltzulassen. Es ist demütigend, zugeben zu müssen, daß wir egoistische Kreaturen sind. Aber wir sind es, Sir – wir sind gefühllose Tiere, beim George! und nichts weiter“, und er zwirbelt noch einmal die Spitzen seines flammenden Schnurrbarts nach oben, während er ihn im Spiegel mustert.

Die arme kleine Charlotte war in solcher Not, daß sie natürlich unverzüglich Philip brauchte, um sich trösten zu lassen. Es war keine Zeit zu verlieren. Rasch! sofort eine Droschke: und, Kutscher, Sie bekommen ein Trinkgeld drauf, wenn Sie schnell zur Avenue de Valmy fahren! Madame setzt sich in den Wagen

und berichtet Philip unterwegs ausführlicher über die bedrük-
kenden Vorfälle der letzten paar Tage. Vor vier Tagen sei es dem
General mit seiner Halsbräune so schlecht gegangen, daß er
nicht wieder gesund zu werden meinte und man Charlotte kommen ließ. Am Tag ihrer Ankunft sei es ihm ein wenig besser gegangen; aber gestern habe sich die Entzündung verschlimmert.
Er könne nicht schlucken, er könne nicht vernehmlich sprechen,
er leide sehr und sei lebensgefährlich krank. Er wende sich von
seiner Frau ab. Die unglückliche Generalin sei in Jammer und
Tränen zu Madame Bunch gegangen und habe sich beklagt, daß
ihr Mann ihr nach zwanzig Jahren der Treue und Zuneigung
seine Liebe entzogen habe. Baynes gebe seiner Frau sogar schuld
an seiner Krankheit. Ein andermal behaupte er, sie sei die gerechte Strafe für seine verruchte Tat, seinen Wortbruch gegenüber Philip und Charlotte. Wenn er sein liebes Kind nicht wie-
dersehe, müsse er sie um Verzeihung bitten, daß er sie so habe
leiden lassen. Er habe schlecht und undankbar gehandelt, und
seine Frau habe ihn dazu gezwungen. Er bete darum, daß der
Himmel ihm verzeihen möge. Und er habe Philip, der seine Familie überaus großzügig behandelt habe, böse Ungerechtigkeit
erwiesen. Und er sei ein Schuft gewesen – das wisse er – und
Bunch und MacWhirter und der Arzt sagten es auch alle – und
es sei das Werk dieser Frau gewesen. Und er habe auf die verängstigte Frau gedeutet, während er heiser unter Schmerzen diese
Worte des Zorns und der Zerknirschung hervorstieß: „Als ich
sah, wie krank und fast zum Wahnsinn getrieben dieses Kind
war, weil ich mein Wort gebrochen hatte, da fühlte ich mich wie
ein Schuft, Martin; und das war ich auch. Und diese Frau hat
mich dazu gemacht ... und ich verdiene es, erschossen zu werden ... und ich werde nicht wieder gesund – das weiß ich genau." So gab Doktor Martin, der den General behandelte, Philip
die letzten Worte und Handlungen seines Patienten wieder.

Der Arzt war es auch, der Madame nach dem jungen Mann
ausgeschickt hatte. Dieser fand die arme Mrs. Baynes mit heißen,
tränenlosen Augen und kreidebleichem Gesicht als unglückseligen Wachposten vor dem Krankenzimmer. „Sie werden General
Baynes sehr krank vorfinden, Sir", erklärte sie Philip mit schau-
erlicher Ruhe und einem Blick, dem er kaum zu begegnen vermochte. „Meine Tochter ist bei ihm im Zimmer. Wie es scheint,

habe ich ihn erzürnt, und er weigert sich, mich zu sehen." Und sie knetete ein trockenes Taschentuch, das sie in der Hand hielt, setzte wieder die Brille auf und versuchte erneut, in der Bibel auf ihrem Schoß zu lesen.

Philip begriff den Sinn von Mrs. Baynes' Worten noch nicht recht. Der Gedanke an die Krankheit des Generals erregte ihn, vielleicht auch die Vorstellung, daß die Geliebte so nahe war. Im nächsten Moment lag ihre Hand in der seinen: und sogar in dieser bedrückenden Kammer konnte jede die andere leise pressen, ein zärtliches, stummes Zeichen gegenseitiger Liebe und Treue.

Der arme Mann legte die Hände der jungen Leute zusammen und die eigene oben darauf. Das Leid, dem er seine Tochter ausgesetzt hatte, schien diejenige Schuld zu sein, die ihn besonders belastete. Er dankte dem Himmel, daß er einzusehen vermochte, wie falsch er gehandelt habe. Er bat sein kleines Mädchen mit ein, zwei geflüsterten Worten um Verzeihung, worauf Charlotte auf die Knie sank und seine fieberheiße Hand mit Tränen und Küssen bedeckte. Von ganzem Herzen vergab sie ihm. Sie hatte die Empfindung gehabt, der Vater, den sie zu lieben und ehren gewöhnt war, habe sich gewinnsüchtig und grausam verhalten. Es hatte ihr reines Herz verwundet, glauben zu müssen, ihr Vater könnte anders als großmütig und gerecht und gütig sein. Daß er sich vor ihr demütigte, traf sie mit zärtlichem Erbarmen wie ein Stich ins Herz. Ich möchte diese letzte Szene nicht weiter verfolgen. Schließen wir die Tür, während die Kinder am Bett des Kranken knien, und sprechen wir auf des alten Mannes Bitte um Vergebung und auf des jungen Mädchens schluchzende Beteuerungen von Liebe und Zärtlichkeit ein ehrfürchtiges Amen.

Aus folgendem Brief, den der würdige General wenige Tage vor dem tödlichen Ende seiner Krankheit schrieb, scheint sich zu ergeben, daß er schon nicht mehr an seine Gesundung glaubte.

Mein lieber Mac! Das Sprechen und Atmen fällt mir so schwer, während ich dieses im Bett schreibe, daß ich bezweifle, ob ich es je verlassen werde. Ich möchte die arme Eliza nicht ärgern und kann mich in meinem Zustand nicht auf *Auseinandersetzungen einlassen*, die sich hinsichtlich der Erbschaftsregelung bestimmt ergeben würden. Als ich England verließ, schwebte ein Anspruch über mir (des jungen Firmin), um den ich mich unnötig ängstigte, denn ihn befriedigen zu müssen hätte *viel mehr als alles, was ich auf der Welt besaß*, verschlungen. Habe deshalb Vorkehrungen getroffen, alles auf Elizas Namen zu hinterlassen und die Kinder nach ihr. Testament bei Smith & Thompson, Raymond Buildings, Gray's Inn. Glaube, Char *wird lange Zeit nicht mit ihrer Mutter auskommen.* Wenn sie mit Mr. F. brechen soll, der uns äußerst großmütig behandelt hat, bricht ihr das Herz. Wollt Ihr, Du und Emily, sie eine Weile aufnehmen? Ich habe *F. mein Wort gegeben.* Wie Ihr mir gesagt habt, habe ich ihn schlecht behandelt, was ich zugebe und tief beklage. Wenn Char heiratet, *soll sie ihren Anteil bekommen.* Gott segne sie, darum betet ihr Vater, falls er sie nicht wiedersieht. Und mit liebem Gruß an Emily bin ich, lieber Mac,

aufrichtig Dein
Charles Baynes

Nach Empfang dieses Briefes setzte sich Charlotte über den Wunsch ihres Vaters hinweg und reiste unter der Obhut ihres wackeren Onkels sofort von Tours ab. Der alte Soldat war mit im Zimmer seines Kameraden, als der General Charlotte und ihrem Liebsten die Hände zusammengab. Er gestand sein Unrecht ein, obwohl es für Menschen, die auf Liebe und Ehrfurcht rechnen, schwer ist, Unrecht eingestehen und um Verzeihung bitten zu müssen. Alte Knie sind steif und beugen sich schwer. Bruder Leser, ob jung oder alt, wenn unsere letzte Stunde kommt, mögen die unseren sich mit Anstand beugen.

30. KAPITEL

Kehrt zu alten Freunden zurück

rauernd gaben die drei alten Kameraden und Philip dem General das letzte Geleit zu seiner Ruhestätte auf dem Montmartre. Ist der Gottesdienst vorüber und die letzte Salve über dem beigesetzten Soldaten abgefeuert, marschieren die Truppen mit raschem Schritt zu munterer Musik in die Kaserne zurück. Unser Veteran ist mit kurzen Zeremonien beerdigt worden. Wir dehnen seine Trauerfeier nicht einmal mit einer Predigt aus. Sein Platz zeigt keine Spur mehr von ihm. Einige wenige erinnern sich seiner: ganz, ganz wenige trauern um ihn – so wenige, daß der Gedanke fast beschämend ist. Die Sonne geht unter, und unser lieber Bruder hat die Erde verlassen. Sterne blinken, der Tau fällt, Kinder schlafen in ehrfürchtiger Scheu und vielleicht unter Tränen ein; die Sonne geht über einem neuen Tag auf, den er nie erlebt hat, und Kinder erwachen hungrig. Vielleicht finden sie ihre neuen schwarzen Kleider interessant. Bald sind sie mit ihrer Arbeit, ihren Spielen und Streitereien beschäftigt. Sie können es kaum erwarten, bis die Trauertage vorbei sind, und die Augen, die gestern hier so freundlich leuchteten, sind dahin, dahin, dahin. Eine Fahrt zum Friedhof, gefolgt von einer Kutsche mit vier in schickliches Schwarz gekleideten Bekannten, die sich trennen und nach Hause oder in den Club gehen und noch ein paar Tage den Trauerflor tragen – können die meisten von uns viel mehr erwarten? Der Gedanke ist nicht erbaulich oder erfreulich, werter Sir. Und bitte, weshalb sollten wir so sehr von uns eingenommen sein? Sind wir so gut gewesen, oder sind wir so weise und groß, daß wir deshalb erwarten, geliebt, beklagt, erinnert zu werden? Sogar der große Xerxes oder der prahlerische Bobadill müssen in jener letzten Stunde, an jener letzten Ruhestätte erfahren, wie verächtlich, wie klein, wie gering, wie einsam sie sind und welch spärliche Handvoll Staub sie bedecken wird. Rasch, Trommeln und Pfeifen, ein munteres Lied! Treibe das schwarze Gespann an, Kutscher, und trabe in die Stadt zurück – in die Welt, zur Arbeit und zur Pflicht!

Ich bin dafür, kein einziges unfreundliches Wort über General Baynes zu sagen, das mir mein Amt als Erzähler nicht aufzwingt. Aus Marlboroughs Geschichte wissen wir, daß der mutigste Mann und größte militärische Genius in den Gefechten mit seiner Frau nicht immer mutig und siegreich ist und daß einige der größten Krieger Fehler im Rechnungswesen und bei der Verteilung von meum und tuum begangen haben. Wir können uns die Tatsache nicht verhehlen, daß Baynes sich verleiten ließ und Schwächen besaß, die nicht ganz mit der höchsten Tugend vereinbar sind.

Als ihm klar wurde, daß seine Sorglosigkeit hinsichtlich Mrs. Firmins Treuhandkapital ihn in die Macht ihres Sohnes gegeben hatte, haben wir miterlebt, wie der alte General, um nicht zur Rechenschaft gezogen zu werden, mit seiner Familie und seinem ganzen kleinen Vermögen über das Wasser floh und wie entsetzt er war, als er sich bei der Landung an einer ausländischen Küste Aug in Auge mit diesem furchterregenden Gläubiger fand. Philip Firmins Verzicht auf alle Ansprüche gegen Baynes beruhigte und beglückte den alten Mann ungemein. Aber Philip könnte es sich anders überlegen, stellte eine Beraterin an General Baynes' Seite ihm wiederholt äußerst nachdrücklich vor Augen. Das Leben im Ausland sei billiger und sicherer als daheim. Also ging Baynes samt Frau, Familie und Geld ins Exil und blieb dort.

Was für Ersparnisse der alte Mann besaß, weiß ich nicht genau. Er und seine Frau drückten sich Philip gegenüber in diesem

Punkt äußerst unklar aus. Und als der General starb, erklärte seine Witwe sich beinahe zur Bettlerin. Unmöglich konnte Baynes viel Geld hinterlassen haben; aber daß Charlottes Anteil sich auf jene Summe belaufen sollte – die nachher vielleicht noch genannt wird oder auch nicht –, war ein wenig *zu* absurd! Mr. und Mrs. Firmin befinden sich nämlich gerade auf einer Auslandsreise. Als ich bei Firmin brieflich anfragte, ob ich die Höhe des Vermögens seiner Frau angeben dürfe, hat er mir nicht geantwortet. Ich möchte diese rechnerischen Dinge auch nicht ohne seine ausdrückliche Erlaubnis anschneiden. Er hat ein hitziges Temperament; womöglich würde er bei der Rückkehr auf den Freund seiner Jugend böse und sagte: „Sir, wie kannst du es wagen, über meine Privatangelegenheiten zu sprechen? Und was geht die Öffentlichkeit Mrs. Firmins Privatvermögen an?"

Als der gutmütige Onkel Mac nach der Trauerfeier vorschlug, Charlotte wieder nach Tours mitzunehmen, machte ihre Mutter keine Einwände. Die Witwe hatte dem Mädchen so schweres Unrecht antun wollen, daß vielleicht letztere eine Vergebung als unmöglich empfand. Die kleine Char liebte Philip von ganzem Herzen und mit ganzer Kraft; wie wir sahen, hatte man es ihr gestattet und sie dazu ermutigt. Ihn jetzt aufzugeben, weil sich ein reicherer Bewerber einstellte, war ein Akt des Verrats, gegen den sich ihr treues Herz empörte, und sie konnte der Anstifterin nie verzeihen. Sehen Sie, bei dieser einfachen Geschichte liegt mir gar nichts daran, mich in Schweigsamkeit zu hüllen oder irgendwelche Geheimnisse zurückzuhalten. Ich möchte nicht, daß Sie auch nur einen Moment lang meinen, Walsingham Hely weine sich immer noch um Charlotte die Augen aus. Meine Güte! Es war ja schon zwei, drei Wochen – vier, fünf Wochen her, daß er in *sie* verliebt war! Da war er der Herzogin d'Ivry noch nicht begegnet, derentwegen er, wie Sie sich vielleicht erinnern, den Streit mit Podichon hatte, im Club in der Rue de Grammont. (Er und die Herzogin schrieben einander Gedichte, jeder in der Muttersprache des anderen.) Miss Charlotte war dem jungen Mann längst aus dem Sinn geschwunden. Dieser Schmetterling war unserer englischen Rosenknospe davongeflattert und hatte sich auf der anderen, ältlichen Blüte niedergelassen. Ich weiß nicht, ob Mrs. Baynes zu der Zeit, von der wir schreiben, die Wankelmütigkeit des jungen Hely erkannt hatte, aber seine Be-

suche hatten aufgehört, und sie war wütend und enttäuscht; und
besonders wütend, weil ihre Mühe vergeblich gewesen war. Charlotte wiederum konnte auch hartnäckig unversöhnlich sein. Ihr
ihren Philip nehmen? Niemals, niemals! Ihre Mutter sie zwingen,
den Mann aufzugeben, den zu lieben man sie ermutigt hatte?
Mama hätte Philip verteidigen, nicht ihn verraten sollen! Wenn
ich meinem Sohn befehle, einen Löffel zu stehlen, soll er mir gehorchen? Und falls er gehorcht und stiehlt und in die Strafkolo-
nie verschickt wird, wird er mich danach noch lieben? Ich
glaube, soviel Kindesliebe kann ich wohl kaum verlangen.

Also entstand zwischen Mutter und Tochter ein Zwist; und besonders bitterer Zorn bestand auf Mrs. Baynes' Seite, weil ihr
Mann, den Habgier oder Angst anfangs bewogen, ihre Partei
zu ergreifen, sie im Stich gelassen hatte und zu ihrer Tochter
übergelaufen war. Erfüllt vom Groll dieses Zerwürfnisses, starb
Baynes, nachdem er Charlotte Recht gegeben und ihr den Sieg
überlassen hatte. Ihn schauderte vor seiner Frau. Noch in seinen
letzten Augenblicken wollte er nicht mit ihr sprechen. Die Witwe
legte diese Kränkung ihrer Tochter und Philip zur Last; und so
verzieh keine Seite der anderen. Sie sah nicht ungern, daß das
Kind zu ihrem Onkel fuhr; hielt Charlottes Lippen ein mageres,
hungriges Gesicht hin und bekam einen Kuß, der nur wenig
Liebe ausdrückte, fürchte ich. Ich beneide jene Kinder nicht, die
unter dem ausschließlichen Befehl der Witwe zurückbleiben.
Oder die arme Madame Smolensk, die den Dünkel, den Gram,
den Geiz dieser finsteren Frau erdulden muß. Auch litt Madame
nicht lange unter dieser Tyrannei. „Galignani's Messenger" verkündete sehr bald darauf, sie habe Zimmer zu vermieten, und ich
erinnere mich noch, wie erbaut ich war, als ich eines Tages in der
„Pall Mall Gazette" las, in einem klimatisch günstig gelegenen
und vornehmen Viertel von Paris seien elegante Zimmer, erlesene Gesellschaft und ausgezeichnete Verköstigung zu haben.
Nachzufragen bei Madame la Baronne de S---sk, Avenue de
Valmy, Champs-Elysées.

Wir errieten mühelos, wie diese Anzeige ihren Weg in die
„Pall Mall Gazette" gefunden hatte; und sehr bald nach ihrem
Erscheinen tauchte Madame de Smolensks Freund, Mr. Philip,
an unserem Teetisch in London auf. Er war bei uns, bei Eltern
wie Kindern, immer willkommen. Er trug einen Trauerflor am

Hut. Sobald die Kleinen draußen waren, sprudelte er prompt seine Geschichte heraus und verbreitete sich ausführlich über den Todesfall, die Beerdigung, die Streitigkeiten, die Liebe, die Trennungen, alles, was wir geschildert haben. Wie könne er es anstellen, drei- oder vierhundert im Jahr zu verdienen? Das sei derzeit die Frage. Bevor er zu uns kam, habe er bereits Mittel und Wege überschlagen. Er sei bei unserer Freundin Mrs. Brandon gewesen, wohne bei ihr. Die Kleine Schwester meine, dreihundert müßten reichen. Sie könnten ihre zweite Etage bekommen – nicht umsonst; nein, nein, aber zu einem mäßigen Preis, der ihre Kosten decke. Sie könnten Dachkammern dazu haben, wenn mehr Platz gebraucht würde. Sie könnten ihren Küchenherd mitbenutzen, und vorläufig würde ein Dienstmädchen die Arbeit bewältigen. Das arme kleine Ding! Sie sei so sehr jung. Sie sei gerade achtzehn, wenn sie heiraten könne. Die Kleine Schwester sei für frühe Heiraten, gegen lange Verlöbnisse. „Hilf dir selbst, dann hilft dir Gott", sage sie. Und Mr. Philip fand diesen Ratschlag ausgezeichnet; und Mr. Philips Freund, um *seine* Meinung befragt – „Jetzt ganz ehrlich, was ist deine Meinung?" – sagte: „Ist sie nebenan? Natürlich willst du sagen, ihr seid schon verheiratet."

Philip brach in sein dröhnendes Gelächter aus. Nein, er sei noch nicht verheiratet. Habe er nicht gesagt, daß Miss Baynes zu Tante und Onkel nach Tours gefahren sei? Aber daß er heiraten wolle; daß er sich nie ins Arbeitsleben finden könne, ehe er heirate; daß er keine Ruhe, keinen Frieden, kein Wohlbefinden wiedererlangen könne, ehe er diesen Engel heirate, wolle er gern gestehen. Gern? Die ganze Straße hätte hören können, wie er den Namen seiner Charlotte ausrief und sich über ihre engelhaften Reize und Vorzüge ausließ. Er sprach so laut und so lange über dieses Thema, daß meine Frau dessen ein wenig müde wurde; und meine Frau hört es *immer* gern, wenn man andere Frauen preist, das (sagt sie) weiß ich genau. Aber wenn ein Mann eine Stunde lang über Dulcinea tönt? Solches Gerede wird einem zum Schluß über, wie Sie wissen; und kurzum, als er fort war, sagte meine Frau: „Nun ja, er ist sehr verliebt; das warst du auch – ich meine, lange vor meiner Zeit, Sir. Aber deckt die Liebe auch die Haushaltskosten, bitte?"

„Nein, mein Schatz. Und die Liebe läßt sich immer von anderer Leute Rat lenken – immer", sagte Philips Freund, der das, wie Sie hoffentlich merken, ironisch meinte.

Philips Freunde hatten Philips Auslassungen über Philip nicht ungeduldig angehört. Fast alle Frauen schenken verliebten Männern ein teilnehmendes Ohr. Seien sie noch so alt, werden sie bei diesem Gespräch wieder jung und lassen ihre eigene Jugend wieder aufleben. Die Männer sind nicht ganz so großmütig: Tityrus wird es müde, Corydon endlos über die Reize seiner Schäferin sprechen zu hören. Und doch ist die Selbstbezogenheit ein guter Plauderer. Sogar langweilige Biographien lesen sich angenehm: und wenn lesen, warum nicht hören? Wäre Master Philip nicht so egozentrisch, wäre er auch kein so angenehmer Gesellschafter. Kann man nicht einen Mann mögen, über den man ein wenig lacht? Mir ist ein so gesprächiger Partner lieber als der vorsichtig zurückhaltende Mund, der sich nie ohne bedächtige Verwendung eines Schlüssels auftut. Was den Zugang zu Mr. Philips Geist und Gemüt angeht, so stand diese Tür stets offen, wenn er wach und nicht hungrig und mit einem Freund zusammen war. Außer seiner Liebe und seinen Lebensaussichten, seiner Armut usw. hatte Philip noch mehr Lieblingsthemen. Seine Freundin, die Kleine Schwester, lieferte ihm hervorragenden Stoff; sein Vater stellte einen weiteren beliebten Gesprächsgegenstand dar. Übrigens, sein Vater hatte an die Kleine Schwester geschrieben. Der Doktor erklärte, er sei überzeugt, in seinem neugewählten Land sein Glück zu machen. Er und noch ein Arzt hätten eine *neue* Medizin erfunden, die Wunder bewirken und beiden in wenigen Jahren unzweifelhaft ein Vermögen einbringen werde. Nie fehlte es ihm an diesem oder jenem Plan, das Vermögen zu machen, das nie kam. Jedesmal, wenn er kleine Summen auf den armen Philip zog, waren seine Briefe mit Sicherheit besonders prahlerisch und zuversichtlich. „Immer, wenn der Doktor schreibt, er hätte den Stein der Weisen gefunden", sagte der arme Philip, „weiß ich genau, es folgt eine Nachschrift, daß ein kleiner Wechsel über soundsoviel, mit soundsoviel Tagen Termin, vorgelegt wird."

Hatte er in letzter Zeit auf Philip gezogen? Phil gestand uns, wann und wie oft. Wir gaben ihm unsere ganze fromme Empörung zu verstehen. Die Augen meiner Frau funkelten förmlich vor Zorn. Was für ein Mensch! Was für ein Vater! Ach, er war

unverbesserlich! „Ja, das ist er leider", gibt der arme Phil humor-
voll zu, während seine Hände sich unbehindert in seinen Taschen breitmachen. Sie enthielten wenig mehr als diese großen
Hände. „Mein Vater hat vielversprechende Anlagen. Seine Ansichten über das Eigentum sind eigentümlich. Es ist ein Trost,
einen so bemerkenswerten Vater zu haben, oder nicht? Ich bin
immer überrascht, wenn ich erfahre, daß er noch nicht wieder geheiratet hat. Ich seufze eine Stiefmutter herbei", fuhr Philip fort.

„Oh, *nicht doch*, Philip!" rief Mrs. Laura schmollend. „Seien Sie
großmütig, seien Sie nachsichtig, seien Sie hochherzig, seien Sie
ein Christ! Seien Sie nicht zynisch, und ahmen Sie niemanden
nach – Sie wissen schon, wen!"

Wen konnte sie bloß meinen, frage ich mich? Nach Blitzen kamen aus den Augen dieser Dame Regenschauer. Aus langer Gewohnheit verstehe ich ihre Gedanken, auch wenn sie sie nicht
ausspricht. Sie dachte an diese armen, edelmütigen, schlichten,
verlassenen jungen Leute und flehte den Himmel an, sie zu beschützen. Es ist weiß Gott nicht meine Art, meine Freunde über
den grünen Klee zu loben. Philips schwache Seiten habe ich ehrlich genug geschildert. Doch wenn ich hier hinschreibe, daß er
mutig war, fröhlich im Unglück, großmütig, einfach, wahrheits-
liebend, über Schliche erhaben – nachdem ich gesagt habe, daß
er ein prächtiger junger Mann war –, dixi; und ich will die
Worte nicht streichen.

So glühend unser Freund auch liebte, war er doch froh, wieder
inmitten des Londoner Rauches und Reichtums und Tumults zu
leben. Der Nebel bekomme seinen Lungen, behauptete er. Er
atme in unserer großen Stadt freier als in jenem kleinen englischen Dorf mitten in Paris, in dem er sich aufgehalten hatte. In
seinem Hotel und in seinem Café (wo er seine wortgewandte
„Eigene Korrespondenz" verfaßte) hatte er Gelegenheit, ein wenig Französisch zu sprechen, aber es rann ihm nie besonders
flink über die trotzige englische Zunge. „Du glaubst doch wohl
nicht, ich möchte für einen Franzosen gehalten werden", sagte er
oft mit großem Ernst. Ich möchte wissen, wer je daran gedacht
hat, Freund Philip mit einem Franzosen zu verwechseln?

Was die treue Kleine Schwester angeht, standen ihr Haus und
ihr Herz immer noch dem jungen Mann zu Diensten. Wir haben
die Thornhaugh Street eine ganze Weile nicht mehr besucht.

Mr. Philip, dem wir zur Seite stehen mußten, war zu sehr mit seinem Liebeswerben beschäftigt, um seiner zärtlichen kleinen Freundin viele Gedanken zu widmen. Sie hat sich inzwischen auf ihrem bescheidenen Lebensweg vorangemüht, frohgemut, bescheiden, fleißig, ihre Pflicht erfüllend und auf ihrem Pfad stets eine helfende kleine Hand bereithaltend, um so manchem gefallenen Wanderer beizustehen. Sie hatte in ihrem Haus ein Zimmer frei, als Philip kam. Ein Zimmer, wahrhaftig! Hätte sie nicht ein Haus frei gehabt, wenn Philip es benötigt hätte? Doch in der Zeitspanne, seit wir die Kleine Schwester zuletzt sahen, hat auch sie schwarze Kleidung anlegen müssen. Ihr Vater, der alte Hauptmann, ist zur Ruhe eingegangen. Sein Platz in dem Stübchen ist leer: seine Schlafkammer steht für Philip bereit, so lange Philip bleiben will. Sie gab nicht vor, um den Verlust des Hauptmanns allzu tief zu trauern. Sie sprach dauernd von ihm, als wäre er noch da; und machte Philip Abendbrot und ließ ihn in Pas Sessel Platz nehmen. Wie geschäftig sie an dem Abend, als Philip ankam, umherwirtschaftete! Welch strahlendes Willkommen sprach aus ihren gütigen Augen! Ihre einfache Haartracht war jetzt von Silber durchzogen; aber ihre Wangen waren wie Äpfel; ihre kleine Gestalt war zierlich und leicht und flink; und ihre Stimme mit dem leisen Lachen und der so liebenswert fehlerhaften Grammatik erschien mir schon immer als eine der holdesten Stimmen.

Sehr bald nach Philip Firmins Ankunft in London besuchte Mrs. Brandon die Frau des bescheidenen Dieners und Biographen Mr. Firmins, und die zwei Frauen hielten eine schöne gefühlvolle Beratung ab. Alle guten Frauen sind nämlich gefühlvoll. Der Gedanke an junge Liebende, an die Stiftung einer Ehe, an liebenswürdige Armut fesselt sie und regt ihre zärtlichsten Gefühle an. Meine Frau begann um diese Zeit schöne lange Briefe an Miss Baynes zu verströmen, auf die letztere bescheiden und ehrerbietig antwortete, mit vielen Äußerungen warmer Dankbarkeit für das Interesse, das die Freundin in London dem Mädchen zu erweisen beliebe. Aus diesen Antworten ersah ich, daß die zwei Damen Charlottes Verbindung mit Philip als abgemachte Sache ansahen. Sie erörterten die Mittel und Wege. Sie sprachen nicht von Broughams, Wittümern, Stadt- und Landhäusern, Nadelgeld, Aussteuern; und wenn meine Frau die Einnahmequellen der beiden zusammenrechnete, wies sie stets darauf hin, daß Miss Charlottes Vermögen, obzwar freilich gering, einen sehr nützlichen Beitrag zum Einkommen des jungen Paares liefern werde.

„Fünfzig Pfund im Jahr nicht viel? Ich kann dir versichern, Sir, daß fünfzig Pfund im Jahr ein sehr hübsches Sümmchen sind. Kann Philip selbst auch nur dreihundert im Jahr verdienen, meint Mrs. Brandon, müßten sie ganz gut auskommen." Sie fragen, meine vornehme Freundin, ob es möglich ist, daß Menschen von vierhundert im Jahr leben können? Wie kommen sie zurecht, ces pauvres gens? Sie essen, sie trinken, sie kleiden sich, sie heizen, sie haben ein Dach über dem Kopf und Glas in den Fenstern; und manche unter ihnen sind so gut, glücklich und gesittet wie ihre Nachbarn, die zehnmal so reich sind. Wir haben dann noch, neben dieser pekuniären Berechnung, den festen Glauben der liebevoll verblendeten Frau, der Tag werde jenen schon sein tägliches Brot geben, die dafür arbeiten und an der richtigen Stelle darum bitten; eine Beweisführung, gegen die, wie mancher Mann zu sagen weiß, nichts auszurichten ist. Was meine eigenen kleinen Einwände und Zweifel angeht, begegnete meine Frau ihnen mit dem Hinweis auf Philips vorausgegangene Liebschaft mit seiner Cousine, Miss Twysden. „In dem Fall hattest du keine Einwände, Sir", sagte diese Logikerin dann immer. „Dir wäre es recht gewesen, wenn er ein Geschöpf ohne Herz genommen hätte. *Du* hättest wohlgemut zugesehen, wie er sich auf Lebenszeit unglücklich machte, weil du dachtest, es wäre eine vornehme Beziehung mit genug Geld im Hintergrund. Geld, daß ich nicht lache! Sehr glücklich ist Mrs. Woolcomb mit ihrem Geld! Als sehr rühmlich für alle Beteiligten hat sich *diese* Heirat erwiesen!"

Ich brauche meine Leser wohl kaum an den bedauerlichen Ausgang dieser Heirat zu erinnern. Woolcombs Betragen seiner Frau gegenüber bildete sehr bald, nachdem das Paar im heiligen Bund der Ehe vereinigt worden war, das beliebte Gesprächsthema der Londoner Gesellschaft und der Londoner Clubs. Wissen wir nicht alle noch, wie man Woolcomb nachsagte, er schlage seine Frau, er lasse seine Frau Hunger leiden, und wie sie daheim Zuflucht suchte und mit einem blauen Auge in das Haus ihres Vaters kam? Die zwei Twysdens schämten sich dieser Geschichte so sehr, daß Vater und Sohn aufhörten, Bays's Club zu besuchen, wo ich überhaupt nur von einem einzigen Mann hörte, daß er ihre Abwesenheit bedauerte – aus gutem Grund bedauerte; er behauptete nämlich, Talbot sei ihm für Verluste beim Whist Geld schuldig, das er nun nicht eintreiben könne.

Sollte Mr. Firmin seine Tante in ihrem Unglück aufsuchen? Vergangenes sei vielleicht vergessen und vergeben, dachten einige Ratgeber Philips. Nun, da Mrs. Twysden schweren Kummer habe, werde sich ihr Herz Philip gegenüber womöglich erweichen, den sie als Kind zweifellos geliebt hatte. Philip hatte die Großmut, sie aufzusuchen, und sah ihre Kutsche wartend vor der Tür stehen. Doch ein Bedienter, der den Gentleman zunächst in der trübseligen, altbekannten Vorhalle hatte warten lassen, teilte ihm mit, die gnädige Frau sei außer Haus, lächelte ihm mit gewinnender Frechheit ins Gesicht und machte sich in Gegenwart dieses armen verlassenen Neffen daran, Mäntel, Adelskalender und andere weibliche Ausrüstungsgegenstände in die Kutsche zu schaffen. Dieser Besuch war, das muß ich zugeben, eine von Mrs. Lauras romantischen Bestrebungen, Feinde zu versöhnen: Du gutes Kind, als ließen die Twysdens jemals einen Mann in ihr Haus, der arm oder aus der Mode gekommen war! Sie lebten in der ständigen Furcht, Philip könnte vorsprechen, um sich von ihnen Geld zu borgen. Als ob sie jemals einem Mann Geld geliehen hätten, der in Not war! Wenn sie den geschätzten Leser in ihr Haus bitten, so verlassen Sie sich darauf, daß sie der Meinung sind, er sei vermögend. Andererseits gaben die Twysdens für den neuen Lord von Whipham und Ringwood, der nach dem Tode seines Verwandten jetzt regierte, ein sehr anständiges Festessen. Weihnachten verbrachten sie entgegenkommenderweise bei ihm auf dem Land; und sie krochen und scharwenzelten vor Sir John Ringwood, wie sie zur Zeit des Grafen vor diesem scharwenzelt hatten und gekrochen waren. Der Graf war auf seine alten Tage ein Tory gewesen, als auch Talbot Twysdens Ansichten sehr konservativ waren. Der jetzige Herr von Ringwood war ein Whig. Es ist erstaunlich, wie liberal die Twysdens im Laufe von vierzehn Tagen bei der Unterhaltung nach Tisch und bei Gesprächen über die Fasanenjagd in Ringwood wurden. „Zum Henker! also wissen Sie", verkündete der junge Twysden danach in seinem Büro, „ein Mann muß mit der Politik seiner Familie gehen, verstehen Sie", und er prahlte so hemmungslos mit den Dinners, den Weinen, der Pracht, den Köchen und den Jagdgehegen Ringwoods wie zur Zeit seines edlen Großonkels. Jeder, der sich in London einmal einen Haushund gehalten hat, der einem die Stiefel und die Teller ableckt und schmeichelnd und kriechend um die Knochen auf dem Tisch bettelt, weiß, wie das Tier an die Tür kommende arme Leute ankläfft und anfällt. Die Twysdens, Vater und Sohn, gehörten dieser hündischen Rasse an: und hier und woanders gibt es riesige Rudel solcher Hunde.

Wenn Philip uns sein Herz öffnete und rückhaltlos über seine Pläne und Hoffnungen sprach, können Sie überzeugt sein, daß er auch seine kleine Freundin, Mrs. Brandon, ins Vertrauen zog, und daß kein Mensch auf der Welt beflissener war, ihm zu dienen. Während wir erörterten, was zu tun sei, war auch diese kleine Dame zum Besten ihres Lieblings tätig. In Mrs. Mugford, der Gattin des Besitzers der „Pall Mall Gazette", besaß sie eine feste Verbündete. Mrs. Mugford nahm seit langem Anteil an Philip, seinen Schicksalsschlägen und seinen Liebschaften. Diese zwei guten Frauen hatten ihn sich zum romantischen Helden gemacht. Ach! kämen sie doch auf einen durchführbaren Plan, ihm zu helfen! Und sehr bald bot sich den begeisterten Frauen eine solche Gelegenheit.

In fast allen Zeitungen erschien zum neuen Jahr eine beeindruckende Anzeige, die das kurz bevorstehende Erscheinen einer neuen Zeitschrift in Dublin ankündigte. Sie sollte „Das Kleeblatt" heißen, und die erste Nummer sollte am kommenden Patrickstag herauskommen. Ich brauche die Annonce, die die Gründung dieser neuen Zeitschrift bekanntgab, nicht ausführlich zu zitieren. Selbstverständlich habe man sich der namhaftesten Federn der nationalen Partei in Irland für Beiträge versichert. Diese Federn würden zu Stahl in anderer Gestalt umgeschmiedet, wenn sich die Gelegenheit böte. Allseits verehrte Kirchenmänner, Autoren von weltweitem Ruhm, Barden, deren kühne Lyrenklänge bereits die Insel durchhallt und Millionen Herzen hätten höher schlagen lassen und demzufolge in die doppelte Anzahl Augen Tränen getrieben hätten; Philosophen, ihrer wissenschaftlichen Leistungen wegen berühmt; und illustre Anwälte, deren mannhafte Stimmen stets die Sprache der Hoffnung und Freiheit usw. usw., würden sich um die Zeitschrift sammeln und stolz das Symbol des „Kleeblatts" tragen. Schließlich sei Michael Cassidy, Esq., zum Chefredakteur der neuen Zeitschrift bestimmt worden.

Das war genau der M. Cassidy, Esq., der, glaube ich, an Mr. Firmins Berufungsmahl teilgenommen hatte und der lange Zeit Redakteur bei der „Pall Mall Gazette" gewesen war. Wenn Michael in die Dame Street ging, warum sollte Philip nicht Redakteur in der Pall Mall werden? argumentierte Mrs. Brandon. Natürlich würden sich zwanzig Kandidaten um Michaels Amt bewerben. Der Chefredakteur wünschte sich das Entscheidungsrecht. Barnet, Mugfords Partner bei der „Gazette", würde seinen Mann berufen wollen. Cassidy würde vor seinem Weggang mit Sicherheit Dutzenden Gentlemen seiner Nation die Nachricht seiner bevorstehenden Abdankung anvertrauen, die nichts dagegen hätten, den Sold des Sachsen zu nehmen, bis sie endlich sein Joch abschütteln könnten, und die sein Brot essen würden, bis der frohe Moment einträte, da sie ihm in fairem Kampf den Kopf einschlagen könnten. Sobald Mrs. Brandon von der freien Stelle hörte, beschloß sie auf der Stelle, Philip müsse sie bekommen. Es war überraschend, wie wohlunterrichtet unsere kleine Freundin über Künstler und Presseleute war, über ihr Leben, ihre Familien, ihre Mittel und Wege. Viele Gentlemen beider Berufe besuchten Mr. Ridley in seiner Wohnung und schauten auf dem Hin- und Rückweg bei der Kleinen Schwester herein. Daß Tom Smith den „Herald" verlassen hatte und zur „Post" gegangen war; welchen Preis Jack Jones für sein Bild bekommen und wer für die wichtigsten Figuren Modell gestanden hatte – ich versichere Ihnen, Madam Brandon wußte alle diese interessanten Einzelheiten in- und auswendig. Und ich meine, ich habe dieses Persönchen sehr unzulänglich beschrieben, falls ich Ihnen nicht klargemacht habe, daß sie die unerschrockenste kleine Maklerin war, die jemals lebte, und keine Skrupel hatte, bis zum Äußersten zu gehen, um einem Freund zu dienen. Erzbischof von Canterbury zu werden, Professor für Hebräisch, Lehrer in einer Tanzschule, Kirchenorganist: für jede nur denkbare Stellung oder Tätigkeit hätte dieses Persönchen Philips Eignung beteuert. „Mir brauchen Sie nichts zu sagen! Er kann wunderschön tanzen oder predigen (wie der Fall gerade liegen mochte) oder schreiben! Und von wegen zum Redakteur ungeeignet, möchte ich nur mal wissen, hat er vielleicht nicht einen ebenso klugen Kopf und eine ebenso gute Bildung wie dieser Cassidy? Und ist das College in Cambridge nicht das beste College von der Welt? Das ist es, sage ich. Und er war sehr, sehr lange dort. Und er hätte den allerbesten Preis gewinnen können, nur hat er damals nicht aufs Geld sehen müssen, der liebe Junge, und er mochte den Armen nicht wegnehmen, was er nicht brauchte!"

Mrs. Mugford hatte den jungen Mann immer als recht hochmütig, doch ganz und gar als Gentleman betrachtet und ließ sich rasch von der Begeisterung ihrer Freundin für ihn anstecken. Meine Frau bestellte einen Einspänner, packte mehrere ihrer Kinder hinein, machte bei Mrs. Mugford Besuch und beliebte vom Garten dieser Dame, vom Kinderzimmer dieser Dame – von allem, was den Namen Mugford trug, entzückt zu sein. Es war kurios zu beobachten, in welche aufgeregte Betriebsamkeit diese Frauen verfielen und wie sie Pläne schmiedeten und gut zuredeten und intrigierten, um für ihren Schützling diese Stellung zu bekommen. Meine Frau glaubte – sie hatte nur so ihre Vermutungen, weiter nichts, selbstverständlich –, es sei Mrs. Mugfords Herzenswunsch, in der Welt zu glänzen. „Könnten wir nicht ein paar Leute – mit – mit Henkel am Namen, wie du es nennst – ich glaube, ich habe dich so einen ähnlichen Ausdruck gebrauchen hören, Sir –, mit den Mugfords zusammen einladen? Ein paar von Philips alten Freunden, die bestimmt gern bereit wären, ihm behilflich zu sein." Ich gebe zu, eine solche List wurde in die Wirklichkeit umgesetzt. Wir beschwatzten, bearbeiteten, hätschelten die Mugfords um Philips willen, und der Himmel vergebe Mrs. Laura ihre Scheinheiligkeit. Wir veranstalteten dann eine Festlichkeit, ich gestehe es. Wir baten unsere feinsten Bekannten und dazu Mr. und Mrs. Mugford: und wir beteten, der vom Pech verfolgte Philip möge sich allen Personen, die zum Fest eingeladen waren, von der besten Seite zeigen.

Meiner Frau gegenüber gab sich dieser Löwe von einem Firmin wie ein Lamm. Im allgemeinen Umgang schroff, hochfahrend und zum Widerspruch neigend, war Philip denen gegenüber, die er liebte und schätzte, der bescheidenste und demütigste aller Menschen. Er wurde es nie müde, sich mit unseren Kindern abzugeben, beteiligte sich an ihren Spielen und lachte schallend über ihre Mätzchen. Ich habe nie jemanden gehabt, der meinen Witzen ein solches Gelächter gegönnt hätte wie Philip Firmin. Ich glaube, meine Frau mochte ihn wegen des herzhaften Gewiehers, mit dem er diese geistreichen Äußerungen zu begrüßen pflegte. Manchmal fiel er ein bißchen spät mit seinem lachenden Refrain ein, doch zehn Gäste am Tisch waren nicht so laut wie dieser treue Freund. Im Gegensatz dazu, das muß ich ehrlicherweise zugeben, wenn Leute, die er nicht mag, ein Wortspiel oder einen anderen Scherz wagen, muß Philips Reaktion auf ihr Späßchen alles andere als angenehm oder schmeichelhaft für sie sein. Nun, anläßlich dieses wichtigen Dinners ermahnte ich ihn, ganz besonders freundlich und höflich und von jedermann äußerst angetan zu sein und niemandem auf die Hühneraugen zu trampeln, denn, in der Tat, wozu denn auch? Wer sei er, daß er censor morum sein wolle? Und es wurde bereits gesagt, daß kein Mensch seine Fehler mit so gewinnender Offenheit zugeben konnte wie unser Freund.

Wir luden also Mugford, den Besitzer der „Pall Mall Gazette", und seine Frau ein; und Bickerton, den Chefredakteur dieser Zeitschrift; Lord Ascot, Philips alten Freund aus dem College; und noch ein, zwei Gentlemen. Unsere Einladungen an die Damen standen unter keinem so guten Stern. Manche hatten schon Verpflichtungen, manche waren über Weihnachten aufs Land gefahren. Kurzum, wir schätzten uns recht glücklich, uns die alte Lady Hixie zu sichern, die ganz in der Nähe in Westminster wohnt und als Dame der großen Welt durchgehen kann, wenn keine Person von größerem Ansehen dabei ist. Meine Frau eröffnete ihr, der Zweck des Dinners sei es, unseren Freund Firmin mit dem Chefredakteur und dem Besitzer der „Pall Mall Gazette" bekanntzumachen, mit dem auf freundschaftlichstem Fuße zu stehen für ihn wichtig sei. Oh! nun gut. Lady Hixie versprach, den Zeitungsherrn und seine Frau wirklich huldvoll zu behandeln; und hielt den ganzen Abend über ihr Versprechen in gütigster Weise.

Als erste unserer Gäste traf unsere gute Freundin Mrs. Mugford ein. Sie kam „in ihrem Wagen" von ihrer Vorortvilla angefahren; und nachdem ihr Pferdeknecht seine Kutsche in einem nahegelegenen Mietstall untergebracht hatte, erbot er sich, unserem Personal beim Aufwarten zu helfen. Sein Fleiß und Diensteifer waren einzigartig. Porzellan zerschellte und Schüsseldeckel schepperten im Durchgang. Mrs. Mugford bemerkte, „Sam macht wieder mal seine Mätzchen", und ich hoffe, die Gastgeberin bewies, daß sie sich angesichts dieses Porzellangeklirrs in der Gewalt hatte. Mrs. Mugford kam vor der Zeit, sagte sie, um unsere Kinder zu sehen. „Bei unserer späten Londoner Essenszeit", meinte sie, „bekommt man die Kinder nie mehr zu Gesicht." In Hampstead kamen die ihren immer zum Dessert herein und belebten die Tischrunde mit ihrem arglosen Geschrei nach Orangen und ihrem Gerangel um Konfekt. Im Kinderzimmer, wo ein kleines Mädchen in ihrem langen, gestärkten Nachthemd ihr Nachtgebet sprach; wo ein weiteres Menschlein in denkbar luftiger Kleidung vor dem großen, vergitterten Kaminfeuer stand; wo ein dritter Lilliputaner in Nachtmütze und Nachtgewand aufrecht in seinem Bettchen saß und auf die Szene herabschaute, fanden die Damen unsere liebe Kleine Schwester häuslich eingerichtet. Sie war gekommen, ihre kleinen Lieblinge zu besuchen (zwei oder alle drei kannte sie wohl von allerfrühester Zeit an). Bei ihnen allen war sie ungeheuer beliebt und stand, glaube ich, mit der Köchin unten im Bunde, gewisse Delikatessen für ihren Tisch zuzubereiten. Darauf entspann sich ein langes Gespräch über unsere Kinder, über die Mugfordkinder, über Babies ganz allgemein. Und dann brachten die listigen Frauen (die Frau des Hauses und die Kleine Schwester) Philip aufs tapis und verbreiteten sich, à qui mieux, ausführlich über seine guten Seiten, seine Schicksalsschläge, seine Verlobung und die liebe Kleine, mit der er verlobt war. Dieses Gespräch dauerte fort, bis man auf dem Platz Räderrollen vernahm und der Türklopfer (es gab tatsächlich Türklopfer in jener altmodischen Gegend und Zeit) zu dröhnen begann. „Zu dumm! Da kommen die Gäste schon", sagte Mrs. Mugford – und mit Mrs. Brandons geschickter Hilfe Haube und Rüschen zurechtzupfend, kam sie herab, nachdem sie sich zärtlich von den kleinen Leuten verabschiedet hatte, denen sie am nächsten Tag als Geschenk einen Stoß schöne Weihnachtsbücher schickte, die der „Pall Mall Gazette" zur Rezension zugegangen waren. Die freundliche Frau war durch Schmeicheleien und Überredung auf unsere, auf Philips Seite gezogen worden. *Ihre* Stimme für die Redakteursstelle besaß er, was auch kommen mochte.

Die meisten unserer Gäste waren schon eingetroffen, als endlich Mrs. Mugford gemeldet wurde. Ich muß sagen, daß sie eine bemerkenswerte Erscheinung bot, und die Pracht ihrer Gewandung war etwas, das man selten zu sehen bekommt.

Bickerton und Philip wurden einander vorgestellt und unterhielten sich vor dem Essen über die französische Politik, bei welchem Gespräch Philip sich vollkommen beherrscht und verbindlich zeigte. Bickerton hatte zufällig gehört, wie man sich lobend über Philips Briefe geäußert hatte – an höherer Stelle, wohlgemerkt; und seine Wärme wuchs noch, als Lord Ascot kam, Philip mit dem Vornamen anredete und völlig ungezwungen mit ihm zu plaudern begann. Die alte Lady Hixie verkehre in absolut einwandfreien Kreisen, gab Bickerton herablassend zu. „Mrs. Mugford aber", äußert er mit einem verwunderten, mitleidigen Blick auf diese Dame, „ich brauche Ihnen selbstverständlich nicht zu erklären, daß man *sie* nirgends sieht – nirgends." Nach diesen Worten trat Mr. Bickerton vor und richtete seelenruhig ein gönnerhaftes Wort an meine Frau, schenkte mir selbst ein wohlwollendes Nicken, erinnerte Lord Ascot daran, er habe die Freude gehabt, ihn in Egham kennenzulernen; und dann heftete er sich an Tom Page vom Postenjägeramt (der, zugegeben, einer unserer vornehmsten Gäste ist), um mit ihm in die Erörterung irgendeiner politischen Tagesfrage einzusteigen – ich weiß nicht mehr, welcher: doch die Hauptsache war, daß er zwei oder drei führende Politiker erwähnte, mit denen er das Problem diskutiert habe, welches es auch sein mochte. Er nannte berühmte Namen und gab uns zu verstehen, mit den Besitzern dieser Namen stehe er auf freundschaftlichstem und vertrautestem Fuße. Zu seinen Chefs – zum Besitzer der „Pall Mall Gazette" unterhalte er ein sehr gespanntes Verhältnis, und ich muß leider wirklich sagen, daß sein Benehmen mir und meiner Frau gegenüber kaum höflich war. Mir kam es so vor, als lege sich Philips Stirn in immer tiefere Falten, während seine Augen diesem Mann folgten, der von einer Person zur anderen stolzierte und jeden begönnerte. Das Dinner verspätete sich aus irgendeinem in den unteren Regionen am besten bekannten Grunde ein wenig. „Mir scheint", sagt Bickerton in einer Gesprächspause und zwinkert Philip zu, „unser guter Freund und Gastgeber ist es nicht eben gewöhnt, Dinners zu geben. Die Dame des Hauses ist offensichtlich verstört." Philip schnitt eine so gräßliche Grimasse, daß der andere zunächst glaubte, er habe Schmerzen.

„Sie, der Sie so oft mit dem alten Ringwood zusammen waren, wissen, was ein gutes Dinner ist", fuhr Bickerton fort und richtete einen verständnisinnigen Blick auf Philip.

„Jedes Dinner ist gut, wo ich so willkommen bin wie hier", sagte Philip.

„Oh! Sehr ordentliche Leute, sehr ordentliche Leute, selbstverständlich!" ruft Bickerton.

Ich brauche nicht zu sagen, daß er glaubt, es sei ihm vollkommen gelungen, sich das Ansehen eines Mannes von Welt zu geben. Er schritt zu Lady Hixie hinüber und plauderte mit ihr über die letzte große Gesellschaft, bei der er sie getroffen hatte; und dann wandte er sich dem Gastgeber zu und bemerkte, mein Freund, der Arztsohn, sei ein ungestüm wirkender Bursche. Binnen fünf Minuten gelang es ihm, sich bei Mr. Firmin verhaßt zu machen. Er schreitet durch die Welt und begönnert Leute, die ihm über sind.

„Unser guter Freund ist es nicht eben gewöhnt, Dinners zu geben" – ist er das nicht? Wie kannst du bloß diesen Mann weiter ertragen? Tom Page vom Postenjägeramt ist ein bekannter Gast an vielen Tafeln; Lord Ascot ist ein Peer; während des Dinners sprach Bickerton mit ziemlich lauter Stimme über den Tisch hinweg mal zu dem einen, mal zu dem anderen dieser Männer. Er saß neben Mrs. Mugford, wandte aber dieser verdutzten Frau den Rücken zu und ließ sich nicht dazu herab, ein persönliches Wort an sie zu richten. „Natürlich, ich verstehe Sie, lieber Freund", sagte er mir, als die Damen sich zurückgezogen hatten und wir auf Flüsternähe zusammenrückten. „Sie laden diese Leute aus Staatsräson zum Dinner. Sie bringen ein Buch heraus und wollen, daß die Zeitung darauf eingeht. Ich halte solche Leute bewußt auf Distanz – die einzige Art, mit ihnen umzugehen, auf mein Wort."

Nicht ein einziges herausforderndes Wort hatte Philip bis dahin an den Leitartikler der „Pall Mall Gazette" gerichtet; und ich wollte mich gerade beglückwünschen, daß unser Dinner ohne jeden Zwischenfall verlaufen werde, als man, weil jemand fatalerweise den Wein lobte, Nachschub kommen ließ. „Sehr guter Rotwein. Wer ist Ihr Weinhändler? Auf mein Wort, hier bekomme ich besseren Rotwein als in Paris zu kaufen – finden Sie nicht auch, Mr. Fermor? Wo essen Sie in Paris gewöhnlich?"

„Ich esse gewöhnlich für dreißig Sous, und an ganz besonderen Tagen für drei Francs, Mr. Beckerton", knurrt Philip.

„Mein Name ist Bickerton." („Wie ordinär von dem Kerl, über seine Dreißig-Sous-Essen zu reden!" murmelte mir mein Nachbar zu.) „Nun, über Geschmack läßt sich nicht streiten. Wenn ich nach Paris komme, esse ich im ‚Trois Frères'. Famoser Burgunder im ‚Trois Frères'."

„Das liegt daran, weil ihr großen Leitartikler besser bezahlt werdet als arme Korrespondenten. Es soll mich herzlich freuen, wenn ich in der Lage bin, besser zu speisen." Und dabei lächelt Mr. Firmin Mr. Mugford zu, seinem Herrn und Besitzer.

„Furchtbar ordinär, vom Geschäftlichen zu sprechen", sagt Bickerton ziemlich laut.

„Ich schäme mich meines Geschäfts durchaus nicht. Sie etwa, Mr. Bickerton?" knurrt Philip.

„Da hat's ihm F. gegeben", bemerkt Mr. Mugford.

Mr. Bickerton stand erbleichend vom Tisch auf. „Meinen Sie das beleidigend, Sir?" fragte er.

„Beleidigend, Sir? Nein, Sir. Manche Menschen werden beleidigend, ohne es zu wollen. Sie heute abend mehrmals!" erklärt Lord Philip.

„Ich wüßte nicht, daß ich verpflichtet bin, so etwas am Tisch irgendeines Mannes hinzunehmen!" ruft Mr. Bickerton. „Lord Ascot, ich wünsche Ihnen eine gute Nacht!"

„Hören Sie, alter Junge, was ist überhaupt los?" fragte Seine Lordschaft. Und wir waren alle überrascht, als mein Gast aufstand und wutentbrannt den Tisch verließ.

„Geschieht ihm recht, Firmin, sage ich!" erklärte Mr. Mugford und stürzte erneut ein Glas hinunter.

„Wissen Sie das denn nicht?" sagt Tom Page. „Sein Vater hat ein Herrenartikelgeschäft in Cambridge und hat ihn nach Oxford geschickt, wo er glanzvoll promoviert hat."

Und das war aus einem Dinner zur Vermittlung von Bekanntschaften geworden – einem Dinner, das Philips Interessen im Leben fördern sollte!

„Geben Sie ihm noch eins drauf, sage ich", rief Mugford, dem der Wein die Zunge gelöst hatte. „Er ist ein hochnäsiger Kerl, dieser Bickerton, und ich kann ihn nicht leiden, und Mrs. M. auch nicht."

31. KAPITEL

*Bringt den famosen Witz
über Miss Grigsby*

ür diesmal entdeckte Philip, daß er jemanden beleidigt hatte, ohne allgemein Anstoß zu erregen. Im vertraulichen Gespräch der Frauen hatte Mrs. Mugford bereits in der ihr eigenen ungekünstelten, aber sehr nachdrücklichen Sprache den Ausspruch ihres Mannes über Mr. Bickerton bekräftigt und erklärt, B. sei ein ekliger Kerl und es tue ihr nur leid, daß Mr. F. ihm nicht noch ein bißchen härter zugesetzt habe. So unterschiedlich sind die Meinungen, die verschiedene Menschen von ein und demselben Ereignis hegen! Ich weiß zufällig, daß Bickerton seinerseits fortging und behauptete, wir seien streitsüchtige, ungebildete Leute; und ein Mann von kultivierter Lebensart gehe solchem Umgang am besten aus dem Wege. Er dünkt sich wirklich allen Ernstes über uns erhaben und wird fast jeden Gentleman bereitwillig in der Kunst unterrichten, einer zu werden. Dieses Selbstvertrauen ist beim parvenu durchaus nicht ungewöhnlich. Stolz auf seine neuerworbene Kunst, ein Ei auszusaugen, rannte der wohlbekannte kleine Junge aus der Fabel los, um sein Wissen an die Großmutter weiterzugeben, die seit vielen Jahren mit dem Vorgang bestens vertraut war, den das Kind soeben entdeckt hatte. Wer unter uns ist nicht solchen Schulmeistern begegnet? Ich kenne Leute, die bereit wären, vorzutreten und die

Taglioni das Tanzen zu lehren, Tom Sayers das Boxen beizubringen oder dem Chevalier Bayard, wie man ein Gentleman wird. Wir kennen fast alle solche Leute und unterziehen uns von Zeit zu Zeit der unsäglichen Wohltat ihrer Gönnerschaft.

Mugford verließ unsere kleine Abendgesellschaft mit der Beteuerung, Philip solle es, beim heiligen George, zu gegebener Zeit nicht an einem Freund fehlen; und diese gegebene Zeit kam sehr bald. Als ich eines Tages das Büro der „Pall Mall Gazette" besuchte, mußte ich lachen, als ich Philip im Zimmer des Redakteurs eingerichtet fand, mit einem Vorrat an Scheren, Oblaten und Leimtöpfen ausgestattet und aus dieser oder jener Zeitung Absätze ausschneidend, ändernd, kürzend, mit Überschriften versehend und so fort; mit einem Wort, regelrecht in den Sielen. Die dreiköpfigen Kälber, die Riesenstachelbeeren, die bejahrten unverheirateten Damen, die in erstaunlich hohem Alter schließlich irgendwo auf dem Lande starben — es war verblüffend (bedachte man seine geringe Erfahrung), wie Firmin all das aufstöberte. Er fand sich voll und ganz in das Wesen seiner Aufgabe. Er war stolz darauf, welche geschickten Überschriften er für seine Absätze fand. Wenn seine Zeitung am Ende der Woche komplett war, musterte er sie liebevoll — nicht die Leitartikel oder jene tiefschürfenden und doch geistsprühenden literarischen Aufsätze, die in der „Gazette" erschienen, sondern die Notizen über Geburten, Todesfälle, Heiraten, Märkte, Gerichtsverfahren und was sonst noch alles. Wie den Ladenjungen, der das Schaufenster seines Chefs ausgestaltet hat und auf die Straße geht, um erfreut sein Werk zu betrachten, so beglückte die einnehmende Frontseite der „Pall Mall Gazette" Mr. Firmin und den Drucker der Zeitschrift, Mr. Bince. Mit ehrlichem Stolz besahen sie das Ergebnis ihrer vereinten Mühen. Firmin fand auch Scherze zu diesem Thema nicht witzig. Spielten seine Freunde darauf an und erkundigten sich, ob er in dieser Woche einen besonders fetten canard geschossen habe, runzelte Mr. Firmin die Stirn, und seine Wangen liefen rot an. Er mochte es nicht, wenn man Witze auf seine Kosten machte: war das nicht eine ganz ungewöhnliche Abneigung?

In seiner Eigenschaft als Redakteur genoß der gute Mann das Vorrecht, unzählige Freikarten für das Theater und das Panorama und Diorama entgegenzunehmen und zu verschenken.

Die „Pall Mall Gazette" war damals nicht darüber erhaben, solche kleinen Bestechungen anzunehmen, und Mrs. Mugfords weitgehende Vertrautheit mit den Namen der Opernsänger und ihre glanzvollen Auftritte in einer Opernloge waren ganz erstaunlich. Freund Philip steckte oft einen Stoß dieser Eintrittskarten ein und machte sich eine Freude daraus, unser junges Volk zu dieser oder jener Schaustellung mitzunehmen. Aber einmal im Diorama, wo unser junges Volk, wie immer sehr beklommen, im Dunkeln saß, rief aus der mitternächtlichen Finsternis eine Stimme: *„Wer ist auf Freikarten von der ,Pall Mall Gazette' da?"* Eine Dame, zwei angstvolle Kinder und Mr. Philip erbebten sämtlich bei diesem schrecklichen Aufruf. Ich glaube, sogar heute würde ich diese Geschichte nicht zu drucken wagen, wüßte ich nicht, daß Mr. Firmin im Ausland auf Reisen ist. Es war ein Segen, daß es dunkel war, so daß keiner das Erröten des armen Redakteurs bemerken konnte. Eher hätte Philip sich foltern und vierteilen lassen, als diese Dame in Verlegenheit zu bringen. Aber sie war kaum verärgert, außer, weil sie ihren Freund verärgert sah. Das Komische der Szene überwog bei der Dame den Ärger und reizte sie zum Lachen über den Zwischenfall; aber ich gebe zu, unser kleiner Junge (mit einem Hang zum Aristokratischen und eher zu empfindlich gegenüber dem Spott seiner Schulkameraden) war überhaupt nicht darauf erpicht, über das Thema zu sprechen oder die Welt wissen zu lassen, daß er einen Ort öffentlicher Belustigung „auf Freikarte" besuchte.

Was Philips Wirtin betraf, die Kleine Schwester, so war sie ja seit Jahren mit der Presse und mit Presseleuten und mit Freikarten fürs Theater vertraut. Sie sah mit ihrem gütigen, lächelnden Gesicht und in dem schmucken, gutsitzenden schwarzen Kleid richtig jung und hübsch aus, als sie eines Abends – zu einem Osterstück – an Philips Arm ins Theater kam. Unsere Kinder erspähten die beiden von der Droschke aus, als auch sie zur selben Vorstellung fuhren. Da hieß es: „Schau, Mama! Da ist Philip und die Kleine Schwester!" Und dann gab es für die zwei Freunde zu Fuß aus der Droschke herab nichts als Lächeln und nickende Köpfe und den entzückten Ausdruck des Wiedererkennens! Natürlich habe ich vergessen, was das für ein Stück war, das wir uns alle an diesem Osterabend ansahen. Aber die Kinder werden es nie vergessen; nein, und wenn sie hundert Jahre alt werden und obwohl die ständige Beobachtung Philips und seiner Begleiterin in der Loge gegenüber ihre Aufmerksamkeit von dem Stück ablenkte.

Mr. Firmins Arbeit und Gehalt waren gleichermaßen nicht besonders gewichtig, doch er nahm beide ganz frohgemut hin. Er sparte noch von seinem kleinen Einkommen. Es war überraschend, wie haushälterisch er mit Rat und Hilfe seiner kleinen Wirtin leben konnte. Er kam oft zu uns und berichtete mit kindischer Begeisterung von seinen kleinen Kunststücken der Knauserei. Er betrachtete gern den von Woche zu Woche anwachsenden Stapel seiner Sovereigns. Er achtete mit scharfem Auge auf Auktionen und kaufte hin und wieder ein Stück für die Einrichtung. Auf diese Weise brachte er ein Klavier mit heim, auf dem er ebensowenig spielen konnte, wie er hätte seiltanzen können; doch man hatte ihm zu verstehen gegeben, es sei ein sehr gutes Instrument; und meine Frau spielte einmal darauf, als wir ihn besuchten, und er saß da, die mächtigen Hände auf den Knien, hingerissen lauschend. Er dachte daran, daß er eines Tages, so Gott wolle, andere Hände auf den Tasten sehen würde – und Spielerin und Instrument verschwanden in einem Schleier vor seinen glücklichen Augen. Seine Käufe waren nicht immer günstig. Zum Beispiel fiel er auf einer Auktion bei einem kleinen Perlenschmuck arg herein. Ein paar listige Hebräer taten sich bei der Versteigerung zusammen und trieben ihn, wie die Redensart lautet, zu einem Preis hoch, der den Wert des Flitterdings weit überstieg. „Aber Sie wissen, für wen es war, Madam", erklärte eine der Ehrenretterinnen Philips. „Wenn sie gern seine zehn Finger tragen würde, würde er sie sich abschneiden und ihr schicken. Aber er behält sie, um ihr damit Briefe und Gedichte zu schreiben – und sie sind wunderschön."

„Und der liebe Junge, der in Glanz und Luxus aufgewachsen ist, Mrs. Mugford, wie Sie, Madam, nur zu gut wissen – er trinkt keinen Wein mehr. Ein bißchen Whisky und ein Glas Bier, mehr trinkt er nicht. Und seine Sachen – er ging immer so fein –, Sie sehen ja, wie er heute herumgeht, Madam. Immer der Gentleman und, wahrhaftig, nie hat ein feinerer oder vornehmerer Gentleman ein Zimmer betreten; aber er spart jetzt – Sie wissen, für was, Madam."

Und in der Tat, Mrs. Mugford wußte es; und Mrs. Pendennis

und Mrs. Brandon wußten es auch. Und diese drei Frauen steigerten sich geradezu in ein Fieber der Anteilnahme für Mr. Firmin hinein. Und Mugford pflegte auf seine rauhe, spaßige Art zu sagen: „Mr. P., ein gewisser Mr. Eff ist gekommen und hat uns ausgestochen. Hat er, so gewiß mein Name Emm ist. Und ich werde noch richtig eifersüchtig auf unseren Redakteur, darauf läuft es hinaus. Aber es tut gut, zu sehen, wie er Bickerton von oben herab behandelt, wenn sie sich einmal in der Redaktion treffen, es tut wirklich gut! *Den* piesackt Bickerton nicht wieder, das kann ich Ihnen sagen!"

Die Konklaven und Komplotte dieser Frauen zu Philips Nutzen waren endlos. Eines Tages öffnete ich die Tür meines Hauses, und heraus trat die Kleine Schwester mit einem Taschentuch an den Augen und in einem Zustand heftiger Erregung, der sich womöglich dem Gentleman mitteilt, der ihr an seiner eigenen Tür begegnet. Die Frau des Gentlemans ist ebenfalls nicht wenig bewegt und aufgewühlt. „Was glaubst du, was Mrs. Brandon sagt? Philip lernt jetzt Kurzschrift. Er meint, er sei nicht gewandt genug, um ein einigermaßen namhafter Autor zu werden; aber er könnte Reporter werden, und damit, zusammen mit seiner Stellung bei Mr. Mugford, meint er, könne er genug verdienen, um ... Ach, er ist ein prächtiger Mensch!" Ich nehme an, eine weibliche Gefühlsaufwallung verhinderte den Abschluß dieses Berichts. Doch als Mr. Philip am selben Tag zum Dinner hereingetrampelt kam, huldigte ihm seine Gastgeberin; sie himmelte ihn an, sie behandelte ihn mit einer liebevollen Achtung und Sympathie, die Frauen ihrer Art tapferen und ehrlichen Männern im Unglück stets zu erweisen pflegen.

Wieso besann sich Mr. Philip Firmin, zugelassener Jurist, eigentlich nicht darauf, daß er einem Berufsstand angehörte, der so vielen Männern zu einem Auskommen und nicht wenigen zu Reichtum und Ehren verholfen hat? Ein Anwalt konnte doch gewiß auf ebenso guten Verdienst hoffen, wie ein Zeitungsreporter ihn überhaupt erlangen konnte. Wir alle kannten Beispiele von Männern, die ihre Laufbahn als Mitarbeiter der Presse begonnen und gleichzeitig den juristischen Beruf ausgeübt hatten und als Anwälte und Richter zu größten Ehren gekommen waren. „Kann ich in einer Dachkammer am Pump Court sitzen und auf Klienten warten?" fragte der arme Philip. „Ehe sie kommen, bricht mir das Herz. Mein Kopf ist nicht viel wert: ich würde ihn ganz und gar durcheinanderbringen, wenn ich über Gesetzbüchern büffelte. Ich bin überhaupt kein begabter Mensch, versteht ihr; und ich habe nicht den Ehrgeiz und den hartnäckigen Willen zum Erfolg, die so manchen Mann voranbringen, der keine größeren Fähigkeiten hat als ich. Ich bin vielleicht ebenso klug und schlau wie zum Beispiel Bickerton; aber ich bin nicht so *aufgeblasen* wie er. Weil er überall den ersten Platz beansprucht, wo er auftaucht, bekommt er ihn sehr oft auch. Meine lieben Freunde, erkennt ihr nicht, wie bescheiden ich bin? Nie hat ein Mensch weniger zu Hoffnung auf ein Vorwärtskommen Anlaß gegeben als ich – das müßt ihr zugeben; und ich sage euch, daß Charlotte und ich uns auf ein Leben in Armut unter knauseriger Sparsamkeit in einer Wohnung im zweiten Stock in Pentonville oder Islington gefaßt machen müssen. Das sind ungefähr meine Erwartungen. Ich würde sie freigeben, nur weiß ich, daß sie mich nicht beim Wort nehmen würde – das liebe kleine Ding. Sie hat ihr Herz an einen grobschlächtigen Bettler gehängt, das ist die Wahrheit. Und ich sage euch, was ich vorhabe. Ich will ernsthaft den Beruf der Armut erlernen und ein Meister darin werden. Was kosten Rindsfußsülze und Kuttelflecke? Ihr wißt es nicht. Ich weiß es, und auch, wo man sie am besten kauft. Ich bin bestimmt der beste Sprottenkenner in London. Mein Gesöff ist jetzt fürs ganze Leben Dünnbier, und ich mag es schon richtig gern und finde es prickelnd und wohlschmeckend und bekömmlich." Philips Darstellung seiner selbst und seiner Fähigkeiten und Unfähigkeiten enthielt nicht wenig Wahres. Zweifellos war er nicht dafür geboren, sich in der Welt einen großen Namen zu machen. Aber mögen wir nur Leute, die berühmt sind? Ebensogut könnten wir sagen, wir schenken unsere Achtung nur Menschen, die zehntausend im Jahr haben oder größer als sechs Fuß sind.

Während von seinen drei Freundinnen und Beraterinnen meine Frau Philips Bescheidenheit aufs tiefste bewunderte, waren Mrs. Brandon und Mrs. Mugford über seinen Mangel an Unternehmungsgeist recht enttäuscht und auch bei dem Gedanken, daß er sich so geringe Ziele setzte. Ich verrate nicht, welche Partei Firmins Biograph in dieser Angelegenheit ergriff. Kam es mir denn zu, ihm Beifall zu zollen oder Vorwürfe zu machen, weil er bescheiden war, oder war ich überhaupt aufgerufen, Rat zu erteilen? Liebenswürdiger Leser, geben Sie doch zu, daß Sie und ich im Leben fast immer den eigenen Weg gehen. Wir essen die Speisen, die wir mögen, weil wir sie mögen; nicht, weil unser Nachbar sie gern ißt. Wir stehen früh auf oder gehen spät zu Bett; wir arbeiten, faulenzen, rauchen oder was sonst, weil es uns so gefällt, nicht, weil der Arzt es anordnet. Philip gleicht also Ihnen und mir, die wir unseren Kopf durchsetzen, wenn wir nur können. Oder etwa nicht? Wenn Sie es nicht tun, haben Sie es auch nicht anders verdient. Statt nach einem Mastochsen zu hungern, gewöhnte er sich allmählich daran, sich mit einem Gemüsegericht zu begnügen. Statt dem Sturm zu trotzen, reffte er lieber die Segel, hielt sich unter Land und wartete ruhigeres Wetter ab.

So war es etwa am Dienstag jeder Woche die Aufgabe dieses bescheidenen Redakteurs, mit dem Ausschnippeln und Aufkleben der Beiträge für die nächste Sonnabendausgabe zu beginnen. Er kürzte die parlamentarischen Reden, wobei er den Sprechern der Partei der „Pall Mall Gazette" die gebührende Vorzugsstellung einräumte und die Äußerungen der Gegner nur in dürren Umrissen wiedergab. Wenn die führenden Politiker, die auf der Seite der „Pall Mall Gazette" standen, Empfänge gaben, so können Sie sicher sein, daß sie in der Gesellschaftsspalte getreulich verzeichnet wurden; wenn jemand von ihrer Partei ein Buch schrieb, konnte er mit ziemlicher Sicherheit auf das Lob des Rezensenten rechnen. Ich spreche von der schlichten alten Zeit, Sie verstehen. Jetzt gibt es natürlich nicht mehr solche marktschreierischen Lobpreisungen und Begünstigungen, so unangebrachtes Lob und so ungerechten Tadel. Jeder Kritiker kennt sich in seinem Fach aus und schreibt mit dem einzigen Ziel, die Wahrheit zu sagen.

Philip, vor zwei Jahren ein Stutzer, begnügte sich also damit, den schäbigsten alten Rock zu tragen; Philip, der Philippus von einundzwanzig, der auffallend schöne Pferde geritten und liebend gern sein Pferd und seine Person im Park zur Schau gestellt hatte, nahm bescheiden in einem Omnibus Platz und gönnte sich nur in besonderen Fällen eine Droschke. Vom Dach des größeren Gefährts herab grüßte er mit größter Leutseligkeit seine Freunde und starrte auf seine Tante herab, wenn sie in ihrer Barutsche vorüberfuhr. Er war nie so recht zur Anerkennung der

Tatsache zu bewegen, daß sie ihn absichtlich übersah: oder er schrieb ihre Blindheit der Auseinandersetzung zu, die sie gehabt hatten, nicht seiner Armut und gegenwärtigen Lebensposition. Was seinen Vetter Ringwood anging, „dieser Kerl wäre zu jeder Gemeinheit imstande", gab Philip zu. „Und ich war es, der *ihn* geschnitten hat", behauptete unser Freund.

Eine wirkliche Gefahr bestand darin, daß unser Freund in seiner Armut noch hochmütiger und unverschämter werden könnte als in seinen besseren Tagen und daß er mit Leuten engeren Umgang pflegte, die ihm nicht ebenbürtig waren. War es besser für ihn, in einem vornehmen Club abfällig angesehen zu werden oder sich an der Spitze der Gäste in einer Wirtsstube zu spreizen? Das war die Gefahr, die wir für Firmin befürchten mußten. Es war unmöglich, dem Eingeständnis aus dem Weg zu gehen, daß er aus freien Stücken eine niedrigere Stellung in der Welt anstrebte als die ihm von Geburts wegen zustehende.

„Willst du damit sagen, Philip sei herabgesunken, weil er arm ist?" fragte eine erboste Dame, an die ihr Mann diese Bemerkung gerichtet hatte – Mann und Frau waren beide gute Freunde Mr. Firmins.

„Meine Liebe", erwidert das Weltkind von Ehemann, „angenommen, Philip würde es sich in den Kopf setzen, einen Esel zu kaufen und Kohlköpfe zu verhökern? Er würde damit nichts Böses tun; aber bestimmt würde er sich in der Achtung der Welt herabsetzen."

„Sich herabsetzen!" erwidert die Dame und wirft stolz das Haupt zurück. „Kein Mensch setzt sich dadurch herab, daß er einen ehrlichen Beruf ausübt. Kein Mensch!"

„Sehr gut! Nehmen wir Grundsell, den Gemüsekrämer aus der Tuthill Street, der bei unseren Dinners bedient. Statt ihn bedienen zu lassen, sollten wir ihn bitten, sich an den Tisch zu setzen; oder vielleicht sollten *wir* die Bedienung übernehmen und mit einer Serviette hinter Grundsell stehen."

„Unsinn!"

„Grundsell übt einen absolut ehrlichen Beruf aus, es sei denn, er mißbraucht die sich ihm bietende Gelegenheit und läßt etwas mitgehen . . ."

„Läßt puren Unsinn mitgehen!"

„Sehr gut. Grundsell ist also *nicht* der passende Umgang für uns, und die neun kleinen Grundsells sind es nicht für unsere Kinder. Warum sollte also Philip die Freunde seiner Jugend aufgeben und einen Club gegen eine Wirtsstube eintauschen? Du kannst nicht behaupten, unsere kleine Freundin Mrs. Brandon, so gut sie auch ist, sei die passende Gefährtin für ihn?"

„Wenn er eine gute kleine Frau hätte, besäße er eine Gefährtin vom eigenen Stand, und er wäre doppelt so glücklich, und er wäre aller Gefahr und Versuchung entronnen − und das Beste, was er tun kann, ist, sofort zu heiraten!" ruft die Dame. „Und, lieber Mann, ich glaube, ich werde Charlotte schreiben und sie zu uns einladen."

Gegen dieses Argument ließ sich nichts vorbringen. Solange Charlotte bei uns wäre, könnten wir sicher sein, daß Philip nichts anstellen und keine andere Gesellschaft suchen würde. Unmittelbar neben den Zimmern, die unsere Kinder bewohnten, hatten wir noch ein behagliches kleines Schlafzimmer. Meine Frau machte sich eine Freude daraus, dieses Zimmer schmuck herzurichten, und da es sich traf, daß Onkel Mac etwa um diese Zeit geschäftlich nach London reiste, kam die junge Dame unter seinem Geleit zu uns, und ich würde gern die Begegnung zwischen ihr und Mr. Philip in unserem Salon schildern. Bestimmt war sie sehr erbaulich. Doch meine Frau und ich waren nicht dabei, vous concevez. Wir hörten nur einen Ruf der Überraschung und der Freude von Philip, als er das Zimmer betrat, wo die junge Dame wartete. Wir hatten nur gesagt: „Geh in den Salon, Philip. Du findest da deinen alten Freund, Major Mac. Er ist in Geschäften nach London gekommen und bringt Nachricht von . . ." Mehr brauchten wir nicht zu sagen, denn da stürzte Philip wie ein Wilder in den Salon.

Und dann kam der Ruf. Und dann kam Major Mac heraus, mit einem so verschmitzten Funkeln in den Augen! Zu welchen Listen und Heucheleien hatten wir vorher nicht greifen müssen, um unser Geheimnis vor den Kindern zu hüten, die es unfehlbar entdeckt hätten! Ich muß Ihnen erklären, daß der paterfamilias sich gegen das arglose Geplapper und die Fragen der Kinder zur Vorbereitung des kleinen Schlafzimmers durch die Eröffnung gesichert hatte, es sei für Miss Grigsby bestimmt, die Gouvernante, mit deren Kommen man ihnen schon lange gedroht hatte. Und eines unserer Mädchen sagte, als der ahnungslose Philip eintraf:

„Philip, wenn du in den Salon gehst, findest du da *Miss Grigsby,
die Gouvernante.*"

Und dann ging Philip in diesen Salon, und dann erschallte
dieser Ruf, und dann kam Onkel Mac heraus, und dann usw.
usw. Und wir nannten Charlotte bei Tisch immerzu Miss
Grigsby; und am nächsten Tag nannten wir sie Miss Grigsby;
und je mehr wir sie Miss Grigsby nannten, desto mehr lachten
wir alle. Und das Baby, das noch nicht deutlich sprechen konnte,
nannte sie Miss Gibby und lachte am allerlautesten; und es war
so ein Spaß. Aber ich glaube, Philip und Charlotte genossen den
Spaß am allermeisten, meine Lieben, wenn sie auch vielleicht
nicht ganz so laut lachten wie wir.

Mrs. Brandon kam, darauf können Sie sich verlassen, auf
schnellstem Wege zu uns, und Charlotte errötete und sah wunderschön aus, als sie auf die Kleine Schwester zutrat und ihr
einen Kuß gab. „Er *hat* Ihnen also von mir erzählt!" sagte sie mit
ihrem sanften Stimmchen und strich der jungen Dame über das
braune Haar. „Hätte ich ihn denn überhaupt kennengelernt
ohne Sie, und haben Sie ihm nicht das Leben gerettet, als er
krank war?" antwortete Miss Baynes. „Und darf ich diejenige
nicht lieben, die ihn liebt?" fragte sie. Und wir ließen diese drei
Frauen eine Viertelstunde allein, in welcher Zeit sie die engsten
Freundinnen der Welt wurden. Und unser ganzer Haushalt, groß
oder klein, einschließlich der Kinderfrau (eine Frau von höchst
eifersüchtiger, herrschsüchtiger und unbequemer Anhänglich-
keit), alle hatten von unserem freundlichen jungen Gast eine
gute Meinung und hießen Miss Grigsby willkommen.

Charlotte ist nämlich nicht so überaus schön, daß sie andere
Frauen zum Meineid treibt, indem sie behaupten, letztlich sei es
doch nicht allzuweit mit ihr her. Zu der Zeit, mit der wir uns befassen, hatte sie zweifellos einen sehr schönen Teint, den ihr
schwarzes Kleid vielleicht noch hervorhob. Und wenn Philip ins
Zimmer kam, hatte sie ihm stets einen schönen Strauß Rosen anzubieten, die auf ihren Wangen erblühten, sobald er erschien. Ihr
Verhalten ist so gänzlich unaffektiert und schlicht, daß es nicht
anders als gut sein kann: denn ist sie nicht dankbar, wahrheitslie-
bend, selbstvergessen, aufopfernd, anspruchslos und teilnahms-
voll? Ist sie besonders geistreich? Das habe ich nie behauptet –
obwohl ich nicht bezweifeln kann, daß sie den Geist *mancher*

Männer (deren Namen nicht erwähnt zu werden brauchen) zu schätzen wußte. „Also wirklich", ruft Philip an jenem denkwürdigen Abend ihrer Ankunft, und als sie und andere Damen zu Bett gegangen waren, „beim Himmel!, ist sie nicht zauberhaft, wahrhaftig! Was habe ich bloß getan, daß ich ein so reines kleines Herz gewonnen habe? Non sum dignus. Es ist zuviel Glück – zuviel, beim Himmel!" Und die Stimme versagt ihm hinter der Pfeife, und er bohrt sich seine zwei Fäuste in die Augen, die zum Überfließen mit Glück und Dankbarkeit gefüllt sind. Wenn Fortuna jemanden mit einer so reichen Gabe bedenkt, brauchen wir ihn, meine ich, nicht um das zu bemitleiden, was sie ihm entzieht. Als Philip um Mitternacht davongeht (davongeht? hinausgeworfen wird – sonst hätte er bestimmt bis zum Morgengrauen weitergeredet), den Regen im Gesicht und fünfzig oder hundert Pfund als einziges Vermögen in der Tasche, glaube ich, da geht einer der glücklichsten Menschen – der glücklichste und reichste. Denn ist er nicht im Besitz eines Schatzes, den er um allen Reichtum dieser Welt nicht kaufen könnte oder verkaufen würde?

Meine Frau kann sagen, was sie will, aber sie ist fraglos für die Einladung an Miss Baynes verantwortlich und für alles, was daraus folgte. Auf einen Wink hin, daß sie ein willkommener Gast in unserem Haus wäre, gab Charlotte Baynes stracks ihre liebe Tante in Tours auf, die so gut zu ihr gewesen war; ihren lieben Onkel, ihre liebe Mama und alle ihre lieben Brüder – folgte sie doch jenem Naturgesetz, das befiehlt, daß eine Frau unter bestimmten Umständen auf Heim, Eltern, Brüder, Schwestern verzichte um jenes einen Menschen willen, der ihr fortan lieber sein soll als alle.

Mrs. Baynes, die Witwe, beklagte sich knurrend über die Undankbarkeit ihrer Tochter, versagte aber nicht ihre Zustimmung. Vielleicht wußte sie, daß der kleine Hely, Charlottes wankelmütiger Verehrer, mittlerweile zu einer anderen Blume davongeflattert war und daß eine Verfolgung dieses Schmetterlings vergeblich war; oder vielleicht hatte sie erfahren, er werde den Frühling – die Jahreszeit der Schmetterlinge – in London verbringen, und hoffte, womöglich treffe er noch einmal mit ihrer Tochter zusammen. Wie auch immer, sie war ganz froh, daß ihre Tochter die Einladung in unser Haus annahm, und räumte ein, bisher sei der

Anteil des armen Kindes an den Freuden dieser Welt nur gering gewesen. Charlottes bescheidene Köfferchen wurden erneut gepackt, und das arme Kind wurde auf den Weg geschickt, ich will nicht verraten, mit wie wenig Taschengeld. Doch die sparsame Frau besaß nicht viel und war entschlossen, davon so wenig herzugeben, wie sie konnte. „Der Himmel wird für mein Kind sorgen", pflegte sie fromm zu äußern; deshalb legte sie den Werkzeugen, die der Himmel ihren Kindern als Beistand sandte, kaum etwas in den Weg.

„Charlottes Mutter hat versprochen, sie würde ihr nächsten Dienstag etwas Geld schicken", erzählte uns der Major, „aber unter uns, ich bezweifle das. Unter uns, meine Schwägerin will immerzu nächsten Dienstag Geld geben. Aber irgendwie kommt der Mittwoch heran, und das Geld ist nicht gekommen. Ich konnte nicht zulassen, daß die Kleine nicht einmal ein paar Guineas in der Tasche hatte, und habe sie aus meiner Halbsoldbörse versorgt; aber merken Sie sich meine Worte, dieser Dienstagszahltag kommt nie." Soll ich die Behauptung des wackeren Majors abstreiten oder bestätigen? Soviel will ich sagen, der Dienstag kam unzweifelhaft; und mit ihm ein Brief an Charlotte von ihrer Mama, in dem es hieß, einer ihrer Brüder und eine jüngere Schwester würden auf einen längeren Besuch zu Tante Mac fahren; und da Char bei ihren überaus gastfreundlichen und gütigen Freunden so glücklich sei, wolle sie als zärtliche verwitwete Mutter, die allen eigenen Freuden entsagt habe, dem Glück ihres geliebten Kindes nicht im Weg stehen.

Es wurde schon gesagt, daß drei Frauen, deren Namen genannt worden sind, zugunsten dieser jungen Person und des jungen Mannes, ihres Schatzes, zusammenwirkten. Drei Tage nach Charlottes Ankunft in unserem Haus vertritt meine Frau hartnäckig die Ansicht, eine Ausfahrt aufs Land werde dem Kind guttun, bestellt einen Brougham, kleidet Charlotte in ihre besten Sachen und trabt davon, um Mrs. Mugford in Hampstead zu besuchen. Mrs. Brandon ist bei Mrs. Mugford, selbstverständlich rein zufällig! Und ich bin mir sicher, daß Charlottes Freundin Mrs. Mugford Schmeichelhaftes über ihren Garten, über ihr Kinderzimmer, über ihr Gabelfrühstück sagt, über alles, was ihr gehört. „Aber, du meine Güte", sagt Mrs. Mugford (als die Damen sich über ein gewisses Thema unterhalten), „was macht das schon? Ich und Mugford haben mit zwei Pfund die Woche geheiratet; und mit zwei Pfund die Woche sind meine lieben Ältesten zur Welt gekommen. Manchmal war es ein harter Kampf, aber deswegen waren wir nur um so glücklicher; und ich bin sicher, wenn ein Mann nicht ein bißchen was wagt, gebührt ihm auch nicht viel. Ich weiß, wenn *ich* ein Mann wäre, ich würde es wagen, so ein hübsches junges Schätzchen zu heiraten. Und in meinen Augen wäre ein junger Mann eine richtige Memme, der abwartet und herumdruckst, wo er doch bloß *die* Worte zu sagen braucht, um glücklich zu werden. Ich dachte, Mr. F. wäre ein mutiger, couragierter Gentleman, das dachte ich, Mrs. Brandon. Wollen Sie etwa, daß ich eine schlechte Meinung von ihm bekomme? Meine Liebe, ein bißchen von dieser Creme? Sie ist wirklich gut. Wir hatten gestern ein Dinner und dazu extra einen Koch aus der Stadt." Diese Worte, begleitet von getreulich nachgeahmter Stimme und Gestik, gab die Frau dieses Biographen dem geschätzten Biographen wieder, und er erkannte jetzt allmählich, in welch verschwörerisches Spinnennetz die listigen Frauen den Gegenstand dieser Biographie verstrickt hatten.

Wie Mrs. Brandon und die andere Matrone, Charlottes Freundin, erwärmte sich auch Mrs. Mugford bald für das sanfte junge Wesen und gab ihr einen freundlichen Kuß und überreichte ihr beim Aufbruch ein Geschenk. Es war eine Brosche in Form einer Distel, wenn ich mich recht erinnere, mit Amethysten besetzt und einem hübschen schottischen Stein, der, glaube ich, Carumgorum heißt. „Sie hat keinen Schick, und ich gestehe, von einer in Europa erzogenen Generalstochter hätte ich mir mehr erwartet. Aber wir werden ihr ein bißchen die Welt zeigen, Brandon, und die Oper, und sie wird sich schon machen, da habe ich gar keine Zweifel." Und Mrs. Mugford nahm Miss Baynes in die Oper mit und zeigte ihr die übrigen dort versammelten Leute der eleganten Welt. Und Charlotte war wirklich begeistert. Ich zweifle nicht daran, daß ein uns bekannter junger Gentleman im Hintergrund der Loge stand, der auch sehr glücklich war. Und in diesem Jahr hielt sich die Frau von Philips Verwandtem, LADY RINGWOOD, eine Loge, in der Philip sie und ihre Töchter und den kleinen Ringwood Twysden erkannte, der Mylady beflissen den Hof machte. Sie trafen sich zufällig im Foyer wieder, und Lady Ringwood musterte Philip und die errötende junge Dame an seinem Arm ganz genau. Und es traf sich so, daß Mrs. Mugfords Kutsche – der kleine Einspänner, dessen Verdeck sich so praktisch öffnen und schließen läßt – und Lady Ringwoods hohe, wappengeschmückte Staatskarosse ausgerechnet nebeneinander hielten. Und von der hohen, wappengeschmückten Karosse blickten die Damen wirklich nicht unfreundlich auf den Einspänner herab, der Philips Herzensschatz barg. Und die Wagen fuhren in ihre verschiedenen Richtungen davon, und Ringwood Twysden, der seinen Vetter auf sich zukommen sah, wurde sehr blaß und machte sich im Laufschritt eine Arkade entlang aus dem Staub. Doch er hätte vor Philip keine Angst zu haben brauchen. Mr. Firmins Herz war gerade eitel Sanftmut und Wohlwollen. Er dachte an jene holden, holden Augen, die ihm eben ein zärtliches „Gute Nacht" zugeworfen hatten; an jenes Händchen, das eben noch mit liebevollem Druck auf seinem Arm geruht hatte. Meinen Sie, in solcher Gemütsverfassung hatte er die Muße, an ein hinter ihm herumkriechendes, ekelhaftes kleines Reptil zu denken? Er war an diesem Abend so glücklich, daß Philip wieder König Philip war. Und er ging in die Stammklause und sang sein Lied „Garryowen na gloria" und begrüßte die versammelten Jungs und gab mindestens drei Shilling für Essen und Getränke aus. Doch am nächsten Tag, einem Sonntag, saß Mr. Firmin in der Westminster Abbey und lauschte den klangvollen Kirchengesängen an der Seite genau derselben jungen Person, die er am Abend vorher in die Oper begleitet hatte. Sie saßen so eng beisammen, daß beide die gleichen Schwingungen empfangen haben müssen. Ich nehme an, es ist erbaulich, sich Hymnen à deux anzuhören. Und wie schmeichelhaft für den Geistlichen, wenn man sich wünscht, die Predigt wäre länger! Durch die weiten Gewölbe der Kathedrale hallen herrlich die Orgelklänge. Rubin und Topas und Amethyst flammen von den riesigen Kirchenfenstern. Unter den hohen Bögen schritten die jungen Leute gemeinsam einher. Hand in Hand gingen sie hinaus und dachten an nichts Böses.

Beginnen freundliche Leser dieses Schauspiels von Geschnäbel und Gegurre überdrüssig zu werden? Ich habe mich bemüht, Mr. Philips Liebesangelegenheiten mit so wenigen Worten und in so sittsamen Wendungen wie nur möglich zu beschreiben – die Verzückungen, die leidenschaftlichen Schwüre, die vielen

Ries Briefe und die üblichen Gemeinplätze seiner Situation habe ich ausgelassen. Und doch, meine liebe Madam, wenn Sie und ich auch aus dem Alter des Schnäbelns und Gurrens heraus sein mögen, wenn auch Ihre Ringellocken, die ich entzückend kastanienbraun in Erinnerung habe, jetzt – nun ja – satt purpur und grünstichig schwarz sind und meine Stirn so kahl ist wie eine Kanonenkugel – also, wenn wir auch alt geworden sind, so doch nicht alt genug, um zu vergessen. Uns mag nicht mehr viel an der Pantomime liegen, aber wir führen gern das junge Volk hin und sehen es jubeln. Aus dem Fenster, wo ich schreibe, kann ich auf die Anlagen eines bestimmten Platzes hinabsehen. In diesen Anlagen sehe ich in diesem Augenblick einen jungen Gentleman und eine Dame meines Bekanntenkreises auf- und abschreiten. Sie sind in ein Gespräch vertieft, wie es nach Miltons Vorstellung einst unsere Ureltern waren; und die Anlagen da unten sind für meine jungen Freunde ein Paradies. Würden auch sie einmal über die Umzäunung des Platzes hinausblicken oder irgendwelche Dinge außer der Nase des anderen beachten, sähen sie – sagen wir den Steuereinnehmer mit seinem Buch, der an die eine Tür klopft, den Brougham des Arztes an einer zweiten, ein Totenschild über den Fenstern eines dritten Wohnhauses, den Bäckerburschen, der über das Geländer eines vierten hinweg mit dem Dienstmädchen schwatzt. Doch was bedeuten ihnen diese Erscheinungen des Lebens? Arm in Arm schreiten meine jungen Leute in ihrem Eden auf und ab und unterhalten sich endlos über die jetzt vermutlich näher rückende Zeit des Glücks, über das bezaubernde warme Nestchen, für das die Möbel schon bestellt sind und wohin Ihr alter Freund und sehr ergebener Diener mit Ihrer Erlaubnis, Miss, seine besten Wünsche und eine silberne Teekanne schicken wird. Ich nehme an, für diese jungen Leute wie für Mr. Philip und Miss Charlotte scheinen sich alle Vorfälle des Lebens auf das eine Ereignis zu beziehen, das den Gegenstand ihrer immerwährenden Sehnsucht und Träumerei bildet. Da fährt der Brougham des Arztes davon, und Imogene bemerkt zu Alonzo: „Welche Angst ich ausstehen werde, wenn du krank bist!" Dann ist da der Zimmermann, der das Totenschild anbringt. „Ach, Liebste, stürbest du, ich glaube, sie müßten ein Totenschild für uns beide anbringen", beteuert Alonzo mit einem schauerlichen Seufzer. Beide fühlen mit Mary und dem Bäckerjungen, die über das Geländer hinweg miteinander tuscheln. Nur zu, guter Bäckerjunge, auch wir wissen, was es heißt, zu lieben!

Da nun also Charlotte und Philip aus voller Seele und mit ganzer Kraft der Ehe zustrebten, erlaube ich mir, ein Dokument einzurücken, das Philip um diese Zeit erhielt; und ich kann mir vorstellen, daß es keine geringe Sensation auslöste.

Astor House, New York

Und so bist Du also in die große Stadt zurückgekehrt – zum fumum, dem strepitum und, wie ich aufrichtig hoffe, den opes unseres Roms! Deine Briefe sind nur kurz, doch ich habe hin und wieder eine Korrespondentin (es sind wenige, ach!, die des Mannes *im Exil* gedenken!), die mich über die Lebensgeschichte meines Philip au courant hält und mir mitteilt, daß Du fleißig bist, daß Du frohgemut bist, daß Du vorankommst. Der Frohsinn ist der Gefährte des Fleißes, der Wohlstand ihr Sprößling. Und daß der Wohlstand *zu vollstem Wuchs* gedeihe, ist das innigste Gebet eines in der Ferne weilenden Vaters! Vielleicht vermag ich Dir in nicht allzu langer Zeit mitzuteilen, daß auch ich vorankomme. Ich bin hier dabei, einer wissenschaftlichen Entdeckung nachzugehen (sie ist medizinischer Natur und hat mit meinem eigenen Beruf zu tun), deren Ergebnisse zu Reichtum führen *müßten*, es sei denn, Fortuna, diese liederliche Dirne, hat George Brand Firmin für immer verlassen! Du hast Dich also auf die Plackerei der Presse eingelassen und bist ein Mitglied *des vierten Standes* geworden. Früher hat man ihn verachtet, und lange Zeit galten Journalist und Armut als Synonyme. Doch die Macht, der Reichtum der Presse wachsen tagtäglich und werden noch weiter zunehmen. Ich gestehe, ich hätte gern gehört, daß mein Philip seinen juristischen Beruf ausübt, in dem hohe Ehre, glänzendes Einkommen, ja, aristokratischer Rang der Lohn *der Wagemutigen, der Fleißigen und der Verdienstvollen* sind. Warum sollst Du nicht – soll ich nicht – noch hoffen, daß Du zu *hohem* juristischen Ruhm gelangst? Ein Vater, der viel durchzumachen hatte, der allein und in einem fremden Land dem Tal seiner Jahre zustrebt, würde sich im Exil bei dem Gedanken beruhigt fühlen, sein Sohn werde eines Tages in der Lage sein, das zerbrochene Glück seines Hauses wiederherzustellen. Doch ist es noch nicht zu spät, hoffe ich von Herzen. Vielleicht qualifizierst Du Dich doch noch zum Barrister, und eine der hochdotierten Stellen fällt Dir zu. Ich gestehe, nicht ohne einen kummervollen Stich von unserer guten kleinen Freundin Mrs. B. gehört zu haben, daß Du Kurzschrift lernst, um Zeitungsreporter zu werden. Und ist also Fortuna so unbarmherzig mit mir umgesprungen, daß mein Sohn gezwungen ist, einen solchen Beruf zu ergreifen? Ich will versuchen, mich damit abzufinden. Ich hatte für Dich – für mich – Höheres erhofft.

Mein lieber Junge, hinsichtlich Deiner romantischen Neigung für Miss Baynes, von der unsere gute kleine Brandon mir berichtet, in ihrer *eigenwilligen Orthographie*, doch mit viel *rührender Schlichtheit* –, mache ich es mir zum Grundsatz, kein Wort der Kritik, der Warnung oder des Vorwurfs zu sagen. So gewiß Du der Sohn Deines Vaters bist, wirst Du in jedem Fall, wenn es um die Liebe zu einer Frau geht, Deinen eigenen Weg einschlagen, und alle Väter der Welt werden Dich nicht aufhalten. Im vierundzwanzigjährigen Philip erkenne ich seinen Vater vor dreißig Jahren. Mein Vater hat mich gescholten, angefleht, sich mit mir überworfen, mir nie verziehen. Ich will lernen, meinen Sohn großmütiger zu behandeln. Ich gräme mich vielleicht, aber ich grolle Dir nicht. Sollte ich je wieder zu Reichtum kommen, wirst Du nicht davon ausgeschlossen. Ich habe selbst an einem unnachsichtigen Vater so gelitten, daß ich meinem Sohn nie ein solcher werden will!

Da Du die Livree der Musen angelegt und Dich regelrecht in die Zunft der Presse eingereiht hast, was meinst Du zu einem kleinen Zuwachs für Dein Einkommen durch Briefe, die Du an meinen Freund richtest, den Herausgeber der neuen Zeitschrift, die hier „Gazette der oberen Zehntausend" heißt? Es ist hier *die* Zeitschrift der eleganten Welt: und Deine Fähigkeiten sind genau die, die Deine Mitarbeit besonders wertvoll machen würden. Doktor Geraldine, der Herausgeber, ist, glaube ich, nicht mit der Familie in Leinster verwandt, vielmehr ein Emporkömmling, der vor etlichen Jahren in dieses Land gekommen ist, unbemittelt aus seinem Vaterland verbannt. Er verficht die Repeal-Politik in Irland; doch damit brauchst Du Dich selbstverständlich nicht zu befassen. Und er ist viel zu liberal, als daß er es von seinen Mitarbeitern erwartet. Ich habe Mrs. Geraldine und ihm in Ausübung meines Berufs geholfen. Mein Freund vom „Emerald" hat mich beim Doktor eingeführt. Erbitterte Gegner in ihren Veröffentlichungen, sind sie privat die denkbar besten Freunde, und die kleinen Waffengänge zwischen den zwei Journalisten dienen mehr zur wechselseitigen Erheiterung als zur Erbitterung. „Der Krämergehilfe vom Ormond Quay" (Geraldine hat sich offenbar früher einmal in diesem nützlichen, aber bescheidenen Beruf betätigt) und der „Schurke aus Cork" (der Herausgeber des „Emerald" kommt aus dieser Stadt) greifen sich öffentlich an, trinken aber privat gemeinsam *Unmengen* Whisky mit Wasser. Wenn Du für Geraldine schreibst, wirst Du selbstverständlich nichts Abfälliges über *Krämergehilfen* sagen. *Seine Dollars sind gutes Silber*, darauf kannst Du Dich verlassen. Dr. G. kennt einen Teil Deiner Geschichte: er weiß, daß Du Dich schon recht weitgehend mit literarischen Vorhaben befaßt hast, daß Du ein Mann von Bildung bist, ein Gentleman, ein Mann von Welt, ein Mann mit Mut. Ich habe mich dafür verbürgt, daß Du alle diese Eigenschaften besitzt. (Der Doktor sagte auf seine drollige, humorvolle Art, wenn der Apfel nicht weit vom Stamm gefallen sei, hättest Du sicher, was er „Mumm" nannte.)

Politische Abhandlungen werden nicht so sehr gewünscht wie vielmehr persönliche Neuigkeiten über die Londoner Prominenz, und um diese zu beschaffen, habe ich ihm versichert, seist Du genau der richtige Mann. Du, der jedermann kennt, der mit der großen Welt Umgang hatte – der Welt der Juristen, der Welt der Künstler, der Welt der Universität –, hast schon Erfahrungen hinter Dir, deren sich wenige Gentlemen der Presse rühmen können, und kannst diese vielleicht gewinnbringend verwenden. Angenommen, Du würdest beim Aufsetzen dieser Briefe ein wenig auf Deine Phantasie bauen? Es kann doch nicht schlimm sein, *poetisch* zu schreiben. Angenommen, ein *intelligenter Korrespondent* schreibt, er sei mit dem H-rz-g von W-ll-ngt-n zusammengetroffen, habe ein vertrauliches Gespräch mit dem Pr-m--rm-n-st-r geführt und so fort, wer soll ihm das bestreiten? Und das ist die Art Geplauder, die unsere New-Yorker gobemouches entzückt. Mein würdiger Freund Doktor Geraldine zum Beispiel (unter uns, sein Name ist Finnigan, aber seine private Lebensgeschichte ist streng entre nous), verblüffte die Leute, als er frisch in New York angekommen war, mit der Fülle seiner Anekdoten über die *englische Aristokratie*, von der er genausoviel weiß wie über den Kaiserhof von Peking. Er war gewandt, schlagfertig, sarkastisch, amüsant; er fand Leser. Von einem Erfolg schritt er zum nächsten, und die „Gazette der oberen Zehntausend" dürfte wohl das *Glück dieses wackeren Mannes* machen. Du kannst ihm wirklich nützlich sein und dir berechtigtermaßen die *großzügige Vergütung* verdienen, die er für einen wöchentlichen Brief bietet. Anekdoten über Männer und Frauen der eleganten Welt – je flotter und heiterer, desto willkommener – mit einem Wort, das quicquid agunt homines –, müßten das farrago libelli sein. Wer sind die derzeit regierenden Schönheiten Londons? (Wie Du weißt, besitzt die Schönheit ihren eigenen Rang und Stand!) Hat jemand kürzlich beim Pferderennen oder beim Spiel gewonnen oder verloren? Was ist in den Clubs Tagesgespräch? Gab es irgendwelche Duelle? Welches ist der neueste Skandal? Ist der gute alte Herzog noch bei guter Gesundheit? Ist diese Affäre zwischen der Herzogin von Dingsda und Hauptmann Sowieso zu Ende?

Das sind die Informationen, die unsere badauds hier hören wollen und für die mein Freund, der Doktor, einen Satz von ... Dollar pro Brief zu zahlen bereit ist. Dein Name braucht überhaupt nicht zu erscheinen. Die Vergütung ist sicher. C'est à prendre ou à laisser, wie unsere munteren Nachbarn sagen. Schreibe zunächst vertraulich an mich. Und wem kannst Du gefahrloser vertrauen als Deinem Vater?

Du wirst selbstverständlich Deinem Verwandten, dem neuen Lord Ringwood, Deine Aufwartung machen. Für einen jungen Mann, dessen Familie so mächtig ist wie die Deine, kann es gewiß keine Entwürdigung bedeuten, etwas feudalen Respekt an den Tag zu legen, und wer weiß, ob und wie bald Sir John Ringwood seinem Cousin zu helfen vermag? Übrigens, Sir John ist ein Whig, und Deine Zeitung ist konservativ. Aber Du bist vor allem anderen homme du monde. Auf einem so untergeordneten Posten, wie Du ihn bei der „Pall Mall Gazette" innehast, zählen die privaten politischen Ansichten eines Mannes sicherlich überhaupt nicht. Falls Sir John Ringwood, Dein Verwandter, eine Möglichkeit sieht, Dir hilfreich zu sein, um so besser, und natürlich wird Deine politische Haltung die Deiner Familie sein. Ich weiß nichts über ihn. Im College war er ein ganz stilles Wasser, wo die Freunde Deines Vaters, wie ich mit Bedauern sagen muß, durchaus nicht von der stillen Sorte waren. Ich habe das hoffentlich abgebüßt. Ich habe mir die Hörner abgelaufen. Und ach! wie würde mich eine Nachricht freuen, daß mein Philip *sein* stolzes Haupt ein wenig gebeugt hat und bereit ist, sich den Gepflogenheiten der Welt mehr anzupassen, als es früher der Fall war. Sprich also bei Sir John vor. Ich brauche Dir nicht zu sagen, daß er, als Whig und Gentleman mit großem Besitz, von Dir *Respekt* erwartet. Er ist Dein Verwandter; der Repräsentant des tapferen und edlen Hauses Deines Großvaters. Er trägt den Namen, den Deine Mutter trug. *Ihr* gegenüber war mein Philip immer freundlich, und um ihretwillen erfüllst Du die Wünsche Deines Dich liebenden Vaters

G. B. F.

PS – Ich habe kein Grußwort an Mademoiselle gerichtet. Ich wünsche ihr so sehr alles Gute, daß ich gestehe, ich wünschte, sie wäre im Begriff, einen reicheren Bewerber zu heiraten als meinen lieben Sohn. Wird das Geschick es mir je gestatten, meine Schwiegertochter zu umarmen und mir Deine Kinder aufs Knie zu setzen? Du wirst ihnen Gutes von ihrem Großvater erzählen, ja? Der arme General Baynes hat, wie ich hörte, heftige und unangemessene Worte über mich gebraucht, was ich von ganzem Herzen verzeihe. Ich bin dankbar, wenn ich daran denke, *daß ich General B. nie Schaden zugefügt habe*: dankbar und stolz, Wohltaten von meinem eigenen Sohn anzunehmen. Diese hüte ich wie einen Schatz in meinem Herzen; und hoffe immer noch, es mit etwas Substantiellerem entgelten zu können als meinen innigsten Gebeten. Richte also Miss Charlotte meine besten Glückwünsche aus und lehre sie womöglich, freundliche Gedanken über den Vater ihres Philips zu hegen.

Miss Charlotte Baynes, die bei all den schalkhaften Kindern eines witzigen Vaters den Namen Miss Grigsbys, der Gouvernante, behielt, war einen Monat bei uns, und ihre Mama brachte große Freude über ihre Abwesenheit zum Ausdruck, angesichts des Gedankens, daß sie so gute Freunde gefunden habe. Nach zwei Monaten kehrte ihr Onkel, Major MacWhirter, von einem Besuch bei seinen Verwandten im Norden zurück und erbot sich, seine Nichte nach Frankreich zurückzubringen. Er machte diesen

176

Vorschlag mit fidelster Miene, als müßte seine Nichte bei dem Gedanken, zu ihrer Mutter zurückzukehren, Freudensprünge machen. Aber zur Verblüffung des Majors wurde Miss Baynes ganz blaß, eilte zu ihrer Gastgeberin, warf sich dieser Dame in die Arme, und dann begann eine innige Küsserei, die den guten Major vollkommen in Erstaunen versetzte. Charlottes Freundin, Miss Baynes eng mit den Armen umschlingend, blickte den Major über die Schulter des Mädchens hinweg grimmig an und forderte ihn heraus, sie aus diesem heiligen Asyl zu entführen.

„O du liebe, gute liebe Freundin!" gluckste Charlotte und schluchzte ich weiß nicht was noch für Äußerungen der Liebe und Dankbarkeit hervor.

Doch die Wahrheit ist, zwei Schwestern, oder Mutter und Tochter, könnten einander nicht herzlicher lieben als diese zwei Personen. Mutter und Tochter, fürwahr! Sie hätten Charlottes kläglichen Blick sehen müssen, wenn ihr gelegentlich die Überzeugung kam, sie müsse schließlich doch zu ihrer Mama zurück; einen Blick, wie ihn Iphigenie auf Agamemnon gerichtet haben dürfte, als er, einem schmerzlichen Pflichtgefühl gehorchend, im Begriff war, das – das Opfermesser zu benutzen. Nein, wir alle liebten sie. Die Kinder heulten immer bei dem Gedanken, sich von ihrer Miss Grigsby zu trennen. Charlotte wiederum verhalf ihnen zu sehr netten Lektionen in Musik und Französisch – von ihren eigenen jüngsten Studien in Tours her sozusagen heiß auf den Tisch gebracht –, und eine gute Tagesgouvernante kümmerte sich zu aller Befriedigung um den Rest ihrer Bildung.

Und so verstrichen Monate, und unser junger Liebling war immer noch bei uns. Mama versah die Börse des Mädchens gelegentlich mit einer Überweisung und bat ihre Gastgeberin, sie mit allen nötigen Artikeln von der Modistin zu versorgen. Später, das ist wahr, hat Mrs. General Baynes . . . Doch weshalb in einem Kapitel, das innigen Gefühlen gewidmet war, auf diese schmerzlichen Familienauseinandersetzungen eingehen?

Sobald Mr. Firmin den oben getreulich wiedergegebenen Brief erhielt (mit Ausnahme des pekuniären Angebots, das ich mich nicht zu offenbaren für berechtigt halte), kam er von der Thornhaugh Street nach Westminster herübergeeilt. Er stürzte an Buttons, dem jungen Diener, vorbei, er nahm keine Notiz von meiner verwunderten Frau an der Tür des Salons. Er raste in den zweiten Stock hinauf und riß die Tür des Schulzimmers auf, wo Charlotte gerade unserer dritten Tochter beibrachte, „In meinem kleinen Haus am Wald" zu spielen.

„Charlotte! Charlotte!" schrie er.

„Aber Philip! Siehst du nicht, daß Miss Grigsby uns Stunden gibt?" sagten die Kinder.

Doch er hörte gar nicht auf diese Spaßvögel und winkte immer wieder Charlotte zu sich. Diese junge Frau stand auf und folgte ihm zur Tür hinaus, wie sie ihm bestimmt auch zum Fenster hinaus gefolgt wäre . . . und dort, auf der Treppe, lasen sie Doktor Firmins Brief, die Köpfe ganz eng zusammengesteckt, Sie verstehen.

„Zweihundert im Jahr mehr", sagte Philip, dem das Herz so hämmerte, daß er kaum sprechen konnte; „und deine fünfzig – und zweihundert von der ‚Gazette' – und . . ."

„O Philip!" Mehr konnte Charlotte nicht sagen, und dann . . . Eine hübsche Gruppe war das, die die Kinder zu sehen bekamen und die ein Künstler hätte malen müssen!

32. KAPITEL

Haushaltsfragen

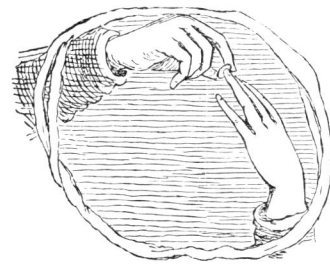

hne Zweifel erkennt jeder Mann von Welt, der praktischen Verstand besitzt, daß der Gedanke, bei vierhundertfünfzig im Jahr, in der Weise gesichert wie Mr. Philips Einkommen, heiraten zu wollen, lächerlich und absurd war. Erstens kann man nicht von vierhundertfünfzig Pfund im Jahr leben, das steht fest. Manche Menschen leben zwar von weniger, glaube ich. Doch ein Leben ohne Brougham, ohne anständiges Haus, ohne Rotwein zum Dinner und einen Lakaien zur Bedienung kann man kaum eine Existenz nennen. Philips Einkommen konnte von einem Tag zum anderen ausbleiben. Womöglich sagte er der amerikanischen Zeitung nicht zu. Womöglich überwarf er sich mit der „Pall Mall Gazette". Und was blieb ihm dann? Nur die fünfzig Pfund im Jahr der armen kleinen Charlotte! So argumentierte Philips bester Freund – ein Mann von Welt und mit ziemlich viel Erfahrung. Natürlich war ich nicht überrascht, daß es Philip nicht beliebte, meinen Rat anzunehmen: wenngleich ich nicht erwartete, daß er so furchtbar wütend, beinahe ausfallend werden und unerhört grobe Ausdrücke benutzen würde, als ich ihm, *auf seinen ausdrücklichen Wunsch*, diesen Rat anbot. Wenn er ihn nicht brauchte, weshalb fragte er danach? Der Rat mochte ihm ja nicht recht sein, aber wie kam er dazu, mir an meinem eigenen Tisch, über meinem eigenen Rotwein zu erklären, das sei der Rat eines Duckmäusers und weltlich gesinnten Menschen? Mein lieber Mann, dieser Rotwein, obwohl er nur von mittelguter Qualität ist und ich mir keinen besseren leisten kann, kostet zweiundsiebzig Shilling das Dutzend. Wieviel macht sechsmal dreihundertfünfundsechzig? Eine Flasche pro Tag ist das mindeste, was man ansetzen muß (der Kerl kam regelmäßig in mein Haus und trank mit größter Ungezwungenheit ganz allein zwei Flaschen). Eine Flasche per diem dieses leichten Rotweins – dieser mittelmäßigen Sorte – kostet einhundertvier Guineas im Jahr, verstehst du? Oder, um es dir klarzumachen, *einhundertneun Pfund vier Shilling*!

„Na", sagt Philip, „après? Kommen wir eben ohne aus. Inzwischen nehme ich, was ich kriegen kann!", und bei diesen Worten stürzt er fast eine Pinte hinunter (diese mousseline-Gläser sind nicht nur ungeheuer groß, sie zerbrechen auch dutzendweise). Er stürzt eine Pinte von meinem Larose hinunter und brüllt vor Lachen, als hätte er einen guten Witz gemacht.

Philip Firmin *ist* manchmal ordinär und abstoßend, und Mr. Bickerton hat, wenn er dieser Meinung ist, nicht ganz unrecht.

„Rotwein trinke ich dann, wenn ich zu dir komme, alter Junge", grinst er, „und zu Hause trinke ich Whisky mit Wasser."

„Aber angenommen, Charlotte bekommt Rotwein verordnet?"

„Na, den kann sie haben", sagt dieser großzügige Liebhaber, „eine Flasche reicht ihr eine Woche lang."

„Begreifst du denn nicht", schreie ich mit überschnappender Stimme, „daß sogar eine Flasche pro Woche rund – sechs mal zweiundfünfzig – achtzehn Pfund im Jahr kostet?" (Ich gebe zu, in Wirklichkeit macht es nur fünfzehn und zwölf; aber in der Hitze des Gefechts *kann* man schon mal eine Zahl übertreiben.) „Achtzehn Pfund für Charlottes Rotwein; mindestens ebensoviel, du großes versoffenes Genie, für deinen Whisky und dein Bier. Jawohl, du brauchst tatsächlich den zehnten Teil deines Einkommens für den Alkohol, den du konsumierst! Und dann Kleidung und dann Miete und dann Feuerung und dann Arztrechnungen und dann Taschengeld und dann Seeluft für die lieben Kleinen. Sei so gut und zähle diese Dinge zusammen, und du wirst feststellen, daß du ungefähr zwei Shilling neun Pence übrig hast, um Krämer und Fleischer zu bezahlen."

„Was du Verstand nennst", sagt Philip, schlägt mit der Faust auf den Tisch und zerbricht natürlich ein Glas, „nenne ich Feigheit – nenne ich Gotteslästerung! Willst du als christlicher Mann mir etwa sagen, zwei junge Leute und ihre Kinder, wenn es dem Himmel gefallen sollte, ihnen welche zu schenken, könnten nicht von fünfhundert Pfund im Jahr existieren? Sieh dich doch um, Sir, betrachte die Myriaden von Gottesgeschöpfen, die leben, lieben, glücklich sind und arm, und schäme dich des gottlosen Zweifels, den du äußerst!" Und er springt auf und schreitet im Speisezimmer auf und ab, zwirbelt seinen flammenden Schnurrbart, läutet wild die Glocke und sagt: „Johnson, ich habe ein Glas zerbrochen. Bringen Sie mir ein neues."

Im Salon fragt meine Frau, worüber wir zwei gestritten haben. Und da Charlotte oben ist und den Kindern Geschichten erzählt, während sie zu Bett gebracht werden, oder an ihre liebe Mama schreibt oder sonst irgend etwas, bricht unser Freund in noch gröbere und heftigere Ausdrücke aus als die vorhin im Speisezimmer verwendeten, wo er meine Gläser kaputtschlug, und eröffnet meiner eigenen Frau, ich sei ein Atheist oder bestenfalls ein erbärmlicher Skeptiker und Sadduzäer: ich zweifelte an der Güte des Himmels und sei nicht dankbar für mein täglich Brot. Und einen ihrer rasch entflammten Blicke auf den jungen Mann gerichtet, ergreift meine Frau natürlich seine Partei. Bald kam Miss Char von den Kindern herunter und ging ans Klavier und spielte uns Beethovens „Traum des heiligen Jeremias", der mich immer besänftigt und bezaubert, so daß mir scheint, es wäre ein Gedicht von Tennyson in Musik. Und unsere Kinder, wenn sie oben in Schlaf sinken, hören gern sanfte Musik, die sie in Schlummer wiegt, behauptet Miss Baynes. Und Miss Charlotte sieht am Klavier besonders hübsch aus: und Philip, die riesigen Hände und Füße über einen unserer Sessel geworfen, liegt da und starrt sie an. Und die Musik mit ihrer feierlichen Heiterkeit stimmt uns alle sehr glücklich und gütig und veredelt uns irgendwie beim Zuhören. Und meine Frau hat ihren *segnenden* Ausdruck, wann immer sie sich diesen jungen Leuten zuwendet. Sie hat sich oft in die Meinung hineingesteigert, das Paar da drüben sollte heiraten. Sie kann ihre Überzeugung mit Kapitel und Vers begründen. In dieser Sache überhaupt irgendwelche Zweifel zu hegen ist nach ihren Begriffen ruchlos. Und in gewissen Punkten, das gebe ich in aller Demut zu, wage ich keine Widerrede.

Wenn die Frauen des Hauses in einer Angelegenheit einen

Entschluß gefaßt haben, hat da der Widerstand des Mannes noch viel Sinn? Wenn mein Harem bestimmt, ich habe einen gelben Rock und rosa Hosen zu tragen, weiß ich, daß ich noch vor Ablauf von drei Monaten in rose-tendre- und kanarienfarbener Kleidung herumlaufen werde. Die Hartnäckigkeit ist es, die den Sieg davonträgt, das täglich neue Herumreiten auf dem gewünschten Ziel. Nehmen Sie meinen Rat an, werter Sir, wenn Sie sehen, daß Ihre Frauensleute sich zu einer Sache entschlossen haben, geben Sie lieber gleich auf, und Sie haben ein ruhiges Leben. Zu einer dieser Abendunterhaltungen etwa, wenn Miss Baynes Klavier spielte, was sie sehr hübsch machte und wobei Mr. Philips große ungeschickte Faust die Noten umblätterte, kam oft die kleine Mrs. Brandon hereingetrippelt, und während sie das junge Paar musterte, lautete ihre Bemerkung unweigerlich: „Haben Sie je ein besser zusammenpassendes Paar gesehen?" Wenn ich vom Gericht heimkam und an der Speisezimmertür vorbeiging, verstellte mir meine älteste Tochter mit vielsagendem Gesicht den Weg und sagte: „Du darfst da nicht hinein, Papa! Miss Grigsby ist drin, und Master Philip darf *bei seinen Lektionen nicht gestört werden!*" Mrs. Mugford hatte vom ersten Tage an, als sie uns kennenlernte, Ehen zwischen ihrem jungen Volk und dem unseren zu arrangieren begonnen; und Mrs. M.s Stutfohlen Toddles, fast zwei Jahre alt, und unser dreijähriges Hengstfohlen Billyboy probten im Kinderzimmer die endlose kleine Komödie, die die erwachsenen jungen Leute im Salon aufführten.

Mit der größten Offenherzigkeit verkündete Mrs. Mugford ihre Ansicht, Philip wäre ein absoluter Duckmäuser, wenn er mit vier- oder fünfhundert im Jahr zu heiraten zögerte. Wieviel hatten denn sie und Mugford, als *sie* heirateten, wollte sie nur mal wissen? „Emily Street, Pentonville, da hatten *wir* Zimmer", bemerkte sie, „wir haben so manches Mal in der Klemme gesteckt, aber wir sind nichts schuldig geblieben. Und unsere Wirtschaftsbücher kann ich Ihnen zeigen." Ich glaube, Mrs. M. brachte meiner Frau tatsächlich diese angeschmutzten Reliquien ihrer Flitterwochen zur Besichtigung mit. Ich versichere Ihnen, mein Haus wimmelte von diesen Freundinnen des Ehestands. Immerfort belegte man einen Einspänner mit Beschlag, und unsere Jungen waren furchtbar mürrisch, weil sie eine Stunde lang bei

Shoolbred sitzen mußten, während gewisse Damen dort über La-
ken, Tischtüchern und was weiß ich gar kein Ende finden konnten. Einmal traf ich meine Frau und Charlotte, wie sie in der
Wardour Street umherflitzten, erstere Dame stark an einem gewaltigen holländischen Schrank mit Glastüren und bauchigen
Schubladen interessiert. Und nicht lange danach wurde dieser
Schrank in Mrs. Brandons Haus, Thornhaugh Street, befördert;
und bald war hinter diesen Glastüren ein hübsches Porzellanser-
vice für Tee und Frühstück zu sehen. Das Ende rückte näher. Jenes Ereignis, mit dem der dritte Band alter Romane zu schließen
pflegte, stand bevor. Leider können unsere jungen Leute nicht in
einer vierspännigen Kutsche von St. George's abfahren, und kein
adliger Verwandter wird ihnen für die Flitterwochen sein Schloß
zur Verfügung stellen. Nun ja: manche Menschen können nicht
ins Glück fahren, auch nicht mit vier Pferden; und andere Leute
erreichen das Ziel auch zu Fuß. Meine ehrwürdige Muse bückt
sich, bindet mit einiger Mühe ihren cothurnus auf und macht
sich bereit, dem Paar diesen alten Schuh nachzuwerfen.

Sag uns, ehrwürdige Muse!, welches waren die Hochzeitsge-
schenke, mit denen freundschaftliche Gesinnung Philip und
Charlotte bedachte? Philips Vetter, Ringwood Twysden, trat
eines Nachmittags in Bays's Club, affektiert lächelnd, zu mir und
sagte: „Ich höre, mein kostbarer Vetter will demnächst heiraten.
Ich glaube, ich schicke ihm am besten einen Besen, mit dem er
eine Straßenkreuzung fegen kann." Ich hätte fast gesagt: Das ist
die Freigebigkeit, wie sie vom Sohn Ihres Vaters zu erwarten ist,
doch in Wirklichkeit fiel mir diese schlagfertige Antwort erst ein,
als ich auf dem Heimweg durch den St. James's Park ging und
Twysden natürlich außer Hörweite war. Eine Menge meiner besten Aussprüche sind immer ein bißchen zu spät auf die Welt gekommen. Könnten wir doch nur die *un*ausgesprochenen Witze
hören, wie würden wir alle lachen; könnten wir sie doch nur aussprechen, wie geistreich wären wir! Wenn Sie das Zimmer verlassen haben, können Sie sich keinen Begriff davon machen, welche
geistsprühenden Sachen ich sagen wollte, als Sie mich durch Ihr
Fortgehen daran gehindert haben. Nun gut, Tatsache ist, die Familie Twysden schenkte Philip nichts zur Hochzeit, was genau
den Betrag der Wertschätzung ausmachte, die sie für ihn hegten.

Mrs. Major Macwhirter schenkte der Braut eine indische

Brosche, den Tadsch Mahal in Agra darstellend, die General Baynes einst seiner Schwägerin geschenkt hatte. Zu einem späteren Zeitpunkt, das ist wahr, verlangte Mrs. Mac von Charlotte die Brosche zurück; doch das geschah, nachdem zahlreiche Familienfehden zwischen den Verwandten getobt hatten − Fehden, deren ausführliche Schilderung den Schreiber und die Leser dieser Geschichte überfordern würde.

MRS. MUGFORD schenkte eine elegante silberplattierte Kaffeekanne, sechs Almanache für den Salon (Beutestücke der „Pall Mall Gazette") und vierzehn reichgeschliffene Geleegläser, sehr praktisch für Negus, falls die jungen Leute Abendgesellschaften veranstalteten, weil sie es sich doch nicht leisten könnten, Dinners zu geben.

MRS. BRANDON brachte zwei Tafeltücher und zwölf Servietten dar, wunderschön bestickt, und ich weiß nicht wieviel Wäsche.

DIE GATTIN DES AUTORS: Zwölf Teelöffel, massiv Silber, und eine Zuckerzange.

MRS. BAYNES, Philips Schwiegermutter, schickte ihm ebenfalls eine Zuckerzange, von billiger Machart, die leicht entzweigeht. Eine Hälfte der Zange bewahrt er bis zum heutigen Tag auf und läßt sich sehr satirisch über diese Reliquie aus.

PHILIPS ADVOKATENINNUNG: Eine Rechnung über Gemeinkosten und Innungsgebühren, mit freundlichen Grüßen des Schatzmeisters.

Und das waren, glaube ich, alle Posten der kärglichen Aussteuer der armen kleinen Charlotte. Bevor Aschenputtel auf den Ball ging, war sie fast so reich wie unser junges Mädchen. Charlottes Mutter schickte eine mürrische Einwilligung zur Heirat des Kindes, lehnte es aber ab, selbst zu kommen. Sie kränkele und fühle sich nicht wohl. Ihr Witwenjahr sei gerade erst vorbei. Sie müsse sich um ihre anderen Kinder kümmern. Mein Eindruck ist, daß Mrs. Baynes glaubte, solange sie im Ausland bleibe, könne sie sich Philips Zugriff entziehen und die Ersparnisse des Generals seien vor ihm sicher. So übertrug sie ihre Autorität auf Philips Freunde in London und übersandte ihrer Tochter einen zurückhaltenden Glückwunsch, der den jungen Leuten genutzt haben mag oder auch nicht.

„Na und, liebes Kind? Sie sind reich gegen mich, als ich heiratete", sagte die kleine Mrs. Brandon ihrer jungen Freundin. „Sie werden einen guten Mann haben. Das ist mehr, als ich hatte. Sie werden gute Freunde haben – ich war eine Zeitlang fast allein, bis es Gott gefiel, mir beizustehen."

Nicht ohne ein Gefühl heiliger Scheu sahen wir diese jungen Leute die Lebensreise antreten, die sie von nun an gemeinsam unternehmen sollten; und ich bin überzeugt, in der kleinen Schar, die sie zu der stillen kleinen Kapelle begleitete, wo sie getraut wurden, war nicht einer, der ihnen nicht mit liebevollen guten Wünschen und innigen Gebeten folgte. Sie hatten eine kleine Börse, die für einen Monat Ferien ausreichte. Sie besaßen Gesundheit, Hoffnung, Frohsinn, gute Freunde. Ich habe nie erfahren, daß die Prüfungen des Lebens nach der Trauung vorbei seien; nur ist derjenige glücklich dran, der eine liebende Gefährtin besitzt, die sie mit ihm teilt. Was die Dame betrifft, bei der Charlotte vor ihrer Heirat gewohnt hatte, so befand sie sich in einem Zustand tränenreicher Rührseligkeit. Sie setzte sich auf das Bett in der Kammer, die das Mädchen geräumt hatte. Ihre Tränen flossen in Strömen. Sie wisse nicht, warum, sie könne gar nicht sagen, wie sehr sich das Mädchen in ihr mütterliches Herz eingegraben habe. Und ich meine, wenn der Himmel dieses junge Geschöpf zur Armut bestimmt hatte, so hatte er ihr zur Entschädigung viele kostbare Gnadengeschenke gesandt.

Alle anständigen Männer und Frauen in London werden selbstredend diese jungen Leute bedauern und das verrückte Risiko mißbilligen, auf das sie sich einließen, und doch, wahrscheinlich unter dem Einfluß einer gefühlsseligen Ehefrau, bin ich so närrisch gefühlsselig geworden, daß ich zugebe, manchmal finde ich, diese irregeleiteten Unglückswürmer sind zu beneiden.

Eine düstere kleine Kapelle ist es, wo sie getraut wurden, und sie steht dicht bei unserem Haus. Wir hatten die Kirche nicht mit Blumen geschmückt oder die Kirchendiener mit weißen Schleifen aufgeputzt. Wir nahmen ein trübseliges, bescheidenes Frühstück ein, das Mugfords Späßchen durchaus nicht aufzuheitern vermochten. Er wollte unbedingt eine Rede de circonstance halten, die aber, wie ich dankbar vermerken kann, nicht in der „Pall Mall Gazette" erschien. „Wir verlangen nichts für eine Hochzeitsanzeige darin, liebes Kind", sagte Mrs. Mugford. „Und ich habe die besagte Notiz schon selbst Mr. Burjoyce gegeben." Mrs. Mugford hatte darauf bestanden, John, der sie von Hampstead herüberfuhr, eine große weiße Schleife anzuheften: doch das war, sehr zur Enttäuschung der guten Dame, der einzige Schmuck bei der Vermählungszeremonie. Es gab eine wirklich hübsche Torte mit zwei Turteltauben aus Zucker oben darauf, die die Kleine Schwester gebacken und herübergeschickt hatte, und weiter kein hochzeitliches Symbol. Unsere kleinen Mädchen als Brautjungfern zeigten sich freilich in neuen Kapotthüten und Kleidern, aber alle anderen gaben sich so still und zurückhaltend, daß drei oder vier Straßenbengel, die sich am Tor herumtrieben, als wir in die Kirche gingen, riefen: „Guckt euch die an. Die werden gleich gehängt." Und so sind die Worte gesprochen, und der unauflösbare Knoten ist geknüpft. Amen. Zum Besseren, zum Schlechteren, auf gute Tage oder böse, liebet euch, haltet zusammen, liebe Freunde. Geht euren Weg und werdet mit den Mühen des Lebens fertig. Im Leid tröstet einander; in kranken Tagen wacht und pflegt. Liebendes Weib, mache dem Gatten Mut bei seinem Kampf; helle seine düsteren Stunden mit deinem zärtlichen Lächeln auf und verbreite Glück in seinem Heim mit deiner Liebe. Gatte, Vater, was dein Los auch bringen mag, dein Herz sei rein, dein Leben ehrlich. Um derer willen, die deinen Namen tragen, lasse keine böse Tat ihn beschmutzen. Wenn du jene unschuldigen Gesichter ansiehst, die dich stets liebreich begrüßen, sei auch das deine unschuldig und dein Gewissen ohne Vorwurf. Während die jungen Leute vor dem Altargitter knien, gehen solcherart Gedanken einem Freund durch den Kopf, der Zeuge ihrer Vermählungszeremonie ist. Sollte nicht alles, was wir an jenem Ort hören, auch für uns gelten und uns nach Hause begleiten, damit wir täglich darüber nachdenken?

Nach der Zeremonie unterschreiben wir im Buch und begeben uns ernst zum Frühstück. Und Mrs. Mugford macht kein Hehl aus ihrer Enttäuschung über die wenigen Vorbereitungen, die zum Empfang der Hochzeitsgesellschaft getroffen sind. „Ich nenne es schäbig, Brandon, das ist meine Meinung. Keine Schleifen. Nur Ihre Torte. Keine nennenswerten Reden. Kein Hummersalat, kein Wein auf der Anrichte. Ich dachte, Ihre Freunde vom Queen Square wüßten so etwas großzügiger aufzuziehen! Wenn eines von *meinen* Mädchen heiratet, lassen wir sie bestimmt nicht klammheimlich zur Hintertür hinaus; und mindestens wollen wir die vier besten Grauschimmel haben, die Newman zu bieten hat. Ich bin der festen Meinung, Ihr junger Freund hängt allmählich zu sehr am Geld, Brandon, und das habe ich auch Mugford gesagt." Doch das waren ja nur Fragen des Geschmacks. Derjenige der guten Mrs. Mugford verleitete sie zu einem grünen Seidenkleid und einem rosa Turban, wo andere Damen in Grau oder gedämpften Farben erschienen. Der vertrauliche Umgang zwischen unseren zwei Familien schwand unmittelbar nach Philips Heirat; Mrs. M., muß ich mit Bedauern sagen, tat uns als schäbig-vornehme Leute ab, und sie konnte Knauserei nicht leiden – hatte sie noch nie leiden können!

Nun gut: die Reden waren gehalten. Alle küßten die Braut, und sie reiste mit ihrem Bräutigam ab. Sie hatten nicht einmal Kammerdiener und Zofe zur Begleitung. Der Reiseweg des glücklichen Paares sollte über Canterbury, Folkestone, Boulogne, Amiens nach Paris und vielleicht Italien führen, falls ihr kleiner Bestand an Taschengeld so weit reichte. Doch es war abgemacht, sobald die Hälfte verbraucht war, sollten die jungen Leute unverzüglich den Heimweg antreten; der Drucker und Mugford selbst erklärten sich übrigens bereit, inzwischen die Pflichten des Herrn Redakteurs zu übernehmen. Wieviel hatten sie für ihre Hochzeitsreise in ihrer kleinen Börse? Das geht uns doch gewiß nichts an; aber mit Jugend, Gesundheit, Glück, Liebe in ihrer Habe brauchten unsere jungen Freunde meiner Meinung nach nicht unzufrieden zu sein.

Fort geht es also in der Droschke zum Bahnhof. Lebt wohl, und der Himmel segne euch, Charlotte und Philip! Ich habe erzählt, wie ich meine Frau weinend im leeren Zimmer ihres Lieblings fand. Die Hochzeitstafel spendete kalt eine Art Begräbnisdinner. Das kalte Huhn würgte uns allen im Hals, und das Gelee war für meinen Geschmack eine fade Masse, dabei war es das äußerst kunstfertige Erzeugnis der Kleinen Schwester. Ich gebe zu, ich jedenfalls war richtig niedergeschlagen. Ich fand in den Clubs keinen Trost, und auch der allerneueste Roman vermochte meine Aufmerksamkeit nicht zu fesseln. Ich sah Philips Augen und hörte Charlottes süßes Stimmchen zwitschern. Zu Fuß verließ ich Bays's und ging durch die Old Parr Street, wo Philip früher wohnte und seine Eltern mich als Jungen bewirtet hatten, und dann wanderte ich mit schlechtem Gewissen zur Thornhaugh Street. Das Mädchen sagte, Madam sei in Mr. Philips Zimmern, zwei Treppen hoch – und was hörte ich da auf dem Klavier, als ich die Wohnung betrat? Mrs. Brandon saß dort und säumte irgendwelche Chintzvorhänge fürs Fenster oder fürs Bett oder was weiß ich. Neben ihr saß meine eigene Älteste und stichelte beherzt drauflos, und am Klavier – dem Klavier, das Philip gekauft hatte – saß meine eigene Frau und klimperte stokkend jenen „Traum des heiligen Jeremias" von Beethoven, den Charlotte immer so feinfühlig gespielt hatte. Wir tranken den Tee aus Philips Geschirr und aßen einen schönen warmen Kuchen dazu, der einige von uns tröstete. Aber ich habe wenige melancholischere Abende als diesen erlebt. Es war ein Gefühl wie am ersten Abend in der Schule nach den Ferien, wenn wir alle uns Mühe gaben, fröhlich zu erscheinen, Sie wissen. Aber ach! wie trübe die Heiterkeit war und wie trostlos es war, in der Nacht wachzuliegen und an die gerade vergangenen glücklichen Tage zu denken!

Wie wir auf Briefe von unserer Braut und unserem Bräutigam lauerten, das war schon kurios. Endlich traf ein Brief von diesen Persönlichkeiten ein; und da er kein Geheimnis enthält, erlaube ich mir, ihn in extenso abzudrucken.

Amiens, Freitag
Paris, Sonnabend

Liebste Freunde! – (denn die liebsten Freunde *seid* Ihr uns und bleibt Ihr, *solange wir leben*) – Wir erfüllen unser Versprechen, Euch zu schreiben, und teilen Euch mit, daß wir *wohlauf* und *heil* und *glücklich* sind! Philip sagt, ich soll nicht *unterstreichen*, aber ich *kann* nicht anders. Er sagt, er nimmt an, ich *strichele* gerade wieder einen Brief zurecht. Ihr kennt seine Art zu witzeln. Ach, welch ein Segen, ihn so glücklich zu sehen! Und wenn er glücklich ist, bin ich es auch. Ich bebe, wenn ich daran denke, *wie* glücklich. Er sitzt mir gegenüber und raucht seine Zigarre und sieht dabei so nobel aus. Ich mag das, und ich bin in unser Zimmer gegangen und habe ihm *diese hier gebracht*. Er sagt: „Char, wenn ich sagen würde, bring mir deinen Kopf, würdest du einem Kellner befehlen, ihn abzuschneiden." Bitte schön, habe ich denn nicht vor drei Tagen gelobt, ihn zu lieben, zu ehren und ihm zu gehorchen, und soll ich mein Gelöbnis jetzt schon brechen? Hoffentlich nicht. Ich bete darum, daß es nicht so kommt.

Ich hoffe, daß ich mein ganzes Leben lang danach streben werde, mein Gelöbnis zu halten. Canterbury hat uns fast so gefallen wie das liebe Westminster. Wir hatten eine offene Kutsche und haben eine *herrliche Fahrt* nach Folkestone gemacht, und bei der Überfahrt war Philip seekrank und ich nicht. Und er sah so drollig aus; und er hatte furchtbar schlechte Laune; und das war mein erster Auftritt als Pflegerin. Ich glaube, es wäre mir recht, wenn er manchmal ein *klein wenig* krank wäre, damit ich bei ihm sitzen und ihn pflegen könnte. Wir sind am Zollhaus von Boulogne durch die Schranken gegangen. Und ich dachte daran, wie ich vor zwei Jahren mit meinem armen Papa durch eben diese Schranken gegangen bin, und *er* stand draußen und sah uns! Wir sind zum „Hôtel des Bains" gegangen. Wir sind in der Stadt umherspaziert. Wir sind zu den Tintelleries gegangen, wo wir damals wohnten, und zu Eurem Haus in der Haute Ville, wo ich mich an alles erinnere, *als wäre es gestern gewesen.* Weißt Du noch, als wir einmal spazieren waren, sagtest Du: „Charlotte, da kommt der Dampfer, ich sehe den Rauch aus seinem Schlot", und ich sagte: „Welcher Dampfer?", und Du sagtest: „Die ‚Philip' natürlich." Und er kam heran und rauchte seine Pfeife! Wir sind immer wieder unsere alten Spazierwege abgeschritten. Wir sind zur Pier gegangen und haben dem armen kleinen Buckligen, der Gitarre spielt, Geld gegeben, und er sagte: „Merci, madame!" Wie drollig das klang! Und diese gute freundliche Marie im „Hôtel des Bains" erkannte uns wieder und nannte uns *„mes enfants".* Und wärst Du nicht die gutmütigste Frau *auf der Welt,* ich glaube, ich würde mich genieren, solchen Unsinn zu schreiben.

Stell Dir vor, Mrs. Brandon hat mir eine Börse gestrickt, die sie mir gab, als wir vom *lieben, lieben* Queen Square abfuhren; und als ich sie öffnete, waren fünf Sovereigns darin! Als wir entdeckten, was die Börse enthielt, stieß Philip einen seiner gewaltigen *jurons* aus (wie immer, wenn ihm besonders weich ums Herz ist), und er sagte, diese Frau sei ein Engel, und wir wollten diese fünf Sovereigns aufheben und sie nie wechseln. Ach! ich danke Gott, daß mein Mann solche Freunde hat! Ich will alle lieben, die ihn lieben − Euch am *allermeisten.* Denn wart Ihr nicht das Werkzeug, das mir dieses edle Herz zugeführt hat? Ich meine, seit ich Euch und einige Eurer Freunde kenne, kenne ich wirklich *bedeutende Menschen.* Ihre Sprache ist schlichter, ihre Gedanken fliegen höher als die der Leute, mit denen ich früher zusammenlebte. P. sagt, der Himmel hat Mrs. Brandon ein so großes Herz geschenkt, daß sie auch viel Verstand haben muß. Wenn es Weisheit bedeutet, meinen Philip zu lieben, kenne ich eine Person, die noch sehr weise wird!

Wenn ich es nicht allzu eilig hätte, Mama zu sehen, meinte Philip, könnten wir einen Tag in Amiens Station machen. Und wir sind zur Kathedrale gegangen, und was meint Ihr, wem sie geweiht ist! *Meinem* Heiligen: dem HEILIGEN FIRMIN! und ach! ich habe den Himmel angefleht, mir die Kraft zu geben, mein Leben dem *Dienst meines Heiligen* zu weihen, ihn stets zu lieben, als reine, treue Frau, ihn bei Krankheit zu behüten, ihn im Leid zu trösten. Ich will mich bemühen zu *lernen* und zu *streben,* nicht, um meinen Verstand dem seinen anzugleichen – sehr wenige Frauen können das erhoffen –, sondern damit ich ihn besser verstehen kann und eine Gefährtin für ihn abgebe, die seiner würdiger ist. Ich möchte wissen, ob viele Männer auf der Welt so gescheit sind wie unsere Männer? Obwohl Philip so bescheiden ist, er sagt, er sei *überhaupt* nicht gescheit. Aber ich weiß, daß er es ist, und irgendwie edler als andere Männer. Am Queen Square habe ich nichts gesagt, aber ich habe immer zugehört; und manche, die hinkamen und die höchste Meinung von sich hatten, kamen mir vorlaut und oberflächlich und unbedeutend vor; und manche waren irgendwie wie Fürsten. Mein Philip ist einer der *Fürsten.* Ach, liebe Freundin, darf ich nicht dort Dank sagen, wo Dank gebührt, daß ich ausersehen worden bin, die Frau eines wahren Gentlemans zu werden? Der gütige und tapfere und zuverlässige Philip! Rechtschaffen und großmütig – erhaben über Täuschung und selbstsüchtige Ränke. Oh! ich hoffe, es ist nicht unrecht, so glücklich zu sein!

Wir haben an Mama und die liebe Madame Smolensk geschrieben, um uns anzukündigen. Mama findet Madame de Valentinois' Pension noch teurer als die der teuren Madame Smolensk. Das Wortspiel *ist unbeabsichtigt!* Sie sagt, sie hat entdeckt, daß Madame de Valentinois' richtiger Name Cornichon ist, daß sie eine Person von schlimmstem Ruf ist und daß in ihrem Haus beim Ekarté betrogen wird. Sie hat ihre eigenen zwei Francs und noch ein Zweifrancsstück vom Kartentisch genommen und gesagt, Oberst Boulotte spiele falsch und das Geld stehe von

Rechts wegen ihr zu. Sie will zum Ende des Monats bei Madame de Valentinois ausziehen, oder sobald unsere Kinder, die die Masern haben, wieder aufstehen können. Sie hat sich ausgebeten, daß ich sie auf keinen Fall bei Madame de V. besuche. Und sie hat Philip zwölf Pfund und zehn Shilling in Fünffrancsstücken gebracht, die sie ihm auf den Tisch hinzählte, und gesagt, das sei meine Rate für das erste Vierteljahr. Ich weiß, sie war noch nicht fällig. „Aber meinen Sie", hat sie gesagt, „ich will einem Mann wie Ihnen verpflichtet sein!" Und P. zuckte die Achseln und legte die rouleau Silberstücke in eine Schublade. Er sagte kein Wort, aber ich sah natürlich, daß er verärgert war. „Was fangen wir mit deinem Vermögen an, Char?" fragte er, als Mama fort war. Und einen Teil haben wir in der Oper und in Vérys Restaurant ausgegeben, wohin wir unsere liebe gute Madame Smolensk ausführten. Ach, wie gut diese Frau zu mir gewesen ist! Ach, wie habe ich in jenem Haus gelitten, als Mama mich von Philip trennen wollte! Wir sind daran vorbeigegangen und haben die Fenster des Zimmers gesehen, wo sich damals diese ganze schreckliche, entsetzliche Tragödie abspielte, und Philip hat gegen die grünen Jalousien die Faust geschüttelt. „Guter Gott!" sagte er, „mein Liebling, wie habe ich dort leiden müssen! Ich hege keinen Groll, ich will niemandem etwas Böses antun. Aber verzeihen kann ich nicht: niemals!" Ich kann Mama verzeihen, die meinen Mann so unglücklich gemacht hat – aber kann ich sie wieder liebhaben? Wirklich und wahrhaftig, ich habe mir Mühe gegeben. Oft und oft spielt sich in meinen Träumen diese gräßliche Tragödie noch einmal ab; und sie nehmen ihn m r fort, und mir ist, als müßte ich sterben. Als ich bei Euch war, habe ich mich oft vor dem Einschlafen gefürchtet, aus Angst vor diesem furchtbaren Traum; und ich hatte einen seiner Briefe unter meinem Kissen, damit ich ihn die Nacht über in der Hand halten konnte. Und jetzt! Niemand kann uns trennen! – oh, niemand! – bis das Ende kommt!

Er hat mich zu allen seinen *Junggesellenbleiben* geführt: zum „Hôtel Poussin", wo er gewohnt hat, das sehr schmuddelig, aber gemütlich ist. Und er hat mich der Wirtin vorgestellt, in einem Madrastuch, und dem Wirt (mit Ohrringen und ohne Überrock), und dem kleinen Jungen, der die Fußböden scheuert. Und der sagte „tiens" und „merci, madame!", als wir ihm ein Fünffrancsstück *aus meinem Vermögen* schenkten. Und dann sind wir in das

Café gegenüber der Bourse gegangen, wo Philip immer seine Briefe schrieb; und dann sind wir zum Palais-Royal gegangen, wo Madame de Smolensk auf uns wartete. Und dann sind wir ins Theater gegangen. Und dann sind wir zu „Tortoni" Eis essen gegangen. Und dann haben wir Madame Smolensk ein Stück heimbegleitet, unter hundert Millionen funkelnden Sternen; und dann sind wir den Weg durch die Alleen der Champs-Elysées entlanggewandert, Philips übliche Strecke, wenn er mich besuchte, und an den plätschernden Springbrunnen vorbei, die unter dem silbernen Mond glänzten. Und ach, Laura! Ich möchte wissen, ob unter dem silbernen Mond irgend jemand so glücklich war wie Deine *liebende und dankbare*

C. F.

PS – (In der Handschrift Philip Firmins, Esq.) MEINE LIEBEN FREUNDE! Ich fühle mich so famos, daß alles wie ein Traum ist. Seit einer Stunde habe ich Charlotte zugesehen, wie sie gekritzelt und gekritzelt hat, und habe gestaunt und gedacht, ist es denn wirklich wahr?, und habe mich eilig von der Wahrheit überzeugt, indem ich mir das Papier und die Unterstreichungen angesehen habe, die sie hartnäckig unter die Worte setzt. Meine lieben Freunde, was habe ich im Leben geleistet, daß ich dafür einen kleinen Engel zum Geschenk erhalte? Einst war so viel Böses in mir, und mein Herz war so finster und rachsüchtig, daß ich nicht wußte, was aus mir werden würde. Sie kam und hat mich gerettet. Die Liebe dieses Geschöpfes läutert mich – und – und ich glaube, das ist alles. Ich glaube, ich möchte nur noch sagen, daß ich der glücklichste Mensch in Europa bin. Dieser Sankt Firmin in Amiens! Schien das nicht ein gutes Omen zu sein? Beim Sankt George! Ich hatte nie von St. F. gehört, bis ich in der Kathedrale auf ihn stieß. Wann schreiben wir das nächstemal? Wohin könnt Ihr uns schreiben? Wir wissen nicht, wohin wir fahren. Wir brauchen keine Briefe. Aber wir sind lieben, guten Freunden deshalb nicht weniger dankbar; und unser Name ist

P. und C. F.

33. KAPITEL

Schildert eine interessante,
aber nicht unerwartete Situation

hne Ausnahme verlangen nur sehr halsstarrige und dumme Kinder nach dem Mond. Von verständigen Leuten, die ihren Leckerzahn verloren haben, kann man erwarten, daß sie sich nicht übermäßig für Honig interessieren. Wir können hoffen, daß Mr. und Mrs. Philip Firmin eine schöne Hochzeitsreise und dergleichen erlebten: doch deren Wonnen und Abenteuer aufzuzeichnen – Miss Sowerby und ich sind der Meinung, diese Aufgabe sei gänzlich unnötig und unmoralisch. Junge Leute sind ohnehin viel zu gefühlsbetont und neigen zu müßiger, rührseliger Lektüre. Das Leben ist ernst, bemerkt Miss Sowerby (mit der starken Neigung, „ernst" mit einem großen E zu schreiben). Das Leben ist Mühe. Das Leben ist Pflicht. Das Leben ist Miete. Das Leben besteht aus Steuern und Abgaben. Das Leben bringt seine Übel, Rechnungen und Arztpillen mit sich. Das Leben ist nicht ein Kalender von Honig und Mondschein. Sehr richtig. Aber ohne Liebe, Miss Sowerby, ist das Leben schlichtweg der Tod, und ich weiß, liebe Freundin, Ihnen würde ebensowenig an seiner Fortsetzung liegen wie an einem neuen Kapitel des – des neuen Romans unseres lieben Freundes Boreham.

Unter uns gesagt, Philips Humor ist nicht viel leichtfüßiger als der des obengenannten geistreichen Zeitgenossen. Doch wenn er Philip selbst belustigte, weshalb ihm ein wenig Spaß verwehren? Nun denn – er schrieb uns einen gewaltigen Stoß plumper Späße unter dem Datum: Paris, Donnerstag. Genf, Sonnabend. Gipfel des Mont Blanc, Montag. Timbuktu, Mittwoch. Peking, Freitag – mit drolligen Schilderungen dieser Orte und Städte. Er berichtete, in letztgenannter Stadt, wo Charlottes Schuhe durchgelaufen waren, seien ihr die neugekauften ziemlich eng und die hohen Absätze plagten sie ganz schön. Er behauptete, in Timbuktu sei das Rindfleisch für Charlottes Geschmack nicht genug durchgebraten und die Artigkeiten des Kaisers würden allmählich recht auffallend, und so weiter; während die schlichten Nachschriften der armen kleinen Charlotte überhaupt keine Reise erwähnten, sondern klarstellten, sie hielten sich in Saint-Germain auf und seien so glücklich, wie der Tag lang sei. So glücklich, wie der Tag lang war? Wie er kurz war, leider! Ihre kleine Börse war sehr knapp versehen; und in einem ganz, ganz kurzen Urlaub waren die wenigen Napoléons des armen Philip fast alle davongerollt. Zum Glück war Zahltag, als die jungen Leute nach London zurückkamen. Ihnen war fast nur noch das Hochzeitsgeschenk der Kleinen Schwester geblieben: und bestimmt würden sie lieber arbeiten, als mit dem Scherflein dieser armen Witwe ein paar weitere Stunden Wohlleben zu erkaufen.

Wer redete furchtsam von Armut? Philip mit seinen zwei Zeitschriften behauptete, er habe genug. Mehr als genug. Er könne sparen, könne etwas auf die hohe Kante legen. Um diese Zeit malte Ridley, das Akademiemitglied, jenes reizende Bildnis, Nr. 1976 – selbstverständlich erinnern Sie sich daran –, „Porträt einer Dame". Er faßte eine romantische Neigung zu der Mieterin im zweiten Stock; duldete in seinen Räumen keine lauten Gesellschaften und kein Rauchen, um sie nicht zu belästigen. Würde Mrs. Firmin gern selbst Einladungen geben? Sein Atelier und Wohnzimmer stünden ihr zur Verfügung. Er erledigte für sie Wege und Besorgungen. Er brachte Geschenke und Logenkarten mit. Er war ihr ergebenster Sklave. Und all diese romantische Anbetung vergalt sie ihm mit dem gnädigen Druck eines kleinen Händchens und einem freundlichen Blick aus dem sanften Augenpaar, womit der Maler sich wohl oder übel begnügen mußte. Klein und verwachsen, meinte J. J. von Natur auf Ehe und Liebe verzichten zu müssen und blickte mit sehnsüchtigen Augen in das Paradies, das zu betreten ihm verwehrt war. Und Mr. Philip saß in diesem Palast der Wonnen; und bequem hingestreckt kostete er sie aus, und Charlotte wartete ihm auf. Und gelegentlich ließ Mylord dem Ausgestoßenen am Tor ein Krümchen Freundlichkeit oder ein Gläschen Trost hinausbringen, und dieser war seiner Wohltäterin und Mylord, seinem Wohltäter, dankbar und pries sie selig. Charlotte besaß keine zwei Pence: doch sie hatte einen kleinen Hofstaat. Es war bei Philips Freunden Sitte, zu kommen und sich vor ihr zu verneigen. Sehr vornehme Gentlemen, die ihn aus dem College kannten und dann vergessen hatten oder, um die Wahrheit zu sagen, grob und überheblich fanden, erinnerten sich jetzt mit einemmal an ihn, und seine junge Frau hielt an ihrem Fünfuhrteetisch ganz erlesene Kränzchen ab. Alle Männer hatten sie gern, und Miss Sowerby behauptet natürlich, Mrs. Firmin sei ein sanftmütiges, ganz harmloses Frauchen, recht hübsch und − Sie verstehen, meine Liebe − so, wie die Männer es mögen. Hören Sie, wenn ich kaltes Kalbfleisch mag, liebe Sowerby, dann habe ich eben einen einfachen Geschmack. Ein schönes, zähes, altes, trockenes Kamel ist zweifellos ein viel edleres und scharfsinnigeres Tier − und vielleicht meinen Sie, ein Doppelhöcker sei eine wahre Delikatesse.

Ja, Mrs. Philip war ein Erfolg. Sie hatte bisher fast keine Freundinnen, weil sie zu arm war, um in der Welt zu verkehren: doch sie hatte Mrs. Pendennis und die liebe kleine Mrs. Brandon und Mrs. Mugford, deren berühmter Einspänner der jungen Frau wiederholt Delikatessen aus Hampstead brachte, deren Kalesche ein-, zweimal in der Woche vor Philips Tür stand und die, lebhaft beeindruckt von der vornehmen Gesellschaft, die sie in Mrs. Firmins Wohnung antraf, sich stark mit dieser beschäftigte. „Lord Thingamburys Karte! Was denn nun noch, Brandon, also wirklich! Lady Slowby empfängt? Na so was, Mrs. B.!" Mit solchen naiven Redensarten gab Mrs. Mugford in der ersten Zeit, als Charlotte noch in der Gunst der guten Dame stand, ihrer Bewunderung und ihrem Erstaunen Ausdruck. Ich muß bekennen, daß eine viel weniger erfreuliche Situation folgte. Doch obwohl schon jetzt ein winziges Wölkchen am Himmel steht, wollen wir für eine Weile noch nicht darauf achten und den Sonnenschein genießen und glücklich und zufrieden sein. „O Laura, ich zittere, wenn ich daran denke, wie glücklich ich bin!" lautete das ständige Gezwitscher unseres Vögelchens. „Wie habe ich bloß gelebt, als ich bei Mama daheim war?" sagte sie oft. „Weißt du, daß Philip mich nie auszankt? Würde er ein schroffes Wort sagen, ich glaube, ich müßte sterben; während Mama geblafft hat, von morgens bis abends geblafft, und es hat mich völlig kaltgelassen." Das kommt beim übertriebenen Zanken heraus, wie bei jeder anderen Arznei. Die heilsame Medizin verliert ihre Wirkung. Der gefeite Patient nimmt eine Dosis, die einem nicht damit Vertrauten einen Schrecken einjagen oder ihn umbringen würde.

Immer noch trafen die engbeschriebenen Briefe der armen Mrs. Baynes ein, und ich bin nicht bereit, mich dafür zu verbürgen, daß Charlotte sie alle las. Mrs. B. erbot sich, zu kommen und die Aufsicht zu führen und sich um den lieben Philip zu kümmern, wenn ein interessantes Ereignis eintrete. Doch für diesen wichtigen Anlaß war bereits Mrs. Brandon verpflichtet, und Charlotte geriet bei dem Gedanken, ihre Mutter könne sie überfallen, in solche ängstliche Unruhe, daß Philip kurz angebunden schrieb und Mrs. Baynes geradeheraus absagte. Sie erinnern sich an J.J.s Gemälde „Eine Wiege"? Die zwei rosigen Füßchen brachten Mr. Ridley je ich weiß nicht wie viele hundert Guineas ein. Die Mutter selbst vertiefte sich nicht zärtlicher und hingebungsvoller in die Babykunde, als Ridley die Wesensart, das Aussehen, die Züge, die Anatomie, die Stellungen, die Babykleidung usw. dieses erstgeborenen Kindes von Charlotte und Philip Firmin studierte. Meine Frau ist ganz erbost, weil ich vergessen habe, ob das erste der jungen Firminbrut ein Junge oder ein Mädchen war, und behauptet, demnächst vergesse ich noch die Namen meiner eigenen Kinder. Also? In diesem Zeitabstand *glaube* ich, es war ein Junge – ihr Junge ist nämlich sehr groß – viel größer als . . . *Kein* Junge? Dann, unter uns, bin ich ganz sicher, es war ein . . . „Eine Gans", sagt die Dame, was nicht einmal einleuchtend ist.

Eines ist sicher, wir alle fanden, daß die junge Mutter mit ihren rosigen Wangen und strahlenden Augen sehr hübsch aussah, wenn sie sich über das kleine Kind beugte. J.J. sagt, er meine, zu dieser Zeit liege im Ausdruck junger Mütter etwas

Himmlisches. Nein, er geht sogar so weit, zu behaupten, eine Tigerin im Zoologischen Garten sehe wunderschön und sanft aus, wenn sie die schwarze Nase über ihre Jungen neige. Und wenn eine Tigerin, wieso nicht Mrs. Philip? O ihr Mächte des Gefühls, in welcher Verfassung befand sich J. J. gegenüber dieser jungen Frau! Im Auge einer jungen Mutter liegt ein Leuchten, auf ihrer Wange spielen perlweiße und rosige Farbtöne, die einen Maler unweigerlich faszinieren. Dieser Künstler pflegte in Mrs. Brandons Zimmern umherzulungern, bis es geradezu lachhaft war. Ich glaube, er zog in seinem eigenen Atelier die Schuhe aus, um die Dame über ihm nicht mit deren Knarren zu stören. Er kaufte dem Kind die ausgefallensten Becher und andere Geschenke. Philip ging aus, in seinen Club oder zu seiner Zeitung, wie man es ihm befahl. Doch Mr. J. J. war nicht aus der Thornhaugh Street wegzubringen, so daß die kleine Mrs. Brandon ihn auslachte – ihn buchstäblich auslachte.

Diese ganze Zeit über verblieben Philip und seine Frau bei Mr. und Mrs. Mugford in allergrößter Gunst, und dieses würdige Paar lud sie mit ihrem Kind in Mugfords Villa nach Hampstead ein, zur Luftveränderung, die dem lieben Baby und der lieben Mama guttäte. Philip begab sich in diese dörfliche Zufluchtsstätte. Straßen und Reihenhäuser überdecken jetzt die Fläche von Haus und Garten, die der wackere Mugford damals bewohnte und die er, wie es heißt, sein „Russisches Irby" zu nennen pflegte. Auf kleinem Raum hatte er eine Menge ländlicher Freuden zusammengedrängt. Er hatte einen kleinen Garten; eine kleine Koppel; ein kleines Gewächshaus; einen kleinen Gurkenkasten; einen kleinen Stall für seinen kleinen Einspänner; eine kleine Jerseykuh; eine kleine Milchkammer; einen kleinen Schweinekoben; und an diesem kleinen Schatz hatte der gute Mann keine kleine Freude. Er liebte und lobte alles, was sein war. Keiner schätzte seinen eigenen Portwein höher als Mugford oder rühmte lauter seine eigene Butter und sein hausbackenes Brot. Er genoß sein eigenes Glück. Er pries seinen eigenen Wert. Er sprach gar zu gern von der Zeit, als er ein armer Junge in den Londoner Straßen war, und jetzt . . . „Jetzt kosten Sie mal dieses Glas Portwein, mein Junge, und sagen Sie mir, ob der Lord Mayor einen besseren hat", pflegte er zu sagen und blinzelte dabei sein Glas und seine Gäste an. Rechtschaffen zu sein, ein

Glückspilz zu sein und sich ständig vor Augen zu halten und öffentlich zu bekennen, daß man das ist – bedeutet das nicht die wahre Wonne? Lobeshymnen auf sich selbst zu singen ist ein herrlicher Zeitvertreib – zumindest für den Sänger; und jeder, der an Mugfords Tafel speiste, konnte mit ziemlicher Sicherheit erwarten, nach dem Dinner diese Musik zu hören. Ich muß leider sagen, daß Philip diese Fanfarenstöße gar nicht mochte. Er fühlte sich in Haverstock Hill furchtbar angeödet. Und angeödet ist Mr. Philip kein ganz angenehmer Gefährte! Er gähnt einem dann ins Gesicht. Er widerspricht einem rücksichtslos. Er behauptet, das Hammelfleisch sei zäh oder der Wein lasse sich nicht trinken; der und der Redner werde überschätzt und der und der Politiker sei ein Trottel.

Mugford und sein Gast hatten nach dem Dinner Reibereien, sogar heftige Wortwechsel. „Mugford, was ist denn bloß? Und über was habt ihr im Eßzimmer gestritten?" fragt Mrs. Mugford. „Gestritten? Das ist bloß der Redakteur, der da schnarcht", erklärte der Gentleman mit rot angelaufenem Gesicht. „Mein Wein ist ihm nicht gut genug, und jetzt muß mein feiner Herr auch noch die Beine auf einen Stuhl legen und vor meiner Nase einschlafen. Er *ist* ein ganz unverfrorener Kunde, und wie, Mrs. M." In diesem kritischen Moment kam dann wohl die arme kleine Char von einem Besuch bei ihrem Baby heruntergehuscht und spielte etwas auf dem Klavier und beschwichtigte den aufwallenden Zorn, und dann kam Philip von einem kleinen Spaziergang zwischen den Sträuchern herein, wo er ein paar Wölkchen gepafft hatte. Ach! da schob sich wirklich ein Wölkchen heran – ein ganz kleines – nein, nicht gar so klein. Wenn Sie bedenken, daß Philips Brot vom Wohlwollen dieser Leute abhing, werden Sie einräumen, daß seine Freunde sich um seine Zukunft Sorgen machen mußten. Ein Wort von Mugford, und Philip und Charlotte und das Kind hätten keinen Rückhalt mehr in der Welt. Und diesen Sachverhalt gab Mr. Firmin auch anstandslos zu, während er, weitläufig seine eigenen Angelegenheiten erörternd (was er so gern tat), mit den Händen in den Taschen dastand und sich an unserem Feuer den Rücken wärmte.

„Lieber Freund", erklärt der freimütige junge Ehemann, „ich habe diese Dinge immerfort im Kopf. Sonst habe ich immer mit Charlotte darüber geredet, aber jetzt nicht mehr. Es regt sie auf,

das arme Ding: und sie drückt das Baby an die Brust. Und – es zerreißt mir das Herz, wenn ich daran denke, daß ihr irgendein Leid zustoßen könnte. Ich tue ja mein Bestes, liebe Leute – aber wenn ich Langeweile habe, kann ich mir nicht helfen: ich lasse mir anmerken, daß ich Langeweile habe, versteht ihr das nicht? Ich kann nicht heucheln. Nein, nicht für zweihundert im Jahr, auch nicht für zwanzigtausend. Aus diesem Schweineohr von Mugford kann man keine Seidenbörse machen. Ein wirklich guter Mensch. Das bestreite ich nicht. Ein guter Vater, ein guter Ehemann, ein großzügiger Gastgeber und ein unsäglich öder Schwätzer und Einfaltspinsel. Liebenswürdig zu ihm sein? Wie kann ich liebenswürdig sein, während man mich umbringt? Er reitet da so auf einer Geschichte herum, wie Leigh Hunt ins Gefängnis kam, wo Mugford, als er ihm Korrekturfahnen brachte, Lord Byron sah. Ich kann mich bei dieser Geschichte nicht mehr wach halten; oder wenn ich wach bleibe, knirsche ich mit den Zähnen und fluche innerlich, so daß ich gräßlich anzuhören und anzusehen bin, das weiß ich. Also, Mugford hat Sofas aus gelbem Seidenatlas im ‚Salong‘ . . .“

„O Philip!“ sagt eine Dame. Und zwei, drei herumlungernde Kinder brechen in wahnsinniges Gekicher aus, das schleunigst und streng zum Schweigen gebracht wird.

„Ich sage euch, sie nennt es ‚Salong‘. Das wißt ihr genauso wie ich. Sie ist eine gute Frau, eine freundliche Frau, eine temperamentvolle Frau. Ich höre sie ungeheuer hitzig und mit sagenhaftem Redeschwall die Dienstboten in der Küche herunterputzen. Aber wie kann Char aufrichtig die Freundin einer Frau sein, die einen Salon einen Salong nennt! Bei unserer lieben kleinen Freundin in der Thornhaugh Street ist es etwas anderes. Sie erhebt gar keinen Anspruch auf Ebenbürtigkeit. Hier haben wir einen Gönner und eine Gönnerin, seht ihr das nicht ein? Wenn Mugford mich auf seine Koppel und in seinen Garten spazieren-führt und sagt: ‚Sehnsemal, Firmin‘, oder einem seiner Schweine den Rücken krault und sagt: ‚Sonnabend gibt's 'ne Scheibe von dem Burschen hier . . .‘“ (explosive Ansätze zu Widersetzlichkeit und Spott bei den Kindern werden erneut von den elterlichen Autoritäten streng unterdrückt) – „‚Sonnabend gibt's 'ne Scheibe von dem Burschen hier‘, hätte ich größte Lust, ihn oder mich über das Gatter in den Trog zu werfen. – Wissen Sie, daß dieser Mann die Hand in die Tasche gesteckt und mir ein paar Haselnüsse angeboten hat?"

Ich bekenne, hier wurde die Dame, an die Philip sich wandte, blaß und schauderte.

„Ich kann genausowenig der Freund dieses Mannes sein que celui du domestique qui vient d'apporter le Dingsda, le Kohleneimer..." – (Bei Philips Rede kam John mit diesem nützlichen Gegenstand ins Zimmer – und diesmal gestatteten wir den älteren Kindern zu lachen, denn Tatsache ist, keiner von uns kannte das französische Wort für Kohleneimer, und ich wette, so ein Wort kommt im Chambaud gar nicht vor.) „Dieses Abstandhalten ist keine Arroganz", fuhr Philip fort. „Diese Zurückhaltung ist kein Mangel an Bescheidenheit. Diesem Mann ehrlich zu dienen ist eines; mit ihm Freundschaft zu schließen, über seine stumpfsinnigen Witze zu lachen heißt, mit dem Mammon der Unredlichkeit Freundschaft schließen, heißt Liebedienerei und Heuchelei auf meiner Seite. Ich müßte ihm sagen: ‚Mr. Mugford, ich gebe Ihnen meine Arbeit für Ihren Lohn. Ich stelle Ihre Zeitschrift zusammen. Ich produziere eine angenehme Mischung, die im rechten Verhältnis Nachrichten, politische Stellungnahmen und Skandal enthält, setze Überschriften über Ihre Artikel, bringe die »Pall Mall Gazette« ordentlich durch die Presse und gehe heim zu meiner Frau und meinem Dinner. Sie sind mein Brotgeber, aber Sie sind nicht mein Freund, und ...' Mein Gott! da schlägt es schon fünf!" (Der Zeitmesser in unserem Salon tat das kund, während er sprach.) „Wir haben heute, was Mugford ein Dinner mit weißem Schlips nennt, dem Schwein zu Ehren!" Und damit stürzt Philip aus dem Haus und erreichte Hampstead hoffentlich rechtzeitig zum Festmahl.

Philips Freunde in Westminster hegten keine geringen Zweifel hinsichtlich seiner Zukunftsaussichten, und die Kleine Schwester teilte ihre Besorgnis. „Es gehört sich nicht, daß sie mit diesen Leuten zusammen sind", meinte Mrs. Brandon. „Mrs. Philip freilich, das liebe Kind, mit *der* kann sich bestimmt niemand streiten. Bei mir ist es was anderes. Ich habe ja nie keine Bildung gehabt – ebensowenig wie die Mugfords, aber es gefällt mir nicht, wenn mein Philip sich hinsetzt, als ob er bei diesem Kerl zu Gast und seinesgleichen ist." Ebensowenig kam es „diesem Kerl" in den Kopf, daß Mr. Robert Mugford auf gleicher Stufe mit

Mr. Philip Firmin stehen könnte. Da wir also beide Männer kannten, sahen wir alle bedrückt einem Bruch zwischen Firmin und seinem Gönner entgegen.

Die New-Yorker Zeitschrift betreffend, waren wir in dieser Richtung hinsichtlich Philips Erfolg beruhigter. Etliche seiner Freunde versprachen, ihm zu helfen. Wir trugen Clubgeschichten zusammen; wir baten unsere feudalen Freunde um Anekdoten (die den Seeweg überstehen würden) aus der eleganten Welt. Wir hörten die denkwürdigsten Gespräche zwischen den einflußreichsten Politikern mit an, die keine Geheimnisse vor uns hatten. Wir empfingen von den meisten europäischen Höfen erstaunliche Kunde: Exklusivberichte über den jüngsten Witz des russischen Zaren – den jüngsten? eher den nächsten. Wir kannten die geheimsten Pläne des österreichischen Kronrats; die Absichten des Papstes; die neueste Favoritin des Großtürken, und so weiter. Die oberen Zehntausend in New York wurden mit einer Fülle von Informationen beliefert, die ihnen hoffentlich genützt haben. Es hieß: „Palmerston bemerkte gestern beim Dinner", oder „Der gute alte Herzog erklärte gestern abend im Apsley House dem französischen Botschafter", und dergleichen. Die Briefe waren mit „Philalethes" unterschrieben. Und da unsere Flunkereien niemandem schadeten, wird man sie Mr. Philip und seinen Freunden hoffentlich verzeihen. Dank der Auskünfte, die wir bei kundigen weiblichen Personen einholten, gelang es uns sogar, mehr oder minder zutreffende Schilderungen der neuesten Damenmode zu liefern. Wir waren Mitglieder in allen Clubs; wir waren bei den Festen und Bällen der führenden Politiker beider Seiten zugegen. Wir zweifelten kaum daran, daß Philalethes in New York Erfolg haben würde und erwarteten für seine Mühen eine Erhöhung seines Honorars. Am Ende von Philip Firmins erstem Jahr im Ehestand stellten wir eine Rechnung auf, aus der sich klar ergab, daß er tatsächlich Geld gespart hatte. Seine Ausgaben waren zwar gestiegen. Sie hatten ein Baby im Kinderzimmer; doch im Schrank lag ein Beutelchen mit Sovereigns, und der sparsame junge Mann hoffte, seinen Schatz noch zu vermehren.

Wir waren erleichtert, als wir merkten, daß Firmin und seine Frau nicht zu einer Wiederholung ihres Besuches im Hause ihres Brotherrn in Hampstead eingeladen wurden. Eine gelegentliche

Einladung zum Dinner ging den jungen Leuten immer noch zu; doch Mugford, auf seine Art ein stolzer Mann mit einem eigenen Charakter, war vernünftig genug, einzusehen, daß sich zwischen ihm und seinem Redakteur keine große Vertraulichkeit entwikkeln konnte, und verschmähte es großmütig, sich über den rasch fühlbaren Hochmut des jungen Mannes zu ärgern. Ich glaube, jene unermüdliche Kleine Schwester war die Friedensstifterin zwischen den Häusern Mugford und Firmin junior und hielt sowohl Philip wie seinen Brotherrn dazu an, sich zusammenzunehmen. Jedenfalls, als wirklich ein Streit zwischen ihnen entbrannte, muß ich zu meinem Leidwesen zugeben, daß es der arme Philip war, der sich im Unrecht befand.

Sie wissen, daß in alter, alter Zeit der junge König und seine Königin nie eine Taufe feierten, ohne die Einladung einer alten Fee zu versäumen, die sich über das Übergangenwerden erboste. Ich muß leider sagen, daß Charlottes Mutter so aufgebracht darüber war, nicht zur Patin des neuen Babys berufen worden zu sein, daß sie ihre kleine Vierteljahreszahlung von zwölf Pfund zehn Shilling zu entrichten unterließ. Seit jener weit zurückliegenden Zeit hat sie diese Zahlung bis zum heutigen Tage gänzlich eingestellt, so daß Philip erklärt, seine Frau habe ihm ein Vermögen von fünfundvierzig Pfund mitgebracht, in vier Raten gezahlt. Das erste Viertel war gezahlt worden, als die alte Dame „einem Mann wie ihm nicht verpflichtet sein wollte". Dann kam ein zweites Viertel — und dann — doch ich werde wohl noch berichten können, wann und wie Philips Schwiegermama den Rest des Vermögens ihrer armen kleinen Tochter auszahlte.

Nun, der Regent's Park ist ein schöner gesunder Ort für kindlichen Zeitvertreib, und ich meine nicht, daß Philip sich irgend etwas vergab, wenn er mit seiner Frau, ihrem kleinen Dienstmädchen und seinem Baby auf dem Arm dort spazierenging. „Er ist grob wie ein Bär, und seine Manieren sind furchtbar, aber er hat ein gutes Herz, das muß ich ihm lassen", erklärte mir Mugford. Bei der Fahrt von London nach Hampstead traf Mugford einoder zweimal die kleine Familiengruppe, deren Zentralfigur sein Redakteur darstellte; und um Philips junger Frau und des Kindes willen übersah Mr. M. die vulgäre Art des jungen Mannes und behandelte ihn mit Langmut.

So arm er war, dies war seine glücklichste Zeit, möchte mein

Freund beinahe behaupten. Ein kleines Kind, eine junge Frau, deren ganzes Leben ein inniger Liebesdienst an Kind und Mann war, ein junger Ehemann, der über beiden wachte – ich erinnere mich an die Gruppe, wie wir sie damals oft zu sehen bekamen, und erblicke etwas Heiliges in den einfachen Gestalten. Welch ein strahlendes Glück auf dem sonnigen Gesicht der Ehefrau und welch verzücktes Lächeln! Auf das schlafende Kind und die selige Mutter blickt der Vater mit Stolz und Dank in den Augen. Freude und Dankbarkeit erfüllen sein schlichtes Herz und ein spontanes Gebet an den Spender der guten Gaben, er möge die Kraft finden, seine Pflicht als Vater, als Gatte zu erfüllen: er möge imstande sein, diesen lieben unschuldigen Wesen Not und Sorge fernzuhalten; er möge sie verteidigen, beschützen, ihnen einen guten Namen hinterlassen.

Ich muß berichten, daß Philip um Charlottes und des Kindes willen haushälterisch und sparsam wurde; daß er abends zeitig heimkam; daß er in seinem Kind ein Wunderwesen sah; daß er es in unserem Hause nie müde wurde, über dieses Kind zu sprechen, über seine Molligkeit, seine Kraft, sein Gewicht, seine erstaunlich frühen Begabungen und seinen Humor. Er fühle sich jetzt zum erstenmal als Mann, beteuerte er. Bisher sei das Leben nichts als Spiel und Tändelei gewesen. Und besonders jetzt beklage er es, daß er als Junge faul gewesen sei und seine Möglichkeiten nicht ausgeschöpft habe. Hätte er seine juristischen Studien ernsthaft betrieben, hätte er diesen Beruf jetzt einträglich machen und eine Quelle der Ehre und eines befriedigenden Auskommens für seine Familie darin finden können. Unser Freund schätzte seine eigenen Fähigkeiten sehr bescheiden ein: gewiß war er ob dieser Bescheidenheit nicht weniger liebenswürdig. O glücklich der, den die Liebe lehrt, lenkt und regiert, bessert und läutert! Wo war die frühere Arroganz, Selbstsicherheit und lärmende Geschwätzigkeit unseres Freundes geblieben? Er lag seiner Frau und seinem Kind zu Füßen. Er sah sich selbst ganz bescheiden und hatte seine helle Freude daran, wenn er sie herzte und küßte. Sie belehrten ihn, sagte er; und wenn er an sie denke, wende sich sein Herz in ehrfürchtigem Dank an den gnädigen Himmel, der sie ihm geschenkt hatte. Ich sehe den Vater sich über Mutter und Kind neigen, während diese winzige Kinderhand seine Finger umklammert, und deute jene vielleicht unausgesprochenen Segnungen, die er erfleht und spendet. Glückliche Gattin, glücklicher Gatte! Wie arm sein kleines Heim auch sein mag, so birgt es doch unermeßliche Schätze und Reichtümer: welche Stürme draußen auch drohen mögen, das häusliche Kaminfeuer strahlt heller vom Willkommensgruß der liebsten Augen.

34. KAPITEL

*In dem ich gestehe, daß Philip
eine Unwahrheit sagt*

harlotte (und die übliche kleine Prozession von Kindermädchen mit Baby usw.) erschien einmal in unserem Haus am Queen Square, wo sie der Dame des Hauses stets willkommen war. Die junge Frau befand sich in Hochstimmung, und als wir den Grund ihrer Freude zu hören bekamen, rissen auch ihre Freunde staunend die Augen auf. Sie verkündete tatsächlich, Doktor Firmin habe aus New York eine Anweisung auf vierzig Pfund geschickt (hinsichtlich der Summe kann ich mich irren). Das Schriftstück sei am Morgen eingetroffen und sie habe es gesehen und Philip habe ihr gesagt, sein Vater habe es geschickt; und sei es nicht ein tröstlicher Gedanke, daß der arme Doktor Firmin sich bemühe, einen Teil des Unrechts wiedergutzumachen, das er angerichtet hatte, und daß er bereue und womöglich mit der Zeit ein ganz ehrlicher und guter Mensch werde? Das war in der Tat erstaunliche Kunde: und die zwei Frauen waren freudig bewegt bei dem Gedanken, daß dieser Sünder bereue, und jemand anderem wurde Zynismus, Skeptizismus und so weiter vorgeworfen, weil er die Wahrheit der Information anzweifelte. „Du glaubst an niemanden, Sir. Du bist immer ungläubig, wenn es sich um das Gute handelt" usw. usw. usw., war die Anklage, die man gegen des Lesers ganz ergebenen Diener vorbrachte. Nun, hinsichtlich der Zerknirschung dieses Sünders behielt ich meine Zweifel, muß ich

gestehen, und dachte bei mir, ein Geschenk von vierzig Pfund an einen Sohn, dem er Tausende schuldete, sei kein großer Beweis für die Läuterung des Doktors.

Und ach! wie sich gewisse Leute ärgerten, als endlich die wahre Geschichte herauskam! Nicht des Geldes wegen − nicht, weil sich ihre Argumente als falsch erwiesen und sich herausstellte, daß ich recht gehabt hatte. O nein! Sondern weil bewiesen war, daß dieser unglückliche Doktor derzeit *überhaupt* nicht zu bereuen gedachte. Ein solches Merkzeichen trat nicht zutage, was immer wir hoffen mochten; und die Parteigängerinnen des Doktors waren zu diesem Eingeständnis genötigt, als sie den wahren Hergang zu erfahren bekamen.

„O Philip“, ruft Mrs. Laura, als sie Mr. Firmin das nächstemal sah. „Wie habe ich mich gefreut, als ich von dem Brief hörte!“

„Von dem Brief?“ fragt der Gentleman.

„Dem Brief von Ihrem Vater in New York“, sagt die Dame.

„Oh“, bemerkt der angesprochene Gentleman mit rotem Kopf.

„Was ist denn? Ist es − ist es denn nicht wahr?“ fragen wir.

„Die arme Charlotte versteht nichts von geschäftlichen Dingen“, sagt Philip, „ich habe ihr den Brief nicht vorgelesen. Da ist er.“ Und er übergibt mir das Dokument, und ich habe die Erlaubnis, es zu veröffentlichen.

New York, den ...

Und so darf ich, mein lieber Philip, mir dazu gratulieren, die Würde eines *Vorfahren* erlangt zu haben, und darf meinen Titeln „Großvater“ hinzufügen? Wie rasch ich diesen bekommen habe! Ich fühle mich noch als junger Mann, *trotz der Schicksalsschläge* − zumindest weiß ich, daß ich noch gestern ein junger Mann war, da ich, wie ich mit unserem lieben alten Dichter sagen darf, non sine gloria militavi. Was, wenn auch ich des einsamen Witwerdaseins überdrüssig würde und wieder in den Stand der Ehe träte? Hier gibt es in der Tat ein, zwei Damen, die sich immer noch dazu herablassen würden, *den englischen Gentleman im Ruhestand* nicht abweisend zu betrachten. Ohne Eitelkeit darf ich es sagen, ein Mann von Familie und Stand in England erwirbt einen Schliff und ein kultiviertes Auftreten, das Dollars nicht erkaufen können und manchen *Wall-Street-Millionär* vor Neid erblassen lassen!

Deine Frau ist von einer *kleinen Briefpartnerin*, die mir viel aus-
führlichere Kunde über meine Familie gibt, als sie mir mein
Sohn zu liefern geruht, als Engel bezeichnet worden. Mrs. Philip
sei sanft, höre ich. Mrs. Brandon sagt, sie sei schön – sie sei see-
lengut. Ich hoffe, Du hast sie gelehrt, nicht *zu* schlecht vom Vater
ihres Mannes zu denken? Ich habe mich von Schurken anführen
lassen, die mich in ihre Falle lockten, die mir den Verdienst eines
ganzen Lebens raubten, die mich durch ihre *falschen Vorspiegelun-
gen* verleiteten, solches Vertrauen in sie zu setzen, daß ich meinen
gesamten eigenen Besitz und ach! auch den Deinen, mein armer
Junge, in ihre Unternehmungen steckte. Deine Charlotte wird
sich die großzügige, die weise, die *gerechte* Ansicht des Falles zu
eigen machen und mein Pech eher bemitleiden als verurteilen.
Das ist die Ansicht, freue ich mich sagen zu können, die in dieser
Stadt allgemein gilt; wo es Männer von Welt gibt, die die Wid-
rigkeiten einer merkantilen Laufbahn kennen und für unglückliche Zwischenfälle Nachsicht aufbringen! Was hat Rom zunächst
so groß gemacht und aufblühen lassen? Waren seine ersten Kolo-
nisten alles wohlhabende Patrizier? Nichts kann befriedigender
sein als die Geringschätzung, die man hier *bloßen pekuniären
Schwierigkeiten* erweist. Zugleich bedeutet, ein Gentleman zu sein,
in dieser Gesellschaft kein geringes Vorrecht, wo die Vorteile von
Geburt, geachtetem Namen und früher Erziehung *immer* zum
Vorteil des Besitzers ausschlagen. Viele Personen, bei denen ich
hier verkehre, haben diese Vorteile zweifellos nicht genossen;
und in der höchsten Gesellschaft dieser Stadt könnte ich auf Personen weisen, die pekuniäres Mißgeschick wie ich erlitten haben,
die nach ihrem Absturz den Kampf tapfer wieder aufgenommen
haben und jetzt Auskommen, Reichtum und die Achtung der
Welt *gänzlich* zurückerworben haben! Gestern abend war ich in
einem Haus in der Fifth Avenue. Wird Washington White von
seinen Mitmenschen gemieden, weil er dreimal Bankrott gemacht hat? Etwas Eleganteres oder Üppigeres als sein Gastmahl
habe ich auf diesem Kontinent noch nicht erlebt. Seine Gattin
trug Brillanten, um die sie eine Herzogin beneiden könnte. Die
teuersten Weine, das opulenteste Souper und Myriaden Wild-
enten bedeckten seine Tafel. Liebe Charlotte, mein Freund
Hauptmann Colpoys bringt Ihnen sechs solche Enten von Ihrem
Schwiegervater mit, der hofft, sie werden Ihre kleine Tafel berei-

chern! Hier essen wir Johannisbeergelee dazu, aber ich mag eine alte englische Zitronen- und *Cayennepfeffersoße lieber.*

Übrigens, lieber Philip, ich hoffe, eine kleine finanzielle Transaktion, die eine Notlage mich (leider!) durchzuführen gezwungen hat, macht Dir keine Ungelegenheiten. Da ich wußte, daß Dein Vierteljahreshonorar bei der „Gazette der oberen Zehntausend" jetzt fällig war, habe ich mir erlaubt, Oberst *** zu bitten, es mir auszuhändigen. Zahlungsversprechen müssen hier wie bei uns erfüllt werden – der halsstarrige Inhaber eines verunglückten Akzepts von meiner Hand (ich kann mit Freude sagen, daß es sehr wenige davon gibt) wollte *keinen Aufschub* dulden, und ich war gezwungen, auf das Honorar meines armen Philips zurückzugreifen.

Ich halte Dich nur auf neunzig Tage hin: mit Deinem Kredit und Deinen reichen Freunden kannst Du *beigefügten Wechsel mühelos begeben,* und *ich verspreche Dir,* wenn er vorgelegt wird, honoriert ihn meines Philips

stets liebender Vater
G. B. F.

Übrigens, die Briefe Deines „Philaletes" sind nicht *ganz gepfeffert* genug, sagt mein würdiger Freund, der Oberst. Sie sind *elegant und flott* geschrieben, aber das Publikum hier wünscht sich *mehr persönliche Neuigkeiten; ein wenig Klatsch über Königin Elizabeth,* Du verstehst? Kannst Du nicht jemanden angreifen! Sieh Dir die Briefe und Artikel an, die mein geschätzter Freund vom „New York Emerald" veröffentlicht! Die Leser hier mögen einen scharfgewürzten Artikel! Und ich empfehle P. F., ein bißchen mehr Pfeffer in seine Gerichte zu streuen. Wie tröstlich ist mir der Gedanke, daß ich Dir diesen Posten verschafft habe und damit in der Lage war, meinem Sohn und seiner jungen Familie zu helfen!

G. B. F.

Diesem Brief war ein Stück Papier beigefügt, das der arme Philip auf den ersten Blick für einen Scheck gehalten hatte, der sich jedoch als Schuldschein seines Papas herausstellte, zahlbar in New York vier Monate nach Ausstellung. Und dieses Dokument sollte für das Geld stehen, das der ältere Firmin im Namen seines Sohnes in Empfang genommen hatte! Philips Augen trafen die seines Freundes, als sie über diese Angelegenheit spra-

212

chen. Firmin sah fast so beschämt aus, als hätte er selbst die Missetat begangen.

„Ärgerst du dich, daß du dieses Geld verloren hast?" fragte Philips Freund.

„Über die Art, wie ich es verloren habe", erklärte der arme Philip. „An dem Geld liegt mir nichts. Aber dieses hätte er nicht nehmen dürfen. Dieses hätte er nicht nehmen dürfen. Denke an die arme Charlotte und das Kind, die ja in Not sein könnten! O Freund, es ist schwer zu ertragen, nicht? Ich bin ein ehrlicher Kerl, stimmt's? Ich glaube doch. Ich bete zum Himmel, daß ich einer bin. Hätte ich das in irgendeiner noch so schlimmen Notlage fertiggebracht? Nun ja. Mein Vater hat mich bei diesen Leuten eingeführt. Ich nehme an, er denkt, er hätte ein Recht auf meine Einnahmen. Und weißt du, wenn er in Not ist, hat er das ja auch."

„Wäre es nicht besser, du schreibst an die New-Yorker Verleger und bittest sie, ab sofort an dich direkt zu überweisen?" fragte Philips Freund.

„Damit würde ich ihnen ja verraten, daß er sich das Geld angeeignet hat", stöhnt Philip. „Ich kann ihnen doch nicht sagen, mein Vater sei ein . . ."

„Nein, aber du kannst dich bei ihnen bedanken, daß sie eine solche Summe zu deinen Gunsten dem Doktor ausgehändigt haben, und sie wissen lassen, daß du ab sofort von hier aus auf sie ziehst. In diesem Fall zahlen sie das nächste Quartal nicht an den Doktor aus."

„Angenommen, er ist in Not, müßte ich ihm da nicht helfen?" fragte Firmin. „Solange vier Stück Brot im Hause sind, steht eines dem Doktor zu. Soll ich ihm dann übelnehmen, daß er sich selbst bedient hat, alter Freund?", und mit einem kläglichen Lächeln trinkt der arme Kerl ein Glas Wein aus.

Übrigens muß ich hier pflichtschuldig erwähnen, daß der ältere Firmin in New York, wo kleine Dinnergesellschaften viel kostspieliger sind als in Europa, sehr elegante kleine Dinnergesellschaften zu geben pflegte, um, wie er sagte, als Arzt Verbindungen anzuknüpfen und zu pflegen. Wie ich höre, gewann der Doktor an seinem neuen Wohnort allmählich einen Ruf als Bonvivant, und in bestimmten Kreisen fanden seine Anekdoten über die britische Aristokratie erfreute Aufnahme.

Doch es empfahl sich für Philip von nun an, mit seinen amerikanischen Briefpartnern direkt zu verhandeln und nicht die Dienste eines so sehr kostspieligen Mittelsmannes in Anspruch zu nehmen. Dieser Anregung konnte er nur zustimmen. Inzwischen – und das sei den Männern eine Warnung, ihre Frauen auch in den geringfügigsten Dingen irrezuführen; sie sollen ihnen *alles* erzählen, was sie wissen wollen, diesen lieben und trefflichen Geschöpfen nichts verhehlen –, inzwischen, müssen Sie wissen, meine Damen, hatte Firmin seiner Frau versprochen, wenn sein berühmtes Dollarschiff aus Amerika eintreffe, solle Baby ein allerliebstes weißes Mäntelchen mit wunderhübschem Besatz bekommen, auf das die arme Charlotte oft verlangende Blicke warf, wenn sie bei den Modistinnen und Raritätenläden am Hanway Yard vorbeikam, wo sie, zugegeben, gern und oft hinging. Nun, als Philip ihr erzählte, sein Vater habe vierzig Pfund oder so herübergeschickt, und damit sein liebendes Weib irreführte, suchte die kleine Dame stehenden Fußes ihr Lieblingsgeschäft am Yard auf – Hanway Yard ist jetzt eine Straße geworden, aber ach! es ist immer entzückend –, Charlotte, sage ich, ging los, rannte los zum Hanway Yard, bleich vor Angst, das süße Mäntelchen könne bereits verkauft sein, entdeckte es – o Glück! – noch in Miss Isaacsons Schaufenster, zog es Baby sofort an Ort und Stelle an, küßte das liebe Kind ab und war von der Wirkung des Kleidungsstücks hingerissen, die auch Miss Isaacsons junge Damen sämtlich für ideal erklärten, und nahm das Mäntelchen auf Babys Schultern mit der Zusicherung heim, das Geld, fünf Pfund, bitte ergebenst, am nächsten Tag zu schicken. Und in diesem Mäntelchen gingen Baby und Charlotte Papa entgegen, als er heimkam. Und ich weiß nicht, wer von beiden, Mama oder Baby, das seligere und kindischere und beglücktere Baby war. Mr. Philip hatte Order, auf dem Heimweg von seiner Zeitung eine bestimmte Straßenfolge einzuhalten, und als die gewohnte Zeit seiner Rückkehr von der Arbeit herankam, ging Mrs. Char mit Betsy, der kleinen Kindsmagd, und Baby im neuen Mäntelchen durch die Thornhaugh Street, Charlotte Street, Rathbone Place. Seht, da kommt er endlich – Papa – mit großen Schritten die Straße entlang. Er sieht die Gestalten. Er sieht das Kind, das lacht und seine rosigen Händchen ausstreckt, ihn erkennt und freudig kräht.

„Sieh nur, sieh nur, Papa", ruft die glückliche Mutter. (Schluß! Ich kann das Geheimnis um das Baby nicht länger aufrechterhalten, und obzwar ich einen Augenblick lang das Geschlecht des Kindes vergessen hatte, fiel es mir im nächsten Moment ein, und daß es sich selbstverständlich um ein Mädchen handelte und daß sein Name Laura Caroline war.) „Sieh nur, sieh nur, Papa!" ruft die glückliche Mutter. „Sie hat seit heute morgen wieder ein Zähnchen, so ein wunderschönes Zähnchen – und schau her, Sir, fällt dir gar nichts auf?"

„Was denn?" fragt Philip.

„Aber, Sir!" sagt Betsy und schwingt Laura Caroline energisch in die Höhe, so daß der hübsche weiße Mantel sich in der Luft ausbreitet.

„Ist es nicht ein süßes Mäntelchen?" ruft Mama. „Und sieht Baby nicht wie ein Engel darin aus? Ich habe es heute bei Miss Isaacson gekauft, weil du doch dein Geld aus New York bekommen hast. Und, ach ja, lieber Mann, es hat nur fünf Guineas gekostet."

„Na ja, es ist eine Woche Arbeit", seufzt der arme Philip, „und ich glaube, das braucht mir nicht leid zu tun, wenn ich Charlotte eine Freude machen kann." Und er tastet ziemlich wehmütig seine leeren Taschen ab.

„Gott segne Sie, Philip", sagt meine Frau mit nassen Augen. „Sie waren heute vormittag da, Charlotte und das Kindermädchen und das Baby in dem neuen – dem neuen . . ." Hier ergriff die Dame Philips Hand und brach richtig in Tränen aus. Hätte sie Mr. Firmin vor den Augen ihres eigenen Mannes in die Arme geschlossen, ich hätte mich nicht gewundert. In der Tat gestand sie, sie sei nahe daran gewesen, diesem höchst sentimentalen Ausbruch nachzugeben.

Und nun, meine Brüder, sehet, wie eine Missetat viele andere zeugt und eine zwielichtige Handlung zu einer ganzen Kette des Betrugs führt. Sehen Sie, zunächst hatte Philip seine Frau getäuscht – freilich aus dem frommen Wunsch heraus, die kleinen Eigenheiten seines Vaters zu verschleiern –, doch ruat coelum, wir dürfen nicht lügen. Nein! Und vom heutigen Tage an befehle ich John, auch dem schlimmsten öden Schwätzer, drängenden Gläubiger, Tagedieb meines Bekanntenkreises niemals mehr: „Nicht zu Hause!" zu sagen. Hätte Philips Vater ihn nicht getäuscht, hätte Philip seine Frau nicht getäuscht; hätte er seine Frau nicht getäuscht, hätte sie nicht fünf Guineas für diesen Mantel für Baby ausgegeben. Hätte sie nicht fünf Guineas für den Mantel ausgegeben, hätte meine Frau sich nie auf einen heimlichen Briefwechsel mit Mr. Firmin eingelassen, der möglicherweise nur dank meines liebenswürdigen Naturells nicht zu Eifersucht, Mißtrauen und den entsetzlichsten Auseinandersetzungen – ja, Duellen – zwischen den Oberhäuptern der zwei Familien geführt hat. Man stelle sich Philips Leiche starr und steif auf Hampstead Heath hingestreckt vor, von einer Kugel getroffen, umgebracht von der Hand seines Freundes! Man stelle sich vor, wie eine Droschke an meinem eigenen Haus vorfährt und aus ihr – vor den Augen der Kinder an den Wohnzimmerfenstern – fliegt die blutige Leiche ihres Vaters! – Genug dieses fürchterlichen Scherzes! Zwei Tage nach der Geschichte mit dem Mantel fand ich einen Brief in Philips Handschrift an meine Frau adressiert, und da ich glaubte, er betreffe eine Dinnerangelegenheit, die gerade zwischen unseren Familien im Gespräch war, riß ich den Umschlag auf und las das folgendes:

Thornhaugh Street, Donnerstag
Meine liebe, gute Patentante! Sobald ich erst schreiben und sprechen kann, will ich Dir dafür danken, daß Du so gut zu mir bist. Meine Mama sagt, sie ist ganz eifersüchtig, und weil sie mir den Mantel gekauft hat, kann sie wirklich nicht zulassen, daß Du ihn bezahlst. Aber ich soll Deine Güte uns gegenüber nie vergessen, und obwohl ich jetzt noch gar nichts davon weiß, verspricht sie, es mir zu erzählen, wenn ich alt genug bin. Inzwischen bin ich

Deine dankbare und dich liebende
kleine Patentochter
L. C. F.

Philip ließ sich von seinen Freunden daheim dazu überreden, seinen New-Yorker Auftraggeber zu bitten, von nun an sein Honorar an ihn selbst auszuzahlen. Und ich erinnere mich, daß ein würdevoller Brief von seinem Vater kam, in dem sich dieser mehr im Kummer als im Zorn zu der Sache äußerte, in dem der Doktor darauf hinwies, diese Vorsichtsmaßnahme scheine von Philip aus einen Zweifel an der Ehre seines Vaters anzudeuten und er sei doch gewißlich schon unglücklich genug und heimgesucht genug, um nicht auch noch dieses Mißtrauen seitens seines Sohnes zu verdienen. Die Pflicht eines Sohnes, Vater und Mutter zu ehren, fand gefühlvoll Erwähnung, und der Doktor hoffte in aller Demut, Philips Kinder würden *ihm* mehr Vertrauen schenken, als er seinem unglücklichen Vater zu erweisen scheine. Nun ja. Er werde keinen Groll hegen. Sollte ihm Fortuna je wieder lächeln, und etwas sage ihm, das werde sie, wolle er Philip beweisen, daß er vergeben könne – wenngleich er vielleicht nicht zu vergessen vermöge, daß in seinem Exil, seiner Einsamkeit, seinem vorgerückten Alter, seinem Unglück das eigene Kind ihm mißtraut habe. Das, so sagte er, sei der grausamste Schlag von allen, die sein empfindsames Herz hingenommen habe.

Dieser vorwurfsvolle Brief eines Vaters war einem Schreiben des Doktors an seine Freundin, die Kleine Schwester, beigefügt, in dem er sich einer Entdeckung rühmte, die er und noch einige wissenschaftliche Gentlemen gerade vervollkommneten. Es handele sich um eine Medizin, die gerade in solchen Fällen besonders wirksam sei, mit denen sich Mrs. Brandon selbst oft und von Berufs wegen besonders befasse, und er sei überzeugt, der Verkauf dieser Medizin werde weitgehend dazu beitragen, sein in die Winde zerstreutes Vermögen zurückzugewinnen. Er zählte die Beschwerden auf, bei denen diese Medizin am wirksamsten sei. Er werde Mrs. Brandon eine Probe davon und auch Näheres über ihre Anwendung zusenden, und sie könne ihre Wirksamkeit an ihren Patienten ausprobieren. Er komme in seinem medizinischen Beruf langsam, aber stetig voran, schrieb er, obwohl er freilich unter dem Neid seiner Berufskollegen zu leiden habe. Nun ja. Er sei sicher, allen stünden bessere Zeiten bevor. Dann solle sein Sohn sehen, daß eine erbärmliche Summe von vierzig Pfund mehr ihn nicht davon abhalten werde, alle gerechtfertigten Ansprüche an ihn abzutragen. Amen! Wir alle wünschten von Herzen den Tag herbei, wo Philips schurkischer Vater in der Lage wäre, seine kleinen Schulden zu begleichen. Bis dahin hatten die Besitzer der „Gazette der oberen Zehntausend" strikte Anweisung, ihre Sendungen direkt an ihren Londoner Korrespondenten zu richten.

Wenngleich Mr. Firmin, wie wir gesehen haben, sich viel auf seinen Geschmack und seine Fertigkeit als Redakteur der „Pall

Mall Gazette" zugute tat, muß ich gestehen, daß er ein sehr widerspenstiger Mitarbeiter war, gegen den seine Vorgesetzten oft mit Grund aufgebracht waren. Gewisse Leute wurden in der „Gazette" gelobt – gewisse andere wurden angegriffen. Furchtbar langweilige Bücher fanden Bewunderung und sehr lebendig geschriebene Werke erlebten einen Verriß. Manche Männer wurden für alles, was sie taten, gerühmt; andere wurden verhöhnt, ganz gleich, wie ihre Werke waren. „Ich finde", pflegte der arme Philip zu stöhnen, „daß besonders in Sachen Kritik so oft private Gründe für Lob oder Tadel ausschlaggebend sind, daß ich in diesem Falle für mein Teil froh bin, nur für die Drucklegung der Zeitschrift verantwortlich zu sein, das ist meine einzige Pflicht. Nimm zum Beispiel Harrocks, den Tragöden vom Drury Lane: jedes Stück, in dem er erscheint, ist ein Meisterwerk und sein Spiel der größte Triumph, den man je erlebte. Sehr gut. Harrocks und mein famoser Chef sind gute Freunde und dinieren miteinander. Und natürlich sieht Mugford es gern, wenn man seinen Freund lobt und ihm in jeder Weise hilft. Aber Balderson vom Covent Garden ist ebenfalls ein sehr guter Schauspieler. Wieso kann unser Kritiker dessen Leistung nicht wie die von Harrocks sehen? Dem armen Balderson gesteht man überhaupt nie irgendeine Leistung zu. Man geht mit einer ironischen Bemerkung über ihn hinweg oder mit einem kühlen, knappen Lobeswort, während für seinen Rivalen Spalten über Spalten voll Schmeichelreden erscheinen."

„Also wirklich, Mr. F., wie naiv sind Sie bloß, Sie müssen schon entschuldigen", bemerkte Mugford auf den bescheidenen Einspruch seines Redakteurs. „Wie können wir Balderson loben, wenn Harrocks unser Freund ist? Ich und Harrocks sind dicke Freunde. Unsere Frauen sind ein Herz und eine Seele. Wenn ich zulassen würde, daß Balderson gelobt wird, würde ich Harrocks aufbringen. Ich *kann* Balderson nicht loben, verstehen Sie das nicht, aus Gerechtigkeit gegenüber Harrocks!"

Dann gab es da einen gewissen Autor, den Bickerton ständig angriff. Sie hatten einen privaten Zwist, und Bickerton rächte sich auf diese Weise. Auf Philips Proteste und Einwände lachte Mugford nur: „Die beiden Männer sind Feinde, und Bickerton gibt es ihm, wo er kann. Aber das ist doch nur menschlich, Mr. F.", erklärt Philips Brotherr.

„Du lieber Himmel!" schreit Firmin. „Wollen Sie damit sagen, der Mann ist so gemein, seine privaten Feinde mittels der Presse anzugreifen?"

„Private Feinde! Privater Quatsch, Mr. Firmin!" ruft Philips Brotherr. „Wenn ich Feinde habe – und die habe ich, daran besteht kein Zweifel –, versetze ich ihnen eins, wann und wo ich kann. Und das sollten Sie wissen, es gefällt mir gar nicht, wenn jemand mein Verhalten gemein nennt. Es ist nur natürlich. Und es ist richtig! Vielleicht möchten *Sie* Ihre Feinde loben und Ihren Freund schlechtmachen? Wenn das Ihr Grundsatz ist, sage ich Ihnen, Sie sind im Zeitungsgeschäft fehl am Platze und sollten sich lieber einen anderen Beruf zulegen." Und der Arbeitgeber verließ seinen Angestellten nicht wenig ergrimmt.

Mugford äußerte sich mir gegenüber recht deutlich über Philips Aufsässigkeit. „Was denkt sich der Mensch eigentlich, an seinen Existenzgrundlagen herumzumäkeln?" fragte Mr. Mugford. „Reden Sie mit ihm und zeigen Sie ihm, wo's langgeht, Mr. P., sonst kriegen wir Streit – und den will ich nicht, seiner kleinen Frau zuliebe, armes kleines zartes Ding. Was soll denn aus ihnen werden, wenn wir ihnen nicht beistehen?"

Was sollte aus ihnen werden, allerdings? Jeder, der wie wir Philips Reizbarkeit kannte, war sich darüber im klaren, wie wenig Aussicht bestand, daß guter Rat oder Vorhaltungen auf diesen Gentleman Eindruck machten. „Guter Gott!" antwortete er mir, als ich mich bemühte, ihn zu einem versöhnlichen Ton gegenüber seinem Brotherrn zu bewegen, „willst du mich zu Mugfords Galeerensklaven machen? Dann sitzt er bald auf dem hohen Roß und wettert gegen mich los, wie er es bei den Druckern macht. Wenn er manchmal in Fahrt ist, schaut er in mein Zimmer und starrt mich an, als wollte er mich am liebsten bei der Gurgel packen. Und nach ein, zwei Worten geht er wieder, und ich höre ihn im Gang die Jungen beschimpfen. Eines Tages legt er gegen mich los, da bin ich ganz sicher. Ich sage dir, die Sklaverei wird allmählich fürchterlich. Ich wache nachts auf und stöhne und rege mich auf, und die arme Char wird auch wach und fragt: ‚Was ist denn, Philip?' Ich sage dann, es ist der Rheumatismus. – Rheumatismus!"

Natürlich versuchten Philips Freunde, sein Leiden mit den üblichen Linderungsmitteln und Tröstungen zu behandeln. Er solle sich zahm verhalten. Er solle daran denken, daß sein Arbeitgeber nicht als Gentleman erzogen worden sei und daß Mugford trotz seiner groben und gewöhnlichen Ausdrucksweise ein gutes Herz habe.

„Mir braucht man nicht zu sagen, daß er kein Gentleman ist, ich weiß das", sagt der arme Phil. „Zu Char und dem Kind *ist* er gut, das stimmt, und seine Frau auch. Trotzdem bin ich ein Sklave. Er ist mein Sklaventreiber. Er ernährt mich. Er hat mich noch nicht geprügelt. Als ich in Paris war, habe ich die Kette nicht so sehr gespürt. Aber jetzt ist es kaum auszuhalten, wenn ich meinen Gefängniswärter vier-, fünfmal in der Woche antreffe. Meine arme kleine Char, warum habe ich dich in diese Sklaverei verschleppt?"

„Weil Sie Zuspruch gebraucht haben, nehme ich an", bemerkt eine von Philips Trösterinnen. „Und glauben Sie denn, Charlotte wäre glücklicher, wenn sie nicht bei Ihnen wäre? Auch wenn ihr zwei Treppen hoch wohnt, ist irgendein Heim anheimelnder, Philip? Sie geben das oft selbst zu, wenn Sie besser aufgelegt sind. Wer hat nicht seine Arbeit zu tun und seine Bürde zu tragen? Sie sagen manchmal, daß Sie überheblich und hitzköpfig sind. Aber die Sklaverei, wie Sie sie nennen, tut Ihnen womöglich gut."

„Ich habe mich und sie dazu verurteilt", sagt Philip und läßt den Kopf hängen.

„Ist sie jemals unzufrieden?" fragt seine Beraterin. „Hält sie sich nicht für die glücklichste kleine Ehefrau der Welt? Sehen Sie, Philip, hier habe ich von ihr ein Briefchen von gestern, in dem sie es ausdrücklich schreibt. Wollen Sie wissen, worum es in dem Brief geht, Sir?" fragt die Dame lächelnd. „Also gut, sie wollte das Rezept für das Gericht haben, das Ihnen am Freitag so gut geschmeckt hat, und sie und Mrs. Brandon wollen es kochen."

„Und wenn es aus Charlottenfrikassee bestünde", bemerkt Philips anderer Freund, „würde sie sich freudig kleinhacken und sich mit Rahmsoße und Toaststückchen zu Euer Gnaden Dinner auftragen lassen."

Das war zweifellos wahr. Haben nicht Hiobs Freunde viele wahre Worte geäußert, als sie ihn in seinem Jammer besuchten?

So geduldig der Patriarch war, klagte und stöhnte er doch, und weshalb sollte der arme Philip, der durchaus kein Muster an Geduld war, nicht murren dürfen? Er war noch nicht gebändigt. Das Arbeitspferd war störrisch und schlug aus. Er schnaubte nicht selten über die tägliche Plackerei und hatte seine Attacken der Auflehnung und Niedergeschlagenheit. Na und? Haben nicht auch andere sich mühen, den stolzen Kopf beugen und die tägliche Bürde auf sich nehmen müssen? Sehen Sie nicht Pegasus, der den Rennpokal gewinnen sollte, als müden, knickbeinigen, abgeklapperten alten Droschkengaul zitternd in der Reihe stehen? Oder vielleicht einen glatten, glänzenden Wallach unter einem beleibten Herrn die Rotten Row entlangtänzeln? Philips Brotkruste wurde allmählich karg und war in bitteres Wasser getunkt.

Ich gedenke aus diesem Teil seines Lebenslaufes keine lange Geschichte zu machen oder meinen Freund als allzu hungrig und arm vorzuführen. Er ist jetzt in Sicherheit und außer aller Gefahr, dem Himmel sei Dank! Doch er mußte schwere Zeiten durchmachen und sehr darauf achten, daß er sich einigermaßen durchschlug. Er behauptete nie, ein Mann von Genie zu sein, er war auch kein erfolgreicher Marktschreier, der hätte als Genie passieren können. Als wir in England französische Kriegsgefangene hatten, haben wir alle erlebt, wie mannhafte alte Offiziere, die den Säbel gegen Mamelucken oder Russen oder Deutsche geschwungen hatten, froh waren, wenn sie mit dem Taschenmesser aus Knochen allerlei Krimskrams schnitzen oder aus Strohabfällen Körbe und Schachteln flechten und sie gelegentlich zufälligen Besuchern ihres Gefängnisses mitleiderregend zum Kauf anbieten konnten. Philip war der Gefangene der Armut. Er mußte die Notbehelfe ergreifen und die Arbeit verrichten, die er in seiner Gefangenschaft fand. Ich glaube nicht, daß Männer, die solche Mühsal durchgemacht und dem strengen Fronvogt gedient haben, gern darauf zurückblicken und der harten Lehrzeit gedenken. Wenn Philip jetzt sagt: „Was waren wir doch für Narren, zu heiraten, Char", blickt sie strahlend empor, Liebe und Glück in den Augen – blickt zum Himmel empor und sagt Dank. Doch das Gesicht ihres Mannes überziehen Schmerz und Trauer beim Gedanken an jene Tage der Sorge und des Trübsinns. Mag sie ihm auch gut zureden, mag er Dank sagen, doch die Wunden sind noch da, die er im grausamen Kampf mit dem Schicksal davongetragen hat. Männer werden dabei über den Haufen geritten. Männer sind Feiglinge und laufen davon. Männer plündern, scheren aus, lassen sich Gemeinheit, Feigheit, schändliche Plünderung zuschulden kommen. Männer werden zu Rang und Ehren befördert oder fallen und gehen auf dem Schlachtfeld unbeachtet zugrunde. Glücklich, wer mit unbefleckter Ehre daraus hervorgeht! Philip gewann keine Orden und Achselstücke. Er ist wie wir, mein lieber Sir, durchaus kein heroisches Genie. Und es ist nur zu hoffen, daß Sie und ich und er, wir alle drei, durchschnittliche Tapferkeit bewiesen und wir uns keiner Gemeinheit oder Treulosigkeit oder Fahnenflucht schuldig gemacht haben. Hätten Sie sich anders verhalten, was würden Weib und Kinder sagen? Was Mrs. Philip angeht, so versichere ich Ihnen, sie meint bis zum heutigen Tage, kein Mann komme ihrem Gatten gleich, und ist bereit, niederzufallen und die Stiefel anzubeten, in denen er läuft.

Wie leben die Menschen? Wie zahlen sie ihre Miete? Woher kommt Tag für Tag das Dinner? In der Regel *gibt* es Dinner. Mit weniger Essen lebt man vielleicht länger, aber ohne Essen kann man nicht auskommen und bleibt nicht lange leben. Wie hat mein Nachbar von Nr. 23 seine Kutsche verdient und wie hat Nr. 24 sein Haus bezahlt? Während ich diesen Satz hinschreibe, kommt Mr. Cox, der in diesem Viertel die Steuern einzieht, ins Haus. Wie geht es Ihnen, Mr. Cox? Es macht uns überhaupt nichts aus, einander zu begegnen. Es gab eine Zeit – eine Zeit von zwei, drei Jahren –, als Cox' Anblick den armen Philip beunruhigte; und diese beunruhigende Zeit gedenkt sein Biograph mit ganz wenigen Seiten zu übergehen.

Nach Ablauf von sechs Monaten erfuhren die oberen Zehntausend New Yorks mit gelinder Verwunderung, daß der Herausgeber jener eleganten Zeitschrift unter Mitnahme des spärlichen Inhalts der Geschäftskasse den Rückzug aus der Stadt angetreten hatte. Also brachten Philaletes' Beiträge unserem armen Freund keinen einzigen Dollar ein. Doch auch wenn ein Fisch geangelt und verzehrt ist, sind im Meer nicht noch viele, viele übrig? Genau zu dieser Zeit, als ich mich angesichts des Stands der Angelegenheiten des armen Philip in begreiflich niedergeschlagener Verfassung befand, fiel Tregarvan, dem reichen Parlamentsmitglied aus Cornwall, auf, daß die Regierung und das Unterhaus seine Reden und Ansichten zur Außenpolitik nicht zu würdigen wußten; daß die Frau des Außenministers Lady Tregarvan nicht sonderlich Beachtung geschenkt hatte; daß die Absichten einer bestimmten Großmacht höchst bedrohlich und gefährlich waren und man sie entlarven und vereiteln müsse und daß ihm endlich die schon so lange ersehnte Peerswürde zu verleihen sei. Sir John Tregarvan wandte sich an gewisse ihm bekannte literarisch und politisch bewanderte Gentlemen. Er wolle die „Europäische Rundschau" herausbringen. Er würde die Pläne jener Großmacht enthüllen, die Europa bedrohte. Er würde einem Minister, der die Ehre seines Landes aufs Spiel setzte und die eigene vergaß, die Maske abreißen: einem Minister, dessen Anmaßung Englands Landadel nicht länger hinnehmen durfte. Sir John, ein kleiner Mann mit Messingknöpfen und einem großen Kopf, der sich gern reden hört, kam zum Autor dieser Biographie und hielt zu obengenannten Themen eine Rede. Die Gattin dieses Autors befand sich in seinem Studierzimmer, als Sir John recht ausführlich seine Ansichten darlegte. Sie hörte ihm mit größter Aufmerksamkeit und Achtung zu. Sie war entsetzt darüber, was sie über die Undankbarkeit der Regierung erfuhr, erstaunt und zutiefst erschrocken angesichts der Darlegungen über die Absichten der – der Großmacht, deren Intrigen die Ruhe in Europa so sehr bedrohten. Sie nahm mit höchstem Interesse den Gedanken auf, die „Rundschau" zu gründen. Selbstverständlich werde er selbst der Chefredakteur sein ... und – und (hier blickte die Frau über den Tisch hinweg mit auffallendem Triumph in den Augen ihren Mann an) – sie kenne, sie beide kennten eben *den* Mann, der sich als bester *auf der ganzen Welt* dafür eigne, als Redakteur unter Sir John zu wirken – einen Gentleman, einen so wahren Gentleman, wie es keinen zweiten gibt – einen Mann mit Universitätsbildung, einen in den europäischen Sprachen ungewöhnlich versierten Mann – jedenfalls im Französischen ganz gewiß. Und jetzt kann der Leser wohl erraten, wer diese Person war. „Ich habe es sofort gewußt", sagt die Dame, nachdem Sir John sich empfohlen hatte. „Ich habe dir doch gesagt, Gott werde diese lieben Kinder nicht verlassen." Und ich könnte sie genausowenig davon zu überzeugen versuchen, daß die „Europäische Rundschau" nicht schlechthin und notwendigerweise zur

Sicherung des Lebensunterhalts von Philip bestimmt war, wie ich sie dazu bewegen könnte, Mormonin zu werden, mit allen Konsequenzen, welche die Damen auf sich nehmen müssen, die sich zu diesem Glauben bekennen.

„Du siehst, mein Herz", erkläre ich der Gefährtin meines Lebens, „was noch alles schlechthin und notwendigerweise vorherbestimmt sein muß, zugleich mit Philips Ernennung zum Redakteur der ‚Europäischen Rundschau'. Es muß ab initio beschlossen gewesen sein, daß Lady Plinlimmon Abendgesellschaften gibt, damit sie Lady Tregarvan ärgern kann, indem sie sie nicht zu diesen Gesellschaften bittet. Es muß vom Schicksal vorherbestimmt gewesen sein, daß Lady Tregarvan neidisch veranlagt ist, damit sie Lady Plinlimmon hassen kann und ihren Mann bearbeitet und ihn mit Zorn und Auflehnung gegen seinen Vorgesetzten erfüllt. Es muß vom Geschick verfügt gewesen sein, daß Tregarvan eine ziemlich schwache und wortreich veranlagte Persönlichkeit ist und sich einbildet, er besitze Talent für literarische Arbeiten. Sonst hätte er nicht daran gedacht, die ‚Rundschau' zu gründen. Sonst hätte er es Lord Plinlimmon nicht übelgenommen, daß der ihn nicht zum Tee eingeladen hat. Sonst hätte er Philip nicht als Redakteur angestellt. Du siehst also, um dieser Bestallung willen und Philip Firmins zweihundert im Jahr müssen von frühester Zeit an Tregarvans geboren werden, müssen schon in uralten Menschheitsepochen Plinlimmons hervorgesprossen sein und sich bis auf den heutigen Tag fortpflanzen. Doktor Firmin hat ein Schurke zu sein und sich seinem Schicksal zu unterwerfen, seinen Sohn um sein Geld zu prellen... Die ganze Menschheit bis hin zum Ursprung unserer Art ist in deine These eingeschlossen, und wir kommen tatsächlich bei Adam und Eva an, die nur ihr Schicksal erfüllen, nämlich Philip Firmins Vorfahren zu sein."

„Sogar bei unseren Ureltern gab es Zweifel und Bedenken und Skeptizismus", erklärt die Dame mit starkem Nachdruck. „Wenn du behaupten willst, so etwas wie eine höhere Macht, die über uns wacht und die Dinge uns zum Wohle vorherbestimmt, gebe es nicht, bist du ein Atheist — und so etwas wie ein Atheist existiert nicht in der Welt, und ich würde dir nicht glauben, auch wenn du zwanzigmal behauptest, einer zu sein."

Ich erwähne diese Argumente nebenbei und als Beispiele für

die weibliche Logik. Ich gebe zu, daß Philip selbst, wenn er auf seine vergangene Lebensbahn zurückblickt, tief bewegt ist. „Ich streite nicht ab", sagt er ernst, „daß all das nach der natürlichen Ordnung der Dinge geschehen ist. Ich sage, ich bin dankbar für das, was geschehen ist, und blicke nicht ohne heilige Scheu auf die Vergangenheit zurück. In großer Not und womöglich Gefahr habe ich rechtzeitige Rettung erfahren. Unter schwerem Leid ist mir höchster Trost zuteil geworden. Als die Prüfung fast zu schwer für mich zu sein schien, ist sie zu Ende gegangen, und unser Dunkel hat sich gelichtet. Ut vivo et valeo — si valeo, weiß ich, WER das geschehen läßt — und würdest du mir verbieten, dankbar zu sein? Dankbar für meine Frau, dankbar für meine Kinder, dankbar für das tägliche Brot, das mir zuteil wurde, und die Versuchung, von der ich errettet wurde? Wenn ich an die Vergangenheit und ihre bitteren Prüfungen denke, neige ich das Haupt in Dank und Ehrfurcht. Ich brauchte Beistand, und ich habe ihn gefunden. Ich geriet in schlimme Notlage, und gute Freunde erbarmten sich meiner und halfen mir — gute Freunde wie du, wie deine liebe Frau, wie manche anderen, die ich nennen könnte. In welchen Stunden der Niedergeschlagenheit hast du, alter Freund, mich nicht angetroffen und mich aufgemuntert? Ist dir der unaussprechliche Wert eurer Anteilnahme in der Zeit unseres Leids bewußt? Der gute Samariter bringt vielleicht nur zwei Pence für den Wanderer auf, den er gerettet hat, aber die kleine Gabe zur rechten Zeit rettet ein Leben. Erinnerst du dich an den lieben alten Ned St. George, der vor Jahren in Westindien gestorben ist? Bevor er seine Stelle bekam, hing er in London herum, total verarmt und ruiniert, so daß er oft keinen Shilling hatte, um sich Essen zu kaufen. Er kam oft zu uns, und meine Frau und unsere Kinder hatten ihn lieb. Und ich ließ immer ein Häufchen kleine Münzen auf meinem Schreibtisch liegen, damit er sich zwei, drei nehmen konnte, wie er sie brauchte. Freilich erinnerst du dich an ihn. Du warst bei dem Dinner, das wir ihm gaben, als er seine Stelle bekam. Ich habe vergessen, was dieses Dinner gekostet hat, aber ich weiß noch, daß mein Anteil genau die Zahl der Münzen ausmachte, die sich der arme Ned von meinem Tisch genommen hatte. Er gab mir das Geld an Ort und Stelle in dem Wirtshaus in Blackwall zurück. Er sagte, es sehe nach göttlicher Vorsehung aus. Ohne diese Shilling und das stete Willkommen an unserem bescheidenen Tisch hätte er sich wahrscheinlich das Leben genommen, sagte er. Ich brüste mich nicht mit den zwei Pence, die ich gab, sondern danke Gott, daß er mich ausgesandt hat, sie zu spenden. Benedico benedictus. Ich frage mich manchmal, bin ich noch das Ich von vor zwanzig Jahren? Bevor unsere Köpfe kahl waren, mein Freund, und als die Kleinen uns bis ans Knie reichten?

Vor dem Dinner hast du mich in der Bibliothek diese alte ‚Europäische Rundschau' lesen sehen, die dein Freund Tregarvan gründete. Ich stieß auf einen Artikel von mir selbst, einen furchtbar langweiligen, über ein Thema, von dem ich nichts verstand. ‚Die persische Politik und die Intrigen am Hof von Teheran.' Es war eine Auftragsarbeit. Tregarvan hatte irgendein besonderes Interesse an Persien oder wollte Sir Thomas Nobbles ärgern, der dort Gesandter war. Ich habe mit Tregarvan im Albany gefrühstückt, er gab mir die Fakten (nennen wir sie einmal Fakten) und Unterlagen, und ich ging nach Hause, um auf Sir Thomas' Versäumnisse und die scheußlichen Intrigen des russischen Hofes hinzuweisen. Nun, Nobbles, Tregarvan, Teheran, alles verschwand, Sir, als ich den Text in dem alten Band der ‚Rundschau' betrachtete. Ich sah vor mir ein Stübchen und einen einfachen Holztisch mit einer Leselampe und einen jungen Menschen, der daran schrieb, mit schwerem Herzen und von einer schrecklichen Angst gequält. Eines unserer Kinder lag krank nebenan, und ich sehe meine Frau vor mir, wie sie ab und zu in mein Zimmer kam und sagte: ‚Jetzt schläft sie, und das Fieber ist deutlich gefallen.'"

Hier unterbrach das Erscheinen einer hochgewachsenen jungen Dame unser Gespräch, die sagte: „Papa, der Kaffee ist schon ganz kalt. Und gleich kommt die Kutsche, und Mama und meine Patentante sagen beide, sie werden ganz böse. Weißt du, daß ihr hier schon seit zwei Stunden redet?"

Waren wirklich zwei Stunden verstrichen, während wir dasaßen und über alte Zeiten schwatzten? Wenn ich davon erzähle, gebe ich Mr. Firmins Schilderung seiner Abenteuer lieber in seinen eigenen Worten wieder, wo ich mich an sie erinnern oder sie nachahmen kann. Wir sind beide ernstere und würdigere Herren als zu der Zeit, von der ich schreibe. Ist Firmins Tochter inzwischen nicht größer als ihre Patentante? Beide Veteranen, plappern wir in der Tat nur zu gern von den fröhlichen Zeiten, als wir jung waren (Den fröhlichen Zeiten? Nein, die Vergangenheit ist niemals fröhlich.) – also von den Zeiten, als wir jung waren. Und werden wir wieder jung, wenn wir darüber sprechen, oder ergeben wir uns nur einer greisenhaften Heiterkeit und Weitschweifigkeit?

Tregarvan schläft bei seinen Vätern in Cornwall. Europa macht schon viele Jahre lang ohne seine „Rundschau" weiter. Doch es ist gewiß, daß die Gründung jenes im verborgenen gebliebenen Organs der Meinungsbildung Philip Firmin sehr zum Nutzen gereichte und eine Zeitlang dazu beitrug, ihn und mehrere unschuldige Menschen, die von ihm abhingen, mit dem täglichen Brot zu versehen. Natürlich, da sie so arm waren, wuchs und vermehrte sich diese wackere Familie; und da sie wuchsen und da sie sich vermehrten, drängt meine Frau mich, zu erklären, wie sich der Lebensunterhalt für sie fand. Als sich in Philips Kinderstube ein zweites Kind einstellte, hätte er seine Wohnung in der Thornhaugh Street aufgegeben, hätte nicht die liebevolle Kleine Schwester mit Bitten und Befehlen darauf beharrt, im Haus sei reichlich Platz für alle, und hätte sie nicht erklärt, falls Philip ausziehe, werde sie ihr kleines Patenkind enterben. Und da entdeckte man wahrhaftig zum erstenmal, daß dieses treue und liebevolle Geschöpf ihren ganzen kleinen Besitz Philip vermacht hatte. Das sind die Sonnenstrahlen im Kerker. Das sind die Wassertropfen in der Wüste. Und aus vollem Herzen erkennt unser Freund an, wie ihm in der Stunde der Not Trost zuteil wurde.

Wenn Mr. Firmin auch ein sehr dankbares Herz besitzt, mußte ich bereits einräumen, daß er sich gelegentlich als ein lauter, unangenehmer Bursche erwies, hitzig mit Worten und heftig im Benehmen. Und wir sind nun an jenem Abschnitt seiner Geschichte angelangt, wo er einen Streit hatte, bei dem, wie ich zu meinem Leidwesen sagen muß, Mr. Philip im Unrecht war. Warum verkehren wir mit Leuten, die wir nicht mögen? Warum nur versuchen Menschen, zwischen denen keine Liebe besteht, hartnäckig einen Bund einzugehen? Ich glaube, es waren die Damen, die sich bemühten, Philip und seinen Vorgesetzten miteinander auszusöhnen; die sie zusammengeführt hatten und danach strebten, daß sie sich wieder vertrugen. Doch je häufiger sie zusammenkamen, desto weniger konnten sie sich leiden. Und jetzt muß die Muse ihren endgültigen und unüberbrückbaren Bruch schildern.

Von Mugfords Grimm berichte die grause Mär, o Muse, und Philips elendem Los. Ich habe dargetan, wie die Männer schon lange innerlich gegeneinander gifteten. „Weil Firmin arm wie eine Kirchenmaus ist, ist das noch lange kein Grund, daß er diese hochnäsige Art an den Tag legt und dieses herablassende Getue gegen einen Mann, der ihm das Brot gibt, das er ißt", behauptete Mugford nicht ohne Recht. „Was geht es *mich* an, daß er von der Universität kommt? Ich stehe ihm in nichts nach. Ich bin besser als sein alter Nichtsnutz von Vater, der auch vom Collnge kam und in feinen Kreisen verkehrte. Ich habe selbst meinen Weg in der Welt gemacht, ganz unabhängig, und ich habe selbst für mich gesorgt, seit ich vierzehn Jahre alt war, und auch meiner Mutter und meinen Brüdern geholfen, und das ist mehr, als mein Redakteur behaupten kann, der sich jetzt noch nicht selbst ernähren kann. Ich könnte fünfzig ebenso gute Redakteure wie ihn kriegen, wenn ich bloß zum Fenster hinaus auf die Straße rufe, jawohl. Zum Henker mit Firmin! Ich verliere langsam die Geduld mit ihm."

Auf der anderen Seite pflegte Mr. Philip ebenso offenherzig seine Meinung zu äußern. „Wie kommt dieser Mensch dazu, mich Firmin zu nennen?" fragte er. „Firmin bin ich für meinesgleichen und meine Freunde. Ich bin der Lohnarbeiter dieses Mannes zu vier Guineas die Woche. Ich liefere ihm den Gegenwert seines Geldes, und jeden Sonnabendabend sind wir quitt. Mich Philip zu nennen, also wirklich, und mich in die Seite zu knuffen! Mir bleibt die Luft weg, Sir, wenn ich an diese verdammte Vertraulichkeit denke!" – „Zum Teufel mit seiner Unverschämtheit!" lautete der Ruf, der nicht unberechtigte Ruf des Lohnarbeiters wie seines Brotherrn. Man hätte die Männer voneinander getrennt halten sollen, und eine höchst irregeleitete christliche Nächstenliebe und weibliche Verschwörung führte sie zusammen.

„Wieder eine Einladung von Mugford. Es war ausgemacht, daß ich da nie wieder hingehe, und ich gehe auch nicht", verkündete Philip seiner sanftmütigen Frau. „Schreib ihnen, daß wir schon etwas anderes vorhaben, Charlotte."

„Die Einladung ist für den Achtzehnten nächsten Monats, und heute haben wir den Dreiundzwanzigsten", wandte die arme Charlotte ein. „Wir können nicht gut sagen, wir hätten so weit voraus etwas vor."

„Das ist für einen von seinen großen offiziellen Gesellschaftsabenden", drängte die Kleine Schwester. „Da könnt ihr in keinen Streit nicht geraten. Er hat ein gutes Herz. Du doch auch. Es bringt nichts ein, wenn du mit ihm streitest. Ach, Philip, verzeih ihm doch und versöhnt euch!" Philip gab dem Drängen der Frauen nach, wie wir alle. Und man schickte einen Brief nach Hampstead, in dem es hieß, Mr. und Mrs. P. F. würden sich die Ehre geben usw.

In Mr. Mugfords Eigenschaft als Zeitungsbesitzer hofierten ihn Musiker und Opernsänger ganz gewaltig. Und er bewirtete sie gern an seiner gastlichen Tafel, prahlte beim Essen mit seinen Weinen, seiner Küche, seinem Tafelgeschirr, seinem Garten, seinem Wohlstand und seiner persönlichen Tüchtigkeit, während die Künstler ihm achtungsvoll zuhörten; und schlief ein und schnarchte oder wachte auf und fiel vergnügt in einen Kehrreim ein, wenn die Sänger sich im Salon produzierten. Nun gab es da eine Dame, die früher am Theater als Mrs. Ravenswing bekannt gewesen war und die durch die Verfehlungen ihres Mannes, eines gewissen Walker, eines der größten Lumpen, die je ins Gefängnis kamen, gezwungen gewesen war, zur Bühne zu gehen. Nach Walkers Tod heiratete diese Dame einen Mr. Woolsey, einen gutsituierten Schneider, der sich aus seinem Beruf zurückzog und auch seine Frau bewog, den ihren aufzugeben.

Nun, trefflichere und ehrenhaftere Leute als Woolsey und seine Frau gibt es nicht, wie alle wissen, die über ihre Geschichte im Bilde waren. Mrs. Woolsey ist laut. Ihre H kommen durchaus nicht da, wo sie hingehören, ihr Messer ist bei den Mahlzeiten oft da, wo es nichts zu suchen hat, sie ruft die Männer laut beim Namen und das ohne jedes Höflichkeitspräfix. Sie ist dem Porterbier recht zugetan und hat keine Hemmungen, darum zu bitten. Sie setzt sich ans Klavier, spielt und singt aus freundlichem Entgegenkommen, und wenn man ihre Hände betrachtet, wie sie über die Tasten wandern – nun, ich möchte nichts Unfreundliches sagen, doch muß ich gestehen, daß diese Hände nicht so weiß sind wie das Elfenbein, das sie bearbeiten. Woolsey sitzt völlig hingerissen da und hört seiner Frau zu. Mugford nötigt sie anschließend, ein „Gläschen" zu trinken, und die gutmütige Seele sagt, sie wolle etwas 'eißes. Sie sitzt da und hört mit unendlicher Geduld und Gutmütigkeit zu, während die kleinen Mugfords ihre gräßlichen musikalischen Übungen vortragen. Und sind diese überstanden, ist sie bereit, wieder ans Klavier zu gehen und noch mehr Lieder zu singen und noch mehr 'eißes zu trinken.

Ich behaupte nicht, daß sie eine vornehme und elegante Frau war oder eine passende Gefährtin für Mrs. Philip; doch ich weiß, daß Mrs. Woolsey eine gute, gescheite und freundliche Frau war und daß Philip sie unhöflich behandelte. Er wollte bestimmt nicht grob zu ihr sein, behauptete er. Doch die Wahrheit ist, er behandelte sie, ihren Mann, Mugford und Mrs. Mugford mit einer hochmütigen Schroffheit, die alle vier maßlos aus der Fassung brachte und empörte.

Über diese arme Dame, keusch und unschuldig wie Susanne, hatte Philip einst in lockeren Clubs ein paar lockere alte Gentlemen lockere Geschichten erzählen hören. Da war zum Beispiel der alte Trail, welche Frau wohl entging *seinen* höhnischen Bemerkungen und Verleumdungen? Da waren noch andere, die ich nennen könnte und deren Zeugnis genauso unwahr war. Unter normalen Umständen hätte Philip sich nie um eine Frage des Vortritts geschert oder ereifert und hätte an jedem Tisch jeden ihm zugewiesenen Platz eingenommen. Doch als Mrs. Woolsey in knitteriger Atlasseide und schlaffen Spitzen erschien und von Gastgeber und Gastgeberin überschwenglich und achtungsvoll begrüßt wurde, fielen Philip jene alten Geschichten über die arme Dame ein: seine Augen sprühten Zorn, und in seiner Brust pochte eine Empörung, an der er fast erstickte. Dieses Weib einladen, um sie mit meiner Frau bekannt zu machen? dachte er bei sich und blickte so fuchsteufelswild drein, daß die schüchterne kleine Frau beunruhigt ihren Philip ansah und zu ihm schlich und flüsterte: „Was ist denn, Liebster?"

Mittlerweile waren Mrs. Mugford und Mrs. Woolsey tief im Gespräch über das Wetter, die Kinder und so weiter – und Woolsey und Mugford tauschten den kräftigen Händedruck der Freundschaft. Da kehrte Philip, nach einem finsteren Blick auf die neu eingetroffenen Gäste, den Versammelten den breiten, mächtigen Rücken zu und sprach mit seiner Frau, was auf seinen Gastgeber einen sehr ärgerlichen Eindruck machte.

Zum Henker mit dem Stolz von diesem Kerl! dachte Mugford. Er dreht meinen Gästen einfach den Rücken zu, weil Woolsey Handwerker war. Ein ehrlicher Schneider ist besser als ein bankrotter, betrügerischer Arzt, denke ich doch. *Woolsey* braucht sich nicht zu schämen, sein Gesicht zu zeigen, das ist meine Meinung. – Warum hast du mich beschwatzt, diesen Menschen wieder einzuladen, Mrs. M.? Siehst du nicht, daß unser Umgang ihm nicht gut genug ist?

Philips Benehmen reizte Mugford also dermaßen, daß er bei der Ankündigung des Dinners vortrat und Mrs. Woolsey den Arm bot; dabei hatte er anfangs Mrs. Firmin diese Ehre erweisen wollen. Ich will ihm schon zeigen, dachte Mugford, daß die Gattin eines ehrlichen Handwerkers, der bar bezahlt und vor niemand Angst hat, höher steht als die Frau meines Redakteurs, die Tochter von einem bankrotten hohen Tier! Obzwar Mugfords prunkvollstes Tafelsilber beim Dinner glänzte und sein allerbester Wein es begleitete, war die Mahlzeit für mehrere Anwesende eine trübsinnige und schleppende Angelegenheit, und Philip und Charlotte und wohl auch Mugford dachten, es ginge nie zu Ende. Mrs. Woolsey freilich aß seelenruhig ihre Mahlzeit und trank ihren Wein, während Philip, sich jener lockeren Legenden über sie erinnernd, vor der armen nichtsahnenden Dame saß, stumm, mit böse starrenden Augen und frecher, gehässiger Miene; so sehr, daß Mrs. Woolsey Mrs. Mugford ihre Vermutung anvertraute, der große Herr müsse heute früh wohl mit dem verkehrten Bein zuerst aufgestanden sein.

Nun, Mrs. Woolseys Kutsche und Mr. Firmins Droschke wurden gleichzeitig gemeldet. Und sofort sprang Philip auf und winkte seine Frau heraus. Doch Mrs. Woolseys Kutsche und Kutschlampen bekamen natürlich den Vorrang, und Mr. Mugford begleitete diese Dame bis an ihren Wagenschlag.

Mrs. Firmin erwies er nicht die gleiche Aufmerksamkeit. Höchstwahrscheinlich vergaß er es. Möglicherweise meinte er, nach der Etikette sei es nicht erforderlich, der Frau eines Redakteurs diese Höflichkeit zu erweisen. Wie auch immer, er verhielt sich nicht so beleidigend wie Philip selbst den Abend über; jedenfalls stand er in der Vorhalle und sah zu, wie seine Gäste sich anschickten, in ihrer Droschke abzufahren, als Philip in einer jähen Aufwallung aus dem Wagen stieg und auf seinen Gastgeber zuschritt, der dort in seiner eigenen Vorhalle stand und ihn mit einem, wie Philip versicherte, äußerst dreisten Lächeln auf dem Gesicht herausfordernd ansah.

„Wohl zurückgekommen, um sich eine Pfeife anzustecken, wie? Nett für Ihre Frau, was?" sagte Mugford, seinen Witz auskostend.

„Ich bin zurückgekommen, Sir", sagte Philip, Mugford grimmig anstarrend, „um Sie zu fragen, wie Sie es wagen konnten, Mrs. Philip Firmin mit *diesem Weib* zusammen einzuladen."

Hier geriet wiederum Mr. Mugford in Wut, und von diesem Augenblick an begann *er* sich ins Unrecht zu setzen. Wenn Mr. Mugford in Harnisch geriet, war seine Ausdrucksweise offenbar nicht die feinste. Wir haben gehört, daß er im Zorn seine Untergebenen hemmungslos anschnauzte. Auch bei diesem Anlaß stieß er viele Flüche aus. Er erklärte Philip, er nehme seine Frechheit nicht länger hin, er sei nichts weiter als der Sohn eines Betrügers und Schwindlers; wenn er auch nie auf 'nem College gewesen sei, könne er trotzdem Leute, wo dort gewesen seien, kaufen und bezahlen! Und wenn Philip auf zehn Minuten mit nach hinten auf den Hof kommen wolle, würde er ihm ein paar verpassen und ihm schon zeigen, ob er ein Mann sei oder nicht. Die arme Charlotte, die wirklich dachte, ihr Mann sei zurückgegangen, um sich eine Zigarre anzustecken, saß eine Weile ahnungslos in ihrer Droschke und meinte, die zwei Gentlemen besprächen Zeitungsangelegenheiten. Als Mugford sich den Rock auszuziehen begann, wunderte sie sich zwar, dachte sich aber weiter nichts dabei, zumal ihr Philip den Chef geschildert hatte, wie er ohne Rock in seinem Büro umherstolzierte und eine ausdrucksstarke Sprache gebrauchte.

Doch als Mrs. Mugford, von der Lautstärke des Wortwechsels angezogen, in Begleitung ihrer Kinder, soweit diese noch nicht schlafen gegangen waren, aus ihrem benachbarten Salon kam – als sie Mugford seinen Frack abstreifen sah und in schrilles Geschrei ausbrach – als Mugford, sie überschreiend, völlig außer sich und Phil mit den Fäusten vor dem Gesicht herumfuchtelnd, unter wilden Flüchen die Frage hervorstieß, wie dieser Lump es wage, ihn in seinem eigenen Haus zu beleidigen, und ihm verhieß, ihm jetzt und hier eins über den Schädel zu braten – da sprang die kleine Char in wildem Schreck aus der Droschke, rannte zu ihrem Mann, der vor rasender Wut am ganzen Leib bebte und förmlich schnaubte. Dann sprang Mrs. Mugford vor, schob ihre umfangreiche Gestalt vor ihren Mann, nannte Philip einen großen feigen und unflätigen Kerl und fragte ihn, ob er etwa über diesen kleinen alten Mann herfallen wolle. Dann schleuderte Mugford seinen Rock auf den Boden und forderte Philip mit frischen Flüchen auf, doch zu kommen. Und kurzum, es gab einen denkbar unangenehmen Auftritt, ausgelöst von Mr. Philip Firmins hitzigem Temperament.

35. KAPITEL

Res angusta domi

n der Tat war es unmöglich, diese zwei Männer nach einem Streit wie dem im vorigen Kapitel geschilderten miteinander auszusöhnen. Die einzige Aussicht auf Frieden bestand darin, die beiden getrennt zu halten. Träfen sie sich, würden sie übereinander herstürzen. Mugford beharrte immer darauf, er hätte seinen großen plumpen Redakteur, der seine Fäuste nicht zu gebrauchen verstehe, untergekriegt. In Mugfords Jugendzeit war die Kunst des Boxens in Mode, und der alte Herr vertraute immer noch seiner Gewandtheit und seinem Mut. „Erzählt mir doch nichts", pflegte er zu sagen, „auch wenn der Kerl so groß ist wie ein Leibgardist, ich hätte ihn in zwei Minuten zu Boden gebracht."

Um der armen Charlotte und Philips selbst willen bin ich wirklich froh, daß dieser solcherart Schläge nicht einstecken mußte. Er empfand seinem Arbeitgeber gegenüber soviel grimmige Überraschung wie vermutlich ein Löwe, wenn ihn ein Hündchen angreift. Ich möchte nicht das Hündchen sein. Auch drängt mich meine bescheidene und friedliebende Natur gar nicht dazu, mich mit Löwen anzulegen.

Es war schon ganz gut, daß Mr. Philip Firmin gezeigt hatte, was in ihm steckte, und er sich mit seinem Brotgeber angelegt hatte. Doch als der Sonnabend kam, welcher Philanthrop würde Mr. F.

vier Sovereigns und vier Shilling überreichen, wie es Mr. Burjoyce, der Chefredakteur der „Pall Mall Gazette", regelmäßig getan hatte? Das muß ich meinem Freund lassen, ihn überkam eine
noch schmerzlichere Zerknirschung als angesichts des verwirkten
Einkommens, als er herausfand, daß Mrs. Woolsey, auf die er
von der Seite her den Stein der üblen Nachrede geworfen hatte,
eine äußerst achtbare und ehrenwerte Dame war. „Ich würde am
liebsten hingehen, Sir, und mich vor ihr niederwerfen", erklärte
Philip auf seine emphatische Art. „Wenn ich diesen Schneider
treffe, werde ich ihn bitten, mir den Fuß auf den Kopf zu setzen
und mit seinen Schnürstiefeln auf mir herumzutrampeln. O pfui!
pfui! Soll ich denn nie christliche Barmherzigkeit gegenüber meinem Nächsten erlernen und immerzu den Lügen auf den Leim
gehen, die andere Leute mir vorsetzen? Wenn ich diesen Erz-
schurken Trail im Club treffe, muß ich ihn zur Rede stellen. Wie
konnte er es wagen, einer anständigen Frau die Ehre abzuschneiden?"

Philips Freunde baten ihn eindringlich, um der Gesellschaft
und des lieben Friedens willen, diesen Streit nicht noch auszu-
weiten. „Wenn", sagten wir, „jede Frau, die Trail verleumdet hat,
einen Verfechter ihrer Ehre hätte, der Trail im Club ohrfeigte,
was für ein vulgärer Tummelplatz für Streitereien und Händel
würde der Club werden! Mein lieber Philip, hast du Mr. Trail jemals ein gutes Wort über jemanden sagen hören?" Und mit diesen und ähnlichen Bitten und Argumenten gelang es uns, den
Landfrieden zu wahren.

Ja, aber wie eine neue „Pall Mall Gazette" finden? Hätte Philip siebentausend Pfund in dreiprozentigen Papieren besessen,
wäre sein Einkommen nicht größer gewesen als das, was er von
Mugfords zuverlässiger Bank abgehoben hatte. Ach! auf welch
wunderbare Weise finden sich doch Mittel und Wege! Wenn ich
bedenke, daß genau diese Zeile, genau dieses Wort, das ich gerade schreibe, *Geld* bedeutet, versinke ich in ehrfürchtigem Stau-
nen. Man nehme den eigenen Fall, wie man seine Gebete spricht,
für sich selbst und seine Familie. Ich bekomme, sagen wir zur Er-
läuterung, sechs Pence pro Zeile. Mit den Worten „*Ach! auf welch
wunderbare Weise*" bis zu den Worten „*pro Zeile*" kann ich ein Brot,
ein Stück Butter, eine Kanne Milch, ein bißchen Tee kaufen –
tatsächlich genug, um das Frühstück für die Familie zu bestrei-

ten. Und für die Dienstboten des Hauses; und die Scheuerfrau – *deren* Dienstbote – kann sich die Teeblätter mit frischem Wasser aufbrühen, die Krusten einbrocken und hat eine Mahlzeit, tant bien que mal. Weib, Kinder, Gäste, Dienstboten, Scheuerfrau und so fort, wir alle ernähren uns in der Tat sozusagen von Philip Firmins Knochen.

Und mein Nachbar von nebenan, den ich mit dem Regenschirm in der Hand ins Gericht aufbrechen sehe? Und der übernächste, der Geschäftsmann aus der City? Und der überübernächste, der Arzt? Ich weiß, daß der Bäcker heute früh an jeder dieser Türen Brot abgeliefert hat, daß ihre Schornsteine alle rauchen und daß sie alle frühstücken werden. Ach, Gott sei dafür gedankt! Ich hoffe, mein Freund, Sie und ich sind nicht zu stolz, um unser tägliches Brot zu bitten und dankbar dafür zu sein, daß wir es bekommen?

Mr. Philip mußte für das seine arbeiten, in Sorge und Mühe, wie andere Menschenkinder: dafür arbeiten und auch darum beten, hoffe ich. Es ist für mich ein ehrfurchtgebietender und schöner Gedanke, der vom täglichen Gebet und den Myriaden Mitmenschen, die es sprechen, in Not und Krankheit, in Ungewißheit und in Armut, in Gesundheit und in Reichtum. Panem nostrum da nobis hodie. Philip flüstert es am Bett, wo Frau und Kind noch schlafen, und geht mit standhafterem Herzen an seine frühe Arbeit; wenn er sich leise zur Ruhe begibt, nachdem die Tagesmühe vorbei und das tägliche Brot verdient ist, und er seinen leisen Dank an den mildtätigen Spender der Mahlzeit haucht. Überall auf dieser Welt, welch endloser Chor singt da von Liebe und Dank und Gebeten. Ein Tag erzählt dem anderen die wunderbare Geschichte, und eine Nacht sagt sie der anderen weiter. – Wieso fällt mir ein Sonnenaufgang ein, den ich vor fast zwanzig Jahren auf dem Nil erlebte, wo Fluß und Himmel im aufdämmernden Licht rosig aufschimmerten und glühten und als das Lichtgestirn erschien, die Bootsleute auf dem rot angestrahlten Deck niederknieten und Allah anbeteten? So wie deine Sonne, mein Freund, über den bescheidenen Dächern rund um dein Haus aufgeht, sollst du viele, viele Tage zu Pflicht und Mühe erwachen. Möge die Arbeit ehrlich verrichtet sein, wenn die Nacht hereinbricht; und der Aufseher den Tagelöhner gütig behandeln.

Zwei von Philips Stricken rissen also und versagten nach ganz kurzer Belastung, und der arme Kerl hielt sich jetzt nur noch an jener wunderbaren „Europäischen Rundschau" fest, die der mysteriöse Tregarvan gegründet hatte. Die Schauspieler, Menschen mit abergläubischen Vorstellungen und Traditionen, behaupten, der Himmel bringe auf rätselhafte Weise zu ihrem Besten Theaterdirektoren hervor. Genauso werden „Rundschau"-Besitzer gesandt, um uns Leuten der schreibenden Zunft die Nahrung zu liefern. Mit welchem Wohlgefallen meine Frau sich Tregarvans etwas weitschweifige und gespreizte Auslassungen anhörte! Er gespreizt und abgedroschen? Tregarvan spreche mit ausgesprochen gesundem Menschenverstand. Diese verschlagene Frau ließ sich nie anmerken, daß sie seines Geplauders überdrüssig war. Hinter seinem Rücken lobte sie ihn Philip gegenüber und wollte kein abfälliges Wort gegen ihn hören. Wie ein Arzt Ihnen die Brust, die Leber, das Herz abklopft, die Lungen abhört, den Puls fühlt und was noch alles, so studierte, massierte, auskultierte diese praktische Ärztin Tregarvan. Selbstverständlich ließ er sich bearbeiten. Selbstverständlich hatte er keine Ahnung, daß die Dame ihm schöntat, ihn beschwatzte, ihn zum besten hielt; vielmehr dünkte er sich als ein äußerst wohlunterrichteter, beredter Mann, der viel erlebt und gelesen hatte und es verstand, sein Wissen auf angenehme Art weiterzugeben, und die fragliche Dame hielt er für eine vernünftige Person, von Natur aus auf näheren Aufschluß begierig. Fort, Delila! Ich durchschaue deine Tricks! Ich kenne noch manche andere Omphale in London, die Herkules mit schönen Reden von seinem Club fortlockt, damit er ihrem schmeichlerischen Geplauder zuhört.

Nur unter großen Schwierigkeiten konnten wir Philip dazu bewegen, Tregarvans Artikel in der „Rundschau" zu lesen. Anfangs behauptete er, das könne er nicht, oder er könne sie nicht behalten, deshalb sei es zwecklos, sie zu lesen. Und Philips neuer Herr spielte im Gespräch oft geschickt auf seine eigenen Beiträge an, so daß unser unbedachter Freund sich bei jedem zufälligen Gespräch mit Tregarvan einer Prüfung unterzogen fand. Mochte er dessen Ansichten zum Freihandel, zur Malzsteuer, zur Einkommensteuer, zu den Absichten Rußlands und was nicht noch alles nun gutheißen oder nicht, aber zumindest kennen mußte er sie. Wir zwangen Philip geradezu, die Artikel seines Chefs durchzu-

arbeiten. Wir stellten ihm unter vier Augen Fragen darüber –
„paukten ihn ein", wie man das unter Studenten nennt. Meine
Frau wickelte dieses bedauernswerte Parlamentsmitglied dermaßen um den Finger, daß ich bei dem Gedanken schaudere,
welcher Heuchelei dieses Geschlecht fähig ist. Diese List und
Verstellung, mit der sie andere einwickelt, angenommen, sie wendet sie bei *mir* an? Fürchterlicher Gedanke! Nein, mein Engel! Anderen gegenüber magst du eine schmeichelnde Heuchlerin sein,
mir gegenüber bist du eitel Aufrichtigkeit! *Andere* Männer mögen von anderen Frauen beschwatzt worden sein; ich aber lasse
mich von derlei Dingen nicht anführen. Und du bist eitel Aufrichtigkeit!

Wir bekamen damals als Redakteur soundsoviel pro Jahr. Darüber hinaus wurden wir für unsere Artikel honoriert. Wir bezogen eine wirklich hübsche kleine Rente aus dieser „Rundschau"
und beteten, daß es ewig so bleiben möge. Wir könnten einen
Roman schreiben. Wir könnten Artikel für eine Tageszeitung
verfassen; ein wenig parlamentarische Praxis als Barrister erwerben. Wirklich bekamen wir Philip in einen Eisenbahnprozeß
oder auch zwei hinein, und meine Frau wickelte wohl die An-
waltsgattinnen genau so ein und hätschelte sie, wie sie das mit
Parlamentsmitgliedern getan hatte. Ja, ich glaube gar, meine Delila fing mit dem alten Bischof Crosstricks einen Flirt an, mit dem
Plan, ihrem Schützling eine ergiebige Pfarrstelle zu beschaffen;
und wenngleich die Dame diese Beschuldigung empört zurück-
weist, wäre sie wohl so freundlich, zu erklären, wieso die Predig-
ten des Bischofs in der „Rundschau" so über den grünen Klee
gelobt wurden?

Philips Grobheit und Offenheit waren Tregarvan nicht unsympathisch, zu unserer Verwunderung, die wir alle davor zitter-
ten, daß er diese Stelle genauso verlieren könnte wie die vorige.
Tregarvan besaß mehrere Landhäuser, und dort war nicht nur
der Redakteur der „Rundschau" willkommen, sondern auch Frau
und Kinder des Redakteurs, die Tregarvans Frau ganz besonders
ins Herz schloß. In London gab Lady Mary Gesellschaften, wo
sich unsere kleine Freundin Charlotte sehen ließ; und ein halbes
dutzendmal im Lauf der Saison bewirtete der reiche Gentleman
aus Cornwall festlich sein Gefolge von der „Rundschau". Sein
Wein war vorzüglich und alt, seine Witze waren ebenfalls alt,

seine Tafel prunkvoll, feierlich, reichhaltig. Mußte Philip das Brot der Abhängigkeit essen, so wurde ihm hier der Laib sehr freundlich gereicht, und er aß es demütig und unter nicht allzu vielem Gemurr. Diese Diät verstopft manchen stolzen Magen und bekommt ihm nicht; doch Philip war jetzt sehr bescheiden geworden und von dankbarem Wesen gegenüber Freundlichkeiten.

Er ist ein Mensch, der auf die Hilfe von Freunden angewiesen ist und Wohltaten annehmen kann, ohne seine Unabhängigkeit zu verlieren – nicht von allen Menschen, aber von manchen, denen er es dann nicht nur in kleiner Münze vergilt, sondern mit einem Riesenmaß an Zuneigung und Dankbarkeit. Wie dieser Mann über meine witzigen Bemerkungen lachte! Wie er den Boden verehrte, den meine Frau betrat! Er ernannte sich zu unserem Vorkämpfer. Er stritt mit anderen Leuten, die etwas an unserem Charakter auszusetzen hatten oder nicht einsahen, daß wir rundum vollkommen waren. Es lag etwas Rührendes in der Art, wie dieser Hüne seinen bescheidenen Platz einnahm. In seinen Augen konnten wir nichts Unrechtes tun; und wehe dem Mann, der sich in seiner Gegenwart abfällig über uns äußerte!

Eines Tages, am Tisch seines Gönners, setzte Philip seinen Mut und Kampfgeist für uns ein und verteidigte uns gegen die üble Nachrede jenes Mr. Trail, den wir vorhin schon einmal erwähnten, ein Gentleman, schwer zufriedenzustellen und stets geneigt, von seinem Nächsten das Schlechteste anzunehmen. Das Gespräch wandte sich zufällig des Lesers ganz ergebenem Diener und dessen Charakter zu, und wie man sich vorstellen kann, verschonte mich Trail nicht mehr als die übrige Menschheit. Möchten Sie, daß alle Leute Sie mögen? Das wäre ein Grund, weshalb Trail Sie nicht leiden könnte. Wären Sie ein frisch vom Himmel gefallener Engel, würde er Schmutz auf Ihrem Gewand erspähen und ein, zwei schwarze Federn in Ihren Schwingen. Was mich angeht, weiß ich, daß ich durchaus nicht engelhaft bin; und wenn ich über meine heimatliche Erde schreite, kann ich nicht vermeiden, daß ein wenig Schmutz an meinen Hosen hängenbleibt. Nun gut. Mr. Trail begann mein Porträt zu malen und trug dabei jene dunklen Schatten auf, die dieser wohlbekannte Meister zu verwenden pflegt. Ich sei ein Parasit des Adels, ich sei ein herzloser Speichellecker, Einbrecher, Trunkenbold, Mörder, heimgekehrter Sträfling und so weiter und so fort. Mit ein wenig Phantasie kann Mrs. Candour den Umriß ausfüllen und die Farben so anordnen, wie es ihrer freundlichen Laune gerade gefällt.

Philip war zu spät zum Dinner gekommen. *Diesen* Fehler, muß ich gestehen, begeht er nur zu oft. Die Gesellschaft saß bei Tisch. Er nahm den einzigen freien Platz ein, und der befand sich zufällig neben Mr. Trail. An Trails anderer Seite saß ein beleibter Mann mit einem gesunden, rosigen Gesicht in einer umfangreichen weißen Weste, an den Trail sich mit einem Großteil seines liebenswürdigen Geplauders richtete und den er mehrmals als Sir John anredete. Wir haben schon ein- oder zweimal erlebt, wie Philip bei Tisch Streit angefangen hat. Er rief laut und ganz ehrlich mea culpa. Er gelobte immer wieder Besserung in diesem speziellen Punkt. Es gelang ihm, vielgeliebte Brüder, nicht viel besser oder schlechter als Ihnen oder mir, die wir unsere Fehler eingestehen und immerfort versprechen, uns zu bessern, und jeden Tag straucheln und uns erneut aufrichten. Das Pflaster des Lebens ist mit Orangenschalen bestreut; und wer ist nicht schon auf den Steinen ausgeglitten?

„Er ist der dünkelhafteste Mann von London", fuhr Trail gerade fort, „und einer der am weltlichsten gesinnten. Er läßt einen Oberst sitzen, um mit einem General zu speisen. Die beiden Baronets würde er nicht sitzenlassen – dazu ist er viel zu gerissen. *Sie* würde er vielleicht nicht einmal fallenlassen, um mit einem Lord zu speisen; aber bei jedem *gewöhnlichen* Baronet würde er das tun."

„Und warum uns nicht wie die übrigen?" fragt Tregarvan, den das Geschwätz des Sprechers zu belustigen schien.

„Weil Sie durchaus keine gewöhnlichen Baronets sind. Weil Ihr Besitz dafür zu groß ist. Weil jeder von Ihnen von einem Tag zum anderen ins Oberhaus kommen kann, vermute ich. Weil er, als Autor, sich vor einer gewissen ‚Rundschau' fürchten dürfte", ruft Trail unter schallendem Gelächter.

„Trail spricht von einem Ihrer Freunde", erklärte der Gastgeber und nickte lächelnd dem Neuankömmling zu.

„Da hat mein Freund ja Glück", knurrt Philip und löffelt stumm seine Suppe.

„Übrigens, sein Artikel über Madame de Sévigné taugt nichts.

Keine Ahnung von der damaligen Zeit. Drei grobe Schnitzer im Französischen. Man kann nicht über die französische Gesellschaft schreiben, wenn man sich nicht in der französischen Gesellschaft bewegt hat. Was weiß Pendennis schon davon? Ein Mann, der derartige Schnitzer macht, kann kein Französisch verstehen. Ein Mann, der nicht Französisch sprechen kann, bringt es in der französischen Gesellschaft nicht weit. Deshalb kann er auch nicht über die französische Gesellschaft schreiben. Die Beweisführung ist doch ganz klar. Danke. Trockenen Champagner, bitte. Er wird ungeheuer überschätzt, sage ich Ihnen, und seine Frau auch. Man hat sie früher als Schönheit herausgestrichen: dabei ist sie nur eine hausbackene Person mit einem Zimmer voll Kinder. Sie hat keinen Stil."

„Sie ist eine der besten Frauen der Welt", rief Mr. Firmin laut und lief hochrot an. Und sofort stürzte er sich in die Verteidigung unseres Rufes und sang eine Lobeshymne auf uns, einzeln wie gemeinsam, die hoffentlich ein klein wenig Wahrheit enthielt. Doch sprach er mit großer Begeisterung, und Trail fand sich in der Minderheit.

„Sie haben recht, sich für Ihre Freunde einzusetzen, Firmin!" rief der Gastgeber. „Darf ich Ihnen vorstellen . . ."

„Darf ich mich selbst vorstellen", sagte der Gentleman an Mr. Trails anderer Seite. „Mr. Firmin, Sie und ich sind miteinander verwandt – ich bin Sir John Ringwood." Und Sir John streckte Philip über Trails Stuhl hinweg die Hand entgegen. Im Laufe des Abends sprachen sie viel miteinander; und als Mr. Trail gewahrte, daß der große Landedelmann Philip freundlich und familiär behandelte und sich auf ihre verwandtschaftliche Beziehung berief, änderte sich sein Verhalten Philip Firmin gegenüber. Später hielt er eine warme Lobrede auf Sir John, würdigte seine Freimütigkeit und überströmende Freundlichkeit, mit der er seinen vom Glück nicht begünstigten Verwandten anerkannte, und meinte nachsichtig: „Philip ähnele dem Arzt vielleicht nicht und könne nichts dafür, einen Schurken zum Vater zu haben." In früheren Zeiten hatte Trail unbefangen an der Tafel jenes Schurken gespeist. Doch wir müssen ja die Wahrheit über alles andere setzen. Und wenn Ihr eigener Bruder eine Verfehlung begangen hat, verlangt es einfach die Gerechtigkeit, daß Sie ihn steinigen.

In früheren Tagen, nicht lange nach Lord Ringwoods Tod, hatte Philip seine Karte an der Tür dieses Verwandten abgegeben, und Sir Johns Butler hatte, im Brougham seines Herrn vorfahrend, eine Karte bei Philip hinterlassen, den dieser Dank für seine Höflichkeit nicht übermäßig beglückte und der, ehrlich gesagt, beleidigende Beiworte benutzte, wenn er von dieser Angelegenheit sprach. Doch als die beiden Gentlemen sich dann wirklich begegneten, gingen sie ganz freundlich und liebenswürdig miteinander um. Sir John hörte sich das Geplauder seines Verwandten – und wie es scheint, gab sich Philip ungezwungen und natürlich wie immer – mit Interesse und Neugier an und gab später zu, böse Leute hätten ihre Zungen vorher fleißig am Ruf des jungen Mannes gewetzt und man habe eine Menge Verleumdungen und Unwahrheiten gegen ihn vorgebracht. Wenn Philip in dieser Beziehung schlechter wegkommt als seine Nachbarn, so kann ich nur sagen, seine Nachbarn haben Glück.

Zwei Tage nach der Begegnung der Cousins störte das Erscheinen einer prachtvollen gelben Karosse mit Wappen, Kutschbockdecken, einem Kutscher in Perücke und einem Lakaien die Ruhe der Thornhaugh Street auf. Betsy, das Kindermädchen, das eben mit Baby spazierengehen wollte, lief diesem Riesen auf der Schwelle von Mrs. Brandons Haustür in den Weg; und eine Dame in der Karosse gab dem langen Diener drei Karten, der diese an Betsy weiterreichte. Und Betsy beteuerte immer wieder, die Dame in der Kutsche habe Baby mächtig bewundert und sich nach seinem Alter erkundigt, was Babys Mama gar nicht überraschte. Nach angemessener Zeit folgte eine Einladung zum Dinner, und unsere Freunde lernten ihre Verwandtschaft kennen.

Wenn Sie ein gutes Gedächtnis für Ahnentafeln haben – und in meiner Jugendzeit befaßte sich jeder Mann de bonne maison mit der Genealogie und hatte die großen englischen Familien im Kopf –, wissen Sie, daß dieser Sir John Ringwood, der den Hauptteil der Güter, jedoch nicht den Titel des verstorbenen Grafen erbte, von einem gemeinsamen Vorfahren abstammte, einem Sir John, dessen ältester Sohn dann geadelt wurde (temp. Geo. I), während der zweite Sohn die juristische Laufbahn einschlug, Richter wurde und einen Sohn hatte, der Baronet wurde und jenen derzeitigen Sir John zeugte, der soeben an

Trails Rücken vorbei Philip die Hand geschüttelt hat.* Daher waren die zwei Männer Cousins. Und von seiten der Erbin, seiner armen Mutter, hätte Philip durchaus das Wappen der Ringwoods auf seiner Kutsche führen können, wenn er ausfuhr. Dieses, müssen Sie wissen, zeigt Silber, rechts Grün auf einem welligen Querstreif im ersten Feld – oder suchen Sie sich, lieber Freund, aus dem ganzen heraldischen Kleiderschrank irgendeinen Rock aus, der Ihnen gefällt, und streifen Sie ihn unserem Freund Firmin über.

Als junger Mann auf dem College hatte Philip ein wenig in diese wunderliche Wissenschaft der Heraldik hineingerochen und sich Mühe gegeben, an die Legenden über seine Vorfahren zu glauben, die seine liebende Mutter ihm übermittelte. Er hatte sich eine große Bildtafel mit einer Vielzahl von Unterteilungen anfertigen lassen und konnte die Verbindungen auswendig hersagen, kraft derer die und die Unterteilung in sein Wappen kam. Sein Vater bestätigte diese Geschichten mehr oder weniger und

* Mit Genehmigung P. Firmins, Esq., von dem in seinem Besitz befindlichen Stammbaum abgeschrieben.

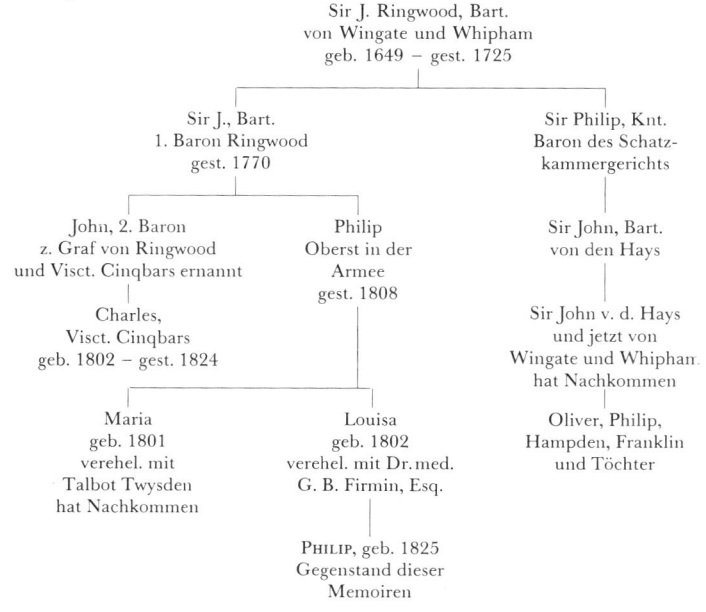

Sir J. Ringwood, Bart.
von Wingate und Whipham
geb. 1649 – gest. 1725

Sir J., Bart.
1. Baron Ringwood
gest. 1770

Sir Philip, Knt.
Baron des Schatzkammergerichts

John, 2. Baron
z. Graf von Ringwood
und Visct. Cinqbars ernannt

Philip
Oberst in der
Armee
gest. 1808

Sir John, Bart.
von den Hays

Charles,
Visct. Cinqbars
geb. 1802 – gest. 1824

Sir John v. d. Hays
und jetzt von
Wingate und Whipham
hat Nachkommen

Maria
geb. 1801
verehel. mit
Talbot Twysden
hat Nachkommen

Louisa
geb. 1802
verehel. mit Dr. med.
G. B. Firmin, Esq.

Oliver, Philip,
Hampden, Franklin
und Töchter

Philip, geb. 1825
Gegenstand dieser
Memoiren

245

äußerte sich mit großer Achtung über sie und die edle Familie seiner Frau. Und Philip, der in der Schule arglos einem gemeinen Jungen zutuschelte, er stamme von König John ab, bezog von dem körperlich überlegenen gemeinen Jungen eine sehr unfreundliche Tracht Prügel und trug noch lange danach den Spitznamen König John. Ich vermute, manche anderen Gentlemen, die ihre Abstammung auf alte Könige zurückführen, haben für ihre Behauptung keinen besseren oder schlechteren Beleg als Freund Philip für seinen Stammbaum.

Als unser Freund zum zweitenmal bei Sir John Ringwood Besuch machte, wurde er in die Bibliothek seines Verwandten geführt. Über dem Kaminsims hing ein gewaltiger Stammbaum, umringt von einer ganzen Galerie verstorbener Ringwoods, deren Repräsentant jetzt der Baronet war. Er zitierte Philip die abgedroschenen alten Zeilen aus Ovid (vor rund zwanzig Jahren war in der Unterhaltung noch eine ganze Menge jener alten Sprüche im Umlauf). Was die Familie und die Ahnen angehe, sagte er, und alles, was wir nicht selbst geschaffen hätten, dürften wir kaum unser eigen nennen. Sir John gab Philip zu verstehen, er sei ein unerschütterlicher Liberaler. Sir John war dafür, mit der Zeit zu gehen. Sir John hatte von den Pariser Barrikaden einen Schuß abgefeuert. Sir John war für die Menschenrechte überall in der Welt. Er hatte neben seinen Vorfahren die Porträts Franklins, Lafayettes, Washingtons und des Ersten Konsuls Bonaparte an den Wänden. Er besaß lithographierte Kopien der Magna Charta, der amerikanischen Unabhängigkeitserklärung und der Namenszüge unter dem Todesurteil für Charles I. Er trug keine Bedenken, seine Vorliebe für republikanische Institutionen einzugestehen. Er verlangte zu wissen, welches Recht irgendein Mann habe − der verstorbene Lord Ringwood zum Beispiel −, einen erblichen Oberhaussitz innezuhaben und Gesetze für ihn zu erlassen. Jener Lord habe einen Sohn gehabt, Cinqbars, der vor vielen Jahren gestorben sei, ein Opfer seiner eigenen Unvernunft und seiner Ausschweifungen. Hätte Lord Cinqbars seinen Vater überlebt, würde er jetzt als Graf im Oberhaus sitzen − ein denkbar ungebildeter junger Mann, ein denkbar verworfener junger Mann, rücksichtslos, liederlich, von schwächster Intelligenz und miserabelster Lebensführung. Nun, wäre er am Leben geblieben und hätte den Besitz der Ringwoods geerbt, wäre diese

Kreatur ein Graf geworden – während er, Sir John, ihm an Sittlichkeit, an Charakter, an Intellekt überlegen, ihm hinsichtlich der Abstammung ebenbürtig (denn hätten sie nicht beide einen gemeinsamen Vorfahren?), immer noch Sir John wäre. Die Ungleichheit der Chancen der Menschen im Leben sei ungeheuerlich und lachhaft. Er sei entschlossen, in Zukunft einen Menschen nur um seiner selbst willen zu betrachten und ihn nicht wegen irgendeiner absurden Laune des Schicksals zu beurteilen.

Während der Republikaner sich mit seinem Verwandten unterhielt, kam ein Bedienter ins Zimmer und meldete seinem Herrn flüsternd, der Klempner sei wie verabredet mit der Rechnung gekommen. Worauf Sir John voller Wut aufsprang, den Bedienten fragte, wie er es wagen könne, ihn zu stören, und ihm befahl, dem Klempner auszurichten, er solle sich in die tiefsten Tiefen des Tartarus scheren. Nichts komme der Unverschämtheit und Geldgier der Handwerker gleich, sagte er, außer der Unverschämtheit und Faulheit der Dienstboten; und er rief diesen zurück und fragte ihn, wie er sich unterstehen könne, das Feuer in diesem Zustand zu belassen – und überschüttete ihn mit einem wütenden Wortschwall, der seinen neuen Bekannten verblüffte. Und nachdem der Mann gegangen war, griff er sein voriges Gesprächsthema wieder auf, nämlich die natürliche Gleichheit der Menschen und die empörende Ungerechtigkeit des derzeitigen Gesellschaftssystems. Als er eine halbe Stunde gesprochen hatte und Philip inzwischen gewahr geworden war, daß er selbst kaum eine Gelegenheit fand, ein Wort zu äußern, zog Sir John seine Taschenuhr und erhob sich; auf diesen Wink hin stand auch Philip auf und beendete ohne Bedauern die Zusammenkunft. Daraufhin begleitete Sir John seinen Verwandten in die Halle und zur Haustür, wo der Reitknecht des Baronets zu Pferd saß und das Pferd seines Herrn am Zügel hielt. Und Philip hörte den Baronet dem Reitknecht gegenüber dieselben üblen Ausdrücke gebrauchen wie vorhin gegenüber dem Bedienten im Haus. Ja, die Armee in Flandern fluchte nicht fürchterlicher als dieser Bewunderer republikanischer Institutionen und Fürsprecher der Menschenrechte.

Philip durfte nicht gehen, ohne genau den Tag zu nennen, an dem er und seine Frau die Gastfreundschaft ihres Verwandten genießen wollten. Bei diesem Anlaß legte Mrs. Philip soviel An-

mut und Schlichtheit an den Tag, daß Sir John und Lady Ringwood sie für eine sehr sympathische und damenhafte Person erklärten und sich vermutlich wunderten, wie eine Person ihres
Standes so kultivierte und angenehme Manieren erworben haben
konnte. Lady Ringwood erkundigte sich nach dem Kind, das sie
neulich gesehen hatte, und rühmte seine Schönheit; nahm natürlich damit das Herz der Mutter für sich ein und veranlaßte sie,
vielleicht mit größerer Ungezwungenheit zu reden, als sie ihr
sonst bei einem ersten Gespräch zur Verfügung gestanden hätte.
Mrs. Philip hat einen feinfühligen Anschlag auf dem Klavier und
eine liebliche Singstimme, die entzückend klar und rein klingt.
Nach dem Dinner trug sie einige Lieder aus ihrem kleinen Re-
pertoire vor und gefiel ihrem Publikum. Lady Ringwood liebte
gute Musik und war selbst eine ausgezeichnete Pianistin der alten Schule gewesen, als sie unter der Anleitung des guten alten
Sir George Thrum Haydn und Mozart spielte. Als Mr. und
Mrs. Philip sich verabschiedeten, legte der hochgewachsene und
gutaussehende, mit einer Pfründe ausgestattete Geistliche, der in
Sir Johns Hauswesen als Haushofmeister fungierte, ein Paket in
den Wagen und meldete mit viel höflicher Ehrerbietung, die
Droschke sei bezahlt. Unsere Freunde hätten bestimmt lieber auf
diese Zeremonie verzichtet, doch sogar einem geschenkten Drosch-
kengaul schaut man nicht ins Maul, und so hatte Philip dank der
Großzügigkeit seines Verwandten rund zwei Shilling mehr in der
Tasche.

Als Charlotte das Paket öffnete, das der Haushofmeister mit
einer Empfehlung seiner Gebieterin in die Droschke gelegt hatte,
ließ sie leider nicht die Begeisterung erkennen, die wir angesichts
der Aufmerksamkeiten unserer Freunde empfinden müßten.
Zwei Kleidchen nach der Mode Georges IV., rote Schuhchen aus
derselben Periode, ein paar zerknitterte Schärpen und sonstige
kleine Kleidungsstücke, in Myladys Auftrag von Myladys Kam-
merzofe zusammengestellt; und als Lady Ringwood Charlotte
beim Abschied einen Kuß gab, hatte sie ihr gesagt, sie hätte ihr
dieses Päckchen herrichten lassen. „Hm", sagte Philip, nur mäßig
erfreut. „Angenommen, Sir John hätte seinen Butler angewiesen,
mir einen seiner blauen Röcke mit Messingknöpfen einzupacken,
genauso, wie er die Droschke bezahlt hat?"

„Wenn es freundlich gemeint war, Philip, dürfen wir uns nicht ärgern", wandte Philips Frau bittend ein, „und ich bin sicher, hättest du sie und die Misses Ringwood von Baby sprechen hören, hättest du sie so gern, wie ich es mir vorgenommen habe."

Mrs. Philip zog Baby diese schimmeligen alten roten Schuhe jedoch nie an. Und was die Kleidchen angeht, sind Kinderkleider jetzt so viel weiter und faltenreicher, daß Lady Ringwoods Geschenke ganz unbrauchbar waren. Es gelang Charlotte, für ihr Kind eine Schärpe herzurichten und ein Paar Epauletten – heißen sie Epauletten? oder Achselbänder – ganz wie Sie wollen, meine Damen; und mit diesem Putz wurde Miss Firmin Lady Ringwood und einigen ihrer Angehörigen präsentiert.

Das Wohlwollen dieser neugefundenen Verwandten Philips war eifrig und offenkundig und doch, muß ich sagen, nicht gänzlich angenehm. In der ersten Zeit ihres Verkehrs – denn auch dieser ging leider zu Ende oder erfuhr bald eine Unterbrechung – kamen vom Berkeley Square Gunstbeweise in Gestalt von landwirtschaftlichen Produkten, Landbutter und Geflügel und sogar Schlachtfleisch in die Thornhaugh Street. Der Herzog von Double-Gloster ist viel reicher als Sie, das weiß ich; aber würde er sich erbieten, Ihnen eine halbe Krone zu schenken, bezweifle ich, ob Sie richtig erfreut wären. Und so ging es mit Philip und seinen Verwandten. Ein mit dem Brougham abgelieferter Korb mit Treibhaustrauben und Landbutter ist ja ganz schön, eine Hammelkeule aber stellte eine Gabe dar, die, zugegeben, ziemlich schwer zu schlucken war. Sie *war* zäh. Diese Tatsache stellten wir einmal, als wir bei unseren Freunden speisten, unter schallendem Gelächter fest. Hatte Lady Ringwood im Brougham auch einen Sack Steckrüben mitgeschickt? Mit einem Wort, wir aßen Sir Johns Hammelfleisch und machten uns über ihn lustig, und seien Sie überzeugt, manch einer hat Ihnen und mir gegenüber das gleiche getan. Vorigen Freitag zum Beispiel, als Jones und Brown gehen, nachdem sie bei Ihrem ergebenen Diener gespeist haben. „Haben Sie jemals solchen verschwenderischen Überfluß gesehen?" fragt Brown. „Verschwenderischen Überfluß!" ruft Jones, der wohlbekannte Epikureer. „Mein Lebtag habe ich so etwas Ärmliches nicht erlebt. Was denkt sich der Kerl, *mich* zu so einem Dinner einzuladen?" – „Stimmt", sagt der andere, „es *war* ein schauderhaftes Dinner, Jones, wie Sie ganz richtig sagen; aber es war einfach verschwenderisch von ihm, es zu geben. Sehen Sie das nicht ein?" Und so sind sich unsere beiden guten Freunde einig.

Nachdem einige Tage verstrichen waren, erschienen die große gelbe Karosse und ihre gepuderten Bedienten erneut vor Mrs. Brandons bescheidener Tür in der Thornhaugh Street, und Lady Ringwood und zwei Töchter und ein Sohn entstiegen dem Wagen und schritten zu Mr. Philips Wohnung im zweiten Stock hinauf, gerade als sich dieser würdige Gentleman mit seiner Frau zu Tisch setzte. Lady Ringwood, entschlossen, sich huldvoll zu geben, war von allem, was sie sah, hingerissen – ein reinliches Haus – ein nettes kleines Dienstmädchen – hübsche malerische Zimmer – kuriose Zimmer – und was für entzückende Bilder! Mehrere waren das Werk des liebevollen Zeichenstifts des armen J. J., der, wie schon gesagt, Philips Bart und Charlottes Augenbraue und Charlottes Baby vieltausendmal gemalt hatte. „Dürfen wir hereinkommen? Stören wir Sie etwa gerade? Was für hübsche kleine Porzellansächelchen! Was für ein bildschöner Becher, Mr. Firmin!" Das war das Geschenk des armen J. J. an sein Patenkind. „Wie gut das Gabelfrühstück aussieht! Ach so, Dinner? Wie angenehm, um diese Zeit zu dinieren!" Die Damen waren entschlossen, von allem um sie herum entzückt zu sein.

„Wir essen gerade Ihr Geflügel. Dürfen wir Ihnen und den Misses Ringwood etwas davon anbieten?" sagt der Herr des Hauses.

„Warum dinieren Sie nicht im Speisezimmer? Warum dinieren Sie in einem Schlafzimmer?" fragt Franklin Ringwood, der einnehmende junge Sohn des Barons von Ringwood.

„Im Salon wohnt jemand anders", erklärt Mrs. Philip. Worauf der Knabe bemerkt: „Am Berkeley Square haben wir zwei Speisezimmer. Ich meine für uns, außer Papas Studierzimmer, in das ich nicht hinein darf. Und die Dienstboten haben zwei Eßzimmer und . . ."

„Pst!" ruft hier Mama mit der üblichen Bemerkung über die Zier des Schweigens bei kleinen Jungen.

Doch Franklin bleibt dabei, trotz der „Psts": „Und in Ringwood haben wir das auch. Und in Whipham gibt es massenhaft Speisezimmer – massenhaft –, und Whipham mag ich viel lieber als Ringwood, weil mein Pony in Whipham steht. *Sie* haben kein Pony. Sie sind zu arm."

„Franklin!"

„Du hast gesagt, sie sind zu arm. Und es hätte bei ihnen kein Huhn gegeben, wenn wir ihnen nicht welche geschenkt hätten. Mama, du weißt genau, daß du gesagt hast, sie wären arm und würden sich darüber freuen."

Und hier wurde Mama rot, und gewiß glühten Philip die Wangen und die Ohren, und ausnahmsweise war Mrs. Philip froh, ihr Baby weinen zu hören, denn es gab ihr einen Vorwand, das Zimmer zu verlassen und in das Kinderzimmer zu eilen, wohin die anderen Damen ihr folgten.

Inzwischen fuhr Master Franklin mit seinem arglosen Geplauder fort. „Mr. Philip, warum sagt man, Sie sind böse? Sie sehen nicht böse aus – und Mrs. Philip sieht schon gar nicht böse aus – sie sieht sehr lieb aus."

„Wer sagt denn, daß ich böse bin?" fragte Mr. Firmin seinen offenherzigen jungen Verwandten.

„Ach, so viele! Vetter Ringwood sagt es und Blanche sagt es und Woolcomb sagt es. Nur kann ich den nicht leiden, er ist so furchtbar braun. Und als sie hörten, daß Sie bei uns diniert haben, sagte Ringwood: ‚Dieser Kerl ist hiergewesen?' Und ich kann ihn überhaupt nicht leiden. Aber Sie kann ich leiden, ich glaube jedenfalls. Bei Ihnen gibt es nur Orangen zum Dessert. Bei uns daheim gibt es immer alles mögliche zum Dessert. Bei *Ihnen* wahrscheinlich nicht, weil Sie kein Geld haben – bloß ganz wenig."

„Na ja, ich habe bloß ganz wenig", gibt Philip zu.

„Ich habe welches – furchtbar viel. Und ich will Ihrer Frau etwas kaufen. Ich habe Sie lieber bei uns als Blanche und Ringwood und diesen Woolcomb . . . und Sie schenken mir nie etwas. Das können Sie ja nicht, weil Sie so sehr arm sind – ja, das sind Sie; aber bestimmt schicken wir Ihnen oft etwas. Und ich möchte bitte eine Orange, danke. Und wir haben an unserer Schule einen Jungen, der heißt Suckling und der hat achtzehn Orangen gegessen und wollte keinem eine abgeben. War das nicht ein gieriges Schwein? Und ich trinke zu meinen Orangen Wein – doch, ja, ein Glas Wein – danke. Das ist famos. Aber Sie haben wohl nicht oft welchen, weil Sie so furchtbar arm sind."

Ich bin froh, daß Philips Kind, da es noch von allzu zartem Alter war, die Komplimente nicht verstehen konnte, mit denen

Lady Ringwood und ihre Töchter es überschütteten. So aber schmeichelten die Komplimente der Mutter, für die sie ohnehin gedacht waren, und entflammten nicht die Eitelkeit des ahnungslosen Babys.

Was hätten die höfliche Mama und die Schwestern gesagt, wenn sie das Geplapper dieses unglückseligen Franklin gehört hätten? Das schlichte Gemüt des Jungen belustigte seinen hochgewachsenen Vetter. „Ja", sagt Philip, „wir sind sehr arm, aber wir sind sehr glücklich und machen uns nichts draus — das ist die Wahrheit."

„Mademoiselle, das ist die deutsche Gouvernante, hat gesagt, sie wundert sich, wie Sie überhaupt leben können. Und ich glaube nicht, daß Sie das könnten, wenn Sie so viel essen würden wie sie. Sie müßten sie mal essen sehen, im Essen ist sie ein *As.* Mein Bruder Fred, das ist der, der auf dem College ist, hat einmal aufgepaßt, wieviel Mademoiselle Wallfisch essen kann, und sie nahm zweimal Suppe, und dann sagte sie „sivopleh" . . .; und dann zweimal Fisch, und sie ließ sich sivopleh noch mehr auftun. Und dann hatte sie Hammelbraten — nein, ich glaube, Rinderbraten war es, und sie ißt die Erbsen mit dem Messer. Und dann nahm sie Himbeerpudding, und furchtbar viel Bier, und dann . . ."

Doch was dann kam, werden wir nie erfahren, denn während der junge Franklin bei der ulkigen Erinnerung an Miss Wallfischs Appetit vor Lachen (und an einem großen Orangenschnitz) fast erstickte, kamen seine Mama und die Schwestern aus Charlottes Kinderzimmer herunter und machten dem Geplauder des lieben Jungen ein Ende. Die Damen beliebten heimzukehren, begeistert von Philip, Baby, Charlotte. Alles war *so* manierlich. Alles war so nett. Mrs. Firmin war so damenhaft. Die vornehmen Damen beobachteten sie und ihr Benehmen mit jener Neugier, die die Damen von Brobdingnag an den Tag legten, als sie sich den kleinen Gulliver auf der Handfläche vor die Augen hielten und zusahen, wie er sich verbeugte, lächelte, das Schwert zog und den Hut abnahm, ganz genau wie ein Mensch.

36. KAPITEL

In dem die Salons nun doch nicht
eingerichtet werden

 ir können keine Liebe von einem Verwandten erwarten, den wir in einen illuminierten Teich geschubst und dessen Rockschöße, Hosen, untere Gliedmaßen und zarteste Gefühle wir mittels einer körperlichen Züchtigung und mit zerbrochenem Glas malträtiert haben. Ein Mann, den Sie hinterrücks so behandelt haben, wird hinter Ihrem Rücken nicht mit seiner Rache zurückhalten. Ganz klar, daß alle Twysdens, männlich und weiblich, und Woolcomb, der schwärzliche Gatte von Philips früherer Liebe, ihn haßten und fürchteten und verleumdeten; und sie sprachen von ihm stets als einem rohen und rücksichtslosen Barbaren und Ungeheuer, grob und brutal in Ausdrucksweise und Benehmen, zerlumpt, schmutzig und schlampig in seiner ganzen äußeren Erscheinung; nach Rauch stinkend, ständig betrunken umhertaumelnd, voller Flüche, böser Handlungen, grölendem Gelächter frönend – Dingen, die ihn in zivilisierter Gesellschaft einfach unerträglich machten.

Die Twysdens hatten während Philips Abwesenheit im Ausland das neue Oberhaupt der Familie Ringwood sehr eifrig und respektvoll hofiert. Sie hatten Sir John geschmeichelt und Mylady angeschwärmt. Sie hatten in Sir Johns Häusern in der Stadt und auf dem Lande gastliche Aufnahme gefunden. Sie hatten sich in weitem Umfang seine politischen Ansichten zu eigen gemacht, wie sie es beim verstorbenen Peer ebenso getan hatten. Sie hatten nie eine Gelegenheit versäumt, den armen Philip anzuschwärzen oder sich selbst lieb Kind zu machen. Sie hatten nie eine Einladung Sir Johns in der Stadt oder aufs Land ausgeschlagen und waren schließlich soweit gelangt, ihn und Lady Ringwood und die ganze Familie Ringwood restlos anzuöden. Lady Ringwood erfuhr irgendwo, wie unbarmherzig Mrs. Woolcomb ihrem Cousin den Laufpaß gegeben hatte, als sich in der Person des Westinders ein reicherer Bewerber einstellte. Dann erfuhren sie, wie Philip damals Woolcomb, dem jungen Twysden, einem Dutzend Angreifer eine Tracht Prügel verpaßt habe. Die ersten Vorurteile zerstreuten sich allmählich. Ein, zwei Freunde Philips erklärten Ringwood, daß er sich in dem jungen Mann täusche und malten sein Bild in sehr viel freundlicheren Farben als die von seiner Verwandtschaft verwendeten. Wirklich, liebe Verwandte, wenn die Öffentlichkeit unsere kleinen Fehler und Irrtümer kennenlernen möchte, ich meine zu wissen, wer ihr die gewünschte Information nicht vorenthalten dürfte. Liebe Tante Candour, bist du nicht noch am Leben und weißt du nicht mehr, was wir gestern zum Dinner hatten und auf wieviel sich (ungeheuerliche Verschwendung) die Rechnung unserer Waschfrau beläuft?

Nun, die Familie Twysden verketzerte den armen Philip so sehr und stellte ihn als Ungeheuer mit so gräßlicher Fratze dar, daß es kein Wunder war, wenn die Ringwoods ihm aus dem Weg gingen. Dann bekamen sie seine Verleumder gänzlich satt. Und dann hörte Sir John bei einem zufälligen Gespräch mit seinem Parlamentskollegen Tregarvan im Unterhaus eine völlig andere Geschichte über unseren Freund als jene, mit der die Twysdens ihn unterhalten hatten, und erfuhr zu seiner nicht geringen Überraschung von Tregarvan, wie aufrichtig, derb, wacker, liebevoll und freundlich dieser arme verleumdete Kerl sei; wie sein Schuft von Vater sich an ihm versündigt hatte, dem er verziehen und aus seinen kümmerlichen Mitteln sogar noch geholfen habe, und wie tapfer er gegen die Armut ankämpfe und eine süße, kleine, liebende Frau und ein Kind habe, denen jedes gütige

Herz gern zu helfen bestrebt sei. Weil Menschen reich sind, müssen sie nicht unbedingt Unholde sein. Weil sie von Geburt an Gentlemen und Ladies von hohem Rang sind und in guten Verhältnissen leben und eine großzügige Erziehung genossen haben, folgt daraus nicht zwangsläufig, daß sie herzlos sind und einem Freund in Not den Rücken zukehren. Moi qui vous parle – ich bin in böser Not und Krankheit dem Tode nahe gewesen, und die Freunde, die mir mit jedem Trost und Beistand und Mitgefühl zu Hilfe kamen, waren wirkliche Gentlemen, die in guten Häusern wohnten und eine gute Erziehung genossen hatten. Sie wandten sich nicht ab, weil ich krank war, und flohen mich nicht, weil sie mich für arm hielten. Im Gegenteil, Hand und Börse, jede Unterstützung und Teilnahme standen zu meiner Verfügung, und Gott sei dafür gelobt.

Und so fand auch Philip Hilfe, als er sie brauchte, und Unterstützung, als er arm war. Tregarvan, das wollen wir zugeben, war ein aufgeblasener kleiner Mann, seine Reden im Unterhaus waren lahm und seine geschriebenen Dokumente furchtbar unbeholfen – doch er hatte ein gütiges Herz. Das Bild, das Laura von des jungen Mannes Armut und Ehrlichkeit und schlichter Hoffnung in schweren Zeiten zeichnete, rührte ihn. Und so konnten wir miterleben, wie die „Europäische Rundschau" Mr. Philips Leitung anvertraut wurde. Dann beschlossen Philips verschlagene Freundinnen, daß er auch mit seinen Verwandten zu versöhnen sei, die wohlhabend waren und ihm dienlich sein könnten. Und ich wünschte, lieber Leser, Ihre ehrenwerten Verwandten und die meinen würden sich diesen kleinen Absatz merken und uns beiden stattliche Vermächtnisse aussetzen. Dann sprach Tregarvan mit Sir John Ringwood, und jene Begegnung kam zustande, wo, zumindest dieses eine Mal, Philip sich mit niemandem anlegte.

Und jetzt folgte noch eine kleine Glücksgabe, die wir, nehme ich an, derselben gütigen Freundin zuschreiben müssen, die in Philips Interesse Ränke schmiedete und die nichts so glücklich macht, wie wenn ihre kleinen Komplotte zugunsten ihres Freundes gelingen. Ja, wenn dieser Erzintrigantin – sagen Sie mir doch nichts: ich habe nie eine Frau von einigem Format kennengelernt, die keine gewesen wäre –, wenn also dieser Erzintrigantin ein Vorhaben gelungen ist, durch das irgendein Freund glücklich gemacht wird, flammen ihre Augen und Wangen triumphierend auf. Ob sie einen kranken Mann in einem Hospital untergebracht oder eine arme Frau einer Familie als Wäscherin vermittelt oder einen Sünder überredet hat, zu bereuen und zu Ehefrau, Ehemann oder sonstwem zurückzukehren, geht diese Frau davon und dankt, wem Dank gebührt, mit solcher Inbrunst, mit so erleichtertem Herzen, mit solcher Glückseligkeit, daß ich Ihnen versichere, sie gibt ein wundervolles Bild ab. Pst! Wenn ein Sünder gerettet ist, wer empfindet Freude? Manche unter uns kennen eine Frau oder zwei, rein wie Engel – kennen sie und sind ihnen dankbar.

Wenn die Person, über die ich geschwatzt habe, eine ihrer wohlmeinenden Intrigen spinnt oder zu Ende gebracht hat, hat sie gewissermaßen einen Ausdruck des Triumphes und der Schalkhaftigkeit in ihrem Gesicht, den ich nicht anders zu beschreiben weiß. In dieser Zeit erfaßt sie meine besten Witze nicht oder beantwortet sie auf gut Glück oder lacht ganz sinnlos und geistesabwesend. Sie umarmt ihre Kinder stürmisch und im unvernünftigsten Augenblick und ist überhaupt nicht bei der Sache, wenn sie ihre Lektionen aufsagen, ihre arglosen Fragen plappern und so weiter. Ich entsinne mich, daß alle diese Symptome an einem bestimmten Tag zu Anfang der Ostersession achtzehnhundertundetwas auftraten (und mache mir meinen Reim darauf, wie die Redensart lautet) – daß sie an einem bestimmten Vormittag auftraten, als diese Dame erstaunlich distraite und sonderbar erregt gewesen war. Ich erinnere mich jetzt, daß sie während der Mahlzeit ihrer Kinder aus dem Fenster auf den Platz hinaussah und kaum das unschuldige Gepiepse der Kinder nach Hammelfleisch beachtete.

Endlich klapperte es rasch über das Pflaster, eine hohe Gestalt schritt an den Wohnzimmerfenstern vorbei, die, wie unsere guten Freunde wissen, auf den Queen Square blicken, und dann folgte ein lautes Bimmeln der Glocke, und mir war, als stieße die Herrin des Hauses ein Ah! aus – einen Seufzer –, als wäre sie erleichtert.

Bald ging die Haustür auf, dann die Eßzimmertür, und Philip kommt herein, den Hut auf dem Kopf, die blauen Augen starr blickend, das Haar wild um sein Haupt flammend, und: „Aber Onkel Philip!" rufen die Kinder. „Was hast du denn gemacht?

Du hast dir den Schnurrbart abrasiert." Und das hatte er, wahrhaftig!

„Also, Pen, hör mal! Das hier ist in unserem Advokatenbüro abgegeben worden. Und Cassidy hat es durch seinen Schreiber geschickt", erklärte unser Freund. Ich weiß nicht mehr, ob ich schon erwähnte, daß Philips Name immer noch an der Tür jener Geschäftsräume in den Parchment Buildings stand, wo wir einst sein Lied über „Doktor Luther" gehört und seinem Berufungsmahl beigewohnt hatten.

Das Dokument, das Philip uns zeigte, war tatsächlich ein Verhandlungsschriftsatz. Die Papiere trugen den Kopf: „Vor dem Parlament — Polwheedle-und-Tredyddlum-Eisenbahn/Vorlage unterstützt Mr. Firmin./Honorar für Barrister fünf Guineas. Klageschrift fünfzig Guineas. Konsultation fünf Guineas / Mit Ihnen Mr. Armstrong, Sir J. Whitworth, Mr. Pinkerton." Das war einmal ein Wunder! Ein Goldregen ergoß sich über meinen Freund. Mir ging ein Licht auf. Die Vorlage betraf eine Eisenbahnlinie in Cornwall. Unser Freund Tregarvan war daran interessiert, da die Linie durch seinen Besitz ging, und meine Frau hatte ihn heimlich bearbeitet und mit ihren Überredungskünsten und Schmeichelreden Tregarvan dazu gebracht, seinen Einfluß bei den Sachwaltern einzusetzen und Philip diesen willkommenen Auftrag zu verschaffen.

Philip beäugte das Papier mit einem eigenartigen Ausdruck. Er hielt es wie manche Männer ein Kleinkind. Er sah aus, als wisse er nicht, was er damit anfangen solle, und als hätte er es am liebsten fallen lassen. Ich glaube, ich äußerte etwas Ironisches in diesem Sinne, als ich unseren Freund mit diesem Angebot in der Hand betrachtete.

„Er hält ein Kind ganz wunderbar", sagte meine Frau mit großer Begeisterung, „viel besser als manche Leute, die ihn auslachen."

„Und dieses wird er bestimmt sehr ordentlich halten. Möge es der Vater vieler Klageschriften sein. Mögest du ganze Säcke voll bekommen!" Philip hatte alle unsere guten Wünsche. Sie kosteten nicht viel und halfen auch nicht viel, aber sie waren aufrichtig. Ich kenne Menschen, die ums Leben nicht imstande sind, auch nur die kleine Münze des Wohlwollens herzugeben, denen vielmehr das Vorankommen ihrer Nächsten verhaßt ist und die es ihnen übelnehmen, wenn sie nicht mehr abhängig und arm sind.

Wir haben berichtet, daß Cassidys erstaunter Schreiber Firmin dieses Papier von der Kanzlei in seine Wohnung bei Mrs. Brandon in der Thornhaugh Street brachte. Hätte ein Gerichtsdiener ihm einen Haftbefehl vorgelegt, hätte Philip nicht überraschter oder in größerer Aufregung sein können. Eine Klageschrift? Grands Dieux! Was sollte er mit einer Klageschrift anfangen? Er dachte daran, sich ins Bett zu legen und krank zu sein oder aus Heim, Familie, Vaterland zu fliehen. Klageschrift? Charlotte, die ihren Mann beunruhigt sah, begann natürlich ebenfalls zu zittern. In der Tat, wenn Seiner Lordschaft der Finger weh tut, leidet sie nicht am ganzen Leib? Doch Charlottes und Philips verläßliche Freundin, die Kleine Schwester, empfand keine derartige Angst. „Jetzt, wo sich diese Gelegenheit bietet, mußt du sie ausnützen, lieber Junge", sagte sie. „Angenommen, du verstehst nicht viel von der Rechtswissenschaft . . ."

„Nicht viel! Gar nichts", warf Philip ein. „Man kann mich auffordern, Klavier zu spielen und – aber da es sich so ergeben hat, daß ich es nie gelernt habe . . ."

„Ach, was! – erzähl mir doch nichts! Du darfst nicht verzagen. Nimm den Auftrag an und erledige ihn, so gut du nur kannst. Das nächstemal machst du es besser und das übernächstemal noch besser. Advokat ist ein Beruf für Gentlemen. Pflege ich denn nicht die Gattin von einem Richter, die ich mit ihrem ersten noch in einem kleinen Ding von Haus in der Bernard Street, Russell Square, vor mir sehe . . . und war ich jetzt nicht bei ihr am Eaton Square, wo sie einen Butler und zwei Lakaien und so viele Kutschen hat? Du kannst weiter für ein Stück Brot für deine Zeitungen arbeiten, und wenn du alt bist oder wenn du Streit kriegst – und du hast einen Hang zum Streiten – den hat er, Mrs. Firmin. Ich kenne ihn länger als Sie. Streitsüchtig ist er und bleibt er, auch wenn Sie ihn für einen Engel halten, gewiß doch. – Angenommen, du streitest dich mit deinen Zeitungsherren und deinen Zeitschriften und verlierst deine Stelle? Ein Gentleman wie Mr. Philip dürfte keinen Vorgesetzten haben. Ich könnte den Gedanken nicht ertragen, daß du sonnabends zum Verlagsbüro gehst und deinen Lohn abholst wie ein Arbeiter."

„Aber ich *bin* ein Arbeiter", wirft Philip ein.

„Na, aber willst du für immer einer bleiben? Ich würde aufsteigen, wenn ich ein Mann wäre!" erklärte die beherzte kleine Frau.
„Ich würde aufsteigen oder wüßte genau, wie man's macht. Wer
weiß, wie viele es in deiner Familie noch schaffen? Ich hätte
mehr Mumm, als in einem zweiten Stock zu wohnen – jawohl!"
Und die Kleine Schwester äußerte das, obwohl sie an Philips
Kind mit einer inbrünstigen Zärtlichkeit hing, die sie vergeblich
zu verhehlen suchte; obwohl sie spürte, sich von ihm zu trennen
hieße, sich vom größten Glück ihres Lebens zu trennen; obwohl
sie Philip wie ihren eigenen Sohn liebte und Charlotte – nun ja,
um Philips willen – wie die Frauen eben andere Frauen lieben.
Charlotte kam zu ihren Freunden am Queen Square und berichtete uns vom Rat und den Äußerungen der resoluten Kleinen
Schwester. Sie wußte, daß Mrs. Brandon sie nur als etwas zu Philip Gehörendes liebte. Sie bewunderte diese Kleine Schwester,
sie vertraute ihr und vermochte jene gelinde, etwas verächtliche
Herrschaft zu ertragen, die die gute Mrs. Brandon über sie aus-
übte. „Sie mag mich nicht, weil Philip mich liebt", behauptete
Charlotte. „Meint ihr, ich könnte sie oder sonst irgendeine Frau
mögen, wenn ich dächte, Philip liebe sie? Umbringen könnte ich
sie, Laura, das könnte ich!" Und bei dieser Empfindung stelle ich
mir ein Paar Augen, die normalerweise sehr sanft und leuchtend
waren, Dolche sprühend vor.
Da ich mit dem Fall nicht befaßt war, in dem Philip zum erstenmal die Ehre eines Auftritts hatte, kann ich diesbezüglich
nicht auf Einzelheiten eingehen, bin aber überzeugt, daß der
Fall, der solch einen Anwalt überstehen konnte, in sich ungewöhnlich überzeugend gewesen sein muß. Er machte eine fürchterlich qualvolle Nacht durch, bevor er vor dem Ausschuß auftrat. In dieser Nacht, behauptet er, sei sein Haar ergraut. Sein
alter Freund und Gefährte aus dem College, Pinkerton, der mit
ihm den Fall betreute, „paukte" ihn am Tag vorher ein. Und in
der Tat muß man gestehen, die Arbeit, die er zu leisten hatte, war
nicht von der Art, dem Inneren oder Äußeren seines Schädels zu
schaden. Ein großer Mann führte ihn, sein Freund Pinkerton
folgte, und Mr. Philip hatte nichts weiter zu tun, als einem halben Dutzend Zeugen Fragen vorzulegen, die zwischen ihnen und
den Sachwaltern im voraus abgesprochen waren.
Wenn Sie erfahren, daß Mr. Firmin als Entgelt für seine Dien-

ste in diesem Fall eine Geldsumme bekam, die zur Deckung seiner bescheidenen Familienausgaben für rund vier Monate ausreichte, bin ich überzeugt, liebe und geehrte literarische Freunde, daß Sie sich wünschten, das Los eines parlamentarischen Barristers wäre Ihnen zugefallen oder Ihre unsterblichen Werke würden mit derselben Freigebigkeit honoriert, die die Mühen dieser Juristen belohnt. „Nimmer erscheinen die Götter allein."* Nachdem ein Sachwalter Philip beschäftigt hatte, kam der nächste und sicherte sich seine wertvollen Dienste; diesem folgten noch zwei oder drei, und unser Freund hatte buchstäblich Geld auf der Bank. Nicht nur waren vorläufig die Ängste vor der Armut beseitigt, sondern wir hatten allen Grund zu der Hoffnung, daß Firmins Wohlstand wachsen und anhalten werde. Und als ein kleiner Sohn und Erbe zur Welt kam, welcher Segen Philip zuteil wurde, nachdem etwa ein Jahr vergangen war, seit seine Tochter, unser Patenkind, das Licht der Welt erblickt hatte, hätten wir es schändlich gefunden, noch irgendwelche Bedenken für die Zukunft zu hegen, so erfreulich sahen Philips Aussichten aus. „Habe ich dir nicht gesagt", bemerkte meine Frau mit ihrer üblichen leicht entflammten Schwärmerei, „daß sie Trost und Beistand in der Stunde ihrer Not finden würden?" Amen. Wir waren dankbar, daß Trost und Beistand kamen. Bestimmt war keiner für die glücklichen Fügungen, die ihm widerfuhren, in Demut dankbarer als Philip selbst.

Dieser plötzliche Wohlstand beunruhigte ihn mehr, als daß er ihn in Hochstimmung versetzte. „Es kann nicht anhalten", sagte er. „Sag mir doch nichts. Die Anwälte müssen mich schon bald durchschauen. Sie können ihre Geschäfte nicht weiter einem solchen Nichtskönner anvertrauen. Und ich glaube wirklich, ich muß bei ihnen meine Einwände vorbringen." Sie hätten die Empörung der Kleinen Schwester sehen sollen, als Philip in ihrer Gegenwart diese Meinung aussprach. „Deinen Beruf aufgeben? Ja, tu das ruhig!" rief sie und stieß Philips Jüngstes in die Höhe. „Wirf doch dieses Kind aus dem Fenster, warum eigentlich nicht, das der Himmel dir gesandt hat! Du müßtest auf die Knie fallen und dafür um Vergebung bitten, daß du etwas so Gottloses gedacht hast." Philips Erbe war übrigens sofort nach seinem Erscheinen in der Welt der allererste Liebling dieser unvernünfti-

* Im Original deutsch.

gen Frau geworden. Das Töchterchen wurde als unwichtige kleine Person abgetan und begann also die Leidenschaft der Eifersucht beinahe im allerfrühesten Alter zu spüren, in dem selbst der weibliche Busen dieses Genusses fähig ist.

Und obgleich die Kleine Schwester geradezu eine rasende Zuneigung für alle diese Leute hegte und, glaube ich, wach lag, wenn sie die kleinen Kinder weinen hörte, oder auf leisen Sohlen im Dunkeln an die Kammertür schlich, hinter der sie bei ihrer Mutter schliefen; obgleich sie sozusagen von einer Sucht auf diese Kinder ergriffen und unglücklich war, wenn sie sie nicht vor sich sah, bestand Mrs. Brandon, als Philip eine dritte und eine vierte Klageschrift zuging und er in der Lage war, ein wenig Geld zurückzulegen, dennoch hartnäckig darauf, er müsse ein eigenes Haus beziehen. „Ein Gentleman", erklärte sie, „darf nicht in einer Wohnung zwei Treppen hoch wohnen. Er muß ein Haus für sich haben." Wie Sie sehen, beschleunigte sie die Vorkehrungen zu ihrer eigenen Hinrichtung. Sie wanderte zu den Trödlerläden und erwarb Möbel zu sagenhaften Gelegenheitspreisen. Sie schnitt Chintz zu und bezog Sofas und nähte und stückelte zusammen und probierte an. Sie fand ein Haus und nahm es – Milman Street, Guilford Street, gegenüber dem Fondling (wie die gute kleine Seele es nannte), eine wirklich vornehme, stille kleine Straße, „und nahe genug", meinte sie, „daß ich kommen und meine Lieben besuchen kann." Sprach sie mit trockenen Augen? Meine werden manchmal feucht, wenn ich an die Treue, an die Großmut, an das Opfer dieses hingebungsvollen, liebenden Wesens denke.

Ich habe Charlotte sehr gern. Ihre Liebenswürdigkeit und Einfachheit gewannen unser aller Herz. Keine Ehefrau und Mutter war je anhänglicher und liebevoller; doch ich gestehe, es gab eine Zeit, da mochte ich sie gar nicht, obwohl jene Frau mit hohen Grundsätzen, die Gattin des Autors dieser Memoiren, natürlich sagt, die Behauptung, die ich hier vorbringe, sei absoluter Unsinn, um nicht zu sagen unmoralisch und unchristlich. Nun also, ich mochte Charlotte nicht wegen des gräßlichen Feuereifers, mit dem sie von dieser Kleinen Schwester fortstrebte, die so an den Kindern hing, deren ersten Schrei sie gehört hatte. Ich verabscheute Charlotte dafür, welch grausames Glück sie empfand, wenn sie die Kinder an ihr Herz drückte: ihre eigenen Kinder in deren eigenem Zimmer, die sie ankleidete und behütete und wusch und versorgte; und für die sie keine Hilfe brauchte. Keine Hilfe, entendez-vous? Ach, es war eine Schande, eine Schande! In dem neuen Haus, in der hübschen, kleinen, schmucken neuen Kinderstube (von wessen liebenden Händen eingerichtet, verraten wir nicht) wacht die Mutter mit funkelndem Blick über dem Bettchen, wo die kleinen weichen runden Wangen auf dem Kissen ruhen; und drüben in den Zimmern in der Thornhaugh Street, wo die Kleine Schwester sie zwei Jahre lang umhegt hat, sitzt diese einsam im hereinströmenden Mondlicht. Gott steht dir bei, leidendes, treues Herz! Nur ein einziges Mal in ihrem Leben hatte sie bisher einen so scharfen Schmerz verspürt.

Selbstverständlich gab es einen festlichen Empfang in dem neuen Haus. Und Philips Freunde, alte und neue, kamen zur Einzugsfeier. Die Familienkutsche der Ringwoods versperrte die verwunderte kleine Straße. Der Puder auf dem Kopf ihrer Lakaien streifte fast die Decke, sobald diese Hünen aufstanden, wenn die Gäste die Vorhalle betraten oder verließen. Die Kleine Schwester nahm sich nur des Teezimmers an. Philips „Bibliothek" war jener übliche winzige Käfig hinter dem Speisezimmer. Der kleine Salon war schrecklich beengt durch ein ehemaliges Kinderzimmerklavier, das die Ringwoods ihren Freunden stifteten; und jemand mußte bei dieser Soirée pflichtschuldig darauf spielen; obgleich sich die Kleine Schwester im unteren Stockwerk über die Musik ärgerte. Tatsächlich lauteten ihre genauen Worte: „Verflixtes Klavier!" Sie „verflixte" das Instrument, weil die Musik ihre kleinen Lieblinge oben wecken würde. Und die Musik weckte sie wirklich. Und sie heulten in den höchsten Tönen, und die Kleine Schwester, die Lady Jane Tregarvan gerade Tee einschenken wollte, stürmte in das Kinderzimmer hinauf. Und Charlotte hatte schon das Zimmer erreicht und schaute böse drein, als die Kleine Schwester hereinkam; und sie sagte: „Mrs. Brandon, ich bin sicher, die Gäste unten möchten ihren Tee", und sie sprach mit einiger Schärfe. Und Mrs. Brandon ging ohne ein Wort wieder hinunter. Da ich zufällig auf dem Treppenabsatz stand und mich mit einem Freund unterhielt, ein Stückchen abseits des Duetts, das die Misses Ringwood gerade vortrugen – sozusagen ihr großes altes Steckenpferd ritten und es auf Mrs. Firmins kleiner Koppel durch alle Gangarten jagten –, da ich, wie gesagt, zufällig auf dem Treppenabsatz stand, als Mrs. Caroline vorüberkam, ergriff ich eine Hand, kalt wie Stein, und habe nie eine so tragische Miene des Leids gesehen wie auf ihrem armen Gesichtchen, als sie an mir vorüberglitt. „Meine Kinder haben geweint", sagte sie, „und ich bin ins Kinderzimmer hinauf. Aber sie will mich da nicht mehr." Arme Kleine Schwester! Sie erniedrigte sich und kroch vor Charlotte. Da konnten Sie nicht umhin, sie mit Füßen zu treten, Madam; und ich haßte Sie – und noch eine Menge andere Frauen. Ridley und ich gingen in das Teezimmer hinunter, wo Caroline Brandon wieder ihren Platz einnahm. Sie sah sehr nett und hübsch aus mit ihrem blassen, lieben Gesicht und ihrer adretten Haube und der blauen Schleife. Ich weiß, sie litt Qualen. Charlotte hatte ihr Herz durchbohrt. Die Frauen gebrauchen manchmal die Schneide und stoßen den Stahl hinein. Charlotte sagte mir später einmal: „Ich *war* auf sie eifersüchtig, und du hattest recht; und ein lieberes, treueres Geschöpf hat es nie gegeben." Doch wer hat Charlotte verraten, daß ich gesagt hatte, sie sei eifersüchtig? O Narr! Ich hatte es Ridley gesagt, und Ridley sagte es Mrs. Firmin weiter.

Wenn Charlotte Caroline auch das Herz durchbohrte, konnte Caroline doch nicht anders, sie mußte immer wieder zum Messer zurückkehren. Sonntags, wenn sie abkömmlich war, war an Philips bescheidenem Tisch stets ein Platz für sie frei. Und wenn Mrs. Philip in die Kirche ging, durfte Caroline in der Kinderstube regieren. Manchmal war Charlotte so großzügig, Mrs. Brandon diese Gelegenheit zu schenken. Als Philip ein Haus – ein ganzes Haus für sich – mietete, erbot sich Philips Schwiegermutter, zu ihm zu ziehen, und erklärte, da sie niemandem verpflichtet zu sein wünsche, würde sie für Kost und Logis zahlen. Doch Philip schlug diesen „Hochgenuß" aus und stellte ihr zu Recht vor Augen, sein jetziges Haus sei nicht größer als seine frühere Wohnung. „Mein armer Liebling verzehrt sich danach, mich bei sich zu haben", bemerkte Mrs. Baynes dazu. „Aber ihr Mann ist so grausam zu ihr und hält sie so in Angst und Schrecken, daß sie sich nicht getraut, einen Mucks zu machen." Grausam zu ihr! Charlotte in ihrem kleinen Haus war von allen Glücklichen die glücklichste. Infolge seines parlamentarischen Erfolges ging Philip jetzt regelmäßig in seine Kanzleiräume, in der frommen Hoffnung, es kämen weitere amtliche Klageschriften. In der Kanzlei führte er auch hauptsächlich die Geschäfte seiner „Rundschau", und zur gewohnten Stunde seiner Rückkehr war die übliche kleine Prozession von Mutter und Kind und Kindermädchen zu sehen, die nach ihm Ausschau hielten. Und die junge Frau – die glücklichste junge Frau der Christenheit – kehrte dann, am Arm ihres Gatten hängend, heim.

Diese ganze Zeit über kamen Briefe von Philips liebem Vater in New York, wo er sich, wie es schien, nicht nur mit seinem Beruf beschäftigte, sondern auch mit verschiedenen Spekulationen, mit deren Hilfe er ständig sein Glück zu machen im Begriff war. Eines Tages bekam Philip eine Zeitung, die eine neue Versicherungsgesellschaft annoncierte, und las zu seiner Verblüffung die Ankündigung: „Anwalt in London, Philip Firmin, Esq., Parchment Buildings, Temple." Ein väterlicher Brief verhieß Philip gewaltige Honorare aus dieser Versicherungsgesellschaft, doch habe ich nie gehört, daß der arme Philip davon reicher geworden wäre. Tatsächlich rieten ihm seine Freunde, sich auf keinen Fall mit dieser Versicherungsgesellschaft einzulassen und in seinen Briefen nicht darauf einzugehen.

„Sie fürchteten die Danaer und ihre Geschenke", wie der alte Firmin gesagt hätte. Sie mußten Philip ein ständiges Mißtrauen gegenüber jenem verschlagenen alten Griechen, seinem Vater, einflößen. Firmin senior schrieb immer hoffnungsvoll und großspurig und glaubte oder versicherte hartnäckig, in nicht allzu ferner Zeit werde er Philip verkünden können, daß sein Glück gemacht sei. Er spekulierte an der Wall Street, ich weiß nicht in welchen Aktien, Erfindungen, Gruben, Eisenbahnen. Eines Tages, wenige Monate nach seinem Umzug in die Milman Street, mußte mir Philip errötend und mit gesenktem Kopf mitteilen, sein Vater habe wieder Wechsel auf ihn gezogen. Hätte er seine Anteile an einer gewissen Mine nicht bezahlt, hätte er sie verwirkt, und er und *sein Sohn nach ihm* hätten ein sicheres Vermögen verloren, behauptete der alte Danaus. Was denn, soll ein Mann von guter Herkunft Reichtum, Freunde und eine gehobene Lebensposition besitzen und doch so enden, daß wir ihn nicht mit unseren Löffeln allein im Zimmer zu lassen wagen? „Und du hast diesen Wechsel bezahlt, den der Alte gezogen hat?" fragten wir. Ja, Philip hatte den Wechsel bezahlt. Er beteuerte, mehr werde er nicht zahlen. Doch war nicht schwer vorauszusehen, daß der Doktor noch mehr Wechsel auf diesen gefälligen Bankier ziehen würde. „Ich fürchte die Briefe, die mit einem Tusch auf das Vermögen anfangen, das er demnächst machen wird", gestand Philip. Er wußte, daß der alte Vater auf diese Art seine Geldforderungen einleitete.

Ich habe bereits eine große medizinische Entdeckung erwähnt, die der Arzt seiner Briefpartnerin, Mrs. Brandon, angekündigt hatte und durch die er, so beteuerte er wie gewöhnlich, drauf und dran sei, ein Vermögen zu machen. In New York und Boston habe er Versuche angestellt, die mit *verblüffendstem* Erfolg verlaufen seien. Man habe ein Mittel entdeckt, das allein beim Verkauf in Europa und Amerika den glücklichen Erfindern *ungeheure* Einkünfte bringen müsse. Für die Damen, die Mrs. Brandon pflege, sei das Mittel von unschätzbarem Wert. Er werde ihr etwas schikken. Sein Freund, Kapitän Morgan vom Southamptoner Postschiff, werde ihr etwas von der erstaunlichen Medizin bringen. Sie solle die beigefügten Fälle Doktor Goodenough − jedem seiner Arztkollegen in London − vorlegen. Obwohl selbst aus seinem Vaterland verbannt, liebe er es und sei stolz auf die Möglichkeit, ihm eine der größten Segnungen zuteil werden zu lassen, die die Wissenschaft der Menschheit geschenkt habe.

Goodenough, muß ich leider sagen, hegte ein solches Mißtrauen gegen seinen confrère, daß er es vorzog, keiner Behauptung Firmins Vertrauen zu schenken. „Ich glaube nicht, meine liebe Brandon, daß der Kerl Sachverstand genug hat, um irgendeine nützliche wissenschaftliche Entdeckung zu machen, die über eine neue Soße für Koteletts hinausgeht. Der und außer Schwindeleien etwas erfinden, niemals!" Sie sehen, dieser Goodenough ist ein dickköpfiger alter Heide; und wenn er einmal Grund gefunden hat, einem Mann zu mißtrauen, weigert er sich von da an für immer, ihm zu glauben.

Jedoch ist der Doktor ein Mensch, der stets nach einer Erweiterung seiner beruflichen Kenntnisse Ausschau hält und nach mehr Mitteln, um der Menschheit Gutes zu tun: während die Kleine Schwester in seinem Arbeitszimmer saß und ihn nicht aus den Augen ließ, druckste er an der Broschüre herum. Nach einer Weile warf er sie auf den Tisch und klatschte sich nach seiner

Gewohnheit mit den Händen auf die kurzen Beine. „Brandon", sagte er, „ich glaube, da ist eine Menge dran, und das glaube ich erst recht, weil sich herausstellt, daß Firmin nichts mit der Entdeckung zu tun hat, die in Boston gemacht worden ist."

In der Tat war Doktor Firmin, früher London, nur in dem Bostoner Krankenhaus zugegen gewesen, wo man die Versuche mit dem neuen Mittel durchführte. Er hatte sofort „halbpart" gerufen und wollte es als Geheimmittel verkaufen, und die Flasche, die er unserer Freundin, der Kleinen Schwester, übersandte, trug das Etikett *„Firmins Schmerzstiller"*. Was Firmin tat, war freilich, was er schon immer zu tun pflegte. Er hatte sich das Eigentum eines anderen Mannes angeeignet und versuchte jetzt, groß damit herauszukommen. Die Kleine Schwester ging also mit ihrer Flasche Chloroform wieder nach Hause – denn das war es, was Doktor Firmin seine Entdeckung zu nennen beliebte und wovon er eine Probe heimgeschickt hatte; wie er ein Faß Petroleum aus Virginia heimgeschickt hatte; wie er Ankündigungen neuer Eisenbahnlinien schickte, auf die er Philip eine großzügige Provision versprach, falls sein Sohn bei seinen Freunden einige von ihren Aktien unterbringen könne.

Und hinsichtlich dieser Wertpapiere glaubte der optimistische Doktor mit der Zeit selbst, er versehe seinen Sohn wirklich mit großen Geldbeträgen. „Mein Junge hat einen Hausstand gegründet und hat eine Frau und zwei Kinder, der Grünschnabel!" äußerte er in New York oft. „Als wäre er früher nicht schon unbesonnen genug gewesen! Als ich heiratete, besaß ich eigene Mittel und habe die Nichte eines Aristokraten mit einem beträchtlichen Vermögen geheiratet. Keiner dieser beiden jungen Leute hat einen Penny. Nun ja, nun ja, der alte Vater muß ihnen helfen, so gut er kann!" Und wie ich höre, gab es Damen, die Tränen der Empfindsamkeit vergossen und sagten: „Was ist dieser Doktor doch für ein liebevoller Vater! Wie er sich für den Tunichtgut von Sohn aufopfert! Stellen Sie sich vor, der liebe Doktor in seinem Alter, wie er sich frohgemut für diesen jungen Mann abmüht, der zu seinem Ruin beigetragen hat!" Und Firmin seufzte und führte sich mit der schönen weißen Hand ein schönes weißes Taschentuch an die Augen. Und ich glaube, er weinte wirklich und hielt sich für einen richtig guten, liebevollen, schwergeprüften Menschen. Beim Gottesdienst vertraute man ihm den Sammelteller an; er sah sehr stattlich und ansehnlich aus und neigte vor den Damen, wenn sie ihre Spenden hineinlegten, mit hinreißendem, melancholischem Charme das Haupt. Der gute Mensch! Sein Teller war voller als der anderer Leute – das erzählte uns ein Reisender, der ihn in New York getroffen hatte; und schilderte ein ganz erlesenes Dinner, das der Doktor in einem damals gerade eröffneten hochexklusiven Hotel einigen wenigen Freunden gab.

Trotz aller Sparsamkeit und Umsicht der Kleinen Schwester vermochten sich Mr. und Mrs. Philip nur unter beträchtlichen Kosten in ihrem neuen Haus einzurichten, und ich muß leider sagen, über jenes großartige Klavier der Ringwoods hinaus, das sich in Philips kleinem Salon breitmachte, standen so gut wie keine Möbel darin. Eine der Liquidationen in der Eisenbahnsache war noch nicht bezahlt, und der arme Philip konnte sich nicht von bloßen papierenen Zahlungsversprechen ernähren. Er mochte auch das Anerbieten guter Freunde nicht annehmen, die sich ihm gern als Bankiers zur Verfügung gestellt hätten. „Einer in der Familie ist für derlei Geschäfte genug", meinte er trübsinnig. Und es kam heraus, daß der interessante Gentleman im New-Yorker Exil, der den Leichtsinn und die törichte Heirat seines Sohnes beklagte, immer wieder Wechsel auf Philip gezogen hatte, die unser Freund akzeptierte und bezahlte – Wechsel, wer weiß, in welcher Gesamthöhe? Er hat es nie verraten. Und der einnehmende Vater, der ihn ausplünderte – muß ich ein so unhöfliches Wort benutzen? –, wird jetzt nie mehr sein Geheimnis preisgeben, in welchem Ausmaß er sich aus Philips bescheidenen Mitteln bediente. Ich weiß nur, als der Herbst kam – als der September vorüber war –, traf in unserer behaglichen kleinen Zuflucht an der See ein Brief von der Kleinen Schwester ein, in ihrer liebenswürdigen fehlerhaften Orthographie (die etwas Rührendes an sich hatte, das die allerkorrekteste Schrift nicht besitzt) – es kam, sage ich, von der Kleinen Schwester ein Brief, in dem sie uns mit vielen Unterstreichungen berichtete, die liebe Mrs. Philip und die Kinder schmachteten und kränkelten in London, und „dieser Philip, der habe zuviel Stohlz und Karackter, um von irgend jemand Geld anzunehmen; Mr. Tregarvan reise auf dem Kohntinent, und jener Lump – jenes Ungeheuer, *Sie wissen schon wer*, habe wieder auf Philip Geld gezogen und der habe wieder bezahlt, und die lieben, lieben Kinder könnten nicht in die gute frische Luft."

„Hat sie dir gesagt", fragte Philip und fuhr sich mit der Hand über die Augen, als ein Freund kam, um ihm Vorhaltungen zu machen, „hat sie dir gesagt, daß sie selbst mir Geld gebracht hat, aber wir wollten es nicht nehmen? Sieh mal! Da drüben in meinem Schreibtisch habe ich noch ihre kleine Hochzeitsgabe und bete zu Gott, daß ich sie meinen Kindern hinterlassen kann. Tatsache ist, der Doktor hat auf mich gezogen, wie üblich; nächste Woche will er ein Vermögen machen. Ich habe wieder einen seiner Wechsel bezahlt. Die parlamentarischen Anwälte sind nicht in der Stadt, wahrscheinlich auf ihren Mooren in Schottland. Die Luft am Russell Square ist ungemein bekömmlich, und wenn die Kinder genug davon genossen haben, nun ja, dann müssen sie zu der am Brunswick Square überwechseln. Was redest du vom Land! Wo kann es auf dem Lande ruhiger sein als in der Guilford Street im September? Morgens recke ich mich und atme die Gebirgsluft auf der Ludgate Hill."

Und mit diesen trübseligen Neckereien und Witzen beliebte unser Freund gute Miene zum schlechten Los zu machen. Die Verwandten in Ringwood waren freundlich genug, ihre Gastfreundschaft anzubieten, doch wie sollte der arme Philip das Fahrgeld für Dienstboten, Kinder und Ehefrau bezahlen? In dieser Not schrieb Tregarvan aus dem Ausland, wo er einen ungeheuerlichen Anschlag Ruß... – der Großmacht aufgedeckt hatte, die ihn täglich in Angst und Schrecken hielt und die zu nennen, da wir mit dieser Macht unverbrüchlich befreundet sind, keine andere Macht mich bewegen soll – Tregarvan schrieb an seinen Redakteur und gab ihm vertrauliche Kunde von einem ganz gewaltigen und ruchlosen Komplott gegen die Freiheiten des ganzen übrigen Europa, den die betreffende Macht vorbereite, und fügte in einer Nachschrift an: „Übrigens ist das Michaelisquartal fällig, und ich übersende Ihnen einen Scheck" usw. usw. O kostbare Nachschrift!

„Habe ich dir nicht gesagt, es kommt so?" sagte meine Frau mit selbstzufriedener Miene. „War ich nicht sicher, es werde Hilfe kommen?"

Und Hilfe kam wirklich; und eine selige kleine Gesellschaft fuhr in einem Wagen zweiter Klasse nach Brighton und fand eine ungewöhnlich billige Unterkunft, und die Rosen kehrten auf die kleinen blassen Wangen zurück, und Mama kam wunderbar zu Kräften und sah erfrischt aus, wie alle ihre Freunde hätten bemerken können, als die kleine Familie in die Stadt zurückkehrte, nur herrschte so dicker bräunlicher Nebel, daß es unmöglich war, überhaupt irgendeinen Teint wahrzunehmen.

Als die Jagdsaison zu Ende war, kehrten die parlamentarischen Anwälte, die Philip beschäftigt hatten, nach London zurück. Und ich freue mich, sagen zu können, daß sie ihm einen Scheck für seine bescheidene Liquidation übergaben. Meine Frau rief öfter denn je: „Habe ich es dir nicht gesagt? Wendet sich nicht alles zum besten? Ich wußte, der liebe Philip würde vorankommen!"

Alles wandte sich zum besten, ja? Philip würde bestimmt vorankommen, ja? Was halten Sie von der nächsten Neuigkeit, die der arme Kerl uns brachte? Eines Abends im Dezember kam er zu uns, und ich sah es seinem Gesicht an, daß ihm irgend etwas Bedeutsames widerfahren war.

„Ich bin am Verzweifeln", sagte er und schlug mit der Faust auf den Tisch, als das junge Volk aufgestanden war. „Ich weiß nicht, was ich machen soll. Ich habe euch nicht alles erzählt. Ich habe schon vier Wechsel für ihn bezahlt, und jetzt hat er – hat er mit meinem Namen unterschrieben."

„Wer denn?"

„Der in New York, du weißt schon", sagt der arme Philip. „Ich sage dir, er hat auf meinen Namen einen Wechsel ausgeschrieben – und ohne meine Ermächtigung."

„Gütiger Himmel! Du meinst, dein Vater hat gefä. . ." Ich konnte das Wort nicht aussprechen.

„Ja", stöhnte Philip. „Hier ist ein Brief von ihm!" Und er reichte mir einen Brief in der wohlbekannten Handschrift des Doktors über den Tisch.

LIEBSTER PHILIP! (So schrieb der Vater.) Ein schlimmes Unglück hat mich betroffen, das ich meinem lieben Sohn zu verschweigen oder doch jedenfalls von ihm abzuwenden gehofft hatte. Denn Du, Philip, teilst infolge der Unvorsichtigkeit – muß ich es sagen? – Deines Vaters dieses Unglück. Hätte ich mir doch die Hand abgehackt, die die Tat beging, ehe sie begangen wurde! Doch dem Fehltritt sind Flügel gewachsen, und er ist meiner Reichweite entflogen. Immeritus, lieber Junge, mußt Du für die delicta majorum leiden. Ach, das ein Vater seinen Fehltritt gestehen, auf die Knie fallen und seinen Sohn um Verzeihung bitten muß!

Ich bin in zahlreiche Spekulationen eingestiegen. Manche sind über meine kühnsten Hoffnungen hinaus erfolgreich gewesen; einige haben die verständigsten, die vorsichtigsten, die kühlsten unserer Kapitalisten in der Wall Street in die Irre geführt und haben, obwohl die großartigsten Erfolge verheißend, mit äußerstem Mißerfolg geendet! Um eine Forderung in einer Unternehmung zu begleichen, die die SICHERSTEN AUSSICHTEN auf Erfolg zu bieten, die ein Vermögen für mich und meinen Sohn und Deine lieben Kinder zu versprechen schien, gab ich mit anderen Sicherheiten, die ich ganz plötzlich zu Geld machen mußte, einen Wechsel in Zahlung, auf dem ich Deinen Namen benutzte. Ich datierte ihn so, als hätte ich ihn sechs Monate vorher in New York auf Dich in Parchment Buildings, Temple, gezogen; und ich schrieb Dein Akzept, als wäre die Unterschrift die Deine. Ich gebe mich Dir in die Hand. Ich sage Dir, was ich getan habe. Mache die Sache publik. Gib der Welt mein Geständnis bekannt, wie ich es hier schreibe und unterzeichne, und Dein Vater ist vor der Welt für immer gebrandmarkt als ein ... Erspare mir das Wort!

So wahr ich lebe, so wahr ich auf Deine Verzeihung hoffe: lange, ehe dieser Wechsel fällig wurde − er lautet auf fünf Monate Frist, 386 £ 4s 3d, Wert empfangen, und ist im Temple mit dem 4. Juli datiert −, gab ich ihn an jemanden weiter, der ihn zu behalten versprach, bis ich selbst ihn auslösen würde! Die Kommissionsgebühr, die er von mir verlangte, war *unerhört*, war *ruchlos*; und nicht zufrieden mit dem exorbitanten Zinssatz, den er mir abpreßte, hat der Gauner den Wechsel weitergereicht, und er befindet sich in Europa, in den Händen eines Feindes.

Du erinnerst Dich an Tufton Hunt? Ja. Du hast ihn *mit vollem Recht* gezüchtigt. Der Lump ist kürzlich in hiesiger Stadt aufgetaucht, verkehrte mit den *Gemeinsten der Gemeinen* und versuchte, seine alte Methode der *Drohungen, schönen Reden* und Erpressungen fortzusetzen! In einer *verhängnisvollen Stunde* erfuhr die Kanaille von dem Wechsel, über den ich Dich vorgewarnt habe. Er hat ihn dem Spieler abgekauft, an den er weitergereicht worden war. Da ihm in New York das Pflaster sehr bald zu heiß wurde *(denn der Unglückselige hat es mir sogar überlassen, seine Hotelrechnung zu bezahlen),* ist er geflohen – und zwar nach Europa – und hat jenen verhängnisvollen Wechsel mitgenommen, den Du bezahlen wirst, das weiß er, sagt er. Ach! lieber Philip, wäre dieser Wechsel doch nicht mehr in den Händen dieses Lumpen! Welche schlaflosen Stunden der Qual blieben mir erspart! Ich bitte Dich, ich flehe Dich an, bringe jedes Opfer, um ihn zu honorieren! Du wirst ihn doch nicht verleugnen? Nein. Da Du eigene Kinder hast – da Du sie liebst – mutest Du ihnen freiwillig nicht zu einen entehrten

VATER

Ich habe einen Anteil an einer *großen medizinischen Entdeckung**, über die ich an unsere Freundin Mrs. Brandon geschrieben habe und die ganz sicher einen ungeheuren Profit abwerfen wird, wenn ein so wohlbekannter – ich darf wohl sagen, beruflich *so geachteter Arzt wie ich* sie in England einführt. Die allerersten Profite, die sich aus dieser Entdeckung ergeben, verspreche ich, auf mein Ehrenwort, Dir zukommen zu lassen. Sie werden sehr bald den Verlust, den meine Unvorsichtigkeit über meinen lieben Jungen gebracht hat, *weit mehr* als wettmachen. Lebe wohl! Liebe Grüße an Deine Frau und die Kleinen.

G. B. F.

---

* In Amerika wurde, glaube ich, zuerst Äther angewendet; und ich hoffe, der Leser wird in diesem Fall die Unterschiebung von Chloroform entschuldigen. W. M. T.

Tatsächlich erfüllte die Lektüre dieses kostbaren Briefes Philips Freund mit einer Empörung, die sich nur schwer beherrschen oder verhehlen ließ. Es ist keine angenehme Aufgabe, einem Gentleman zu eröffnen, daß sein Vater ein Gauner ist. Ein paar Jahre zuvor wäre der alte Firmin für solche Schliche gehängt worden. Im Gespräch mit einem ganz großen Schurken oder mit einem Verrückten, hat da der geschätzte Leser nicht manchmal mit strenger Selbsterniedrigung darüber nachgedacht, daß der Kerl von unserer eigenen Art ist und homo est? Lasset uns, geliebte Brüder, die wir draußen sind – ich meine außerhalb des Laderaums des Deportationsschiffes oder des Irrenhauses –, lasset uns dankbar sein, daß wir einen Barbier dafür bezahlen müssen, wenn er uns das Haar stutzt, und daß die Wahl des Schnitts unserer Jacke uns selbst anvertraut ist. Als der arme Philip den erbärmlichen Brief seines Vaters vorlas, war mein Gedanke: Und ich kann mich noch erinnern, wie die weiche weiße Hand dieses Schurken, die gerade den Namen seines eigenen Sohnes gefälscht hat, mir ganz freundlich Sovereigns in die Hand drückte, als ich ein Schuljunge war. Ich hatte diesen

Mann immer gemocht – doch die Geschichte ist nicht de me – sie betrifft Philip.

„Du wirst doch diesen Wechsel nicht bezahlen?" fragte Philips Freund dann empört.

„Was soll ich denn machen?" sagte der arme Philip, bedrückt den Kopf schüttelnd.

„Du bist für keine fünfhundert Pfund in der Welt gut", bemerkt der Freund.

„Wer hat das denn behauptet? Ich bin für diesen Wechsel gut – oder doch mein Kredit", antwortet das Opfer.

„Wenn du diesen bezahlst, zieht er wieder welche."

„Wahrscheinlich wird er das." Soviel gab Firmin zu.

„Und er wird immer weiterziehen, solange noch ein Tropfen Blut aus dir herauszuholen ist."

„Ja", gesteht der arme Philip und legt einen Finger an die Lippen. Er dachte, ich wollte es bekanntgeben.

Seine arglose Frau und die meine erörterten gerade die jeweiligen Vorzüge einiger süßer Chintzmuster, die sie bei Shoolbred in der Tottenham Court Road gesehen hatten und die so preiswert und hübsch und freundlich in den Farben waren! Diese Vorhänge für den Salon würden ja so gut wie nichts kosten! Sie sehen, bevor unser Regulus in sein Folterfaß stieg, lächelte er seine Freunde an und versuchte sich mit unbefangener, fröhlicher Miene am Geplauder über die Zimmerdekoration zu beteiligen. Um Chintz oder etwas anderes für den Haushalt zu besorgen, verließen die Damen schwatzend das Haus. In Charlottes armem unschuldigem Herzchen nistete eben jetzt keine Sorge, außer um Mann und Kinder.

„Hübsch, sie über süßen Chintz für den Salon reden zu hören, nicht?" sagt Philip. „Wollen wir uns bei Shoolbred umsehen oder in dem anderen Geschäft?" Und dann lacht er. Es war kein besonders heiteres Lachen.

„Du meinst, du bist also entschlossen, zu . . ."

„Zu bestätigen, daß es sich um *meine Unterschrift* handelt? Selbstverständlich", erklärt Philip, „wenn sie mir jemals vorgelegt wird, würde ich sie anerkennen!" Und ich kannte meinen standhaften Freund zu gut, als daß ich geglaubt hätte, nachdem er diesen Entschluß gefaßt und verkündet hatte, würde er sich jemals davor drücken.

Das Erbitterndste an der Angelegenheit war, daß Philips Freunde, wie wohlwollend sie ihm gegenüber auch eingestellt sein mochten, ihm in diesem Fall keine helfende Hand reichen konnten. Der Doktor würde nur noch mehr Wechsel ziehen und dann noch mehr. So gewiß Philip zahlte, so gewiß würde der schurkische Vater mehr verlangen; und jener allesverschlingende Drache von Doktor besäße genug Appetit für unser aller Blut, zeigten wir nur die geringste Neigung, es herzugeben. In der Tat sah der gute Philip das ein und gab alles mit seiner gewohnten Offenherzigkeit zu.

„Mir ist klar, was dir durch den Kopf geht, alter Junge!" sagte der arme Kerl, „so genau, als würdest du es aussprechen. Du meinst, daß ich hilflos und unverbesserlich und unwiderruflich zum Ruin verurteilt bin. So sieht es ja auch aus. Man kann seinem Schicksal nicht entgehen, Freund, und mein Vater hat mir meines vorgezeichnet. Wenn ich es schaffe, mit Hängen und Würgen diesen Wechsel zu bezahlen, zieht er selbstredend wieder einen. Meine einzige Aussicht auf Rettung ist, daß ihm einige seiner Spekulationen glücken. Da er ständig einen Einsatz im Spiel hat, zieht er eines Tages vielleicht doch einmal einen Treffer. Dann gibt er mir aber nichts davon ab. Das ist nicht seine Art. Wenn er einen Coup landet, behält er das Geld oder gibt es aus. Mir gibt er bestimmt nichts. Aber er wird nicht, wie jetzt, auf mich ziehen oder geschmackvolle Imitationen des Autogramms seines Sohnes verschicken. Es ist ein wahrer Segen, so einen Vater zu haben, nicht? Weißt du, Pen, wenn ich bedenke, von wem ich abstamme, und mir deine Löffel besehe, staune ich, daß ich noch keinen eingesteckt habe. Du läßt sie ganz ungesichert mit mir allein im Zimmer. Wirklich, es ist richtig rührend, wie sehr du und deine liebe Frau mir Vertrauen schenken." Und mit einem bitteren Fluch über sein Schicksal unterbricht der arme Kerl einen Augenblick sein Klagelied.

Sein Vater sei sein Schicksal, glaubte er offenbar, und es gebe keine Möglichkeit, es abzuwenden. „Erinnerst du dich an das Bild von Abraham und Isaak im Arbeitszimmer des Doktors in der Old Parr Street?" fragte er mich manchmal. „Mein Patriarch hat mich gefesselt und schon einigemal mit dem Messer zugestochen. Er bringt mich nicht gleich bei der ersten Operation zum Opfer dar; aber eines Tages kommt es zur letzten, und ich blute nicht mehr. Ganz witzig und amüsant, nicht? Besonders, wenn man Frau und Kinder hat."

Ich für mein Teil war so aufgebracht, daß ich daran dachte, in den Zeitungen zu inserieren, alle in Philips Namen gezogenen Wechsel seien Fälschungen; mochte der Vater doch die Folgen seiner Tat tragen. Doch die Folgen wären lebenslange Haft für den alten Mann gewesen und nicht weniger Schande und Unglück, als ihm jetzt drohten, für den jungen. Er setzte uns das ganz klar auseinander; auch konnten wir seine niederdrückende Logik nicht völlig widerlegen. Es sei jedenfalls besser, diesen Wechsel zu honorieren und dem Doktor für die Zukunft eine Warnung zukommen zu lassen. Nun ja, vielleicht war es besser. Nur angenommen, der Doktor nähme die Warnung gut auf, ließe den Tadel in aller Demut über sich ergehen und beginge bei nächster Gelegenheit wieder eine Fälschung? Darauf antwortete Philip, kein Mensch könne gegen sein Schicksal ankämpfen; er habe schon immer sein Verderben von der Hand seines Vaters erwartet. Als der Ältere nach Amerika gegangen sei, habe er gedacht, womöglich sei der Bann gebrochen, „aber du siehst, es ist nicht der Fall", stöhnte Philip, „und die Sendboten meines Vaters erreichen mich, und ich stehe immer noch unter dem Bann." Der Überbringer der *Seidenschnur* war unterwegs, wie wir wissen, und würde binnen kurzem seine grausame Botschaft übermitteln.

Nachdem es Mr. Tufton Hunt oft genug gelungen war, von Doktor Firmin Geld zu erpressen, meinte er nichts Besseres tun zu können, als seinem Bankier über den Atlantik zu folgen. Und wir brauchen den Verdruß und die Wut des Doktors nicht zu beschreiben, als dieser merkte, daß er die Schwarze Sorge immer noch im Rücken hatte. Er hatte nicht viel zu geben; wirklich war die Summe, die er mitnahm und seinem Sohn und den übrigen Gläubigern raubte, nur bescheiden. Doch Hunt war darauf erpicht, ein Teil abzubekommen, und gab natürlich zu verstehen, falls der Doktor sich sträube, werde er die näheren Umstände der frühen Jahre Firmins und seiner jüngsten Unterschlagungen in die New-Yorker Presse bringen. Mr. Hunt hatte sich ein halbes dutzendmal unter der Galerie des Unterhauses aufgehalten und kannte unsere Politiker vom Sehen. Auf seiner ziemlich langen und unrühmlichen Lebensbahn hatte er allerlei Anekdoten über Mitglieder der Aristokratie, Liebhaber des Pferderennens und solcherlei Leute aufgelesen; und er erbot sich, dieses kostbare Wissen an mehr als eine amerikanische Zeitung zu verkaufen, wie es auch andere liebenswerte Verbannte aus unserem Land getan haben. Doch Hunt war zu alt, und seine Geschichten waren dem New-Yorker Publikum zu abgestanden. Sie reichten in die Zeit Georges IV. zurück und in die Zeiten, als man noch boxte und Postkutschen lenkte. Er fand nur wenig Absatz für seine Waren, und der benebelte Geistliche schwankte von Schenke zu Bar, nur ein Ziel der Verachtung für jüngeres Gesindel, das nichts von seinen veralteten Geschichten hielt und sie mit Lumpereien viel moderneren Datums übertrumpfen konnte.

Nach etwa zweijährigem Aufenthalt in den Vereinigten Staaten empfand dieser Ehrenmann das brennende Verlangen, sein Vaterland wiederzusehen, wie es sich so oft in edlen Herzen regt, und reiste von Liverpool nach London. Und in London angelangt, lenkte er seine Schritte zum Haus der Kleinen Schwester, wo nach seiner Erwartung Philip immer noch wohnte. Obwohl man Hunt hier schon einmal aus dem Haus geworfen hatte, war es ihm jetzt nicht weiter peinlich, es wieder zu betreten. Er hatte etwas in der Tasche, das ihm eine respektvolle Behandlung von Philips Seite sichern würde. Unter welchen Umständen war dieser gefälschte Wechsel in seinen Besitz gelangt? War es eine Spekulation zwischen Hunt und Philips Vater? Hatte Hunt darauf hingewiesen, Philip werde, um den älteren Firmin vor Schande und Ruin zu bewahren, den Wechsel bestimmt honorieren? Eine gefälschte Unterschrift sei eigentlich ein besseres Dokument als ein echtes Akzept? Wir werden die Wahrheit über diese Transaktion nie mehr erfahren. Wir haben nur die Behauptungen der zwei Beteiligten; und da sie beide, zu unserer Betrübnis muß es gesagt werden, gänzlich unglaubwürdig sind, werden wir hinsichtlich dieser Angelegenheit kein Licht in das Dunkel bringen. Vielleicht hat Hunt Philips Akzept gefälscht, vielleicht hat es sein unglücklicher Vater geschrieben, vielleicht war die Geschichte des Doktors, das Papier sei ihm abgepreßt worden, wahr, vielleicht auch nicht. Was macht das noch aus? Beide Männer sind von uns gegangen und werden keine Lügen mehr schreiben oder aussprechen.

Caroline Brandon war nicht zu Hause, als Hunt nach der Rückkehr aus Amerika seinen ersten Besuch abstattete. Ihr

Dienstmädchen beschrieb den Mann. Mrs. Brandon war überzeugt, der Besucher sei Hunt gewesen, und die Ankunft des Geistlichen verhieß ihr für Philip nichts Gutes. Wir haben gesehen, daß die Kleine Schwester in den Augen dieses Mannes in früheren Jahren Gefallen gefunden hatte. Die verkommene Kreatur, von den Menschen gemieden, von Verbrechen, Trunksucht, Schulden besudelt, besaß immer noch kein geringes Maß an Eitelkeit und spreizte sich gewaltig in den Schenkstuben, wo er verkehrte. Weil er vor dreißig Jahren die Universität besucht hatte, meinte er, er sei gewöhnlichen Männern, die nicht den Vorzug einer Erziehung in Oxford oder Cambridge genossen hatten, weit überlegen, und die „Snobs", wie er sie nannte, hätten Achtung vor ihm. Wenn er mit einem noch so reichen Handwerker sprach, gab er sich großspurig, redete ihn bloß mit dem Familiennamen an und glaubte ihm eine Ehre zu erweisen, wenn er ihn begönnerte und mit ihm plauderte. Die Grammatik der Kleinen Schwester, habe ich Ihnen schon gesagt, war nicht ohne Fehler, ihre Aussprache – die armen kleinen H kamen arg regellos. Ein Brief war für sie eine mühselige Arbeit. Sie wußte, wie schlecht sie damit fertig wurde und daß sie dauernd Schnitzer machte.

Sie erfand tausend drollige kleine Begründungen und Entschuldigungen für ihre Schreibfehler. Trotz aller orthographischen Patzer lag in ihren Briefchen ein Pathos, das einem irgendwie die Tränen in die Augen trieb. Ehrwürden Mr. Hunt dünkte sich dieser Frau überlegen. Er glaubte, seine Universitätsbildung verleihe ihm Anspruch auf ihren Respekt, und warf sich in seine beschmutzte Collegerobe und blies sich vor ihr und anderen auf. Er hatte seinen Grad eines Master of Arts in vielen tausend Schenkstuben zur Schau gestellt, wo sein Griechisch und seine Gelehrsamkeit ihm eine gewisse Achtung eingetragen hatten. Er begönnerte die Wirte und stolzierte mit weinseligem, schmierigem Grinsen oder trunkener Würde vor den Theken der Wirtinnen auf und ab. Er mußte schon sehr heruntergekommen und verworfen gewesen sein, daß er noch glauben konnte, er stehe über irgendeinem lebenden Menschen: er, der die Bedienten hätte bedienen und dem Hausknecht die Schuhe hätte putzen müssen. Hatte er ein bestimmtes Stadium der Trunkenheit erreicht, begann er gewöhnlich von der Universität zu prahlen und die Titel seiner Freunde aus früheren Tagen herzusagen. Nie war ein Fußtritt so angebracht wie der, den Philip diesem Hundsfott einmal versetzte. Der Kerl sei in der Gosse inzwischen gänzlich zu Hause, behauptete Firmin oft und beteuerte weiter, das Schmutzwasser dort könne ihm nur guttun.

Mrs. Brandon entdeckte bald, daß ihre Vermutungen hinsichtlich ihres namenlosen Besuchers zutrafen. Am nächsten Tag, als sie die Blümchen in ihrem Fenster goß, schaute sie auf die Straße hinaus und sah den torkelnden Geistlichen lüstern zu ihr hinauf grinsen. Als sie ihn gewahrte, zog er den speckigen Hut und verbeugte sich vor ihr. Vom ersten Moment an hatte sie das Gefühl, er sei in feindseliger Absicht gegenüber Philip gekommen. Sie wußte, daß er Böses im Schilde führte, sobald sie das aufgedunsene Gesicht, die blutunterlaufenen Augen, die unrasierten, feixenden Lippen sah.

Mag sein, daß sie am liebsten in Ohnmacht gefallen wäre oder aufgeschrien oder sich vor dem Mann versteckt hätte, vor dessen Anblick ihr ekelte. Sie fiel nicht in Ohnmacht, versteckte sich nicht und schrie nicht auf. Vielmehr nickte sie prompt und lächelte diesem unwillkommenen, schmutzigen Fremden äußerst gewinnend zu. Sie ging an die Tür, sie öffnete sie (obwohl ihr Herz so klopfte, daß man es hätte hören können, wie sie ihrer Freundin später berichtete). Einen Augenblick lang stand sie schelmisch lächelnd vor ihm und winkte ihn mit einer Geste des Willkommens in ihr Haus. „Herrje" (dieses, habe ich Grund zu glauben, waren genau ihre Worte), „herrje, Mr. Hunt, wo haben Sie denn bloß so lange gesteckt?" Und ein lächelndes Gesicht blickte ihn unter einer adretten Haube mit frischer Schleife hervor beherzt an. O ja, ich weiß, daß manche Frauen zu lächeln und ganz gelassen auszusehen vermögen, wenn sie sich auf dem Sessel eines Zahnarztes niederlassen.

„Herrje, Mr. Hunt", sagt dann das aufrichtige Geschöpf, „wer hätte das gedacht, *Sie* zu sehen, na so was!" Und sie macht einen netten, munteren kleinen Knicks und sieht ganz heiter, erfreut und hübsch aus; und auch Judith sah zweifellos heiter aus und lächelte Holofernes an und plapperte ihm etwas vor. Und dann sagte sie selbstverständlich: „Wollen Sie nicht hereinkommen?" Und Hunt stolzierte die Stufen zur Haustür hinauf und trat in das Stübchen, in das ich den freundlichen Leser schon so oft geführt habe, mit dem netten, bescheidenen Zierat, den Bildern, dem funkelnden Eckschrank und den blankpolierten Möbeln.

„Wie geht's dem Hauptmann?" fragt der Mann (allein mit dieser Kleinen Schwester, begann auch dem Kerl das Herz zu klopfen, und seine blutunterlaufenen Augen glitzerten).

Er habe nicht von dem armen Pa gehört? „Da sieht man mal, wie lange Sie weg waren!" bemerkt Mrs. Brandon und nennt das Datum der tödlichen Krankheit ihres Vaters. Ja, jetzt sei sie allein und müsse für sich selbst sorgen. Und im gleichen Atemzug fragte Mrs. Brandon sicherlich Mr. Hunt, ob er etwas „zu sich nehmen" wolle. In der Tat nötigte diese gute kleine Frau ihre Freunde dauernd, etwas „zu sich zu nehmen", und hätte es für einen Verstoß gegen die Gesetze der Gastfreundschaft gehalten, wenn sie diese Aufforderung unterlassen hätte.

Niemand hatte je erlebt, daß Hunt ein solches Angebot ausschlug. Er würde gern einen Schluck zu sich nehmen – einen warmen Schluck. Er habe in New York das Wechselfieber gehabt, und die Krankheit hinge ihm immer noch an. Mrs. Brandon brannte sogleich darauf, von Mr. Hunts Leiden zu hören, und bestätigte, daß ein tröstliches Glas sehr wirksam sei, drohendes Fieber niederzuschlagen. Ihre flinken, zierlichen Händchen mischten ihm ein Glas. Er konnte nicht übersehen, was für eine schmucke kleine Hausfrau sie war.

„Ach, Mrs. Brandon, hätte eine so gütige Freundin auf mich aufgepaßt, wäre ich jetzt nicht so ein Wrack!" seufzte er. Er mußte wohl zu einem zweiten, nein, einem dritten Glas fortgeschritten sein, als er zu seufzen und rührselig über sein unglückliches Schicksal zu reden begann; und Mrs. Brandon gestand später ihren Freunden, sie habe diese Gläser besonders stark gemacht.

Nachdem also Hunt in beträchtlichen Mengen „etwas zu sich genommen" hatte, ließ er sich zu der Frage herab, wie es denn seiner Gastgeberin gehe und was ihre Mieter machten. Wie es ihr gehe? Die kleine Mrs. Brandon zeichnete das erfreulichste Bild von sich und ihren Verhältnissen. Die Zimmer vermieteten sich gut und stünden nie leer. Dank Doktor Goodenough und anderer Freunde habe sie beruflich so viel zu tun, wie sie es sich nur wünschen könne. Seit *Sie wissen schon wer* aus dem Lande sei, sagte sie, sei ihr viel leichter ums Herz. Solange er in der Nähe war, habe sie sich nie sicher gefühlt. Aber nun sei er weg, und „das Pech möge sich an seine Fersen heften", erklärte diese rachsüchtige Kleine Schwester.

„Wohnt sein Sohn noch oben?" fragte Mr. Hunt.

Was tut Mrs. Brandon daraufhin? Sie bricht in einen wütenden Ausfall gegen Philip und seine Familie aus. *Der* und hier wohnen? Nein, Gott sei Dank! Sie habe genug von ihm und seiner Frau und deren vornehmem Getue, und die ganze Nacht das Kindergeschrei, und die Möbel runtergewirtschaftet, und nicht einmal die Rechnungen bezahlt! „Er sollte nämlich glauben, daß ich und Philip keine Freunde mehr sind. Und der Himmel verzeihe mir, daß ich geschwindelt habe! Ich weiß, daß dieser Kerl mit Philip nichts Gutes im Sinn hat. Über kurz oder lang weiß ich, *was* er vorhat, bestimmt", gelobte sie.

Denn selbigen Tages, nachdem Mr. Hunt sie besucht hatte, eilte Mrs. Brandon zu Philips Freunden und teilte ihnen Hunts Ankunft mit. Wir konnten nicht sicher sein, daß er der Überbringer des gefälschten Wechsels war, der dem armen Philip drohte. Bisher hatte Hunt noch nichts davon erwähnt. Doch obwohl es uns fernliegt, irgendeine Form der Täuschung oder Heuchelei gutzuheißen, geben wir zu, daß wir es der Kleinen Schwester nicht *allzusehr* übelnahmen, wenn sie sich im vorliegenden Fall der Verstellung bedient hatte, um Hunt zu der Annahme zu verleiten, sie sei keineswegs Philips Komplizin. Wenn Philips Frau ihr verzieh, sollten da seine Freunde weniger nachsichtig sein? Um das Rechte zu tun, darf man kein Unrecht begehen; wenngleich ich zugebe, dies war einer der Fälle, wo ich dazu neige, nicht allzu streng mit der kleinen, in guter Absicht handelnden Übeltäterin umzuspringen.

Nun, Charlotte mußte unserer kleinen Freundin verzeihen (und dieses Vergehen, wenn schon nicht gewisse andere, verzieh ihr Charlotte von ganzem Herzen), angesichts des Grunds, warum Mrs. Brandon sie so zügellos verleumdet hatte. Als Hunt fragte, was Philip Firmin für eine Frau geheiratet habe, erklärte Mrs. Brandon, Mrs. Philip sei ein kleines schnippisches, unsympathisches Ding; sie tue wunder wie vornehm, vernachlässige ihre Kinder, schikaniere ihren Mann und was noch alles. Und schließlich beteuerte die gute Brandon, sie könne Charlotte Firmin nicht leiden und sei richtig froh, sie aus dem Haus zu haben.

Und Philip sei, seit er geheiratet habe, nicht mehr der alte Philip, und *er* tue auch vornehm und sei grob und lasse sich in allen Dingen von seiner Frau leiten. Es sei ein Glück, daß sie sie alle los sei.

Hunt gab gnädig zu bedenken, Streitigkeiten zwischen Wirtinnen und Mietern seien nicht ungewöhnlich. Mieter zahlten manchmal ihre Miete nicht pünktlich, in anderen Fällen seien sie übertrieben mißtrauisch, was den Verbrauch ihrer Lebensmittel, Spirituosen und so weiter angehe. Und die kleine Brandon, die sich eher die Hand abgehackt hätte, als ihrem Philip auch nur den Gegenwert eines Pennys zu stehlen, belachte den Scherz ihres Gastes und tat so, als amüsierten sie seine spitzbübischen Andeutungen, sie mache lange Finger. Kein Wort, das er sagte, was sie nicht mit gefälliger Fügsamkeit hingenommen hätte. Innerlich mochte sie vor der lüsternen Vertraulichkeit des widerlichen, angetrunkenen Strolches schaudern, doch nach außen hin verriet sie keinerlei Abscheu oder Angst. Sie ließ ihn soviel reden, wie er wollte, in der Hoffnung, er werde auf ein Thema kommen, das sie brennend interessierte. Sie erkundigte sich nach dem Doktor, und was er mache und ob Aussicht bestehe, daß er jemals zur Rückerstattung des Geldes imstande sei, das er seinem Sohn genommen habe. Und sie sprach in gleichgültigem Ton und tat sehr beschäftigt über einer Handarbeit, an der sie stichelte.

„Oho, Sie sind immer noch scharf auf ihn", stellt der Kaplan fest, eins seiner blutunterlaufenen Augen zukneifend.

„Auf diesen alten Mann scharf! Was soll mir an ihm liegen? Als ob er mir nicht schon genug angetan hat!" ruft die arme Caroline.

„Ja. Aber so ein bißchen schlechte Behandlung bringt die Frauen nicht gleich von einem Mann ab", meint Hunt. Zweifellos hatte der Kerl seine eigenen Versuche mit der weiblichen Treue angestellt.

„Na, ich denke doch", sagt die kleine Brandon, den Kopf zurückwerfend, „die Frauen können es genauso satt kriegen wie die Männer, oder nicht? Ich bin diesem Mann vor vielen Jahren auf die Schliche gekommen und habe genug von ihm. Noch ein Tröpfchen aus der grünen Flasche, Mr. Hunt! Es ist für das Wechselfieber wirklich gut und verhindert wunderbar den Schüttelfrost!"

Und Hunt trank, und er redete noch ein bißchen mehr – noch viel mehr. Und er sagte seine Meinung über den älteren Firmin und sprach über dessen Erfolgsaussichten und Spekulationsbesessenheit und bezweifelte, ob er je wieder den Kopf oben tragen könne – obwohl, möglich wäre es, möglich wäre es immer noch. Er lebe in einem Land, wo man eine Chance habe, überhaupt wieder auf die Beine zu kommen. Und Philip tue hochnäsig, soso? Er sei schon immer ein arroganter Kerl gewesen, dieser Mr. Philip. Und er habe ihr Haus verlassen? und sei schon ewig fort? und wo wohne er denn jetzt?

Da, muß ich leider berichten, fragte Mrs. Brandon, woher *sie* denn wissen solle, wo Philip jetzt wohne? Sie glaube, in der Nähe von Gray's Inn oder Lincoln's Inn oder da irgendwo. Und sie sei dafür, dieses Thema am besten fallenzulassen; und sie bemühte sich auch darum mittels vieler munterer Bemerkungen und geschickter kleiner Listen, die ich mir ausmalen kann, die sie mir aber nur teilweise bestätigte – denn Sie müssen wissen, sobald ihr Besucher sich verabschiedete – um sich in das Gasthaus zum Club „Admiral Byng" zu begeben und die Bekanntschaft mit den in der Gaststube dieser Schenke versammelten Ehrenmännern aufzufrischen –, rannte Mrs. Brandon nach einer Droschke, fuhr damit zu Philips Haus in der Milman Street, wo sie nur Mrs. Philip antraf, und nach einem banalen Gespräch mit ihr – das Charlotte kein geringes Rätsel aufgab, denn Mrs. Brandon wollte nicht sagen, was sie herführte, und erwähnte Hunts Ankunft und Besuch bei ihr mit keinem Wort – bestieg die Kleine Schwester die nächste Droschke und erschien schließlich im Haus von Philips Freunden am Queen Square. Und hier eröffnete sie mir, daß Hunt angekommen sei und daß sie überzeugt sei, er führe für Philip nichts Gutes im Schilde, und sie habe Mr. Hunt gewisse – gewisse Sachen erzählt, die nicht den Tatsachen entsprächen; für diese Schwindeleien gedenke ich sie durchaus nicht zu entschuldigen.

Obwohl der interessante Geistliche kein Wort über jenen Wechsel gesagt hatte, den Philips Vater angekündigt hatte, glaubten wir, daß das Dokument in Hunts Besitz sei und er es zu gegebener Zeit präsentieren werde. Wir wußten zufällig, wo Philip dinierte, und schickten ihm eine Botschaft, er solle zu uns kommen.

„Was hat er denn?" fragten die Leute am Tisch – einem Junggesellentisch im Temple (denn Philips gute Frau redete ihm tatsächlich zu, dann und wann auszugehen und sich mit seinen Freunden einen vergnügten Abend zu machen). „Was kann das bedeuten?", und sie lasen das Stück Papier vor, das er hingeworfen hatte, als man ihn abrief.

Philips Korrespondent schrieb: „Lieber Philip! Ich glaube, DER ÜBERBRINGER DER SEIDENSCHNUR ist soeben eingetroffen. Er war gerade heute bei der K. S."

Die K. S.? Der Überbringer der Seidenschnur? Nicht einer der Junggesellen, die in den Parchment Buildings dinierten, vermochte das Rätsel zu lösen. Erst nach Empfang dieses Stückchens Papier war Philip aufgesprungen und hatte den Raum verlassen. Und ein Freund von uns, ein schlauer Spaßvogel und Don Juan vom Pump Court, wollte jede Wette eingehen, in den Fall sei eine Dame verstrickt.

Bei dem eiligen kleinen Kriegsrat, der nach Eingang der Nachricht in unserem Haus zusammentrat, teilten wir der Kleinen Schwester, die ihr Instinkt nicht getrogen hatte, in Einzelheiten mit, welche Gefahr Philip drohte; und sie legte einen heftigen, kräftigen Zorn an den Tag, als sie erfuhr, wie er dem Feind zu begegnen gedachte. Er habe eine gewisse Summe parat. Er werde sich von seinen Freunden etwas dazuborgen, die wüßten, daß er ein ehrlicher Mann sei. Diesen Wechsel werde er honorieren, was auch kommen möge, um zumindest diese Schande von seinem Vater abzuwenden.

Was? Vor diesen Lumpen klein beigeben? Seine Kinder hungern lassen und seine arme Frau zur Hausmagd und Dienstbotin zu machen, wo sie zu weiter nichts tauge als zur vornehmen Dame? (Sie sehen, es herrschte keine übertriebene Liebe zwischen diesen zwei Damen, die beide Mr. Philip liebten.) Es sei eine Sünde und Schande! behauptete Mrs. Brandon und erklärte, sie hätte Philip mehr Feuer zugetraut. Philips Freund hat schon früher die eigenen geheimen Gedanken zu dem Firmin bedrohenden Unheil dargelegt. Diesen Wechsel zu bezahlen hieße ein Dutzend weitere auf sich zu ziehen. Philip könnte sich genausogut jetzt widersetzen wie zu einem späteren Zeitpunkt. Das war auch die Meinung, die des Lesers ganz ergebener Diener auf Befragen äußerte.

Meine Frau wiederum ergriff für Philip Partei. Sie war tief bewegt über seine Ankündigung, diesmal wolle er seinem Vater noch verzeihen und sich bemühen, sein Vergehen zu decken.

„So wahr man hofft, einem werde vergeben, lieber Philip, bin ich überzeugt, man tut recht", sagte Laura. „Ich bin überzeugt, Charlotte meint das auch."

„Ach, Charlotte, Charlotte!" wirft die Kleine Schwester ziemlich mürrisch ein, „natürlich meint Mrs. Philip alles, was ihr Mann ihr sagt!"

„Philip hat in der Stunde seiner Prüfung wunderbare Hilfe und Güte erfahren", beharrte Laura. „Seht doch, wie eines nach dem anderen dazu beigetragen hat, ihm zu helfen! Als er in Not war, waren stets Freunde da, ihm beizustehen. Wenn er wieder in Not ist, bin ich sicher, mein Mann und ich werden mit ihm teilen." (Dazu habe ich vielleicht ein schiefes Gesicht gezogen; denn bei aller Freundschaft und dergleichen gegenüber jemandem kommt es einem doch nicht immer gelegen, ihm fünf- oder sechshundert Pfund ohne Sicherheit zu leihen.) „Mein lieber Mann und ich werden mit ihm teilen", fährt Mrs. Laura fort, „nicht wahr, Arthur? Ja, meine liebe Brandon, das werden wir. Sie können sicher sein, Charlotte und die Kinder sollen deswegen keine Not leiden, weil Philip Firmin das Unrecht seines Vaters deckt und vor der Welt verbirgt! Gott segne Sie, lieber Freund!" Und was tut diese Frau dann, und direkt vor ihrem Mann? Sie geht tatsächlich zu Philip. Sie nimmt seine Hand – und . . . Nun, was sich vor meinen eigenen Augen abspielte, will ich lieber nicht niederschreiben.

„Sie ermuntert ihn, die Kinder zu ruinieren, diesem – diesem verruchten alten Scheusal zuliebe!" ruft Mrs. Brandon. „Das kann ja einen Heiligen aus der Ruhe bringen, wahrhaftig!" Und sie reißt ihren Kapotthut vom Tisch und stülpt ihn sich auf den Kopf und rennt in einem kleinen Wutanfall aus dem Zimmer.

Meine Frau faltet die Hände und haucht ein paar Worte, die lauten: „Vergib uns unsere Schuld, wie wir vergeben unseren Schuldigern."

„Ja", sagt Philip tiefbewegt. „Das ist der göttliche Befehl. Sie haben recht, liebe Laura. Ich habe eine schwere Zeit hinter mir, und Zweifel und Gram lagen mir mit schrecklicher Düsterkeit auf der Seele, solange ich über diese Sache nachdachte, bis ich mich so zu handeln entschloß, wie Sie es auch täten. Aber mir ist eine große Last von der Seele, seit mir klar wurde, wie ich mich zu verhalten habe. Wie viele Hunderte um ihr Dasein ringende Männer haben genau wie ich Verluste erlitten und ihnen getrotzt! Ich werde diesen Wechsel bezahlen, und ich werde dem Aussteller ankündigen, er soll – er soll mich in Zukunft verschonen."

Jetzt, da die Kleine Schwester in ihrer empörten Aufwallung gegangen war, befand ich mich im Kriegsrat ja in der Minderheit, und die Opposition war mir einfach zu stark. Ich begann die Meinung der Mehrheit zu teilen. Ich bin wahrscheinlich nicht der einzige Gentleman, den je eine Frau umgestimmt hat. Ja, meine Frau überzeugte mich mit Stellen aus ihrem Katechismus und ließ keinen Widerspruch gegen ihr Urteil zu, es sei Philips Pflicht, seinem Vater zu verzeihen.

„Und was für ein Glück, daß wir neulich nicht den Chintz gekauft haben!" sagte Laura lachend. „Weißt du, daß zwei Stoffe so hübsch waren, daß Charlotte sich nicht entscheiden konnte, welchen von beiden sie nehmen sollte?"

Philip stieß eine seiner dröhnenden Lachsalven aus, die die Fenster zum Klirren brachten. Er war in bester Stimmung. Für einen Mann, der im Begriff stand, sich zu ruinieren, hatte er beneidenswert gute Laune. Wisse Charlotte von dieser – dieser Forderung, die drohend über ihm schwebe? Nein. Sie könnte sich am Ende Sorgen machen – das arme kleine Ding. Philip habe es ihr nicht gesagt. Er habe daran gedacht, ihr die Sache zu verschweigen. Sei es denn nötig, sie aufzustören, das arme unschuldige Kind?

Sie sehen, wir alle behandelten Mrs. Charlotte mehr oder weniger wie ein Kind. Philip spielte mit ihr. J. J., der Maler, hätschelte und verwöhnte sie sozusagen. Die Kleine Schwester liebte sie, allerdings mit einer Liebe, die des Respekts entbehrte. Charlotte nahm jedermanns Wohlwollen mit gewinnender Sanftmut und süßem lächelndem Behagen hin. Es komme Laura nicht zu, Mann und Frau Ratschläge zu geben (als hielte die Person Philip und seiner jungen Frau nicht ständig Vorträge!). Doch im vorliegenden Fall meine sie, Mrs. Philip müsse unbedingt erfahren, wie Philips Lage tatsächlich beschaffen sei; welche Gefahr drohe; „und wie bewunderungswürdig und christlich und richtig – und dafür werden Sie belohnt werden, Philip!" wirft die begeisterte Dame ein – „Sie sich verhalten haben!"

Als wir unverzüglich in einer Droschke zu Charlotte fuhren, um ihr die Angelegenheit auseinanderzusetzen, du meine Güte!, war sie gar nicht entsetzt oder besorgt oder erschrocken. Mrs. Brandon war soeben bei ihr gewesen und hatte ihr erzählt, was vorging, und sie hatte gesagt: „Natürlich muß Philip seinem Vater helfen!"; und Mrs. Brandon war in einem regelrechten Zorneskoller gegangen und furchtbar grob geworden. Sie würde ihr das nie verzeihen, nur wisse sie, wie herzlich die Kleine Schwester Philip liebe, und natürlich müßten sie Doktor Firmin helfen. Und in welcher ganz, ganz furchtbaren Not müsse er gewesen sein, um so etwas zu tun! Aber er habe Philip ja immerhin vorgewarnt, und so fort. „Und der Chintz, Laura, nun ja, wir werden uns wohl weiter mit den alten schäbigen Bezügen behelfen. Weißt du, bis nächstes Jahr gehen sie noch ganz gut." So nahm Mrs. Charlotte die Neuigkeit auf, die Philip ihr verheimlicht hatte, um sie nicht in Angst und Schrecken zu versetzen. Als würde sich eine liebende Frau jemals so sehr davor fürchten, das Unglück ihres Mannes teilen zu müssen.

Was den geringfügigen Fall von Fälschung anging, glaube ich nicht, daß man die junge Person jemals vom verbrecherischen Charakter der Missetat Doktor Firmins überzeugen könnte. Die verwegene kleine Logikerin schien in dieser Sache eher den Vater als den Sohn zu bedauern. „In welch schrecklicher Bedrängnis muß er gewesen sein, als er es tat, der arme Mann!" sagte sie. „Gewiß, er hätte es überhaupt nicht tun sollen! Aber bedenkt seine Notlage. Das habe ich der guten Brandon auch gesagt. Im Schrank da ist zum Beispiel Klein-Philips Kuchen, den ihr ihm mitgebracht habt. Also, angenommen, Papa hätte großen Hunger und nähme sich welchen, ohne Philly zu fragen, wäre das doch nicht so furchtbar unrecht, finde ich, oder nicht? Ein Kind gibt doch gern seinem Vater etwas ab, nicht wahr? Und als ich der guten kleinen Brandon das sagte, wurde sie so grob und heftig, ich bin wirklich ganz empört über sie! Und sie vergißt, daß ich eine Lady bin, und" usw. usw. Die Kleine Schwester hatte offenbar einen verzweifelten Versuch gemacht, Charlotte auf ihre Seite zu ziehen, hatte immer noch vor, Philip gegen seinen Willen zu retten, und war erbost über ihre Niederlage davongegangen.

Wir sahen in den Briefen des Doktors nach und stellten das Datum des Wechsels fest. Er hatte das Wasser überquert und würde binnen ganz weniger Tage bei Philip auftauchen. Hatte Hunt ihn mitgebracht? Der Schurke würde ihn zweifellos auf regulärem Wege präsentieren lassen. Und Philip und wir alle erkundeten Mittel und Wege und rechneten und gaben uns Mühe, die dürftigen Zahlen so stattlich wie möglich aufzuputzen, wie die sparsame Hausfrau einen Flicken hier und eine Stopfnaht da anbringt und einen Streifen von jenem alten Kleidungsstück abschnippelt, um das ärmliche kleine Gewand für den Winter herzurichten. Wir hatten soundso viel auf der Bank. Ein Freund könnte mit einem kleinen Vorschuß helfen. Wir würden einfach ein Darlehen von der „Rundschau" erbitten. Wir saßen in der Klemme, aber wir würden es schaffen. Und so wollten wir uns mit standhaftem Herzen bereitmachen, den Überbringer der Seidenschnur zu empfangen.

38. KAPITEL

Der Überbringer der Seidenschnur

raurig schlich die Kleine Schwester von der Milman Street heim, erbost über Philip, über Philips Frau und die Entschlossenheit der beiden, den hoffnungslosen Ruin hinzunehmen, der über ihnen allen schwebte. Dreihundertsechsundachtzig Pfund, vier Shilling und drei Pence, dachte sie, für diesen gottlosen alten Schuft zu bezahlen! Es ist mehr, als der arme Philip besitzt, mit allen seinen Ersparnissen und seinen paar Möbeln. Ich weiß, was er macht: Er borgt bei den Geldverleihern und gibt ihnen diese Wechsel und verlängert sie und endet im Ruin. Wenn er diesen Wechsel bezahlt hat, wird der alte Lump wieder einen fälschen, und sein famoses Frauchen wird ihm raten, auch den zu bezahlen, nehme ich an ... und meine kleinen Liebchen müssen um Brot betteln gehen, außer, sie kommen und essen meins, was sie – Gott segne sie! – allezeit von Herzen gern haben können! Sie berechnete – es war eine unschwer zu berechnende Summe –, wieviel ihr kleiner Sparvorrat an Bargeld ausmachte. Vierhundert Pfund aus einem Einkommen wie Philips zu bezahlen hielt sie für ein vergebliches und unmögliches Bemühen. Und jetzt darf er meinen armen kleinen Sparstrumpf noch nicht kriegen, sagte sie sich, den brauchen sie später, wenn ihr Stolz gebrochen ist –

und das kommt so –, und meine Lieblinge hungrig auf ihr Dinner warten! Während ihr diese trübe Angelegenheit durch den Kopf ging und sie kaum noch wußte, wo sie Trost und Rat suchen sollte, lenkte sie ihre Schritte zu ihrem guten Freund Doktor Goodenough und traf diesen wackeren Mann auch an, der immer ein Willkommen für seine Kleine Schwester hatte.

Sie fand Goodenough allein in seinem großen Speisezimmer, wo er ein kärgliches Mahl zu sich nahm, nachdem er sein Krankenhaus und seine fünfzig Patienten besucht hatte, unter denen, glaube ich, mehr Arme als Reiche waren; und der gute schläfrige Doktor wurde hellwach, als er die Neuigkeiten seiner kleinen Pflegerin vernahm, und ließ eine Salve heftiger Ausdrücke gegen Philip und seinen Schuft von Vater los. „Und es war ein wahrer Trost, das zu hören", erzählte uns die kleine Mrs. Brandon später. Dann trabte Goodenough aus dem Speisezimmer in das anschließende Studier- und Sprechzimmer, wohin ihm seine alte Freundin folgte. Dann zog er ein Schlüsselbund hervor, öffnete einen Sekretär und nahm ein in Pergament gebundenes Heft heraus, auf dem in schöner, deutlicher Handschrift „F. Goodenough, Esq., M. D." stand – und bei dem es sich um ein Sparbuch handelte. Die Prüfung des bewußten Dokuments muß den trefflichen Arzt erfreut haben, denn ein Lächeln breitete sich über seine ehrwürdigen Züge aus, und er holte sogleich ein dünnes Heft aus grauem Papier aus dem Schreibtisch, das auf jedem Blatt den hochangesehenen Namen der Messrs. Stumpy, Rowdy & Co., Lombard Street, Bankhaus, trug. Auf ein Blatt graues Papier schrieb der Doktor eine Anweisung für ein Tränkchen statim sumendus – (eine *Anweisung* – beachten Sie meinen Scherz) –, die er seiner kleinen Freundin überreichte.

„Da, Sie dummes Ding!" sagte er. „Der Vater ist ein Schuft, aber der Junge ist ein feiner Kerl. Und Ihnen, Sie kleine dumme Gans, muß ich in dieser Geschichte helfen, sonst gehen Sie hin und ruinieren sich – das weiß ich ganz genau! Bieten Sie dem Kerl für seinen Wechsel das hier an. Oder, halt! Wieviel Geld ist im Haus? Vielleicht verlockt der Anblick von Scheinen und Gold ihn mehr als ein Scheck." Und der Doktor holte all sein Honorargeld aus den Taschen, das er gerade darin stecken hatte – ich weiß nicht, wie viele Honorare in Gestalt blinkender Shillings und Sovereigns, ordentlich in Papier gewickelt. Auch räumte er eine Schublade aus, in der auch noch Silber und Gold lagen; und er trabte in sein Schlafzimmer hinauf und kam schnaufend mit einer kleinen dicken Brieftasche herunter, in der ein Bündel Scheine steckte, und mit alledem brachte er – ich will nicht erwähnen, wieviel zusammen; diese Summe drückte er der Kleinen Schwester in die Hand und sagte: „Versuchen Sie es bei dem Kerl mit dem hier, Kleine Schwester. Sehen Sie zu, ob Sie den Wechsel von ihm bekommen können. Sagen Sie nicht, daß es mein Geld ist, sonst geht der Gauner darauf aus, zwanzig Shilling aufs Pfund zu bekommen. Sagen Sie, es gehört Ihnen, und wo das herkommt, ist weiter keines; und reden Sie ihm gut zu und tun Sie ihm schön und lügen Sie ihm ordentlich etwas vor, liebes Kind. Davon bricht Ihnen das Herz nicht. Was ist Brummell Firmin doch für ein Erzhalunke, wahrhaftig! Obwohl ich es übrigens im Krankenhaus in noch zwei Fällen probiert habe, dieses . . ." Und hier geriet der Arzt in ein Fachgespräch mit seiner Lieblingspflegerin, das ich mich Nichtmedizinern nicht wiederzugeben getraue.

Die Kleine Schwester rief Gottes Segen auf Doktor Goodenough herab, wischte sich mit dem Taschentuch die schwimmenden Augen, steckte mit bebendem Händchen die Scheine und das Gold ein und wanderte mit leichtem Schritt und frohem Herzen davon. An der Tottenham Court Road angekommen, überlegte sie, gehe ich nach Hause oder gehe ich zur armen Mrs. Philip und bringe ihr dieses Geld? Nein. Ihr Gespräch am selben Tag war nicht besonders erfreulich verlaufen. Es hatte einen beinahe heftigen Wortwechsel zwischen ihnen gegeben, und unsere Kleine Schwester mußte eingestehen, daß sie Charlotte gegenüber ziemlich grob gewesen war. Und sie war eine stolze Kleine Schwester – jedenfalls mochte sie nicht zugeben, daß sie sich *dieser* jungen Frau gegenüber schroff oder geringschätzig verhalten hatte. Dazu war sie zu starrköpfig. Haben wir jemals behauptet, unsere kleine Freundin sei frei von Vorurteilen und Eitelkeiten dieser schlechten Welt? Nun, Philip zu retten, den verhängnisvollen Wechsel an sich zu bringen, mit ihm zu Charlotte zu gehen und zu sagen: „Da, Mrs. Philip, da haben Sie die Freiheit Ihres Mannes", das wäre ein herrlicher Triumph, wäre es! Und Philip würde versprechen, bei seiner Ehre, das solle der letzte und einzige Wechsel gewesen sein, den er für diesen elenden alten Vater bezahlen wolle. Während ihr diese glücklichen Gedanken das kleine Herz weiteten, strebte Mrs. Brandon dem vertrauten Haus in der Thornhaugh Street zu und wollte ein bißchen was zu Abend essen. Und sie breitete ihr kleines Tischtuch aus und legte ihre kleinen Gabeln und Löffel auf, die so blank waren, wie sie durch emsiges Polieren überhaupt nur sein konnten; und ich bin zu der Mitteilung ermächtigt, daß ihr Mahl aus zwei schönen kleinen Lammkoteletts bestand, die sie bei ihrem Nachbarn, Mr. Chump aus der Tottenham Court Road, nach einem freundlichen kurzen Gespräch mit diesem Gentleman und seiner guten Frau gekauft hatte. Und zu ihrem Happen Abendbrot gönnte sich unsere kleine Freundin nach der Tagesarbeit manchmal ein Glas – ein kleines Glas – von etwas Stärkendem. Die Korbflasche, aus der sich ihr armer Pa so manchen langen Tag seine Gläser gemischt hatte, stand im Schrank. Nachdem sie es mit eigenen Händen hergerichtet hatte, setzte sie sich also an ihr bescheidenes Mahl, müde und glücklich; und als sie die Vorfälle des Tages überdachte und die Rettung, die ihrem geliebten Philip und seinen Kindern zur rechten Stunde zuteil geworden war, bin ich sicher, sie sprach vor dem Fleischgericht ein Dankgebet.

Weil ihre Kerzen brannten und ihre Jalousie nicht heruntergelassen war, konnte jeder von der Straße aus sehen, daß sie sich in ihrer Stube aufhielt; und gegen zehn Uhr abends kamen schwere Schritte das Pflaster entlanggestapft, ein Geräusch, bei dem die Kleine Schwester bestimmt ein wenig zusammenfuhr. Der schwere Schritt stockte vor ihrem Fenster und polterte dann die Stufen zu ihrer Tür hinauf. Dann, als ihre Glocke läutete – ich halte es für höchst wahrscheinlich, daß ihr die Wangen ein wenig zu brennen begannen. Sie ging an ihre Haustür und öffnete selbst. „Herrje, sind Sie's, Mr. Hunt? Na so was! Na ja, ich dachte, Sie kommen vielleicht. Also wirklich!" – und mit dem Mondlicht hinter sich, trat der schmuddelige Hunt großspurig ins Haus.

„Wie gemütlich Sie an Ihrem Tischchen ausgesehen haben", bemerkt Hunt, den Hut schief über dem Auge.

„Wollen Sie nicht hereinkommen und sich dazusetzen und etwas zu sich nehmen?" fragt die lächelnde Hausfrau.

Gewiß wollte Hunt etwas zu sich nehmen. Und der speckige Hut wird mit Schwung abgesetzt, und er stolziert in das Stübchen der armen Kleinen Schwester, zupft an einer graudurchzogenen Haarsträhne und bemüht sich um ein flottes, elegantes Auftreten. Die schmutzige Hand hatte im Nu die Korbflasche gepackt. „Was! Sie heben also auch mal einen kleinen?" stellt er fest und zwinkert Mrs. Brandon und die Flasche liebreich an. Sie trinke ein ganz, ganz klein wenig, gibt sie zu; und erinnert ihn an Zeiten, die er noch nicht vergessen haben kann, als sie aus dem Glas des armen Pa ein Weinglas voll abbekam. Ein blankes Kesselchen summt am Feuer – möchte sich Mr. Hunt nicht ein Glas mischen? Sie holt einen blinkenden Humpen aus dem Eckschrank, der in ihrer Nähe steht und an dem ihr Schlüsselbund hängt.

„Oho! Da haben wir also den Stoff stehen, was?" lacht der weltmännische Hunt.

„Mein Papa hat ihn immer da zu stehen gehabt", sagt Caroline sanftmütig. Und während sie ihm den Rücken zukehrt, um eine Dose aus dem Schrank zu nehmen, weiß sie, daß der verschmitzte Hunt die Gelegenheit benutzt hat, sich aus der viereckigen Flasche ein gutes, reichliches Maß einzuschenken. „Wohl bekomm's", sagt die Kleine Schwester auf ihre heitere, schlichte Art. „Wo der herkommt, gibt es noch mehr!" Und Hunt trinkt auf das Wohl seiner Gastgeberin, und sie nickt ihm zu und lächelt und nippt an ihrem Glas. Und die kleine Dame sieht richtig hübsch und rosig und blank aus. Ihre Wangen gleichen Äpfeln, ihre Figur ist schmuck und zierlich und stets in ein tadellos sitzendes Gewand gekleidet. Beim behaglichen Schein der Kerzen auf ihrem blinkenden Tisch sieht man kaum die Silbersträhnen in ihrem hellen Haar oder welche Spuren ihr die Zeit um die Augen gezeichnet hat. Hunts Blicke hängen bewundernd an ihr.

„Nanu", sagt er, „Sie sehen wahrhaftig jünger und hübscher aus als – als ich Sie zum erstenmal sah."

„Ach, Mr. Hunt!" ruft Mrs. Brandon mit einem rosigen Anflug auf der Wange, der ihr gut steht, „erinnern Sie mich nicht an damals, oder an diesen – diesen Schuft, der so grausam mit mir umgesprungen ist!"

„Er war ein Lump, Caroline, eine Frau wie Sie so zu behandeln! Der Kerl hat keine Grundsätze. Er war von Anfang an nichts wert. Mich hat er ja genau wie Sie zugrunde gerichtet: hat mich zum Spielen verleitet; hat mich in Schulden gestürzt, indem er mich bei seinen sauberen Kumpanen eingeführt hat. Ich war damals ein einfacher junger Mensch und hielt es für eine feine Sache, mit Bürgerlichen meinesgleichen und mit Adligen zu verkehren, die ihre Tandemgespanne kutschierten und ihre feudalen Dinners gaben. Er war es, der mich verführt hat, sage ich Ihnen. Ich hätte Professor an meinem College werden – eine Pfründe bekommen – eine gute Frau heiraten – zum Bischof aufsteigen können, beim heiligen George! – denn ich hatte große Gaben, Caroline. Nur war ich so verdammt faul und liebte die Karten und die Knöchelchen."

„Die Knöchelchen?" ruft Caroline mit einem fragenden Blick.

„Die Würfel, meine Liebe! ,Sieben ist Trumpf' war mein Ruin. ,Sieben ist Trumpf', und die Elf sticht die Sieben. Das war damals unser Spielchen!", und er machte mit seinem leeren Glas eine schwungvolle Geste, als lasse er ein Paar Würfel auf den Tisch trudeln. „Mein Nebenmann bei den Vorlesungen ist jetzt Bischof, und in griechischen Jamben und auch in lateinischen Hexametern habe ich ihn immer um Längen geschlagen. In meinem zweiten Jahr errang ich den Preis für lateinische Deklamation, glauben Sie mir . . .“

„Brandon hat immer gesagt, Sie waren einer der hellsten Köpfe auf dem College. *Das* hat er immer gesagt, das weiß ich noch", wirft die Dame sehr respektvoll ein.

„Hat er das? Er *hat* also auch mal ein gutes Wort über mich gesagt? Brummell Firmin war kein intelligenter Mann, er war kein belesener Mann. Ich dagegen konnte bei einer sapphischen Ode gegen jeden in meinem College setzen – gegen jeden! Danke sehr. Sie mischen ihn *so* besonders heiß und gut, da kann man nicht nein sagen, wirklich nicht! Dabei habe ich schon genug – auf Ehre, das habe ich."

„Herrje! Ich dachte, ihr Männer vertragt alles! Und Mr. Brandon – Mr. Firmin, sagten Sie?"

„Na ja, ich sagte, Brummell Firmin war irgendwie ein feiner Pinkel. Er hatte so eine großartige Art an sich . . .“

„Ja, die hatte er", seufzte Caroline. Und ich vermute, ihre Gedanken wanderten in eine lange, lange vergangene Zeit zurück, als dieser großartige Gentleman sie bestrickt hatte.

„Und daß ich versuchte, mit ihm mitzuhalten, hat mich zugrunde gerichtet! Natürlich zerstritt ich mich mit meinem armen alten Herrn wegen des Geldes, wurde faul und verlor meine Stelle und Einkünfte als Fellow. Dann kamen die Rechnungen auf mich herabgeschneit. Ich sage Ihnen, manchen Collegepump habe ich heute noch nicht bezahlt."

„Pump? Herrje!" stößt die Dame hervor. „Und . . ."

„Pump beim Schneider, Pump in der Kneipe, Pump im Mietstall – denn zu unserer Zeit gab es famose Gäule, und ich ging mit den feinsten Leuten auf die Jagd. Querfeldein war ich nicht schlecht, gar nicht schlecht. Aber wir können mit diesen reichen Kerls nicht mithalten. Wir geben uns Mühe, und sie reiten drauflos – sie reiten uns über den Haufen. Meinen Sie, wenn ich nicht ganz schwer in der Patsche gesessen hätte, ich hätte Ihnen angetan, was ich tat, Caroline? Sie arme kleine unschuldige Dulderin. Es war eine Schande. Es war eine Schande!"

„Jawohl, eine Schande war es", ruft Mrs. Caroline. „Und das nehme ich nie zurück. Sie sind mit einem armen Mädchen böse umgesprungen. Sie alle beide."

„Es war schurkisch. Aber Firmin war der Schlimmere. Er hatte mich in der Gewalt. Er war es, der mich auf die schiefe Bahn gebracht hat. Er war es, der mich in Schulden getrieben hat und dann ins Ausland und dann ins Zu..., vielleicht ins Gefängnis: und dann zu dem hier." („Das hier", wie schon vorher taktvoll erklärt, bedeutete ein Glas heißer Grog.) „Und mein Vater wollte mich nicht einmal an seinem Totenbett sehen. Und meine Geschwister brachen mit mir. Und das alles verdanke ich Brummell Firmin – alles. Meinen Sie, nachdem er mich ruiniert hat, er muß es nicht bezahlen?" Und wieder schlägt er mit einer schwärzlichen Hand auf den Tisch. Sie hinterließ dunkle Spuren auf dem makellosen Tischtuch der Kleinen Schwester. Diese Hand rieb die Stirn und das glatte, ergrauende Haar ihres Besitzers.

„Und ich, Mr. Hunt? Was schuldet er mir?" fragte Hunts Gastgeberin.

„Caroline!" ruft Hunt. „Ich habe Brummell Firmin schon gezwungen, mir eine ganze Menge zurückzuzahlen, aber ich kriege noch mehr", und dabei schlug er sich triumphierend auf die Brust, schob dann die Hand in die Brusttasche und umklammerte etwas darin.

Da ist es! dachte Caroline. Vielleicht wurde sie blaß; doch bemerkte er ihre Blässe nicht. Alle seine Sinne waren aufs Trinken, auf seine Selbstgefälligkeit, auf Rache gerichtet.

„Ich habe ihn, sage ich. Er schuldet mir eine ganze Menge, und er hat mir eine ganze Menge bezahlt; und er soll mir noch eine ganze Menge mehr bezahlen. Meinen Sie, ich bin ein Mensch, der sich zugrunde richten und beleidigen läßt, und räche mich nicht dafür? Sie hätten sein Gesicht sehen sollen, als ich in New York im Astor House aufkreuzte und sagte: ‚Brummell, alter Junge, hier bin ich‘, sagte ich: und er wurde so weiß – so weiß wie das Tischtuch hier. ‚*Ich* verlasse dich nie, mein Junge‘, sagte ich. ‚Andere Kerls mögen sich von dir abwenden, aber der alte Tom Hunt hält fest zu dir. Gehen wir in die Bar und trinken wir einen!‘, und er mußte mitkommen. Und jetzt habe ich ihn in der Gewalt, sage ich Ihnen. Und wenn ich ihm sage: ‚Brummell, trink mal einen‘, muß er trinken. Er muß den alten kahlen Kopf in den Eimer stecken!“ Und Mr. Hunt schlug ein Gelächter an, das bestimmt nicht angenehm war.

Nach einer Pause fuhr er fort: „Caroline! Hassen Sie ihn eigentlich? Oder haben Sie einen Kerl gern, der Sie verlassen und wie ein Schuft behandelt hat? Manche Frauen sind so. Ich könnte von Frauen erzählen, die so sind. Vielleicht könnte ich Ihnen auch von anderen Kerls erzählen, aber ich tu's nicht. Hassen Sie Brummell Firmin, diesen kahlköpfigen Brum. . . Heuchler und diesen – diesen unverschämten Halunken, der Hand an einen Geistlichen und alten Mann gelegt hat, verdammt! und mich geschlagen hat – in dieser Straße geschlagen hat. Sagen Sie, hassen Sie ihn? Hoho! hick! Ich hab sie alle beide! – hier in meiner Tasche – alle beide!“

„Sie haben – was?“ keuchte Caroline.

„Ich habe ihr – hallo! halt mal, was geht es Sie eigentlich an, was ich habe?“ Und er rutscht auf seinem Stuhl zusammen und zwinkert und grinst lüstern und stürzt triumphierend sein Glas hinunter.

„Na, mich geht es weiter nichts an. Ich – ich habe bisher noch von keinem von beiden was Gutes erlebt“, sagt Mrs. Caroline mit schwindendem Mut. „Reden wir doch von jemand anders und nicht von diesen beiden Scheusalen. Weil Sie an dem einen Abend ein bißchen lustig waren – und mir macht es nichts, was ein Gentleman sagt, wenn er ein Gläschen über den Durst getrunken hat –, daß da ein großer, kräftiger, starker Mann einen alten Mann schlägt . . ."

„Einen Geistlichen schlägt!" kreischt Hunt.

„Es war eine Schande – eine feige Schande! Und dafür hab ich ihn ordentlich heruntergeputzt, das kann ich Ihnen sagen!" ruft Mrs. Brandon.

„Jetzt mal auf Ehre, hassen Sie die beiden?" ruft Hunt, fährt auf und ballt die Faust, dann sinkt er wieder auf seinen Stuhl.

„Habe ich denn Grund, sie zu lieben, Mr. Hunt? Setzen Sie sich doch und trinken Sie ein kleines . . ."

„Nein. Sie haben keinen Grund, sie zu mögen. Sie hassen sie – ich hasse sie. Passen Sie mal auf. Versprechen Sie mir – aber auf Ehre, Caroline – ich hasse sie alle beide, sage ich Ihnen. Einen Geistlichen schlagen, das kann er. Was sagen Sie zu dem hier?"

Und wieder von seinem Stuhl auffahrend und sich an der Wand abstützend (wo eines von J. J.s Porträts von Philip hing), zieht Hunt erneut die speckige Brieftasche heraus und durchwühlt ihren speckigen Inhalt; und als die Papiere auf Tisch und Boden flattern, schnappt er mit einer schmutzigen Klaue eines heraus, lacht grölend und ruft: „Hab ich dich erwischt! Das ist es. Was sagen Sie dazu? – London, 4. Juli. Fünf Monate nach obigem Datum zahle ich an . . . Nein, lassen Sie los!"

„Ach, Mr. Hunt, darf ich es mir mal ansehen?" ruft die Gastgeberin. „Was ist es denn? Ein Wechsel? Mein Pa hatte viele."

„Was? Mit brennenden Kerzen im Zimmer? Nein, lassen Sie los."

„Was ist es denn? Wollen Sie es mir nicht sagen?"

„Es ist das Akzept des Jungen für den Wechsel des Alten", erklärt Hunt zischelnd und lachend.

„Über wieviel denn?"

„Dreihundertsechsundachtzig Pfund, vier Shilling und drei – mehr nicht; und ich denke, wo der hergekommen ist, kann ich noch mehr kriegen!" sagt Hunt und lacht immer ausgelassener.

„Was wollen Sie dafür haben? Ich kaufe ihn Ihnen ab!" ruft die Kleine Schwester. „Ich – ich habe bei meinem Pa genug Wechsel gesehen; und ich – ich diskontiere Ihnen diesen, wenn Sie wollen."

„Was! Sind Sie ein kleiner Wechselmakler – ein Diskonter? Verdienen Sie sich so Ihr Geld, und die Silberlöffel und das gute

Abendbrot und alle schönen Sachen um Sie herum? Eine kleine Diskomtesse sind Sie — Sie kleiner Schelm? Eine kleine Diskomtesse, beim George! Wieviel geben Sie denn, Sie kleine Diskomtesse?" Und der ehrwürdige Gentleman lacht und zwinkert und trinkt und lacht, und Tränen tröpfeln ihm aus den alten Säuferaugen, die er sich mit einer Hand abwischt, als er wieder sagt: „Wieviel zahlen Sie denn, Sie kleine Diskomtesse?"

Ich habe nie erfahren, wieviel die arme Caroline hinlegte, als sie an ihren Schrank ging und die Scheine und das Gold herausholte, die sie, wir wissen schon von wem, hatte, und dazu aus einer niedlichen Schachtel ein Häufchen ihrer eigenen heimlichen Ersparnisse hinzufügte und mit bebenden Händen die Scheine und die Sovereigns und die Shillings in eine Schale auf dem Tisch schüttete. Doch sie muß alles, was sie auf der Welt besaß, hergegeben haben; denn sie tastete ihre Taschen ab und leerte sie. Und sie schlug sich vor die Stirn, wandte sich wieder zum Schrank und holte eine kleine Handvoll Löffel und Gabeln heraus, dann eine Brosche, dann eine Taschenuhr, und das türmte sie alles in einer Schale auf, und sie sagte: „So, Mr. Hunt, das alles gebe ich Ihnen für diesen Wechsel!" Dabei blickte sie zu Philips Bildnis auf, das über dem blutroten Satyrgesicht des Geistlichen hing. „Nehmen Sie das", sagte sie, „und geben Sie mir den! Das sind zweihundert Pfund, das weiß ich, und das sind vierunddreißig und zwei achtzehn, macht sechsunddreißig achtzehn, und da ist das Silber und die Uhr, und ich will diesen Wechsel haben."

„Was! Soviel haben Sie, Sie liebes kleines Ding?" rief Hunt und sank auf seinen Stuhl zurück. „Sie sind ja ein kleiner Schatz, Donnerwetter! — ein hübscher kleiner Schatz, eine kleine Diskomtesse, ein kleines Frauchen, ein kleines Vermögen. Also, ich bin Akademiker; ich konnte einmal so gut alkäische Strophen schreiben wie kein anderer. Ich bin ein Gentleman. Sagen Sie, wieviel *haben* Sie denn da? Zählen Sie es noch einmal durch, liebes Kind."

Und noch einmal nannte sie den Betrag des Goldes und der Scheine und des Silbers und die Anzahl der armen kleinen Löffel.

Ein Gedanke schoß dem Kerl durch den benebelten Kopf: „Wenn Sie so viel bieten", sagt er, „und Sie eine kleine Diskomtesse sind, dann ist der Wechsel mehr wert. Dieser Lumpenhund kommt wohl doch zu einem Vermögen? Was wissen Sie darüber? Hören Sie mal, wissen Sie etwas darüber? Nein, ich will den Schein. Ich will den Schein!" Und er gab eine betrunkene Imitation Shylocks und kippte auf seinem Stuhl zurück und lachte.

„Trinken wir doch noch ein bißchen und sprechen wir darüber", sagte die arme Kleine Schwester. Und sie schob ihre kleinen Schätze hübsch zusammen und rückte sie auf ihrer Schale ins rechte Licht und lächelte den Kaplan an, der sich lachend auf seinem Stuhl zurücklehnte.

„Caroline", sagte er nach einer Pause, „Sie haben diesen alten kahlköpfigen Gauner immer noch gern! Das ist es! So seid ihr Frauen – genau wie – aber das sage ich nicht. Nein, nein, das sage ich nicht! Sie haben diesen alten Schwindler immer noch gern, sage ich! Wo haben Sie bloß das viele Geld her? Passen Sie mal auf – mit dem hier und diesem kleinen Wechsel in meiner Tasche haben wir genug, um lange, lange auszukommen. Und ich sage Ihnen, wenn dieses Geld alle ist, kenne ich jemand, der uns mehr gibt und der es uns nicht verweigern kann, das sage ich Ihnen. Hören Sie, Caroline, liebe Caroline! Ich bin ein alter Kerl, das weiß ich, aber ich bin auch ein guter Kerl. Ich habe eine klassische Bildung, und ich bin ein Gentleman."

Der Gentleman mit der klassischen Bildung verschliff schon die Worte, und in seinen trüben Säuferaugen und auf sein gemeines Gesicht trat ein begehrliches Grinsen, das die arme kleine Dame, der er sich als Freier antrug, erschreckt haben muß, denn sie fuhr mit bleichem Gesicht und einer Miene solcher Abscheu und Angst zurück, daß sogar ihr Gast sie bemerkte.

„Ich sagte, ich bin ein Gelehrter und ein Gentleman", kreischte er wieder. „Bezweifeln Sie das? Ich bin genauso gut wie Brummell Firmin, sage ich. Ich bin nicht so elegant und lang. Aber ich schreibe lateinische alkäische Strophen oder griechische Jamben gegen ihn und jeden Mann meiner Gewichtsklasse. Wollen Sie mich beleidigen? Weiß ich etwa nicht, wer Sie sind? Sind Sie besser als ein M. A. und ein Geistlicher? Er hat sich auf die Medizin geworfen, der Firmin. Meinen Sie, wenn ein M. A., ein Mann von klassischer Bildung, Ihnen Hand und Vermögen anträgt, Sie stehen über ihm und weisen ihn ab, verdammt?"

Der Nachdruck der Rede und das gräßliche Aussehen des

Mannes brachten die Kleine Schwester allmählich aus der Fassung und ängstigten sie. „Oh, Mr. Hunt!" rief sie. „Schauen Sie her, nehmen Sie das! Sehen Sie – es sind zweihundertvierunddreißig – sechsunddreißig Pfund und alle diese Sachen noch dazu! Nehmen Sie das und geben Sie mir den Schein da."

„Sovereigns und Banknoten und Löffel und eine Taschenuhr und was ich in der Tasche habe – und das ist nicht viel – und Firmins Wechsel! Dreihundertsechsundachtzig vier und drei. Das ist ein Vermögen, meine Liebe, wenn man sparsam damit umgeht! Ich möchte nicht, daß Sie weiter Pflegerin und dergleichen bleiben. Ich bin ein Gelehrter und ein Gentleman – bin ich –, und diese Stellung schickt sich nicht für Mrs. Hunt. Wir geben erst Ihr Geld aus. Nein – erst geben wir mein Geld aus – dreihundertsechsundachtzig und – und pfeifen auf das Kleingeld – und wenn das alle ist, holen wir uns von diesem kahlköpfigen alten Gauner wieder einen Wechsel: und sein Sohn, der einen armen Geistlichen geschla... Das *machen* wir, bestimmt, Caroline, wir . . ."

Der Halunke ließ auf seine Worte Taten folgen, stand wieder auf und ging auf seine Gastgeberin zu, die unter halb hysterischem Lachen zurückschrak und so, wie der andere sich ihr näherte, rückwärts auswich. Hinter ihr stand jener Schrank, der ihren bescheidenen kleinen Schatz und andere Vorräte geborgen hatte und an dessen Schloß immer noch ihr Schlüsselbund hing. Als das Scheusal näher kam, schlug sie ihm kräftig die Schranktür entgegen. Die Schlüssel trafen ihn am Kopf. Mit einem Fluch und einem Aufschrei fiel er blutend auf seinen Stuhl zurück.

Im Schrank stand die Flasche, die ihr unlängst aus Amerika zugegangen war und über die sie an eben diesem Tag mit Doktor Goodenough gesprochen hatte. Auf seine Verordnung und vor ihren Augen hatten die Chirurgen im Krankenhaus sie zwei- oder dreimal verwendet. Unvermittelt ergriff sie diese Flasche. Während der Strolch vor ihr seine zornigen Verwünschungen murmelte, schüttete sie etwas vom Inhalt der Flasche auf ihr Taschentuch. Sie rief: „Oh! Mr. Hunt, habe ich Sie verletzt? Das wollte ich nicht. Aber Sie dürfen – Sie dürfen eine alleinstehende Frau auch nicht so erschrecken! Kommen Sie, ich tupfe Sie ab! Riechen Sie das mal! Es tut – es tut Ihnen – gut – das tut – das tut es bestimmt!"

Das Taschentuch lag über seinem Gesicht. Da er schon vom Trinken beduselt war, wirkten die Dünste der Flüssigkeit, die er einatmete, fast augenblicklich, um ihn zu überwältigen. Er sträubte sich noch wenige Sekunden. „Ruhig – ruhig! Gleich ist Ihnen besser!" flüsterte sie. „O ja! Besser, viel besser!" Sie träufelte noch etwas Flüssigkeit aus der Flasche auf das Taschentuch. Binnen einer Minute war Hunt gänzlich bewußtlos.

Da beugte sich die kleine blasse Frau über ihn, zog ihm die Brieftasche aus dem Rock und entnahm ihr den Wechsel, der Philips Namen trug. Während Hunt betäubt vor ihr lag, drückte sie noch das Tuch über seiner Nase aus. Dann warf sie den Wechsel ins Feuer und sah zu, wie er zu Asche verbrannte. Darauf steckte sie die Brieftasche in Hunts Rocktasche zurück. Später sagte sie, ohne ihr kurzes Gespräch mit Doktor Goodenough am selben Abend über einen Fall, in dem sie das neue Mittel nach seiner Anordnung verwendet hatte, wäre sie nie auf dieses Chloroform gekommen.

Wie lange lag Hunt in dieser Betäubung? Caroline kam es wie eine ganze lange Nacht vor. Sie sagte später, der Gedanke an die Tat jenes Abends hätte ihr Haar von einer Stunde auf die andere ergrauen lassen. Das arme Köpfchen! Wirklich, für Philip hätte sie es geopfert.

Ich nehme an, Hunt kam zu sich, als das Taschentuch von seinem Gesicht fortgenommen wurde und die Dämpfe der starkwirkenden Flüssigkeit nicht mehr auf sein Gehirn einwirkten. Er war furchtbar ängstlich und verwirrt. „Was war denn? Wo bin ich?" fragte er mit heiserer Stimme.

„Das waren die Schlüssel in der Schranktür, als Sie – als Sie dagegenrannten", sagte die bleiche Caroline. „Schauen Sie! Sie bluten ja am Kopf. Ich wische es Ihnen ab."

„Nein! Bleiben Sie mir vom Leibe!" rief der erschrockene Mann.

„Wollen Sie eine Droschke für den Heimweg? Mary, der arme Gentleman hat sich an der Schranktür gestoßen. Du erinnerst dich doch, daß er vor einer Weile schon einmal hier war, nicht wahr?" Und Caroline zeigte ihrem Dienstmädchen, das sie herbeigerufen hatte, achselzuckend die große viereckige Branntweinflasche, die noch auf dem Tisch stand, und deutete an, dort liege der Grund für Hunts Verwirrung.

„Geht es Ihnen jetzt besser? Wollen Sie – wollen Sie – noch eine kleine Erfrischung zu sich nehmen?" fragte Caroline.

„Nein!" schrie er mit einem Fluch, und mit stieren, blutunterlaufenen Augen schwankte er zu seinem Hut hinüber.

„Jemine, Madam! Was ist denn bloß los? Dieser Geruch im Zimmer und dieser ganze Haufen Geld und die Sachen auf dem Tisch?"

Caroline riß die Fenster auf. „Das ist Medizin, die Doktor Goodenough für eine Patientin verordnet hat. Ich muß noch heute abend zu ihr", erklärte sie. Und um Mitternacht, bleich wie der Tod, ging die Kleine Schwester zum Haus des Arztes und holte ihn aus dem Bett und erzählte ihm die hier geschilderte Geschichte. „Ich habe ihm alles angeboten, was Sie mir gegeben haben", sagte sie, „und dazu alles, was ich auf der Welt besaß, aber er wollte nicht, und . . ." Hier verfiel sie in einen hysterischen Zustand. Der Arzt mußte seine Dienstboten herbeiklingeln, seiner kleinen Pflegerin Mittel verabreichen; sie in seinem eigenen Haus zu Bett bringen.

„Beim unsterblichen Zeus", sagte er später, „am liebsten hätte ich sie gebeten, das Haus nie mehr zu verlassen! Wenn meine Wirtschafterin nicht Caroline die Augen auskratzen würde, dürfte Mrs. Brandon von Herzen gern für immer bleiben. Bis auf ihre seltsame Aussprache der H besitzt diese Frau alle Tugenden: Standhaftigkeit, Güte, Seelenadel, Fröhlichkeit und den Mut einer Löwin! Sich vorzustellen, daß dieser Dummkopf, dieser geschniegelte Idiot, dieser dreifache Esel Firmin" (es gab wenige Männer auf der Welt, für die Goodenough größere Verachtung hegte als für seinen ehemaligen confrère Firmin aus der Old Parr Street) – „sich vorzustellen, daß der Hundsfott einen solchen Schatz besessen hat – ganz davon zu schweigen, daß er sie hintergangen und verlassen hat –, daß er einen solchen Schatz besessen und weggeworfen hat! Sir, ich habe Mrs. Brandon schon immer bewundert . . . aber seit ihrem glorreichen Verbrechen und ganz und gar gerechtfertigten Diebstahl schätze ich sie zehntausendmal höher. Wäre der Schuft gestorben, auf der Straße tot umgefallen – der versoffene Lump, Fälscher, Einbrecher, Mörder –, so daß keine Strafe die arme Brandon hätte treffen können, ich glaube, ich hätte sie nur noch höher geachtet!"

Doktor Goodenough hielt es für angebracht, Philip und mir

schon ganz früh am Morgen einen Boten zu schicken und uns über das sonderbare Abenteuer der vergangenen Nacht zu unterrichten. Wir eilten beide schleunigst zu ihm. Ich selbst wurde zweifellos wegen meiner tiefgründigen juristischen Kenntnisse herbeizitiert, die der armen Mrs. Caroline in ihrer derzeitigen Notlage nützlich werden könnten. Und Philip kam, weil sie sich danach sehnte, ihn zu sehen. Ein Instinkt sagte es ihr, als er eintraf. Sie schlich von der Kammer, wo die Haushälterin des Arztes sie auf ein Bett gelegt hatte, die Treppe hinab. Sie klopfte am Arbeitszimmer des Doktors an, wo wir drei eine Beratung abhielten. Ganz bleich kam sie herein, taumelte auf Philip zu und warf sich ihm mit einem Tränenausbruch in die Arme, der ihre Überreizung und ihr Fieber wesentlich linderte. Firmin war kaum weniger erschüttert.

„Du wirst mir verzeihen, was ich getan habe, Philip", schluchzte sie. „Wenn sie – wenn sie mich verhaften, läßt du mich nicht im Stich?"

„Sie im Stich lassen? Ihnen verzeihen? Ziehen Sie zu uns und verlassen Sie uns nie mehr!" rief Philip.

„Ich glaube nicht, daß das Mrs. Philip gefallen würde, lieber Junge", sagte die an seinem Arm schluchzende kleine Frau, „aber seit du in der Schule von den Grauen Brüdern so krank warst und ich dich pflegte, bist du mir wie ein Sohn gewesen, und irgendwie konnte ich letzte Nacht nicht anders, ich mußte es diesem Lumpen besorgen – ich konnte nicht anders."

„Geschieht dem Schuft recht. Hat es gar nicht verdient, wieder zu sich zu kommen, liebes Kind!" erklärte Doktor Goodenough. „Regen Sie sich nur nicht wieder auf, kleine Mrs. Brandon! Ich muß Sie wieder ins Bett zurückschicken. Bringen Sie sie hinauf, Philip, in das kleine Zimmer neben meinem. Und sagen Sie ihr, sie soll sich hinlegen und mucksmäuschenstill liegenbleiben. Sie haben sich nicht zu rühren, bis ich es Ihnen erlaube, Brandon – merken Sie sich das. Und Sie eilen dann wieder schleunigst zu uns zurück, Philip, sonst kommen uns die Patienten dazwischen."

Also brachte Philip diese arme Kleine Schwester hinaus. Zitternd und an seinen Arm geklammert, kehrte sie in das ihr zugewiesene Zimmer zurück.

„Sie will mit ihm allein sein", sagte der Arzt. Und er sprach ein, zwei Worte darüber, welchen seltsamen Wahn die kleine

Frau hegte: dies sei ihr totes, zu ihr zurückgekehrtes Kind. „Ich weiß, daß ihr das im Kopf steckt", meinte Goodenough, „sie hat das Gehirnfieber, in dem ich sie fand, nie überwunden. Wenn ich sie auf die Bibel schwören ließe und fragte: ‚Brandon, glauben Sie nicht, er ist Ihr wieder lebendig gewordener Sohn?', würde sie nicht wagen, nein zu sagen. Sie wird ihm alles hinterlassen, was sie besitzt. Gestern habe ich ihr nur deshalb weniger gegeben, als der Wechsel dieses Schurken macht, weil ich wußte, sie wollte gern selbst einen Teil beisteuern. Es hätte sie tödlich gekränkt, bei der Sammlung übergangen zu werden. Sie lieben es, sich aufzuopfern. Ja, in Indien gibt es Frauen, die vor Verdruß sterben würden, wenn man ihnen nicht erlauben würde, mit ihren toten Ehemännern auf dem Scheiterhaufen zu braten."
Und mittlerweile kam Mr. Philip mit langen Schritten ins Zimmer zurück und rieb sich die ungewöhnlich geröteten Augen.

„Dieser betrunkene Strolch ist bestimmt schon längst wieder nüchtern und weiß, daß der Wechsel weg ist. Aller Voraussicht nach verklagt er Mrs. Brandon wegen Diebstahls", meint der Arzt.

„Angenommen", sagt Philips anderer Freund, „ich hätte dir eine Pistole an den Kopf gehalten und dich erschießen wollen und der Doktor hätte mir die Pistole aus der Hand gewunden und sie ins Meer geworfen? Würdest du mir helfen, den Doktor gerichtlich zu belangen, weil er mich der Pistole beraubt hat?"

„Du glaubst doch wohl nicht, es macht mir Freude, diesen Wechsel zu bezahlen?" gab Philip zurück. „Ich habe gesagt, falls man mir einen bestimmten Wechsel präsentierte, der angeblich von Philip Firmin akzeptiert wurde, würde ich ihn bezahlen. Aber wenn dieser Galgenvogel Hunt nur *behauptet*, er hätte so einen Wechsel besessen und hat ihn verloren, will ich es gern auf meinen Eid nehmen, daß ich niemals irgendeinen Wechsel unterschrieben habe – und sie können die gute Brandon nicht schuldig sprechen, eine Sache gestohlen zu haben, die nie existiert hat."

„Wollen wir also hoffen, daß es kein Duplikat des Wechsels gibt!"

Und zu diesem Wunsch sagten alle drei Gentlemen von Herzen amen!

Und jetzt begannen die ersten Patienten die Türglocke des

Arztes in Bewegung zu setzen. Sein Speisezimmer war schon voll. Die Kleine Schwester mußte still liegenbleiben, und wir mußten die Erörterung ihrer Angelegenheit auf eine passendere Zeit verschieben. Philip und sein Freund kamen überein, das Haus in der Thornhaugh Street auszukundschaften und nachzusehen, ob irgend etwas vorgefallen war, seit die Hausfrau es verlassen hatte.

Ja, es war etwas vorgefallen. Mrs. Brandons Dienstmädchen, die uns in das Stübchen ihrer Herrin führte, erzählte uns, früh am Morgen sei der schreckliche Mann, der gestern abend da war und so betrunken gewesen sei und sich so schlecht aufgeführt habe – genau derselbe Mann, der hier schon mal betrunken gewesen sei und den Mr. Philip damals hinausgeworfen habe –, dieser Mann sei wiedergekommen und habe den Klopfer bearbeitet und an der Glocke gerissen und ganz fürchterlich geflucht und gewettert und „Mrs. Brandon! Mrs. Brandon! Mrs. Brandon!" geschrien und die ganze Straße aufgeschreckt. Nach dem Läuten habe er noch ewig lange geklopft und an die Tür gedonnert. Mary habe oben aus dem Fenster auf ihn herabgeschaut und ihm gesagt, er solle sich wegscheren, sonst würde sie die Polizei holen. Darauf habe der Mann gebrüllt, er würde selbst die Polizei holen, wenn Mary ihn nicht reinließe; und weil er immerzu „Polizei!" gerufen und an der Tür herumgeschrien habe, sei Mary hinuntergegangen und habe die Haustür bei vorgelegter Kette aufgemacht und ihn gefragt, was er denn wolle.

Hunt, draußen auf den Stufen stehend, fluchte und tobte noch lauter und verlangte eingelassen zu werden. Er müsse unbedingt Mrs. Brandon sprechen.

Mary hinter ihrer Barrikade beteuerte, ihre Herrin sei nicht zu Hause, sie sei in der Nacht zu einer Patientin Doktor Goodenoughs gerufen worden.

Hunt behauptete unter noch lauterem Geschrei und Gefluche, das sei eine Lüge! Und sie sei zu Hause und er wolle sie sehen und er müsse in ihr Zimmer und er habe dort etwas liegenlassen und er habe etwas verloren und er wolle es wiederhaben.

„Hier etwas verloren?" rief Mary. „Wieso hier? Als Sie aus diesem Haus getorkelt sind, konnten Sie sich kaum auf den Beinen halten, und Sie sind fast in die Gosse gefallen, wo ich Sie schon mal habe liegen sehen. Scheren Sie sich weg und gehen Sie nach Hause! Sie sind ja noch gar nicht nüchtern, Sie gräßlicher Kerl!"

Daraufhin schrie Hunt, an das Geländer vor den Souterrainfenstern geklammert und sich wie ein Verrückter aufführend, wieder los: „Polizei, Polizei! Man hat mich bestohlen, man hat mich bestohlen! Polizei!", bis an verschiedenen Fenstern der ruhigen Straße erstaunte Gesichter auftauchten und wirklich ein Polizist herbeikam.

Als der Polizist erschien, begann Hunt an der durch die Kette gesicherten Tür zu rütteln und zu reißen; und er wiederholte wie rasend seine Beschuldigung, er sei heute nacht in diesem Haus von Mrs. Brandon betäubt und bestohlen worden.

Der Polizist gab mit einem allgemein gebräuchlichen Wort seinem gänzlichen Unglauben hinsichtlich dieser Behauptung Ausdruck und hieß den schmutzigen, verlotterten Mann sich zu entfernen und sich aufs Ohr zu hauen. Mrs. Brandon war weit und breit in der Nachbarschaft bekannt und geachtet. Sie hatte vielen armen Leuten im ganzen Umkreis beigestanden und war für Hunderte Wohltaten bekannt. Sie pflegte in vielen achtbaren Familien. In der dortigen Gemeinde war keine Frau besser angesehen. Und mit dem Wort „Quatsch" drückte der Polizist sein Urteil aus, wie absolut unsinnig die Beschuldigung gegen die gute Dame sei.

Hunt kreischte weiter, man habe ihn betäubt und bestohlen! Und Mary wiederholte hinter ihrer Tür hervor gegenüber dem Beamten (zu dem sie womöglich recht freundliche Beziehungen unterhielt) ihre Behauptung, der Grobian sei am Abend vorher aus dem Haus getaumelt, und wenn er etwas verloren habe, wer könne wissen, wo er es verloren habe?

„Es ist mir aus dieser Rocktasche und aus dieser Brieftasche genommen worden", heulte Hunt, an das Geländer geklammert. „Ich lasse sie verhaften. Ich lasse das ganze Haus verhaften! Es ist eine Diebshöhle!"

Während dieses ganzen Aufruhrs und Geschreis glitt in Ridleys Atelier ein Schiebefenster hoch. Der Maler ging an seine Morgenarbeit. Er hatte frühzeitig ein Modell bestellt. Die Sonne konnte Ridley nicht früh genug aufgehen; und sobald sie überhaupt Licht gab, fand sie ihn frohgemut an der Arbeit. Von seinem Schlafzimmer aus hatte er den lärmenden Auftritt gehört, der sich an der Tür abspielte.

„Mr. Ridley!" sagt der Polizist und greift sich mit großem Respekt an den blanken Hut (in der Tat war Z 25 auf mehr als einem von J. J.s Gemälden abgebildet, allerdings nicht in Uniform) – „hier stört ein Kerl die ganze Straße und schreit herum, Mrs. Brandon hätte ihn betäubt und bestohlen!"

Ridley rannte in heftiger Empörung die Treppe hinunter. Er ist nervös, wie Menschen seines Schlages – rasch mit den Gefühlen, mit Mitleid, Liebe, Zorn bei der Hand. Er nahm die Kette ab und rannte auf die Straße.

„Ich erinnere mich, daß der Kerl schon einmal betrunken hier war", erklärte der Maler, „und in eben dieser Gosse hier lag er."

„Trunkenheit und Ruhestörung! Mitkommen!" ruft Z 25. Und seine Hand packte den Geistlichen rasch beim speckigen Kragen, und ihr kräftiger Griff zwingt Hunt vorwärts. Er geht, immer noch unter gellendem Geschrei, man habe ihn bestohlen.

„Sagen Sie das Seiner Gnaden", wehrt der ungläubige Z ab. Und das war die Neuigkeit, die Mrs. Brandons Freunde von ihrem Dienstmädchen erfuhren, als sie in ihrem Haus vorsprachen.

39. KAPITEL

In dem mehrere Personen Prüfungen erleben

ch nehme an, wären Philip und sein Freund zufällig durch die High Street, Marylebone, gekommen, als sie in die Thornhaugh Street gingen, um das Haus der Kleinen Schwester auszukundschaften, hätten sie Ehrwürden Mr. Hunt gesehen, wie er in sehr schmutziger, mitgenommener, niedergeschlagener und fragwürdiger Verfassung von dem Revier aus, wo der ehrwürdige Gentleman die Nacht im Polizeigewahrsam verbracht hatte, nach Marylebone marschierte. Ein Geleit von Gassenjungen folgte dem Häftling und seinem Bewacher und machte sarkastische Bemerkungen über beide. Hunts Äußeres hatte sich nicht verbessert, seit wir am Abend vorher das Vergnügen einer Begegnung mit ihm hatten. Wir können uns den ehrwürdigen Gentleman vorstellen, wie er mit graugesprenkeltem Bart und Haar, schmuddeligem Gesicht, schwärzlichem Hemd und einer von Schmutz und Trunk gezeichneten Miene in zerlumpter Kleidung die Straße entlanggeht, um vor dem Polizeirichter zu erscheinen.

Wahrscheinlich haben Sie die Notiz vergessen, die zwei Tage nach dem Vorfall in der Thornhaugh Street in den Morgenzeitungen erschien, doch mein Sekretär hat sich die Mühe gemacht, den Polizeibericht aufzustöbern und abzuschreiben, in dem die mit unserer Geschichte zusammenhängenden Ereignisse verzeichnet sind.

MARYLEBONE. Mittwoch – Thomas Tufton Hunt, seiner Behauptung nach Geistlicher, jedoch von extrem ungepflegter Erscheinung, wurde Mr. Beaksby in diesem Amt vorgeführt. Er wurde von Z 25 beschuldigt, am Dienstag der Woche in trunkenem Zustand sich äußerst ruhestörend aufgeführt und mit Gewalt und Drohungen versucht zu haben, erneut in ein Haus in der Thornhaugh Street einzudringen, aus dem man ihn tags zuvor in einem seinem geistlichen Stande durchaus nicht angemessenen, berauschten Zustand hinausgeworfen hatte.

Als man den ehrwürdigen Gentleman auf die Polizeiwache brachte, reichte er seinerseits Klage ein und behauptete, man habe ihn in der Thornhaugh Street mittels einer Droge betrunken gemacht, betäubt und ihm in diesem Zustand einen Wechsel über 386 £ 4s 3d gestohlen, gezogen von einer Person in New York und akzeptiert von Mr. P. Firmin, Barrister, Parchment Buildings, Temple.

Mrs. Brandon, die Hauswirtin von Nr. *** in der Thornhaugh Street, vermietet seit vielen Jahren Zimmer, und mehrere ihrer Freunde, darunter Mr. Firmin, Mr. Ridley, Mitglied der Königlichen Akademie, und andere Gentlemen waren anwesend, um über ihren Ruf auszusagen, der absolut untadelig ist. Nachdem Z 25 ausgesagt hatte, gab das Dienstmädchen an, Hunt sei mehr als einmal vor diesem Haus betrunken aufgetaucht und habe sich ruhestörend verhalten und sei mit Gewalt hinausbefördert worden. An dem Abend, als der angebliche Diebstahl stattgefunden haben soll, hatte er das Haus in der Thornhaugh Street besucht, es in betrunkenem Zustand verlassen und war mehrere Stunden später zurückgekehrt, um zu behaupten, das fragliche Dokument sei ihm gestohlen worden.

Mr. P. Firmin sagte aus: „Ich bin Barrister und habe Kanzleiräume in den Parchment Buildings, Temple, und die Person, die sich Hunt nennt, ist mir bekannt. Ich habe keinen Wechsel akzeptiert, auch steht meine Unterschrift auf keinem solchen Dokument."

Hier mischte sich der ehrenwerte Polizeirichter ein und erklärte, das gelte zwar als Beweis, daß der Wechsel noch nicht durch Mr. F.s Akzept vervollständigt gewesen sei, würde aber den ihm vorgelegten Fall durchaus noch nicht beschließen. Behandele er den Fall jedoch nach Für und Wider in den Hauptpunkten, betrachte er, auf welche Art die Beschuldigung vorgetragen worden sei, und würdige er das völlige Fehlen ausreichender Beweise von seiten des Klägers, die ihn zu der Entscheidung berechtigten, in jenem Hause oder seitens der Beschuldigten sei auch nur ein Stück Papier entwendet worden, so sei er der Überzeugung, daß, selbst wenn er eine Verhaftung anordnen wollte, doch eine Überführung unmöglich sein würde. Er weise daher die Klage ab.

Die Dame verließ das Gericht mit ihren Freunden, und der Kläger brach, als man ihm eine Geldstrafe für Trunkenheit abforderte, in äußerst unpriesterliche Redensarten aus, inmitten welcher man ihn gewaltsam abführte.

Philip Firmin brachte seine Aussage, er habe keinen Wechsel ausgestellt, nicht ohne Zögern vor und wirklich erst auf das dringende Zureden seiner Freunde hin. Mehr als an den Vorsitzenden des Polizeigerichts richtete sie sich an jenen betagten Mann in New York, der damit gewarnt war, jemals wieder den Namen seines Sohnes zu fälschen. Ich fürchte, zwischen Philip und seinem Vater kam es infolge des Verhaltens des Jüngeren zu einer Abkühlung. Der Doktor habe seinen Jungen höher eingeschätzt, als daß er geglaubt hätte, Philip werde ihn in einem *Augenblick der Not* im Stich lassen. Dennoch verzeihe er Philip. Vielleicht wirkten seit seiner Heirat *andere Einflüsse* auf ihn ein, usw. Der Vater machte weitere Bemerkungen in diesem Sinne. Ein Mann, der Ihnen Ihr Geld wegnimmt, ist natürlich gekränkt, wenn Sie Einwände machen. Sie verletzen sein Feingefühl, wenn Sie dagegen protestieren, daß er die Hand in Ihre Tasche steckt. Der elegante Doktor in New York fuhr fort, mit kummervollem Kopfschütteln von seinem unglücklichen Sohn zu sprechen; er behauptete, glaubte vielleicht sogar, Philips Leichtsinn sei teilweise der Grund für sein Exil. „Das hier ist kein Gastmahl wie das, zu dem ich Sie in meinem eigenen Haus in England eingeladen hätte", pflegte er zu sagen. „Ich gedachte meine Tage dort zu beenden und meinen Sohn in guten, nein, glänzenden Verhältnissen zurückzulassen. Ich bin ein armer Mann im Exil, und er – doch ich will keine harten Worte verwenden." Und seinen Patientinnen sagte er oft: „Nein, meine liebe Madam! Keine Silbe des Vorwurfs soll gegenüber diesem irregeleiteten Sohn über meine Lippen kommen! Doch Sie können mit mir fühlen: ich weiß, daß Sie mit mir fühlen können."

In alten Zeiten hielt sich ein kühner Straßenräuber, der einem Passagier in der Postkutsche die Börse abnahm, für geschädigt und den Reisenden für einen knickerigen Kerl, wenn der ein, zwei Guineas unter dem Kissen versteckte. In seinen jetzt selten gewordenen Briefen stieß der Doktor hier und da einen mannhaften Seufzer aus, wenn er daran dachte, daß er das Vertrauen seines Jungen verloren hatte. Ich glaube wirklich, daß gewisse Damen unserer Bekanntschaft zu der Meinung neigten, dem älteren Firmin sei nicht ganz gerecht mitgespielt worden, wie sehr sie auch die Kleine Schwester wegen ihrer ungesetzlichen Tat zum Schutz ihres Jungen liebten und bewunderten. Doch diesen wichtigen Punkt hatten wir gewonnen. Der Arzt in New York nahm sich die Warnung zu Herzen und setzte unter keinen Wechsel mehr die Unterschrift seines Sohnes. Der brave Goodenough bekam sein Darlehen in derselben Münze zurück, die zur Verfügung gestellt hatte. Er behauptete, seine kleine Schwester Brandon sei splendide mendax und ihr Diebstahl sei eine erhabene und mutige Kriegstat.

Bisher hatte Mr. Philip seit seiner Heirat ziemliches Glück gehabt. In der Not waren ihm Freunde beigesprungen. In Zeiten der Gefahr hatte er Beistand empfangen. Obwohl er ohne Geld geheiratet hatte, schenkte ihm das Schicksal ein hinreichendes Auskommen. Seine Flasche war nie leer gewesen, und er hatte immer Mehl im Kasten. Doch jetzt standen ihm schwere Prüfungen bevor: schwere Prüfungen, die, wie wir schon sagten, erträglich waren und die er seither längst durchgestanden hat. Jeder Mensch, der das Spiel des Lebens oder Whist gespielt hat, weiß, daß ihm eine Weile eine Serie guter Karten zugeteilt wird, und dann wieder bekommt er überhaupt keinen Trumpf. Nachdem unser Freund sein Haus in der Milman Street bezogen und das gastfreundliche Dach der Kleinen Schwester verlassen hatte, schien das Glück ihn im Stich zu lassen. „Vielleicht war es eine

Strafe für meinen Stolz, weil ich so herablassend zu ihr war und – und eifersüchtig auf dieses liebe, gute kleine Geschöpf", gestand die arme Charlotte später im Gespräch mit anderen Freunden, „aber als wir nicht mehr bei ihr wohnten, schien unser Glück umzuschlagen, das muß ich zugeben."

Vielleicht hatte, als sie noch unter Mrs. Brandons Dach weilte, die umsichtige Sorge der Kleinen Schwester sehr viel mehr Gutes für Charlotte bewirkt, als diese wußte. Mrs. Philip stellte die einfachsten Ansprüche der Welt und wandte nie einen unnötigen Shilling an sich selbst. Wirklich war es ein Wunder, bedachte man ihre geringen Ausgaben, wie schmuck und nett Mrs. Philip allezeit aussah. Doch sie konnte sich nie beherrschen, wenn es um die Kinder ging, und putzte sie mit allen möglichen feinen Sachen heraus und nähte und stichelte Tag und Nacht, um die kleinen Puppen zu schmücken. Und auf die Einwände der befreundeten Matronen hin bewies sie, daß es unmöglich war, Kinder für weniger Geld zu kleiden. Wenn ihnen irgend etwas fehlte, rasch, mußte der Doktor her. Nicht der wackere Goodenough, der ohne Honorar kam und ihre Ängste und Sorgen verlachte; sondern der liebe Mr. Bland, der ein fühlendes Herz besaß und selbst Vater von Kindern war und der diese Kinder vom Ertrag der Pillen, Tränkchen, Pülverchen, Besuche ernährte, die er allen Familien angedeihen ließ, deren Türen er durchschritt. Blands Anteilnahme war so tröstlich; doch stellte man am Jahresende fest, daß sie auch recht kostspielig war. „Na und?" sagt Charlotte mit flammenden Wangen. „Meinst du, uns muß das Geld leid tun, das unseren liebsten Herzensbabies zur Gesundheit dienen soll? Nein. Du kannst keine derart schlechte Meinung von mir haben!" Und folglich strich Mr. Bland von unseren Freunden eine nette kleine Jahresrente ein. Philip hatte bezüglich der Hauswirtschaft seiner Frau einen Witz auf Lager, der sich vielleicht auch auf andere, von überbesorgten Müttern zu sehr in statu pupillari gehaltene junge Frauen anwenden läßt.

Als sie heirateten oder kurz vor der Hochzeit standen, fragte Philip Charlotte, was sie zum Dinner bestellen werde. Sie antwortete prompt, sie werde Hammelkeule bestellen. „Und nach der Hammelkeule?" – „Rinderkeule natürlich!" sagt Mrs. Charlotte und blickt sehr zufrieden und erfahren drein. Wie diese kleine Hausfrau widerwillig zugeben mußte, ist es eine Tatsache, daß ihre Haushaltskosten *sagenhaft* anstiegen, nachdem sie die Thornhaugh Street verlassen hatten. „Und ich kann nicht begreifen, lieber Mann, wie das Anschreibebuch beim Krämer so auflaufen konnte – und das beim Buttermann, und das Bier" usw. usw. Wie oft haben wir das hübsche Köpfchen, über die schmuddeligen Hefte gebeugt, grübeln und grübeln sehen; und das älteste Kind hob oftmals gegenüber den unseren seinen warnenden Finger und hieß sie ganz leise sein, weil Mama an ihren „Resnungen" sitze.

Und jetzt, muß ich betrübt sagen, wurde das Geld für die Begleichung dieser Rechnungen knapp; und obwohl Philip sich einbildete, er verberge seine Sorgen vor seiner Frau, können Sie gewiß sein, daß sie ihn zu sehr liebte, um sich von einem der ungeschicktesten Heuchler der Welt täuschen zu lassen. Nur, da sie eine viel geschicktere Heuchlerin als ihr Mann war, tat sie so, als lasse sie sich täuschen, und spielte ihre Rolle so gut, daß der arme Philip sich über ihre Fröhlichkeit ärgerte und meinte, seiner Frau sei ihre mißliche Lage gleichgültig. Sie dürfte nicht so heiter und glücklich sein, fand er; und wie üblich beklagte er sein Los gegenüber seinen Freunden. „Ich komme heim, von Sorgen gequält, und denke an diese unvermeidlichen Rechnungen. Ich schaudere, Sir, vor jedem Brief, der im Flur liegt, und möchte zittern, wenn ich ihn aufreiße, wie sie es auf der Bühne machen. Aber ich lache und mache eine muntere Miene und führe Char hinters Licht. Und ich höre sie im ganzen Haus singen und mit den Kindern lachen und plappern, wahrhaftig! *Sie* merkt überhaupt nichts. *Sie* weiß nicht, wie furchtbar das res domi auf mir lastet. Aber *vor der Heirat* wußte sie es, sage ich euch. Damals erriet sie es, wenn mich irgend etwas quälte. Wenn ich mich noch so leicht unpäßlich fühlte, hättet ihr die Besorgnis auf ihrem Gesicht sehen sollen! Da hieß es: ‚Lieber Philip, wie blaß du bist' oder ‚Philip, wie rot du bist' oder ‚Bestimmt hast du einen Brief von deinem Vater bekommen. Warum verbirgst du mir etwas, Sir? Das darfst du nie – niemals!' Und jetzt, wenn unter meinem Mantel der Fuchs an meinen Eingeweiden nagt, lache und grinse ich so natürlich, daß sie glaubt, mit mir sei alles in Ordnung, und sie kommt mir entgegen und schwenkt die Kinder vor meinem Gesicht hin und her und macht einen restlos glücklichen Eindruck! Ich würde sie nicht um alles in der Welt täuschen wollen, das wißt ihr. Aber es wurmt mich. Mir braucht ihr nichts zu sagen. Es wurmt mich wirklich, wenn ich mich die ganze Nacht über hellwach hin- und herwälze und den ganzen Tag von Sorgen geplagt werde, und das Weib meines Herzens plappert und singt und lacht, als gäbe es keine Sorgen oder Zweifel oder Gläubiger auf der Welt. Hätte ich die Gicht, und sie würde lachen und singen, würde ich das nicht Anteilnahme nennen. Würde ich schuldenhalber verhaftet, und sie käme strahlend und lachend ins Schuldgefängnis, würde ich das nicht Trost nennen. Wieso spürt sie nichts? Sie müßte es spüren. Da ist Betsy, unser Stubenmädchen. Da ist der alte Kerl, der Schuhe und Besteck putzen kommt. *Die* wissen, in welch bedrängter Lage ich bin. Und meine Frau singt und tanzt, während ich am Rande des Ruins stehe, weiß Gott!, und lacht und kichert, als wäre das Leben eine Pantomime!"

Da senkten der Mann und die Frau, denen Philip seine Geständnisse und Kümmernisse in die Ohren dröhnte, in beschämtem Schweigen den errötenden Kopf. Es geht ihnen leidlich gut im Leben, und ich fürchte, sie sind recht zufrieden mit sich selbst und miteinander. Eine Frau, die fast nie falsch handelt und Haus und Familie regiert, wie es meine ... wie es von der Gattin des ergebenen Dieners des Lesers allüberall bekannt ist, wird oft – muß ich es sagen? – ihrer eigenen Tüchtigkeit allzu sicher und ist zu sehr von der Richtigkeit ihrer Meinung überzeugt. Wir tüchtigen Leute erteilen eine ganze Menge Ratschläge und schätzen diesen Rat ungemein hoch ein. Wir begegnen einem bestimmten Mann, der, sagen wir, unter die Räuber gefallen ist. Wir kommen ihm bereitwillig genug zu Hilfe. Wir bringen ihn gütig ins Gasthaus und bezahlen dort seine Rechnung; doch wir sagen dem Wirt: „Sie müssen diesen armen Mann ins Bett stecken! Seine Medizin geben Sie ihm um diese Zeit und seine Suppe um jene. Aber wohlgemerkt, er muß diese Arznei bekommen und keine andere und diese Suppe, zu wann wir sie bestellt haben. *Wir* nehmen uns seiner an, verstehen Sie. Hören Sie nicht auf ihn oder sonst jemanden. Wir wissen über alles restlos Bescheid. Leben Sie wohl. Kümmern Sie sich gut um ihn. Denken Sie an die Medizin und die Suppe!", und Mr. Wohltäter oder Lady Mildtätig gehen vollkommen zufrieden mit sich davon.

Erfassen Sie diese Allegorie? Als Philip sich bei uns über die

Ausgelassenheit und Fröhlichkeit seiner Frau beklagte, als er ihre Oberflächlichkeit und Leichtfertigkeit bitter mit seiner Niedergeschlagenheit und Ratlosigkeit verglich, erfüllte Charlottes zwei beste Freunde tiefe Scham. „O Philip, lieber Philip!" rief seine weibliche Ratgeberin (nachdem sie, während Firmin sprach, ein-, zweimal ihren Mann angeblickt und sich vergeblich bemüht hatte, die schuldbewußten Augen auf ihre Handarbeit gesenkt zu halten), „Charlotte hat das getan, weil sie demütig den Rat von Freunden angenommen hat, die das nicht sind. Sie weiß alles und mehr als alles! Denn ihr liebes weiches Herz ist von Befürchtungen erfüllt. Aber wir haben ihr geraten, sich kein Zeichen der Sorge anmerken zu lassen, damit ihr Mann sich nicht beunruhigt. Und sie hat uns vertraut, und sie vertraut auch Einem anderen, Philip, und sie hat ihre eigenen Ängste verheimlicht, damit Ihre nicht noch größer werden, und hat Sie heiter empfangen, während ihr Herz voller Furcht war. Jetzt wissen wir, daß das falsch war. Aber sie hat es getan, weil sie so einfältig war und uns, die wir sie falsch beraten haben, gefolgt ist. Heute nun ist uns klar, daß zwischen euch allezeit volles Vertrauen hätte herrschen müssen und daß es ihr schlichtes Gemüt und ihre Gutgläubigkeit waren, die sie irregeführt haben."

Philip hielt eine Weile den Kopf gesenkt und verbarg die Augen – und wir wußten, womit sich sein dankbares Herz in der Minute beschäftigte, als sein Gesicht unserem Blick entzogen war.

„Und Sie wissen, lieber Philip . . .", sagt Laura und blickt ihren Mann an und nickt diesem zu, der den Wink sofort verstand.

„Und übrigens, Firmin", fällt der Gatte der Dame ein, „du verstehst, wenn du irgendwie – daß heißt, wenn du – das heißt, können wir dir vielleicht . . .".

„Halt den Mund!" schreit Firmin mit einem Gesicht, auf dem das Glück strahlt. „Ich weiß, was du meinst. Du Wicht willst mir Geld anbieten! Ich sehe es dir an. Gott segne euch beide! Aber wir wollen versuchen, auch ohne das auszukommen, will's der Himmel. Und – und es ist es wert, den Druck der Armut zu spüren, wenn man solche Freunde findet, wie ich sie habe, und ihn mit so einem – so einem – verflixt! – lieben kleinen Ding zu teilen, wie ich es daheim habe. Und ich will nie wieder versuchen, Char hinters Licht zu führen. In solchen Sachen bin ich nicht gut. Und gute Nacht, und ich werde eure Güte nie vergessen, nie!" Und gleich darauf ist er draußen und springt die Stufen vor unserer Haustür hinab und dann in den Park. Und obwohl in dem armen kleinen Haus in der Milman Street keine fünf Pfund vorhanden waren, gab es an jenem Abend in London keine glücklicheren zwei Menschen als Charlotte und Philip Firmin. Wenn unser Freund auch seine Sorgen hatte, so genoß er doch auch unermeßliche Tröstungen. Glücklich wer, wie arm er auch sei, Freunde besitzt, die ihm beistehen, und die Liebe, die ihn in seinen Prüfungen tröstet.

40. KAPITEL

In dem das Glück uns gar nicht geneigt ist

Es ist gewiß, daß jeder Mann und jede Frau unter uns die Reise nach Lilliput und den Ausflug ins Königreich Brobdingnag gemacht hat. Wenn ich mein heimatliches Landstädtchen besuche, meldet die Lokalzeitung unsere Ankunft; die Landarbeiter tippen sich an den Hut, wenn die Ponychaise vorbeikommt, die Mädchen und die alten Frauen machen freundliche Knickse; Mr. Hicks, der Krämer und Hutmacher, tritt in seine Tür und macht eine Verbeugung und lächelt übers ganze Gesicht. Wenn unser Nachbar Sir John im Herrenhaus eintrifft, ist er eine noch größere Persönlichkeit; die Glöckner begrüßen die Herrenhausfamilie mit Geläut; der Pfarrer geht in den ersten Tagen hinüber und macht seinen Besuch, und die Bauern auf dem Markt umdrängen ihn in der Hoffnung auf ein Nicken des Wiedererkennens. Sir John daheim ist in Lilliput: am Belgrave Square ist er in Brobdingnag, wo fast alle, denen wir begegnen, so viel größer sind als wir. „Was gefällt Ihnen besser, ein Riese unter Pygmäen zu sein oder eine Pygmäe unter Riesen?" Ich weiß, welcher Umgang mir selbst lieber ist: aber darauf will ich nicht hinaus. Was ich andeuten möchte, ist, daß wir möglicherweise kleinen Leuten gegenüber eine herablassende Art an den Tag legen, genauso, wie höhergestellte Leute sich *uns* gegenüber spreizen. Eine herablassende Art? Die alte Miss Mumbles, die Tochter des Leutnants auf Halbsold, die mit ihrem Dienstmädchen über der Klempnerwerkstatt wohnt, gibt sich auf ihrer Stufe vornehmer als jede Herzogin in Belgravia und würde das Zimmer verlassen, wenn die Frau eines Handwerkers darin Platz nähme.

Nun wurde schon gesagt, daß wenige Männer in dieser Stadt London so einfach und ungekünstelt in ihrem Auftreten sind wie Philip Firmin und daß er den Gönner, dessen Brot er aß, und den reichen Verwandten, der sich zu einem Besuch bei ihm herabließ, mit gleicher Ungezwungenheit behandelte. Er gibt sich offen, aber nicht vertraulich, und ist zu Mylord keine Spur höflicher als zu Hinz und Kunz im Kaffeehaus. Die Anbiederung vulgärer Personen nimmt er übel auf, und wer sich damit an ihn heranwagt, zieht sich verwundet und gekränkt zurück, wenn er mit ihm zusammengestoßen ist. Was die Menschen betrifft, die er liebt, so kriecht er förmlich vor ihnen, betet ihre Stiefelspitzen und Rocksäume an. Doch er unterwirft sich ihnen nicht ihres Reichtums oder Ranges wegen, sondern aus Liebe. Anfangs fügte er sich sehr großmütig den Gefälligkeiten und dem Gehätschel Lady Ringwoods und ihrer Töchter, denn die Wertschätzung, die sie für seine Frau und seine Kinder zeigten, rührte ihn und nahm ihn für sie ein.

Obzwar Sir John für die Menschenrechte überall auf der Welt einstand und in seiner Bibliothek die Bildnisse Franklins, Lafayettes und Washingtons hingen, hatte er auch Porträts seiner eigenen Vorfahren in diesem Gemach und hegte eine ungemein hohe Meinung vom gegenwärtigen Repräsentanten der Familie Ringwood. Der Charakter des verstorbenen Oberhaupts des Hauses war berüchtigt. Lord Ringwoods Leben war unordentlich gewesen und seine Moral locker. Er war zweifellos in hohem Maße talentiert, doch widmete er seine Gaben nie einem ernsthaften Studium oder nützlichen Zielen. In seinen besten Jahren ein überaus zügelloser Mann, veränderte er seine Lebensweise nur infolge nachlassender Gesundheit und wurde ein Einsiedler, wie eine Gewisse Person zum Mönch wurde. Er war bis an sein Ende ein frivoler Mensch und kam als Politiker und Staatsmann nicht in Betracht; und dieser leichtfertige Genießer war zum dritten Rang der Peerswürde aufgestiegen, während sein Nachfolger, ihm an Wissen und Sittlichkeit überlegen, immer noch Baronet war. Wie war das Ministerium blind, das ein solches Maß an Gediegenheit und Talent nicht zur Kenntnis nehmen wollte! Besäßen die Lenker der Nation Gemeinsinn oder gesunden Menschenverstand, hätte man Verdienste wie die Sir Johns niemals übersehen können. Doch die Minister bildeten bekanntermaßen einen Familienklüngel und halfen nur sich gegenseitig. Beförderung und Protektion wurden in schändlicher Weise von den Mitgliedern einiger ganz weniger Familien für sich allein in Anspruch genommen, die keine besseren Geschäftsleute waren als Sir John, keine Männer von besserem Ruf, keine Männer von älterer Abstammung (obwohl die Abkunft natürlich ein bloßer Zufall war). Mit einem Wort, bevor sie ihm nicht die Peerswürde verliehen, sah er sehr wenig Hoffnung für das Kabinett oder das Land.

Ganz am Anfang dieser Geschichte wurde ein gewisser Philip Ringwood erwähnt, dessen Schutz Philip Firmins Mutter ihren Jungen anvertraute, als man ihn erstmals in die Schule schickte. Philip Ringwood war sieben Jahre älter als Firmin; er kam im Laufe seiner Schulzeit zwei- oder dreimal in die Old Parr Street, ließ sich dazu herab, das „Taschengeld" zu nehmen, das der arme Doktor freigebig genug austeilte, geruhte aber nie, von dem jungen Firmin die geringste Notiz zu nehmen, der mit Ehrfurcht und Zittern zu seinem Verwandten aufblickte. Von der Schule wechselte Philip Ringwood rasch zum College über und ging danach in die Politik. Er war der älteste Sohn Sir John Ringwoods, den unser Freund kürzlich kennengelernt hat.

Mr. Ringwood war eine viel bedeutendere Persönlichkeit als sein Vater, der Baronet. Selbst als letzterer Lord Ringwoods Güter erbte und nach London kam, konnte man kaum behaupten, er käme seinem Sohn an gesellschaftlichem Rang gleich; und der jüngere begönnerte seinen Vater. Was ist das Geheimnis großen gesellschaftlichen Erfolges? Man kann ihn nicht durch Schönheit oder Reichtum oder Geburt oder Geist oder Tapferkeit oder Ruhm irgendwelcher Art gewinnen. Er ist eine Gabe Fortunas und ebenso launisch verliehen wie alle Gunstbeweise dieser Göttin. Betrachten Sie, liebe Madam, die elegantesten Damen, die derzeit in London regieren. Sind sie vornehmer oder liebenswürdiger oder reicher oder schöner als Sie? Betrachten Sie, werter

Sir, die Männer, die den Ton angeben und bei Black's im Erkerfenster stehen; sind das klügere oder geistreichere oder sympathi-
schere Leute als Sie? Und doch wissen Sie, was Ihnen blühte,
wenn man Sie in diesem Club vorschlagen wollte. Sir John wagte
es nie, sich dort aufstellen zu lassen, nicht einmal nach seinem
großen Vermögenszuwachs nach dem Tode des Grafen. Sein
Sohn redete ihm nicht zu. Es hieß sogar, Ringwood würde seinen
Vater durchfallen lassen, wenn er zu kandidieren wagte.

Ich konnte, wie gesagt, nie den Grund für Philip Ringwoods
Erfolg im Leben begreifen, obwohl man einräumen muß, daß er
einer unserer prominentesten Dandies ist. Herzöge behandelt er
leutselig. Einen Marquis begönnert er. Er ist nicht witzig. Er ist
nicht klug. Er gibt keine guten Dinners. Wie viele Baronets gibt
es im britischen Reich? Schlagen Sie in Ihrem Buch nach. Ich
sage Ihnen, vielen dieser Leute würde Philip Ringwood kaum gestatten, bei einem seiner schlechten Dinners zu bedienen. Dieser
Mann hat seine gesellschaftliche Prominenz erreicht, indem er
seelenruhig seine Ansprüche im Leben durchgesetzt hat. Mag
sein, daß wir ihn verabscheuen; doch wir erkennen seine Überle-
genheit an. Zum Beispiel würde es mir ebensowenig einfallen,
ihn zu mir zum Dinner einzuladen, wie dem Erzbischof von Canterbury einen Klaps auf den Rücken zu geben.

Mr. Ringwood hat ein engbrüstiges kleines Haus in Mayfair
und ist in einem Ministerium tätig, wo er seinen Chef begönnert.
Seine eigene Familie neigt sich vor ihm: seine Mutter ist in seiner
Gegenwart unterwürfig, seine Schwestern sind respektvoll, sein
Vater prahlt nicht mit seinen liberalen Grundsätzen und bringt
in Gegenwart seines Sohnes nie die Menschenrechte zur Sprache. In der Familie wird er „Mr. Ringwood" genannt. Die Person,
die am wenigsten Ehrfurcht vor ihm hat, ist sein jüngerer Bruder,
der hinter dem Rücken des älteren sogar schon Grimassen gezogen haben soll. Doch ist er ein schrecklich eigensinniges und un-
erfahrenes Kind und hat vor nichts Respekt. Lady Ringwood ist
übrigens Mr. Ringwoods Stiefmutter. Seine eigene Mutter war
die Tochter eines adligen Hauses und starb bei der Geburt dieses
Musterexemplars.

Philip Firmin, der seinen Verwandten nicht mehr zu sehen bekommen hatte, seit sie gleichzeitig auf der Schule waren, erinnerte sich an verschiedene Geschichten, die über Ringwood um-

liefen und für diesen hervorragenden Dandy alles andere als rühmlich waren – Geschichten von Intrigen, vom Glücksspiel, von Ausschweifungen und derlei Heldentaten. Eines Tages dinierten Philip und Charlotte bei Sir John, der nach seiner Art redete und plapperte und schwadronierte und renommierte, was das Zeug hielt, als sein Sohn hereinkam und fragte, ob er mitessen könne. Er hätte eine Einladung angenommen, im Garterton House zu dinieren. Kurz vor dem Essen habe der Herzog eine seiner Gichtattacken bekommen. Das Dinner sei ausgefallen. Wenn Lady Ringwood ihm eine Scheibe Hammelbraten geben könne, wäre er ihr sehr zu Dank verpflichtet. Ein Platz für ihn war rasch gefunden. „Und, Philip, das ist dein Namensvetter und unser Verwandter, Mr. Philip Firmin", sagte der Baronet, indem er dem Neffen seinen Sohn vorstellte.

„Ihr Vater hat mir oft Sovereigns geschenkt, als ich noch in der Schule war. Auch an Sie kann ich mich schwach erinnern. Waren Sie nicht ein kleiner Junge mit einem weißen Schopf? Wie geht es dem Doktor und Mrs. Firmin? Wohlauf?"

„Aber weißt du denn nicht, daß sein Vater ausgerückt ist?" ruft das jüngste Mitglied der Familie. „Tritt mich doch nicht, Emily. Er *ist* ausgerückt!"

Da fiel es Mr. Ringwood ein, und ein leichtes Erröten breitete sich über sein Gesicht aus. „Lange her. Ich weiß. Hätte nicht fragen sollen, nach so langer Zeit." Und er erwähnte einen Fall, wo ein Herzog, der sehr vergeßlich war, fatalerweise einen Marquis nach seiner Frau gefragt hatte, die mit einem Grafen durchgebrannt war, und sich dann nach dem Sohn des Marquis erkundigte, der, wie jedermann wußte, nicht mehr mit seinem Vater sprach.

„Das ist Mrs. Firmin – Mrs. Philip Firmin!" rief Lady Ringwood ziemlich nervös. Und ich nehme an, Mrs. Philip errötete, und das Erröten stand ihr, denn Mr. Ringwood geruhte hinterher zu einer seiner Schwestern zu äußern, ihr neugefundener Verwandter scheine einer dieser rauhbeinigen Gentlemen zu sein, aber seine Frau sei wirklich durchaus gesellschaftsfähig und eine recht hübsche junge Person und könne sich überall sehen lassen – wirklich überall. Nach dem Essen wurde Charlotte gebeten, ein oder zwei ihrer netten Lieder zu singen. Mr. Ringwood war entzückt. Ihre Stimme war rein und klar. Was sie sang, sang sie vortrefflich. Und er war so freundlich, bei einem ihrer Lieder mitzusummen (bei dieser Darbietung erwies sich, daß *seine* Stimme nicht frei von kleinen Schwächen war) und zu erzählen, vergangenen Herbst habe er in Glenmavis Lady Philomela Shakerly genau dieses Lied singen hören; und es sei so beliebt gewesen, daß die Herzogin jeden Abend darum gebeten habe – buchstäblich jeden Abend. Als unsere Freunde nach Hause gingen, reichte Mr. Ringwood Philip fast einen ganzen Finger zum Schütteln. Und während Philip innerlich über diese Frechheit kochte, glaubte er seine bescheidenen Verwandten restlos bezaubert zu haben und äußerst wohlmeinend und freundlich gewesen zu sein.

Ich kann nicht sagen, weshalb das gönnerhafte Benehmen dieses Mannes unseren wackeren Freund so ärgerte und reizte, daß es ihn die Grenzen der Höflichkeit und Vernunft nicht einhalten ließ. Die naiven Bemerkungen des kleinen Jungen und die gelegentlichen arglosen Äußerungen der jungen Damen hatten nur Philips Sinn für Humor angesprochen und dienten ihm zur Belustigung, wenn er mit seinen Verwandten zusammenkam. Ich habe den Verdacht, es war eine gewisse ungenierte Art, die Mr. Ringwood gegenüber Mrs. Philip an den Tag zu legen beliebte, was ihren Mann aufbrachte. Er hatte nichts geäußert, woran man hätte Anstoß nehmen können; vielleicht ahnte er gar nicht, daß er Anstoß erregte; ja, hielt sich gar für ganz besonders liebenswürdig. Möglicherweise behandelte er sie nicht unverschämter als andere Frauen; doch wenn Mr. Firmin von ihm sprach, funkelten seine Augen vor Grimm, und mit seiner üblichen schrankenlosen Offenherzigkeit sprach er von seinem neuen Bekannten und Verwandten als einem Emporkömmling und arroganten, eingebildeten jungen Laffen, dem er gern einmal die Ohren lang ziehen würde.

Wie lernen eigentlich gute Frauen, Männer zu durchschauen, die nicht gut sind? Geschieht das instinktiv? Wie erfahren sie diese Gerüchte über die Männer? Ich versichere, daß ich meiner Frau nie etwas Gutes oder Schlechtes über diesen Mr. Ringwood erzählt habe, obwohl ich freilich als Mann, der in der Stadt herumkommt, Geschichtchen über seinen Lebenswandel vernommen habe – wer hat das nicht? Sein Verhalten in jener Affäre mit Miss Willowby war herzlos und grausam; sein Betragen jener

unglücklichen Blanche Painter gegenüber kann niemand verteidigen. Meine Frau gibt ihre Meinung über Philip Ringwood, sein
Leben, seine Grundsätze und seine Moral, durch Blicke oder
vielsagende Pausen zu verstehen, die furchtbarer und vernichten-
der sind als der bitterste Sarkasmus oder Worte des Tadels. Philip Firmin, der ihre Art kennt, in ihrer Miene liest und, wie ich
schon sagte, ihr zu Füßen liegt, bemerkte die furchteinflößenden
Blicke der Dame, als er kam, um uns die Begegnung mit seinem
Vetter und die großspurig herablassende Art, die Mr. Ringwood
an sich hatte, zu schildern.

„Was?" sagte er. „Sie können ihn genausowenig leiden wie ich?
Das habe ich mir gedacht. Und ich bin froh darüber."

Philips Freundin sagte, sie kenne Mr. Ringwood nicht und
habe in ihrem ganzen Leben noch nie ein Wort mit ihm gesprochen.

„Ja, aber Sie wissen über ihn Bescheid", ruft der impulsive Firmin. „Was wissen Sie von diesem Kerl, mit seiner unsäglichen
Eitelkeit und Arroganz?" Ach, Mrs. Laura wisse nur sehr wenig
über ihn. Sie glaube nicht – sie wolle lieber nicht glauben –, was
die Welt über Mr. Ringwood sage.

„Angenommen, wir würden die Woolcombs nach ihrer Meinung über deinen Charakter fragen, Philip?" ruft der Biograph
des Gentlemans lachend.

„Lieber Mann!" sagt Laura mit einem noch strengeren Blick,
dessen Strenge ich erklären muß. Das Zerwürfnis zwischen
Woolcomb und seiner Frau war stadtbekannt. Über ihre unglückliche Ehe wußte alle Welt Bescheid. Die Gesellschaft begann
Mrs. Woolcomb mit wirklich sehr kühler Miene zu betrachten.
Nach Auseinandersetzungen, Eifersüchteleien, Zusammenstößen, Versöhnungen, erneuten heftigen Szenen und wütenden
Wortgefechten hatte sich zwischen ihnen Gleichgültigkeit eingestellt und bei der Frau der rücksichtsloseste Lebenshunger. Ihr
Heim war prachtvoll, aber erbärmlich und bedrückend; alle möglichen Geschichten waren in Umlauf über die brutale Behandlung der armen Agnes seitens ihres Gatten wie über ihre eigene
unbesonnene Aufführung. Mrs. Laura war empört, wenn der
Name dieser unglücklichen Frau fiel, ausgenommen, wenn sie
daran dachte, daß unser warmherziger, biederer Philip diesem
herzlosen Geschöpf entronnen war. „Was war es doch für ein Se-

gen, Philip, daß Sie ruiniert waren und daß sie Sie verlassen hat!"
sagte Laura oft. „Welches Vermögen hätte Sie dafür entschädi-
gen können, wenn Sie so eine Frau geheiratet hätten?"

„Es war wirklich meinen ganzen Besitz wert, sie loszuwerden",
stimmte Philip zu, „also sind der Doktor und ich quitt. Hätte er
mein Vermögen nicht vergeudet, hätte Agnes mich geheiratet.
Hätte sie mich geheiratet, wäre ich vielleicht zum Othello geworden, und man hätte mich dafür gehängt, daß ich sie erdrosselt
hätte. Ja, wäre ich nicht arm gewesen, hätte ich nie die kleine
Char geheiratet – und man stelle sich bloß vor, nicht mit Char
verheiratet zu sein!" Hier verfällt der wackere Kerl in Schweigen
und gibt sich beim Gedanken an sein übergroßes Glück einer in-
nerlichen Begeisterung hin. Dann wiederum beängstigt ihn der
Einfall, den seine eigene Phantasie hervorgebracht hat.

„So etwas! Sich vorzustellen, ich hätte die Kleinen und Char
nicht!" ruft er mit bestürzter Miene.

„Dieser gräßliche Vater – diese schreckliche Mutter – verzeih,
Philip. Aber wenn ich an die weltliche Gesinnung dieser Menschen denke und daß diese arme unglückliche Frau so erzogen
worden und davon zugrunde gerichtet worden ist – bin ich so –
so – so *aufgebracht*, daß ich die Fassung verliere!" ruft die Dame.
„Ist die Frau verantwortlich oder die Eltern, die ihr Herz ver-
härtet und sie verkauft haben – verkauft an diesen . . . Oh!" –
Dieses „Oh" bezeichnete unseren glanzvollen Freund Woolcomb, und die Dame unterbrach sich schon wieder, vor Grimm
erstickend, als sie an diesen „Oh" und die Frau dieses „Oh"
dachte.

„Ich wundere mich, daß er sie nicht wie Othello behandelt
hat", bemerkt Philip, die Hände in den Taschen. „Ich hätte es getan, wäre sie meine Frau gewesen und hätte sich so aufgeführt,
wie man behauptet."

„Der Gedanke ist furchtbar, furchtbar!" fährt die Dame fort.
„Sich vorzustellen, daß sie von ihren eigenen Eltern verkauft
worden ist, das arme Ding, das arme Ding! Die Schuld liegt bei
denen, die sie irregeleitet haben."

„Nein", sagt einer der drei Gesprächspartner. „Weshalb bei
den armen Mr. und Mrs. Twysden stehenbleiben? Weshalb sollte
man sie nicht freisprechen und *deren* Eltern anklagen, die in ihrer
Generation wohl genauso weltlich gesinnt waren? Oder halt, sie

stammen von William dem Eroberer ab. Sprechen wir den armen Weldone Twysden und seine herzlose Frau frei und stellen den Normannen vor Gericht."

„Ach, Arthur! Hat unsere Sünde nicht ganz am Anfang begonnen?" ruft die Dame. „Und sind wir nicht im Besitz des Heilmittels? Ach, dieses arme Geschöpf, dieses arme Geschöpf! Möge sie wissen, wohin sie ihre Zuflucht nehmen kann, und beizeiten lernen zu bereuen!"

Die georgischen und zirkassischen Mädchen, heißt es, pflegten sich ganz zufrieden in ihr Los zu fügen und brannten geradezu darauf, in Konstantinopel auf den Markt zu kommen und verkauft zu werden. Mrs. Woolcomb brauchte niemanden, sie von dem armen Philip fortzulocken. Sie sprang dem alten Liebhaber davon, kaum war der neue mit seinem Sack Geld erschienen. Sie wußte ganz genau, an wen sie sich verkaufte und zu welchem Preis. Der Verführer bedurfte keiner Geschicklichkeit oder List oder Wortgewandtheit. Er besaß nichts dergleichen. Doch er zeigte ihr einen Geldbeutel und drei schöne Häuser – und sie kam. Unschuldiges Kind, daß ich nicht lache! Sie verstand durchaus soviel von der Welt wie Papa und Mama; und die Anwälte kümmerten sich nicht umsichtiger und kaltblütiger um ihr Wittum als sie selbst. Hat sie nicht später davon gelebt? Ich behaupte nicht, sie habe ehrbar gelebt, aber durchaus bequem, wie Paris und Rom und Neapel und Florenz Ihnen bestätigen können, wo sie gut bekannt ist, wo sie in großem Maße eine gewisse Art Umgang pflegt, wo man sie verachtet und ihr schmeichelt und wo sie glanzvoll und einsam und unglücklich lebt. Sie ist nicht unglücklich, wenn sie Kinder sieht: ihr liegt nichts an anderer Leute Kindern, wie ihr auch nie an den eigenen gelegen hat, nicht einmal, als man sie ihr wegnahm. Natürlich ist sie gekränkt und aufgebracht, wenn ganz gewöhnliche, vulgäre Leute, nicht zur Gesellschaft gehörend, Sie verstehen, ihr den Rücken zukehren und sie meiden und nicht zu ihren Gesellschaften kommen wollen. Sie gibt vorzügliche Dinners, wo muntere alte Knaben, lebenslustige Junggesellen und zweifelhafte Damen häufige Gäste sind: doch sie ist allein und unglücklich – unglücklich, weil sie Eltern, Schwester oder Bruder nicht sieht? Allons, mon bon monsieur! Sie hat sich nie etwas aus Eltern, Schwester oder Bruder gemacht oder aus dem Baby oder aus einem Mann (außer einst ein ganz,

ganz klein wenig aus Philip, als sich bei seinem Erscheinen ihr
Puls manchmal um zwei Schläge pro Minute beschleunigte).
Vielmehr ist sie unglücklich, weil sie mit der Zeit die Figur verliert, und vom engen Schnüren ist ihre Nase sehr rot geworden,
und irgendwie will das pudrige Perlweiß nicht daran haften. Und
auch wenn Sie Woolcomb vielleicht für einen unsympathischen,
ungebildeten und ungeschliffenen kleinen Schuft gehalten haben, müssen Sie zugeben, daß er wenigstens rotes Blut in den
Adern hatte. Hat er nicht einen großen Teil seines Vermögens
für den Besitz dieser kalten Frau hingegeben? Für wen hat sie jemals ein Opfer gebracht oder einen Schmerzensstich empfun-
den? Ich bin überzeugt, Freund Philip hätte ein größeres Mißgeschick widerfahren können als alles, was ihm zugestoßen ist, und
deshalb gratuliere ich ihm, daß er davongekommen ist.

Nachdem unser Freund seinem Grimm über die Arroganz und
Unverschämtheit dieses wichtigtuerischen Laffen Philip Ringwood Luft gemacht hatte, begab er sich einigermaßen besänftigt
in seinen Club in der St. James's Street. Der Megatherium Club
liegt nur ganz wenige Türen von Black's viel aristokratischerem
Etablissement entfernt. Mr. Philip Ringwood und Mr. Woolcomb
standen dortselbst auf den Stufen. Mr. Ringwood winkte Philip
mit seinem anmutigen, glacébehandschuhten Händchen zu und
lächelte ihn an. Mr. Woolcomb dagegen starrte unseren Freund
wild aus seinen schillernden Augäpfeln an. Philip hatte einmal
vorgehabt, Woolcomb mit einem Tritt ins Meer zu befördern.
Irgendwie hatte er das Gefühl, er würde Ringwood gern das gleiche Bad zukommen lassen. Mittlerweile wiegte sich Mr. Ringwood in dem Glauben, er und sein neugefundener Verwandter
stünden auf dem denkbar besten Fuß.

Es gab eine Zeit, da ließ sich der arme kleine Woolcomb gern
mit Philip Ringwood sehen. Er glaubte, der Umgang mit diesem
Mann der eleganten Welt verleihe ihm besonderes Ansehen, und
so hängte er sich regelmäßig an Ringwood, wenn sie die Pall
Mall entlangschritten.

„Kennen Sie diesen großen plumpen, eingebildeten Rohling?"
fragt Woolcomb auf den Stufen vor Black's seinen Begleiter.
Vielleicht belauschte sie jemand vom Erkerfenster aus. (Ich versichere Ihnen, in London wird alles belauscht, und noch eine
ganze Menge mehr.)

„Ein Rohling ist er?" sagt Ringwood. „Scheint ein grober, hochfahrender Typ zu sein."

„Sohn eines gaunerhaften Vaters. Der bankrotte Vater ist ausgerückt", erklärt der dunkle Mann mit den schillernden Augäpfeln.

„Ich habe gehört, daß er ein Gauner war – der Doktor; aber ich mochte ihn. Weiß noch, daß er mir drei Sovereigns geschenkt hat, als ich in der Schule war. Mochte jeden, der einem Taschengeld zusteckt, wenn man noch Schüler ist." Und hier winkte Ringwood seinen wartenden Brougham heran.

„Sehen wir Sie zum Dinner? Wohin gehen Sie?" fragte Mr. Woolcomb. „Wenn Sie in Richtung . . ."

„In Richtung Gray's Inn, zu meinem Anwalt. Habe einen Termin bei ihm. Bin um acht bei Ihnen!" Und Mr. Ringwood hüpfte in seinen kleinen Brougham und war fort.

Tom Eaves erzählte es Philip. Tom Eaves ist Mitglied bei Black's, bei Bays's, im Megatherium, ich weiß nicht in wie vielen Clubs in der St. James's Street. Tom Eaves kennt jedermanns Verhältnisse und jeglichen Klatsch sämtlicher Clubs aus den letzten vierzig Jahren. Er weiß, wer Geld verloren hat und an wen; kennt das Tagesgespräch der Opernloge und den Kulissenklatsch; weiß, wer wessen Tochter den Hof macht. Was immer die Männer und Frauen in Mayfair tun, ist Stoff für Toms Lästerzunge. Er kennt so viele Geschichten, daß er natürlich manchmal die Namen verwechselt und behauptet, Jones stehe am Rande des Ruins, dabei blüht und gedeiht dieser, und in Wirklichkeit ist es der arme Brown, der in Schwierigkeiten steckt. Oder er teilt uns mit, Mrs. Fanny flirte mit Hauptmann Ogle, dabei sind beide einer Affäre so wenig schuldig wie Sie und ich. Tom ist gewiß boshaft und irrt sich oft; doch wenn er von unseren Nachbarn spricht, ist er stets amüsant.

„Es ist so gut wie ein Stück auf der Bühne, wenn man Ringwood und Othello zusammen sieht", erzählt Tom unserem Philip. „Wie stolz der schwarze Mann ist, wenn man ihn mit ihm zusammen sieht! Habe gehört, wie er Sie bei Ringwood schlechtgemacht hat. Ringwood hat zu Ihnen und Ihrem alten Herrn gehalten – hat gesprochen wie ein Mann . . . wie man zu einem Kerl hält, der am Boden liegt. Wie der schwarze Mann damit protzt, daß Ringwood zum Dinner kommt! Hat ihn dauernd zum

Dinner da. Sie hätten sehen sollen, wie Ringwood diesen Kerl abgeschüttelt hat! Sagte, er fährt nach Gray's Inn. Habe ihn zum Kutscher Gray's Inn sagen hören. Glaube in der Tat kein Wort davon."

Nun bewegen Sie sich vermutlich in viel zu feinen Kreisen, als daß Sie wüßten, daß die Milman Street eine kleine Sackgasse ist, die in die Guilford Street mündet, die wiederum in die Gray's Inn Lane mündet. Philip setzte seinen Heimweg fort und schüttelte Tom Eaves ab, der sich seinerseits zu seinen übrigen Clubs trollte und den Leuten erzählte, er habe eben mit dem Sohn dieses bankrotten Arztes gesprochen und frage sich, wie Philip das Geld aufbringen wolle, um seinen Clubbeitrag zu bezahlen. Philip ging also seiner Wege und strebte mit seinem gewohnten männlichen Schritt heimwärts.

Wessen schwarzer Brougham war das? Der schwarze Brougham mit dem Rotfuchs, der gemächlich in der Guilford Street hin- und herfuhr. Mr. Ringwoods Wappen prangte auf dem Brougham. Als Philip in seinen Salon trat, nachdem er die Tür mit seinem eigenen Schlüssel geöffnet hatte, saß da Mr. Ringwood und plauderte mit Mrs. Charlotte, die um fünf Uhr eine Tasse Tee trank. Sie und die Kinder liebten diese Tasse Tee. Manchmal ersetzte sie Mrs. Char das Dinner, wenn Philip auswärts speiste.

„Wenn ich gewußt hätte, daß Sie herkommen, hätten Sie mich mitnehmen und mir einen langen Fußmarsch ersparen können", sagte Philip und wischte sich die glühende Stirn.

„Das hätte ich – das hätte ich!" sagte der andere. „Ich bin gar nicht darauf gekommen. Ich mußte meinen Anwalt in Gray's Inn aufsuchen. Und dann fiel mir ein, herzufahren und Sie zu besuchen, wie ich gerade Mrs. Firmin erzählte – und in einer wirklich netten, ruhigen Gegend wohnen Sie."

Das war soweit ganz gut. Doch zum ersten und einzigen Mal in seinem Leben war Philip eifersüchtig.

„Trampele doch nicht so mit den Füßen! Ich mag nicht reiten, wenn du so auf den Boden stampfst", sagte Philips ältestes Herzblatt, das auf Papas Knie geklettert war. „Warum guckst du so? Drück mir doch den Arm nicht so, Papa!"

Mama war völlig ahnungslos, daß Papa irgendeinen Grund zur Aufregung hatte. „Du bist den ganzen Weg von Westminster und vom Club zu Fuß gekommen und bist ganz erhitzt und abgespannt!" sagte sie. „Etwas Tee, lieber Mann?"

Philip verschluckte sich fast am Tee. Unter seinem Haar hervor, das ihm über die Stirn fiel, blickte er seiner Frau ins Gesicht. Es zeigte einen so süßen Ausdruck der Unschuld und Verwunderung, daß sich, während er sie betrachtete, der Eifersuchtskrampf löste. Nein: in diesen zärtlichen Augen lag kein Schuldbewußtsein. Philip konnte in ihnen nur seiner Frau innige Liebe und Sorge für ihn lesen.

Doch was war mit Mr. Ringwoods Gesicht? Als das anfängliche leichte Erröten und Zögern gewichen war, zeigte Mr. Ringwoods blasses Antlitz wieder jenes gelassene, selbstzufriedene Lächeln, das gewöhnlich darauf lag. „Die Kaltschnäuzigkeit des Mannes hat mich wild gemacht", erklärte Philip, als er später seinem gewohnten Vertrauten den kleinen Vorfall berichtete.

„Himmlischer Vater!" rief der andere. „Würde ich Charlotte und die Kinder besuchen gehen, wärst du auf mich eifersüchtig, du bärtiger Türke? Hältst du für jeden Mann Sack und Seidenschnur bereit, der bei Mrs. Firmin Besuch macht? Wenn du dich in diese Rolle einlebst, steht dir und deiner Frau ein nettes Leben bevor. Natürlich hast du auf der Stelle mit Lovelace einen Streit vom Zaun gebrochen und gedroht, ihn unverzüglich aus dem Fenster zu werfen? Du bist es gewöhnt, zuzuschlagen, solange du in Hitze bist. Siehe . . ."

„Aber nein!" unterbrach mich Philip. „Ich habe mich noch nicht mit ihm gestritten." Und er knirschte mit den Zähnen und funkelte ganz wild mit den Augen. „Ich bin bis zum Schluß ganz manierlich sitzen geblieben. Ich habe ihn zur Tür gebracht, und ich habe Anweisung gegeben, daß er nie wieder meine Schwelle betreten darf – das ist alles. Aber ich habe mich durchaus nicht mit ihm gestritten. Nie haben sich zwei Männer so höflich betragen wie wir. Wir haben uns ganz liebenswürdig voreinander verbeugt und uns angegrinst. Aber ich gebe zu, als er mir die Hand entgegenstreckte, mußte ich beide Hände auf dem Rücken halten, denn sie waren recht boshaft aufgelegt und hatten größte Lust, zu . . . Nun ja, lassen wir das. Vielleicht ist es so, wie du sagst, und er meint es gar nicht böse."

Wo, frage ich noch einmal, erfahren die Frauen alles Böse, worüber sie Bescheid wissen? Weshalb sollte meine Frau solches

Mißtrauen und solche Abscheu gegenüber diesem Gentleman empfinden? Sie stellte sich voll und ganz auf Philips Seite. Sie sagte, ihrer Meinung nach habe er ganz recht, diesen Menschen seinem Hause fernzuhalten. Was wußte sie denn über diesen Menschen? Wußte ich es nicht selbst? Er war ein Wüstling und führte ein lasterhaftes Leben. Er hatte junge Männer verleitet und sie das Glücksspiel gelehrt und ihnen zum Ruin verholfen. Wir alle haben Geschichten über den verstorbenen Sir Philip Ringwood gehört; jenen letzten Skandal, in den er vor drei Jahren verwickelt war und der seinem Leben in Neapel ein Ende setzte, brauche ich wohl nicht zu erwähnen. Aber vor vierzehn oder fünfzehn Jahren, zu der Zeit, als sich eben dieser gegenwärtige Abschnitt unserer kleinen Geschichte abspielte, was wußte sie da von Ringwoods Missetaten?

Nein, Philip Firmin geriet bei dieser Gelegenheit nicht mit Philip Ringwood aneinander. Doch er verschloß Mr. Ringwood seine Tür. Er schlug alle Einladungen zu Sir John aus, die daraufhin selbstverständlich weniger oft und dann überhaupt nicht mehr kamen. Reiche Leute mögen es nicht, von den Armen so behandelt zu werden. Hatte Lady Ringwood eine Ahnung, aus welchem Grund Philip ihr Haus mied? Ich halte es für mehr als wahrscheinlich. Einige Freunde Philips kannten sie, und sie wirkte nur schmerzlich berührt, nicht überrascht oder aufgebracht, angesichts des Streits, der nicht sehr lange nach jenem Besuch Mr. Ringwoods bei seinem Verwandten in der Milman Street zwischen den beiden Gentlemen irgendwie *doch* ausbrach.

„Ihr Freund scheint recht hitzköpfig und aufbrausend zu sein", bemerkte Lady Ringwood, über eben diesen Streit sprechend. „Es tut mir leid, daß er solchen Umgang pflegt. Ich bin überzeugt, es kommt ihn teuer zu stehen."

Wie es sich fügte, traf uns Philips alter Schulfreund, Lord Ascot, nur wenige Tage nach der Begegnung und Verabschiedung Philips und seines Vetters in der Milman Street und lud uns zu einem Junggesellendinner am Fluß ein. Unsere Frauen (ohne deren Absegnung bestimmt kein guter Mann jemals einem Weißfisch ins Auge blicken würde) erlaubten uns, an dieser Geselligkeit teilzunehmen, und blieben daheim und nahmen zusammen mit den lieben Kindern ein Tee-Dinner ein (der Himmel segne sie!). Die Männer werden wieder jung, wenn sie sich bei diesen

Gesellschaften treffen. Wir sprechen von Prügeln, Proktoren, alten Freunden; wir erzählen alte Späße aus Schule und College. Ich hoffe, manche von uns führen diese freundlichen Gastereien fort, bis wir achtzig Jahre alt sind und unsere zahnlosen alten Kiefer die alten Geschichten mümmeln und mit ewig neuem Vergnügen über die alten Späße lachen. Erinnert sich der freundliche Leser an den Bericht über ein solches Dinner am Anfang dieser Geschichte? An diesem Nachmittag kamen Ascot, Maynard, Burroughs (einige der früher genannten Männer) wieder zusammen. Ich glaube, wir mögen einander so gern, daß jeder sich freut, von den Erfolgen des anderen zu hören. Ich weiß, daß ein oder zwei gute Kerle, denen Fortuna eine finstere Miene gezeigt hat, in dieser Gesellschaft andere gute Kerle gefunden haben, die ihnen halfen und beisprangen; und daß alle auf Grund dieser freundlichen Freimaurerei besser dran sind.

Bevor das Essen aufgetragen wurde, kamen die Gäste auf dem Rasen des Hotels zusammen und betrachteten jene schöne Aussicht, die in unseren Augen gewiß nicht an Reiz verliert, weil man sie gemeinhin vor einem guten Dinner sieht. Die Wipfel der Ulmen, der blinkende Fluß, die smaragdenen Wiesen, die bunten Blumenbeete ringsum, alles mit einem angenehmen Duft nach friture, Blumen und Flundern köstlich vermischt. Wer hat diese Wonnen nicht genossen? Mögen es manche von uns erleben, sage ich, im Jahre 1900 den 58er Rotwein zu trinken! Ich bin davon überzeugt, daß dann die Überlebenden unseres Kreises immer noch über die Witze lachen, die uns immer Freude machten, als das gegenwärtige Jahrhundert erst in seinen mittleren Jahren war. Ascot wollte demnächst heiraten. Würde er im nächsten Jahr am Dinner teilnehmen dürfen? Frank Berrys Frau ließ Frank nicht fort. Erinnert ihr euch an seinen gewaltigen Kampf gegen Biggs? Erinnern? Wer tat das wohl nicht? Marston war Berrys Sekundant; der arme Marston, der in Indien fiel. Und Biggs und Berry waren von da an die festesten Freunde fürs Leben. Wer hätte je gedacht, daß Brackley ein gesetzter Mann und Archidiakon würde? Wißt ihr noch seinen Kampf mit Ringwood? Wie hat der den jüngeren drangsaliert und wie haben wir uns alle gefreut, als Brackley ihn verdrosch. Was für verschiedene Schicksale sind den Menschen beschieden! Wer hätte sich je Nosey Brackley als Unterpfarrer in den Bergbaubezirken vorgestellt und am Ende mit einer Rosette am Hut? Wer hätte je gedacht, daß Ringwood ein so fabelhafter und in der Mode tonangebender Stutzer werden würde? Damals war er ein furchtbar schüchterner Bursche; überhaupt kein gutaussehender Bursche; und was für ein toller Kerl war er geworden und was für ein Herzensbrecher. Ist er nicht irgendwie mit Ihnen verwandt, Firmin? Philip sagte ja, aber er sei fast gar nicht mit Ringwood zusammengekommen. Und einer nach dem anderen erzählte Histörchen über Ringwood: daß er junge Männer zum Spielen in sein Haus ziehe; daß er in eben diesem „Stern und Hosenband" gespielt habe; und daß er immer gewinne. Sie müssen bitte bedenken, daß unsere Geschichte rund sechzehn Jahre zurückreicht, als noch gelegentlich der Würfelbecher klapperte und man den König aufdeckte.

Während sich dieser alte Schulklatsch abspult, trifft Lord Ascot ein und mit ihm genau *der* Ringwood, von dem die alten Schulfreunde gerade gesprochen hatten. Er kam in Ascots Phaeton mit herausgefahren. Selbstverständlich wartet auch der höchste Mann der Gesellschaft immer auf Ringwood. „Wenn wir bei den Grauen Brüdern einen Herzog gehabt hätten", murrt jemand, „hätte Ringwood den Herzog dazu gebracht, ihn mitzunehmen."

Als Philips Freund Mr. Ringwoods Ankunft bemerkte, packte er Firmin bei seinem mächtigen Arm und flüsterte:

„Halt den Mund. Keine Schlägerei. Keinen Streit. Laß das Vergangene ruhen. Denke daran, ein Skandal bringt absolut nichts ein."

„Laß mich in Ruhe", sagte Philip, „du brauchst keine Angst zu haben."

Mir schien, Ringwood zucke flüchtig zurück, und ich bildete mir ein, er sehe vielleicht ein wenig blaß aus, doch er ging mit einem leutseligen Lächeln auf Philip zu und bemerkte: „Es ist lange her, seit wir Sie bei meinem Vater gesehen haben."

Auch Philip grinste und lächelte. Es sei wirklich lange her, seit er in der Hill Street war. Doch Philips Lächeln war gar nicht angenehm anzusehen. In der Tat, unser Freund war wohl der schlechteste Komödiant, der auf der Bühne dieses Lebens steht.

Darauf bemerkte der andere munter, er freue sich, daß Philip Erlaubnis habe, den Junggesellenabend mitzumachen. Treffen alter Schulfreunde wirklich nett. Schon lange keines mehr besucht; obwohl die „Grauen Brüder" ein gräßliches Loch waren; das sei die Wahrheit. Wer sei das in dem Schaufelhut? ein Bischof? welcher Bischof?

Es war Brackley, der Archidiakon, der rot anlief, als er Ringwood sah. Denn es traf sich, daß Brackley gerade mit Pennystone sprach, dem kleinen Jungen, um den es in der Schule bei dem Streit und der Schlägerei gegangen war, als Ringwood Pennystone gewaltsam sein Geld hatte abnehmen wollen. „Ich denke, Mr. Ringwood, Pennystone ist jetzt groß genug, um sich selbst zu wehren, meinen Sie nicht?" sagte der Archidiakon. Und damit drehte sich der ehrwürdige Mann auf dem Absatz um und überließ es Ringwood, sich dem kleinen Pennystone aus früherer Zeit zu stellen: jetzt ein hünenhafter Landjunker, aus dessen Stimme die Gesundheit hallte, mit einem Paar mächtiger Arme und Fäuste, die auf dem Kampfplatz sechs Ringwoods zerschmettert hätten.

Der Anblick dieser einstigen Feinde störte Mr. Ringwoods Seelenruhe erheblich.

„Ich bin in dieser Schule furchtbar drangsaliert worden", wandte er sich in flehendem Ton an Mr. Pennystone. „Ich habe mich verhalten wie alle anderen. Es war eine scheußliche Schule, und mir ist schon ihr Name verhaßt. Hören Sie, Ascot, finden Sie nicht, daß Barnabys Antrag gestern abend sehr ungelegen kam und daß der Schatzkanzler ihn wirklich geschickt abgefertigt hat?"

Das wurde später bei einigen Witzbolden unter uns eine stehende Redensart. Immer wenn wir das Gesprächsthema zu wechseln wünschten, hieß es: „Hören Sie, Ascot, finden Sie nicht, daß Barnabys Antrag gestern abend sehr ungelegen kam und daß der Schatzkanzler ihn wirklich geschickt abgefertigt hat?" Mr. Ringwood hätte wohl kaum daran gedacht, sich unter so gewöhnliche Leute wie seine alten Schulkameraden zu mischen, aber als er bei Black's Lord Ascots Phaeton sah, ließ er sich dazu herab, mit Seiner Lordschaft nach Richmond hinauszufahren, und ich hoffe, eine Menge seiner Freunde in der St. James's Street sahen ihn in dieser edlen Gesellschaft.

Windham war der Präsident des Abends – auf diesen Posten gewählt, weil er so sehr gern Reden hält, jedoch keineswegs erwartet, daß man ihm zuhört. Alle verständigen Männer überlassen ihm dieses Amt herzlich gern: und ich für mein Teil hoffe, bald kommt der Tag (doch ich gebe zu, wohlgemerkt, daß ich nicht gut tranchiere), da wir die Reden von einem geschulten Kellner am Beistelltisch erledigen lassen, wie es jetzt schon mit dem Tranchieren geschieht. Finden Sie nicht, daß Sie die Soße verspritzen, das Fleisch zerreißen, das Gelenk nicht treffen, wenn Sie den Versammelten eine Tischrede vorlegen? Ich jedenfalls gebe zu, daß ich mich vor dem Akt in einer Verfassung bebender Geistesabwesenheit befinde, während des Geschäfts in einem Zustand des Schwachsinns. Und daß mir am nächsten Morgen Kopfschmerzen und ein verdorbener Magen sicher sind. Was soll's? Habe ich nicht im vorigen Jahr einen der tapfersten Männer der Welt in einem ebensolchen Zustand der Panik erlebt? – Ich habe den Eindruck, daß ich von Philips Abenteuern zu denen seines Biographen abschweife, und gestehe, daß ich an das elende fiasco denke, daß ich selbst bei diesem Anlaß des Dinners in Richmond erlebt habe.

Die Tagesordnung bei diesen Zusammenkünften verlangt nämlich, über alles zu witzeln – über den Präsidenten zu witzeln, über alle Redner, über Heer und Marine, über die Geistlichkeit, die Legislative, über Richter und Advokaten und so fort. Wenn wir einen Trinkspruch auf einen Advokaten ausbringen, weisen wir nach, wie hervorragend er sich auf der Anklagebank gemacht hätte; bei einem Seemann, wie jämmerlich seekrank er gewesen ist; bei einem Soldaten, wie flink er davonrannte. Zum Beispiel tranken wir auf den Ehrwürdigen Archidiakon Brackley und die Armee. Wir beklagten den Eigensinn, der ihn dazu verleitet habe, den schwarzen Rock anzuziehen statt des roten. Offensichtlich sei der Krieg seine wahre Berufung gewesen, das habe er durch die häufigen Schlachten bewiesen, an denen er in der Schule beteiligt gewesen sei. Wofür sei der *andere* große Kriegsmann des Zeitalters berühmt? Für jenes römische Merkmal in seinem Antlitz, das unseren Brackley auszeichne, ihm zu einem Namen verholfen habe – einem Namen, an dem wir liebevoll festhielten (Zwischenrufe: „Nosey, Nosey!"). Möge dieses Merkmal in nicht allzuferner Zeit das Antlitz eines – eines der Heerführer jener Armee zieren, in der er ein hervorragender Stabsoffizier sei! Möge ... Hier, gestehe ich, blieb ich richtig stecken, ver-

lor den Faden meines Scherzes – bei dem Brackley ziemlich
streng dreinzublicken schien – und schloß die Rede mit einem
Gekoller über Respekt, Wertschätzung, allgemeine Achtung und
beste Gesundheit, alter Junge – was seinen Zweck ganz so gut
wie eine vollendete Ansprache erfüllte, wie unzufrieden der Redner auch damit sein mochte.

Die kleine Predigt des Archidiakons war sehr kurz, wie es die
Ausführungen verständiger Geistlicher manchmal wirklich sind.
Er freue sich, alte Freunde wiederzutreffen – sich mit alten Gegnern auszusöhnen (laute Rufe: „Bravo, Nosey!"). Im Lebens-
kampf müsse jeder ein paar Schläge einstecken, und jeder tapfere
Mann nehme seinen Kinnhaken gelassen hin. Habe er in alter
Zeit mit irgendeinem Schulkameraden Streit gehabt? Er trage
den Frieden nicht nur auf dem Rock, sondern auch im Herzen.
Frieden und guter Wille sei die Parole in der Armee, der er ange-
höre; und er hoffe, alle Offiziere darin beseele ein einziger esprit
de corps.

Darauf folgte Schweigen, während man zu Mr. Ringwood hin-
blickte, dem „alten Gegner", dem der Archidiakon die Hand der
Freundschaft hingestreckt hatte; doch Ringwood, der die Rede
des Archidiakons mit deutlich angewiderter Miene angehört
hatte, erhob sich nicht von seinem Stuhl – raunte nur seinem
Nachbarn Ascot zu: „Wozu soll ich aufstehen? Zum Henker mit
ihm, ich habe nichts zu sagen. Hören Sie, Ascot, warum haben
Sie mich bloß dazu überredet, diesen Unfug mitzumachen?"

Da ich befürchtete, zwischen Philip und seinem Verwandten
könnte es zu einem Zusammenstoß kommen, hatte ich Philip von
dem Platz im Saal fortgezogen, auf den ihn Lord Ascot mit einer
Geste gewiesen hatte, und zu ihm gesagt: „Philip, setz dich lieber
nicht zum Lord", wußte ich doch ganz genau, daß Mr. Ringwood
einen Platz an dessen Seite finden werde. Doch es traf sich, daß
wir nur durch die Breite des Tisches von Seiner Lordschaft getrennt saßen, zwischen uns ein Arrangement von Blumen und
Früchten, durch das wir unser Gegenüber sehen und hören
konnten. Als Ringwood von „diesem Unfug" sprach, blickte Philip scharf über den Tisch und richtete sich auf, als wollte er sprechen; aber sein Nachbar kniff ihn ins Bein und flüsterte ihm zu:
„Still – mach keinen Skandal. Denk dran!" Der andere ließ sich
zurückfallen, stürzte ein Glas Wein hinunter und trug nicht eben

338

zu meinem Behagen bei, indem er mit den Fingern heftig einen Zapfenstreich auf meinem Stuhl trommelte.

Die Ansprachen gingen weiter. Wenn sie nicht redegewandter waren, so doch lauter und lustiger als vorher. Dann rief man den Gesang zu Hilfe, um das Bankett zu beleben. Der Archidiakon, der die letzte halbe Stunde über schon etwas beunruhigt dreingeblickt hatte, stand beim Ruf nach einem Lied auf und verließ den Raum. „Gehen wir doch auch, Philip", bat Philips Nachbar. „Du willst doch diese schrecklichen alten Collegelieder nicht alle wieder hören?" Doch Philip gab mürrisch zurück: „Du kannst ja gehen, ich möchte noch bleiben."

Lord Ascot durchlebte die letzten Tage seines Junggesellendaseins. Diese letzten Abende sollten recht fröhlich sein; er zog sie in die Länge und mochte es nicht, wenn sie zu rasch zu Ende gingen. Sein Nachbar hatte die Festlichkeit schon längst satt und war unserer Gesellschaft überdrüssig. Mr. Ringwood hatte in letzter Zeit in einer so vornehmen Welt verkehrt, daß gewöhnliche Sterbliche ihm verächtlich waren. Er bewahrte keine freundliche Erinnerung an seine Jugendjahre oder an jemanden, der dazu gehörte. Während Philip sein Lied von „Doktor Luther" sang, war ich heilfroh, daß er nicht den Ausdruck von Überraschung und Widerwillen wahrnehmen konnte, den sein Verwandter offenbarte. Weitere Gesangsdarbietungen folgten, einschließlich eines Liedes von Lord Ascot, das er, wie ich berichten muß, gräßlich falsch sang; doch nahm sein unmittelbarer Nachbar das ganz wohlwollend hin.

Der Lärm begann jetzt anzuschwellen, die Kehrreime wurden vielstimmiger, die Reden lauter und zusammenhangloser. Ich glaube nicht, daß die Versammelten der Rede des kleinen Mr. Vanjohn zuhörten, auf dessen Wohl als Vertreter des britischen Rennsports getrunken wurde und der erklärte, er habe nie etwas vom Rennsport oder vom Spiel verstanden, bis ihr alter Schulkamerad, sein lieber Freund – sein flotter Freund, wenn ihm der Ausdruck gestattet sei – Mr. Ringwood ihm das Kartenspielen beigebracht habe; und ihm einmal in seinem eigenen vornehmen Haus in Mayfair und einmal genau hier, im „Stern und Hosenband", gezeigt habe, wie das edle Spiel „Blind Hookey" gehe.

„Die Männer sind betrunken. Gehen wir, Ascot. Ich bin nicht

zu solchem Unfug gekommen!" rief Ringwood wütend an Ascots Seite.

Das war der Ausdruck, den Mr. Ringwood kurz vorher verwendet hatte, als Philip schon im Begriff gewesen war, ihn zu unterbrechen. Da hatte er das Gewehr angelegt, um zu feuern, aber man hatte seine Hand aufgehalten. Der Vogel schwirrte wieder vor ihm auf, und er konnte nicht anders, er mußte zielen.

„Solcher Unfug ist furchtbar fade, was, Ringwood?" rief er über den Tisch, eine Blume beiseite biegend und den anderen durch die kleine Öffnung anfunkelnd.

„Fade, alter Junge? Ich nenne das eine famose Stimmung", ruft Lord Ascot in allerbester Laune.

„Fade? Was meinen Sie?" fragt Mylords Nachbar.

„Ich meine, Sie hätten doch sicher lieber zwei Satz Karten und ein kleines Zimmer, wo Sie einem jungen Kerl drei- oder vierhundert abgewinnen können? Es ist einträglicher und ruhiger als ,dieser Unfug'."

„Also, ich weiß nicht, was Sie meinen!" ruft der andere.

„Was! Haben Sie es schon vergessen? Hat Ihnen Vanjohn nicht eben erzählt, wie Sie und Mr. Deuceace ihn hier herausgebracht und ihm sein Geld abgewonnen haben und wie Sie ihm dann Revanche in Ihrem Haus in . . ."

„Bin ich hergekommen, um mich von diesem Kerl beleidigen zu lassen?" ruft Mr. Ringwood, an seinen Nachbarn gewandt.

„Wenn das eine Beleidigung ist, können Sie sich die hinter den Spiegel stecken, Mr. Ringwood!" ruft Philip.

„Gehen wir, gehen wir, Ascot! Halten Sie mich hier nicht auf und hören Sie nicht auf diesen ver. . ."

„Wenn Sie noch ein Wort sagen", verkündet Philip, „werfe ich Ihnen diese Karaffe an den Kopf!"

„Na, na – Unsinn! Hier wird nicht gestritten! Söhnt euch aus! Alle haben zuviel getrunken! Laßt die Rechnung kommen und den Omnibus vorfahren!" Eine dichtgedrängte Gruppe stand an der einen Seite des Tisches und eine an der anderen. Einer der Vettern hegte nicht den geringsten Wunsch, daß der Streit weiterginge.

Wenn Philip Firmin sich in einer Auseinandersetzung ruhig und majestätisch gibt, befindet er sich vielleicht in seinem gefährlichsten Zustand. Lord Ascots Phaeton (in dem Mr. Ringwood nur unter sichtlichem Widerwillen neben dem Kutscher Platz nahm) stand vor dem Portal des Hotels, ein Omnibus und ein, zwei Privatkutschen hielten sich bereit, die übrigen Gäste des Festes heimzubringen. Ascot ging ins Hotel, um sich eine letzte Zigarre anzuzünden, und jetzt sprang Philip vor und packte den Gentleman, der auf dem Vordersitz des Phaetons saß, beim Arm.

„Halt!" sagte er. „Sie haben vorhin ein Wort gebraucht . . ."

„Was für ein Wort? Ich weiß nichts davon!" ruft der andere mit lauter Stimme.

„Sie haben ‚beleidigt' gesagt", murmelt Philip in sanftestem Ton.

„Ich weiß nicht, was ich gesagt habe", gab Ringwood mürrisch zurück.

„Ich sagte auf die Worte, die Sie vergessen haben, ‚ich würde Sie niederschlagen' oder etwas in dem Sinne. Wenn Sie sich im geringsten gekränkt fühlen, wissen Sie ja, wo meine Geschäftsräume sind – bei Mr. Vanjohn, den Sie und Ihre Mätresse zum Kartenspiel verführt haben, als er noch ein Junge war. Es gehört sich nicht, daß Sie das Haus eines ehrlichen Mannes betreten. Nur weil ich das Feingefühl einer Dame nicht verletzen wollte, habe ich es unterlassen, Sie aus meinem Haus zu werfen. Gute Nacht, Ascot!" Und mit großer Würde kehrte Mr. Philip zu seinem Gefährten und der Droschke zurück, die bereitstand, diese zwei Gentlemen nach London zu befördern.

Meine Vermutung erwies sich als völlig richtig, Philips Gegner werde Philip gegenüber keine weitere Notiz von dem Streit nehmen. Wirklich zog er es vor, ihn als Zank unter Betrunkenen zu behandeln, von dem sich kein verständiger Mann ernsthaft beunruhigen lassen würde. Ein Streit zwischen zwei Männern aus derselben Familie – zwischen Philip und seinem eigenen Verwandten, der ihm nur Wohlwollen entgegengebracht hatte? Es war lachhaft und unmöglich. Mr. Ringwood beklagte nur Philips hartnäckige Bösartigkeit und allbekannte Gewalttätigkeit, die ihn ständig zu solchen Zusammenstößen führte und seine Familie veranlaßte, von ihm abzurücken. Einen Mann beim Rock zu pakken, zu beschimpfen, mit einer Karaffe zu bedrohen! Einen Mann von Stand so zu behandeln! Und das seitens eines Menschen, der sich selbst in einer höchst fragwürdigen Lage befand,

dessen Vater flüchtig war und der um seinen unsicheren Lebensunterhalt rang! Die Frechheit war zu groß. Mit den besten Wünschen für den unglücklichen jungen Mann und seine liebenswürdige (aber nichtssagende) kleine Frau war es unmöglich, weiter
Notiz von ihnen zu nehmen. Die Besuche hatten aufzuhören. Die
Kutsche hatte nicht mehr vom Berkeley Square zur Milman
Street zu fahren. Gaben von Wild, Geflügel, Hammelkeulen und
was sonst noch hatten wegzufallen. Von nun an war die Ringwoodsche Kutsche in der Umgebung des Foundling unbekannt,
und die Ringwoodschen Lakaien verströmten nicht mehr den
Wohlgeruch ihrer gepuderten Köpfe unter der niedrigen Flur-
decke der Firmins. Sir John beteuerte bis zuletzt, er sei im Begriff
gewesen, Philip eine einträgliche Stellung zu beschaffen, als dessen beklagenswerte Gewalttätigkeit Sir John zwang, alle Beziehungen zu diesem so sehr irregeleiteten jungen Mann abzubrechen.

Aber damit war das Unheil noch nicht zu Ende. Wir haben
alle gelesen, daß die Götter nie einzeln erscheinen – die Götter,
die Glück oder Pech bescheren. Als unserem jungen Mann zwei
oder drei kleine Glücksfälle widerfahren waren, rief meine Frau
triumphierend aus: „Ich habe es dir ja gesagt! Habe ich nicht immer gesagt, der Himmel werde dieser lieben, unschuldigen Frau
und den Kindern beistehen und diesem tapferen, großmütigen,
unbedachten Vater?" Und jetzt, als die bösen Tage kamen, beharrte diese ungeheuerliche Meisterin der Logik darauf, Armut,
Krankheit, schreckliche Unsicherheit und Angst, nahezu Hunger
und Mangel, seien alle gleichermaßen zu Philips Nutzen gedacht
und würden sich am Ende zum Guten auswirken. Also war der
Regen gut, und der Sonnenschein war gut; also war die Krankheit gut, und die Gesundheit war gut; der leidende Philip sollte
so glücklich sein wie der rüstige Philip und für ein krankes Haus
und eine leere Tasche so dankbar sein wie für einen warmen Ka-
min und eine wohlversehene Speisekammer. Wohlgemerkt, ich
verlange von keinem christlichen Philosophen, sich gegen sein
Mißgeschick aufzulehnen oder zu verzweifeln. Ich will Zahn-
schmerzen (oder sonst eine Not des Lebens) hinnehmen und
ohne allzuviel Murren ertragen. Aber ich kann nicht behaupten,
einen Zahn gezogen zu bekommen, sei eine Gnade, und vermag
auch nicht die Hand zu streicheln, die an meinem Kiefer reißt.

„Sie können auch ohne ihre feinen Verwandten und ihre Spenden von Hammelfleisch und Steckrüben leben", ruft meine Frau und wirft stolz den Kopf zurück. „Die Art, wie diese Leute Philip und die liebe Charlotte begönnert haben, war einfach unerträglich. Lady Ringwood weiß, wie schrecklich sich dieser Mr. Ringwood aufführt, und − und ich bin über sie empört!" Woher, wiederhole ich, wissen die Frauen über die Männer Bescheid? Wie telegraphieren sie einander ihre Botschaften der Warnung und des Mißtrauens zu? und flüchten, wie die Vögel rauschend und aufgeregt auffliegen, wenn die Gefahr sich zu nähern scheint? All das war soweit gut und schön. Aber Mr. Tregarvan vernahm etwas von dem Streit zwischen Philip und Mr. Ringwood und fragte Sir John nach näheren Einzelheiten; und Sir John − als der liberale Mensch, der er war und allezeit gewesen war und der sich, der Himmel wußte es, wenig auf die Privilegien gesellschaftlichen Ranges einbildete, die auf reinem Zufall beruhten − mußte notgedrungen gestehen, das Benehmen dieses jungen Mannes zeige eine ganze Menge zuviel laissez aller. Er habe ständig − auch in Sir Johns eigenem Haus − einen Geist der Unabhängigkeit offenbart, der an Grobheit gegrenzt habe; er sei von jeher für seine streitsüchtige Veranlagung berüchtigt und habe sich kürzlich in einer Szene mit Sir Johns ältestem Sohn, Mr. Ringwood, so schändlich aufgeführt − habe solche Brutalität, Undankbarkeit und − und Trunkenheit an den Tag gelegt, daß Sir John nicht zögere, rundweg zu erklären, er habe dem Gentleman sein Haus verboten.

Sicherlich ein widersetzlicher, schlechter Mensch! denkt Tregarvan. (Und ich behaupte nicht, auch wenn Philip mein Freund ist, Tregarvan und Sir John seien hinsichtlich ihres protégés gänzlich im Unrecht gewesen.) Zweimal hatte Tregarvan ihn zum Frühstück eingeladen, und Philip war nicht erschienen. Mehr als einmal hatte er Tregarvan, die „Rundschau" betreffend, widersprochen. Er hatte behauptet, mit der „Rundschau" gehe es nicht vorwärts, und wenn man Philip um seine aufrichtige Meinung frage, es werde mit ihr *nie* vorwärtsgehen. Sechs Nummern waren erschienen, und sie weckte nicht die Aufmerksamkeit, die die Öffentlichkeit ihr hätte erweisen müssen. Die Öffentlichkeit scherte sich nicht um die Pläne jener Großmacht, die Tregarvan zu vereiteln und zu hintertreiben trachtete. Er ging mit sich zu Rate. Er suchte die Redaktion auf und prüfte die Bücher; und das Ergebnis dieser Prüfung war so unangenehm, daß er stracks nach Hause ging und Philip Firmin, Esq., New Milman Street, Guilford Street, einen Brief schrieb, den dieser arme Kerl seinen gewohnten Beratern brachte.

Dieser Brief enthielt einen Scheck über ein Quartalsgehalt und gab Mr. Firmin den Abschied. Der Verfasser wolle nicht wiederholen, welche Gründe er zur Unzufriedenheit hinsichtlich der Leitung der „Rundschau" habe. Er sei stark enttäuscht über die mangelnden Fortschritte des Blattes und ganz allgemein von der Leitung. Nach seiner Meinung sei die Gelegenheit unwiederbringlich verspielt, die Pläne einer Macht zu enthüllen, die Europas Frieden und Freiheit bedrohe. Wäre diese „Rundschau" mit dem gehörigen Nachdruck geführt worden, hätte sie ein Schild dieser bedrohten Freiheit werden können, eine Lampe, um die Finsternis dieser gefährdeten Unabhängigkeit zu erhellen. Sie hätte den Weg zur Pflege bonarum literarum weisen können; sie hätte aufstrebende Begabungen fördern können; sie hätte die Arroganz sogenannter Kritiker züchtigen können; sie hätte der Sache der Wahrheit dienen können. Tregarvans Hoffnungen seien enttäuscht: er wolle nicht sagen, durch *wessen* Säumigkeit oder Schuld. *Er* habe für die gute Sache sein Bestes gegeben und ersuche Mr. Firmin schließlich, die bereits angenommenen und bezahlten Artikel in Druck zu geben und für die nächste Nummer eine kurze Notiz zu verfassen, wonach die „Rundschau" ihr Erscheinen einstelle; und Tregarvan zeigte meiner Frau noch ziemlich lange die kalte Schulter, zudem wurden wir, ich weiß nicht mehr über wie viele Saisons hinweg, nicht zu seinen Teegesellschaften geladen.

Das war für uns kein großer Verlust oder Anlaß zum Ärgern: aber für den armen Philip? Für ihn war es eine Angelegenheit auf Leben und beinahe Tod. Er hatte von seinem kärglichen Gehalt nie viel sparen können. Hier hatte er fünfzig Pfund in der Hand, das war richtig; doch Rechnungen, Steuern, Miete, die hundert kleinen Verpflichtungen eines Haushalts waren fällig und bedrängten ihn. Und inmitten dieser seiner Sorgen war unsere liebe kleine Mrs. Philip im Begriff, ihm eine dritte Zierde seines Kinderzimmers zu schenken. Der arme kleine Tertius traf ganz pünktlich ein, und solche Heuchler waren wir, daß die arme

Mutter tatsächlich daran dachte, das Kind Tregarvan Firmin zu nennen, Mr. Tregarvan zu Ehren, der so gut zu ihnen gewesen sei, und sie finde, Tregarvan Firmin wäre ein so hübscher Name.

Wir bildeten uns ein, die Kleine Schwester wisse nichts von Philips Sorgen. Natürlich pflegte sie Mrs. Philip in ihrer Not, und wir beteuern, daß wir ihr kein einziges Wort über Philips eigene Not sagten. Doch Mrs. Brandon ging eines Tages zu Philip, als er sehr ernst und bedrückt bei seinen zwei erstgeborenen Kindern saß, nahm ihn bei beiden Händen und sagte: „Du weißt, lieber Philip, ich habe ganz viel gespart: und das habe ich immer – du weißt, wem, zugedacht." Und hier löste sie eine Hand von ihm und suchte in ihrer Tasche nach einer Börse und gab sie Philip in die Hand und weinte an seiner Schulter. Und Philip gab ihr einen Kuß, dankte Gott dafür, daß er ihm eine so gute Freundin gesandt habe, und gab ihr die Börse zurück, obwohl er wirklich nur noch fünf Pfund in der seinen hatte, als diese Wohltäterin zu ihm kam.

Ja – aber man war ihm Geld schuldig. Da war die kleine Mitgift seiner Frau von fünfzig Pfund im Jahr, die seit dem zweiten Quartal nach ihrer Heirat, die nun schon mehr als drei Jahre zurücklag, nie mehr bezahlt worden waren. Da Philip kaum noch eine Guinea auf der Welt besaß, schrieb er an Mrs. Baynes, die Mutter seiner Frau, um seine äußerst bedrängte Lage zu schildern und sie daran zu erinnern, daß dieses Geld fällig war. Mrs. General Baynes wohnte damals in Jersey inmitten einer erlesenen Gesellschaft von Damen auf Halbsold, Geistlichen, Hauptleuten und dergleichen, unter denen sie sich bestimmt als große Dame gab. Sie trug ein großes Medaillon des verstorbenen Generals am Hals. Bei ihren häufigen Teegesellschaften weinte sie über dieser interessanten Kamee trockene Tränen. Sie konnte Philip nie verzeihen, daß er ihr ihr Kind entrissen hatte, und wenn irgend jemand ihr noch andere Töchter entreißen sollte, würde sie genauso unversöhnlich sein. Mit jener erstaunlichen Logik ausgestattet, mit der die Frauen gesegnet sind, gab sie meiner Meinung nach nie zu oder war gar nicht imstande, vor sich selbst einzugestehen, daß sie Philip und ihrer Tochter Unrecht tat. Bei den Teegesellschaften ihres Bekanntenkreises stöhnte sie über die Verschwendungssucht ihres Schwiegersohns und seine brutale Behandlung ihres geliebten Kindes. Viele gute Leute stimmten ihr zu und schüttelten die ehrwürdigen Häupter, wenn über ihren gerösteten Semmeln und ihrem minderwertigen Tee der Name jenes verschwenderischen Philip fiel. Man betete für ihn, man bemitleidete seine liebe verwitwete Schwiegermutter und bedachte sie mit jeglichem Trost, den geistliche Gentlemen auf der Stelle zu liefern vermochten.

„Auf Ehre, Firmin, man hat Emily und mir eingeredet, Sie wären ein Ungeheuer, Sir", sagte der wackere Major MacWhirter einmal. „Und jetzt, wo ich Ihre Geschichte gehört habe, Donnerwetter, glaube ich, Sie sind es, dem Unrecht geschehen ist, und nicht Eliza Baynes. Sie hat eine verdammt scharfe Zunge, die Eliza; und einen Charakter – *den* hat der arme Charles kennengelernt!"

Kurzum, als Philip, bei seiner letzten Guinea angelangt, Charlottes Mutter aufforderte, ihre Schuld an ihre kranke Tochter zu bezahlen, schickte Mrs. General B. Philip eine Zehnpfundnote, offen, durch Hauptmann Swang von der Indischen Armee, der gerade nach England reiste. Und das, sagt Philip, war von allen schweren Schlägen des Schicksals der allerschwerste, den er hinnehmen mußte.

Doch die arme kleine Frau wußte nichts von dieser Grausamkeit und auch nichts von der wahren Armut, die ihren Bettvorhang säumte. Aber mitten in seiner Bedrängnis wurde Philip Firmin durch die liebevolle Treue der Freunde, die Gott ihm gesandt hatte, mächtiger Trost zuteil. Ihre Misere ging jetzt dem Ende entgegen. Ihr freundlichen Leser alle, mögen eure Sorgen, mögen die meinen keine Bitterkeit in unserem Herzen zurücklassen, und möge sich alles demütig dem Großen Willen fügen!

41. KAPITEL

In dem wir die vorletzte Etappe
dieser Reise erreichen

uch wenn die Armut an Philips bescheidene Tür pochte, erfuhr die kleine Charlotte in all ihrer Not nie, wie bedrohlich nahe die grimmige Besucherin gewesen war. Sie begriff nicht so recht, daß ihr Mann in seiner äußersten Bedrängnis wegen des ihm zustehenden Geldes an ihre Mutter geschrieben hatte und daß die Mutter sich abwandte und ihn abwies. – Ach, dachte der arme Philip, vor Verzweiflung stöhnend, ich möchte doch wissen, ob die Räuber, die den Mann im Gleichnis überfielen, Räuber aus seiner eigenen Familie waren, die wußten, daß er Geld nach Jerusalem brachte, und ihm unterwegs auflauerten? Doch immer wieder hat er Gott mit dankbarem Herzen für die Samariter gepriesen, denen er auf seiner Lebensstraße begegnet ist, und wenn er auch niemals verziehen hat, muß man doch zugeben, daß er denen, die ihn ausraubten, nie etwas Böses angetan hat.

Charlotte wußte nicht, daß ihr Mann bei seiner letzten Guinea angelangt und von schrecklicher Angst um sie erfüllt war, denn nach der Geburt ihres Kindes erkrankte sie an einem Fieber; in ihrem Delirium merkte das arme Ding nichts von allem, was um sie her vorging. Irgendwie verstrichen für Philip die vierzehn Tage mit einer schwerkranken Frau, mit weinenden kleinen Kindern, mit dem vor der Tür lauernden Hunger. Der junge Mann wurde in dieser Zeit zu einem alten Mann. In der Tat war sein helles Haar hinterher an den Schläfen weiß durchzogen. Aber man darf sich nicht vorstellen, er habe in seinem Jammer keine Freunde gehabt, und er kann immer dankbar die Namen vieler Menschen aufzählen, an die er sich im Notfall hätte wenden können. Von seinen Verwandten erwartete und erbat er diese Hilfe nicht. Tante und Onkel Twysden schrien und jammerten über seine Verschwendungssucht, seinen Leichtsinn und seine Torheit. Sir John Ringwood erklärte, er müsse wirklich seine Hände in Unschuld waschen angesichts eines jungen Mannes, der das Leben seines Sohnes bedrohe. Grenville Woolcomb wünschte Philip unter vielen Flüchen, in die sein Schwager Ringwood einfiel, zum Teufel und sagte, ihn lasse es kalt und der Schuft gehöre gehängt und sein Vater gehöre auch gehängt. Aber ich glaube, ich kenne ein halbes Dutzend guter und treuer Menschen, die anders sprachen und mit ihrer Anteilnahme und Hilfe bereitstanden. Erbot sich nicht Mrs. Flanagan, die irische Wäscherin, mit von Tränen und Gin erstickter Stimme, Philips Haus umsonst zu putzen und die lieben Kinder zu pflegen? Sagte Goodenough nicht: „Wenn Sie in Not sind, mein Lieber, wissen Sie natürlich, an wen Sie sich zu wenden haben!" Und schrieb er nicht tatsächlich zwei Rezepte aus, das eine für die arme Charlotte, das andere über fünfzig Pfund, sofort anzuwenden, das er versehentlich der Pflegerin aushändigte? Sie dürfen überzeugt sein, daß sie das Geld nicht unterschlug, denn natürlich wissen Sie, daß die Pflegerin Mrs. Brandon war. Charlotte hat in einem Punkt in ihrem Leben Gewissensbisse. Sie gesteht, daß sie auf die Kleine Schwester eifersüchtig war. Und jetzt, da jenes sanfte Leben sein Ende fand, da Philips Heimsuchungen durch die Armut vorbei sind, da die Kinder manchmal hingehen und traurig das Grab ihrer lieben Caroline betrachten, legt unsere Freundin Charlotte den Kopf an die Schulter ihres Mannes und gibt demütig zu, welch gute, tapfere und großmütige Freundin ihnen der Himmel in dieser bescheidenen Beschützerin gesandt hat.

Haben Sie jemals den schmerzhaften Zugriff der Armut gespürt? In vielen Fällen ist er wie der Stuhl des Zahnarztes, schrecklicher anzusehen als tatsächlich zu ertragen. Philip sagt, er habe sich nie richtig geschlagen gefühlt, ausgenommen an dem Tag, als in Antwort auf seine Bitte um das ihm zustehende Geld Mrs. Baynes' Freund, Hauptmann Swang, ihm die Zehnpfundnote ganz offen aushändigte. Es war kein schwerer Schlag: aber die Hand, die ihn austeilte, machte den Schmerz so heftig. „Ich erinnere mich", sagt er, „wie ich einmal in der Schule losweinte, weil ein großer Junge mir einen leichten Klaps versetzte, und die anderen Jungen sagten: ‚Ach, du Feigling.' Ich kannte den Jungen nämlich von daheim, und meine Eltern waren freundlich zu ihm gewesen. Ich empfand es als Unrecht, daß Bumps mich schlug", sagte Philip; und während er die Geschichte erzählte, sah er aus, als könnte er jetzt noch über diese Kränkung weinen. Ich hoffe, er hat sich gerächt, indem er den Verwandten seiner Frau feurige Kohlen aufs Haupt häufte. Aber bis zum heutigen Tage, wo er sich guter Gesundheit und eines anständigen Einkommens erfreut, ist es nicht ratsam, in seiner Gegenwart Schwiegermütter zu erwähnen. Er wettert, schreit und tobt gegen sie los, als wären sie alle wie die seine; und die seine, habe ich gehört, ist eine mit sich selbst und ihrem Betragen in dieser Welt vollkommen zufriedene Dame; und was die nächste Welt angeht – doch unsere Erzählung wagt es nicht, so weit zu weisen. Sie interessiert sich nur für eine kleine Gruppe Menschen hier unten – ihre Nöte, ihre Prüfungen, ihre Schwächen, ihre gütigen Herzen.

Menschen kommen in unserer Geschichte vor, die mir überhaupt keine gütigen Herzen zu besitzen scheinen; und doch, wenn jemand eine Biographie von ihrem Standpunkt aus schreiben könnte, würde dieser andere Autor vielleicht zeigen, daß Philip und *sein* Biograph ein Paar auf weltlichen Vorteil bedachte Egoisten gewesen seien, durch und durch unglaubwürdig, Onkel und Tante Twysden ganz musterhafte Menschen, und so weiter. Habe ich Ihnen nicht erzählt, wie viele Leute in New York den Kopf schüttelten, wenn Philips Name fiel, und ihrer festen Meinung Ausdruck gaben, er habe seinem Vater ganz übel mitgespielt? Als er verwundet und blutend stürzte, stieß sein Gönner Tregarvan ihn von seinem Pferd, und Vetter Ringwood blickte sich nicht um, wie es ihm erging. Doch diese mögen auch wieder ihre eigene Meinung über unseren Freund gehabt haben, der ihnen vielleicht falsch dargestellt worden ist – ich versichere, wenn ich auf die vergangenen Teile dieser Geschichte zurückblicke, beginnt sich mein Gewissen zu regen, und ich frage mich, ob wir den Leuten, über die wir plauderten, wirklich Gerechtigkeit erwiesen haben; ob Agnes Twysden nicht eine von Philips ungestümem Benehmen zu Recht gekränkte, schwergeprüfte Märtyrerin ist und ob Philip überhaupt irgendwelche besondere Aufmerksamkeit oder Freundlichkeit verdient. Er ist nicht überragend gescheit; er ist nicht bezaubernd schön. Er ist nicht im Begriff, die Finsternis, in der die Völker kriechend umhertasten, mit den sprühenden Emanationen seiner Wahrheit zu erhellen. Er ist manchmal Geld schuldig, das er nicht zurückzahlen kann. Er gleitet aus, stolpert, geht in die Irre, prahlt. Ach! er sündigt und bereut – Gott gebe es – seine Fehler, seine Eitelkeiten, seinen Stolz, seine tausend Mängel! Das sage ich – Ego – als Biograph meines Freundes. Vielleicht verstehe ich die übrigen Personen um ihn herum nicht so gut und habe eine Reihe ihrer guten Seiten übersehen und ihre kleinen Mängel karikiert und aufgebauscht.

Von den Samaritern, die Philip in dieser Notlage beisprangen, erinnert er sich gern an J. J., den Maler. Er traf ihn einmal bei den Kindern sitzend an, denen er Zeichnungen machte, und der gute Maler wurde des Skizzierens nie müde.

Nun, hätten diese Kinder Ridleys Skizzen doch nur aufbewahrt und eine gute Saison bei Christie's abgewartet, hätten sie gewiß für die Zeichnungen Dutzende Pfund einstreichen können, aber die Sache war die, sie hatten die Zeichnungen mit eigener Hand verbessert. Sie malten die Soldaten gelb aus, die Pferde blau und so weiter. Auf die Pferde setzten sie Soldaten von eigener Hand. Ridleys Landschaften wurden mit Darstellungen von „Omnibussen" ausgeschmückt, die die Kinder auf der nahegelegenen neuen Landstraße sahen und bewunderten. Ich vermute, daß Charlotte, als ihr Fieber wich und sie die Dinge wieder so sah, wie sie waren, die Augen zärtlich auf den Bildern der Omnibusse ruhen ließ, die in Mr. Ridleys Skizzen eingefügt waren, und daß sie einige beiseite legte und ihren Freunden zeigte und sagte: „Zeigt unser Liebling nicht ein außergewöhnliches Zeichentalent? Mr. Ridley behauptet es. Er hat einen großen Teil dieser Skizze gemacht."

Doch was meinen Sie, was sich Master Ridley, von den Skizzen abgesehen, seinen Freunden zu zeichnen erbot? Was schrieb Doktor Goodenough außer den Rezepten für die Medizin noch aus? Wir wissen, welche Form der Bezahlung für ihre Dienste Schwester Brandon vorschlug, als sie Mrs. Philip in ihren schweren Tagen beistand. Wer behauptet, die Welt sei ganz kalt? Es gibt die Sonne und den Schatten. Und der Himmel, der Armut und Krankheit verhängt, sendet auch Mitleid und Liebe und Beistand.

Während Charlottes fieberhafter Krankheit hatte die Kleine Schwester sie nur einen einzigen Tag allein gelassen, als ihre Patientin sich ruhig verhielt und sich nach ärztlichem Urteil auf dem Wege der Besserung befand. Offenbar war Mrs. Charlotte damals wirklich schwerkrank; so krank, daß Doktor Goodenough meinte, sie wäre uns allen beinahe entwischt; so krank, daß sie ohne Mrs. Brandon höchstwahrscheinlich dieser mühseligen Welt entronnen wäre und Philip und ihre verwaisten Kleinen zurückgelassen hätte. Dann erholte sich Charlotte: konnte Nahrung zu sich nehmen, die ihr auch schmeckte, und besonders mundeten ihr ein paar zarte Hühner, die nach Auskunft ihrer Pflegerin „vom Lande" kamen. „Bestimmt von Sir John Ringwood?" sagte Mrs. Firmin, die sich an die Gaben vom Berkeley Square erinnerte, das Hammelfleisch und die Steckrüben.

„Na, essen Sie mal und seien Sie dankbar dafür", antwortet die Kleine Schwester, die so aufgeräumt war, wie es eine kleine Schwester überhaupt sein konnte, und für das Geflügel eine feine Brotsoße zubereitet hatte; und die das Baby auf den Armen gewiegt hatte und es immer wieder seinen bewundernden Geschwistern zeigte; und die dafür sorgte, daß Mr. Philip sein gemütliches Dinner bekam; und die nie auch nur einen Tropfen Porter zu sich nahm – zu Hause war ein Gläschen manchmal wohltuend, aber im Dienst nie, niemals! Nein, nicht einmal, wenn Doktor Goodenough es anordnen würde! beteuerte sie. Und der Arzt hätte sich gewünscht, dasselbe von allen seinen Pflegerinnen sagen oder annehmen zu dürfen.

Die Milman Street ist eine so stille kleine Straße, daß unsere Freunde sie nicht auf die übliche Art mit Stroh ausgelegt hatten.

Und drei Tage nach Schwester Brandons vorübergehender Abwesenheit, während sie am Bett ihrer Patientin sitzt und das Hinterteil eines kleinen rosigen Kindes einpudert, das auf ihrer Schürze Schwimmbewegungen macht, ist in der stillen Straße Rädergerassel zu hören – vier Räder, ein Pferd, ein schellenklirrendes Gefährt, das vor Philips Tür anhält.

„Es ist die leichte Kutsche", meint Mrs. Brandon begeistert.

„Das müssen diese guten Ringwoods sein", vermutet Mrs. Philip. „Aber warten Sie, Brandon! Haben die nicht, haben wir nicht? – ach, wie freundlich von ihnen!" Sie versuchte sich an die Vergangenheit zu erinnern. Vergangenheit und Gegenwart waren in ihrem fiebernden Hirn tagelang seltsam miteinander verschmolzen.

„Pst, meine Liebe, wir sollen Sie ganz ruhighalten", erklärt die Pflegerin – und fuhr dann fort, den rosigen Frosch auf ihrem Schoß vollends zu säubern und zu pudern.

Das Schlafzimmerfenster stand zur sonnigen Straße offen; doch Mrs. Philip hört nicht, wie eine weibliche Stimme sagt: „Halt das Pferd, Jim", sonst hätte sie sich aufgeregt. Jemand hielt das Pferd, und ein Gentleman und eine Dame mit einem gewaltigen Korb, der Erbsen, Butter, Gemüse, Blumen und weitere ländliche Produkte enthielt, stiegen aus dem Gefährt und zogen an der Glocke.

Philip öffnete. Seine Kleinen trabten wie üblich neben seinen Beinen her.

„Nanu, ihr Liebchen, wie groß ihr geworden seid!" ruft die Dame.

„Lassen wir das Vergangene vergessen und vergeben sein. Geben Sie uns die Hand, Firmin: hier ist meine. Meine Frau hat Ihrer lieben guten Frau Landbutter und so was mitgebracht. Und wir hoffen, die Hühner haben Ihnen geschmeckt. Und Gott segne Sie, alter Junge, wie geht es Ihnen?" Die Tränen rollten dem guten Mann bei diesen Worten über die Wangen. Und Mrs. Mugford war ebenfalls ungemein erhitzt und tief bewegt. Und die Kinder erzählten ihr: „Mama geht es schon besser; und wir haben ein Brüderchen, und das weint oben."

„Gott segne euch, ihr Schätzchen!" Mrs. Mugford hatte inzwischen die Fassung verloren. Sie setzte ihre Friedensgabe von Karotten, Hühnern, Speck und Butter ab. Sie vergoß reichlich Trä-

nen. „Mrs. Brandon ist gekommen und hat es uns gesagt", erklärte sie, „und als sie uns erzählte, wie alle Ihre großen Leute Sie haben fallenlassen und daß Sie wieder Streit gekriegt haben, Sie nichtsnutziger Mann, da sage ich zu Mugford: ‚Sehen wir doch mal nach dem lieben Ding, Mugford‘, sage ich. Und da sind wir. Und hier sind zwei feine Kuchen für Ihre Kinder" (nach kurzem Stöbern im Füllhorn). „Und, du meine Güte, wie sind sie gewachsen!"

Hier tritt eine kleine Pflegerin aus den oberen Regionen in Erscheinung, ein Bündel Kaschmirschals im Arm, die sie zur Seite schiebt, um ein Wesen zu enthüllen, das man als ganz entzückend bezeichnet und „ganz wie Mrs. Mugfords Emaly!".

„Also", sagt Mugford, „der alte Laden steht Ihnen noch offen. Der andere Kerl hat sich gar nicht gut gemacht. Er wurde wild, wenn er was getankt hatte. Ire. Ist auf Bickerton losgegangen und hat ihm ein blaues Auge verpaßt. Bickerton war es, der Ihnen Lügen über diese arme Dame erzählt hat. Sehe ihn gar nicht mehr. Hat sich Geld von mir geborgt; habe ihn seither nicht mehr zu sehen gekriegt. Wir hatten beide Unrecht, und wir müssen uns wieder vertragen – meine Frau hat es gesagt."

„Amen!" sagte Philip und drückte dem ehrlichen Mann fest die Hand. Und am nächsten Sonntag gingen er und eine schmucke Kleine Schwester und zwei Kinder in eine alte Kirche am Queen Square, Bloomsbury, die zur Regierungszeit der Königin Anne in Mode gewesen war, als Richard Steele noch gleich nebenan Hausherr war und keine Miete zahlte. Und als der Geistliche beim Dankgebet sich besonders an jene wandte, die nunmehr „für ihnen kürzlich zuteil gewordene Gnaden Lob und Dank zu sagen" wünschten, sagte Philip Firmin noch einmal „amen", auf den Knien und mit ganzem Herzen.

42. KAPITEL

Im Reich des Friedens

eder weiß – zur Weihnachtszeit wissen es alle artigen Jungen und Mädchen –, vor der letzten Szene der Pantomime, in der die Gute Fee in strahlendem Glorienschein emporschwebt und Harlekin und Kolombine sich endlich bei den Händen halten, nachdem sie sich durch all ihre Possen und Nöte und Stürze hindurchgetanzt haben – vor diesem Schluß kommt erst noch eine kurze, düstere, scheinbar sinnlose vorletzte Szene, in der die Schauspieler verwirrt umherzutappen scheinen, während Bässe und Posaunen und dergleichen tragisch grummeln. Indes die Schauspieler mit Gesten des Schreckens und ausgebreiteten Armen umherstürzen, sieht der erfahrene Pantomimenliebhaber die Beleuchter der Heimstatt der Seligen und des Festsaals der Regenbogenpracht flink hinter der Leinwand umherhuschen und im Dunkeln blinzelnde Flammen entzünden – Flammen, die gleich darauf in tausend Farben rings um die Gute Fee im kreisenden Tempel der Himmlischen Seligkeit herum aufstrahlen. Sei glücklich, Harlekin! Liebe und sei glücklich und tanze, hübsche Kolombine! Kinder, Mama sagt, ihr sollt die Schals umnehmen. Und Jack und Mary (die jung sind und Pantomimen sehr mögen) zögern noch und blicken über die Logenbrüstung, solange der Feentempel sich dreht, solange das Feuerwerk sprüht und bis der Große Dunkle Vorhang sich senkt.

Meine lieben jungen Leute, die freundlich alle Szenen hindurch ausgehalten haben, solange unsere Vorstellung gedauert hat, es sei euch mitgeteilt, daß das vorige Kapitel die dunkle Szene war. Schaut nach euren Mänteln und wickelt die Hälschen gut ein, denn ich sage euch, der große Vorhang fällt bald. Habe ich das ganze Stück über irgendwelche Geheimnisse vor euch gehabt? Ich sage euch, das Haus wird sich leeren, und ihr steht draußen in der Kälte. Wenn die Logen in ihren Nachthemden stecken und ihr alle fort seid und ich das Gas abgedreht habe und im Dunkeln allein im leeren Theater bin, werde ich nicht fröhlich sein, das kann ich euch versichern. Macht nichts! Wir können Witze machen, und seien wir noch so traurig. Wir können Purzelbäume schießen, obwohl das Parterre wahrhaftig schon halb leer ist und die letzte Orangenverkäuferin sich aus dem Staub gemacht hat. Encore une pirouette, Colombine! Saute, Arlequin, mon ami! Bleiben auch nur noch fünf Takte Musik, meine Lieben, müssen wir sie flott herunterspielen und dann nach Hause gehen, zum Abendessen und ins Bett.

Philip Firmin war also von dieser Großmut und Güte seines früheren Brotherrn tief gerührt und hat Mugfords Kommen und seine Freundlichkeit immer als besondere Fügung zu seinem Besten betrachtet. Alles verdanke er der guten Brandon, sagt er. Sie war es, die sich über seine Lage Gedanken gemacht, sie Mugford geschildert und ihn mit seinem Feind versöhnt hat. Andere waren mit ihrem Geld rasch bei der Hand. Die liebe Brandon war es, die ihm lieber Arbeit als Almosen brachte und ihn in die Lage versetzte, dem Schicksal frohgemut entgegenzutreten. Seine Armutsepisode war so kurz, daß er noch keinen Anlaß hatte, sich etwas zu borgen. Eine Woche länger, und er hätte nicht durchhalten können, und die bescheidene Hochzeitsgabe der armen Brandon hätte in den Zenotaph der Sovereigns wandern müssen − das Geschenk der guten Kleinen Schwester, das Philips Familie bis auf den heutigen Tag liebevoll hegt.

So kletterte Philip mit demütigem Herzen und gemäßigter Haltung erneut auf seinen Redakteursschemel bei der „Pall Mall

Gazette" und schwang wieder Leimtopf und Schere. Ich weiß nicht mehr, ob Bickerton bei der „Pall Mall Gazette" noch das Kommando hatte oder Philip freundlicher als früher behandelte oder sich vor ihm fürchtete, weil er von seinen Taten als Raufbold gehört hatte; doch das ist sicher, die beiden gerieten nicht in Streit, und sie machten einen großen Bogen umeinander, wie man so sagt, und jeder ging seinen eigenen Pflichten nach. Leben Sie wohl, Monsieur Bickerton. Außer vielleicht in der Schlußgruppe rund um die Feenkarosse (wo, das versichere ich Ihnen, ein so strahlender Lichterglanz herrscht, daß er unsichtbar wird) werden wir das kleine boshafte, neidische Geschöpf nie mehr sehen. Soll er in seiner Versenkung verschwinden; und rasch, Fiedeln! laßt die heitere Musik weiterhüpfen.

Auf Grund der Kühle, die zwischen Philip und seinem Vater infolge ihrer unterschiedlichen Ansichten über den Gebrauch von Philips Unterschrift entstanden war, zog der alte Herr keine weiteren Wechsel im Namen seines Sohnes, und unserem Freund blieb die lästige Drangsal erspart. Mr. Hunt liebte Doktor Firmin so heiß, daß er es nicht ertragen konnte, lange von dem Doktor getrennt zu leben. Ohne den Doktor war London für Hunt eine trostlose Wüste. Hier verfolgten ihn unerfreuliche Erinnerungen an frühere pekuniäre Transaktionen. Wir waren alle froh, als er sich schließlich aus den Schenken in Covent Garden zurückzog und sich wieder zur Bowery begab.

Und jetzt war Freund Philip wieder an der Arbeit und verdiente sich schwer das knappe Brot für sich selbst, die Frau, das Dienstmädchen und die Kinder. Es war wirklich ein kärgliches Brot und ein geringer Lohn. Charlottes Krankheit und anderes Mißgeschick hatten die geringen Ersparnisse des armen Philip verschlungen. Es kam zu dem Beschluß, die elegant möblierten Zimmer im ersten Stock zu vermieten. Vielleicht hätten Sie gedacht, dem stolzen Mr. Philip sei eine solche Maßnahme gänzlich zuwider. Und so war es auch, aber nur um der Behaglichkeit willen, nicht im geringsten der Würde halber. Bis zum heutigen Tage würde Philip, wenn die Umstände es verlangten, ganz gravitätisch eine Wäschemangel drehen. Ich glaube, der Gedanke an Mrs. General Baynes' Entsetzen bei der Vorstellung, ihr Schwiegersohn vermiete Zimmer, befriedigte und tröstete Philip nicht unerheblich. Die Zimmer mietete unter Vorbehalt unsere Bekannte vom Lande, Miss Pybus, die zu den Maiandachten nach London kommen wollte und der wir einredeten (der Himmel verzeihe es uns), sie finde ein ganz vorzügliches, *ruhiges* Quartier im Hause eines Mannes mit drei greinenden Kindern. Miss P. kam also mit meiner Frau, um sich die Zimmer anzusehen; und wir köderten sie, indem wir ihr die herrlichen, musikalisch umrahmten Gottesdienste im Foundling Hospital ganz in der Nähe schilderten; und Mrs. Philip gefiel ihr ganz ungemein, und sie erschrak nicht einmal beim Anblick der älteren Kinder, deren hübsche Gesichter das Herz der alten Dame für sich einnahmen. Und ich schäme mich zu gestehen, daß wir kein Wort von dem Baby verlauten ließen. Miss Pybus wollte gerade die Zimmer fest mieten, als Philip aus seinem Stübchen gestürmt kam, ich glaube gar in Hemdsärmeln, und einen kleinen Druckerlehrling zusammenstauchte, der im Flur saß und auf eine „Fahne" wartete, bei der ihm ein Schnitzer unterlaufen war. Philip belegte den kleinen Faulpelz mit so heftigen Ausdrücken, daß Miss Pybus erklärte, „sie könne wirklich nicht daran denken, in diesem Haus Zimmer zu mieten", und in panischem Schrecken flüchtete.

Als Mrs. Brandon von diesem Vorhaben, Zimmer zu vermieten, hörte, war sie außer sich. *Sie* konnte Zimmer vermieten, aber für Philip schickte sich das nicht. „Zimmer vermieten, lachhaft! Kauft euch Besen und geht eine Kreuzung fegen!" Mrs. Brandon hielt Charlotte immer für ein kleinmütiges Geschöpf, und wie sie Mrs. Firmin wegen dieses Vorhabens schalt, war nicht wenig erheiternd. Charlotte nahm es nicht übel. Der Plan sagte ihr so wenig zu wie Mrs. Brandon. Nie wieder fragte jemand in Charlottes Haus nach Zimmern. Der Mai mit seinen Andachten ging zu Ende. Die alten Damen fuhren wieder in ihre Landstädtchen. Die Missionare kehrten ins Kaffernland zurück. (Ach! wo sind die so hübsch anzusehenden Quäkerinnen unserer Jugend mit den lieben Gesichtern und den kleidsamen taubengrauen Gewändern? Es heißt, die fromme Sekte schwindet hin – sie schwindet hin.) Die Quäkerinnen verließen die Stadt; dann begann sich die vornehme Welt zurückzuziehen; das Parlament ging auseinander. Mit einem Wort, wer nur konnte, ging in die Ferien, während der arme Philip an seiner Arbeit blieb, seine Artikel ausschnitt und zusammenklebte und seine bescheidene Fron verrichtete.

Doktor Goodenough verordnete Charlotte und ihren Kleinen

als absolut notwendig einen Aufenthalt am Meer, und als Philip bestimmte triftige Gründe anführte, weshalb seine Familie die vom Doktor verschriebene Medizin nicht einnehmen könne, griff dieser exzentrische Arzt zu ebender Brieftasche, die wir ihn bei einer früheren Gelegenheit haben ziehen sehen. Er entnahm ihr, soweit ich weiß, einige ebenjener Scheine, die er damals der Kleinen Schwester gegeben hatte. „Ich nehme an, Sie können sie genausogut bekommen wie dieser Gauner Hunt", sagte der Doktor mit grimmiger Miene. „Sagen Sie *mir* doch nichts. Alles Quatsch. Pah! Zahlen Sie es zurück, wenn Sie ein reicher Mann sind!" Und dieser Samariter war in seine Kutsche gesprungen und auf und davon, ehe Philip oder Mrs. Philip ein Wort des Dankes herausbrachten. Betrachten Sie ihn, während er verschwindet. Sehen Sie, wie der grüne Brougham davonfährt und nach Westen abbiegt, und behalten Sie ihn in guter Erinnerung. Ein Schuh sei dir nachgeworfen, John Goodenough; wir sehen dich in dieser Geschichte nicht wieder.

Sie sind nicht eingeweiht, freundliche Leser; aber ich, der ich seit vielen Monaten mit bestimmten Menschen zusammenlebe und manche von ihnen herzlich liebhabe, werde ganz weich, wenn die Stunde des Abschieds kommt, und ich weiß, daß wir uns nie wieder begegnen. Verflixt! als diese Erzählung anfing und noch einige Monate lang, lasen diese Seiten ein Paar gütige alte Augen, die jetzt zu dem uns allen vorherbestimmten Schlaf geschlossen sind. Und so wendet sich Blatt um Blatt, und dann kommt Finis und das Ende des Buches.

So kamen Philip und sein junges Volk zur Periwinkle Bay heraus, wo wir uns aufhielten, und die Mädchen der beiden Familien umhegten das Baby, und Kind und Mutter erlangten in der frischen Luft Gesundheit und Wohlbehagen, und Mr. Mugford – der sich für den tüchtigsten Redakteur der Welt hält – und ich kann Ihnen versichern, es ist wirklich eine Kunst, eine Zeitung zu redigieren –, Mr. Mugford also übernahm Philips Schere und Leimtopf, während der seinen Urlaub genoß. Und J. J. Ridley, R. A., kam auch noch, und wir unternahmen viele Malpartien, und meine Zeichnungen der verschiedenen Merkmale der Bucht, etwa der Hummerklippen, der Molluskenfelsen usw. usw. gelten als überaus kühn, auch wenn mein kleiner Junge (der freilich nicht den Kunstsinn seines Vaters besitzt) das vortrefflich gelungene Porträt Philips im grauen Hut und Paletot, auf dem Sand ausgestreckt, irrtümlich für den Felsen gehalten hat.

Von der Bucht etwa zwölf Meilen landeinwärts liegt das Städtchen Whipham Market, und Whipham grenzt an das Parkgitter jenes Schlosses, wo Lord Ringwood gewohnt hatte und wo Philips Mutter zur Welt gekommen und aufgewachsen war. Auf dem Marktplatz von Whipham steht eine Statue des verstorbenen Lords. Wäre es nach seinem Willen gegangen, hätte der Wahlkreis weiter zwei Mitglieder ins Parlament entsandt, wie in der zurückliegenden guten alten Zeit. In jenem uralten und grasüberwucherten Städtchen, wo die Schritte widerhallen, wenn man die Straße entlanggeht, wo man deutlich das Knarren des Schildes am Hotel und Posthaus „Zum Wappen von Ringwood" und das oppositionelle Knarren des Gasthofs „Zum Widder" gegenüber hört – wo der Hauptmann auf Halbsold, der Pfarrer und der Mediziner vor der fliegenbeschmutzten Jalousie der „Ringwood-Stiftung" stehen und die Fremden mustern –, hält man die Erinnerung an den großen Lord noch in Ehren, der drüben im Herrenhaus hinter den Eichen wohnte. Er habe seine Fehler gehabt. Seine Lordschaft habe nicht das Leben eines Einsiedlers geführt. Und Seine Lordschaft habe, zumal in seinen späteren Jahren, nicht den Umgang gepflegt, auf den ein Edelmann vom Range Seiner Lordschaft hätte Anspruch erheben sollen. Whipham jedoch sei er ein guter Freund gewesen. Einem guten Pächter sei er ein guter Grundherr gewesen. Wäre es nach seinem Willen gegangen, hätte Whipham seine Selbständigkeit behalten. Als das Rathaus abgebrannt war, habe Seine Lordschaft die Hälfte der Kosten übernommen. Er war ein eigenwilliger Mann, gewiß, und habe Alderman Duffle vor seinem eigenen Laden durchgeprügelt, doch habe er sich hinterher wirklich nobel dafür entschuldigt. Wünschten die Gentlemen Portwein oder Sherry? Rotwein werde in Whipham nicht verlangt, gar nicht. Und Fisch gebe es nicht, weil alle Fische aus der Periwinkle Bay aufgekauft werden und nach London gehen.

Solcherart Bemerkungen richtete der Wirt des „Wappens von Ringwood" an die drei Kavaliere, die in diesem Gasthof einkehrten. Und Sie dürfen überzeugt sein, daß er uns von Lord Ringwoods Tod berichtete, in der Postkutsche auf dem Weg von Turreys Regum her, und wie man Seine Lordschaft durch das Tor da gefahren habe (dabei wies er auf ein zweiflügeliges Tor mit Pförtnerhaus, das an das Städtchen grenzt) und wie er ins Schloß hinaufgebracht und feierlich aufgebahrt worden sei; und Seine Lordschaft habe nie mit der Eisenbahn fahren wollen, nie; und er sei immer wie ein Edelmann gereist, und wenn er an ein Hotel kam und die Pferde wechselte, habe er immer eine Flasche Wein kommen lassen und bloß ein Glas getrunken, und manchmal nicht einmal das. Und der jetzige Sir John habe noch keine Gäste hier gehabt; und es heiße, er halte sein Geld mächtig fest zusammen, heiße es. Und das eine sei sicher, Whipham habe noch nicht viel davon zu sehen gekriegt, Whipham nicht.

Wir gingen in den Hof des Gasthauses, wo es einst lebhaft zugegangen sein mag, und dann bummelten wir zum Parktor, das Schild und Wappen der Ringwoods überragten. „Ob wohl meine arme Mutter durch dieses Tor gekommen ist, als sie mit meinem Vater durchbrannte?" sagte Philip. „Die Ärmste, die Ärmste!" Die mächtigen Torflügel waren geschlossen. Die sinkende Sonne warf Schatten auf das Gras, wo hier und da Rotwild äste, und etwa eine Meile entfernt stand das Schloß, dessen Türme und Säulenvorbauten und Wetterfahnen in der Sonne flammten. Das kleinere Tor stand offen, und an der Tür des Pförtnerhauses stand ein Mädchen. Sei das Haus zu besichtigen?

„Ja", sagt das kleine rotwangige Mädchen mit einem Knicks.

„Nein", ruft grob eine Stimme von drinnen, und eine alte Frau kommt aus dem Pförtnerhaus und blickt uns grimmig an. „Keiner darf ins Schloß. Die Familie kommt."

Das war ärgerlich. Philip hätte gern den Stammsitz besichtigt, wo seine Mutter und seine Vorfahren zur Welt gekommen waren.

„Fürwahr, gute Frau", wandte sich Philips Gefährte an die Ahne, „dieser wackere Gentleman hat ein Recht zum Betreten jenes Schlosses, dessen Ihr gewißlich unkundig seid. Habet Ihr nie von einem gewissen Philip Ringwood sagen hören, erschlagen auf Busacos glorreichem Fe..."

„Halt den Mund und verulke sie nicht, Pen", knurrte Firmin.

„Nein, und sie kennt Philip Ringwoods Enkel nicht", fuhr der andere Witzbold in gemäßigterem Ton fort. „Das hier wird sie von unserem Recht zum Eintritt überzeugen. Erkennest du dieses Bildnis deiner Königin?"

„Na, ich denke, Sie können raufgehen", lenkte die alte Frau

beim Anblick dieses Talismans ein. „Sie sind nur zu zweit da, und die sind ausgefahren."

Philip war darauf gespannt, den Wohnsitz seiner Vorfahren zu sehen. Grau und mächtig, mit Türmen und Wetterfahnen und Säulengängen, lag er in einer Meile Entfernung vor uns, von einem glitzernden Wasserlauf von uns getrennt. Eine prachtvolle Kastanienallee führte zum Fluß, und im gesprenkelten Gras äste das Rotwild.

Sie kennen natürlich das Haus. Eine Abbildung davon ist im „Watts" enthalten und trägt das Datum 1783. Ein Gentleman mit Dreispitz und Zopf fährt auf einem blinkenden Fluß eine Dame in einem Boot spazieren. Ein anderer Edelmann im Dreispitz angelt in dem flimmernden Wasser von einer Brücke aus, über die gerade eine Postkutsche fährt.

„Ja, das sieht alles ganz ähnlich aus", meinte Philip, „aber ich vermisse die Postkutsche, die über die Brücke fährt, und die Dame im Boot mit ihrem hohen Sonnenschirm. Erinnerst du dich noch an den Druck im Zimmer unserer Haushälterin in der Old Parr Street? Meine arme Mutter hat mir oft von dem Haus erzählt, und ich habe es mir prächtiger als Aladins Palast vorgestellt. Es *ist* ein wirklich stattliches Haus", fuhr Philip fort. „,Es bedeckt eine Fläche von zweihundertsechzig mal fünfundsiebzig Fuß und besteht aus einem bossierten Erdgeschoß und Hauptgeschoß mit einer Attika in der Mitte, das Ganze in Stein ausgeführt. Die große Front zum Park hin schmückt ein edler Säulenvorbau im korinthischen Stil, und es gilt mit Fug und Recht als eines der schönsten Bauwerke im . . .' Ich zitiere nämlich aus Watts' ‚Wohnsitze des Adels und der vornehmen Stände', verlegt bei John und Josiah Boydell, das in unserem Salon auslag. Ach, du lieber Gott! Ich habe in dem Exemplar im Salon das Boot und die Dame und den Gentleman ausgemalt, und mein Vater hat mir eine Ohrfeige verpaßt, und meine Mutter hat aufgeschrien, die arme gute Seele! Und das hier ist also der Fluß? Und hier fuhr die Postkutsche mit den Pferden mit den gestutzten Schwänzen, und hier angelte der Gentleman mit dem Zopf. Es ist schon ein eigenartiges Gefühl", sagte Philip, auf der Brücke stehend und die mächtigen Arme ausstreckend. „Ja, da sind die zwei Leute in dem Boot am Schilf. Ich kann sie sehen, aber ihr nicht; und ich hoffe, Sir, Sie machen einen guten Fang."

Und hier zog er den Hut vor einem imaginären Gentleman, der von der Brüstung aus geisterhafte Gründlinge angelte. Dann kommen wir ans Haus. Wir läuten an der Tür im Erdgeschoß unter dem Säulenvorbau. Der Pförtner macht Einwände und erklärt, ein Teil der Familie sei da, aber sie seien freilich ausgegangen. Dasselbe Argument der halben Krone stimmt ihn um, das schon die Pförtnerin am Tor überzeugt hat. Wir schreiten durch die Paraderäume des stattlichen, aber etwas verblichenen und melancholischen Schlosses. Im zedernholzgetäfelten Speisesaal hängt das grimmige Porträt des verstorbenen Grafen. Und dieser hellhaarige Offizier in Rot? Das mußte Philips Großvater sein. Und diese zwei schlanken Mädchen, die sich umfaßt halten, das sind gewiß seine Mutter und seine Tante. Philip geht leise durch die leeren Zimmer. Er gibt dem Pförtner ein Goldstück, bevor er die riesige Halle verläßt, vierzig Kubikfuß, mit Statuen geschmückt, die John, der erste Baron, aus Rom mitgebracht hatte, und zwar Heliogabalus, Neros Mutter, eine Isispriesterin und einen Flußgott; die Gemälde über den Türen von Pedimento; die Deckenbemalung von Leotardi, usw.; und in einem Fenster in der großen Halle steht ein Tisch mit einem Besucherbuch, in das Philip seinen Namen einträgt.

Als wir gingen, begegneten wir einer Kutsche, die rasch auf das Haus zufuhr und zweifellos die Mitglieder der Familie Ringwood in sich barg, von denen die Pförtnerin gesprochen hatte. Nach den früher geschilderten Familienzwistigkeiten legten wir keinen Wert darauf, diese Verwandten Philips zu treffen, und gingen schnell im Dämmerlicht unter dem rauschenden Schatten der Kastanien weiter. J. J. nahm im Dahinschreiten hundert schöne malerische Effekte wahr; das Spiegelbild des Schlosses im Wasser; das gesprenkelte Rotwild unter dem Fleckenmuster der Baumschatten. Es hieß: „Oh, was für ein famoser Farbtupfer!" und „Seht doch nur, wie gut sich der rote Mantel dieser alten Frau einfügt!" und so fort. Maler scheinen ihrer Arbeit nie überdrüssig zu werden. Mit siebzig sind sie immer noch Schüler, geduldig, gelehrig, glückselig. Mögen auch wir, mein guter Sir, achtzig Jahre werden und nie zu alt zum Lernen sein! Der Fußmarsch, das lebhafte Gespräch dabei in herrlicher Landschaft um uns herum, brachten uns mit gutem Appetit und in guter Stimmung in unser Gasthaus zurück, wo man uns sagte, das Dinner werde umgehend serviert, sobald der Omnibus vom Bahnhof eintreffe.

Ein kurzes Stück vom „Wappen von Ringwood" entfernt auf der anderen Straßenseite steht der Gasthof „Zum Widder", wo schmucke Postchaisen ausspannen und die Bauern einkehren; ein Haus, das weniger anspruchsvoll zu sein schien, obwohl der Betrieb dort etwas lebhafter war. Als das Posthorn die Ankunft des Omnibusses von der Bahnstation ankündigte, versammelte sich eine Menge von, ich würde meinen, mindestens fünfzehn Menschen an verschiedenen Türen der Hauptstraße und des Marktplatzes. Der Hauptmann auf Halbsold und der Pfarrer kamen aus dem „Ringwood-Athenaeum". Der Gehilfe des Arztes stand auf der Stufe vor der Tür des Behandlungszimmers, und aus dem ersten Stock schaute die Gattin des Wundarztes heraus. Wir teilten die allgemeine Neugier. Wir und der Kellner standen vor der Tür des „Wappens von Ringwood". Wir beobachteten gekränkt, daß von den fünf Personen, die der Bus gebracht hatte, einer ein Handwerker war, der vor seiner Tür ausstieg (Mr. Packwood, der Sattler, so teilte uns der Kellner mit), drei Reisende am „Widder" abgesetzt wurden und nur einer zu uns kam.

„Hauptsächlich Handlungsreisende steigen im ‚Widder' ab", bemerkte der Kellner mit verächtlicher Miene; und diese Handlungsreisenden mit ihren Musterkoffern verließen den Omnibus.

Ein einziger Passagier blieb für das Hotel zum „Wappen von Ringwood" übrig, und der stieg gleich darauf unter der porte cochère aus; der Omnibus – ich gestehe mit Bedauern, daß es nur ein einspänniges Gefährt war – fuhr rasselnd in den Hof ein, wo einst die Abfahrtsglocke des „Stern", des „George", des „Rodney", des „Dolphin" geläutet hatte und der Hof vom Lärm und Geklapper der Hufe und der Hausknechte und den Rufen: „Erstes und zweites, heraus" gehallt hatte.

Wer war der so heiter blickende kleine Gentleman in Schwarz, der dem Omnibus entstieg und, als er uns sah, ausrief: „Was, *Sie* hier?" Es war Mr. Bradgate, jener Anwalt Lord Ringwoods, mit dem wir gleich nach dem Ableben Seiner Lordschaft flüchtig Bekanntschaft geschlossen hatten. „Was, *Sie* hier?" ruft Bradgate also Philip zu. „Natürlich wegen dieser Geschichte gekommen? Freue mich sehr, daß Sie und – und gewisse Personen sich ausgesöhnt haben. Dachte, Sie wären nicht gerade Freunde."

Was für eine Geschichte? Was für Personen? Hätten wir denn die Neuigkeit nicht gehört? Wir seien nur zufällig von der Periwinkle Bay herübergekommen, um uns das Schloß anzusehen.

„Wirklich merkwürdig! Haben Sie die – die Leute getroffen, die sich hier aufhalten?"

Wir sagten, wir hätten eine Kutsche vorbeifahren sehen, hätten aber nicht erkannt, wer darin saß. Aber was sei denn die Neuigkeit? Nun ja. Sie würde ohnehin bald bekannt und in der „Gazette" vom Dienstag erscheinen. Die Neuigkeit sei, daß Sir John Ringwood die Peerswürde erhalte und dadurch der Sitz für Whipham frei werde. Und dabei entnahm unser Freund seiner Reisetasche einen Aufruf, den er uns vorlas und der gerichtet war an die Wähler und folgenden Wortlaut trug:

„An die würdigen und unabhängigen Wähler
des Wahlkreises Ringwood.

London, Mittwoch

MEINE HERREN – da unsere gnädige Herrscherin zu befehlen geruhten, daß die Familie Ringwood weiterhin im Oberhaus vertreten sei, nehme ich Abschied von meinen Freunden und Wählern, die mir bisher ihr wohlwollendes Vertrauen geschenkt haben, und versichere ihnen, daß meine Wertschätzung für sie niemals enden wird, ebensowenig wie meine Anteilnahme an der Stadt und ihrer Umgebung, wo meine Familie viele Jahrhunderte lang ansässig war. Der Bruder des verstorbenen Lord Ringwood fiel im Dienste seines Herrschers in Portugal, als er derselben Fahne folgte, unter der seine Vorfahren jahrhundertelang gekämpft und geblutet haben. Mein eigener Sohn dient der Krone in einer zivilen Laufbahn. Natürlicherweise sollte jemand unseres Namens und unserer Familie die Beziehungen fortsetzen, die so lange zwischen uns und diesem loyalen, wohlwollenden, doch unabhängig gesinnten Wahlkreis bestanden haben. Mr. Ringwoods drückende Pflichten in dem Amt, das er innehat, nehmen seine Zeit vollauf in Anspruch. Ein Gentleman, der in engster Verbindung zu unserer Familie steht, bewirbt sich als Kandidat um Ihre Wahlstimmen . . ."

„Nanu, wer denn? Er wird doch nicht Onkel Twysden hineinbringen oder den Schleicher, meinen Vetter?"

„Nein", sagte Mr. Bradgate.

„Na, Gott steh mir bei! Mich kann er doch nicht meinen", sagte Philip. „Wer ist der Dunkelmann, den er in der Hinterhand hat?"

Da lachte Mr. Bradgate. „Dunkelmann kann man wohl sagen. Das neue Parlamentsmitglied soll Grenville Woolcomb, Esq., werden, Ihr westindischer Verwandter, und kein anderer!"

Wer die enorme Ausdruckskraft der Äußerungen Mr. P. Firmins im Zustand der Erregung kennt, kann sich den Philipschen Zornesausbruch vorstellen, als unser Freund diesen Namen hörte. „Diese Kanaille! Dieser Knicker! Dieser reiche Straßenkehrer! Dieser Hohlkopf, der mit Müh und Not seinen Namen schreiben kann! Oh, es ist abscheulich, schändlich! Der Mann steht sich ja mit seiner Frau so schlecht, daß es sogar heißt, er schlägt sie. Wenn ich ihn sehe, möchte ich ihn am liebsten würgen und ihn umbringen. *Dieses* Vieh geht ins Parlament, und der republikanisch gesinnte Sir John bringt ihn hinein! Es ist ungeheuerlich!"

„Familienarrangements. Sir John, oder ich muß wohl sagen, Mylord Ringwood ist ein außergewöhnlich liebevoller Vater", bemerkte Mr. Bradgate. „Er hat eine große Nachkommenschaft aus seiner zweiten Ehe, und seine Güter gehen an seinen ältesten Sohn. Wir dürfen es Lord Ringwood nicht übelnehmen, wenn er seine jüngeren Kinder zu versorgen wünscht. Ich behaupte nicht, daß er dem extremen liberalen Standpunkt ganz gerecht wird, dessen er sich früher gern rühmte. Aber wenn man Ihnen die Peerswürde anböte, was würden Sie tun – was würde ich tun? Wenn Sie Geld für Ihre Kinder brauchten und könnten welches erwerben, würden Sie es nicht nehmen? Na, na, kommen Sie uns nur nicht zu sehr mit dieser spartanischen Tugend! Wenn man uns auf die Probe stellte, mein lieber Freund, wären wir nicht viel besser oder schlechter als unsere Nächsten. Ist mein Einspänner schon da, Kellner?" Wir baten Mr. Bradgate, seinen Aufbruch aufzuschieben und unser Dinner zu teilen. Doch er lehnte ab und erklärte, er müsse zum Herrenhaus hinauf, wo er und sein Klient viel Geschäftliches zu erledigen hätten und wo er sicherlich über Nacht bleiben werde. Er befahl dem Personal des Hotels, seinen Koffer in den Wagen zu bringen, sobald dieser komme. „Der alte Lord hatte einen exzellenten Portwein", sagte

er; „ich hoffe, meine Freunde haben den Schlüssel zum Wein-
keller."

Der Kellner trug gerade unser Essen auf, als wir im Erkerfenster der Kaffeestube des „Wappens von Ringwood" dieses
Gespräch führten. Von da aus konnten wir die Straße und das
gegnerische Gasthaus „Zum Widder" überblicken, wo jetzt ein
großes Plakat angebracht wurde. Mindestens ein Dutzend
Straßenjungen, Ladendiener und Bauern versammelten sich
rasch um diese Bekanntmachung, und auch wir gingen hinaus,
um sie uns anzusehen. Das Plakat am „Widder" prangerte in
Ausdrücken grenzenloser Empörung den dreisten Versuch des
Schlosses an, den freien und unabhängigen Wählern des Wahlkreises Vorschriften zu machen. Die freien Bürger wurden aufgerufen, ihre Stimmabgabe nicht festzulegen; sich ihres Namens
würdig zu erweisen; sich nicht dem Diktat des Schlosses zu unterwerfen. Ein Gentleman aus dieser Grafschaft mit Einfluß und
Vermögen und liberalen Grundsätzen – kein WESTINDER, kein
SCHLOSSLAKAI, vielmehr ein ECHTER ENGLISCHER GENTLEMAN –
werde vortreten und sie von der Tyrannei erretten, unter der sie
schmachteten. In dieser Hinsicht dürften sich die Wähler auf das
Wort EINES BRITEN verlassen.

„Das hat Bedloes Sekretär herausgebracht. Er und ein Presse-
mensch sind mit mir im Zug gekommen; ein Mr. . . . ."

Während er noch sprach, kam aus dem „Widder" der Presse-
mensch, den Mr. Bradgate meinte – ein alter Freund und Kol-
lege Philips, jener energische Mann und fähige Reporter, Phipps
vom „Daily Intelligencer", der Philip erkannte und ihn nach
einer herzlichen Begrüßung fragte, was *er* denn hier draußen mache und die Vermutung äußerte, er sei zur Unterstützung seiner
Familie da.

Philip erklärte, wir seien hier fremd, seien von einem in der
Nähe gelegenen Seebad herübergekommen, um uns das Heim
der Vorfahren Philips anzusehen, und hätten bis jetzt nicht einmal gewußt, daß im Ort ein Wahlkampf im Gange sei oder daß
Sir John Ringwood demnächst in den Peersrang erhoben werde.
Inzwischen war Mr. Bradgates Einspänner aus dem Hof des
„Wappens von Ringwood" vorgefahren, und der Anwalt rannte
ins Haus, um eine Tasche voller Dokumente zu holen, sprang in
den Wagen und befahl dem Kutscher, zum Schloß zu fahren.

„Bon appétit!" rief Mr. Bradgate in zuversichtlichem Ton, und fort war er.

Wolle Phipps mit uns essen? Phipps flüsterte: „Ich stehe auf der anderen Seite, und unser Haus ist der ‚Widder'."

Wir, die auf keiner Seite standen, gingen in das „Wappen von Ringwood" und setzten uns an unser Mahl – Hammelfleisch mit Ketchup, Blumenkohl und Kartoffeln, die Beigerichte in kupfergerandeten Schalen und ebenso die wässerige zerlassene Butter, womit man in den Gasthäusern heruntergekommener Kleinstädte die Fremden verwöhnt. Die badauds der Stadt, die das Plakat am „Widder" gelesen hatten, kamen jetzt, um den Aufruf in unserem Fenster zu studieren. Ich schätze, dreißig Paar klappernde Stiefel blieben vor dem einen und dem anderen Fenster stehen, während wir zähes Hammelfleisch aßen und kratzigen Sherry tranken. Und J. J. vergaß sein Dinner und skizzierte einige Typen der Kleinstädter, die auf das Manifest starrten, den altmodischen „Widder" im Hintergrund – ein recht malerischer Giebel.

Wir hatten gerade unsere Mahlzeit beendet, als zu unserer Überraschung unser Freund, der Anwalt Mr. Bradgate, ins „Wappen von Ringwood" zurückkam. Er zeigte eine erregte Miene. Er fragte, was er zum Dinner bekommen könne. Hammelfleisch, nicht heiß und nicht kalt. Hm! Das müsse genügen. Man habe ihn also doch nicht eingeladen, im Herrenhaus zu speisen? Wir neckten ihn ungemein witzig mit seiner Enttäuschung.

Dem kleinen Bradgate quollen vor Wut die Augen hervor. „Was ist der kleine schwarze Wicht doch für ein Flegel!" rief er. „Ich habe ihm seine Papiere gebracht. Ich habe mit ihm verhandelt, bis man das Dinner in ebendem Zimmer auftrug, wo wir saßen. Grüne Bohnen und Wildbraten – ich habe zugesehen, wie die Haushälterin und der Diener es hereinbrachten! Und Mr. Woolcomb hat mich mit keinem Wort eingeladen, mitzuessen – vielmehr hat er gesagt, ich solle um neun Uhr wiederkommen! Zum Kuckuck mit diesem Hammelfleisch – es ist weder heiß noch kalt! Der kleine Knauser!" Die Gläser des kratzigen Sherrys, den Bradgate jetzt trank, trugen eher dazu bei, dem Anwalt die Luft abzuschnüren, als ihn zu beruhigen. Wir lachten, und diese Heiterkeit brachte ihn noch mehr auf. „Ach", sagte er, „ich bin nicht der einzige, dem Woolcomb grob gekommen ist.

Er war in miserabler Laune. Seine Frau hat er beschimpft; und als er im Besucherbuch einen Namen las, Firmin, ich versichere Ihnen, da hat er auf *Sie* gewettert. Am liebsten hätte ich ihm gesagt: ‚Sir, Mr. Firmin diniert gerade im »Wappen von Ringwood«, und ich will ihm erzählen, was Sie über ihn sagen!‘ Was ist das bloß für ein Gummihammel! Was für ein erbärmlicher Sherry! Um neun Uhr wiederkommen, daß ich nicht lache! Zum Henker mit seiner Unverschämtheit!“

„Sie dürfen vor Firmin nicht abfällig über Woolcomb reden“, sagte einer aus unserer Gruppe. „Philip hat den Mann seiner Cousine so gern, daß er es nicht mitanhören kann, wenn man den schwarzen Mann schlechtmacht.“

Das war kein besonders glänzender Witz, aber Philip grinste mit ausgesprochen grimmiger Befriedigung darüber.

„Lassen Sie sich so scharf über Woolcomb aus, wie Sie wollen, hier hat er keine Freunde, Mr. Bradgate“, knurrte Philip. „Er springt also auch mit seinem Anwalt grob um, wie?“

„Ich sage Ihnen, er ist schlimmer als der alte Graf“, rief der erboste Bradgate. „Der alte Mann war wenigstens ein Peer von England und konnte sich wie ein Gentleman benehmen, wenn es ihm paßte. Aber von einem Kerl schikaniert zu werden, der ein schwarzer Lakai sein könnte oder ein Straßenfeger! Es ist ungeheuerlich!“

„Sprechen Sie nicht schlecht von einem Mitmenschen, Mr. Bradgate. Woolcomb kann nichts für seinen Teint.“

„Aber er kann etwas für seine verfluchte Unverschämtheit, und die soll er nicht an mir auslassen!“ meinte der empörte Anwalt.

Während Bradgate schnaufend und erregt aus seinem Abteil herausrief, strichelte Freund J. J. in dem kleinen Skizzenbuch, das er immer bei sich hatte. Er schmunzelte bei seiner Arbeit. „Ich“, sagte er, „kenne den Schwarzen Prinzen recht gut. Ich habe ihn oft seine Fuchsstuten im Park kutschieren sehen, diese verstörte weiße Ehefrau an seiner Seite. Ich bin sicher, diese Frau ist unglücklich, und das arme Ding . . .“

„Geschieht ihr ganz recht! Wie kommt eine englische Dame dazu, so einen Kerl zu heiraten!“ ruft Bradgate.

„Ein Kerl, der seinen Anwalt nicht zum Dinner einlädt!“ bemerkt einer der Versammelten – vielleicht des Lesers sehr ergebener Diener. „Aber was hat er sich für einen unbedachten Anwalt genommen – einen Anwalt, der seine Meinung sagt."

„Ich habe schon Besseren meine Meinung gesagt, und zum Henker mit ihm! Glauben Sie, ich fürchte mich vor *ihm*?" schreit der reizbare Rechtsberater.

„Contempsi Catilinae gladios – erinnerst du dich an das alte Zitat aus der Schulzeit, Philip?" Und hier riß unser Gespräch ab, denn als wir zufällig in Freund J. J.s Skizzenbuch schauten, sahen wir, daß er eine wunderbare kleine Zeichnung gemacht hatte von Woolcomb und Woolcombs Frau, mit Reitknechten, Phaeton und Fuchsstuten, wie sie während der Londoner Saison jeden Nachmittag im Hyde Park zu sehen waren.

Ausgezeichnet! Famos! Jedermann erkannte sofort die Ähnlichkeit des schwärzlichen Wagenlenkers. Iracundus selbst grinste und kicherte darüber. „Wenn Sie sich nicht benehmen, Mr. Bradgate, macht Ridley ein Bild von *Ihnen*", mahnt Philip. Bradgate schnitt eine drollige Grimasse, wich in sein Abteil zurück und tat so, als zöge er den Vorhang zu. Doch der gesellige kleine Mann verharrte nicht lange in seiner Zurückgezogenheit. Bald darauf kam er heraus, seine Weinkaraffe in der Hand, und setzte sich zu unserem Grüppchen; und dann begannen wir von alten Zeiten zu sprechen. Und wir alle erinnerten uns an eine berühmte Zeichnung H. B.s vom verstorbenen Grafen von Ringwood in altväterischem Schwalbenschwanz und engen Hosen, auf seinem altväterischen Pferd, den altväterischen Reitknecht hinter sich, wie man ihn so oft schwerfällig die Rotten Row entlangtrotten sehen konnte.

„Ich sage meine Meinung, so?" sagt Mr. Bradgate dann. „Ich kenne jemanden, der diesem alten Mann *seine* Meinung gesagt hat und der besser dran wäre, wenn er den Mund gehalten hätte."

„Los, verraten Sie es mir, Bradgate", rief Philip. „Jetzt ist ja alles aus und vorbei. Hatte Lord Ringwood mir etwas vermacht? Wahrhaftig, ich glaubte einmal, er hätte es vorgehabt."

„Nein, hat Ihr Freund hier mich nicht gerügt, weil ich meine Meinung gesagt habe? Ich schweige still wie ein Mäuschen. Sprechen wir lieber von der Wahl", und der aufreizende Anwalt sagte kein Wort mehr zu einem Thema, das für den armen Phil von so trübseligem Interesse war.

„Ich habe genausowenig das Recht zu murren", meinte dieser Philosoph, „wie ein Mann, der in der Lotterie die Nummer x gezogen hat, wenn der Hauptgewinn auf die Nummer y gefallen ist. Sprechen wir, wie Sie sagen, von der Wahl. Wer kandidiert gegen Mr. Woolcomb?"

Mr. Bradgate glaubte, ein Gutsbesitzer aus der Umgebung, Mr. Hornblow, solle der Kandidat sein, der gegen den von Ringwood vorgeschlagenen Mann antrete.

„Hornblow! Was, Hornblow von den Grauen Brüdern?" ruft Philip. „Ich kenne keinen besseren Kerl als ihn. In diesem Fall gehört ihm unsere Stimme und unsere Unterstützung, und ich finde, wir sollten zum ,Widder' hinüber und dort noch einmal essen."

Der neue Kandidat stellte sich wirklich als Philips alter Schul- und Collegefreund Mr. Hornblow heraus. Nach dem Dinner trafen wir ihn mit einem Gefolge von Wahlhelfern auf der Runde durch das Städtchen. Mr. Hornblow machte den Kaufleuten seine Aufwartung, deren Läden noch offen waren. Für den nächsten Tag, der Markttag war, hatte er sich vorgenommen, die Markthändler zu bearbeiten. „Wenn ich den Schwarzen treffe, Firmin", sagte der stämmige Squire, „ziehe ich ihn auf, daß ihm Hören und Sehen vergeht. Er ist kein guter Redner, höre ich."

Als hätte sich in Whipham und gegen den Kandidaten des Herrenhauses die Zunge eines Platon durchsetzen können! Es war freilich spät am Tag, doch Mr. Hornblows Begleitern bei seinem Werbefeldzug schwante nach einem halbstündigen Marsch in seinem Gefolge nichts Gutes für seinen Erfolg. Bäcker Jones wollte sich auf gar keinen Fall festlegen: das bedeutete, Jones würde für das Schloß stimmen, mußte Mr. Hornblows juristischer Adjutant, Mr. Batley, notgedrungen zugeben. Fleischer Brown saß gerade beim Tee − teilte uns seine Frau, die aus ihrem verglasten rückwärtigen Wohnzimmer schaute, mit schriller Stimme mit: Brown würde für das Schloß stimmen. Sattler Briggs wollte es sich überlegen. Krämer Adams erklärte geradeheraus, er werde gegen uns stimmen − gegen *uns?* − gegen Hornblow, dessen Partei wir bereits ergriffen. Ich fürchte, die schmeichelhaften Versprechungen, die Mr. Hornblow bewogen hatten, sich der Wahl zu stellen, er werde die Unterstützung eines mächtigen Lagers freier und unvoreingenommener Wähler finden usw., waren nur Erfindungen dieses kleinen Rechtsanwalts, Batley, der durch einen Wahlkampf im Kreis auf seine Kosten kam.

Als der Tag der Abstimmung kam – wie Sie sehen, verschmähe ich es, in dieser schlichten und wahren Geschichte irgend etwas zu verhehlen –, wurde MR. GRENVILLE WOOLCOMB, dessen Anwalt und Agent für ihn sprach, Mr. Grenville Woolcomb, der keine zwei Sätze in anständigem Englisch schreiben oder sprechen konnte und dessen Ruf für geistige Beschränktheit, Grausamkeit, filzigen Geiz, Mißgunst und beinahe dünkelhafte Dummheit aller Welt nur allzu offenkundig war, mit überwältigender Mehrheit gewählt, und der Squire bekam kaum hundert Stimmen.

Wir, die überhaupt nichts mit der Wahl zu tun hatten, fanden dennoch unsere Unterhaltung in einem ruhigen Landstädtchen, wo sich sonst wenig regte. Wir kamen ein-, zweimal von Periwinkle Bay herüber. Wir hißten offen Hornblows Farben. Wir fuhren demonstrativ vor dem „Widder" vor und ließen das „Wappen von Ringwood" links liegen, wo MR. GRENVILLE WOOLCOMBS KOMITEERAUM jetzt in eben der Kaffeestube eingerichtet war, wo wir in Mr. Bradgates Gesellschaft gegessen hatten. Wir erwärmten uns für den Wettstreit. Wir trafen mehr als einmal auf Bradgate und seinen Mandanten, und unsere Montagues und Capulets forderten einander auf offener Straße heraus. Es war schön, Philips mächtige Gestalt und edle Zornesmiene zu sehen, wenn er Woolcomb beim Stimmenfang begegnete. Der Haß des Mulatten funkelte aus den Augen des kleinen Hauptmanns. Feuerpfeile schossen unter Philips Augenbrauen hervor, wenn er sich mit den Ellbogen einen Weg bahnte und Woolcomb vom Gehsteig herunterrempelte. Mr. Philip machte nie ein Hehl aus seinen Gefühlen. „Das kleine dumme, giftige, vulgäre, habgierige Biest hassen? Freilich hasse ich ihn, und ich würde ihn am liebsten in den Fluß werfen." – „O Philip!" bat Charlotte. Doch diesem Wilden war mit Vernunft nicht beizukommen, wenn er in Wut war. Ich beklagte seine Wildheit, auch wenn sie mich vielleicht belustigte.

Die Lokalzeitung auf unserer Seite war mit vernichtenden Epigrammen gegen diesen armen Woolcomb angefüllt, deren Verfasser, wie ich vermute, Philip Firmin war. Ich glaube diesen hitzigen Stil und diese maßlosen Ausfälle zu kennen. An dem Mann, den er haßt, kann er nichts Gutes sehen; und an seinem

Freund keinen Fehler. Wenn wir Bradgate ohne seinen Mandanten trafen, gingen wir ganz freundschaftlich miteinander um. Er sagte, wir hätten in dem Wettstreit keine Chance. Er machte kein Hehl aus seiner Abneigung und Verachtung für seinen Klienten. Er erheiterte uns in späterer Zeit (als er wirklich Philips Rechtsbeistand wurde) mit Anekdoten über Woolcomb, über seine Wut, seine Eifersucht, seinen Geiz, sein brutales Benehmen. Die arme Agnes hatte des Geldes wegen geheiratet, und er gab ihr keins. Als der alte Twysden seine Tochter diesem Mann gab, hatte er gehofft, freien Zugang zu einem großen Haus zu haben, in Woolcombs Kutschen zu fahren und an seinem Tisch zu prassen. Doch Woolcomb war so knickerig, daß es ihm um das Fleisch leid tat, das seine Frau aß, und ihren Verwandten mochte er erst recht keines geben. Er warf diese Verwandten zur Tür hinaus. Talbot und Ringwood Twysden, beide jagte er davon. Er verlor ein Kind, weil er keinen Arzt kommen lassen wollte. Seine Frau verzieh ihm diese Niedertracht nie. Ihr Haß gegen ihn wurde offen und unverhohlen. Sie trennten sich, und sie führte ein Leben, auf das wir nicht näher eingehen wollen. Sie überwarf sich mit ihren Eltern ebenso wie mit ihrem Mann. „Warum", sagte sie, „haben sie mich an diesen Mann verkauft?" Warum hatte sie sich selbst verkauft? Es bedurfte nur geringer Überredung seitens des Vaters und der Mutter, als sie diesen Frevel beging. Gewiß, sie hatten sie so gut in der weltlichen Gesinnung erzogen, daß sie dazu bereit war, als sich die Gelegenheit bot.

Wir sahen diese glücklose Frau, Pferde und Bedienstete mit Schleifen in Woolcombs Farben geschmückt, oft genug in dem Städtchen umherfahren und matte Anstrengungen unternehmen, die Bewohner zu bearbeiten. Diese wußten alle, wie sie und ihr Mann sich stritten. Die Berichte drangen sehr rasch vom Schloß in die Stadt. Woolcomb war noch keine Woche in Whipham, als die Leute ihn schon ausbuhten und verhöhnten, wenn er in seiner Kutsche vorbeifuhr. „Bedenken Sie, wie schwach Sie dastehen müssen", sagte Bradgate, „wenn wir mit diesem Pferd gewinnen können! Ich wünschte aber doch, er würde sich nicht zeigen. Ohne ihn könnten wir es viel besser schaffen. Er hat, ich weiß nicht wie viele, freie und unabhängige Wähler beleidigt und andere verärgert, weil er ihnen kein Bier ausschenken will, wenn sie ins Haus kommen. Würde Woolcomb hier wohnen bleiben und wir hätten die Wahl erst nächstes Jahr, ich glaube, Ihr Mann könnte gewinnen. Aber wie die Dinge liegen, kann er auch gleich aufgeben und sich die Kosten einer Abstimmung sparen." Indessen war Hornblow sehr zuversichtlich. Wir glauben, was wir glauben möchten. Es ist erstaunlich, welches Vertrauen ein begeisterter Wahlagent in seinem Mandanten wecken kann. Wie dem auch sei, falls Hornblow diesmal nicht gewann, würde er bei der nächsten Wahl gewinnen. Die alte Herrschaft der Ringwoods in Whipham war von nun an für immer dahin.

Als der Wahltag herankam, fuhren wir, darauf können Sie sich verlassen, von Periwinkle Bay herüber, um die Schlacht mitzuerleben. Mittlerweile war Philip für Hornblows Sache so begeistert – (Philip wollte übrigens nie die Möglichkeit einer Niederlage zugeben) –, daß er seine Kinder mit Schleifen in den Hornblowschen Farben aufputzen ließ und mit einer Rosette, so groß wie ein Pfannkuchen, von der Bay herüberfuhr. Er, ich und der Maler Ridley fuhren zusammen in einem leichten Wagen. Wir waren guten Mutes, wenn wir auch wußten, daß der Gegner stark war; und fröhlich, obwohl es zu regnen begann, nachdem wir knapp fünf Meilen gefahren waren.

Philip war sehr besorgt um eine bestimmte riesige Papierrolle, die wir mitführten. Als ich ihn fragte, was das sei, antwortete er, ein Gewehr; was absurd war. Ridley schmunzelte auf seine stille Art. Wir konnten zu der Zeit nicht ahnen, welch ungewöhnliches Wild sein Schuß zur Strecke bringen sollte.

Als wir in Whipham eintrafen, lief die Wahl schon seit mehreren Stunden. Der verfluchte schwarze Schuft, wie Philip den Gatten seiner Cousine nannte, lag in Führung, und stündlich wuchs seine Mehrheit an. Die freien und unabhängigen Wähler schienen nicht im geringsten von Philips Artikeln im Lokalblatt beeinflußt zu sein, auch nicht von den Plakaten, die unsere Seite im ganzen Ort geklebt hatte und mit denen die freien Wähler aufgerufen wurden, ihre Pflicht zu tun, einen wackeren altenglischen Gentleman zu unterstützen, sich keinem Kandidaten des Schlosses zu unterwerfen und so weiter. Der Druck des Verwalters und der Inspektoren der Ringwoods war zu stark. Wie unsympathisch der schwarze Mann ihnen auch war, ein Händler nach dem anderen und ein Pächter nach dem anderen gab seine Stimme für ihn ab. Unsere Pauken und Trompeten im „Widder" schmetterten eine laute Herausforderung gegen die Blaskapelle im „Wappen von Ringwood". Von unserem Balkon herab, schmeichele ich mir, hielten wir viel bessere Reden, als die Ringwoodleute sie zustande brachten. Hornblow war in der Grafschaft ein beliebter Mann. Wenn er zu einer Ansprache vortrat, hallte der Marktplatz vom Beifall wider. Die Bauern und kleinen Kaufleute tippten vor ihm freundlich an ihre Hüte, schlichen jedoch kleinlaut zur Wahlbude und stimmten vorschriftsmäßig ab. Als tüchtiger, gesunder, gutaussehender, rotwangiger Gutsbesitzer nahm die äußere Erscheinung unseres Favoriten alle Damen für sich ein.

„Könnten die zwei Männer", dröhnte Philip vom Fenster des „Widders" herab, „den Wettbewerb in Hemdsärmeln vor dem Rathaus da drüben austragen, was meint ihr, welcher würde gewinnen – der weiße Mann oder der schwarze?" (Laute Rufe: „Hoch Hornblow!" oder „Mr. Philip, wir wollen Sie!") „Aber ihr seht, meine Freunde, Mr. Woolcomb mag keinen fairen Kampf. Warum zeigt er sich nicht im ‚Wappen von Ringwood' und spricht? Ich glaube nicht, daß er sprechen kann – nicht Englisch. Seid ihr Männer? Seid ihr Engländer? Seid ihr weiße Sklaven, die man an diesen Kerl verkauft?" (Ungeheurer Aufruhr. Mr. Finch, der Ringwoodsche Vertreter, versucht vergeblich, sich vom Balkon des „Wappens von Ringwood" aus vernehmlich zu machen.) „Warum kommt nicht Sir John Ringwood – jetzt Mylord Ringwood – zu seiner Pächterschaft heraus und unterstützt den Mann, den er hergeschickt hat? Ich vermute, er schämt sich, seinen Pächtern ins Gesicht zu sehen. Ich würde mich schämen, wenn ich sie zu einem so entwürdigenden Geschäft befohlen hätte. Sie wissen, Gentlemen, daß ich selbst ein Ringwood bin. Mein Großvater liegt in der Kirche dort begraben – nein, nicht begraben. Sein Grabmal steht dort. Sein Leichnam liegt auf dem glorreichen Feld von Busaco!" („Hurra!") „Ich bin ein Ringwood!" (Rufe: „Buh – raus! Kein Jahr für Ringwoods. Wir wollen keinen!") „Und vor dem heiligen George, hätte ich eine Stimme, würde ich sie für den tapferen, den guten, den vortrefflichen, den ausgezeichneten Hornblow abgeben. Da hält jemand eine Tafel mit dem Stand der Wahl hoch, und Woolcomb führt. Ich kann nur sagen, Wähler von Whipham, *pfui über euch!*" – „Hurra! Bravo!" Die Jungen, das Volk, die Rufer aus der Menge, alle stehen auf unserer Seite. Die Stimmabgabe, muß ich mit Bedauern mitteilen, geht ständig zu Gunsten des Gegners weiter.

Während Philip seine Ansprache hielt, erschallte ein gewaltiges Gepauke und Trompetengeschmetter vom Balkon des „Wappens von Ringwood", und das Orchester der Gegenpartei spielte etwas, das entfernt dem Triumphgesang „Seht, der Held und Sieger kommt" ähnelte. Die Torflügel des Parks waren jetzt mit den Ringwoodschen und Woolcombschen Farben geschmückt. Sie flogen auf, und eine dunkelgrüne Karosse mit vier grauen Pferden kam aus dem Park herausgeprescht. An der Karosse prangte eine Grafenkrone, und die Leute sahen ziemlich verängstigt aus, als sie auf uns zukam, und sagten: „Guck doch mal, das ist Mylords eigene Postkutsche!" In den Tagen zuvor waren Mr. Woolcomb und seine Frau als Adjutant in einer offenen Barutsche durch die Stadt gefahren, aber weil es ein verregneter Tag war, zogen sie den Schutz der alten Karosse vor, und bald erspähten wir darin Mr. Bradgate, den Londoner Sachwalter, und neben ihm die düstere Figur Mr. Woolcombs. Er hatte, wie wir später erfuhren, viele qualvolle Stunden mit dem Versuch verbracht, eine Ansprache auswendig zu lernen. Er vergoß Tränen darüber. Er konnte sie einfach nicht behalten. Er schrie wie ein rasendes Kind seine Frau an, die sich Mühe gab, ihm seine Lektion einzutrichtern.

„Jetzt ist es soweit, Mr. Briggs!" rief Philip Mr. B. zu, dem Sekretär unseres Anwalts, und der intelligente Briggs sprang die Treppe hinunter, um seinen Auftrag zu erfüllen. „Macht die Straße frei! Platz da!" hörte man aus der Menge unter uns. Die Tore zum Hof unseres Gasthauses, die geschlossen waren, wurden plötzlich aufgerissen, und unter dem Geschrei der Menge kam ein Karren heraus, den zwei Esel zogen und ein Neger kutschierte, und Mann und Tiere trugen Woolcombs Farben. Im Karren war ein Plakat mit einem höchst unleugbaren Konterfei Mr. Woolcombs aufgestellt, dem die Worte in den Mund gelegt waren: „Wählt mich! Bin ich nicht ein Mensch und Bruder?" Dieser Karren kam aus dem Hof des „Widders" getrabt und fuhr mit einem Gefolge johlender Jungen auf den Marktplatz, den Mr. Woolcombs Kutsche in diesem Moment kreuzte.

Vor dem Gesellschaftshaus steht die schon erwähnte Statue des verstorbenen Grafen. In seiner Adelsrobe weist er mit ausge-

377

strecktem Arm auf sein Parktor. Eine Inschrift, nicht verlogener als viele andere Nachrufe, gibt Kunde von seinem Rang, seinem Alter, seinen Tugenden und der Wertschätzung, die die Bewohner Whiphams für ihn hegten. Der Mulatte, der das Eselsgespann lenkte, war ein fliegender Händler, der Fisch von der Bucht ins Städtchen brachte; ein fröhlicher Spaßvogel, ein Kerl von zweifelhaftem Ruf, Stammgast in allen Bierschenken der Umgebung und recht berühmt für seine Fähigkeiten als Boxer. Ihn und seine Vierbeiner umflatterten Bänder in den Woolcombschen Farben. Mit ironischen Rufen: „Hoch Woolcomb!" trieb der Gelbe Jack seinen Karren auf die Karosse mit den Schimmeln zu. Er zog mit spöttischem Respekt den Hut vor dem Kandidaten, der in der grünen Karosse saß. Vom Balkon des „Widders" aus konnten wir sehen, wie die zwei Fahrzeuge aufeinander zufuhren; und wie der Gelbe Jack seinen schleifengeschmückten Hut schwang, die krummen Beine hierhin und dahin schlenkerte und seine Esel antrieb. Bei dem Gejohle der Menge und dem Pauken und Trompeten der gegnerischen Kapellen konnten wir nur wenig hören. Doch ich sah Woolcomb den gelblichen Kopf aus dem Kutschenfenster stecken – er wies auf den frechen Eselskarren und drängte anscheinend seine Postillione, ihn über den Haufen zu fahren. Peitschenschwingend galoppierten die Postkutscher auf den Gelben Jack und sein Gefährt zu, eine kreischende Menge spritzte vor den Pferden auseinander und strömte hinter ihnen wieder zusammen, um Woolcomb Schimpfworte nachzurufen. Seine Pferde waren zweifellos verängstigt; denn gerade als der Gelbe Jack hurtig die eine Seite des Ringwooddenkmals umrundete, hatten es auch Woolcombs Pferde, ganz ineinander verkeilt und sich verstört aufbäumend, erreicht, und das vordere Rad stieß hart an das Mauerwerk des Geländers um das Standbild: und dann sahen wir das Fahrzeug ganz umstürzen, eines der Stangenpferde ging mit seinem Reiter zu Boden, und die Leitpferde schlugen nach allen Seiten aus und bäumten sich, wild und toll vor Angst. Mr. Philips Miene, muß ich sagen, zeigte einen höchst schuldbewußten und eigenartigen Ausdruck. Dieser Unfall, dieser Zusammenstoß, die Verletzung, womöglich der Tod Woolcombs und seines Anwalts, rührten von unserem großartigen Mutwillen über den „Menschen und Bruder" her.

Wir rannten die Stufen des „Widders" hinab – Hornblow, Philip und noch ein halbes Dutzend – und bahnten uns einen Weg durch die Menge zur Kutsche mit ihren umgestürzten Insassen. Die Leute machten dem beliebten Kandidaten – dem verlierenden Kandidaten höflich Platz. Als wir die Karosse erreichten, hatte man die Stränge durchgeschnitten: die Pferde waren frei. Der heruntergeschleuderte Postillion stand wieder und rieb sich das Bein, und sobald man die Stangenpferde aus der Deichsel genommen hatte, tauchte Woolcomb aus der Kutsche auf. Er hatte von innen gerufen (und seine Worte mit vielen Flüchen begleitet, die ich nicht zu wiederholen brauche und die eine klare Erkenntnis der ihm drohenden Gefahr bewiesen): „Schneidet die Stränge durch, verdammt noch mal! Und führt die Pferde weg! Ich kann ja warten, bis sie weg sind. Ich sitze auf meinem Anwalt; *ich* lasse mir den Kopf nicht von diesen Stangenpferden einschlagen." Und gerade als wir die umgestürzte Postkutsche erreichten, kletterte er lachend heraus und rief, an Mr. Bradgate gewandt, der sich unter ihm wand und krümmte: „Liegen Sie still, Sie alter Schuft!" Sein Auftauchen aus der Kutsche wurde mit schallendem Gelächter aufgenommen, das noch ungeheurer anschwoll, als der Gelbe Jack, leichtfüßig am Geländer der Statue emporkletternd, das Bildnis des „Menschen und Bruders" auf den ausgestreckten Arm des Standbilds spießte und diese Karikatur dort über Woolcombs Kopf im Winde flattern ließ.

Da erhob sich ein Gejauchze, wie man es in diesem ruhigen Städtchen selten erlebt hat. Dann begann Woolcomb, der ganz aufgeräumt gewesen war, als er aus der beschädigten privaten Postkutsche kletterte, noch schriller als vorher zu kreischen, zu toben und zu wettern. Und zwischen seinen Flüchen und Wutausbrüchen hörte man ihn sagen, er werde jedem Mann einen Shilling geben, der ihm das verfluchte Ding herunterhole. Dann kam verstört, zerschlagen, gequetscht und verwirrt der arme Mr. Bradgate aus der Kutsche hoch, und sein Mandant nahm nicht die geringste Notiz von ihm.

Hornblow gab der Hoffnung Ausdruck, Woolcomb sei nicht verletzt, worauf der kleine Gentleman sich umdrehte und sagte: „Verletzt? Nein, wer sind denn *Sie*? Holt mir denn keiner das verdammte Ding herunter? Ich sage doch, einen Shilling gebe ich dem Kerl, der's macht!"

„Ein Shilling ist für dieses Bild geboten!" ruft Philip Firmin mit rotem Gesicht und außer sich vor Aufregung. „Wer nimmt einen ganzen Shilling für dieses Prachtstück?"

Woraufhin Woolcomb noch giftiger als vorher zu kreischen, fluchen und wettern begann. „*Sie* hier? Zum Henker mit Ihnen, wieso sind Sie hier? Kommen Sie mir bloß nicht zu nahe, mich schüchtern Sie nicht ein! Bringt den Kerl da weg, ein paar von euch Leuten. Bradgate, kommen Sie mit in meinen Komitee-raum. Ich bleibe nicht hier, auf keinen Fall. Nehmen wir das Miststück von Kutsche und . . . Nanu, was ist denn jetzt wieder los?"

Während er redete, schrillte und tobte hatte ein halbes Dut-zend Schultern aus der Menge die Kutsche auf ihre drei Räder aufgerichtet. Die Holzverkleidung war beim Aufschlag auf den Boden auf einen Stein geprallt, und man sah an der Seite einen breiten Riß. Eben wollte ein Junge die Hand in den Spalt stek-ken, als Woolcomb auf ihn losging.

„Hände weg, du kleiner Lump!" schrie er. „Hier wird nicht ge-klaut! Verjagt dieses Volk, he, ihr Postillione! Steh doch nicht da und reib dir das Knie, du großer Trottel. Was ist das?", und er steckte selbst die Hand da hinein, wo der Junge plündern wollte.

In den alten Reisekutschen gab es gewöhnlich einen Behälter oder Degenkasten, in dem die Reisenden Degen und Pistolen unterbrachten, als auf der Landstraße solche Verteidigungs-waffen noch nötig waren. Aus diesem Degenkasten in Lord Ring-woods alter Postkutsche zog Woolcomb nicht einen Degen, son-dern ein gefaltetes und mit rotem Band verschnürtes Dokument. Und er begann stockend die Überschrift zu lesen: „Testament des Sehr Ehrenwerten John, Grafen von Ringwood. Bradgate, Smith & Burrows."

„Gerechter Gott! Das ist das Testament, das er aus meiner Kanzlei zurückgeholt hat und von dem ich dachte, er hätte es vernichtet. Mein lieber Freund, ich gratuliere Ihnen von ganzem Herzen!" Und hiermit begann der Anwalt Mr. Bradgate, Philip mit großer Herzlichkeit die Hand zu schütteln. „Gestatten Sie mir, das Dokument zu prüfen. Ja, das ist meine Handschrift. Ge-hen wir in das ‚Wappen von Ringwood' – den ‚Widder' – irgend-wohin, damit ich es Ihnen vorlese!"

Hier blickten wir zum Balkon des „Wappens" hinauf und sahen eine große Tafel, die den Stand der Auszählung um ein Uhr verkündete:

WOOLCOMB   –   216
HORNBLOW   –   92

„Wir sind geschlagen", erklärte Mr. Hornblow ganz friedlich. „Wir können unsere Flagge einziehen. Mr. Woolcomb, ich gratuliere Ihnen."

„Ich wußte, daß wir es schaffen", sagte Mr. Woolcomb und streckte eine kleine Hand in gelbem Glacéhandschuh aus. „Hatte schon vorher alle Stimmen in der Tasche – wußte, daß wir es hinkriegen. Nanu. He! Sie – Dingsda – Bradgate! Worum geht's denn in diesem Testament? *Der* Schuft da hat doch wohl nichts davon, wie?" Und unter Gelächter und Geschrei und Rufen: „Hoch Woolcomb!" und „Spendieren Sie uns was zu trinken, Euer Ehren!" marschierte der erfolgreiche Kandidat in sein Hotel.

Und war der gelbbraune Woolcomb die Fee, die Philip aus Sorgen, Schulden und Armut erretten sollte? Jawohl. Und die alte Postkutsche des verstorbenen Lord Ringwood war die Feenkarosse. Sie haben in einem früheren Kapitel gelesen, daß der alte Lord, außer sich vor Zorn über Philip, seinen Anwalt aufforderte, ein Testament zurückzugeben, in dem er dem jungen Mann, als dem Sohn seiner Mutter, ein schönes Legat vermacht hatte. Mylord hatte Mrs. Firmin eine Versorgung zugedacht, als sie noch seine gehorsame Nichte war und unter seinem Dach wohnte. Als sie mit Doktor Firmin durchbrannte, nahm Lord Ringwood sich fest vor, seiner Nichte nichts zu geben. Doch ihm gefiel das unabhängige und das versöhnliche Wesen, das ihr Sohn an den Tag legte. Und als Mensch mit viel Sinn für grimmigen Humor hat er wohl in sich hineingelacht, wenn er sich die Wut der Twysdens ausmalte, wenn sie erfahren würden, daß Philip der Günstling des alten Lords war. Dann gefiel es Mr. Philip, aufmüpfig zu werden und den Zorn seines Großonkels zu erregen, der sein Testament zurückverlangte. Er steckte das Dokument in das Geheimfach seiner Kutsche, als er sich auf jene letzte Reise begab, bei der ihn der Tod ereilte. Wäre er am Leben geblieben, hätte er ein neues Testament ohne jede Erwähnung

381

Philips errichtet? Wer kann das sagen? Mylord machte und annullierte zahlreiche Testamente. Dieses war freilich, ordnungsgemäß aufgesetzt und bezeugt, das letzte, das er je unterschrieb . . . und dadurch kommt Philip nun in den Besitz einer ausreichenden Summe, um die Versorgung derer, die er liebt, zu sichern.

Freundliche Leser, ich weiß nicht, ob die Feen jetzt noch verbreitet oder aus dieser Alltagswelt verbannt sind, doch Philips Biograph wünscht Ihnen einige der Segnungen, die Philip während seiner Prüfungen nie im Stich ließen: eine gute Frau und Kinder, die Sie lieben, ein, zwei wahre Freunde, die zu Ihnen halten, und in gesunden oder kranken Tagen ein reines Gewissen und ein gütiges Herz. Wenn Sie auf dem Weg straucheln, möge Ihnen Beistand zuteil werden. Und mögen Sie wiederum Hilfe und Mitleid für den Unglücklichen bereithalten, den Sie auf der Lebensreise überholen.

Möchten Sie wissen, wie es den anderen Personen unserer Erzählung ergangen ist? Der alte Twysden schwatzt und prahlt immer noch in den Clubs herum und ist, wenn auch bejahrt, durchaus nicht ehrwürdig. Er hat sich mit seinem Sohn überworfen, weil der Woolcomb nicht gefordert hat, als es zu jenem unglücklichen Konflikt zwischen dem Schwarzen Prinzen und seiner Frau kam. Er behauptet, seine Familie sei vom verstorbenen Lord Ringwood grausam ungerecht behandelt worden, doch sobald Philip ein kleines Vermögen vermacht worden war, söhnte er sich unverzüglich mit dem Neffen seiner Frau aus. Firmin hat noch weitere Freunde, die sich ihm in seinen schweren Tagen gütig genug erwiesen hatten, ihm aber seinen Wohlstand nicht verzeihen können. Da wir uns in der milden Stimmung befinden, die jedes Abschiednehmen begleiten muß, wollen wir diese Neider Philips nicht nennen, sondern wünschen, alle Leser unserer Geschichte mögen einen ähnlichen Grund haben, manche ihrer Bekannten zu erzürnen.

Unsere liebe Kleine Schwester wollte nie bei Philip und seiner Charlotte wohnen, obwohl letztere *ganz besonders* und von ganzem Herzen Mrs. Brandon bat, zu ihnen zu ziehen. Dieses reine und nützliche und bescheidene kleine Leben hat sich vor ein paar Jahren vollendet. Sie starb an einer fieberhaften Krankheit, an der sie sich bei einem ihrer Patienten angesteckt hatte. Sie wollte Philip oder Charlotte nicht in ihre Nähe lassen. Sie sagte, das sei ihre gerechte Strafe dafür, weil sie zu stolz gewesen sei, bei ihnen wohnen zu wollen. All ihr kleines Erspartes vermachte sie Philip. Er hat jetzt noch die fünf Guineas in seinem Schreibtisch, die sie ihm bei seiner Hochzeit geschenkt hatte; und J. J. hat ein kleines Porträt von ihr gemalt, mit ihrem traurigen Lächeln und ihrem lieben Gesicht, das in Philips Salon hängt, wo Vater, Mutter und die Kinder von der Kleinen Schwester sprechen, als weilte sie noch unter ihnen.

Sie war furchtbar erregt, als aus New York die Nachricht von Doktor Firmins zweiter Heirat eintraf. „Seine zweite? Seine dritte!" rief sie. „Der Schurke, der Schurke!" Jener seltsame Wahn, der sie, wie wir geschildert haben, manchmal befiel, steigerte sich auf diese Nachricht hin. Mehr denn je glaubte sie, Philip sei ihr eigenes Kind. Sie eilte außer sich zu ihm und rief, sein Vater habe sie beide verlassen. Nur wenn sie erregt war, sprach sie diese Überzeugung aus. Doktor Goodenough sagt, obgleich sie meistens darüber geschwiegen habe, sei sie sie nie losgeworden.

Anläßlich seiner Heirat schrieb Doktor Firmin einen seiner langen Briefe an seinen Sohn und gab das Ereignis bekannt. Er schilderte den Reichtum der Dame (einer Witwe aus Norfolk in Virginia), mit der sich zu verbinden er im Begriff sei. Jedes Pfund, jeden Dollar, jeden Cent, die er seinem Sohn schulde, werde er zurückzahlen, und zwar mit Zinsen. War die Dame reich? Wir hatten nur das Wort des armen Doktors.

Drei Monate nach seiner Hochzeit starb er auf dem Gut seiner Frau am Gelbfieber. Da kam die Kleine Schwester in Witwenkleidung zu uns, ganz außer sich und rot angelaufen. Sie hieß unseren Diener melden, Mrs. Firmin sei an der Tür, zur Verblüffung des Mannes, der sie kannte. Sie hatte sogar eine Traueranzeige drucken lassen. Ach, das kleine fiebernde Hirn hat jetzt Ruhe und das liebende treue Herz, darum beten wir, seinen Frieden.

Die Mütter in Philips und meinem Haushalt haben schon eine Partie zwischen unseren Kindern verabredet. Wir hatten neulich eine große Zusammenkunft in Roehampton, im Hause unseres Freundes Mr. Clive Newcome (dessen großer Junge, wie meine Frau behauptet, sehr aufmerksam zu unserer Helen war), und da wir alle in derselben Schule erzogen worden sind, saßen wir ewig lange beim Dessert und erzählten alte Geschichten, während die Kinder zu Klaviermusik auf dem Rasen tanzten. Tanzt auf dem Rasen, junges Volk, während die Älteren im Schatten plaudern! Was? Der Abend sinkt herab, wir haben über unserem Wein genug geredet, und es ist Zeit, heimzugehen? Gute Nacht. Gute Nacht, Freunde, alt und jung! Die Nacht bricht herein ... die Geschichten müssen ein Ende finden ... und die besten Freunde müssen voneinander scheiden.

ANHANG

NACHWORT

Die Kritik stöhnte einmütig: Das war nicht mehr der Verfasser des „Jahrmarkts der Eitelkeit" (1847/48) und von „Henry Esmond" (1852). Die „Times" schrieb am 5. Dezember 1862: „Mr. Thackeray hebt sich vom gesamten Schlag der Romanschriftsteller dadurch ab, ... daß er dem Geschmack derjenigen hohnspricht, die er umwirbt." Zu Whitwell Elwin, der eine Zeitlang Herausgeber der „Quarterly Review" war, hatte er ja selbst geplaudert: „Alte Sachen kann ich in angenehmer Weise wiederholen, aber ich habe nichts Frisches zu sagen." Die spätere Literaturgeschichtsschreibung hat diese Urteile auf die großen Erzählungen des Spätwerks ausgedehnt und eher noch zugespitzt. So kam es dazu, daß man zwar „Die Virginier" (1857/59) als Fortsetzung des Romans „Henry Esmond" gerade noch akzeptierte, daß aber „Witwer Lovel" (Lovel the Widower, 1860) und „Die Abenteuer des Philip" (The Adventures of Philip, 1861/62) aus dem Kanon der großen Werke Thackerays, zu dem außer den beiden eingangs genannten üblicherweise „Die Geschichte des Pendennis" (1849/50) und „Die Newcomes" (1853/55) gerechnet werden, quasi hinausgedrängt wurden. Ebenso wie Thackerays erster Roman, der riskant satirische „Barry Lyndon" (1844), keine Gnade vor den Sitten- und Kunstrichtern seiner Zeit fand – wenngleich viele Leser den Henry Fieldings „Jonathan Wild der Große" (1743) nachfolgenden erzählerischen Geniestreich bejubelten –, wurde sein letzter vollendeter, kurz „Philip" genannt (Thackeray starb am 24. Dezember 1863), in die Kategorie seiner „sonstigen" Werke abgeschoben. Nach der Wiederentdeckung oder der eigentlichen Entdeckung von „Barry

Lyndon" sollte das Mißtrauen gegen die so rasche und andauernde Hintanstellung unseres Romans anwachsen. Tatsächlich weist all das Merkwürdige seiner Entstehung, seiner Handlung und vor allem seiner Erzählweise darauf hin, daß dieses so subjektiv artikulierte Werk des Fünfzigjährigen (Thackeray wurde 1811 in Indien geboren) weit abrückt von den frühviktorianischen Erfolgsmythen, die über die Jahrhundertmitte hinaus noch in den Jahrzehnten bürgerlicher Ungewißheit als vertraute Hoffnungen die Seelen der Leser besänftigten. Thackeray war in seiner konservativen Haltung ehrlich genug, die Legende vom immerwährenden bürgerlichen Aufstieg, vom Bestehen der Abenteuer des Lebens, von der glückhaften Allmacht moralischer Unterweisung und vom Sieg der Nächstenliebe in Frage zu stellen und die mit ihr verbundenen Konventionen des Erzählens zu desavouieren oder gar zu verwerfen. Der Bildungsroman verwandelt sich hier. Thackeray läßt Charles Dickens' „David Copperfield" (1849/50) und seinen eigenen „Pendennis" hinter sich, um eine Schreibweise und eine Fiktionalisierung der Lebensumstände auszuprobieren, die ähnlich wie jene von Gustave Flaubert (1821–1880) und später die von Henry James (1843–1916) auf die Literatur der Moderne hindeuten.

Thackeray selbst hat diesen literar- und kulturhistorisch bedeutsamen Schritt keineswegs bewußt vollzogen oder auch nur als solchen erkannt. Innerlich mochte er vielleicht eher der Kritik seiner Zeitgenossen beipflichten, denn daß er mit seinen drei letzten Romanen („Denis Duval" wurde 1864 postum als Fragment veröffentlicht) an frühere Werke anknüpfte, galt ihm selbst als ein Zeichen dafür, daß seine Erfindungskraft erlahmte: „Die Virginier" schließen an die Vorwegnahmen im Vorwort zu „Henry Esmond" an, „Witwer Lovel" bildet die erzählerische Version der 1855 von ihm für das Olympic Theatre verfaßten melancholischen Komödie „Die Wölfe und das Lamm" (The Wolves and the Lamb), die allerdings nicht aufgeführt wurde, und „Philip" setzt „Eine schäbig-elegante Geschichte" (A Shabby Genteel Story) fort, die er 1840 für „Fraser's Magazine" geschrieben hatte. Gerade in diesen Jahren zwischen 1859 und 1862, in denen unser Roman entstand und Thackeray sich um seine Schöpferkraft sorgte, erreichte er den gesellschaftlichen und künstlerischen Höhepunkt seiner Laufbahn.

Bis dahin hatten ihn widrige und zum Teil selbstverschuldete Umstände sowie die an sein künstlerisches Talent geknüpften Erwartungen mehrmals von der Bahn abgebracht, die ihm vorgezeichnet schien. In dem sozial so reich differenzierten Gebäude der englischen Gesellschaft hatten sich seine Vorväter als Ärzte, Pädagogen und Beamte in den oberen Regionen angesiedelt, nahe der Etage, in der Aristokratie und Großbürgertum in konkurrenzbedingtem Interessenausgleich nebeneinander wohnten. Als unternehmerischer Kolonialist der Ostindischen Kompanie lebte der Großvater wie ein Fürst auf dem Subkontinent, den man das Juwel der Krone nannte. Der Sohn dieses angesehenen Piraten, der Vater des Schriftstellers, setzte das Herrenleben als Steuereinnehmer mit den erstaunlichen Einkünften, dem luxuriösen Palast und der Dienerschar fort, wie sie unter den englischen Nabobs in Indien üblich waren. Für seinen Jungen hätte sich wohl ein ähnlicher Dienst oder eine urbane Profession im Mutterland des Empires abgezeichnet. Doch als er vier Jahre alt war, starb der Vater an einem Fieber. Die Mutter blieb zunächst in Indien, wo sie einen Jugendfreund heiratete, den später von Thackeray so geachteten Major Henry Carmichael-Smyth. Der Knabe aber wurde in die Obhut von Verwandten und privaten Internatsschulen nach England geschickt. Praktisch elternlos, vergrub er sich in diesen mit strenger Zucht geführten Anstalten wie der Londoner Charterhouse School in Bücher, vornehmlich in die Romane Henry Fieldings (1707–1754), in die moralischen Wochenschriften Richard Steeles (1672–1729) und Joseph Addisons (1672–1719) sowie in die Schriften Jonathan Swifts (1667–1745) und anderer Geister der bürgerlichen Aufklärung in England.

Das Studium der klassischen Fächer Philologie und Mathematik am renommierten Trinity College in Cambridge nahm der junge Thackeray wenig ernst, ebenso wie später das Studium der Jurisprudenz in London. In seinem Roman „Die Geschichte des Pendennis" hat er Phasen seines eigenen Lebens und seiner guten wie schlechten Erfahrungen aus diesen Jahren autobiographisch dem Titelhelden zugeschrieben. Ein Student verschuldet sich darin, ohne besonders ausschweifend zu sein, aus sorgloser Naivität und zehrt bei den üblichen Freuden und Genüssen sein Erbe auf. Als 1833 sein eigenes unbeschwertes Leben ein jähes

Ende fand, weil er einen größeren Betrag durch Spekulationen und durch den Bankrott einer in Indien ansässigen Bank verlor, stand er unversehens vor dem Nichts und mußte auf die Andeutungen eines zeichnerischen Talents vertrauen. So brach er die Studien ab und fuhr nach Paris, um Maler zu werden. In gewisser Weise führte auch dieser Weg in eine Sackgasse, denn wenn man noch keinen Namen hatte, war es schwer, vom Verkauf von Bildern oder Illustrationen zu leben. Mehr oder weniger beiläufig begann er für englische Blätter aus Paris zu berichten und fand bald heraus, daß er mit journalistischen Arbeiten mehr Erfolg hatte. Er widmete sich deshalb ganz diesem Metier und ging 1837 nach London zurück, wo er sich dafür bessere Möglichkeiten versprach.

Außer der journalistischen und schriftstellerischen Tätigkeit sowie der eigentlich ungeliebten Beschäftigung mit der Jurisprudenz, die Thackeray bereits in die Lebensgeschichte des Arthur Pendennis eingeflochten hatte, nahm er im „Philip" noch Erinnerungen aus einem anderen Kapitel seiner Lebensgeschichte auf, das in die Pariser Jahre fiel: Reminiszenzen an die Werbung um Isabella Shawe und an die Heirat. Während der Drucklegung schrieb er seinem Verleger: „Philip wird unglücklicherweise in Armut und Kampf versinken, aber das ist nicht zu ändern, und da er – entre nous – so ziemlich dem Lebenslauf von WMT in den ersten Jahren seines Ruins und seiner absurd unklugen Heirat folgen wird, wird wenigstens sein Porträt getreu." Zwar hatte er schon öfter den Typ der mißtrauischen, intriganten und nervtötenden Schwiegermutter auftreten lassen, etwa in den Gestalten der Lady Kicklebury in seinem Weihnachtsbuch für 1850 „Die Kickleburys am Rhein" (The Kickleburys on the Rhine), der Mrs. Mackenzie in dem Roman „Die Newcomes" und der Lady Baker in „Witwer Lovel", aber nun übertraf Mrs. Baynes sie alle an Selbstsucht und pathetischer Ignoranz. Vermutlich ist sie das gelungenste Porträt von Mrs. Shawe, die alles nur Erdenkliche getan hatte, um Thackerays Ehe mit ihrer Tochter zu verhindern. Seine überstürzte Heirat mit der kindlichen jungen Irin nahm dann allerdings einen anderen Verlauf als Philips Ehe mit Charlotte Baynes: Isabella, die Thackeray zwei Töchter schenkte, zeigte 1840 Symptome einer Geisteskrankheit, die sich rasch verschlimmerte. Im Jahre 1842 mußte sie in eine Heilanstalt eingeliefert werden. Sie verstarb 1893, ohne daß sie am Familienleben der Thackerays und der in Paris lebenden Carmichael-Smyths hatte teilnehmen können.

In London fiel Thackerays Aufstieg zu einem ironischen Erzähler, satirischen Kritiker und anerkannten kritischen Journalisten in eine Periode umwälzender Veränderungen. Fabriken schossen wie Pilze aus dem Boden, die Industrialisierung und neue Verkehrsmittel veränderten nicht nur das Gesicht ganzer Landschaften, sondern riefen kraß gegensätzliche Erfahrungen des kapitalistischen Fortschritts hervor: Die einen fanden sich in schäbigen Wohnsiedlungen massenweise am Rande der Armut wieder, obwohl sie bis zur Erschöpfung arbeiteten, den anderen eröffneten sich ungeahnte Möglichkeiten eines nationalen und weltoffenen Handels und Wandels, so daß sie nur allzusehr mit dem Lauf der Dinge zufrieden waren. Wenn auch das Bürgertum sich selbst unter dem systembedingten Zwang schärfer werdender Konkurrenz in den für die Konstitution des Individuums so charakteristischen Zwiespalt zwischen christlich geprägter Moral und unchristlichen Methoden der Selbstbehauptung brachte, die allein zum Erfolg und zum seligmachenden Reichtum führten, war es doch in diesen Jahrzehnten noch überzeugt davon, daß es beiden Göttern – dem himmlischen Sündenprotokoll und dem irdischen Bankauszug – gleichermaßen gerecht werden könnte.

In den gängigen Romanen der dreißiger und vierziger Jahre des 19. Jahrhunderts spiegelte sich dieser tatsächliche wirtschaftliche Aufschwung der Begüterten und des Bürgertums, das sich nach der Entstehung des Proletariats nun als „Mittelklasse" bezeichnete, in einer Vielfalt von Abenteuergeschichten, Romanzen, Verbrecherbekenntnissen, historischen oder Bildungsromanen. Die meisten von ihnen waren einem Grundmuster verpflichtet, das der Situation und dem Lebensgefühl dieser Mittelklasse entsprach: Ein Held wie auch immer gearteter geistiger und moralischer Konstitution wird in einen konfliktreichen gesellschaftlichen Zusammenhang gebracht, in dem er die Anständigkeit und das sittliche Gefühl beweisen muß, das sich die Mittelklasse zuschrieb. Wenn aber ein Romancier so ehrlich und so realistisch war, zu zeigen, daß dem Helden ebendiese Anständigkeit und alles sittliche Gefühl in der erbarmungslosen Konkurrenz nur zum Nachteil gereichte und diese Gesellschaft der „dunklen satanischen Mühlen", wie ihr Dichter William Blake (1757 bis 1827) sie im Vorwort seiner Dichtung „Milton" nannte, die Oberhand über die Rechtschaffenen behielt, dann mußte am Ende der theatralische Deus ex machina für diesen Helden noch alles zum Guten wenden. So wurde durch eine unerwartete Wendung in Gestalt einer Erbschaft, eines wiederentdeckten Nachweises hoher oder reicher Geburt oder eines unglaublichen Glückswechsels das Einzelschicksal gerettet und die gesamte Leserschaft mit ihren Hoffnungen versöhnt, wenn es sich nicht gerade – wie in den meisten dreibändigen Schmökern ohnehin – um phantastische Illusionen handelte, deren harmonische Kadenz von der Konvention vorgeschrieben war.

Stärker als die anderen großen Realisten der Mitte des 19. Jahrhunderts – Charles Dickens (1812–1870), Charlotte Brontë (1816–1855), Elizabeth Gaskell (1810–1865), George Eliot (das ist Mary Ann Evans, 1819–1880) – hatte Thackeray diese Erwartung an die Literatur ironisiert und parodiert. In dem Roman „Barry Lyndon", in welchem sich der Renommierheld als Erzähler seiner letztlich fatalen Erfolge selbst bloßstellte, und in seiner sarkastischen Sammlung englischer Charaktere „Die Snobs von England" (The Snobs of England, 1846/47) entwarf er eine andere Vorstellung von Literatur, die er dann in den späteren Romanen so großartig realisierte. Mit dem „Jahrmarkt der Eitelkeit" schrieb er sich in die erste Reihe der englischen Prosaisten, denn der satirische Grundgestus brach zwar gelegentlich in einer Schärfe und einem Grimm hervor, die von der Mittelklasse und ihren besseren Verwandten in der großbürgerlichen und aristokratischen Oberklasse schwerlich zu goutieren waren, er veranlaßte ihn aber nicht, seine sentimentale Leutseligkeit aufzugeben. Während man sich bei Dickens sicher war, daß er auch dort, wo er Typen karikierte oder offenes Unrecht und geheuchelte Wohlanständigkeit anprangerte, sein volkstümliches Empfinden nie mißbrauchen würde, um die Leser zu schockieren, konnte man sich dessen bei Thackeray nie sicher sein. Als er in „Pendennis" seine liebste Idealvorstellung, die des englischen Gentlemans, autobiographisch mit dem damals ungentlemanhaften Beruf des Schriftstellers in Kollision brachte, fügte sich diese Geschichte zu einem äußerlich fröhlichen und lauten, im Grunde aber erschreckenden Bild der Gesellschaft. Hier lösten einander unvermittelt Szenen der Ausgelassenheit, empfindsame Betrachtungen, lehrhafte Kommentare und eine damals äußerst befremdliche wehmütige Selbstbefragung ab. Prostitution herrschte auf dem Heiratsmarkt, im Geschäftsleben und in der Kunst, und Thackeray vermochte ihr nicht immer nur mit mildernder Ironie zu begegnen. So wurde dieser Roman sein für die Nachwelt wohl bedeutendster, weil er in ihm seine Zeit und sein Leben selbst am schonungslosesten Revue passieren ließ.

Das waren schon die Jahre nach dem Hoch der industriellen Zuwachsraten, nach dem letzten Aufbäumen der Chartisten (1848), nach der Londoner Weltausstellung (1851), Jahre relativer Stagnation, in denen es sich zeigte, daß all der technische Fortschritt das Land nicht in ein „zweites Eden" (Shakespeare) verwandelte. Sie brachten statt dessen allerlei neue Mißhelligkeiten mit sich wie Wirtschaftskrisen, Kämpfe um soziale Verbesserungen und Konkurrenz auf dem Weltmarkt. Das viktorianische Zeitalter trat in die Periode härterer Auseinandersetzungen um geringere Renditen, von Aufruhr in Indien, Kriegen auf der Krim und in China, Unruhen in Irland. Ernüchterung dämmerte herauf, dem Vertrauen mischte sich Skepsis bei, die Parallelisierung von Moral und Erfolg verlor an Gewicht und erhielt Risse, denn niemand konnte noch auf die alte kalvinistische Hoffnung setzen, daß die Tugendhaften schon im Diesseits belohnt würden.

In diesen Jahren hatten sich Thackeray dank des Erfolgs seiner Romane und Schriften die Stadtpaläste der Reichen und des Adels geöffnet, er gehörte nun dem Athenaeum und dem Reform Club an, beide in der Pall Mall, und galt als eine berühmte Persönlichkeit der Stadt. Er verkehrte im Garrick Club, dem ein Herzog, fünf Marquesses, sechs Grafen, zwölf Barone, Schauspieler, Verleger, Maler und andere angehörten, ebenso gern auch freilich in den Restaurants in Covent Garden oder in Richmond, wo er sich den Luxus guten Essens und Trinkens leisten, geistreiche Unterhaltung pflegen und mit seinen vertrauten Kumpanen anzügliche Geschichten und dreiste Witze austauschen konnte. Zu Hause am Onslow Square Nr. 36 in Kensington legte er das formale Benehmen der Clubs ab und gab sich in entsprechender Gesellschaft ausgelassenen Späßen und harmlosen Spielen hin. Die Töchter Anny und Minny wuchsen zu jungen Damen heran (1860 waren sie 23 und 20 Jahre alt).

Dieses in dieser Periode geruhsame Leben in London, das von gelegentlichen Reisen nach Brighton, Tunbridge Wells oder zu Mutter und Stiefvater nach Paris unterbrochen wurde, verlief nicht ungetrübt. Beschwerden mit der Verdauung und mit der „Hydraulik", wie er es nannte, kehrten häufiger und mit größeren Schmerzen wieder, die er zu Hause mit Hilfe der fürsorglichen Töchter (und einer dreiköpfigen Dienerschaft) einigermaßen überwinden konnte; in der Öffentlichkeit jedoch kam es zu peinlichen Situationen.

Überdies hatte der nunmehr anerkannte Autor einige literarische und persönliche Fehden auszufechten, die ihn mehr belasteten, als er zugeben wollte. Seit dem Erscheinen des „Jahrmarkts der Eitelkeit" herrschte eine verdeckte und zuweilen offen ausbrechende Rivalität mit Charles Dickens, der sich schon Ende der dreißiger Jahre mit den „Pickwickiern" (The Posthumous Papers of the Pickwick Club, 1836/37) und mit dem Roman „Oliver Twist" (1837/38) einen Namen gemacht hatte und sich einer ungeheuren Beliebtheit erfreute. In diese Nebenbuhlerschaft hatte ihn ebenso die Literaturkritik gedrängt. Obwohl sich die beiden Männer, aber auch beider Kinder, zu besuchen pflegten, gab es Spannungen zwischen ihnen. Sie brachen auf, als John Forster, ein Anhänger, Freund und der erste Biograph Charles Dickens', bei verschiedenen Gelegenheiten Thackeray in nahezu beleidigender Art angriff. Als Dickens im Jahre 1850 vorschlug, eine „Zunft für Literatur und Kunst" zu gründen, um jüngeren Autoren durch die Vermittlung von Spenden unter die Arme zu greifen und um das Ansehen der Schriftsteller im öffentlichen Bewußtsein zu heben, hielten die meisten anderen etablierten Autoren das für einen falschen Weg, und Thackeray vertrat diese Meinung mit einer gewissen Verve.

Im Jahre 1858 erregte Dickens' Absicht einiges Aufsehen, sich nach zweiundzwanzigjähriger Ehe scheiden zu lassen, um eine neue Verbindung einzugehen. Thackeray schlug sich sogleich auf die Seite von Mrs. Dickens, deren bitteres Los allerdings nicht abzuwenden war. Im selben Jahr trug sich die Garrick-Club-Affäre zu, in der Thackeray am Ende gerechtfertigt schien, die jedoch an seinen Nerven zerrte und ihm kaum die gewünschte

Ruhe zum Schreiben ließ. Es begann damit, daß der Journalist Edmund Yates, wie Thackeray Mitglied des Clubs, in dem obskuren Pfennigblättchen „Town Talk" einen Artikel über Thackeray veröffentlichte, der dessen Charakter in ein ausgemacht schlechtes Licht setzte. Thackeray schrieb ihm einen Brief, worauhin Yates sich noch ausführlicher in solcher ehrenrührigen Weise ausließ. Die Eingeweihten und auch Thackeray wußten, daß Dickens Yates in dieser Kampagne unterstützte, wenn nicht gar ihm soufflierte. Nun unterbreitete der Verunglimpfte den Vorgang dem Komitee des Garrick Clubs und trat damit an die Öffentlichkeit. In diesem Streit schieden sich die Geister, doch sowohl im Komitee als auch in der Vollversammlung des Clubs behielten die Gentlemen (pro Thackeray) die Oberhand über die Bohemiens, und Yates wurde ausgeschlossen. Anwälte wurden eingeschaltet, Yates schrieb in der „Illustrated Times" ein Gedicht, das Thackerays zugegeben meist schwache Verse parodierte; es trug den Titel eines älteren Poems unseres Autors, „Die Ballade von Bouillabaisse". Thackeray, der ja in den vierziger Jahren in der satirischen Zeitschrift „Punch" selbst andere Romanciers parodiert hatte (unter dem Titel „Romane aus berühmter Hand", Novels by Eminent Hands, wurden diese Stücke von 1847 später gesammelt), fühlte sich getroffen und war des leidigen Streits überdrüssig.

Diese Affäre zog sich bis in das Jahr 1859 hinein, das dennoch für Thackeray als höchst erfreulich angesehen werden muß. Er erhielt nämlich von dem Verleger George Smith das Angebot, das „Cornhill Magazine" (1860–1875) herauszugeben, das Smith gründen wollte. Obgleich Thackeray in den fünfziger Jahren „Henry Esmond", seine Vorlesungsreihe „Die englischen Humoristen des 18. Jahrhunderts" (The English Humourists of the Eighteenth Century, veröffentlicht 1853) und die Märchenpersiflage „Die Rose und der Ring" (The Rose and the Ring, 1855) bei Smith, Elder & Company publizierte, war doch Bradbury & Evans sein eigentlicher Verlag gewesen. Zuerst lud ihn Smith ein, für das „Cornhill Magazine" ein oder zwei Romane in je zwölf Fortsetzungen zu verfassen, wofür Thackeray 350 Pfund je monatlicher Nummer erhalten sollte. Als Thackeray zusagte und Smith keinen geeigneten Herausgeber finden konnte, trug der Verleger dem Autor auch dieses Amt für weitere 1000 Pfund im Jahr an, die Smith später noch verdoppelte. Nach einigem Zögern nahm Thackeray an und übte danach mehr als zwei Jahre lang diese Tätigkeit aus. Im ersten Jahr brachte er in der Zeitschrift seinen kurzen Roman „Witwer Lovel" und die Vorträge „Die vier Georges" (The Four Georges) unter, und ab 1861 folgten „Die Abenteuer des Philip". Außerdem konnte er in der „Household Words" (Alltagsworte) genannten Rubrik des „Cornhill Magazine" vermischte Artikel und Schriften von sich und von anderen abdrucken. Als Beiträger für die Zeitschrift gewann er unter anderen den Poeta laureatus Alfred Lord Tennyson, die Literaten Matthew Arnold und George Lewis, die Dichterin Elizabeth Barrett Browning und die Romanciers Edward George Bulwer-Lytton, Elizabeth Gaskell und Charles Lever. Mit jeder Nummer konnte er ungefähr 600 Pfund verdienen, soviel wie nie zuvor – obwohl die Auflagenhöhe nach einem Anfangsrekord von 120 000 dann stetig sank. Dieses plötzliche sichere Einkommen erfüllte endlich seinen Wunsch, der ihm über Jahre hinweg am Herzen gelegen hatte, nämlich die Töchter mit einer ansehnlichen Mitgift auszustatten. An seine Mutter schrieb er 1859: „Drei weitere Jahre, wenn es den Schicksalsgöttinnen gefällt, und die Mädchen werden jede die acht- oder zehntausend haben, die ich ihnen geben möchte; wir sollten nichts gegen den schnöden Mammon einwenden, denn ich erlebe mit jedem Tag mehr seinen Gebrauch und seine Erquickung. Was für ein Segen, sich nicht um Rechnungen sorgen zu müssen!" Nun konnte er sich ein stattliches Haus in Palace Green (Nr. 2) errichten lassen, am Westrand von Kensington Gardens unweit des Kensington Palace. Das „Cornhill Magazine" bescherte ihm nicht nur diesen relativen Wohlstand und dieses sichtbare Zeichen des Erfolgs, sondern – für kurze Zeit – auch einen mächtigen Einfluß auf die literarische Landschaft Englands.

Den Gedanken, „Eine schäbig-elegante Geschichte" fortzusetzen, hatte Thackeray in seinen „Vermischten Schriften" (Miscellanies, 1856) als längere Zeit präsent, doch dann als verworfen beschrieben. Wenige Jahre danach machte er sich allerdings daran, obwohl er lieber die Briefe Horace Walpoles (1717–1797) herausgegeben oder Thomas Babington Macaulays „Geschichte Englands" (The History of England, 1849 und 1855) über die Glorreiche Revolution von 1688/89 in das „Augusteische Zeitalter" der englischen Aufklärung hinein fortgesetzt hätte. Nun griff er doch auf die zwanzig Jahre davor entstandene Geschichte zurück. Er hatte sie seinerzeit abgebrochen, weil er mit der Krankheit seiner Frau, der Unsicherheit seines Einkommens und der Belastung durch die Verantwortung für die beiden kleinen Mädchen eine unselige Zeit durchlebte. Es war die Geschichte des Aschenputtels Caroline Gann, deren Vater im Ölgeschäft bankrott macht, als die Gasbeleuchtung aufkommt. Caroline wird von der Mutter tyrannisiert; der gutherzige Vater versucht, sich seine ärmliche Eleganz zu bewahren. In ihrer Pension steigt George Brandon ab, der ein Gedicht des jungen Künstlers Andrea Fitch plagiiert, um Caroline zu beeindrucken. Mit Hilfe des intriganten Geistlichen Tom Tufthunt arrangiert Brandon eine Scheinheirat mit Caroline, die an die Echtheit der Ehe glaubt. Eingeweihter Zeuge der Zeremonie ist Viscount Cinqbars, der mit vollständigem Namen Augustus Frederick Ringwood heißt.

Die Geschichte hatte Thackeray, wie er 1840 an den Verleger von „Fraser's Magazine" schrieb, auf eine Weise abgebrochen, daß er sie entweder so belassen oder später einmal fortführen konnte. Sie war im Ton der frühen Werke Thackerays erzählt. In einem wichtigen Punkt bildet sie die Vorgeschichte des Romans, denn das Geschick Philips hängt letztlich davon ab, ob die Eheschließung zwischen Caroline Gann – oder Caroline Brandon, wie sie sich danach nannte – und George Brandon, dessen richtiger Name Doktor Firmin ist, rechtens war; wenn ja, ist Doktor George Brandon Firmins spätere Ehe mit Louisa Ringwood, aus der Philip hervorging, nichtig und unser Held ohne Anspruch auf das mütterliche Erbe. Der Roman setzt mit der Kindheit Philips um das Jahr 1830 ein; es ist, so kann man sagen, ein Gegenwartsroman. Er wird von Arthur Pendennis erzählt, den Thackeray als sein Alter ego schon in den „Newcomes" verwendet hatte; an seinen Verleger schrieb er diesbezüglich: „Ich würde gern Mr. Pendennis zum Verfasser der Geschichte machen und ihn durch sie hindurchspazieren lassen. Er kann freier als Mr. Thackeray reden." Gerade an der Wandlung des Erzählers Pendennis von den „Newcomes" zu „Philip" läßt sich ablesen, wie weit sich Thackeray vorwagte, den aktiven bürgerlichen Helden, den gesicherten Konsensus der Moral und den festen Standort des Erzählers in Frage zu stellen.

Der eigentlich befremdliche Punkt unseres Romans ist nicht leicht zu fassen, da er mit fast allen Ingredienzien des viktorianischen Realismus ausgestattet ist. Nähern wir uns dem geheimen Punkte von außen und beginnen wir mit den Gestalten der Peripherie. Wir entdecken in einigen von ihnen Ähnlichkeiten mit Zeitgenossen Thackerays, die er zum Teil beabsichtigte und eingestand. Der Arzt Doktor Goodenough wurde Dr. John Elliotson nachgezeichnet, dessen Fürsorge dem schwer erkrankten Thackeray 1849 das Leben rettete. Der erwähnte Andrea Fitch mag dem schottischen Maler John Brine aus den Pariser Jahren nachgebildet sein. Das Porträt Doktor Firmins trägt deutliche Züge des berüchtigten Londoner Anwalts Edwin James, der wegen einiger Amtsvergehen drei Jahre niemanden vor Gericht vertreten durfte und der in der Garrick-Club-Affäre Thackerays Widersacher Yates beraten hatte. Mrs. Baynes erinnert, wie gesagt, an Thackerays Schwiegermutter Mrs. Shawe und Charlotte an seine Frau Isabella während der Zeit seiner Werbung. Neben der geistig agilen Madame de Smolensk, die die Freuden und Mühen des Lebens bewundernswert unverdrossen hinnimmt, und dem bekannten Typ des Pharisäers der Respektabilität in Gestalt Talbot Twysdens taucht mit dem Geistlichen Tufton Hunt eine neuartige Gestalt auf: der Schurke im frommen Gewand. So weit war noch kein englischer Schriftsteller gegangen; höchstens mit kleinen Lastern behaftet, doch stets liebenswürdig hatte man Vertreter des kirchlichen Standes als Hüter von Glauben und Moral charakterisiert, doch nie so infam, gierig und skrupellos wie diese Ausgeburt des Bösen.

Und was ist aus Laura Pendennis geworden, dem freundlichen Mädchen aus der „Geschichte des Pendennis", der gütigen jungen Frau des Erzählers in dem Roman „Die Newcomes"? Sie wird von ihrem Ehemann mit einer Art von vergnüglicher Verachtung betrachtet und in ihrer dogmatischen Moral fast lächerlich gemacht. Wenn sie Agnes Twysden dafür verurteilt, daß sie die heiligen Bande der Liebe gelöst habe, obgleich Agnes doch gar nicht zu Philip gepaßt hätte, und wenn sie verlangt, daß er den Wechsel seines Vaters deckt, dann legt sie nicht nur die Überheblichkeit einer abstrakten Rechtschaffenheit, sondern ihre Blindheit gegenüber den Realitäten an den Tag: Die einstige geliebte viktorianische Romanheldin entpuppt sich als halb verschrobenes Opfer ihrer ausgedienten Ideale. In der Zeichnung dieser Gestalt scheint Thackeray der Hoffnung auf häusliches Glück ganz zu entsagen.

Merkwürdiger noch verfährt er mit der Figur Caroline Brandons, der Kleinen Schwester. Als guter Geist in Philips Leben spielt sie die Rolle eines doppelten Surrogats. Sie beschützt und versorgt Philip wie eine Mutter (sie hatte ihr eigenes Kind ebenso zeitig verloren wie Philip seine Mutter), und sie tröstet ihn mit Zärtlichkeit, richtet ihren angebeteten Helden immer wieder auf und rivalisiert mit Charlotte wie eine Geliebte um ihren Platz in Philips Herz. Selbst als sie Rechtsnormen und die viktorianische Schicklichkeit verletzt, indem sie Hunt Zugänglichkeit vortäuscht, ihn betäubt und beraubt, mutet uns Thackeray durch seinen Erzähler Pendennis mit berechtigter Zuversicht zu, ihr die Zuneigung zu erhalten. In ihrer Bewertung wird also die Hauptkategorie bürgerlicher Menschenbeurteilung, die der Moral, von der Analyse der jeweiligen Gemütslage einer Gestalt verdrängt. Wie schon in „Pendennis" demonstriert Thackeray im Vorgang des Erzählens eine beginnende Unsicherheit und eine sich anbahnende Krise des einheitlichen bürgerlichen Konsensus der Wertvorstellungen.

Das wird noch deutlicher in der Darstellung seines Helden Philip und dessen „Abenteuer", der Handlung des Romans. Philip spiegelt in Phasen seines Lebens Erfahrungen Thackerays wider, besonders in der Liebesgeschichte mit Charlotte Baynes und in einigen Aspekten seiner journalistischen Tätigkeit. In das Profil dieser Gestalt sind aber auch Erinnerungen an einen Freund aus der Studentenzeit in Cambridge eingeflossen, an Saville Morton. Der aus guter Familie stammende junge Ire verschwendete viel von seinem reichlich bemessenen Taschengeld in London beim Spiel und war mehrmals in unglückliche Frauengeschichten verwickelt. Eine solche Affäre, die Thackeray in seinem hinterlassenen Romanfragment „Denis Duval" aufgriff, führte dann auch zu Mortons tragischem Tod.

Gewiß gehört Philip unsere Sympathie, und wir verfolgen seinen Weg mit einiger Anteilnahme. Zugleich aber ist er einer der unliebenswürdigsten Helden der viktorianischen Literatur. Der Leser wird stets ein wenig auf Distanz gehalten, denn wo immer Philip dessen Wohlwollen erheischt, stößt er ihn durch sein Verhalten sogleich wieder vor den Kopf. Er neigt dazu, sich für ein unerkanntes Genie zu halten, und reagiert mit dem Hochmut des Zurückgewiesenen. Er ist ungeduldig, grob, aggressiv, unglaublich anmaßend, einfältig und eigentlich ohne feste Ziele und Prinzipien, ein Narr, wenn man es recht bedenkt, von erstaunlicher geistiger und gefühlsmäßiger Seichtheit, der sich später als Journalist – freilich unter dem Zwang der Umstände – verkauft und falsche beziehungsweise unfachmännische Berichte verfaßt. Und doch unterscheidet ihn etwas grundlegend von den Nutznießern des spätindustriellen und Gründerzeit-laissez-faire: Philip mangelt es an jener Verruchtheit, welche die aufstrebenden Unternehmer, die spekulierenden Bourgeois und besitzorientierten Aristokraten auszeichnet. Das hebt ihn von seiner Umgebung ab und läßt ihn in einem positiven Licht erscheinen, verurteilt ihn jedoch natürlich dazu, erfolglos und unbedeutend zu bleiben. Er selbst entbehrt jener gesellschaftlichen Bewußtheit, die Becky Sharp aus dem „Jahrmarkt der Eitelkeit" und Arthur Pendennis als Romanheld mehr oder weniger ausprägten, und wo Pendennis Philips Ausbrüche von Unmut und Rebellion registriert, interessiert ihn als Erzähler weniger der gesellschaftliche als der affektive Aspekt.

Welches sind nun eigentlich Philips „Abenteuer", die literarisierten Begebnisse, die seit den Romanen Daniel Defoes (1660 bis 1731) und Henry Fieldings im Einzelschicksal immer das Panorama der Zeit entwerfen? Die Tatsachen des Initiationsmusters scheinen zu stimmen: Philip ist offensichtlich ein zukünftiger Erbe, er besucht die richtige Schule und die richtige Universität, findet seinen wenn auch bescheidenen Platz im Berufsleben und heiratet die Tochter eines Generals. Es liest sich jedoch ganz anders: Der zukünftige Erbe ist Sohn eines Verführers, Betrügers und Urkundenfälschers, das Erziehungssystem der Schule muß verachtet werden, die Universität ruiniert junge Menschen, der Beruf entehrt den Ausübenden, und die Ehe bildet das traurigste und langweiligste Happy-End der zeitgenössischen Literatur.

Kaum, daß der erste Konflikt umrissen ist – der zwischen Philip und seinem Vater –, erfahren wir (im 2. Kapitel und später noch zweimal), daß wir nicht um Philip fürchten müssen und die Geschichte einen für ihn guten Ausgang nehmen wird. Die übliche dramatische Spannung kommt also nicht ernstlich auf. Philips Revolte gegen die sexuelle Heuchelei des Vaters, gegen alle Arten von Beschränkungen und gegen den niederträchtigen Geldbetrug ist nicht eigentlich eine Bewährungsprobe zum Eintritt ins Erwachsenenleben, wie man sie vom Erziehungsroman her kennt. Sie drückt vielmehr Philips Verlangen aus, sich selbst nicht in der Welt, sondern gegen die Welt zu behaupten oder am liebsten ohne sie zu existieren. Seine Aggressionen zielen nicht darauf ab, einen Platz zu erobern; sie projizieren eher den Wunsch, sich von den Orthodoxien seiner Umwelt zu befreien und sich auf sich selbst und auf die engsten Freunde zurückzuziehen. Die Verhältnisse zwingen ihm aber leidige Berührungen mit dieser Welt und eine Serie von Einzelkonflikten auf. Nach dem Vater treten ihm Tufton Hunt, Mrs. Baynes, Cousin Twysden, Lord Ringwood, der Mulatte Woolcomb und der Verleger Mugford in den Weg, wobei gerade der letztgenannte sich eher als sein Wohltäter erweist. Diese Streitfälle bewirken nun keine „Entwicklung" der Gestalt des Helden, auch bleiben die handfesten Aktionen – Twysden wirft er in einen Brunnen, Hunt in die Gosse, dem Lord bietet er die Stirn, den sozial unter ihm stehenden, doch finanzkräftigen und einflußreichen Verleger putzt er ungerechterweise herunter – im Grunde folgenlos. Philip reitet nicht als strahlender Held mit erhobenem Schwert vorwärts wie der heilige George, Englands christliches Ritteridol, sondern er verteidigt sich bissig oder gelegentlich unwillig in Scharmützeln auf einem Rückzug, um sein zwischen Bohemien und Gentleman angesiedeltes Persönlichkeitsideal für sich zu retten. Zu vollbringen hat er dabei wenig: Er muß eine Frau gewinnen und später eine Familie ernähren.

Wenn sich auch das Format des englischen Romanhelden mit Thackerays Philip spürbar verringert, seine Aktionen eher aufs Persönliche als aufs Öffentliche gerichtet sind und seine Darstellung in einer gedehnten melodramatischen Romanze eher psychologisch als gesellschaftlich geprägt ist, hat Thackeray doch die sozialen Konditionen genau markiert, speziell hinsichtlich der Einkommen und der Lebenskosten. In keinem anderen seiner Romane werden so oft Geldsummen genannt. Philip verschwendete die acht- bis neuntausend Pfund, die er von seiner Mutter jährlich erhielt, doch er darf mit einer Erbschaft von 30 000 Pfund und mit einem unbestimmten, doch offensichtlich

ansehnlichen Vermögen seines Vaters rechnen. Mit zweiund-
zwanzig Jahren sieht er sich allerdings mittellos und muß sich
selbst eine Existenz schaffen. Das ist nicht leicht, denn in London
konnte man mit weniger als 2000 Pfund im Jahr nicht anständig
leben, wie der Erzähler (von dem noch die Rede sein wird) im
17. Kapitel anmerkt. Vorher heißt es schon: „Was ist Liebe, junges Herz? Es ist zweitausend im Jahr nach der geringsten Veran-
schlagung, und bei dem gegenwärtigen Anstieg der Preise und
Mieten kann diese Rechnung nicht lange aufgehen." (9. Kapitel)
Wir erfahren, was das Frühstück und die Wäsche in Paris kosten,
wieviel Philip für seine Artikel erhält und wie er allmählich seine
Einkünfte von 100 Pfund über 300 auf 450 Pfund steigert. Das
ist zwar keine präzise soziale Analyse, wie sie Henry Mayhew
(1812—1887), ein Bekannter Thackerays seit der Zeit bei „Punch",
in seiner großen Studie „Londoner Arbeit und die Londoner
Armen" (London Labour and the London Poor, 1851) angefer-
tigt hatte, doch ein Zeugnis dafür, daß Thackeray Gemüts- und
Gesellschaftszustand nicht völlig trennte. Wenn er am Ende
Philip doch noch mit der Erbschaft beglückt, so bildet diese
„Sensation" keine Schicksalswendung, denn Philip hat sich zu
diesem Zeitpunkt schon eingerichtet im Leben, freilich auf einer
niedrigeren Stufe, auf der sich weder Kutsche noch einen Diener oder die Gastfreundlichkeit des Dinners leisten konnte.
Thackerays Leser mußten nach seinen bisherigen Romanen damit rechnen, daß der Erzähler — es ist wie bei den „Newcomes"
Arthur Pendennis — den Gang der Handlung mit seinen Betrachtungen öfter unterbrechen würde. Pendennis tut dies auch
mit mehr oder weniger amüsant formulierten Gemeinplätzen
über Schein und Wesen der Dinge und Menschen, über die Ver-
gänglichkeit, den Einfluß des Geldes und den Heiratsmarkt. Er
erinnert sich an Straßen, gewahrt Veränderungen der Stadt, fällt
direkte Urteile über seine Gestalten, bezeichnet sich als Regis-
seur des dargebotenen Schauspiels und nennt die Wahrheit zu
schreiben sein Ziel und seine Pflicht. So weit haben das seit
Henry Fielding viele Romanciers getan: Sie nutzten den zwischen Autor und Romangeschehen etablierten Erzähler als eine
Persona, d. h. als eine Maske, um wie von einer höheren Warte
der Weisheit und Weltkenntnis aus ihre Geschichte mit allgemeinen Einsichten, Warnungen, Ratschlägen und sittlichen Ma-

ximen zu schmücken und so dem horazischen Imperativ des Unterhaltens und Belehrens zu entsprechen.

Nun aber gewinnt der Erzähler des „Philip" über seine universale Statur hinaus ein individuelles Profil, eine private Stimme, eine subjektive Bewußtheit, die von tiefen psychischen Spannungen vibriert. Schon im 5. Kapitel gibt er den Widerspruch preis, Philip zu mögen, obgleich der erhebliche Fehler besitze, und er bekennt seine Unsicherheit, ob er die Figur Doktor Firmins nicht zu sehr verzerrt habe. Beruft er sich im 4. Kapitel noch ironisch auf seine Rolle als unfehlbarer Chronist, so sieht er sich im 17. als hilfloser Beobachter. Im 23. Kapitel verschiebt er dann frank und frei das Interesse von der Handlung auf das Erzählen der Handlung. An anderen Stellen zeigt er sich verärgert, er verspottet sich selbst und verliert sich zwanghaft in persönlich gefärbte Reaktionen, beschimpft sich dann wegen seiner Ressentiments gegenüber einigen Gestalten, die er doch letztlich selbst hervorbrachte. Meistens verteidigt er seine Aufgabe als Erzähler, zuweilen aber möchte er sich ihr am liebsten entziehen. Welchen Zweck der Erzähler Arthur Pendennis damit verfolgt, bleibt dunkel. Von diesen subjektiven Abschweifungen zu seiner Geschichte zurückzukehren ist ihm im 5. Kapitel geradezu eine Erlösung. Die traditionelle zentrifugale Tätigkeit des Erzählers, nach außen zu blicken auf andere Menschen und auf die Zeitläufte, kehrt sich in solchen Passagen in die zentripetale Beschäftigung mit sich selbst um.

Hier treffen wir auf besagten merkwürdigen Punkt dieses Romans, der ihm gewiß viel Anerkennung bei den Zeitgenossen kostete. In die alte Romanstruktur mischt sich ein neuer Umgang mit dem Erzähler und ein neuer Umgang des Erzählers mit seinem Stoff. Des Lesers Aufmerksamkeit wird nicht nur auf den Helden gelenkt, sondern zugleich auf Pendennis' Verhältnis zu ihm. Pendennis bewundert seine Kreation nicht, er glaubt nicht an Philip, und doch hält er zu ihm, hat er ihn doch als seinen Romanhelden gewählt. Mit der Figur Philips wird der traditionelle Romanheld, der sein Leben aus sich heraus aktiv gestaltet und dadurch seine Zeit zu durchleuchten vermag, verabschiedet. Im 17. Kapitel verlangt es den Erzähler, wie Sokrates Abschied zu nehmen; er sucht das Vergessen. Briefe will er verbrennen und das Gestern abstreifen (18. Kapitel), wo doch der Erzähler vornehmlich dazu berufen ist, sich zu erinnern und zu berichten, was gestern geschah. Ein Erzähler wie der Pendennis in „Philip", der nicht hinter seiner Geschichte steht, der nicht weiß, ob sein Held überhaupt diese Aufmerksamkeit verdient und ob er, Pendennis, immer richtig geurteilt habe (41. Kapitel), der sich also der Last seiner inneren Beteiligung entledigen will, der zweifelt nicht nur an den bislang gültigen ästhetischen Vereinbarungen zwischen Autor und Leser, sondern auch daran, daß es noch richtig sei, eine allgemeine Übereinstimmung zwischen den moralischen und ästhetischen Normen des Bürgertums und der wirklichen Erfahrung der Periode nach 1848 zu postulieren.

Damit gab Thackeray viel von der Zuversicht auf, welche die frühviktorianische Romanliteratur zu ihren großen Leistungen inspirierte und ihre Gesellschaftskritik – auch in seinen eigenen frühen Werken – so emphatisch machte. Dieser Antrieb hatte sich abgeschwächt, war in gewissem Grade erschöpft. Auf jeden Fall konnte und wollte Thackeray offensichtlich unter die Glücksmärchen und unter die sentimentalen Geschichten zur tröstlichen Belehrung, die immer noch im Schwange waren, einen Schlußstrich ziehen. Wir sahen schon, wie er mit der Gestalt Philips den Vorstellungen von einem Romanhelden ins Gesicht schlug, wie er die von den zeitgenössischen Lesern überaus geliebte Figur des häuslichen Engels in der biederen, doch auch töricht verbohrten Laura und in dem herzensguten, doch auch waghalsigen und vor Gewalt und Raub nicht zurückschreckenden Aschenputtel Caroline Brandon demontierte. Einschneidender noch, daß er den Erzähler mit einem unerklärten Gefühl des Überdrusses und mit Zweifeln an seinem Tun ausstattete – jene für unantastbar gehaltene Instanz, die sich doch stets für die Welt der viktorianischen Romane bislang so selbstsicher verbürgt hatte. Ferner vermerkt Arthur Pendennis häufig und mit Genuß, welche gemeinhin erwarteten Ereignisse in seiner Geschichte n i c h t eintreten werden. Die herkömmliche Abenteuerspannung, die ihre Lösung im Endpunkt der Handlung findet, läßt er zugunsten des neuartigen Interesses, wie die Authentizität einer widersprüchlichen Gestalt im Erzählvorgang entfaltet wird, fallen. Die trotzigste Geste bildete seine höhnische Zurückweisung der Liebe im 17. Kapitel. Er weigert sich, Liebesszenen mit dem üblichen Schmus breitzutreten, da das Liebesgeflüster nur sinnloses Gewäsch sei, und macht sich über das archetypische Liebespaar Hero und Leander lustig (20. Kapitel). Gewiß sollten Thackerays Zweifel an dem romantischen Glauben, der Mensch sei im Innersten von Natur aus gut, und seine ständigen, bewußten Verletzungen der für unverletzlich gehaltenen Erzählkonventionen die Leser aufschrecken und ihnen die Fragen aufdrängen, denen sie um ihres Seelenfriedens willen auswichen.

Mit den „Abenteuern des Philip" eröffnete Thackeray dem späteren englischen Roman eine neue psychologische Dimension. In dem Maße, wie er die Aufmerksamkeit des Lesers auch auf das Verhältnis des Erzählers zu Held und Handlung richtete, deutete er intuitiv auf die Notwendigkeit, den veränderten gesellschaftlichen Umständen entsprechend, die Erzählkunst neu zu definieren. Dem ehrlichen, kritischen Bürger Thackeray boten sich aber offensichtlich keine gleichermaßen vorwärtsweisenden gesellschaftlichen Ideen und Haltungen an. Im Gegenteil, er gründete seine Kritik der Lebensverhältnisse ebenso wie seine erzählerischen Neuerungen auf die alten Werte einer standesverpflichteten Aufrichtigkeit, die sich indes kaum noch verwirklichen ließ. Das schlägt sich auch in solchen Ungereimtheiten nieder wie in der ungebührlichen Arroganz, mit der Thackeray seinen Philip dem Verleger Mugford begegnen läßt, oder darin, daß die Kleine Schwester – für den Leser eine Vertrauensperson – dem höherstehenden Philip beteuert, er dürfte keinen Herrn über sich haben; mit anderen Worten, die Niedrigstehende will ihren Herrn davor bewahren, sich zu erniedrigen. Ob es ein Zugeständnis an das öffentliche Rassenvorurteil der englischen Bürger oder Thackerays eigene Meinung ist: Die Absicht, Agnes' Geldheirat dadurch als um so verabscheuungswürdiger darzustellen, daß sie sich einem reichen Farbigen (Woolcomb) hingibt, entfernt sich weit von Thackerays früher geübter Toleranz.

Dennoch beschleicht uns beim Lesen dieses halb vergessenen skeptischen Romans eine gewisse Vertrautheit. Sie rührt wohl von Thackerays damals kühner Entschlossenheit her, nicht mit erhobenem Zeigefinger auszumalen, wie das Leben sein sollte, sondern es so zu nehmen, wie es ist. Setzten Dickens und George Eliot darauf, daß die längst bröckelnde Selbstlosigkeit ihren Geschichten noch Wertgrund sein und Zusammenhang verleihen könne, so sieht Thackeray diese Mitte des Erzählens fast verloren. Er hält sich deshalb an die Erscheinungen, an das Bild des gereizten – und oft genug zornigen – jungen Mannes, der in den Augen eines mißvergnügten Erzählers wenn nicht das große Glück, so doch sich selbst sucht. In dieser doppelten Perspektive, als Beschriebener und als Schreibender, kündigt sich hier am Ende von Thackerays Schaffen und vielleicht zum ersten Male in der englischen Romanliteratur der „moderne" Mensch an, der im Abenteuer des Lebens und in dem des Erzählens den Zeichen bürgerlicher Entfremdung begegnen wird.

Günther Klotz

ANMERKUNGEN

8 *„Le temps fait passer l'amour"* – (franz.) Die Zeit läßt die Liebe vergehen.
Tricktrackbrett – Tricktrack oder Puff, ein altes Brettspiel für zwei Personen, mit 24 Dreiecksfeldern, in die man als erster mit zwei Würfeln jeweils 15 Damesteine hinein- und wieder herausbringen muß.
Sèvresporzellan – In der seit 1753 als Manufacture royale bestehenden Porzellanfabrik (ab 1756 in Sèvres angesiedelt) wurden Leuchter, Uhren, Tafel- und anderes Gerät, Prachtvasen, Figurengruppen usw. hergestellt. Unter Ludwig XV. wurde im Rokokogeschmack, unter Ludwig XVI. und Napoleon I. in antikisierendem Stil gearbeitet.
Darby, Joan – Vgl. Anm. zu Band 1, S. 286.

9 *Punch* – Hauptfigur (Hanswurst) des englischen Puppenspiels.
Guignol – Verschmitzte, gutmütige Figur des französischen Puppenspiels. – Auf den Champs-Elysées gab es seinerzeit im Freien Buden für das sogenannte Théâtre de Guignol.
Ally! Vite! – (schlechtes Französisch) Los! Schnell!
laquais de place – (franz.) Mietdiener.
Bois de Boulogne – Ein parkartig angelegter Wald von 872 ha Fläche, eine der beliebtesten Promenaden im Westen von Paris mit Alleen, künstlichen Teichen und einer breiten Zufahrtsstraße von den Champs-Elysées her.

11 *voyez-vous?* – (franz.) sehen Sie?
vom Obelisk bis zur Etoile – Der Obelisk (errichtet 1836) befindet sich auf der Place de la Concorde am Ende des Jardin des Tuileries und am Beginn der Champs-Elysées; die Place de l'Etoile mit dem Arc de Triomphe beschließt die Champs-Elysées. Die Entfernung beträgt 2,6 km.

13 *parbleu!* – (franz.) wahrhaftig!
Merci! Tenez . . . – (franz.) Danke! Sehen Sie, Monsieur Philippe.
cachemire – (franz.) Kaschmir; ein feines, weiches Gewebe aus Ziegenwolle.
Gretna Grin – Vgl. Anm. *überhaupt keinen Pfarrer* zu Band 1, S. 184.
Faubourg St-Honoré – Die englische Botschaft befand sich in der Rue du Faubourg St-Honoré Nr. 39.
L-w- – Der Löwe war das Wappentier des englischen Königshauses; das Einhorn war seit dem Mittelalter Träger (Haltefigur) des königlichen Wappens.

13 *Drei K-n-gr--ch-* – Das sind England, Irland und Schottland.
   porte cochère – (franz.) Torweg, Einfahrt.
   chancellerie – (franz.) Kanzlei.
   messieurs y sont – (franz.) die Herren sind dort.
14 *Variété* – Das Théâtre des Variétés, 1807 von Céllenier erbaut, befand sich
   Boulevard Montmartre Nr. 7. Es war berühmt für seine Vaudevilles, die kurzen Possen mit gassenhauerartigen Gesangseinlagen.
   lansquenet – (franz.) Landsknecht; ein Glücksspiel mit Karten.
15 *truffles ...* – (franz.) Trüffel und Krebse auf Bordelaiser Art.
   Cérisette – Sprechender Name; soviel wie „getrocknete Kirsche".
   Charlotte Russe – Kalte Speise aus geschlagener Sahne.
   pomme cuite – (franz.) gekochte Kartoffel.
   Friede von Amiens – Im Frieden von Amiens am 27. 3. 1802 mußte England
   die eroberten spanischen und holländischen Kolonien (außer Ceylon und
   Trinidad) abtreten. Frankreich erhielt seine Kolonien zurück, wofür die
   Franzosen Rom, Neapel und Elba räumen mußten.
   Lord Malmesbury – James Harris, erster Graf von Malmesbury (1746–1820),
   Diplomat. Er war 1772 Gesandter in Berlin, 1777 in Petersburg, 1784 im
   Haag und leitete 1796 und 1797 die ergebnislosen Friedensverhandlungen
   mit Frankreich.
   Napoleon – Vgl. Anm. zu Band 1, S. 85.
   meis sumptibus – (lat.) auf meine Kosten.
   Iterum – (lat.) Abermals.
16 *Cockney* – Vgl. Anm. zu Band 1, S. 28.
   Diht Mosho ... – (schlechtes Französisch) Sagen Sie, Monsieur Ringwood
   Twysden, bitte, für den ehrenwerten Monsieur Lowndes.
17 *Somerset* – Grafschaft im Südwesten Englands.
   „Trois Frères" – Vgl. Anm. zu Band 1, S. 340.
   Sotto voce – (ital.) Mit gedämpfter Stimme.
   Chatsworth – Prachtvolles Schloß in der Grafschaft Derbyshire, von dem Architekten William Talman 1687 bis 1706 im Stil des Palladio für William
   Cavendish, den ersten Herzog von Cavendish, erbaut.
18 *Monsieur Chesham ...* – (franz.) Kann Monsieur Chesham Monsieur Firmin
   empfangen?
19 *Mr. Peel* – Sir Robert Peel (1788–1850), Politiker der Torypartei und Parla-
   mentsabgeordneter; später Begründer der Konservativen Partei; von Novem-
   ber 1834 bis April 1835 und 1841 bis 1846 Premierminister und Kanzler
   des Schatzamtes. Er legte 1846 sein Amt nieder, weil das Kabinett in der
   Frage der Kornzölle seine Politik nicht billigte. 1827/28 führte er die Opposition und war Gegner der Reform Bill von 1832.
   „Pall Mall Gazette" – Vgl. Anm. zu Band 1, S. 261.
20 *déjeuner* – (franz.) erstes Frühstück, wo man nur Kaffee, Schokolade trinkt
   oder sonst etwas mit dem Löffel zu sich nimmt, wohingegen man beim zweiten Frühstück (Gabelfrühstück) Fleisch ißt und Wein trinkt.
   Asmodeus – Vgl. Anm. *hinkender Teufel* zu Band 1, S. 395.
21 *Chaumière* – Pariser Ballhaus am Boulevard Montparnasse; während der Re-
   stauration und der Regierungszeit Louis-Philippes der bevorzugte Treff-
   punkt der Studenten und Künstler; 1855 geschlossen.

408

21 *Mabille* – Pariser Ballhaus in der Avenue Montaigne, eine der beliebtesten Vergnügungsstätten der Julimonarchie und des Zweiten Kaiserreichs; 1840 von einem Tänzer namens Mabille gegründet; Chicard führte dort den Can-can ein. 1875 geschlossen.

Bon Dieu! – (franz.) Mein Gott!

22 *Frauen in Schwarz* – Anspielung auf das Schicksal der von Don Juan verlassenen Frauen in Mozarts Oper „Don Giovanni" (1787). Don Juan hatte den Komtur, den Vater Donna Annas, meuchlings erstochen; sie sinnt auf Rache. Donna Elvira hatte er verlassen, Zerline sucht er zu verführen.

tausendunddrei – In der berühmten Registerarie „Schöne Donna" zählt Don Juans Diener Leporello die zahllosen Liebschaften seines Herrn auf. Vgl. Mozarts „Don Giovanni", 1. Akt.

fraîcheur – (franz.) Frische, Kühle.

Rue Miroménil – Von der Place Beauveau, Ecke Rue du Faubourg St-Honoré abzweigende Straße.

23 „*Hôtel de la Terrasse*" – Das Grand Hôtel de la Terrasse-Jouffray befand sich am Boulevard Montmartre Nr. 10.

p. p. c. – pour prendre congé (franz.) = um Abschied zu nehmen. Handschriftlicher Vermerk auf Besuchskarten bei Abschiedsbesuchen.

24 *Ceci* . . . – (franz.) Hier bei Madame Smolensk? – Ja.

Ici demeure . . . – (franz.) Wohnt hier General Baynes?

27 *Nec dulces amores sperne* . . . – (lat.) Verschmähe nicht die Freuden der Liebe, mein Junge, und nicht den Tanz. Vgl. Horaz, „Oden", 1, 9, 15-16.

C. B. – Vgl. Anm. *K. C. B.* zu Band 1, S. 336.

28 *meine Herrscherin* – Königin Victoria regierte von 1837 bis 1901.

29 *Barrackpore* – Vgl. Anm. zu Band 1, S. 350.

Hastings – Francis Rawdon-Hastings, erster Marquis von Hastings und zweiter Graf von Moira (1754–1826) war von 1813 bis 1822 Generalgouverneur von Bengalen und festigte die britische Vorherrschaft in Zentralindien. 1817/18 kämpfte er gegen die Marathen-Konföderation (vgl. Anm. zu Band 1, S. 276) und erhielt für seine Verdienste 60000 Pfund von der Ostindischen Kompanie. 1824 war er Gouverneur von Malta. Er heiratete 1804 Flora Mure Campbell, Gräfin Loudoun.

31 *Geburtstag der Königin* – Victoria wurde am 24. 5. 1819 im Kensington Palace geboren.

de cap à pied – (franz.) von Kopf bis Fuß.

32 *sibi constans* – (lat.) sich treu bleibend. Vgl. Horaz, „Über die Dichtkunst", 127.

parcus cultor . . . – (lat.) spärlicher und seltener Besucher. Vgl. Horaz, „Oden", 1, 34, 1.

bossiert – mit erhabener Stickerei verziert.

Palais-Royal – Ursprünglich Palast Kardinal Richelieus in Paris, 1634 bis 1639 erbaut; danach bis 1848 im Besitz des Hauses Orléans. Um 1780 wurden zusätzlich zu beiden Seiten des Palastes Theater und an drei Seiten des Gartens hölzerne Arkaden mit Galerien angebaut, die an Geschäftsleute und Spielbankhalter vermietet wurden; dort traf sich die vornehme Welt in den Vergnügungs- und Spielsälen. Von 1818 bis 1830 wurde die Anlage noch durch Pavillons mit eleganten Geschäften erweitert; 1829 entstand die den Garten abschließende Galerie d'Orléans mit einem riesigen gewölbten Glasdach. Um 1805 gab es bereits 15 Restaurants, 20 Cafés und 18 Spieltische. – Thackeray hielt sich während seiner Parisaufenthalte gern dort auf.

33 *Quais* – Die Uferstraßen an der Seine.

Deputiertenbrücke – Das ist der Pont de la Concorde an der Chambre des Députés (Deputiertenkammer) über die Seine.

queue – (franz.) lange Reihe.

34 *Comme il est bien ganté* – (franz.) Er ist gut behandschuht.

38 *Pradier* – James Pradier (1792–1852), französischer Bildhauer. Er ging 1813 nach Rom, schuf nach seiner Rückkehr in akademischer Eleganz u. a. „Kentaur mit Bacchantin", „Die Toilette der Atalante", Statuen der Städte Lille und Straßburg auf der Place de la Concorde und zwölf kolossale Viktorias am Denkmal für Napoleon I. im Invalidendom.

40 *Beaujon Hospital* – Beaujon Hôpital, ein 1780 gegründetes Krankenhaus in der Nähe der Rue du Faubourg St-Honoré.

41 *Golkonda* – Ort im ehemals britisch-indischen Staat Haidarabad und früher Sitz einer berühmten Diamantenschleiferei und Fundort von Rubinen und Saphiren in der Umgebung.

„*Galignani's Messenger*" – Vgl. Anm. zu Band 1, S. 349.

42 *Rhadamanthys* – In der griechischen Sage ein weiser, gerechtigkeitsliebender König der Vorzeit, Sohn des Zeus und der Europa. Er herrschte nach seinem Tode mit Kronos im Elysion oder richtete mit Minos und Aiakos zusammen in der Unterwelt über die Toten.

43 *Infandi dolores* – (lat.) Unsägliche Schmerzen. Vgl. Vergil, „Äneis", 2, 3.

46 *O schwache Willenskraft!* . . . – Vgl. Shakespeare, „Macbeth", II, 1, 124.

47 *que c'était pitié à voir* – (franz.) daß es ein mitleiderregender Anblick war.

48 *Sou* – Französische Kupfermünze.

49 *Qui est la?* – (franz.) Wer ist da?

Vous n'êtes qu'un poltron – (franz.) Sie sind eine Memme, General.

50 *Ah, que je vous aime!* . . . – (franz.) Ah, wie ich Sie liebe! Ah, wie gut Sie sind, Madame!

52 *Pont des Invalides* – 1827/29 erbaute Seinebrücke.

ah, qu'on y était . . . – (franz.) Oh, gut ging es einem da mit zwanzig Jahren.

Carcassonne – Hauptstadt des französischen Departements Aude mit vielen mittelalterlichen Bauwerken.

Victor Hugo – (1802–1885), französischer Romancier, Dramatiker und Lyriker. Er begründete 1824 die Zeitschrift der französischen Romantiker „La Muse française"; Romane u. a. „Der Glöckner von Notre-Dame" (1831), „Die Elenden" (1862).

Alfred de Musset – (1810–1857), französischer Lyriker, Novellist und Dramatiker; jüngstes Mitglied des von Hugo begründeten romantischen „Cénacle"; u. a. „Die Nächte" (1835–1837), „Bekenntnisse eines Kindes seiner Zeit" (1836).

quoi – (franz.) was!

les Mihs anglaises – (franz.) von den englischen Fräuleins.

au premier – (franz.) im ersten Stock.

53 *eau sucrée* – (franz.) Zuckerwasser.

que sais-je? – (franz.) was weiß ich.

53 *salle à manger* – (franz.) Speisesaal.

Madrastuch – Bunt gegittertes baumwollenes Tuch, in Asien und Afrika sehr geschätzt und nach Europa ausgeführt.

54 *plumet* – (franz.) Staubwedel.

Une dame pour . . . – Eine Dame für Monsieur Philippe. – Eine Dame, verschwinden Sie, Sie Schlingel.

55 *garçon* – (franz.) Junge.

58 *dawk* – (anglo-ind.) Seinerzeit Relaispost, meist mit Trägern, auch mit Pferden für Briefe und Reisende, die im Palankin bzw. Postwagen befördert wurden.

59 *amari aliquid* – (lat.) etwas Bitteres.

60 *laudo manentem* – (lat.) Ich bin's zufrieden, (wenn Fortuna bei mir ausharrt). Vgl. Horaz, „Oden", 3, 29, 53.

si celeres . . . – (lat.) Wenn Fortuna ihre raschen Schwingen zum Fluge reckt. Vgl. Horaz, „Oden", 3, 29, 53-54.

probam pauperiem sine dote – (lat.) züchtige Armut, auch ohne Mitgift. Vgl. Horaz, „Oden", 3, 29, 55-56.

der Kaufmann meines Lieblingsdichters – Anspielung auf den Kaufmann Bassanio aus Shakespeares „Kaufmann von Venedig".

indocilis pauperiem pati – schwer lernend, die Armut zu erdulden. Vgl. Horaz, „Oden", 1, 1, 18.

innamorato – (ital.) Verliebter.

62 *Trinity* – College der Universität Cambridge, gegründet 1546.

Hosenbänder – Vgl. Anm. *Stern und Ordensband* zu Band 1, S. 15.

quondam – (lat.) ehemalig.

Wall Street – Nebenstraße des Broadway in New York mit Banken und der Börse.

Bays's – Vgl. Anm. zu Band 1, S. 69.

63 *Albany* – Hauptstadt des nordamerikanischen Staates New York.

Delmonico – Das Pariser Restaurant allerersten Ranges befand sich in der Rue d'Antin.

seine Reisen in unserem Land – Louis-Philippe (vgl. Anm. zu Band 1, S. 313) hielt sich ab Oktober 1796 in Philadelphia in Nordamerika auf, von wo aus er Reisen zu den Großen Seen und zum Mississippi unternahm. Er kehrte im Februar 1800 nach Europa zurück und lebte mit seinen zwei Brüdern bis 1807 als Privatgelehrter in Twickenham bei London.

65 *Tartuffe* – Der eifrige Frömmler und angeblich uneigennützige demutsvolle Tartuffe wird von Orgon, einem vermögenden Pariser Bürger, in sein Haus aufgenommen. Er kann seine gemeinen Machenschaften ausspielen, während Orgon in maßloser Verblendung den Heuchler nicht durchschaut, bis er beinahe ruiniert ist. Vgl. Molière, „Tartuffe" (1664).

Bufo – Name eines aufgeblasenen Kunstgönners, der Schmeicheleien zugänglich war, aus Alexander Popes Satire „An Epistle to Dr. Arbuthnot" (1735; Vers 230 ff.)

67 *Un petit canard* . . . – (franz.) Ein köstliches Entchen, kosten Sie davon, Madame.

Canard sauvage . . . – (franz.) Wildente sehr gut, Madame mit . . .

femme-de-chambre – (franz.) Zimmermädchen.

411

68 *Courage, ma fille* ... – (franz.) Mut, meine Tochter, Mut, mein Kind!
77 *premier* – (franz.) erster Stock.
   circuler – (franz.) weitergehen, nicht stehenbleiben.
78 *Ohdevieh* ... – (schlechtes Französisch) eau-de-vie = Branntwein, eau chaude = heißes Wasser.
   Comment? ... – (franz.) Wie? Schon wieder Grog, General?
80 *Voici* ... – (franz.) Hier, meine Herren!
   intentusque ora tenebat – (lat.) und gespannt betrachtete er sein Gesicht. Vgl. Vergil, „Äneis", 2, 1.
83 *Kapotthut* – Unter dem Kinn gebundener, kleiner Damenhut der Biedermeierzeit.
84 *Peccavimus* – (lat.) Wir haben gesündigt.
85 *Kanada* – Der Sieg bei Quebec 1759 über die französischen Kolonialtruppen hatte die britische Vorherrschaft in Kanada begründet. Der Vertrag von Paris (1763) nach Beendigung des Siebenjährigen Krieges sprach Kanada endgültig Großbritannien zu. Am 18. 6. 1812 erklärte Nordamerika Großbritannien, dessen militärische Kräfte es in den Napoleonischen Kriegen gebunden wußte, den Krieg, um Einfluß in Kanada zu gewinnen. An den Grenzen fanden Gefechte statt, u. a. bei den Niagarafällen; die Vereinigten Staaten besetzten 1813 Detroit. Die Briten begannen mit einer Blockade der amerikanischen Häfen, legten den Seehandel brach und landeten Soldaten.
   auf der Iberischen Halbinsel – Gemeint sind die militärischen Auseinandersetzungen zwischen Frankreich und England in Spanien von 1808 bis 1814. Vgl. Anm. *Spanischer Krieg* zu Band 1, S. 65.
   New Orleans – Der Friede nach dem englisch-nordamerikanischen Krieg von 1812 bis 1814 war schon in Gent geschlossen, als die Briten in Unkenntnis des Vertrages am 8. 1. 1815 die Stadt New Orleans angriffen und von den Truppen der Vereinigten Staaten unter schweren Verlusten zurückgeschlagen wurden.
86 *Mais, madame* ... – (franz.) Aber Madame ... Schweigen Sie, Madame, lassen Sie mich bitte in Ruhe.
   Vous n'avez pas droit ... – (franz.) Sie haben nicht das Recht, Mademoiselle Baynes Kleine zu nennen!
   Simson – Vgl. Anm. *Delila* zu Band 1, S. 179.
   Omphale – Vgl. Anm. zu Band 1, S. 339.
89 *Titularmajor* – Patent, das einen Offizier provisorisch zu einem höheren Rang erhebt, ohne daß er den Sold desselben bezieht.
   Au nom de Dieu ... – (franz.) In Gottes Namen, Madame, denken Sie an die arme Kleine, die nebenan leidet.
   Nappleh ... – (schlechtes Französisch) Nennen Sie Mademoiselle Baynes bitte nicht Kleine.
90 *Toujours comme ça* ... – (franz.) Immer so streiten, wissen Sie, und dann versöhnen ...
   Ligny – Dorf in der belgischen Provinz Namur, nordöstlich von Charleroi. Der preußische Feldmarschall Blücher, der in der Gegend seines Hauptquartiers in Namur 116000 Soldaten zur Verfügung hatte, wurde am 16. 6. 1815 (kurz vor der Schlacht von Waterloo) bei Ligny, wo 83000 Mann standen, von 71000 Franzosen besiegt.

90 *Quatre-Bras* – In der Schlacht bei Quatrebras, einem Weiler in der belgischen Provinz Brabant, siegte Wellington am 16. 6. 1815 über die französischen Truppen unter Ney. Der französische Reiterangriff scheiterte an dem Widerstand des preußischen und englischen Fußvolks.

Waterloo – Bei Waterloo, einem Dorf in der belgischen Provinz Brabant, wurde am 18. 6. 1815 die letzte Schlacht in den Befreiungskriegen gegen Napoleon geschlagen. Sie endete mit dem Sieg der verbündeten Truppen unter Wellington und Blücher. Beide trafen sich um 21.15 Uhr als Sieger im Meiereihof la Belle-Alliance. 45000 Tote blieben auf dem Schlachtfeld zurück.

91 *heiliger George* – Der Schutzpatron Englands, um den sich viele Legenden ranken, soll in Kappadokien, einer Landschaft an der Schwarzmeerküste, geboren worden sein. Er tötete u. a. einen Drachen, als dieser eine Königstochter verschlingen wollte.

der olympische Zeus – In der griechischen Sage der Vater der Götter und Menschen auf dem Olymp.

94 *Une mère . . .* – (franz.) Eine Mutter, eine schöne Mutter, meiner Treu.
octroi – (franz.) Zoll.
vendetta – (ital.) Rache.
Moses und Aaron – Nach dem Alten Testament war Moses der um drei Jahre jüngere Bruder des Aaron; dieser wurde Moses bei dessen Berufung als Sprecher und Prophet beigegeben.

95 *Allons* – (franz.) Vorwärts; wohlan.

96 *cheval de bataille* – (franz.) Schlachtroß.

98 *réverbères* – (franz.) Straßenlaternen.

99 *en faction* – (franz.) auf Posten.
bonnet de nuit – (franz.) Nachthaube.

101 *mon ami* – (franz.) mein Freund.
Zoffany – John Zoffany (1733–1810), Maler deutsch-böhmischer Herkunft; er erhielt seine Ausbildung in Rom und Florenz und kam 1761 nach England, wo er 1768 die Royal Academy mitbegründete. Seinen ersten Erfolg hatte er in London mit einem Rollenbildnis des Schauspielers David Garrick (1763). Das Gemälde „Garrick and Mrs. Pritchard as Macbeth and Lady Macbeth" zeigt die beiden Schauspieler vor gotischer Kulisse; Macbeth wird durch die in zeitgenössischem Stil reichgestickte Weste und einen prächtigen Rock als Edelmann von hohem Rang charakterisiert.
Garrick – David Garrick (1717–1779), der berühmteste Schauspieler des 18. Jahrhunderts in tragischen wie in komischen Rollen; als Darsteller von Shakespearehelden, vor allem als Hamlet, gefeiert; ab 1747 war er Direktor des Drury Lane Theatre in London und angesehenes Mitglied in Johnsons literarischem Zirkel. Er wurde u. a. von Reynolds, Hogarth, Gainsborough gemalt.
Mrs. Pritchard – Hannah Pritchard (1711–1768), Schauspielerin. Sie trat zunächst am Haymarket Theatre, dann unter Garrick am Drury Lane Theatre auf und wurde vor allem als Lady Macbeth und als Titelheldin in Samuel Johnsons Tragödie „Irene" (1736 verfaßt; 1749 aufgeführt) gefeiert.

102 *„Dein Volk ist mein Volk"* – Vgl. Altes Testament, Ruth 1, 16.
Palais-Royal – Vgl. Anm. zu S. 32.

413

102 *Grand Opera* – Opernaufführungen der Académie de Musique, dem Vorläu-
fer der Grand Opéra, die erst 1875 eröffnet wurde, fanden in der Salle de la
Rue le Peletier statt. Die Opéra-Comique befand sich Place Boieldieu.
Iphigenie – In der griechischen Sage die Tochter des Agamemnon und der
Klytämnestra. Um die Göttin Artemis zu versöhnen, die mit Windstille die
Ausfahrt der griechischen Flotte in den Trojanischen Krieg verhinderte, will
der Vater Iphigenie auf Aulis opfern; sie wird jedoch von Artemis gerettet
und als Priesterin zu den Tauriern entrückt.

103 *Sepoy* – Einheimischer Soldat der ehemaligen britischen Kolonialarmee in
Indien.

104 *Ah, madame . . .* – (schlechtes Französisch) Ah, Madame, wie gut das Rindfleisch heute ist, ich liebe nichts so sehr wie Eintopf.
„Barbier von Sevilla" – Oper (1816) von Gioacchino Rossini. Doktor Bartolo
bewacht sein schönes Mündel Rosina, auf deren Geld er aus ist, streng; Rosina liebt Lindoro, den verkleideten Grafen Almaviva, und erhält ihn nach
einigen Verwicklungen zum Gemahl.

105 *Lord Chesterfield* – Philip Dormer Stanhope, Graf von Chesterfield
(1694–1773), Whigpolitiker, brillanter Redner im Oberhaus und Schön-
geist; Oberkammerherr des Prinzen von Wales. Er führte ein galantes, aus-
schweifendes Leben, galt als Mann von mannigfachem Talent und frönte
dem Spiel. Er war u. a. mit Pope und Voltaire befreundet. Von 1728 bis
1732 und 1744 war er Botschafter im Haag. Im Chesterfield House in London und auf seinem Landsitz in Blackheath legte er eine wertvolle Gemälde-
sammlung an. Seine „Letters to his Son" („Briefe an den Sohn") mit Anwei-
sungen zur vornehmen Lebensführung erschienen postum 1774.
St. Martin's Alley – Das ist der Boulevard Saint-Martin in Paris.

106 *ruche* – (franz.) Rüsche.
„Tortoni" – Elegantes, teures Café am Boulevard des Italiens Nr. 22.
chapeau – (franz.) Hut.

107 *„Goody Two-Shoes"* – Das Kindermärchen, vermutlich von Oliver Goldsmith
verfaßt, erschien 1765 bei dem Verleger John Newbery in St. Paul's Church-
yard, London.
Guignol – Vgl. Anm. zu S. 9.
Taglioni – Maria Taglioni (1804–1884), italienische Tänzerin. Sie trat als
Primaballerina erstmals 1829 in London auf und feierte auch in Paris, u. a.
in der Klosterszene von Giacomo Meyerbeers Oper „Robert der Teufel"
(1831), und in Berlin Triumphe. Thackeray bewunderte sie ebenfalls, seit er
sie in Paris gesehen hatte. Sie kreierte einen neuen schwerelosen Spitzen-
tanz. In dem romantischen Ballett „La Sylphide", das Filipo Taglioni für
seine Tochter 1832 geschaffen hatte, kam ihr Stil, unterstützt von der neuartigen Gasbeleuchtung, voll zur Wirkung.
Noblet – Lise Noblet (1801–1852), französische Tänzerin.

108 *chiffonier* – (franz.) Lumpensammler.

109 *pawnee* – (anglo-indisch) Wasser.
Obbligato – (ital.) Eine selbständig geführte Stimme.
Mille pardong . . . – (schlechtes Französisch) Tausendmal Verzeihung, Mon-
sieur, ich bitte tausendmal um Verzeihung.

111 *un bon bouillon* – (franz.) eine gute Brühe.

114 *n'est-ce pas?* – (franz.) nicht wahr?

Doucement! – (franz.) Langsam!

Bourse – Die Pariser Börse wurde auf Anordnung Napoleons von 1808 bis 1826 als Nachbildung des römischen Vespasiantempels von den Architekten Brongniart und Labarre an der Rue Vivienne erbaut.

117 *Bon courage* – (franz.) Nur Mut.

C'est moi . . . – (franz.) Ich bin es, mein Freund.

118 *d'abord* – (franz.) zunächst.

grande nouvelle – (franz.) große Neuigkeit.

Laffitte & Caillard – Vgl. Anm. zu Band 1, S. 310.

Tiens, il l'embrasse . . . – (franz.) Sieh mal an, er küßt die Alte noch Mir jedenfalls würde das nicht gefallen.

119 *Styx* – In der griechischen Sage der düstere Grenzfluß, der aus dem Okeanos in die Unterwelt fließt.

Inférieur – (franz.) Tiefer gelegen.

120 *Folkestone* – Vgl. Anm. zu Band 1, S. 273.

Niobe – In der griechischen Sage Tochter des Königs Tantalos, Frau des Königs Amphion von Theben. Stolz auf ihre Kinder (7 Söhne und 7 Töchter), verhöhnte sie Leto, die nur zwei Kinder, Apollon und Artemis, hatte. Diese töteten wegen der Schmähung ihrer Mutter mit Pfeilen alle Kinder der Niobe. Sie wurde in einen weinenden Felsen verwandelt.

Gott des silbernen Bogens – Das ist der griechische Gott des Lichts, Apollon, der strafende Bogenschütze.

Coupé – Zweisitzige Kutsche bzw. die vordere Abteilung einer Postkutsche.

122 *Courage . . .* – (franz.) Mut, mein Kind.

Descendons! – (franz.) Aussteigen!

„*Lion Noir*" – „Schwarzer Löwe".

Bureaux des Messageries – Kontor eines Personen- und Frachtfuhrunternehmens.

123 *Messageries Royales* – Königliches (öffentliches) Fuhrunternehmen für Personen, Gepäck und Fracht.

„*Ecu de France*" – „Zum Wappen von Frankreich".

124 *carpe diem* – (lat.) nutze den Tag. Vgl. Horaz, „Oden", 1, 11, 8.

fugit hora – (lat.) die Stunde flieht. Vgl. Horaz, „Oden", 3, 2, 9.

Gare! – (franz.) Achtung! Vorsicht!

Quentin Durward – Held des gleichnamigen Romans (1823) von Walter Scott, der im 15. Jahrhundert in Frankreich und den Niederlanden spielt und das Leben Ludwigs XI. und seiner Zeitgenossen zum Gegenstand hat. Der junge schottische Ritter Quentin Durward gewinnt nach vielen Abenteuern die Hand Isabelle de Croyes, einer edlen Gräfin aus Burgund.

„*Ah, County Guy, die Stund ist nah*" – Zitat aus Scotts Roman „Quentin Durward", 4. Kapitel.

125 „*Faisan*" – Das „Grand-Hôtel au Faisan" befand sich Rue Nationale Nr. 17 in Tours.

eine edle Erbin – Isabelle de Croye, Heldin aus Scotts „Quentin Durward".

der Eber der Ardennen – Das ist der intrigante William de la Marck, eine Nebenfigur aus Scotts „Quentin Durward".

hure – (franz.) Kopf.

126 *Arbeitshaus* – Die bis zu Beginn der dreißiger Jahre des 19. Jahrhunderts geltende Armengesetzgebung (seit 1601) übertrug den Gemeinden die Sorge für Arbeitslose und Arbeitsunfähige, die diese nach unterschiedlichem Ermessen unterstützten. Das neue Armengesetz (Poor Law Amendment) wurde 1834 auf Betreiben der Whigregierung verabschiedet und sah die Einrichtung von Arbeitshäusern vor, in denen die Armen zur Arbeit verpflichtet wurden – denn ironischerweise galt Faulheit als Hauptgrund der Armut. Im Arbeitshaus sollten die arbeitsfähigen Armen samt Familie unter Trennung der Geschlechter ein Obdach finden und gemeinsam unter Aufsicht arbeiten. Die Zustände dort waren unerträglich.

Belgrave Square – Platz mit Stadtpalästen der Aristokratie im Mittelpunkt des Stadtteils Belgravia im Bezirk Westminster, südlich des Hyde Park.

127 *Carabas* – Nach Perrault und Béranger auch Name in Thackerays „The Book of Snobs" (1848).

„Monitor" – Eine ab 1755 erscheinende politische Wochenzeitschrift, die die Whigpolitik vertrat.

128 *Roger Bontemps* – Die allegorische Figur des Bon Temps tritt in französischen mittelalterlichen Moralitäten auf. Als Roger Bontemps verkörpert die Figur Hoffnungen, Ängste und Illusionen des Volkes. In Pierre Jean Bérangers (1780–1857) Lied „Roger Bontemps" ist er fröhlich, sorglos und voller einfacher Vergnügen.

129 *Diogenes* – Vgl. Anm. zu Band 1, S. 212.

chez M. le Major – (franz.) bei Herrn Major.

130 *Don Quichotte* – Der tragikomische, weltfremde Titelheld des berühmten Romans (1605–1615) von Miguel de Cervantes Saavedra (1547–1616); seine Angebetete ist die dörfliche Schöne Dulcinea.

131 *Antar* – Held des anonymen arabischen Heldenromans, der mit vielen einzelnen eingeschobenen Märchen und Erzählungen ausgeschmückt ist. Dessen Zentralfigur, der vorislamische Dichter 'Antara ibn Saddad (6. Jahrhundert), verficht Ideale wie Mannesmut, Freundes- und Stammestreue, Schutz der Schwachen und Gastlichkeit.

Tenez . . . – (franz.) Sehen Sie, Monsieur Philippe.

Ce pauvre général – (franz.) Der arme General.

132 *bêtise* – (franz.) Torheit.

Ariadne – Tochter des kretischen Königs Minos, die Theseus ein Garnknäuel gab, damit er an dessen Faden nach Tötung des Minotaurus den Rückweg aus dem Labyrinth fände. Sie folgte Theseus, der ihr die Ehe versprach, wurde aber im Schlaf von ihm auf der Insel Naxos zurückgelassen. Dionysos (Bacchus) nahm sich der Verzweifelten an und machte sie zu seiner Frau.

Smith' „Lexikon" – Sir William Smith (1813–1893) gab die Nachschlagewerke zur Antike, das „Dictionary of Greek and Roman Antiquities" (1842) und das „Dictionary of Greek and Roman Biography and Mythology" (1844–1849) heraus und ebenso ein „Dictionary of the Bible" (1860/63).

133 *navrant* – (franz.) herzzerreißend.

138 *Raymond Buildings* – Gebäude im Komplex von Gray's Inn, der Londoner Advokateninnung, benannt nach dem Lordoberrichter Sir Thomas Raymond (1627–1683).

139 *Montmartre* – Im Norden von Paris befindet sich der große Friedhof Cimetière Montmartre ou du Nord.

140 *Xerxes* – Perserkönig 486 bis 465 v. u. Z., Sohn und Nachfolger Dareios' I. Er setzte die Eroberungskriege seines Vaters gegen Griechenland fort, erlitt jedoch Niederlagen u. a. bei Salamis und Mykale. Wegen seiner politischen Mißerfolge wurde er 465 v. u. Z. durch eine Adelsverschwörung ermordet.

Bobadill – Figur eines alten Soldaten, eitel und großspurig, prahlerisch und feige, bemerkenswert wegen seiner Würde und seines Gehabes, aus Ben Jonsons Komödie „Every Man in His Humour" (Jedermann spielt seine Rolle, 1599).

Marlborough – Vgl. Anm. zu Band 1, S. 348.

meum, tuum – (lat.) mein und dein.

141 *Rue de Grammont* – Im Norden von Paris an der Place Boieldieu gelegen; sie führt zum Boulevard des Italiens.

145 *dixi* – (lat.) Ich habe es gesagt; basta!

147 *ces pauvres gens* – (franz.) diese armen Leute.

148 *Tory, Whig* – Vgl. Anm. zu Band 1, S. 65.

149 *„Das Kleeblatt"* – Fiktiver Name einer Zeitschrift; das Kleeblatt (shamrock) gilt als Wahrzeichen Irlands.

Patrickstag – Der heilige Patrick, Apostel und Schutzheiliger Irlands, hat seinen Namenstag am 17. März.

150 *Dame Street* – Straße im Londoner Bezirk Islington.

der Sachse – Hier für den Angelsachsen gebraucht, im Gegensatz zu den Iren oder Schotten.

„Herald" – Der „Morning Herald" wurde 1781 von Sir Henry Bate Dudley gegründet und erschien bis 1869. In den Jahren 1835 bis 1845 betrug die tägliche Auflage 6000 Exemplare; er galt eine Zeitlang als wichtigstes Toryblatt.

„Post" – Die „Morning Post" ist die älteste Londoner Tageszeitung (1772 gegründet); um 1850 wurden nur 3000 Exemplare täglich verkauft.

152 *censor morum* – (lat.) Sittenrichter.

Westminster – Londoner Bezirk mit dem St.-James-Palast, dem Buckingham-Palast, dem Parlament und anderen Regierungsgebäuden und der Westminster Abbey.

153 *tapis* – (franz.) aufs Tapet (bringen).

à qui mieux – (franz.) um die Wette.

158 *Taglioni* – Vgl. Anm. zu S. 107.

Tom Sayers – Vgl. Anm. zu Band 1, S. 51.

Chevalier Bayard – Pierre du Terrail, Seigneur de Bayard (um 1473–1524), *der* französische „Ritter ohne Furcht und Tadel", tapferer Held in den italienischen Feldzügen Karls VIII., Ludwigs XII. und Franz' I. Er kämpfte 1503 in Neapel gegen die Spanier und verteidigte allein eine Brücke gegen 200 Reiter.

canard – (franz.) Ente.

Panorama, Diorama – In London gab es seinerzeit eine ganze Reihe von Schaustellungen, in denen auf Leinwand gemalte Bilder durch wechselnde Lichteffekte und die Einbeziehung plastischer Elemente und beweglicher Staffage, die Tiefe und Weiträumigkeit vortäuschten, „belebt" wurden. Der irische Porträtmaler Robert Barker eröffnete 1793 am Leicester Square in

London das erste Panorama, das bis 1863 bestand. Der Schwager Louis Daguerres, John Arrowsmith, gründete 1823 am Park Square East ein Diorama nach dem Pariser Vorbild. Im Panorama am Regent's Park, dem „Colosseum", einer Art Pantheon (entworfen von Decimus Burton) mit einem zylindrischen, verglasten Turm, wurde ab 1829 ein Rundblick von London gezeigt, ebenso Paris bei Nacht, die Schweizer Alpen. Besucher wurden mit dampfgetriebenen Lifts auf erhöhte Galerien gehoben und konnten von oben alles betrachten; es gab ein Spiegelkabinett, ein Theater usw. Im Jahr der großen Weltausstellung von 1851 waren Panoramen äußerst beliebt. In der Albany Street konnte man das Erdbeben von Lissabon mit ansteigenden Fluten, Erschütterungen usw. miterleben; außerdem gab es die Grand tour, den Besuch im Heiligen Land, die Ersteigung des Mont Blanc, Ballonfahrten. Um 1860 wurden die Panoramen von einer Flut von illustrierten, reich ausgeschmückten Magazinen abgelöst, die Sensationen und Schreckensmeldungen direkt ins Haus lieferten.

161 *Pump Court* – Ein mit Bogengängen versehener kleiner Platz an der Middle Temple Lane, 1680 angelegt; Sitz von Anwälten. Vgl. Anm. *Temple* zu Band 1, S. 32.

162 *Pentonville* – Um 1773 entstanden auf freiem Feld in Clerkenwell am Nordrand der City von London eine Reihe von Häusern; sie wurden von Henry Penton (gest. 1812) erbaut.
Islington – Seinerzeit kleiner Ort, inmitten von Wiesen und Sümpfen gelegen, ein beliebtes Ausflugsziel der Londoner Bürger.

165 *vous concevez* – (franz.) Sie verstehen.

167 *Non sum dignus* – (lat.) Ich bin nicht wert (daß du unter mein Dach gehest). Vgl. Neues Testament, Matthäus 8, 8.
Fortuna – Die römische Göttin des Glücks, Zufalls, Gelingens.

170 „*Garryowen na gloria*" – Altes irisches Lied.
Westminster Abbey – Ehemaliges Kloster, das im 13. und 16. Jahrhundert erweitert wurde; in der Kirche wurden viele Könige gekrönt und begraben. Sie enthält auch Grabstätten, Denkmäler, Grabplatten, Statuen und Büsten zahlreicher Staatsmänner, Gelehrter, Dichter und Künstler.
à deux – (franz.) zu zweit.

171 *Milton* – John Milton (1608–1674), Dichter und Pamphletist; er schrieb u. a. das Epos „Paradise Lost" (Das verlorene Paradies, 1658/67), das in Blankversen die Ausstoßung Satans aus dem Himmel und den Sündenfall der ersten Menschen Adam und Eva schildert.
Totenschild – Eine quadratische oder rhombische Tafel mit dem Wappenschild des Verstorbenen wurde an der Vorderfront seines Hauses aufgestellt oder ausgehängt.
Imogene, Alonzo – Helden der Ballade „Alonzo the Brave and the Fair Imogene" von Matthew Gregory Lewis (1775–1818), der vor allem mit dem Schauerroman „Ambrosio, or, The Monk" (Der Mönch, 1796) bekannt wurde.

172 *fumum* – (lat.) dem Qualm, dem Rauch.
strepitum – (lat.) dem Lärm.
opes – (lat.) dem Reichtum.
au courant – (franz.) auf dem laufenden.

418

173 *Barrister* – In England höchste Stufe der juristischen Sachwalter (counsels). – Den Anwälten (solicitors, attorneys) fällt die Vorbereitung des Prozesses zu, bis die Sache dem Advokaten (barrister) zum mündlichen Vortrag vor dem Gericht übergeben werden kann. Der Barrister darf nur nach vorheriger Zulassung bei Gericht praktizieren, was das Bestehen einer Prüfung nach fünfjähriger Referendarzeit voraussetzt. Er plädiert an den höheren Gerichten und verhandelt nicht mit den Parteien.

Leinster – Provinz im Südosten Irlands.

Repeal-Politik – Politik einer Bewegung zur Abschaffung der legislativen Union zwischen Großbritannien und Irland. Ab 1801 war Irland mit England zum Vereinigten Königreich Großbritannien verbunden. Versuche der „Vereinigten Iren", eine Aufhebung (repeal) dieser Union zu bewirken, wurden immer wieder niedergehalten. Einen Aufschwung erhielt die Bewegung 1843.

174 *„Emerald"* – Name einer fiktiven Zeitung; Irland trug den poetischen Beinamen Emerald Island.

Cork – Stadt und Grafschaft im Südwesten Irlands in der Provinz Munster.

W-ll-ngt-n – Wellington war in Peels (vgl. Anm. zu S. 19) zweitem Kabinett 1841 bis 1846 Minister. Von 1828 bis 1830 war er selbst Premierminister.

gobemouches – (franz.) Einfaltspinsel, Maulaffen.

entre nous – (franz.) unter uns.

175 *quicquid agunt homines* – (lat.) was immer die Menschen treiben. Vgl. Juvenal, „Satiren", 1, 85.

farrago libelli – (lat.) der bunte Inhalt des Buches. Vgl. Juvenal, „Satiren", 1, 86.

badauds – (franz.) Gaffer, Schaulustige.

C'est à prendre ou à laisser – (franz.) Die kann man sich nehmen oder nicht.

homme du monde – (franz.) ein Mann von Welt.

179 *Thornhaugh Street* – Vgl. Anm. zu Band 1, S. 44.

182 *per diem* – (lat.) pro Tag.

après – (franz.) danach.

Pinte – Englisches Flüssigkeitsmaß; 1 Pinte = 0,55 l.

mousseline-Gläser – Gläser aus besonders feinem Glas.

183 *Sadduzäer* – Angehörige (und Anhänger) der priesterlichen Führungsschicht des frühen Judentums in Palästina, die in Anerkennung der mosaischen Gebote, die sie wörtlich auslegten, eine strenge Vergeltungslehre vertraten und alle apokalyptischen und pharisäischen Neuerungen verwarfen. Ihre Haltung zum Alltag war jedoch weniger eingeengt als die der Pharisäer.

Tennyson – Vgl. Anm. zu Band 1, S. 225.

184 *rose-tendre* – (franz.) zartrosa.

185 *Shoolbred* – Vornehmes Modewarengeschäft in der Tottenham Court Road Nr. 151-158.

Wardour Street – Vgl. Anm. zu Band 1, S. 28.

St. George's – Vgl. Anm. zu Band 1, S. 286.

cothurnus – Dicksohlige Fußbekleidung zur Erhöhung der Körpergröße der Schauspieler in der antiken Tragödie.

St. James's Park – Der älteste der königlichen Parkanlagen in London. Ursprünglich eine Sumpfwiese in Westminster, die Henry VIII. trockenlegen und mit einer Mauer umgeben ließ; der Park wurde unter George IV. von 1820 bis 1828 durch seinen Architekten John Nash neu gestaltet.

186 *Tadsch Mahal* – Mausoleum aus weißem Marmor, das der Mogulkaiser Schah Dschahan 1630/48 für seine Lieblingsfrau in Agra errichten ließ.

Negus – Eine Art Punsch aus Wein, Wasser, Zucker, Muskat und Zitrone, benannt nach dem Erfinder Oberst Francis Negus (gest. 1732).

187 *de circonstance* – (franz.) (der Gelegenheit) angemessen.

190 *in extenso* – (lat.) vollständig, ausführlich.

191 *mes enfants* – (franz.) meine Kinder.

jurons – (franz.) Flüche.

193 *rouleau* – (franz.) Rolle.

Vérys Restaurant – Die Brüder Véry, Bauern aus Lothringen, eröffneten 1790 in Paris ein Lokal, das ab 1808 in elegante Räume im Palais-Royal umzog und exquisite Speisen bot.

200 *Haverstock Hill* – Straße im Nordwesten der Londoner City in Richtung Hampstead.

203 *Leigh Hunt* – James Henry Leigh Hunt (1784–1859), Schriftsteller und Essayist, ab 1808 Herausgeber des angesehenen „Examiner". Wegen eines kritischen Artikels über den Prinzregenten (den späteren George IV.) wurden er und sein Bruder John 1813 zu einer zweijährigen Gefängnisstrafe verurteilt; er konnte während der Haft den „Examiner" weiter edieren. Wegen seiner politischen Unerschrockenheit gewann er die Sympathie u. a. von Byron, Thomas Moore, Bentham, Brougham. In Hampstead sammelte er später einen Kreis bedeutender Künstler um sich, u. a. Keats, Shelley, William Hazlitt, Charles Lamb, Bryan Procter. Byron lud ihn 1821 nach Italien zur Herausgabe der Zeitschrift „The Liberal" ein.

Lord Byron – George Gordon, sechster Baron Byron (1788–1824), Dichter der englischen revolutionären Romantik; u. a. das poetische Reisetagebuch „Childe Harold's Pilgrimage" (1812), das Drama „Manfred" (1817) und die dramatische Dichtung „Don Juan" (1819/24).

204 *que celui du domestique . . .* – (franz.) wie der des Dieners, der das Dingsda, den Kohleneimer, gebracht hat.

205 *Palmerston* – Henry John Temple, Viscount Palmerston (1784–1865), Staatsmann; seit 1807 als Tory im Unterhaus; von 1830 bis 1841 (unter Grey) Außenminister und 1846 bis 1851 und 1852 bis 1855 erneut Außenminister; ab 1859 Premierminister. Er bestimmte maßgeblich die Innen- und Außenpolitik jener Jahre.

Der gute alte Herzog – Das ist Wellington. Vgl. Anm. zu Band 1, S. 19.

Apsley House – Vgl. Anm. zu Band 1, S. 141.

206 *Regent's Park* – Vgl. Anm. zu Band 1, S. 145.

210 *non sine gloria militavi* – (lat.) Ich habe nicht ohne Glanz gedient (in der Liebe). Vgl. Horaz, „Oden", 3, 26, 2.

211 *Fifth Avenue* – Seinerzeit elegante Wohngegend der Geldaristokratie in Manhattan, New York, mit den bedeutendsten Hotels und Clubs.

212 *Königin Elizabeth* – Gemeint ist Königin Victoria.

215 *ruat coelum* – (lat.) mag auch der Himmel einstürzen.

218 *Drury Lane* – Das Königliche Theater Drury Lane in der Nähe von Covent Garden, London, wurde 1663 eröffnet, brannte mehrfach nieder und wurde

zum letztenmal 1812 wiederaufgebaut. Es sah auf seiner Bühne berühmte Schauspieler wie Nell Gwynn, David Garrick, Mrs. Sarah Siddons, Peg Woffington, Charles Kean, Joseph Grimaldi und William Charles Macready. Doch in jenen Tagen war die Zeit der glanzvollen Shakespeareaufführungen vorbei. Finanzielle und künstlerische Mißerfolge ruinierten das Theater ab 1831; man hielt sich mit Pantomimen, Zauberkunststücken, Ballett- und Varietévorführungen über Wasser.

218 *Covent Garden* – 1732 von John Rich eröffnetes Theater, das als Schauspielhaus und Opernbühne (u. a. Händel) galt. Nach einem Brand 1808 im Stil des Minervatempels auf der Akropolis neu erbaut, erlebte es bis 1821 eine neue Blüte. 1842 wurde es aus finanziellen Gründen geschlossen und nach kostspieligen Veränderungen als Royal Italian Opera House eingerichtet, das nach einem Maskenball am 5. 3. 1856 abbrannte; im Mai 1858 wurde dort die Covent Garden Opera mit ca. 2000 Plätzen eingeweiht.

220 *Hiob* – Gestalt des Alten Testaments (Hiob 1), die, sprichwörtlich vom Unglück verfolgt, als Inbegriff der Geduld und Frömmigkeit gilt.

223 *Peerswürde* – Vgl. Anm. zu Band 1, S. 65.

224 *Mormonin* – Anhängerin der Religionsgemeinschaft „Kirche Jesu Christi der Heiligen der letzten Tage", die 1830 in Nordamerika von Joseph Smith (1805–1844) begründet wurde. Die Mormonen gestatteten bis 1890 die Ehe eines Mannes mit mehreren Frauen.
ab initio – (lat.) von Anfang an.

225 *Ut vivo et valeo . . .* – (lat.) So wahr ich lebe und gesund bin – wenn ich denn gesund bin.
Blackwall – Östlich von London am linken Themseufer gelegener Ort, Greenwich gegenüber.

226 *Benedico benedictus* – (lat.) Als ein Gesegneter danke ich.
Albany – Vgl. Anm. zu Band 1, S. 28.

229 *Ihre H kommen nicht* – Vgl. Anm. *Happetit* zu Band 1, S. 154.

230 *Susanne* – Jüdin in Babylon, Frau des Jojakim, die durch Daniels Weisheit aus schmählicher Verleumdung durch zwei alte Männer, die sie begehrten und im Bade belauschten, gerettet wurde. Vgl. Altes Testament, Apokryphen, Geschichte von Susanna und Daniel.

234 *Res angusta domi* – (lat.) Bescheidener Besitz daheim. Vgl. Juvenal, „Satiren", 3, 165; 6, 357.

236 *tant bien que mal* – (franz.) so recht und schlecht.
Panem nostrum . . . – Unser täglich Brot gib uns heute. Vgl. Neues Testament, Matthäus 6, 11.
vor fast zwanzig Jahren auf dem Nil – Thackeray besuchte während seiner Mittelmeerreise von August bis Oktober 1844 auch Alexandria und Kairo.

239 *Delila* – Vgl. Anm. zu Band 1, S. 179.
Omphale – Vgl. Anm. zu Band 1, S. 339.

240 *Barrister* – Vgl. Anm. zu S. 173.
Saison – Vgl. Anm. zu Band 1, S. 67.

242 *Mrs. Candour* – Vgl. Anm. zu Band 1, S. 223.
mea culpa – (lat.) meine Schuld.
Madame de Sévigné – Marie de Rabutin-Chantal, Marquise de Sévigné (1626 bis 1696), französische Briefschriftstellerin. Sie wurde durch etwa 1500

Briefe bekannt, die bereits zu ihren Lebzeiten als eine Art Gesellschaftschronik über Hofereignisse, Theater, Literatur und das Leben im Paris des 17. Jahrhunderts handschriftlich kursierten; ab 1697 erschienen sie in 14 Bänden in Buchform.

244 *de bonne maison* – (franz.) aus gutem Hause.
temp. Geo. I. – zu Zeiten Georges I.; er regierte von 1714 bis 1727.

245 *Bart.* – Baronet.
Knt. – Knight (engl.) = Ritter.

246 *König John* – John ohne Land (1167–1216), König von England seit 1199; er verlor durch eine Niederlage seine französischen Erblande. In dieser Situation erzwangen 1215 die englischen Feudalherren im Bund mit den Städten den Erlaß der Magna Charta Libertatum, die ihnen politische Sonderrechte und Rechtssicherheit gegen königliche Übergriffe garantierte.
Ovid – Publius Ovidius Naso (43 v. u. Z.–18 u. Z.), römischer Dichter.
Franklin – Benjamin Franklin (1706–1790), amerikanischer Staatsmann, Ökonom und Naturforscher, ursprünglich Buchdrucker in Philadelphia. Er war 1754 Abgeordneter des Kongresses in Albany und Mitglied des Kontinentalkongresses 1775, Mitverfasser der amerikanischen Unabhängigkeitserklärung von 1776 und erster Gesandter der Vereinigten Staaten in Europa von 1776 bis 1785.
Lafayette – Marie-Joseph Motier, Marquis de Lafayette (1757–1834), französischer Politiker und General. Er nahm als Freiwilliger am amerikanischen Unabhängigkeitskrieg teil. Nach seiner Wahl als Abgeordneter des Adels in die Generalstände in Paris trat er 1789 zum Dritten Stand über. Aus Furcht vor der weiteren Entwicklung der Revolution gehörte er dem konservativen Klub der Feuillants an. 1830 war er Befehlshaber der Nationalgarden und unterstützte die Thronbesteigung Louis-Philippes.
Washington – George Washington (1732–1799), amerikanischer Staatsmann; Oberbefehlshaber der nordamerikanischen Armee im Unabhängigkeitskrieg; Vorsitzender des Bundeskonvents 1787 und erster Präsident der Vereinigten Staaten von 1789 bis 1797.
Erster Konsul – Napoleon Bonaparte wurde am 9. 11. 1799 durch Staatsstreich Erster Konsul.
Magna Charta – Die Magna Charta Libertatum (Große Urkunde der Freiheiten) wurde am 15. 6. 1215 dem englischen König John von Adel, Klerus und Stadtpatriziat abgenötigt. Sie bestätigte und erweiterte die politischen, wirtschaftlichen und juristischen Privilegien dieser Schichten und ist der Beginn der verfassungsmäßigen Beschränkung der englischen Krone.
Unabhängigkeitserklärung – Die dreizehn britischen Kolonien in Nordamerika erklärten am 4. 7. 1776 offiziell ihre Unabhängigkeit.
Charles I. – Charles I. (vgl. Anm. zu Band 1, S. 75) wurde am 30. 1. 1649 enthauptet, nachdem am 27. 1. 1649 eine parlamentarische Gerichtskommission unter dem Vorsitz von John Bradshaw (1602–1659) einmütig das Todesurteil beschlossen hatte.

249 *Berkeley Square* – Vgl. Anm. zu Band 1, S. 131.

252 *sivopleh* – (schlechtes Französisch) s'il vous plaît = bitte.
Brobdingnag – Das Land der Riesen in Jonathan Swifts satirischem Roman „Gullivers Reisen" (1726).

255 *Moi qui vous parle* – (franz.) Ich, der ich mit Ihnen spreche.

256 *distraite* – (franz.) zerstreut.

257 *Parchment Buildings* – Vgl. Anm. zu Band 1, S. 79.

„*Doktor Luther*" – Vgl. Anm. zu Band 1, S. 115.

Klageschrift – In diesem Fall ein Verhandlungsschriftsatz, d. h. eine kurze Darstellung der Klagepunkte, Beweise usw. als Information von seiten des Solicitors an den Barrister, welcher die Sache vor Gericht (vor dem Parlament) vertritt.

258 *Grands Dieux!* – (franz.) Große Götter!

Bernard Street – 1799 bis 1802 von dem Architekten James Burton auf dem Grund und Boden des Foundling Hospital bebaute Straße am Russell Square.

Eaton Square – Rechteckig langgezogene Straße im vornehmen Londoner Stadtteil Belgravia.

260 „*Nimmer erscheinen die Götter allein*" – Vgl. Friedrich Schiller, „Dithyramben" (1796). Dort heißt es: „Nimmer, das glaubt mir, / Erscheinen die Götter, / Nimmer allein."

261 *Milman Street* – 1792 bis 1799 von William Milman, einem reich gewordenen Börsenmakler, angelegte Straße in Bloomsbury; sie zweigt von der Guilford Street ab.

Fondling – Das Foundling Hospitel befand sich in der Guilford Street. Es war 1742 von dem Handelskapitän Thomas Coram (1666–1751) zur Aufnahme ausgesetzter oder elternloser Kinder gegründet worden. Ab 1760 wurde es zum Erziehungshaus für uneheliche Kinder. Die Plätze waren sehr begehrt, da die Zahl auf ca. 560 Kinder beschränkt war. Es erfuhr Unterstützung durch Stiftungen u. a. von Hogarth, Händel.

262 *entendez-vous?* – (franz.) hören Sie?

264 *Danaer* – In den Epen Homers Bezeichnung für die Griechen. Ihr unheilbringendes „Geschenk" war das hölzerne Pferd, das die griechischen Eroberer Trojas in sich barg und das trotz der Warnung Laokoons von den Trojanern selbst in die Stadt gezogen wurde. Vgl. Vergil, „Äneis", 2,49.

265 *Doktor Goodenough* – Vgl. Anm. zu Band 1, S. 9.

confrère – (franz.) Fachkollege, Amtsbruder.

268 *Russell Square* – Westlich an die Guilford Street angrenzender, um 1800 großzügig mit Grünflächen angelegter Platz in Bloomsbury.

Brunswick Square – Nördlich der Guilford Street von 1795 bis 1802 angelegter Platz in Bloomsbury.

Ludgate Hill – Die Fleet Street führt in östlicher Verlängerung in die sanft ansteigende Straße Ludgate Hill.

Michaelisquartal – Der 29. September (Michaelis) ist einer der vier traditionellen Quartalstage im englischen Geschäftsleben, an denen u. a. Kündigungen ausgesprochen, Pacht-, Miet- und Lohnverträge erneuert wurden.

270 *Immeritus . . .* – (lat.) Unschuldig an den Sünden der Vorfahren. Vgl. Horaz, „Oden", 3, 6, 1.

272 *Nec plena cruoris hirudo* – (lat.) (der Vorleser eigener Verse läßt nicht eher von seinem Opfer ab, als) wenn er wie ein Blutegel sich mit Blut vollgesogen hat. (Vgl. Horaz, „Über die Dichtkunst", 476.)

homo est – (lat.) ein Mensch ist.

273 *de me* – (lat.) über mich.
  Shoolbred – Vgl. Anm. zu S. 185.
  Regulus – Marcus Atilius Regulus war 267 und 256 v. u. Z. römischer Konsul. Er siegte 256 v. u. Z. über die Flotte Karthagos, geriet aber in Gefangenschaft. Nach fünf Jahren wurde er nach Rom gesandt, um für Karthago Frieden zu erwirken, doch sprach er sich als Römer gegen den Frieden aus. Er kehrte aber infolge seines Versprechens nach Karthago zurück, wo er grausam zu Tode gefoltert worden sein soll. Er gilt als Muster heroischer Beständigkeit im Unglück.
274 *Abraham, Isaak* – Vgl. Anm. zu Band 1, S. 242.
276 *George IV.* – Prinzregent von 1811 bis 1820; König von 1820 bis 1830.
277 *Master of Arts* – Unterer Grad der philosophischen Fakultät in England.
278 *Judith* – Nach dem Alten Testament (Apokryphen, Judith) tötete sie den ihre Vaterstadt belagernden assyrischen Feldherrn Holofernes.
282 *Gray's Inn, Lincoln's Inn* – Die Areale dieser beiden Advokateninnungen liegen westlich der City von London.
283 *Pump Court* – Vgl. Anm. zu S. 161.
289 *Lombard Street* – Alte Straße in der Londoner City; ursprünglich Sitz lombardischer Kaufleute, die sich als Steuereintreiber für den Papst und als Bankiers betätigten. Der Straßenname wurde später zur Bezeichnung der Londoner Finanz- und Handelswelt; auch allgemein für Pfandleihe gebraucht.
  statim sumendus – (lat.) sofort einzuvernehmen.
293 *sapphische Ode* – Nach der griechischen Dichterin Sappho (geb. um 650 v. u. Z.).
294 *Fellow* – Vgl. Anm. zu Band 1, S. 105.
  Mietstall – Seinerzeit gab es allenthalben Unternehmen, die Reit- und Kutschenpferde vermieteten; auch konnten eigene Pferde in Unterkunft und Futter gegeben werden.
297 *alkäische Strophe* – Nach dem griechischen Dichter Alkaios (um 600 v. u. Z.).
298 *Shylock* – Der jüdische Geldverleiher in Shakespeares „Kaufmann von Venedig".
309 *High Street* – Eine breite Straße im Zentrum des ehemaligen alten Dorfes Marylebone.
312 *splendide mendax* – (lat.) in ehrenvoller Weise unwahrhaftig. Vgl. Horaz, „Oden", 3, 11, 35.
313 *in statu pupillari* – (lat.) in unmündigem Zustand.
314 *res domi* – (lat.) häuslicher Besitz.
318 *Lilliput* – Das Land der Zwerge in Swifts „Gullivers Reisen".
  Brobdingnag – Vgl. Anm. zu S. 252.
  Belgrave Square – Vgl. Anm. zu S. 126.
319 *eine Gewisse Person* – der Teufel.
321 *Black's* – So bezeichnet Thackeray hier den Club White's (vgl. Anm. zu Band 1, S. 53).
  Mayfair – Vgl. Anm. zu Band 1, S. 66.
326 *William der Eroberer* – Nach dem Tode Edwards des Bekenners (König von England 1042 bis 1066) erhob Herzog William von der Normandie (1027–1087) Thronansprüche gegen Harald von Wessex, drang mit einem

normannischen Heer in England ein und besiegte jenen in der Schlacht von Hastings (14. 10. 1066). Als William I. (der Eroberer) schuf er eine starke Zentralmacht. – Der englische Adel leitete seine Herkunft gern von dieser einstigen normannischen Oberschicht ab.

326 *zirkassisch* – Nach dem kaukasischen Volksstamm der Tscherkessen, die als sprichwörtlich schön galten.

Allons, mon bon monsieur! – (franz.) Los, mein lieber Herr!

327 *St. James's Street* – Sie führt vom St.-James-Palast zur Piccadilly; an ihr liegen eine Reihe vornehmer Clubs, u. a. Crockford's (Nr. 50), White's (Nr. 37), Boodle's (Nr. 28), Brooks's (Nr. 60), Carlton (Nr. 69/70), Union (Nr. 86).

Megatherium – Vgl. Anm. zu Band 1, S. 81. An den Athenaeum Club, Pall Mall Nr. 107, grenzen zwei elegante Bauten im italienischen Renaissancestil an, der Travellers' Club (Nr. 106) und der Reform Club (Nr. 104).

Pall Mall – Vgl. Anm. zu Band 1, S. 56.

330 *Lovelace* – Robert Lovelace, Gestalt aus Samuel Richardsons Briefroman „Clarissa Harlowe" (1747/48), ist ein äußerst attraktiver, vielseitiger, skrupelloser Mann von Welt. Er entführt die wohlerzogene, ehr- und sittsame Clarissa nach London, bringt sie in schlechte Gesellschaft und überwältigt sie, als sie standhaft seinen Annäherungen trotzt, mit Hilfe eines Schlafmittels. Clarissa stirbt vor Schande, während ihn die gerechte Strafe im Duell ereilt.

334 *Proktoren* – Vgl. Anm. zu Band 1, S. 77.

friture – (franz.) Gebackenes, Gebratenes.

335 *„Stern und Hosenband"* – Vgl. Anm. zu Band 1, S. 248.

Phaeton – Eleganter, leichter, zweispänniger Kutschierwagen.

336 *Schaufelhut* – Flacher, breitkrempiger Filzhut der Geistlichen.

337 *jenes römische Merkmal* – Gemeint ist Wellingtons ausgeprägte Adlernase.

338 *esprit de corps* – (franz.) Korpsgeist.

339 *Blind Hookey* – Häufeln; eine Art Kartenspiel.

342 *Foundling* – Vgl. Anm. zu S. 261.

343 *laissez aller* – (franz.) Nachlässigkeit, Zwanglosigkeit.

344 *bonarum literarum* – (lat.) der schönen Literatur.

345 *Jersey* – Die südlichste und größte der britischen Kanalinseln; berühmt wegen der Rinderzucht.

347 *der Mann im Gleichnis* – Vgl. Das Gleichnis vom barmherzigen Samariter, Neues Testament, Lukas 10, 30 ff. Darauf spielt auch Thackerays langer Romantitel zu „Philip" an.

350 *Christie's* – James Christie (1773–1831), Antiquar und Auktionator. Er übernahm von seinem Vater James Christie (1730–1803) das 1766 gegründete Auktionshaus in der Pall Mall. 1823 zog er in Räume in der King Street Nr. 8 um, wo wertvolle Bilder und andere Kunstgegenstände vor allem sonnabends versteigert wurden.

Omnibusse – Der Unternehmer und Kutschenbauer George Shillibeer (1797–1866) stellte seine ersten beiden Omnibusse am 4. 7. 1829 auf der Strecke vom Gasthaus „Yorkshire Stingo" (New Road) zur Bank in der City für täglich 12 Fahrten hin und zurück in Dienst. Die Omnibusse mit Fenstern nach drei Seiten, gezogen von drei Pferden nebeneinander, beförderten 22 Passagiere, konnten jedoch nur breite Straßen passieren. Der Fahrpreis betrug 1 Shilling und schloß die Benutzung einer Zeitung ein. Ab 1834 gab es Busse nach Greenwich und Woolwich; andere Linien kamen hinzu. 1835 erfand man dampfgetriebene Omnibusse.

355 *eine alte Kirche* – Das ist die zu Beginn des 18. Jahrhunderts erbaute Kirche St. George the Martyr am Queen Square in Bloomsbury.

Königin Anne – (1665–1714), seit 1702 Königin von England aus dem Hause der Stuarts, einzige protestantische Vertreterin dieser Dynastie.

Richard Steele – (1672–1729), Dramatiker, Essayist und Politiker, Verfasser und Herausgeber (zusammen mit Joseph Addison) der moralischen Wochenschriften „The Tatler" und „The Spectator". Er wohnte u. a. – um den Gläubigern zu entgehen – in Haverstock Hill, Hampstead, und von 1712 bis 1715 am Bloomsbury Square in der Nähe des Queen Square.

356 *Pantomime* – In England traditionelles Weihnachtsspiel. Es entwickelte sich aus den Harlekinaden des 18. Jahrhunderts, die zunächst als Zugaben nach einem Schauspiel eingeführt wurden. Zeigten sie anfangs Harlekin, Kolombine und Ballette in klassischen Stoffen, so wurde die Pantomime im 19. Jahrhundert eine abendfüllende Unterhaltungsform, oft in burleskem oder romantischem Ton mit akrobatischen und Balletteinlagen. Nun wurden Stoffe aus den Volksbüchern (Dr. Faustus, Jack Sheppard) oder Märchen (Aschenputtel, Rotkäppchen, Aladin) verwendet und das lustige Durcheinander von Clownerie und bekannter Geschichte mit aktuellen Liedern und Anspielungen durchsetzt. – Pantomimen wurden auch jene stummen Melodramen der nichtpatentierten Theater genannt, denen es bis 1843 verboten war, Sprechstücke aufzuführen, und die deshalb auf Revuen, Komödien mit Musik und andere Mischformen sowie auf Ballette, Akrobatik und stummes Spiel auswichen.

357 *Encore une pirouette...* – (franz.) Noch eine Pirouette, Colombine! Spring, Harlekin, mein Freund!

Zenotaph – Grabmal auf einem leeren Grab zur Erinnerung an einen woanders Verstorbenen oder verschollenen Toten.

358 *Covent Garden* – Platz und Gegend im Londoner Bezirk Westminster.

Bowery – Geschäftsstraße in Manhattan, New York, und seinerzeit berüchtigt wegen der Tanz- und Spielhallen und der Ganoven.

359 *Foundling Hospital* – Die Konzerte im Foundling Hospital haben eine lange Tradition. 1750 stiftete Georg Friedrich Händel eine Orgel und nahm anläßlich einer „Messias"-Aufführung 7000 Pfund ein. Auch später war der Besuch des Gottesdienstes mit seinen brillanten Predigern und dem Gesang des Knabenchores noch so in Mode, daß Reiche aus ganz London dort ihre Kirchenstühle mieteten.

Quäkerinnen – Anhängerinnen der 1650 von George Fox (1624–1691) begründeten protestantischen Sekte der „Gesellschaft der Freunde" (Society of Friends). Sie lehnten alle äußeren Formen und Dogmen des Glaubens ab, verzichteten u. a. auf Pomp und Schmuck. Ihre Gottesdienste fanden in völliger Stille statt, die nur hin und wieder von spontanen und geistlich inspirierten Äußerungen der Mitglieder unterbrochen wurden. Auch verweigerten die Quäker den Eid und den Kriegsdienst; sie nahmen an, daß über jeden Menschen eine Erleuchtung als Quelle der Gotteserkenntnis und des wahrhaft christlichen Lebens komme.

360 *R. A.* – Royal Academy = Die Königliche Akademie.

361 *Alderman* – (engl.) Ratsherr; auch Vertreter im Grafschaftsrat.

362 *Busaco* – Vgl. Anm. zu Band 1, S. 19.

363 „*Watts*" – William Watts (1752–1851), Graveur; er veröffentlichte 1779 bis 1786 „Seats of the Nobility and Gentry" (Landsitze der Aristokratie und des Landadels).

Aladins Palast – Vgl. die Geschichte „Aladin und die Wunderlampe" aus „Tausendundeiner Nacht".

John und Josiah Boydell – John Boydell (1719–1804), Kunststecher von Landschaften, Kunstdruckhändler und erfolgreicher Verleger von Gravuren, Radierungen; Sheriff von London 1785, Lord Mayor 1790. Er verpflichtete 35 bekannte Künstler – darunter Reynolds, Romney, West, Fuseli, Opie, A. Kauffmann –, um Shakespearestücke zu illustrieren und eröffnete zum Zweck einer ständigen Ausstellung im Juni 1789 die Shakespeare Gallery in der Pall Mall Nr. 52, was seine Mittel überstieg. Sein Neffe Josiah Boydell (1752–1817), ein Maler und Kupferstecher, führte die Kunsthandlung seines Onkels weiter. 1805 erschien in zwei Bänden die „Shakespeare Gallery". Die Galerie selbst wurde 1868 von der British Institution übernommen.

364 *Heliogabalus* – Der syrisch-spätantike Sonnengott und Beiname des Marcus Aurelius Antoninus (204–222), römischer Kaiser seit 218.

Neros Mutter – Agrippina (15–59 u. Z.), römische Kaiserin. Um ihren aus erster Ehe stammenden Sohn Nero auf den Thron zu bringen, ließ sie ihren Mann, Kaiser Claudius, vergiften. Neros anfängliche Dankbarkeit schlug in Mißtrauen um, so daß er seine Mutter durch Soldaten ermorden ließ.

Isispriesterin – Anhängerin der ursprünglich ägyptischen Göttermutter Isis, die seit dem 4. Jahrhundert v. u. Z. Mittelpunkt einer Mysterienreligion mit hierarchischer Priesterschaft war.

366 „*Gazette*" – In der dienstags und sonnabends erscheinenden „London Gazette" (erstmals 1665) wurden amtliche Mitteilungen über Ernennungen, den Handel, die Börse, Bankrotte, Straftaten, Hochzeiten und Sterbefälle der vornehmen Gesellschaft veröffentlicht.

gnädige Herrscherin – Das ist Königin Victoria.

in Portugal – Vgl. Anm. *Busaco* zu Band 1, S. 19.

369 *badauds* – (franz.) Gaffer, Schaulustige.

371 *Contempsi Catilinae gladios* – (lat.) Ich habe Catilinas Schwerter geringgeschätzt. Vgl. Cicero, „Philippische Reden", 2, 118.

Iracundus – Sprechender Name; soviel wie ein Jähzorniger, Aufbrausender.

372 *Squire* – Grundbesitzender Angehöriger des niederen Adels.

373 *Montagues und Capulets* – Die beiden verfeindeten Adelsfamilien aus Verona in Shakespeares Tragödie „Romeo und Julia".

377 „*Seht, der Held und Sieger kommt*" – Zeile eines populären Liedes aus Händels Oratorium „Josua" (1748); der Text stammt von Thomas Morell (1703–1784).

383 *Gelbfieber* – In tropischen Gebieten durch Mücken übertragene Infektionskrankheit. Sie verursacht hohes Fieber, Kopf-, Rücken-, Gliederschmerzen und Schäden an Leber, Niere, Herz und Gehirn.

Roehampton – Seinerzeit Dorf westlich von London mit eleganten Landhäusern der reichen Bürger.

INHALT

Anhang

429

William Makepeace Thackeray

The Adventures of Philip on His Way through the World
Shewing Who Robbed Him, Who Helped Him, and Who Passed
Him by

Aus dem Englischen übersetzt
von Ana Maria Brock

Mit Illustrationen
von William Makepeace Thackeray und Frederick Walker
und einem Frontispiz

1. Auflage 1989
© Rütten & Loening, Berlin 1989 (deutsche Übersetzung und Kommentierung)
Einbandgestaltung Heinz Hellmis
Typographie Peter Birmele
Karl-Marx-Werk, Graphischer Großbetrieb, Pößneck V 15/30
Printed in the German Democratic Republic
Lizenznummer 220. 415/21/89
Bestellnummer 618 505 5
I/II 02450

Thackeray, Ges. Werke in Einzelb.
ISBN 3-352-00146-4
Philip 1−2
ISBN 3-352-00296-7